Desconocida
Serie Boston IV

Desconocida
Serie Boston IV

Noe Casado

Esencia/Planeta

Avda. Diagonal, 662-664, 08034 Barcelona (España)
www.esenciaeditorial.com
www.planetadelibros.com

Primera edición: febrero de 2019
ISBN: 978-84-08-20447-3
Depósito legal: B. 961-2019
Composición: Realización Planeta
Impresión y encuadernación: Rodesa
Printed in Spain - Impreso en España

Capítulo 1

Otoño de 1934

—¡La fiesta está siendo todo un éxito!

Gaby torció el gesto con disimulo al oír aquello, pues si bien eso era cierto, a ella aquella celebración la aburría sobremanera; sin embargo, cambió con rapidez su semblante por uno acorde con las circunstancias y sonrió para que nadie sospechara que a veces tanto entusiasmo la irritaba, además, era la enésima vez que oía semejante frase. De acuerdo, tal como repetían muchos de los asistentes, la velada estaba transcurriendo de forma perfecta, aunque, ¿podía acaso ser de otro modo?

Lo dudaba; en su familia nada se dejaba al azar, nunca se improvisaba. Bien lo sabía ella, que siempre había tenido la misma actitud y empezaba a cuestionarse si, por una vez, no debería romper las reglas. Pero ese pensamiento se fue tan rápido como llegó, ya que a sus veintiséis años siempre había estado protegida, tanto por sus padres como por sus dos hermanos mayores. Y si bien desde hacía tiempo ellos, Samantha y Alfred, ya no estaban tan pendientes, dado que sus respectivas parejas los tenían ocupados, procuraban estar al tanto de sus andanzas, que se resumían en muy pocas. Lo cierto era que Gaby se conformaba con eso, pues desde hacía mucho su única aspiración era casarse con Frank, al que por cierto intentaba localizar entre los invitados, sin éxito.

Desde que lo conoció, hacía ya ocho años, supo que era el hombre de su vida. Y no sólo porque fuera sensible, cariñoso, atento, afable, trabajador, discreto..., cualidades que cualquier mujer apreciaría y buscaría en su compañero. Gaby siempre deseó a alguien que la cuidara, la comprendiera y no se dejara deslumbrar por un apellido como el suyo. Pero además Frank no era uno de esos hombres dispuestos a todo por casarse con ella y vivir de las rentas. Había estudiado con ahínco, obtenido unas calificaciones excelentes y después había ocupado una plaza como pasante en un renombrado bufete de abogados. Ahora, tras unos años de esfuerzo y de más estudios, por fin se había establecido por su cuenta como notario.

Gaby y él habían hablado mucho de ello y, aunque ser la esposa de un notario podía considerarse como una posición muy por debajo de lo que se esperaba para ella, era algo que no la preocupaba, porque sólo pensaba en el día en que por fin sería una mujer casada y podría ocuparse en exclusiva de su marido y de los hijos que pensaba tener cuanto antes.

Si de ella dependiera, llevaría casada al menos cinco años y tendría como mínimo un par de pequeños por los que desvivirse. Sin embargo, sus deseos se habían ido aplazando. Primero debido a los estudios de Frank, ya que para él hubiera sido imposible acabarlos con una mujer a la que atender, y segundo su propia familia, que, si bien lo apreciaban, nunca se mostraban muy proclives a que se celebrara el matrimonio.

—Por fin te encuentro... —murmuró una voz familiar a su espalda, haciéndola sonreír.

Se volvió despacio hasta contemplar el rostro siempre amable de Frank.

—Yo también te estaba buscando —dijo con ternura, y se arrimó a él para cogerse de su brazo.

No se cansaba de mirarlo. Guapo a rabiar, con aquel pelo rubio oscuro, su cuerpo delgado, que le gustaría tocar con menos ropa encima, y su elegancia en el vestir.

Todo un caballero de esos que en los últimos tiempos escaseaban.

—Buenas noches, Gaby —la saludó en ese momento Stanley.

A ella se le borró la sonrisa, pues si bien no tenía nada en contra de aquel hombre, lo cierto era que desde que había comenzado a trabajar junto a Frank se habían hecho muy amigos, demasiado, desde el punto de vista de Gaby; pasaban tanto tiempo juntos que empezaba a ponerse celosa.

Entendía que Frank tuviera un secretario que se ocupara de los pormenores de la notaría. Incluso se alegró de que contratara a un hombre en vez de a una mujer, para así evitar el peligro de que surgiera cualquier tipo de relación extralaboral.

Correspondió al saludo con una media sonrisa, obligada a ello para evitar que Frank se molestara. Si de ella dependiera, la presencia de Stanley se limitaría a la oficina, pero su novio se empeñaba en tenerlo siempre cerca.

—Sé que te había prometido quedarme hasta el final... —empezó a decir Frank en tono de disculpa—, sin embargo, me ha surgido un imprevisto...

—¿Un viernes por la noche? —preguntó estupefacta, pues un notario, por muy atareado que estuviera, nunca tenía urgencias de última hora.

—Lo sé, pero...

—Frank, por Dios, aún no han servido la cena —le recordó Gaby—. Hoy es un día importante para nosotros.

—Gaby, cariño...

—¡Es la boda de mi hermano, toda mi familia está aquí! —exclamó, y luego procuró controlarse para no armar un escándalo y evitar así ser el centro de atención.

—Se trata de mi madre —dijo Frank y añadió, procurando no sonar muy irónico—: Creo que tu familia sabrá disculparme.

—¿Qué van a decir los invitados si me dejas sola? —Gaby torció el gesto.

A Frank su familia lo toleraba porque no les quedaba más remedio. Empezando por su padre, que siempre se mostraba bastante frío, y acabando por sus hermanos, que en más de una ocasión lo habían convertido en objeto de sus chanzas. Gaby les pedía que no lo hicieran, pues eso nunca era plato de gusto para Frank, que ponía cara de circunstancias pero nunca respondía.

—¿Y qué le pasa ahora a tu madre? —preguntó mordiéndose la lengua; la señora Tremblay, aparte de un incordio, la mayor parte del tiempo estaba enferma, o al menos fingía estarlo en los momentos más inoportunos.

—Nada grave, tranquila, sólo es una pequeña indisposición —respondió Stanley, lo que incrementó el enfado de Gaby.

Resopló indignada porque a veces aquel hombre se excedía en sus funciones como secretario. Si estaba incluido en la lista de invitados era por no disgustar a Frank, que había insistido más de lo prudente, y ante aquella disyuntiva, para evitar una confrontación, Gaby, como novia obediente, había acabado claudicando.

—Está bien —accedió finalmente, pues no le quedaba más remedio.

—Te compensaré, cariño —dijo Frank antes de darle un casto beso en la mejilla y despedirse.

Aburrida, sola y con ganas de gritar, deambuló por la fiesta en busca de algo para entretenerse. Divisó a su padre, que al parecer estaba aprovechando para hacer negocios, pese a que llevaba retirado más de cinco años y la empresa familiar ahora la dirigía Samantha; pero entendía que, tras tanto tiempo al frente de todo, le resultara difícil desvincularse por completo. Observó que su madre se acercaba a él y vio cómo, de repente, su semblante cambiaba, pasando de uno inexpresivo a otro mucho más afectuoso.

Gaby suspiró, esperaba tener eso mismo cuando se casara. No veía el momento de pasar por el altar, algo con lo que llevaba soñando desde que era una niña. Estar junto a Frank, envejecer con él, disfrutar de cada pequeño momento los dos juntos...

—Alegra esa cara —dijo su hermana al llegar junto a ella—. Ahora que Frank se ha largado podrás divertirte.

—No tiene gracia, Samantha —murmuró ella triste—. La señora Tremblay se ha puesto enferma.

—¿Otra vez? —comentó sarcástica su hermana—. No sé cómo ha llegado a ser viuda, cuando resulta que se pasa el día en cama.

—Ya sabes qué dicen: mujer enferma, mujer eterna —terció su hermano Alfred, uniéndose a ellas.

—Vaya, si has sido capaz de despegarte de tu mujer durante un rato —lo provocó Samantha con cariño.

—No le hagas caso —replicó la pequeña—. Todos estamos encantados con Tina y nos alegramos muchísimo de que todo haya salido tan bien.

—Que conste que me he visto obligado a soltarla —confesó el novio.

Gaby, que era una joven ingenua, puso cara soñadora y Samantha, con mucha más idea de lo que iba a ocurrir tras la recepción, sonrió de medio lado con aire picarón.

Los tres hermanos charlaron un rato, poniéndose al día y bromeando sobre algunos de los invitados, porque, debido a los compromisos sociales, habían tenido que incluir en la lista a personas que aprovechaban cualquier sarao para hacerle un poco la pelota al padre, Samuel Boston, creyendo que era quien todavía tomaba las decisiones, cuando lo cierto era que en realidad era Samantha quien manejaba los hilos. Esa situación al principio la molestaba, pues en muchos círculos financieros no la tomaban en serio, pero había sabido darle la vuelta a la tortilla. Por supuesto, con la complicidad de sus padres y el apoyo incondicional de sus hermanos.

—¿Qué hacéis aquí los tres tan apartados? —los interrumpió su madre con una sonrisa cómplice—. ¿Conspirando, tal vez?

—No, mamá, sólo hablábamos de los invitados —respondió Gaby con su expresión más inocente.

—Así le quitas toda la gracia al asunto —se quejó Samantha.

—Creo que nos llaman para la cena —intervino Alfred diplomático.

Todos se encaminaron hacia el comedor, donde ocuparon sus

asientos y, al hacerlo, fue evidente que en la mesa principal quedaba uno libre.

—¿Alguien podría decirme qué le ha pasado al señor Tremblay? —preguntó Samuel mirando a su hija menor, que intentaba, sin éxito, disimular su malestar por ser la única sin acompañante.

—Ha tenido que ausentarse por asuntos familiares —respondió en voz baja.

Era consciente del escaso aprecio que los suyos le tenían a Frank y lo poco que se molestaban en disimularlo.

—Qué novedad —murmuró el patriarca, para que sólo su esposa lo oyera.

Por suerte, surgieron otros temas de conversación mucho más amenos, que le permitieron a Gaby olvidarse de Frank y de su desplante. Luego todo el protagonismo fue para Alfred y Tina, que no dejaron de recibir las felicitaciones de los presentes, junto con los mejores deseos. Los comienzos de la pareja no habían sido nada apropiados. Alfred dejó embarazada a una mujer y por poco ni siquiera conoce a su hijo. Afortunadamente ella se había convertido en su esposa y todos estaban encantados con Tina.

* * *

Gaby se divirtió, bailó primero con su hermano, después con el marido de Samantha, James, que se mostró amable con ella, aunque estuvo la mayor parte del tiempo pendiente de su esposa y de otro de los invitados, Sebastian Wesley, con el que Gaby bailó más tarde y al que intentó sonsacarle el motivo de la conocida enemistad entre ambos hombres, aunque sin éxito.

Por supuesto, recibió educadas proposiciones de otros caballeros, con los que compartió comentarios más o menos frívolos, pero que no lograron que olvidara a Frank. Así que al final de la velada se encontraba abatida y sin ganas de alargarla, como al parecer muchos de los presentes iban a hacer. Entre ellos, como era lógico, no estaba Alfred, que, sin decir nada, había desaparecido ya hacía un buen rato junto con Tina. No era difícil averiguar el motivo.

Gaby sonrió, pues tras muchas idas y venidas, al fin su hermano disfrutaba de un matrimonio feliz, aunque no podía evitar sentir cierta envidia.

—¿Te quedas un rato más? —quiso saber Samantha.

—No, la verdad es que prefiero irme a casa —respondió ella suspirando.

—Papá y mamá ya se han marchado con Eric; si quieres te podemos acercar nosotros o, si lo prefieres, quédate en nuestra casa.

—¿A James no le importará? —preguntó por si acaso, puesto que a su cuñado, siempre tan reservado, tal vez no le hiciera gracia.

—Por supuesto que no —dijo él acercándose a ellas—. Eres siempre bienvenida, ya lo sabes, Gaby —añadió con amabilidad.

No tenía muy claro qué hacer. Por un lado, le apetecía regresar a casa con sus padres y así poder jugar con su sobrino por la mañana. Adoraba a Eric y cada vez que le surgía la oportunidad se quedaba con él, pensando en el día en que por fin tuviera sus propios hijos.

—Anda, ven con nosotros. Mañana, si te apetece, podemos pasar el día juntas —la animó su hermana.

—¿Estás segura? Siempre estás tan ocupada... —replicó Gaby haciendo una mueca, ya que Samantha se dedicaba en cuerpo y alma al negocio.

—Sí, te lo prometo.

Lo cierto era que le apetecía mucho pasar el día con Samantha, así que aceptó la invitación.

Sin embargo, hora y media más tarde ya se había arrepentido. No por nada en especial, simplemente se sentía fuera de su elemento. La habitación de invitados era confortable, desde luego, pero Gaby no lograba conciliar el sueño y no disponía de nada para entretenerse, como por ejemplo sus novelas.

Así que, tras intentar dormirse sin éxito, acabó levantándose para bajar a la cocina y servirse un vaso de leche tibia que la ayudara a relajarse y si ese remedio no le funcionaba, siempre podía acercarse a la excelente biblioteca y elegir un libro para amenizar las horas de insomnio.

Conocía la distribución de la casa, así que no tuvo que encender muchas luces para bajar la escalera; luego caminó con sigilo, pues no quería despertar a nadie. Al llegar a la planta baja, oyó un grito. Uno de mujer para ser exactos, lo que hizo que se detuviera en el acto en medio del pasillo que daba acceso a la zona de servicio.

—¡No me atraparás! —exclamó una voz femenina jadeando.

—Ven aquí, querida —replicó una voz de hombre en tono bajo y amenazador.

Gaby se asustó y sintió un escalofrío, ya que reconoció la voz de su cuñado y aquel tono no presagiaba nada bueno.

—Te lo advierto, James, esta vez no te vas a salir con la tuya —dijo Samantha, desafiando a su marido.

Están enfadados, pensó Gaby, con la firme intención de dar media vuelta, porque no quería presenciar una pelea; pero antes de que pudiera mover los pies, oyó un fuerte golpe, como si varios enseres cayeran al suelo. Eso la alarmó: ¿y si su hermana estaba en peligro?

—Vas a obedecerme, querida esposa —añadió él con aire de advertencia, y a continuación se oyó otro fuerte ruido, como si alguien diese un puñetazo en una mesa.

—Pues intenta someterme si tienes lo que hay que tener —prosiguió Samantha.

—Oh, no... —musitó Gaby preocupada, llevándose una mano a la boca, inquieta por si la descubrían allí y su cuñado también se encaraba con ella.

—Ahora mismo, sin replicar, que te conozco, vas a quedarte quietecita y dejarás que haga contigo lo que me venga en gana...

—¡Ja! ¡Que te crees tú eso!

¡Quién iba a imaginar que la pobre Samantha sufría el mal carácter de su marido!

Llevaban casados casi seis años y nada hacía sospechar que de puertas adentro ocurriera algo semejante. Gaby se puso en lo peor, ya que no era ningún secreto que algunos hombres pegaban a sus esposas. Otra cosa bien distinta era que nunca trascendiera.

—Samantha, no me provoques y ven aquí... Te has pasado toda la noche zascandileando por la fiesta.

—¿Me has estado vigilando? —dijo irónica.

—Por supuesto —admitió James sin rastro de arrepentimiento.

—¿No te fías de mí? —continuó ella, sin duda en tono provocador.

Gaby se preocupó aún más. Su hermana estaba arriesgándose demasiado. Podía entender que le plantara cara, pero era evidente que James era físicamente más fuerte.

«¿Y qué puedo hacer yo?», se preguntó en silencio.

—No —respondió él categórico—. El jueguecito que te has traído esta noche tendrá consecuencias. Lo sabías y aun así no has parado.

«Algo tengo que hacer», pensó Gaby, cada vez más nerviosa. ¿A quién podía pedirle ayuda? Si lograba llegar hasta el teléfono, delataría su posición y quizá su hermana saldría peor parada.

—¿No te ha gustado? —prosiguió Samantha sin perder su tono desafiante.

«Cállate, Samantha», pidió Gaby en silencio.

—Sabes que no soy amigo de ese tipo de provocaciones en público —respondió James.

—¿No puedo coquetear con mi marido cuando me apetece?

—Sabes que no era el lugar apropiado —le recordó él.

—Pues a mí me ha dado la impresión contraria —replicó Samantha toda ufana.

Se hizo el silencio y Gaby se asustó aún más. Lo prudente era retirarse y buscar ayuda, no obstante, hizo justo lo contrario. Se acercó avanzando despacio. Vio la luz procedente de la cocina y se detuvo junto al marco, conteniendo la respiración para que no advirtieran su presencia.

—Mmmm... Samantha.

Al oír ese murmullo se extrañó.

—Reconócelo, te ha encantado...

—No me hace mucha gracia que, delante de todo el mundo, mi mujer me sobe por debajo de la mesa y me provoque una erección de caballo, sabiendo que no voy a poder hacer nada hasta mucho después —replicó él, ahora en un tono más sugerente.

«Pero ¿qué está pasando aquí?»

—Podrías haberme llevado a un rinconcito apartado y...

—No, ya te he dicho cientos de veces que en público hay que comportarse —la interrumpió James tajante.

—Tenía que hacerlo. Sólo por ver tu cara de contención ha valido la pena, y no me riñas, nadie se ha dado cuenta —dijo Samantha mimosa.

—Aun así, me voy a ocupar de que pagues las consecuencias...

Gaby se asomó muy despacio.

Lo primero que vio fue la espalda de su cuñado y después a su hermana, sentada encima de la mesa de la cocina, con las piernas abiertas y la falda levantada.

Abrió los ojos como platos.

Que en el suelo hubiera platos y otros cacharros esparcidos carecía de importancia. Lo relevante era que allí, delante de sus narices, Samantha, lejos de hallarse en peligro, iba a tener relaciones de «ésas» con su marido y ella no tenía por qué verlo.

—¿Ves cómo al final te gustan mis jueguecitos? —ronroneó Samantha.

Gaby tragó saliva; su cuñado estaba desabrochándose los pantalones y de un momento a otro iba a verle el trasero.

—Nunca he dicho que me disgustaran, pero la próxima vez, por favor, procura esperar a que estemos solos —contestó él, inclinándose de tal forma que ella acabó recostándose sobre la mesa.

—Le quitas toda la gracia al asunto —se burló Samantha, rodeándole las caderas y atrayéndolo hacia sí—. Y ahora, querido, demuéstrame lo enfadado que estás...

Gaby tragó saliva. Otra vez. Cerró los ojos e intentó respirar, pues no entendía qué le estaba ocurriendo, por qué, en vez de horrorizarse, se había acalorado. Necesitaba aire, a ser posible fresco.

Samantha gritó cuando... ¡Oh, cielo santo!

Con mucho cuidado, Gaby dio marcha atrás. A medida que se alejaba de la cocina, los gemidos perdían nitidez, sin embargo, ella era incapaz de serenarse.

Si antes ya estaba desvelada, desde luego ahora descartaba cualquier posibilidad de conciliar el sueño.

De nuevo en el dormitorio, se quedó junto a la ventana, respirando aire fresco e intentando recuperar la compostura. Desde niña había sido testigo involuntaria de momentos más o menos comprometedores entre sus padres, pero nunca había llegado a tanto.

Ese pensamiento fue sustituido por otro quizá más preocupante, y era que, durante todo su noviazgo de más de siete años con Frank, como mucho había recibido un beso rápido en los labios, algo que ella había interpretado como un signo de respeto, ya que era lo que se esperaba de un hombre hasta que no estuvieran casados. Frank la quería, de eso no tenía duda, aunque no era menos cierto que podría mostrarse un poco más proclive a adelantar la noche de bodas.

Y si en alguna ocasión ella, llevada por el entusiasmo, había intentado ir más allá de un casto beso, Frank la frenaba en seco con una sonrisa cariñosa y un beso en la mano.

Gaby siempre había oído historias de mujeres que se dejaban llevar y luego eran objeto de habladurías; por supuesto, ella no quería llegar a tanto, pero sí al menos disfrutar de algún incentivo. No le dio más vueltas. Se vistió con rapidez, recuperando su vestido de fiesta, y garabateó una nota para que su hermana no se preocupara por la mañana. Iba a cometer una locura.

Salió de la casa y caminó deprisa en busca de un taxi, pero no hubo suerte y tuvo que desplazarse a pie. No había mucha distancia, pero aun así temía que, si se entretenía, acabaría recapacitando.

Hizo el trayecto lo más rápido posible, mirando por encima del hombro por si alguien la seguía. No estaba acostumbrada a caminar sola y mucho menos de madrugada, de ahí su inquietud, que, sumada al riesgo, le aceleraba el pulso como nunca antes.

Cuando por fin divisó el edificio donde Frank había abierto su notaría, respiró algo más tranquila, pero no mucho, ya que estaba a punto de cometer una locura... ¿O no?

Si lo pensaba durante un minuto, no corría tanto riesgo, pues al fin y al cabo era su prometido y jugaba sobre seguro. Además, se le ocurrió otra razón de peso para seguir adelante y no perder el valor. Un argumento que, bien mirado, aparte de insultante era la solución perfecta para que sus sueños se hicieran realidad. Acostarse con Frank, además de proporcionarle un recuerdo inolvidable, podía acelerar sus planes de boda...

Gaby sonrió traviesa justo cuando accedía al edificio. Hasta la fecha siempre se había comportado con corrección, tal como se esperaba de ella. Se dio cuenta de que ya había llegado el momento de ser un poco más astuta y mover los hilos sin esperar a que otros lo hicieran por ella.

Subió al segundo piso. Con la herencia de su padre, Frank había comprado toda la planta, para así disponer de un despacho y de una vivienda amplia. Ella lo había ayudado con las gestiones y asimismo a decorarlo, pues también iba a ser su casa. Por eso sabía que encima de la jamba había una copia de la llave. Un recurso un poco manido, aunque muy útil.

Gaby abrió la puerta y se dirigió hacia la zona privada. Despacio, porque no quería alarmarlo y que pensara que había intrusos en la casa. Contuvo la respiración y pensó si podía ser buena idea ir quitándose la ropa. Sólo se deshizo del abrigo. No tenía mucha experiencia al respecto, pero confiaba en Frank; él seguro que sabría qué hacer.

Vislumbró luz por debajo de la puerta del dormitorio principal, lo más seguro era que estuviera leyendo o adelantando trabajo. Sonrió; Frank, su Frank, siempre tan trabajador.

A pesar de su impaciencia por sorprenderlo, no se apresuró. Le pareció que puerta no estaba cerrada del todo y en ese momento oyó una especie de lamento. Como era de esperar, se inquietó, ya que a primera hora de la noche Frank no había mostrado síntomas de estar enfermo. ¿Y si le había mentido y el que estaba indispuesto era él y no su madre? De ser así se vería obligada a aplazar sus planes y, por supuesto, lo regañaría por no habérselo dicho.

Siguió avanzando. Otro gemido, un tanto extraño. Frunció el cejo, daba la impresión de que Frank estuviera acompañado. Llegó hasta la puerta y, efectivamente, la encontró entornada, por lo que, para no asustarlo, la abrió despacio.

Jamás imaginó que contemplaría una escena semejante...

Gaby se quedó sin respiración al ver a su querido Frank en la cama de su dormitorio, amarrado al cabecero, desnudo y a cuatro patas, mientras Stanley, tras él, lo embestía con absoluta expresión de placer. No pudo ver la cara de su prometido al estar éste agachado, pero sus jadeos dejaban bien claro que no lo estaba pasando muy mal.

Quiso gritar, aunque le fue imposible emitir ningún sonido, pues la escena la dejó en estado de shock, incapaz incluso de dar un paso atrás.

En un solo segundo todo su mundo se había derrumbado.

Capítulo 2

—¡Gaby! —exclamó Stanley al percatarse de su presencia.

Ella parpadeó, saliendo del trance en el que estaba, y entonces Frank la miró. Se quedó tan turbado como Gaby.

—¡Espera, por favor! —gritó él, tirando de sus ataduras, avergonzado de que lo hubiera sorprendido de aquella forma.

De todos modos, ella ya había logrado reaccionar y huía a toda prisa de aquella casa sin mirar atrás.

Oyó a Stanley maldecir y a un nervioso Frank pedirle que lo soltase, pero Gaby ya había empezado a bajar la escalera, aferrada a su bolso y a su abrigo. Debido al ímpetu por alejarse antes de que a Frank le diera tiempo a vestirse y salir tras ella, tropezó en un bordillo y se cayó al suelo, rompiéndose una media y manchándose las manos. No se detuvo a evaluar los daños, sino que se lanzó de nuevo a la carrera sin siquiera mirar por dónde iba.

Continuó como alma que lleva el diablo, sin fijarse en nada, sólo huyendo hasta que sintió el primer calambre en las piernas y se detuvo junto a una farola. Entonces se dio cuenta de que se había perdido. No conocía aquella zona, tan diferente a la que estaba acostumbrada. Edificios en mal estado, fachadas negruzcas, un hedor insoportable, procedente de las fábricas que procesaban grasas y otros despojos, baches, suciedad y un extraño olor.

Se sentó en un banco próximo a la farola, con la intención de serenarse. Su respiración era jadeante y el corazón le iba a mil por hora. Debía encontrar el modo de regresar a su casa y para ello lo mejor era coger un taxi. Sin embargo, un minuto después cayó en la cuenta de que debía ir descartando la posibilidad de que por allí pasara un taxi.

Nunca se había visto obligada a tomar decisiones o a solucionar imprevistos, pues siempre había vivido rodeada de comodidades y de la protección de su familia. Miró a su alrededor; aquel deprimente barrio estaba en consonancia con su estado de ánimo. Se echó a llorar porque no tenía sentido fingir.

Llevaba ya demasiados años mirando hacia otro lado, ésa fue la primera conclusión a la que llegó entre lágrimas. Si lo analizaba todo detenidamente, la insultante conclusión era para darse de cabezazos. Frank no la respetaba, no, sólo la utilizaba como coartada, y lo peor de todo era que toda la familia lo sabía. Entendió por fin los comentarios que no había querido analizar. Las burlas, algunas despiadadas y otras más sutiles, de quienes la rodeaban.

Todos esos años perdidos... pensó, y se limpió la cara con la manga del abrigo. Desde luego, no podía haber sido más tonta, aunque ¿quién iba a imaginar que aquel amable hombre al que conoció por casualidad iba a esconder un secreto semejante?

A pesar de su enfado, le vinieron los recuerdos de aquel día. Ella estaba preparando su fiesta de cumpleaños. Iba a cumplir dieciocho y deseaba hacer algo especial con toda la familia, pero como su padre siempre estaba ocupado, quería asegurarse de que llegaba a tiempo y, para ello, nada mejor que ir en persona a buscarlo. A diferencia de su hermana mayor, que acudía a diario a las oficinas para aprender el funcionamiento del negocio, Gaby disfrutaba recorriendo los pasillos, observando los rincones y charlando con los empleados. Como siempre, tuvo que esperar a que su padre acabara con sus compromisos, pero en vez de quedarse aguardando junto al despacho principal, reservado para clientes importantes o la familia, lo hizo en la zona de atención al público y, mientras estaba sentada en el vestíbulo principal, un hombre joven se sentó a su lado.

Gaby se limitó a sonreír con amabilidad, pues era habitual que coincidiera con clientes sin que éstos supieran quién era. La tomaban por una clienta más, lo que le permitía entablar conversaciones, a veces banales, ya que la consideraban una simple jovencita, otras algo más interesantes, cuando hablaban de temas de actualidad.

Sin embargo, ese día fue distinto, porque aquel desconocido no la trató de manera condescendiente y además fue simpático, amable y muy conversador. Él, a pesar de haber ido al banco para realizar unos trámites, dejó pasar su turno y continuó charlando con ella, algo insólito para Gaby, que, aparte de su familia y allegados, rara vez hablaba con un hombre.

Les gustaban las mismas piezas musicales, habían leído los mismos libros y además los dos disfrutaban con la jardinería. Así que hora y media más tarde ya se habían presentado; Frank había olvidado cuál era el motivo de su presencia allí y Gaby, que a veces se enfurruñaba cuando su padre la hacía esperar demasiado, esa vez ni reparó en ello.

No lo invitó a su fiesta de cumpleaños, pues le pareció precipitado, pero volvió a verlo, en lugares públicos, por supuesto, de forma que su amistad se hizo más fuerte. Gaby empezó a ilusionarse: Frank era atento, cariñoso y muy muy paciente con ella. Lo que siempre había buscado en un posible marido.

Cuando por fin lo creyó conveniente se lo presentó a su familia, y si bien al principio lo acogieron de manera educada y afable, lo hicieron también con cierta cautela, en especial su padre, que rara vez veía con buenos ojos a un posible candidato a marido de sus hijas.

Pese a todo, su noviazgo se fue afianzando, ambos compartían intereses y aspiraciones. A Frank le entusiasmaba la idea de tener una mujer dispuesta a todo por él y Gaby no podía mostrarse más ilusionada, pues había encontrado al padre de sus hijos. Pese a ello, no todo fueron facilidades. Él quería acabar sus estudios antes de casarse y, si bien ella lo aceptó, no entendía por qué tenían que esperar.

Y fue pasando el tiempo. Su hermana mayor, que siempre había renegado del matrimonio, estaba felizmente casada, mientras que ella, la más predispuesta, seguía con un noviazgo que era, visto con perspectiva, demasiado convencional.

Y ahora que había descubierto la verdad de una forma inesperada, entendía el porqué de tantos años de comportamiento ejemplar.

—¿Cuánto?

Gaby levantó la cabeza al oír aquella voz y vio a un tipo con evidentes síntomas de embriaguez delante de ella, mirándola de una manera un tanto peligrosa.

—¿Pe...perdón? —tartamudeó debido a los nervios y al miedo. Se subió las solapas del abrigo, no por el frío.

—Que cuánto cobras, cariño, por pasar un buen rato en el callejón —dijo el tipo, pronunciando cada palabra como si fuera un gangoso.

Gaby tragó saliva y miró a su alrededor. Estaba en un barrio problemático y, en vez de buscar ayuda, se había quedado a saber cuánto tiempo allí quieta, exponiéndose sin darse cuenta.

—¿Estás sorda? —insistió el hombre, e hizo un gesto de lo más asqueroso al escupir junto a ella.

—Yo...

—Joder, vaya puta del tres al cuarto que estás tú hecha... Otra no se lo pensaría tanto.

—Yo no soy una de ésas... —adujo y procuró sonar firme, pero no lo logró.

—¿Y qué carajo haces aquí?

—Déjeme, por favor —pidió Gaby, poniéndose en pie para salir huyendo si era preciso.

—Oye, guapa, ¿tú quién te crees que eres? —preguntó una mujer, acercándose a ellos.

Gaby no se lo podía creer, estaba llamando la atención de aquella gente sin pretenderlo. Debía salir de allí cuanto antes. Miró a su alrededor, tenía que encontrar algún establecimiento abierto desde el que pudiera llamar por teléfono.

—Aparta, vieja loca —ordenó el borracho, empujando a la mujer.

—No voy a permitir que una recién llegada me birle clientes —se defendió la otra, que era una prostituta, con actitud altanera.

—Yo no me dedico a eso —intervino Gaby en voz baja para que la dejaran marchar—. Él me ha confundido.

—Ya... claro, eso decimos todas al principio —se burló la prostituta—. No hay más que verte, ricura. Llevas ropa elegante, así que supongo que algún ricachón te ha follado y después se ha largado con viento fresco.

—Vete —insistió el borracho mirando a la mujer mayor—. Aunque me lo hicieras gratis, no quiero nada contigo.

—¡Por favor! —exclamó Gaby perdiendo los nervios—. Yo sólo quiero volver a mi casa.

—¿Qué pensabas que era ser puta? —le preguntó la mujer—. ¿Hombres elegantes y jóvenes? Mira, ricura, así no vas a llegar muy lejos.

—Deja a la chica y esfúmate, joder —terció el tipo, harto de que interrumpieran su negociación.

—Ahora que puedes, más vale que espabiles. Eres joven y bonita, no malgastes tu cuerpo con borrachos a los que les huele el aliento, eso ya vendrá más tarde —le aconsejó la mujer, demostrando que conocía muy bien el asunto.

—¿Dónde puedo encontrar un teléfono? —quiso saber Gaby, tras limpiarse las lágrimas y levantar el mentón. No iba a derrumbarse ni a mostrar signos de flaqueza ante aquellos desconocidos, porque, de hacerlo, podría meterse en problemas.

—¿Un teléfono? —repitió la prostituta.

—Ya está bien de tanta majadería. Se acabó —dijo el hombre, agarrando a Gaby del brazo para llevarla hasta el callejón.

—¡¿Qué hace?! —gritó ella alarmada e intentando soltarse.

—Vamos a lo importante de una maldita vez, que ya llevamos mucha cháchara —respondió el borracho.

—Suéltala, cabrón —exigió la otra mujer, arreándole con el bolso.

Gaby se quedó patidifusa con el repentino cambio de actitud de aquella desconocida, pero no podía permanecer inmóvil, arriesgándose a que el borracho respondiera y ambas acabaran lastimadas. No supo cómo, pero también la emprendió a bolsazos contra el hombre y éste, al verse acorralado por las dos féminas, soltó a Gaby, maldijo y se largó de allí, dejándolas por fin solas.

—Gracias, señora —dijo Gaby, recuperando el aliento.

—¿Señora? —repitió la mujer con un dejo burlón—. Hacía años que nadie me llamaba así.

—No sé cómo agradecerle todo esto, ha sido usted providencial —añadió ella sonriendo agradecida, porque sin la intervención de aquella prostituta, a saber cómo hubiera acabado.

—No eres puta, ¿verdad?

Gaby negó con la cabeza.

—No, ahora que me fijo bien, no tienes pinta de hacer la calle. Hablas con educación, llevas ropa elegante, sobria, y bueno... —señaló las medias rotas—... todas podemos tener una mala noche.

—Mi novio... —murmuró, echándose a llorar de nuevo.

—Te engaña con otra, no me digas más.

—Es mucho peor...

—¿Te pega? ¿Te roba? —sugirió la mujer, dando muestras de que no la sorprendía nada en absoluto.

—Durante años me ha hecho creer que yo era la mujer de su vida, pero me ha utilizado para esconder su... —Gaby se detuvo, pues no sabía muy bien cómo denominarlo—. Su..., ¡le gustan los hombres! —terminó exclamando, con un nuevo ataque de llanto.

—Vaya por Dios —murmuró la mujer, abrazándola para calmarla.

—Es un desviado, un enfermo... —Gaby sollozó.

—Es un maricón, hija mía, nada más —sentenció aquella desconocida, como si aquel hecho fuera lo más normal del mundo.

Gaby la miró a la cara frunciendo el cejo; no estaba muy familiarizada con aquellos términos.

—¿Y eso tiene remedio? —preguntó Gaby.

—Me temo que no —respondió la otra, negando con la cabeza—. Mira, querida, no trates de hacerle cambiar o de obligarlo a que vuelva contigo, sólo lograrás que te engañe y serás muy desgraciada.

—Pero ¡es que lo quiero! —exclamó ella, sin poder contener las lágrimas.

—Pues entonces estás apañada, hija mía —aseveró la prostituta.

—Hablaré con él, seguro que... —Se detuvo al ver que la desconocida negaba con la cabeza.

—Anda, acompáñame, aquí cerca hay un local donde podrás llamar por teléfono, El Pato Loco, y también tomarte algo bien fuerte, que lo necesitas.

Gaby se dejó guiar y dos calles más allá se detenían junto a un edificio que no daba buena espina; no sólo por el lamentable estado de conservación, sino también por el ruido y el trasiego de gente entrando y saliendo. Miró a su salvadora con cierta cautela, ya que no deseaba ser descortés después de las molestias que se había tomado.

—¿Cómo puedo agradecerle lo que ha hecho por mí? —preguntó, y abrió su monedero con la intención de al menos entregarle algo de dinero.

—Querida niña, guarda eso —dijo la mujer con una sonrisa, rechazando su ofrecimiento.

—Lo siento, no quería ofenderla, pero si por mi culpa va a tener problemas...

—Tranquila, llevo muchos años en esto. Venga, entra, toma un buen trago y olvida esta noche.

Gaby se despidió de la mujer con un afectuoso abrazo y, sin que la otra se diera cuenta, le metió unos billetes en el bolsillo del abrigo. Era bien poco en comparación con lo que había hecho por ella, aunque no encontró otra forma de agradecérselo.

Empujó con cautela las puertas de El Pato Loco y enseguida la rodeó una nube de humo que la hizo toser, por falta de costumbre. Caminó despacio, tratando de no chocar con nadie, hasta divisar la barra. Allí podría pedir que le dejasen utilizar el teléfono, porque lo de tomar algo quedaba descartado.

El local estaba hasta la bandera, las mesas llenas, los camareros zigzagueando entre ellas sin un minuto de descanso. A pesar del mal estado de la fachada, el interior era elegante y nada sórdido, como había pensado. En el escenario, una explosiva pelirroja cantaba arropada por dos bailarinas, todas ligeritas de ropa, algo sobre divertirse con los chicos malos, lo que provocaba en el público sonrisas cómplices, silbidos y aplausos entusiastas.

Gaby se quedó allí mirando aquel despliegue de sensualidad, el segundo de la noche tras pillar a su hermana en la cocina, y lo hizo con verdadera curiosidad, pues hasta la fecha sólo había oído, y muy de pasada, comentarios picantes, pero nunca había tenido oportunidad de disfrutarlos en persona. No pudo evitar ruborizarse ante algunos de los que hacían los hombres allí presentes. Imaginar que una mujer aceptara semejantes proposiciones no entraba en su cabeza, sin embargo, cayó en la cuenta de que quizá había vivido demasiado protegida y alejada de la realidad.

La canción acabó y la cantante, en vez de retirarse, hizo varias reverencias a su entregada audiencia, que no dejaba de aplaudir y de pedirle que se quitara más ropa, como si eso fuera posible, ya que lo único que les quedaba, tanto a las bailarinas como a la solista, era un maillot rojo fuego que tapaba más bien poco. Sólo cuando uno de los camareros le pidió amablemente que se apartara para atender una mesa, Gaby salió del trance en el que estaba y recordó el motivo por el que se hallaba en El Pato Loco.

Así que, esquivando miradas curiosas, pues sus ojos enrojecidos, así como las medias rotas, desentonaban en aquel ambiente festivo, llegó hasta la barra, donde dos camareros no daban abasto a la hora de atender los pedidos.

Gaby esperó con paciencia para poder informarse de dónde encontrar el teléfono público, pero, tras más de diez minutos sin poder hablar, decidió ser un poco más agresiva, algo a lo que jamás se había visto obligada. Cuando uno de los camareros se situó frente a ella, estiró el brazo y lo agarró de la camisa para retenerlo y así llamar su atención.

—¿Qué hace, señorita? —la increpó el hombre al verse frenado por una clienta.

Gaby inspiró, ahora no podía echarse atrás.

—Me han dicho que en este local hay un teléfono, quiero hacer una llamada —dijo, elevando la voz para hacerse oír.

—Señorita, esto no es un salón de té —se burló el hombre soltándose.

—¡Necesito un teléfono! —insistió Gaby, a punto de perder los nervios ante tanta hostilidad; ya empezaba a cansarse de que la tratasen de manera condescendiente.

—Lo que necesitas es un buen trago —la corrigió él y, mirándola como si fuera una niña caprichosa, le sirvió un vaso de un licor incoloro, que dejó delante de ella—. Anda, bebe y relájate.

—¿Qué es? —preguntó con desconfianza.

—Algo que te hará sentir mejor —respondió el camarero, acercándole el vaso—. Y ahora déjame trabajar.

Gaby hizo una mueca. Aquella noche todo iba cuesta abajo, ya nada le podía salir peor. Acercó la nariz y puso cara de asco, aquello olía a alcohol que apestaba. ¿De verdad aquel camarero pretendía que bebiera algo semejante?

—¡Olivier, dame algo de beber, estoy seca! —gritó una mujer, y Gaby se volvió para observarla. Debía de trabajar allí, porque su atuendo, una falda corta azul brillante junto con un corpiño a juego, la delataba.

—¡Un momento! —gritó él guiñándole un ojo.

—Estos zapatos me están matando —se quejó la chica, y por fin se percató de la presencia de Gaby—. ¿Eres la nueva?

—¿Yo?

—Bueno, no tienes pinta de actriz, aunque supongo que con un buen vestuario y maquillaje podrías dar el pego. ¿Y qué se te ha perdido en este antro? Porque yo estoy por obligación, necesito el trabajo, ¡que si no otra iba a aguantar a esos babosos!

—¿Eres prostituta? —quiso saber Gaby y la aludida, tras parpadear, se echó a reír.

—Ganas no me faltan —dijo entre risas—. Pero no, aunque sea tentador y pueda ganar más, no, de momento me conformo con ser la cigarrera de este antro.

—Oh, Dios mío, discúlpame... —se lamentó Gaby al darse cuenta de su metedura de pata; desde luego, se estaba luciendo.

—Tranquila, no me ofendes. ¡Olivier, ese trago! —le gritó de nuevo al camarero.

—Toma, preciosa —dijo él, sirviéndole lo mismo que le había puesto a Gaby y que ésta aún no había probado.

—¿Un brindis? —propuso la cigarrera y miró al camarero—. ¿Te unes a nosotras?

El tipo, que de repente ya no parecía tan atareado, se sirvió un vaso y lo alzó.

Gaby los miró a los dos y pensó «¿Qué más me puede pasar?».

Al final se dejó llevar y bebió un sorbo, aunque no estaba preparada para aquel sabor desconocido y sobre todo tan desagradable. Le quemó la garganta y terminó atragantándose, no como sus dos improvisados compañeros, que se lo bebieron como si de agua fresca se tratase.

—¿Otra ronda? —les preguntó el camarero a ambas.

—De acuerdo, pero la última, que tengo que seguir ganándome el jornal —respondió la otra chica.

—Yo no, gracias —dijo Gaby con un hilo de voz.

—Venga, mujer, anímate, disfruta un poco y alegra esa cara —la animó la cigarrera.

Y, antes de que pudiera rechazar el vaso, ya se lo habían servido.

Lo cierto fue que el segundo trago fue tan amargo como el primero; sin embargo, no tosió ni le ardió la garganta.

Capítulo 3

—¡Eh, guapa, levanta! —le gritó una voz.

Gaby, que llevaba un buen rato medio adormilada encima de la barra sin que nadie la importunara, se incorporó y se frotó los ojos. Enfocó la vista y se encontró la mirada un tanto molesta del camarero, que, trapo en mano, pretendía limpiar justo la parte donde ella había encontrado un sitio para pasar el tiempo.

—Lo siento —se disculpó alzando la voz para hacerse oír, pero se dio cuenta en el acto de que no era necesario, ya que el local estaba vacío, sin rastro de los clientes que antes alborotaban.

Todavía sufría los efectos de la ginebra que, sin saber lo que era, se había tomado empujada por el camarero y la cigarrera. Y ella, que rara vez probaba el alcohol, no había salido indemne. Bueno, mirándolo en perspectiva, aquella noche todo había salido diferente; ¿qué importaba una anomalía más?

—Mañana te sentirás peor —le dijo Jane, que era como se llamaba la cigarrera, sentándose a su lado para deshacerse de unos zapatos que parecían un elemento de tortura.

Gaby sonrió débilmente, pues la chica se había comportado con amabilidad durante toda la noche, haciéndole compañía cuando tenía un rato libre.

—Gracias por todo —murmuró mientras se frotaba las sienes para intentar sentirse mejor.

—De nada. Y ahora os dejo, que tengo que volver a casa.

—Eh, un momento —la detuvo Olivier—. ¿Y qué pasa con ella? —Señaló a Gaby.

Jane se encogió de hombros.

—Yo no puedo llegar tarde, ya lo sabes. Acompáñala a su casa.

—¡No está en condiciones de andar mucho que digamos!

—No os preocupéis por mí —intervino Gaby sintiéndose ridícula.

—Si se te ocurre salir en ese estado por este barrio no llegarás muy lejos —dijo Jane con aire de preocupación.

—Pediré un taxi...

El camarero y la cigarrera la miraron como si le faltara un tornillo.

—Guapa, por aquí ni se acercan —explicó él sarcástico—. Ocúpate tú, Jane.

—¿Yo? Sabes muy bien que comparto piso con cuatro más, y te aseguro que como siga aquí charlando contigo me va a tocar dormir en el suelo.

—¡Joder!

—Por favor, si me dejáis llamar por teléfono... —intentó decir Gaby, pero ellos no le prestaban mucha atención.

—A ti no te dirán nada y vives aquí al lado —le recordó la cigarrera, con una sonrisa deslumbrante para camelarlo.

—De verdad, yo puedo... —dijo Gaby, que de nuevo fue ignorada.

Olivier se sirvió otro vaso de aquel licor infernal, se lo pimpló de un trago y se limpió la boca con la manga de su ya no tan blanca camisa.

—Está bien, vamos —gruñó, quitándose el mandil de malas maneras y tirándolo sobre la barra.

—Eres un amor —lo piropeó Jane.

Gaby, sin comerlo ni beberlo, se vio de pronto agarrada por un tipo que ni siquiera la miraba y que la sacaba casi a rastras del local. Una vez en la calle, intentó abrocharse el abrigo mientras él continuaba soltando juramentos por tener que ocuparse de una mujer borracha.

Apenas tuvieron que caminar cinco minutos. Él se detuvo ante un edificio que daba pena, como el resto del barrio, y sacó unas llaves, pero antes de abrir la miró fijamente y dijo:

—No quiero problemas, ¿entendido? La casera y yo no nos llevamos muy bien.

—¿Por qué? —preguntó ella en voz baja.

—Digamos que no se tomó muy bien que la dejara por otra.

Gaby dio un respingo.

—Pero eso ahora no importa. Procura subir sin hacer ruido, es el quinto piso.

—Gracias por todo. Ahora, si no te importa, me gustaría volver a mi casa.

Él frunció el cejo y la agarró más fuerte para que no se escabullera.

—Mira, guapa, este barrio es de todo menos seguro para una mujer, así que ni loco voy a dejarte sola. No quiero leer en el periódico de mañana que han encontrado a una joven violada y...

—¿Violada? —preguntó ella llevándose una mano al corazón.

—Y asesinada —remató el camarero, asustándola aún más—. Así que sé obediente y silenciosa.

Gaby llevaba toda su vida siendo obediente, lo que, visto lo visto, le empezaba a resultar aburrido.

Al final, ante la perspectiva de acabar en un callejón sin vida, aceptó seguir a aquel hombre.

Desde luego no se podía quejar de que no estuviera viviendo aventuras, el problema era que todas le estaban llegando de golpe y además no eran muy divertidas.

Resignada a experimentar una noche diferente, que pasados los años recordaría como una anécdota, siguió a Olivier por aquella angosta escalera, poniendo especial atención en no hacer ruido. La ascensión fue lenta y cansada, pues los tramos parecían interminables. Ella procuraba mirar al suelo en vez de la espalda del camarero, para no tropezar. Todavía sentía cierto malestar debido al alcohol, pero entre el aire nocturno y aquel paseo por un edificio de lo más sórdido, iba espabilándose.

Olivier abrió la puerta y Gaby pensó que habían tirado el dinero al ponerle cerradura, pues no podía ser más endeble. Era su última oportunidad para dar media vuelta; no obstante, pasó al interior y se deprimió aún más. No era tan tonta como para no saber que existía gente que vivía bajo mínimos, sin embargo, era la primera vez que era testigo de primera fila.

La habitación estaba en consonancia con el resto del edificio: pequeña, mal ventilada, paredes desconchadas... Una cama que así, a ojo, no era muy grande, y un par de sillas, o al menos era lo que se intuía bajo los montones de ropa.

—¿El aseo? —preguntó tras recorrer con la mirada aquella estancia y no localizar ninguna puerta.

—Al final del pasillo.

—¿Perdón?

Él, que ha había comenzado a quitarse la ropa, se acercó a la entrada y abrió la puerta para señalarle otra, fuera de la habitación, que hizo que Gaby abriera los ojos como platos.

—Procura no hacer ruido, no uses la cisterna —le recomendó y, sin más, siguió quitándose la ropa.

Ella tragó saliva. Podía, por supuesto que podía, no utilizar el excusado, pero la naturaleza no perdonaba, así que, antes de que tuviera que arrepentirse, se dirigió a la puerta señalada.

Cuando la abrió pensó que ya no podía ser más deprimente. Llamar a aquello *aseo* era ser muy generosa. Apenas dos metros cuadrados, un retrete, unas tuberías oxidadas y un lavabo. La ventana carecía de cristal, quizá para mantenerlo siempre ventilado, aunque el sistema no funcionaba, pues el olor resultaba nauseabundo.

Gaby sintió arcadas y acabó vomitando, lo que, paradójicamente, la ayudó a sentirse mejor. Después, tocando lo menos posible, se enjuagó la boca y usó el retrete. Él le había advertido que no hiciera uso de la cisterna, pero aun así pensó que el siguiente usuario agradecería que dejara el lugar un poco presentable. De modo que, arriesgándose a despertar a todo el edificio, tiró de la cadena.

Las tuberías vibraron, el agua que cayó fue escasa y, cuando regresó a la triste habitación, se ganó una buena reprimenda de Olivier, que maldijo entre dientes.

—Lo siento —musitó ella, evitando mirarlo a los ojos.

—Está bien, venga, quítate la ropa y a la cama —mascullo él, que ya se había ocupado de la suya y estaba en calzoncillos y camiseta.

—Sólo hay una cama —dijo ella señalándola.

—No me digas —replicó irónico, abriendo las sábanas.

Gaby sólo tenía dos opciones: dormir con la ropa puesta y que él se carcajeara de ella o quedarse en combinación. Nunca se había desnudado delante de un hombre, y menos acostado con uno. Como mucho, cuando iba de paseo al campo con Frank se tumbaban bajo el sol, el uno junto al otro, pero vestidos. Si se paraba a pensarlo, como mucho le había enseñado las rodillas y ahora, a un desconocido, iba a mostrarle mucho más.

—¿Me ayudas? —se vio obligada a pedir, pues no podía bajarse la cremallera del vestido.

—Por cierto, ¿cómo te llamas? —preguntó él, colocándose a su espalda y ocupándose de la cremallera con toda naturalidad.

Ella aguantó la respiración, aquel gesto era demasiado íntimo.

«Te ha hecho una pregunta, responde», se dijo.

—Gaby —murmuró.

—¿Gaby? Eso es un nombre de niña —contestó él y se apartó de ella tras acabar su cometido—. Y tú no eres una niña —añadió, mirándola de forma ¿diferente?, cuando se sentó en el borde de la cama.

—Todos me llaman así —se justificó Gaby—. Pero mi nombre no abreviado es Gabrielle... —Se detuvo antes de pronunciar el apellido. Puede que estuviera siendo una inconsciente al seguir allí con aquel tipo, sin embargo, omitir ese dato podía ser beneficioso.

—Gabrielle... —repitió Olivier de manera quizá seductora, ella no supo interpretarlo; lo que sí fue evidente era que se mostraba menos agresivo—. Ven a la cama.

Nunca habían pronunciado de semejante forma su nombre, pero aun así continuaba intranquila. Miró una vez más a su alrededor y se fijó en la triste bombilla que colgaba sobre el cabecero.

—¿Puedes apagar la luz?

Él sonrió de medio lado, un tanto burlón, y negó con la cabeza. Gaby se sonrojó de arriba abajo, pues era evidente que aquel hombre no iba a hacer caso de su ruego, así que, haciendo un esfuerzo considerable para pasar por alto su pudor, dejó que el vestido resbalara hasta quedarse en combinación. Acto seguido, temblando, porque aparte de sentir frío estaba muerta de vergüenza, se quitó los zapatos y las medias, para acabar con la ropa interior. Lo dejó todo bien doblado y caminó despacio hacia la cama.

Olivier dio unos golpecitos en el colchón, sin duda divertido ante el apuro de ella, y le cedió el paso para que se acostara en el lado pegado a la pared. Gaby no se encontraba en disposición de exigir, así que lo hizo lo más rápido que pudo y se cubrió con las mantas. Oyó su risa burlona, aunque optó por no decir nada. Debía dormirse. Confiaba en que, a la luz del día, aquel barrio no fuera tan peligroso.

Debido a la estrechez de la cama, Olivier también se colocó de costado, pegándose a ella, lo que la incomodó. Gaby se quedó rígida, sin atreverse a mover ni un solo músculo. Él no la tocaba, no al menos de forma descarada, y poco a poco percibió cómo su respiración se ralentizaba, lo que significaba que se había dormido, y ella... bueno, debería intentarlo. No supo cómo, pero por fortuna lo logró.

* * *

Cuando volvió en sí estaba amaneciendo. Sentía el cuerpo entumecido. Había permanecido toda la noche en posición fetal y no estaba acostumbrada, ya que en su dormitorio disponía de todas las comodidades, empezando por una cama amplia y mucho más confortable que aquélla.

De nuevo sintió frío, al menos por delante, pues la manta era bastante limitada, aunque la espalda la tenía bien cubierta.

En algún momento, consciente o no, Olivier le había puesto una mano en la cadera, no sobre la tela, sino por debajo de la combinación. Un contacto directo que Gaby no esperaba. Quiso apartarse, poner distancia. Lo intentó acercándose más a la pared, sin embargo apenas fueron unos milímetros.

Respiró, se trataba de una simple casualidad, nada de lo que preocuparse.

No obstante, sí se preocupó, porque la mano, lejos de permanecer inmóvil, comenzó a desplazarse de una forma un tanto peligrosa, en concreto se acercaba al interior de sus muslos, lo que no podía considerarse algo inofensivo. Apretó las piernas en un intento de disuadirlo, pero no resultó, ya que él se le arrimó aún más y continuó su avance.

Gaby quiso mirarlo por encima del hombro, pero sus movimientos se veían impedidos por el reducido espacio. Sólo le quedaba una opción, dado que la pared frustraba cualquier intento de fuga, y era darle un codazo para apartarlo.

La mano continuó colándose entre sus muslos y llegó a donde nunca nadie había llegado antes y, como no podía ser de otro modo, Gaby dio un respingo. Inspiró hondo y procuró mantener las piernas bien cerradas, pero aquellas caricias la sorprendieron, porque, lejos de ser molestas, le produjeron una sensación desconocida, y no sólo eso: la hicieron querer más. Puede que fuera el peligro, Gaby no podía saberlo, pero aflojó un poco la presión y así Olivier pudo acceder mejor a su vello púbico y jugar con él.

Gaby suspiró y él contestó con una especie de murmullo de aprobación, además de arrimarse más, de tal forma que ella pudo sentir «algo duro» contra el trasero. Como experiencia sexual, la primera, para ser exacta, estaba siendo muy instructiva, pero en algún momento debería parar, pues tampoco iba a dar toda la lección el primer día, y más en su caso, que ni siquiera había leído el título...

Pero la verdad era que deseaba saber más, por eso, cuando Olivier presionó con la yema del dedo justo en un punto muy sensible que ella había ignorado toda su vida, aparte de emitir un gemido, Gaby se mordió el labio esperando a que lo repitiera.

—Vaya, parece que estás viva —comentó él con aire jocoso.

Ella emitió un sonido que bien podía significar «eso creo», aunque a Olivier al parecer le dio igual, ya que siguió excitándola. A Gaby se le presentó un inquietante dilema: ¿dejarlo continuar sabiendo que estaba a punto de romper todas las normas de la decencia, o dejarlo continuar sabiendo que aquélla podía ser posiblemente la única oportunidad que tendría de experimentar lo que era el sexo?

Podía darle tantas vueltas como quisiera, sin embargo, las maniobras masculinas iban mucho más rápidas que sus disquisiciones, pues un dedo no sólo rozaba su sexo, sino que además pretendía ir mucho más adentro.

—Por lo visto te gusta hacerte de rogar —murmuró Olivier en tono sugerente.

Si él supiera...

No disponía de tiempo para reflexiones, de nuevo los hechos iban por delante y Gaby gimió cuando, tras acariciarla con pericia, la penetró con un dedo. Ella no daba crédito; aquello, además de peligroso, era agradable, muy agradable, así que no le impidió ningún avance, y menos aún cuando él le pidió que se acostara boca arriba. De esa forma Olivier también varió su postura, colocándose de tal manera que pudo continuar acariciándola entre las piernas y además rozar sus pezones. Gaby gritó cuando le presionó uno con los dedos. Jamás habría esperado una sensación semejante. Tragó saliva por enésima vez y siguió con los ojos cerrados.

—Separa un poco más las piernas —pidió él, susurrándoselo al oído.

Ella obedeció despacio, con los brazos pegados al cuerpo, pese a que desearía hacer algo para que Olivier no pensara que era su primera vez.

Pero es que era su primera vez.

Desde luego, jamás imaginó que ocurriría de semejante forma. Basándose en sus ideas románticas, siempre creyó que sería con Frank, en su noche de bodas, en un ambiente preparado para la ocasión, en su lecho matrimonial; nada que ver con aquella lúgubre habitación.

Él, tras comprobar lo excitada que estaba, fue moviéndose hasta colocarse encima. Le separó aún más las piernas con una rodilla y buscó la postura más idónea para continuar.

Gaby, como no podía ser de otro modo, se tensó. Iba a ocurrir. Era tal la mezcla de sentimientos, peligro, deseo, miedo, pudor... Estiró los brazos y arrugó las sábanas con las manos, unas sábanas muy bastas, nada que ver con las que ella utilizaba.

Tampoco estaba escuchando palabras románticas, sólo gemidos. Cada paso, cada minuto, desmontaba su idealizada escena de la primera vez.

Inspiró e intentó abrir los ojos, pues quería recordar cada detalle, por extraño que fuera. Él continuaba besuqueándola en el cuello, al tiempo que presionaba en su sexo. Gaby inspiró, preparándose para el dolor. Olivier jadeó y empujó y ella abrió los ojos como platos. Aquello no era precisamente lo que había esperado.

Un cuerpo encima del suyo, resoplando, empujando. Una sensación complicada de definir. Si al menos hubiera un poco más de luz; porque a través de aquella mugrienta y deshilachada cortina se filtraba algo de claridad, la suficiente para saber que ya había amanecido, pero poco más.

Él no la miraba, su expresión era tensa y jadeaba debido al esfuerzo. Gaby, quizá por instinto, elevó las caderas y lo que estaba siendo agradable se tornó mucho más... No encontró el adjetivo, lo único que hizo fue comenzar a moverse, seguirle el ritmo. Sin tener la más remota idea de si iba por buen camino o no.

—Eso es —la animó él.

¿Y qué podía decir ella?

Nada, sólo continuar con aquel despropósito, muy consciente del placer que experimentaba, pero al mismo tiempo del riesgo que corría, aunque, ¿no tenía derecho por una vez en la vida a salirse del camino correcto?

Se mordió el labio tras inspirar hondo para no gritar, pues le parecía fuera de lugar. Se atrevió incluso a tocarlo, aferrándose a sus hombros, y, llevada a saber por qué impulso, se arriesgó y lo besó de manera superficial en los labios. Para su sorpresa, Olivier lo aceptó de buen grado y murmuró:

—Mírame.

A Gaby nunca nadie le había pedido algo tan erótico en su vida. Estaba sonrojada, no sólo por el esfuerzo, y le costó obedecer. El frío ya era historia.

Olivier había ralentizado un poco el ritmo y cuando ella por fin se armó de valor para mirarlo, vio que le estaba sonriendo con ¿ternura?

—¿Ocurre algo? —preguntó con la garganta seca, pues de repente él ya no se mostraba tan expeditivo—. ¿He hecho algo mal?

—No. Nada —musitó, dejándola confusa.

Sin embargo, antes de que pudiera procesar sus palabras, él aceleró, moviéndose aún con más brusquedad que antes, hasta que Gaby, incapaz de contenerse, gimió bien alto.

Olivier se apartó mascullando entre dientes y, sin que ella lo entendiera, agarró su erección y comenzó a acariciarse hasta correrse y salpicarle el estómago.

Acto seguido, se dejó caer a su lado sin decir nada, sólo jadeando.

Gaby estuvo a punto de echarse a reír. Ella, la mujer más romántica del mundo, acababa de perder la virginidad en un cuchitril.

Capítulo 4

—Tengo que irme.

Gaby parpadeó al oír aquella voz y entonces se dio cuenta de dónde estaba o, mejor dicho, de dónde seguía, pues no había sido un sueño.

Olivier, ya vestido, ni siquiera la miraba mientras se peinaba de forma apresurada junto a un espejo roto por dos sitios.

—Yo...

—Tranquila, puedes quedarte un rato —dijo al notar su apuro—. Sólo tienes que cerrar la puerta, procurar pasar desapercibida al salir y nada más.

Se puso una chaqueta y, sin acercarse para despedirse ni nada, la dejó allí sola.

Gaby sintió frío y se cubrió con la vieja manta, consciente de que no podía permanecer allí indefinidamente. Así que salió de la cama tiritando. En un rincón vio una pequeña estufa de leña y se acercó para encenderla, porque antes de vestirse quería asearse un poco. No vio carbón ni un triste tronco, sólo unos periódicos viejos en el ennegrecido cesto de yute. Resignada, se puso su ropa, prescindiendo de las medias, que guardó en su bolso, y, pese a que deseaba pasar por el cuarto de baño, optó por salir ya a la calle. Debía llegar a casa cuanto antes, pues estarían preocupados por su desaparición. No tenía la menor idea de la hora que era, pero al ser de día supuso que no le costaría mucho encontrar un taxi.

—¿Quién es usted? —la interrumpió una impertinente voz femenina, justo cuando llegaba al portal del edificio.

Gaby sonrió y observó a la mujer. Mal vestida, con una escoba en la mano, cara de pocos amigos y aspecto descuidado.

—¿Se le ha comido la lengua el gato? —insistió la mujer, ante el mutismo de Gaby.

—No, disculpe. ¿Con quién hablo? —preguntó ella con educación.

—Eso a usted no le importa. ¿De dónde viene?

—Del ático —murmuró en respuesta.

—Vaya, vaya, nuestro querido señor Mercier ya ha engatusado a otra palomita —se burló la mujer.

—No sé de qué me habla —replicó Gaby, con la firme intención de salir de allí cuanto antes, pero no le fue posible, porque la otra le cortó la retirada utilizando el palo de madera de la escoba.

—Mira, bonita: el señor Mercier, aparte de ser un impresentable, no es más que un vividor que seduce a mujeres para vivir a su costa.

Gaby frunció el cejo, pues si bien a ella la había seducido, en ningún momento se sintió obligada, por no mencionar que lo había conocido en su trabajo.

—Gracias por la información, pero ahora debo marcharme...

—Reconozco que no pareces de la clase de chicas que suele traer por aquí; eso sí, ten cuidado, acabará engañándote y, por supuesto, sacándote todo el dinero que le sea posible.

Gaby volvió a pensar en esa posibilidad, sin embargo, había tenido la precaución de no mencionar su apellido, por lo que veía improbable que Olivier buscara su dinero. Y, si la memoria no le fallaba, él no se mostró muy entusiasmado cuando la cigarrera le pidió que no la dejara sola.

—¿Sabe cuánto debe de alquiler? —preguntó la mujer con retintín y Gaby negó con la cabeza—. Más de seis semanas. Están a punto de echarlo, lo sé de buena tinta, le llevo las cuentas y otras cosas a la casera.

Que Olivier debiera dinero, a Gaby no la sorprendió, pues nada más ver el lamentable estado de su cuarto se llegaba fácilmente a la conclusión de que no nadaba en la abundancia. Sin olvidar que ni siquiera disponía de carbón ni leña para calentarse.

—¿Cuánto ha dicho que debe? —preguntó alzando el mentón, imitando el gesto que siempre hacía su hermana Samantha cuando quería salirse con la suya y no admitía réplica.

La mujer sonrió de medio lado y la miró como si Gaby fuera una muerta de hambre. Eso la enervó. Era cierto que rara vez, por no decir ninguna, se comportaba con descortesía, pero desde pequeña había visto tanto a su padre como a sus hermanos aprovechar cualquier ventaja para dejar en evidencia a quien fuera menester.

Ella nunca había sido amiga de tales artimañas, aunque ante aquella falta de educación decidió que, por una vez, bien podía ser como su familia.

—Insisto, ¿cuánto adeuda? —repitió, utilizando un tono impertinente y de superioridad.

—No creo que pueda pagarlo, aunque es posible que le dieran un buen pellizco por ese abrigo tan elegante que lleva —se burló la mujer, y se estiró para tocar el tejido; no obstante, Gaby dio un paso atrás impidiéndoselo.

Luego, consciente de su posición, abrió el bolso. No disponía de una cantidad desorbitada, pero calculó que sí la suficiente para aquel barrio dejado de la mano de Dios y del ayuntamiento. Y al parecer así era, porque la mujer de la escoba abrió los ojos como platos cuando ella mostró los billetes. Y nada de billetes arrugados y sobados, todos eran bastante nuevos.

—¿Podría también encargarse de que trajeran carbón y leña? —añadió en tono despectivo, tratándola como a una criada, o peor aún, pues Gaby nunca utilizaba aquel tono con el servicio.

—Sí, señorita —murmuró la otra cambiando radicalmente de actitud cuando le entregó el dinero.

—Ah, y también me gustaría que se encargara de la limpieza —remató—. ¿Cree que será suficiente con esta cantidad?

La mujer asintió y se guardó el dinero en el sujetador, algo que

Gaby nunca había visto hacer. Un curioso detalle más sobre cómo vivía la gente.

Sin despedirse de la buena señora, salió de aquella casa y respiró hondo. En algún momento tendría que serenarse y pensar en todo lo que había ocurrido en las últimas veinticuatro horas, porque, desde luego, había pasado de llevar una vida sencilla, protegida y monótona a ir por el camino más extraño posible.

Pudo encontrar un taxi tras caminar apenas quinientos metros, y si bien le hubiera gustado disponer de una casa donde estar a solas, dio la dirección de la mansión familiar, confiando en que a esas horas pudiese llegar a la seguridad de su habitación sin tener que dar explicaciones.

Durante el trayecto de vuelta a lo que consideraba su hogar no quiso darle excesivas vueltas a lo ocurrido, puesto que buscar una explicación era una total pérdida de tiempo. Si se atrevía a contárselo a alguien, por ejemplo, su cuñada, con la que compartía muchas afinidades, ésta diría que cómo se había vuelto tan loca de repente. Si se arriesgaba a hablar con Samantha la respuesta sería demoledora, porque su hermana, siempre pragmática, insistiría en que se hiciera hasta un examen médico, algo que deseaba evitar, ya que Samantha, con tal de salirse con la suya, acabaría hablando con el médico de la familia y Alfred terminaría enterándose de todo.

Un panorama desalentador, pues no quería dar ni un solo motivo para que se preocupasen por ella y, lo que era peor, para que la atosigaran a preguntas.

Entró en casa y saludó de pasada al mayordomo. No había puesto un pie en la escalera cuando oyó unos pasos.

—Gaby, ¿eres tú, cariño?

Cerró los ojos un instante y se concentró en poner cara de «estoy bien, no ha pasado nada». Fingir un poco no podía ser tan difícil, aunque... ¿de verdad era necesario fingir?

Se encontraba bien, quizá cansada, pero nada relevante. Tampoco tenía que comportarse de manera diferente ante su madre, al fin y al cabo había vuelto a casa sana y salva.

—Buenos días, mamá —murmuró con afecto y se acercó para darle un beso en la mejilla.

—Querrás decir buenas tardes —la corrigió Maddy abrazándola, aunque, por supuesto, no pudo evitar mirarla de arriba abajo extrañada—. ¿Dónde has estado?

—Con una amiga —mintió y se dio cuenta del aplomo que había demostrado.

—Gaby, hija, ¡nos tenías tan preocupados...! Tu hermana ha llamado esta mañana muy enfadada, diciendo que te fuiste de su casa dejándole una triste nota. Ha revolucionado a todo el mundo, porque no sabíamos dónde encontrarte.

—Lo siento, mamá... no pensé que...

—Incluso he hablado con Frank.

Gaby se puso alerta, pues el detonante de su escapada nocturna no había sido otro que él y hasta podía haber sido sincero diciendo que sí, en efecto, ella había pasado por su casa y después...

—Estaba muy nervioso —prosiguió su madre—, algo raro, ya que por norma general es muy tranquilo, y eso nos ha preocupado más incluso.

—Es que... discutimos —explicó Gaby, recurriendo a una verdad a medias.

Claro que iban a discutir, pero más adelante, porque ella no pensaba esconderse en casa. Frank le debía respuestas, muchas, y en cuanto se sintiera preparada para exigírselas hablaría con él.

—No lo sabía —murmuró Maddy afectada—. Como siempre os lleváis bien...

—Mamá, Frank y yo... ya no estamos juntos —admitió, y se dio cuenta de que debía empezar a asimilar esa circunstancia.

—¿Qué ha ocurrido?

—Me engaña, mamá —respondió, recurriendo esa vez a la verdad.

Y entonces se dio cuenta de que su madre, lejos de sorprenderse, se limitó a poner cara de circunstancias, lo cual resultaba extraño, ya que, si Samantha apareciera por casa diciendo que James la engañaba, lo más probable sería que pusiera el grito en el cielo.

—¿Ha vuelto ya la hija pródiga?

Gaby se preparó para lo peor, pues con su madre más o menos podía sentirse cómoda, sin embargo, con su padre ya era otro cantar.

Antes de que él tuviera tiempo de fijarse en ella, Gaby fue a su encuentro y lo abrazó igual que cuando era pequeña, con el fin de distraerlo; otra cosa bien distinta era que tuviera éxito.

—Sí, papá, tranquilo —murmuró sonriéndole—. Ya me ha dicho mamá que estabais preocupados, pero no hacía falta.

—Ya, claro. Marcharte de casa de tu hermana en plena noche no es para preocuparse —replicó su padre con ironía.

—Ya sabes cómo es Samantha, exagera.

—Y, por si fuera poco, el tontaina de tu novio no sabe decirnos dónde estás —remató Samuel sin levantar la voz, esperando que su hija menor tuviera al menos el detalle de darles una explicación coherente.

Gaby, por supuesto, no preguntó cómo estaba al tanto de todo, por lo que se limitó a sonreír como una buena chica, esperando que su larga trayectoria como hija obediente la salvara de la reprimenda.

—Al parecer han discutido —intervino Maddy, acercándose a su hija para peinarla con los dedos. Como madre intuía que no se encontraba bien y que prefería quedarse a solas.

—¿Por qué motivo has discutido con ese «dechado de virtudes» que tienes por novio? —preguntó su padre con aire de resignación, pues nada le gustaría más que aquel noviazgo se rompiera.

Gaby se percató de la elocuente mirada entre ambos, lo que la desanimó aún más, porque significaba, entre otras cosas, que llevaban tiempo preparados para una noticia así y que, de confirmarse, no les afectaría demasiado. Más bien todo lo contrario, aunque el carácter reservado de su padre le impidiera dar palmas de alegría.

Pensar eso la entristeció, puesto que llegó a la conclusión de que era más ingenua de lo que creía, ya que sus padres, y por lo tanto el resto de la familia, al parecer conocían la inclinación de Frank.

Se le escapó una lágrima y enseguida su madre la abrazó.

—Déjanos solas —le pidió a Samuel y éste, no muy conforme, obedeció. Después, Maddy se dirigió a su hija—. Venga, te acompaño a tu habitación.

A ella no le quedó más remedio que disimular su frustración y tristeza. Había sido el hazmerreír de todos por haber proclamado a los cuatro vientos y durante tantos años su amor incondicional por Frank. Por haber soñado en voz alta con una vida idílica junto a él.

Una vez dentro de su amplio y confortable dormitorio, no pudo evitar recordar dónde había pasado la noche. No era tan tonta como para no saber que mucha gente vivía con lo mínimo y que ella, una afortunada desde la cuna, había crecido de espaldas a esa realidad.

—Voy a darme un baño —comentó en voz baja y su madre la ayudó a desnudarse, igual que hacía cuando era pequeña. También se ocupó de prepararle el baño y de dejarle toallas limpias a mano.

Por suerte, Gaby había escondido las medias rotas en el bolso y así se evitó dar explicaciones.

—Te espero aquí —murmuró Maddy saliendo del cuarto de baño, entendiendo que su hija necesitaba unos minutos a solas.

Gaby podría haber llamado a una criada, pero no lo hizo y ella sola se ocupó de su aseo. Fue rápido, pues tampoco quería darse uno de esos baños relajantes. Lo que sí hizo fue mirarse de arriba abajo en el espejo. Por delante y por detrás. Buscaba algo, una marca, alguna cosa que delatara lo que había hecho, sin embargo, no tuvo éxito: su cuerpo estaba exactamente igual que antes. Sólo ella sabía lo sucedido. Terminó sonriéndole a su reflejo, una sonrisa débil, pero ya era algo. Nada de traumas, nada de preocupaciones. Su vida seguía adelante.

Antes de abandonar el cuarto de baño se acordó del cubículo donde había tenido que hacer sus necesidades por obligación, mal ventilado y de higiene cuestionable, y miró con otros ojos aquel espacio personal del que disfrutaba para ella sola, integrado dentro de su dormitorio. El contraste entre un lugar y otro fue demoledor y pensó que, tras haber sido testigo de primera fila de cómo se las apañaba la gente, quizá debería empezar a fijarse más en las carencias de muchas personas.

—Siéntate aquí, cariño —dijo su madre cuando la vio salir, dando unos golpecitos en el colchón.

—Mamá... no creo que sea buen momento para hablar —murmuró ella suspirando.

—No voy a obligarte a hablar, pero no quiero verte así, alicaída, pensativa. Sé que estabas muy ilusionada con Frank, aunque...

Gaby inspiró hondo. No iba a llorar.

—¿Desde cuándo lo sabes? —interrumpió a su madre, pues no tenía sentido marear la perdiz.

—Desde hace tiempo —admitió Maddy. Miró a su hija pequeña y esbozó una sonrisa, al tiempo que le acariciaba la mejilla con ternura—. Date la vuelta, voy a desenredarte el pelo.

—Eso quiere decir que todos estabais al tanto del problema de Frank —dijo ella negando con la cabeza, al tiempo que se controlaba para no llorar.

—Yo no lo llamaría *problema* —contestó su madre con cautela—. Es un buen chico. Y te quiere, aunque a su manera.

—Pero ¡todos estos años me ha engañado! —exclamó Gaby levantándose, incapaz de permanecer más tiempo inmóvil.

Se acercó a la ventana, que daba al jardín trasero, y allí vio a su padre jugando con Eric. Su único nieto. Se sintió más estúpida todavía, pues cada vez que en alguna reunión él sacaba el tema de los nietos y le insinuaba primero a Samantha de forma velada a ver si se ponía a ello, y después a Alfred, porque ser hijo único no beneficiaba a Eric, Gaby siempre sonreía y le decía orgullosa: «Papá, no te preocupes, Frank y yo pensamos darte muchos nietos».

Qué ingenua, qué pardilla, pensó ahora que sabía la verdad.

—No niego que Frank se ha comportado de manera indigna contigo y que debería haberte hablado de su inclinación hace mucho; sin embargo, siempre ha estado pendiente de ti, eso no lo puedes negar —admitió su madre sin perder la calma, pues entendía el malestar de Gaby.

—Ya, bueno —comentó ella sarcástica, y Maddy arqueó una ceja ante aquella actitud tan impropia de su hija—. ¿Y cuándo pensaba decírmelo? ¿La noche de bodas?

—Cálmate, por favor —le pidió su madre conciliadora—. Admito que Frank ha jugado con tus sentimientos, y deberás enfrentarte a ello. Te aconsejo que hables con él, que le exijas sinceridad y, después de escucharle, decidas si deseas perdonarlo o no, eso es algo que sólo tú puedes hacer —concluyó la mujer.

—Ahora entiendo los comentarios jocosos de Samantha, las risitas de James, las indirectas de Alfred... Y, por supuesto, las maniobras de papá para que no me casara con él —dijo Gaby abatida al recordar cada momento y cómo ella defendía su relación con Frank con uñas y dientes.

—El comportamiento de tus hermanos no ha sido correcto, en más de una ocasión los he reprendido por ello —le recordó Maddy—. Pero tienes que entender a tu padre.

—¿Y por qué no me lo dijisteis abiertamente?

—Gaby, piensa... ¿Cuál habría sido tu reacción si tu padre o yo te hubiéramos dicho que Frank no te convenía?

—No soy tan niña como me hacéis creer —alegó ella, y recordó justo en ese instante las palabras que Olivier había pronunciado: «Gaby es un nombre de niña» y después había susurrado su nombre completo de una forma muy excitante—. Siempre me protegéis, pensáis que soy frágil, inmadura... Pero ya tengo veintiséis años, mamá, no soy tan inocente como pensáis.

Al decir esa última frase creyó sonrojarse y le dio la espalda a su madre.

—Yo tenía veintiséis años cuando me obligaron a casarme con tu padre —recordó Maddy, acercándose a su hija y colocándose a su espalda—. No tenía la menor idea de lo que implicaba el matrimonio, aunque creo que tu padre tampoco.

Ambas sonrieron ante aquel comentario.

—Ahora las cosas son diferentes —dijo Gaby.

—Exacto. Ni tu padre ni yo vamos a imponerte un marido, ni a rechazar a nadie sin más razonamiento que la conveniencia, como se hacía antes. Por eso queremos que seas libre, que puedas formarte tú misma una opinión sobre el hombre que esté a tu lado —explicó su madre con todo el cariño del mundo.

—En estas cosas papá siempre juega sucio —replicó Gaby y Maddy asintió.

—No puede evitarlo, y contigo menos, pues siempre ha estado más pendiente de ti.

Gaby se volvió despacio y miró a su madre. Todos sus consejos, sus palabras, además de reconfortantes eran una lección vital.

—Sé que se preocupa por mí, por eso a veces me siento demasiado sobreprotegida —se quejó.

—Es lo lógico, siendo la benjamina —justificó Maddy a su marido con dulzura.

—Pero ¡alguna vez tendré que equivocarme! —protestó.

—Claro que sí, cariño, y siempre te apoyaremos —dijo su madre.

—A veces tengo la sensación de que, por mucho que cambien los tiempos, tanto papá como tú seguís vigilándome, y a mis hermanos también.

—Quizá sea inevitable... Con Samantha parecía impensable que pudiera haber boda, siempre tan independiente, tan decidida, y mira... —comentó Maddy, y de nuevo empezó a peinarla—. Alfred ha intentado no seguir los pasos de tu padre, pese a que en el fondo es igual que él...

—Y luego estoy yo... —murmuró Gaby.

—Sí, eres la que más se parece a mí, la más sensible.

—Querrás decir la más tonta —musitó ella, controlando de nuevo las ganas de llorar.

—No, Gaby. Ser cariñosa, expresar tus sentimientos de forma abierta, tener sueños, no es de ninguna manera ser tonta.

—Gracias, mamá. No sé cómo lo consigues, pero siempre dices las palabras adecuadas.

—Ahora descansa, procura dormir. Ya hablarás con Frank cuando te sientas preparada para ello. No tiene por qué ser mañana, ni dentro de una semana —le recomendó Maddy.

—De acuerdo, así lo haré —dijo Gaby obediente.

Al quedarse sola en su dormitorio, comenzó a darle vueltas a toda la conversación. Aparte de ser evidente que su familia no iba a apenarse por su ruptura con Frank, y que tampoco se escandalizaban por las inclinaciones de éste, lo más relevante era que la seguían considerando una niña a la que vigilar y proteger. Todo ello bajo el falso pretexto de cuidarla.

Cierto, no la habían atosigado a preguntas sobre lo que había hecho esa noche, pero sólo porque había vuelto sumisa y obediente al redil familiar. Sin escándalos, sin protestas... En definitiva, la misma de siempre.

Gaby no podía permitirlo. La noche anterior, aparte de cometer una locura —sonrió al recordarlo—, había experimentado una extraña sensación de libertad y de, por supuesto, anonimato, ya que nadie le había hecho la pelota ni hablado con aquel falso respeto que la enervaba.

Puede que ya fuera tarde, que hubiera perdido el tiempo y que se llevara un buen chasco; sin embargo, quedarse en casa y ser la hija obediente que todos conocían era ridículo, o al menos lo era sin intentar, una vez más, ver otras caras de la realidad.

Capítulo 5

Ser rebelde de la noche a la mañana no resultaba fácil.

Gaby llegó a esa conclusión mientras salía a hurtadillas de su casa. Había procurado vestirse de forma cómoda y llevar dinero suficiente en el bolso, pues si algo había aprendido era que mostrando el monedero la gente se comportaba de forma más amable, o al menos miraban hacia otro lado.

El ejemplo más claro fue el del taxista, que por una generosa propina accedió a llevarla hasta la calle donde se ubicaba El Pato Loco. Por supuesto, tras pedir el dinero por adelantado, el tipo quiso advertirla del peligro que para una chica de su clase suponía ir a esos sitios, pero cuando vio que Gaby se mostraba terca, le hizo proposiciones deshonestas, ya que la tomó por una mujer de vida disoluta. Ella se las apañó para bajar del taxi y seguir adelante, aunque hubo más de un momento en que quiso darse la vuelta y regresar a la tranquilidad y seguridad de su casa. No lo hizo y traspasó las puertas de aquel club para encontrarse el mismo panorama de la noche anterior. Una clientela alborotada, riendo, bebiendo, fumando y devorando con los ojos a la misma cantante pelirroja.

Gaby miró a su alrededor intentando localizar a la cigarrera, ya que Jane se había portado con ella con amabilidad y sin dinero de por medio, un detalle a tener en cuenta. La vio atendiendo a un grupo de caballeros de mediana edad que, aparte de intentar tocarle el trasero, dejaban varios billetes en su caja. Ella les sonreía y, en cuanto le fue posible, se alejó para seguir con su trabajo. Esperó con paciencia a que Jane estuviera libre, sin acercarse a la barra donde Olivier trabajaba a destajo. Además de insegura, Gaby se sentía avergonzada y por supuesto cohibida, pues tras la fría despedida de la mañana, lo más probable era que él no quisiera saber nada de ella.

Suspiró aliviada cuando por fin Jane quedó libre y se retiró a un lado para descansar. Sin perder un segundo, Gaby se le acercó, ya que empezaba a sentirse como un pasmarote allí en medio, aunque la verdad era que nadie la había molestado.

—¿Gaby? —dijo la cigarrera sonriéndole—. ¡Nunca pensé que volvería a verte por aquí!

Ambas se fundieron en un cariñoso abrazo.

—Yo tampoco pensaba que volvería —admitió la pequeña de los Boston encogiéndose de hombros—. Aunque hoy no voy a tomar ni un trago, anoche ya tuve bastante.

—No seas boba, ayer fue como tu primera vez: rasca, molesta, pero al final le coges el gustillo y repites. Por cierto, ¿qué tal se portó Olivier?

Gaby no pudo evitar sonrojarse, porque las palabras de Jane entrañaban un doble sentido, aunque lo más seguro era que la cigarrera ni lo supiera.

—Bien —se limitó a responder.

—No hace falta que seas tan educada. Lo conozco, ¿sabes? Es bastante gruñón e insoportable, pero como estás sana y salva, con eso me vale. ¡Vamos a brindar!

—Oh, no por favor...

—Pediré champán, no es muy bueno, pero nos servirá...

No muy convencida, Gaby siguió a Jane hasta la barra. Ésta se encargó de pedir las bebidas, porque desde luego Gaby no hubiera podido articular palabra cuando Olivier se les acercó. Se limitó a sonreírles a las dos con idéntico gesto, lo que en principio debería tranquilizar a Gaby, pues de esa forma Jane jamás sospecharía, pero en el fondo hubiera agradecido una pequeña diferencia.

—¡Salud! —exclamó Jane levantando su copa.

—¡Salud! —la imitó Gaby y se le pasó por la cabeza un pensamiento un tanto ridículo: ¿estaba celosa? Porque lo más probable era que los dos hubieran tenido algún que otro encuentro amoroso en el pasado.

Decidió no darle más vueltas al asunto para no acabar estropeando la noche.

—Ahora vuelvo —dijo Jane haciendo una mueca, para, acto seguido, sonreír de forma cautivadora, coger su cajón de cigarrillos e ir a atender a un cliente.

Gaby se quedó sola junto a la barra, con la copa a medio beber. Quizá ya iba siendo hora de que volviese a casa, porque el espectáculo del escenario no resultaba para nada entretenido; un cómico intentaba ganarse las sonrisas de la concurrencia contando anécdotas, pero lo cierto era que apenas obtenía atención.

—Cuidado con el champán —susurró una voz un tanto burlona a su espalda, y cuando Gaby se volvió, vio a Olivier, que enseguida volvió a su puesto.

—Gracias por el consejo —masculló, pues que la tomaran por una chiquilla la fastidió, y se acabó la copa de un trago.

—Las gracias debería dártelas yo a ti, por incluirme en tu programa de obras de caridad —respondió irónico, y continuó secando vasos con una bayeta.

—No ha sido caridad —contestó molesta por su tono condescendiente.

—Ya, claro...

Gaby inspiró, ahí estaba el orgullo masculino del que había oído hablar. Tenía que encontrar una réplica contundente para que no la tratara de aquel modo.

—No acostumbro a alojarme de gorra en ningún sitio, así que, si te place, puedes considerarlo una contribución por las molestias causadas.

Olivier dio un respingo ante aquella salida de tono; por lo visto, la mujer de apariencia frágil tenía mal genio y bastante orgullo.

Torció el gesto; era fácil tener ambas características con dinero contante y sonante.

—Pues aplicaste la tarifa equivocada, Gabrielle —afirmó, utilizando su nombre completo, algo que, sin saberlo Olivier, a ella le producía cierto placer.

Él se fue a atender a otros clientes que se agolpaban en la barra y Gaby se quedó en un lateral. Poco a poco se estaba acostumbrando al ajetreo de la vida nocturna, tan diferente al que ella conocía, porque sus salidas se limitaban, bien junto a su familia o bien con Frank, a ir a locales elegantes, cenas de postín, obras de teatro y demás actividades para pasar una velada agradable pero poco más, nada que ver con aquel bullicio.

Divisó a la cantante pelirroja en una esquina con cara de fastidio y a su lado a Jane llorando, lo que le resultó extraño. Se movió para bajarse del taburete, con la intención de ir junto a su nueva amiga y al menos consolarla u ofrecerle su apoyo, pero justo cuando había puesto un pie en el suelo, alguien la agarró del brazo, deteniéndola.

—Déjalas, no te metas —le dijo Olivier en tono de advertencia.

Gaby lo miró sin comprender.

—Está llorando —murmuró, refiriéndose a Jane, que se secaba con discreción las lágrimas.

—Hazme caso, siempre están así —añadió él, y la soltó para volver a sus quehaceres.

A ella esa explicación tan vaga, aparte de dejarla insatisfecha, no la convenció, y no podía quedarse sin hacer nada por Jane, cuando la noche anterior ésta se había portado tan bien. Así que, pese a la advertencia, decidió ir.

—¿Qué te acabo de decir? —le preguntó Olivier de forma retórica, impidiéndole de nuevo ir en busca de la cigarrera.

Había salido de detrás de la barra para detener a aquella chica a la que había estado vigilando más de lo prudente desde que había llegado. Lo intrigaba y lo cabreaba a partes iguales, ya que era, sin lugar a dudas, una de esas jóvenes aburridas y con dinero. Pese a que huía de ellas como de la peste, la noche anterior había acabado llevándola a su mísera habitación, no porque le diera pena, sino porque el que se daba pena era él, que había pasado una semana espantosa, en la que todo habían sido complicaciones.

Para empezar, su trabajo pendía de un hilo, ya que el dueño de El Pato Loco se la tenía jurada desde el día en que le arreó un puñetazo en la boca por intentar sobrepasarse con una camarera. Ganaba más bien poco, lo que apenas le permitía comer y pagar, con retraso la mayoría de las semanas, el alquiler de la habitación; de ahí que conservar el empleo fuera primordial. Pero por otra parte no quería estar toda la vida sirviendo bebidas, limpiando vasos, aguantando a borrachos y soportando las miradas de superioridad de tipos ricos con ganas de pasar un rato en los bajos fondos, de modo que estaba ahorrando para montar su propio negocio junto con Jane, a la que quería como a una hermana. Sin embargo, ella, en vez de conservar sus ahorros, se los había prestado a la fresca de Gina porque la pelirroja necesitaba un vestuario nuevo, y Jane, en vez de mandarla a paseo, le había dado el dinero; todo porque ambas mantenían una relación sentimental tóxica y la cantante se aprovechaba de ello, chantajeando emocionalmente a la pobre Jane cuando le convenía.

—Déjame, ¿no ves que está llorando? —se quejó Gaby, preocupada por Jane.

—No te metas donde no te llaman. Jane tiene que aprender a ser fuerte y a no dejarse mangonear por Gina.

Gaby frunció el entrecejo.

—¿Ya no son amigas?

Olivier la miró de manera burlona antes de dejarla con la duda y volver tras la barra, así que ella empezó a preocuparse aún más, pero respetó el consejo del camarero, ya que a lo mejor tenía toda la razón e inmiscuirse en disputas ajenas sólo estropearía más las cosas. Esperó impaciente a que Jane se quedara a solas y respiró cuando por fin la vio caminar hasta la barra, eso sí, con expresión alicaída.

—Ponme lo más fuerte que tengas —exigió la cigarrera y Olivier, sin preguntar y con cara de circunstancias, le sirvió un vaso de un licor ambarino que ella despachó de un trago—. ¡Otra!

—¿Cuánto dinero te ha sacado esta vez? —preguntó él, dando la impresión de que conocía la respuesta.

—Mejor no te lo digo.

—¡Joder! —exclamó y dio un golpe con el puño en la barra, aunque allí cada uno iba a lo suyo y ni se inmutaron, a excepción de Gaby, que dio un respingo.

—No me riñas, ¿de acuerdo? —murmuró Jane llorosa—. Habíamos vuelto, así que...

—Así que la muy golfa te dijo que te quería, que eras importante para ella y que iba a dejar a su marido por ti —remató Olivier, que se conocía el cuento de memoria.

Gaby parpadeó, ¿qué clase de embrollo era aquél?

—Pues sí, esta vez parecía que iba en serio —se justificó la pobre Jane.

—Ya... Maldita sea, Jane, sabes que te quiero y que me preocupo por ti, pero tienes que aprender a mandar a esa puta egoísta a tomar por el culo. Sólo busca quien la mantenga, ya deberías saberlo —afirmó él convencido, pues conocía las maniobras de Gina para estar en El Pato Loco y ser la prima donna, empezando por camelarse al dueño, para después ir lanzando el anzuelo a diestro y siniestro. Cierto que era impresionante, con un cuerpo de escándalo y una voz sensual, aunque a su vez una arpía de cuidado. No hacía distinciones entre hombres y mujeres, a él también le había hincado el diente; no obstante, como era más pobre que una rata, enseguida lo dejó en paz.

—Tú no lo entiendes... Con ella me siento feliz, es especial —admitió Jane y lo que eran unas lágrimas de pena se convirtieron en un llanto en toda regla, algo que no podía permitirse, ya que algunos clientes empezaban a solicitar su presencia.

Olivier miró alrededor por si el dueño andaba cerca. Si se percataba de que Jane no hacía su trabajo la situación empeoraría y, en efecto, estaba al fondo de la sala, charlando con unos clientes. Todavía no había divisado a la cigarrera, aunque no tardaría en hacerlo.

—Luego lo hablamos, ahora vuelve a tu puesto —comentó Olivier señalándole el lugar donde se encontraba el jefe, para que reaccionara de una jodida vez.

—No puedo... —dijo ella desanimada, sin dejar de llorar—. No me siento con fuerzas para aguantar borrachos.

—Escucha, no puedes permitirte el lujo de perder este trabajo, Jane —le recodó él tenso, pues al final iban a acabar los dos en la calle.

—Ya lo sé, pero...

—No hay peros que valgan. Ve al baño, maquíllate de nuevo, finge que todo va bien y acaba el turno. Luego prometo emborracharme contigo y llorar las penas, ¿de acuerdo? —le propuso con paciencia, porque lo jodía mucho verla así.

—Ven, yo te acompaño —terció Gaby, que había permanecido en silencio, atenta a todo lo que decían, y había llegado a la conclusión de que, uno, a Jane le gustaban las mujeres, dos, Olivier no había tenido nada sexual con ella y, tres, la cantante era una manipuladora de cuidado.

Jane se dejó llevar hasta la sala que sólo utilizaban los empleados. Una vez allí, se dejó caer en una de las sillas y volvió a sufrir otra crisis de llanto, incapaz de sobreponerse.

Gaby no sabía qué hacer, aparte de ofrecerle pañuelos y compañía. Ella también había pasado por una ruptura (no definitiva, pues aún quedaba pendiente una conversación con Frank), pero a diferencia de Jane, no se lo había tomado tan a pecho. Bueno, quizá no había llorado de manera desconsolada ante una desconocida; sin embargo, había acabado perdiendo la virginidad con un desconocido en un cuartucho de mala muerte.

—Venga, anímate, seguro que encontrarás a otro..., bueno, a otra —le dijo para animarla, sorprendiéndose a sí misma, porque nunca había imaginado que una mujer pudiese enamorarse de otra mujer.

—Me ha hecho tanto daño, Gaby... —suspiró la afectada, limpiándose la nariz—. La he querido con locura, se lo he dado todo.

He aguantado sus desplantes, sus desprecios, y todo por amor. Cuando resulta que ella no pensaba dejar a su marido por mí, a pesar de que me lo había jurado cada vez que estábamos juntas.

—¿Está casada? —Eso le había extrañado.

—Sí, con un tipo al que aguanta sólo para tener un techo sobre su cabeza —respondió Jane.

—Pero...

La chica sonrió ante su desconcierto.

—Sí, se acuesta con mujeres y con hombres, no hace distinción.

—¿Tú también? —dijo con cautela y poniendo cara de disculpa, porque se estaba metiendo en un terreno muy íntimo a la vez que desconocido; sin embargo, le era necesario salir de dudas, además de conocer otro tipo de parejas que por lo visto se daban y que ella ignoraba.

—No, a mí los hombres no me gustan —admitió Jane y puso cara de asco.

—¿Por qué? —preguntó Gaby desde la más absoluta ignorancia, pues en su mundo, o al menos en el que había vivido hasta hacía poco más de cuarenta y ocho horas, las parejas estaban formadas por un hombre y una mujer. No contemplaba otra combinación posible.

Jane se encogió de hombros y replicó:

—Cada uno tiene sus gustos, como a la hora de elegir ropa. Cada persona elige su vestuario.

—Mmm... yo nunca lo había pensado —murmuró sincera.

—Y yo, hasta que conocí a Gina, tampoco pensaba que fuera posible que me enamorase tanto de una mujer. Hasta entonces había intentado seguir el guion marcado por todo el mundo, pero sin éxito.

—Eso creía yo —musitó Gaby empezando a entender, al menos en parte, lo que había hecho ella toda su vida.

—Cada vez que conocía a un hombre, trataba de convencerme de que era el camino correcto, aunque no funcionaba —añadió Jane con un suspiro de tristeza—. Y mírame ahora, después de darlo todo por esa relación, ella va y me abandona...

De nuevo se echó a llorar de forma desconsolada y Gaby se limitó a abrazarla. Se dio cuenta de que llevaban un buen rato allí escondidas y, como había mencionado Olivier, Jane debería regresar a su puesto cuanto antes.

—No merece la pena llorar por una persona que no te valora —dijo, y fue consciente de hasta qué punto era cierta esa frase. Estaba consolando a una mujer traicionada, lo mismo que ella, que bien podía aplicarse el consejo.

Aunque, visto con tranquilidad, ella no había llorado tanto, lo que la llevó a un pensamiento quizá más inquietante: ¿estaba tan enamorada de Frank como creía o tan sólo había idealizado la relación?

Era una pregunta que debería responder; no obstante, tendría que posponerlo, ya que lo importante ahora era Jane.

—Así que arréglate, ponte guapa, sonríe y no dejes que esa mujer te hunda...

—Eres increíble. Sólo te conozco desde hace veinticuatro horas y ya te considero una amiga.

Gaby intentó no tomarse las palabras de manera literal, pero su expresión la delató, por lo que Jane se vio obligada a añadir:

—Tranquila, no me he enamorado de ti. Además, me he dado cuenta de cómo te mira Olivier, así que ni se me ocurriría birlarle una chica.

Gaby sonrió débilmente, quizá algo complacida, aunque para nada de acuerdo con aquella afirmación.

—Lo importante ahora eres tú, Jane —continuó animándola—. Venga, te ayudo a arreglarte.

—No puedo, en cuanto la vea me derrumbaré...

—Al revés, sonríe, coquetea, así verá lo que se ha perdido —le aconsejó Gaby, guardándose también para sí el consejo, porque lo iba a utilizar.

—¿Se puede saber qué estáis haciendo aquí las dos? —las interrumpió Olivier, entrando sin llamar, pese a que era la zona femenina.

Cuando estuvo dentro cerró la puerta. Nada más ver a Jane se pasó una mano por la cabeza, sin duda preocupado por su amiga.

—No se encuentra bien —la disculpó Gaby.

—Jane, cariño, tienes que volver. He dicho que se te ha roto una media y que volvías enseguida —comentó él, apremiándola para que dejase de llorar.

—Di que está enferma —le pidió Gaby, intercediendo por su amiga.

—Joder, aquí no hay enfermedades que valgan, a no ser que estés a punto de morirte —gruñó él, y se puso en cuclillas frente a su amiga para mirarla a la cara y convencerla—. Jane, por favor, inténtalo.

Ella negó con la cabeza y Olivier, exasperado, soltó un juramento. Al final iban a acabar los dos de patitas en la calle. Entendía a Jane, joder, pues claro que la entendía, sin embargo, lo importante era acabar el turno y conservar el empleo, que, aunque fuera una mierda, era lo único que tenían.

Se fijó en aquella chica, allí, apoyando a Jane, consolándola. Se la había tirado, un imprevisto tras una mala noche, y había tenido la oportunidad de verla más o menos sin ropa...

—¡Desnúdate!

Capítulo 6

—¿Perdón? —farfulló Gaby, porque era evidente que se dirigía a ella.

—Quítate el vestido de niña buena y ponte el disfraz de chica mala —añadió convencido.

Jane parpadeó y su crisis de llanto se detuvo.

—¿Estás loco? —le preguntó a su amigo.

—Sólo tenemos dos opciones: perder el trabajo o maquillarla para que dé el pego. —Señaló a Gaby—. Sois de constitución parecida; con tu ropa, no se notará mucho.

—Yo no tengo tanto... —murmuró Gaby cohibida, señalando el pecho de Jane.

—Te pondremos relleno, tranquila —la interrumpió él, buscando una bata para su amiga.

—¿Y si nos pillan? —preguntó Jane llorosa—. Porque al final igual acabamos sin trabajo y ella se la juega para nada.

—¿Se te ocurre algo mejor? —le espetó Olivier gruñón, y después miró a Gaby—. Venga, quítate la ropa.

Ella se había quedado como un pasmarote, incapaz de procesar aquella orden, pues todavía intentaba hacerse a la idea de que tendría que salir de aquel cuarto con una falda que tapaba menos que su bañador, unos zapatos de tacón imposibles y un maillot casi transparente.

—Gaby... —musitó Jane, mordiéndose el labio por tener que ponerla en aquel aprieto.

Su tono fue determinante para que Gaby reaccionara y buscó con la mirada un lugar donde cambiarse. Pero ni rastro de un biombo. Olivier estaba ayudando sin ningún tipo de complejo a su amiga y ésta no mostró ningún signo de incomodidad al quedarse desnuda delante de él.

—¡Vamos! ¿A qué estás esperando? —la apremió él, acercándose con las prendas de Jane en la mano.

—Necesito intimidad —dijo ella sonrojándose.

Olivier resopló.

—Gabrielle, ya he visto lo que tienes debajo de la ropa —dijo, y ella se puso más colorada aún, pues con aquella frase tan contundente cualquiera podría extraer conclusiones.

Y, aparte del sonrojo, le molestó que de nuevo la tomaran por una cría, así que, tragando saliva, comenzó a desprenderse de la ropa, aunque no había calculado que para vestir el traje de faena de una cigarrera en un club nocturno había que ir prácticamente sin ropa interior.

—Esto que estás haciendo por mí no lo olvidaré nunca —dijo Jane, mientras la ayudaba a maquillarse sin dejar de sollozar, pero con una sonrisa de eterno agradecimiento en el rostro.

Olivier observó toda la escena desde la puerta, cruzado de brazos, sin perderse un detalle de cómo aquella mujer se transformaba de tal forma que, tras los retoques de Jane, parecía otra. No era ni había sido nunca un hombre celoso ni posesivo, pero intuía que la noche se le iba a hacer muy larga vigilándola para que ningún paleto, baboso o borracho la molestara más de la cuenta.

Ya ataviada con el uniforme de cigarrera, se tambaleó sobre aquellos tacones imposibles y sujetó bien el cajón donde llevaba la mercancía. No tenía que cobrarles a los clientes, pues los cigarros y puros se ofrecían sin coste, estaban incluidos en el importe de las consumiciones. Sólo debía guardar las propinas. Olivier la cogió del brazo para que no acabara en el suelo y ella se aferró a él como si le fuera la vida en ello, porque en cierto modo así era.

Caminó sin soltarlo, sintiéndose torpe, ya que era la primera vez que se ponía un calzado similar, pero debía mantener el equilibrio, porque una vez que accedieran a la zona pública, no tendría más remedio que apañárselas por sí misma.

—Escucha y métetelo en la cabeza —dijo Olivier, deteniéndose en la puerta que daba acceso al local—. Sonríe todo el rato. Finge no oír los comentarios soeces y, por supuesto, no te quedes más tiempo del necesario junto a una mesa cuando los caballeros estén conversando entre ellos.

—¿Por qué? —preguntó Gaby; por lo poco que había observado, a los clientes les gustaba la presencia de Jane.

—Porque a veces tratan asuntos de negocios y no quieren oídos indiscretos —respondió mintiendo a medias; si le decía que algunos se propasaban a la menor oportunidad, la chica se apabullaría y todo se iría a la mierda.

—Ah, vale —murmuró ella comprendiendo la explicación, aunque por lo que sabía de asuntos mercantiles, las reuniones y los acuerdos se fraguaban en los despachos o en los restaurantes de lujo, no en clubs nocturnos.

—Evita con disimulo que te toquen; una reprimenda amistosa para apartar una mano es suficiente, nada de enfados ni de réplicas ácidas.

—Comprendido —afirmó, asimilando aquellas recomendaciones que, si las analizaba detenidamente, se podían resumir en un solo principio: ser tonta.

—Bien, y evita al dueño del local. Si por casualidad te mira o te cruzas con él, disimula, no dejes de sonreír y mira hacia otro lado o, si puedes, esquívalo. ¿Alguna pregunta?

—No —mintió, y cuadró los hombros para concentrarse, porque si miraba otra vez la cortísima falda que llevaba, se desmayaría.

—Adelante, Gabrielle —dijo Olivier, sosteniéndole la puerta para que pasara ella primero.

De nuevo su nombre completo, algo que le producía aquel extraño placer, aunque no era el momento, ahora tenía que actuar.

Él se fue a su puesto intranquilo, como no podía ser de otro modo, e intentó no mirar demasiado a la «nueva Jane», que a duras penas lograba caminar entre las mesas. Sostenía con fuerza el cajón de tabaco, era evidente que se esforzaba por lograrlo. Desde luego, la chica le estaba echando coraje. Cualqüier otra hubiera buscado una excusa elegante y habría salido por la puerta sin siquiera mirar atrás.

Lo cual era digno de estudio, pues a todas luces Gabrielle destilaba clase, algo que llevaba aparejado dinero, pensó frunciendo el cejo. Todavía le escocía el hecho de que hubiera puesto al día sus pagos con la casera. También podía ser que fuera la amante de un viejo ricachón, dispuesta a buscarse un tipo joven que la entretuviera y a gastar el dinero del viejo sin la menor consideración antes de volver con él.

Fuera como fuese, Gabrielle al menos no mostraba aquella prepotencia ni la indolencia de la gente con dinero, incluso podía decirse que era algo ingenua. Él había tenido la oportunidad de comprobarlo, porque su comportamiento como amante, además de pésimo (no sería la primera mujer que se comportaba con decoro y recato en la cama sólo por guardar las formas), había sido casi por compromiso, como si le debiera algo, y, bueno, acogerla bajo su mísero techo era un favor, pero tampoco era para tanto.

Un cliente se acercó a Gabrielle, echándole su aliento de borrachuzo en la cara, y, tal como él le había recomendado, ella sonrió y fingió no molestarse mientras le servía.

—Hoy Jane parece más tímida de lo normal —comentó el tipo con una pronunciación bastante mala, aunque Olivier pudo entenderle; se limitó a encogerse de hombros para no darle mayor importancia. Sin embargo, el cliente no se rindió y volvió a importunar—: No se imagina cuánto me gustaría levantarle la falda a esa zorrita...

Olivier aguantó el tipo. Qué poco respeto.

—¿Le sirvo otra? Invita la casa.

—Me han dicho... —el borracho bebió el licor manchándose la corbata— que le van las mujeres.

—Yo no he oído nada —murmuró Olivier, ya que uno de los principales mandamientos del oficio era oír, ver y callar. Y además en aquel caso mucho mejor así, pues no tenía ganas de partirle la boca a nadie.

—Una buena polla es lo que necesita para que se le quite la tontería. La arreglaba yo en dos noches —añadió el otro, muy seguro de su teoría.

—Eso si con un poco de suerte se te levanta —dijo Olivier entre dientes.

—Vaya modas que hay ahora, mujeres a las que no les gusta un buen revolcón con un tipo bien dispuesto. ¿Adónde vamos a llegar?

«Si yo fuera mujer, también me lo replantearía al verte», pensó Olivier manteniendo la sonrisa cordial en todo momento y sin quitarle ojo a la «cigarrera». Con un poco de suerte, en dos horas el local se quedaría vacío y podría escabullirse, algo de lo que debería haberla advertido.

El borracho, al no obtener la atención deseada, se largó, algo tambaleante, pero no lo suficiente como para caer de bruces y que los encargados de la seguridad lo sacaran al callejón.

Qué lástima.

Le hizo una seña a Gabrielle para que se acercara a la barra, aunque por lo visto la nueva Jane estaba teniendo éxito entre los clientes; Olivier vio que no dejaba de sonreír y de darles manotazos ligeros a todos los que se atrevían a tocarle el culo, y eran unos cuantos.

Joder, entendía que los caballeros se animaran al verla, pero para eso estaban las chicas que, de forma obvia, se dedicaban a entretenerlos.

Consiguió establecer contacto visual con ella y movió el dedo indicándole que se aproximara.

—¿Qué ocurre? —preguntó Gabrielle en silencio, moviendo los labios.

Olivier se limitó a repetir el gesto y ella, tras darle unas palmaditas en el hombro al tipo del que acababa de recibir una propina, caminó hasta él.

—Se me ha olvidado un detalle —dijo tenso.

—Te escucho.

—Señorita, quisiera un buen habano —los interrumpió un cliente educado, aunque saltaba a la vista que no buscaba sólo tabaco.

—No moleste, por favor —respondió Olivier, agarrando de mala manera un par de puros y entregándoselos.

—Oiga, que estoy hablando con la señorita —se quejó el tipo con aire altivo.

Olivier, en un gesto impropio de él, lo fulminó con la mirada; sin embargo, Gaby, antes de que la cosa fuera a más, se puso delante del hombre, le alisó las solapas de la chaqueta, recogió los puros y se los cambió por otros.

—Éstos serán más de su agrado, caballero —le dijo amable y él pareció relajarse.

A cambio recibió una buena propina y Olivier una mirada de desprecio del que había logrado el favor de la dama.

—Ya veo lo metida que estás en el papel —le reprochó con acritud.

—Sólo sigo tus recomendaciones —replicó Gaby haciendo una mueca, porque los tacones la estaban matando.

—Se me ha olvidado decirte algo.

—Tú dirás —contestó obediente, y dejó la caja de tabaco un momento sobre la barra para descansar. No sólo los tacones eran una tortura, sino también el peso de aquella caja; iba a acabar con dolor de cuello por la maldita cinta que llevaba para sujetarla.

A Olivier le hubiera gustado darle un masaje en la nuca para aliviar la tirantez, pero hacerlo en público era sin duda la mejor forma de jorobar la actuación. De acuerdo, todos allí sabían que Jane y él eran muy amigos, incluso había malas lenguas que insinuaban que se la había tirado; no obstante, prefería no levantar sospechas.

—Cuando veas que la gente se está marchando, sal antes de que el local se vacíe del todo y enciendan las luces. Tienes que ser rápida, ¿podrás hacerlo?

—Sí —afirmó Gaby.

—Es importante, ya que, a pesar del maquillaje, podrían darse cuenta del engaño.

—Muy bien. Así lo haré —respondió y sonrió algo tensa, metiéndose en el papel.

Olivier la ayudó a ponerse otra vez en marcha y le deseó buena suerte, porque, aparte de necesitarla, la chica se estaba apañando bastante bien para ser su primer día y merecía todo el ánimo posible.

Gaby, que ya se iba acostumbrando a los tacones, paseó entre las mesas sin dejar de sonreír y preguntándoles amablemente a los caballeros si deseaban fumar. Algunos eran educados en sus respuestas y en su comportamiento y, pese a no aceptar el tabaco, le daban una propina, que ella agradecía. Otros puede que fueran comedidos en su lenguaje, pero no así con las manos, que intentaban colar por debajo de su falda, algo que no era muy difícil debido a la escasez de tela. Eso a Gaby la molestaba, ya que algunos hasta la pellizcaban, sobresaltándola y poniendo en peligro su estabilidad. Desde luego, lo que nunca imaginó era que fuera tan difícil ganarse un sueldo. Y uno además bastante lamentable, pues con lo recaudado en el bote de propinas no le alcanzaba para pagar ni uno de sus vestidos.

En una de las mesas divisó a un hombre al que conocía. Se quedó inmóvil en el sitio. ¿Qué hacía allí Stanley? Sin embargo, encontrarse con él no era lo peor, ya que lo más probable era que Frank estuviera cerca. Dio media vuelta procurando no parecer brusca y se dirigió hacia la barra en busca de Olivier. Si la descubrían allí, el escándalo sería mayúsculo.

—No puedo seguir —murmuró nerviosa.

—Lo estás haciendo muy bien, tranquila, ya falta poco para el cierre.

—¿Ves a ese tipo de ahí? —Señaló la mesa donde Stanley permanecía sentado, charlando con otros hombres.

—Son clientes habituales —respondió él con cautela.

—Conozco a uno de ellos —dijo apurada.

Por la cara que puso Olivier era evidente que no había contado con ese imprevisto.

—Pues en caso de que te diga algo, finge que se equivoca, a nadie le extrañará, ya que esos tipos no suelen mirar mucho a las mujeres.

—No me sorprende... —susurró ella.

—Bueno, no nos preocupemos antes de tiempo. Evita pasar por aquel lado, son maric... —se aclaró la voz—, sarasas, así que no te echarán mucho te menos.

—Es el amante de mi novio —soltó Gaby dejándolo perplejo, pues era lo último que esperaba.

—¡Joder! —exclamó, asimilando aquella información.

—Si me ve aquí... —titubeó ella, mordiéndose el labio nerviosa.

Olivier asintió, aunque era evidente que la chica lo estaba pasando mal.

—Procura disimular, no pases muy cerca y listos.

—De acuerdo, eso haré —dijo Gaby inspirando hondo antes de volver a su trabajo.

—Gabrielle... —la llamó Olivier, pero cuando ella se dio la vuelta con una sonrisa en la cara un tanto forzada, a él no se le ocurrió nada que decir, de ahí que se limitara a levantar el pulgar.

Gaby no había dado dos pasos cuando uno de los borrachos habituales le dio un azote. Olivier estrujó el trapo con el que estaba secando la vajilla, para controlar su mala leche. Por suerte, ella se deshizo de aquel indeseable y continuó su ronda.

Olivier prosiguió sirviendo licores, limpiando vasos y vigilándola, y todo sin dejar de pensar en lo que le había confesado, obligada por las circunstancias. Tenía novio, hasta ahí nada que llamase la atención; sin embargo, que hubiera admitido que ese novio era homosexual ya era otro cantar.

No era que le molestase que hubiera hombres con semejantes gustos, allá ellos, lo que le resultaba imposible de pasar por alto era el hecho de que el comportamiento de Gabrielle, quizá, y pensó que no andaba muy descaminado, era consecuencia de ello.

Desde luego era para analizarlo con detenimiento.

Miró de reojo la hora y suspiró en parte aliviado, pues se acercaba el momento del cierre. Tendría que buscar una excusa para quedarse más tiempo, algo que siempre evitaba, y sacar a Gabrielle y a Jane de allí de forma discreta.

Abandonó su puesto confiando en que la joven no tuviera ningún contratiempo y se fue en busca de Jane. La encontró acostada, todavía con la ligera bata que él mismo la había ayudado a ponerse, acurrucada en uno de los desgastados butacones y con síntomas evidentes de haber llorado hasta quedarse dormida.

—Jane... —susurró para no asustarla y ella emitió un pequeño gemido—. Jane...

—Mmmm...

—Despierta, tienes que vestirte y estar preparada para sacar a Gabrielle por la puerta de atrás —dijo, ayudándola a incorporarse.

Jane se frotó la cara y asintió.

—¿Cómo le ha ido?

—Para ser su primera noche, desde luego no lo ha hecho nada mal —respondió él sonriendo de medio lado.

—Olivier, no seas malo con ella. ¿Me lo prometes?

—¿Por qué piensas eso? —preguntó molesto por lo que implicaba aquel comentario.

—Te conozco —dijo Jane mientras se abrochaba el vestido—. Como amigo eres el mejor, pero como hombre... —negó con la cabeza— eres un desastre.

—Tranquila, no tienes nada de que preocuparte —aseveró; sin embargo, ella no se quedó muy convencida.

—Prométemelo —exigió.

Olivier empezó a guardar la ropa de Gabrielle en una bolsa, sin querer mirar a su amiga. No tenía intención de hacerle daño a nadie, pese a que las mujeres tenían la odiosa costumbre de ofenderse por cualquier nadería, en especial cuando, tras un par de encuentros más o menos satisfactorios, les daba por imaginar lo que no era.

—Prométemelo —repitió Jane, obligándolo a que la mirase a la cara.

—De acuerdo, me portaré bien —aceptó, y ella le dio un sonoro beso en la mejilla junto con un abrazo.

—Eres el mejor —murmuró.

Olivier la dejó para que acabara de recoger y regresó a la zona pública, donde lo primero que hizo fue buscar a Gabrielle. Suspiró aliviado cuando la vio entre las mesas, aunque el alivio le duró más bien poco, pues Harry, el dueño de El Pato Loco, se le estaba acercando.

—Joder —masculló.

Y antes de que Harry la interceptara, Olivier se encaminó hacia ella con una bandeja en la mano, dispuesto a utilizarla si era necesario. Aprovechó para recoger algunos vasos vacíos y, justo cuando se detuvo junto a la «cigarrera», se colocó delante para cubrirla.

—¿Qué pasa ahora? —preguntó Gaby desconcertada.

—Sal de aquí ahora mismo —le dijo él al oído en voz baja—. Jane te espera en el vestuario.

—De acuerdo —aceptó ella sin rechistar.

Dio media vuelta y todos los allí presentes observaron cómo su trasero se bamboleaba bajo aquella faldita. No faltaron los comentarios subidos de tono, que Olivier tuvo que obviar para no acabar a puñetazo limpio.

—¿Qué líos te traes tú con Jane? —preguntó Harry, su jefe, manteniendo la sonrisa para no dar el espectáculo.

—Ninguno —respondió él encogiéndose de hombros y recogiendo más vasos de las mesas, para que viera lo mucho que trabajaba.

—Ya. ¿Te crees que soy estúpido? Os he estado observando toda la noche, a ti y a ella, y sabéis que no me gusta que haya líos en el local.

Olivier no supo si reír a carcajadas, ya que por lo menos Gabrielle había dado el pego, o echarse a temblar por si lo despedían por haber tenido, supuestamente, un lío con Jane.

—No tiene de qué preocuparse.

—Entonces ¿qué os traéis entre manos los dos? —insistió Harry, dejando claro que sospechaba y que no iba a dejarlo estar así como así.

—Ella, bueno, ha estado algo enferma y sólo quería saber si se encontraba bien —mintió con aplomo, y su jefe arrugó el morro desconfiado.

—¿Enferma? —repitió irónico—. Pues más vale que espabile. ¿De acuerdo?

—Sí, yo mismo se lo diré —contestó obediente, aunque lo que el cuerpo le pedía era darle un buen puñetazo a aquel tipo en todos los dientes por insensible.

—De todas formas, dile que venga a mi despacho a la hora del cierre, tengo que hablar con ella de un asunto privado —añadió Harry bien alto para que los clientes lo oyeran, lo que por supuesto provocó sonrisitas cómplices.

Olivier no podía maldecir ni buscar una excusa convincente. El muy hijo de puta ya había intentado en otras ocasiones llevarse a Jane al huerto, como hacía con cualquier empleada que se le antojase. Algunas aceptaban encantadas, como Gina, pensando (gran error) que así mejorarían su posición, y otras se negaban, haciéndose las dignas, aunque acababan sometiéndose por no perder el empleo.

—Hoy no se encuentra bien...

—Pamplinas, que venga.

Olivier inspiró hondo y se fue a la barra, dejando de cualquier manera la bandeja con las copas sucias, para ir en busca de Jane. La encontró ya vestida de calle junto a Gabrielle.

—Tenemos un problema, y gordo —les anunció, cerrando de un portazo y señalando a su amiga—. El jefe quiere verte en su despacho. Le he dicho que estás enferma, pero ha insistido.

—Baboso de mierda... Seguro que Gina le ha ido con el cuento.

—Lo más probable —admitió él con pesar.

—¿Y si le dices que ya se ha marchado? —sugirió Gaby.

—No servirá de nada, porque entonces querrá verme mañana, y no para meterme mano, sino para despedirme —dijo Jane negando con la cabeza.

—¿Un jefe puede hacer eso?

—Pero ¿tú en qué mundo vives? —respondió Jane con cariño ante la pregunta de Gaby—. Claro que puede.

—Escucha, ve e intenta disuadirlo; si en cinco minutos no estás fuera, tendré que armar algún jaleo en el local —dijo Olivier serio.

—No, no te la juegues.

—¿Y vas a ceder a las pretensiones de ese cerdo? Ni hablar —afirmó él, dispuesto a cualquier cosa por evitarlo.

—¿Qué está pasando aquí?

Capítulo 7

Los tres se quedaron petrificados dentro de los vestuarios al oír una voz un tanto burlona que no presagiaba nada bueno.

—Maldita sea —masculló Olivier, conteniéndose para no soltar una retahíla de tacos ante el jefe.

Tendrían que haber sido más rápidos, después de que se la habían estado jugando toda la noche. Al dueño se lo podía engañar al principio, pero no mantener la charada todo el rato, por no mencionar que algún cliente hasta podía haberle ido con el cuento y, claro, un tipo acostumbrado a controlar hasta el más insignificante detalle de su negocio no iba a quedarse de brazos cruzados sin averiguar algo más, y finalmente los había pillado.

Era lógico. Desde un punto de vista empresarial, nadie puede montar un club, por muy antro que sea, sin vigilar todo lo que se cuece en él, empezando por sus empleados, y Harry había comenzado como encargado en otros locales, de mejor o peor reputación, hasta que logró establecerse por su cuenta. El Pato Loco pretendía ser un lugar donde la gente pudiera pasarlo bien, sin pertenecer a una clase elitista, y donde los clientes, con tal de que pagaran sus consumiciones y su comportamiento fuera aceptable, podían hacer cuanto les viniera en gana. Harry procuraba agasajar a los más habituales ofreciéndoles buen licor y vistas alegres en el escenario, de ahí que Gina, una cantante tirando a mediocre, siguiera actuando;

no era nada del otro mundo, pero entretenía al público y éste, con tal de ver un pedacito más de piel, seguía bebiendo.

A los asiduos de máxima confianza también se preocupaba de ofrecerles placeres más exclusivos y por supuesto prohibidos, eso sí, nunca de forma directa, dejando libertad a las chicas que pululaban por El Pato Loco para decidir si querían o no ganar una paga extra, de modo que jamás pudieran denunciarlo. Desde luego, una forma muy astuta de ganar dinero sin comprometerse.

Jane, que nunca había querido ganar aquel sueldo extra, estaba en el punto de mira de Harry, que la había invitado a su despacho no para hablarle como un jefe a su empleada, sino seguramente para tentarla primero con alguna fruslería y después amenazarla si no se avenía a su proposición. Y todo porque algún cliente se habría encaprichado de ella, y a quienes dejaban a diario buenas propinas no se los desilusionaba con la negativa de una chica.

—Vaya, vaya, vaya —murmuró el dueño de El Pato Loco acercándose a Gaby con una sonrisa peligrosa—. Resulta que tengo una nueva empleada y nadie me lo ha comunicado.

—Buenas noches, señor... —Se adelantó toda digna y le tendió la mano—. Soy Gabrielle Boston, ¿y usted?

El tipo parpadeó al oír el apellido de la nueva, aunque enseguida recuperó su actitud burlona y la miró como si fuera una cabaretera más a la que meterle mano en su despacho. Se frotó la perilla y la observó de arriba abajo, sin duda evaluando las posibilidades. Harry nunca descartaba una oportunidad de negocio, o de follar gratis porque, a pesar de andar por los sesenta, se mantenía en forma. Olivier había tenido que escuchar más de una vez hablar de sus capacidades amatorias a algunas compañeras de trabajo entusiasmadas con la idea de medrar abriéndose de piernas para el jefe.

—¿Y qué hace una señorita como usted mezclándose con estos dos... —Harry movió una mano de manera despectiva, señalando a Jane y a Olivier—... liantes?

—Aún no se ha presentado, señor, lo que dice muy poco a favor de su educación —replicó Gaby, imitando tanto el tono como la actitud de su hermana cuando quería minar la moral del contrincante.

—Por lo que veo, estos dos embaucadores le han hablado mal de mí, pero si no quiere que llame a la policía y se arme un buen jaleo, haga el favor de meterse en sus asuntos —le espetó Harry con voz autoritaria—. Y ahora, Jane, como te he pedido, acompáñame a mi despacho.

—No —respondió Olivier por ella, consciente de que Harry contaba con amigos dentro de la policía y que, en caso de presentarse, creerían antes a su jefe que a él o, ya puestos, a Jane.

—Querida Jane, me parece que no me he explicado bien. Esta noche, además de faltar a tu trabajo, me has desobedecido... —No hizo falta añadir que no podía negarse, quedaba implícito en sus palabras.

—Se acabó —estalló Olivier ante tanta amenaza, y se encaró con su jefe—. Nos vamos, métete esta mierda de empleo por donde te quepa. —Hasta se permitió el lujo de darle un empujón para que se apartara.

—Señor Mercier, es usted un insensato y un pendenciero. ¿Va a ocuparse de su amiguita? —preguntó sarcástico, dando a entender que era un muerto de hambre.

Que lo era, de ahí lo absurdo de aquel arrebato de orgullo.

—Al menos no tendrá que abrirse de piernas para un baboso —le espetó él con rabia.

—Olivier, no...

—Recogedlo todo, nos vamos de aquí —ordenó él.

—Eso, largaos con viento fresco, no sois más que un par de perdedores —les dijo Harry con desprecio.

—Primero deberá pagarnos lo que nos debe —contestó Jane.

—Señorita Manley... está tirando por la borda una buena oportunidad. Deje que este imbécil se marche y hablemos usted y yo —dijo el dueño, aplicando el viejo dicho de «divide y vencerás».

—Váyase a la mierda —respondió la chica, pues sabía muy bien qué implicaba aquella invitación.

—Tenéis media hora, no quiero volver a veros por aquí, ¿entendido?

Luego abrió la puerta para irse y, al hacerlo, todos vieron fuera a Gina, que aguardaba sonriente, sin duda satisfecha tras haber provocado toda aquella situación.

—Pedazo de zorra —la insultó Olivier.

—No volváis a poner un pie aquí o haré que os den una buena paliza —los amenazó Harry—. Vámonos, querida —añadió, ofreciéndole el brazo a la cantante, que, sonriendo victoriosa, lo besó en la mejilla.

—Zorra y chivata, lo tienes todo, hija de puta —masculló Olivier entre dientes al atar cabos.

Jane no era capaz de articular palabra. Lloraba de manera contenida ante la traición de que había sido objeto por parte de su amante, mientras Gaby la consolaba.

—Tenemos que recoger nuestras cosas y salir de aquí —les dijo Olivier tenso.

—¿Por qué lo has hecho? —preguntó Jane—. Sólo tenía que haber ido a su despacho y...

—Y dejar que te follara sobre su escritorio, para luego contárselo a sus amigotes y que éstos piensen, al verte, quién será el siguiente —remató él.

—¿Eso hace? —preguntó Gaby, que no salía de su asombro.

—Entre otras cosas —masculló él sin dar más detalles—. Y ahora dejémonos de explicaciones, que al final terminaremos en el callejón con una paliza de propina.

Gaby se limitó a ponerse su ropa, pues bajo ningún concepto pensaba seguir con aquel maillot ajustado, y siguió recogiendo las pertenencias de Jane, que, afectada, no dejaba de llorar.

Cuando por fin acabaron, Olivier salió a la parte pública del club, echó un vistazo y comprobó que Harry ya se hubiese ido; luego, sin el menor problema, agarró un par de botellas del mostrador y las guardó dentro de las bolsas. También se encargó de coger el bote de las propinas y, para rematar, abrió el cajón del dinero y se apropió de una cantidad indeterminada.

—Es lo mínimo que ese cabrón puede darnos como indemnización —dijo, ante la mirada curiosa de Gaby.

Una vez en el exterior, Olivier insistió en que Jane no se fuera sola a casa y, con el apoyo de Gaby, lograron convencerla y los tres se encaminaron hacia la habitación de él.

Nada más poner un pie dentro, se dieron cuenta del cambio evidente. Todo recogido, limpio, la cama hecha, la cesta de yute a rebosar de leña. Él parecía ajeno a la transformación, pues lo primero que hizo fue dejar las bolsas en un rincón y sólo se molestó en sacar la bebida y el dinero.

—Bueno, con esto podremos aguantar al menos tres meses —murmuró, tras contar el dinero y guardárselo en el pantalón.

Jane no prestó atención y se limitó a sentarse en una desvencijada silla, abrir una de las botellas y servirse un trago.

—Nunca pensé que Gina pudiera ser tan vengativa —se quejó con amargura.

—Siempre ha sido una zorra ambiciosa —respondió él, acercándose para servirse un buen trago de licor—. No sé de qué te sorprendes.

—Antes no era así...

—Ni se te ocurra defenderla —la interrumpió Olivier, señalándola con el vaso a medio beber.

—¿Cómo vamos a dormir? —terció Gaby, a la que no le prestaban la menor atención, mirando de reojo la única cama disponible.

—Supongo que, como la tercera en discordia, me toca dormir en el suelo —contestó Jane como si fuera lo más normal del mundo y, para demostrarlo, se puso en pie y caminó tan tranquila hasta la cama, de donde cogió una manta, la extendió en el suelo y después, con una de sus bolsas de ropa, se hizo una almohada.

—No me jodas, Jane —dijo Olivier negando con la cabeza. Salió de la estancia refunfuñando, aunque sin dar un portazo, ya que dejó la puerta entornada.

—A veces es demasiado protector —lo justificó Jane.

—No sé a qué te refieres...

—Olivier es el mejor amigo que una mujer puede tener, ya lo has visto; sin embargo, como hombre... Intuyo que algo ha ocurrido entre vosotros, por eso ya le he advertido que no te haga daño.

—¿Y por qué habría de hacérmelo?

—Apenas te conozco, Gaby, pero sé que eres buena persona y puedes dejarte llevar. Sin querer, podrías entusiasmarte más de lo prudente con él —explicó Jane con cariño.

—Déjame al menos disfrutar de unos días, aunque sea mentira, después ya se verá —le pidió ella.

Podría haberle contado cuál había sido el desencadenante de todo aquello, aunque tampoco iba a aburrir a la pobre Jane con sus desgracias y, además, no hubo tiempo para más explicaciones, pues Olivier apareció con un bulto, que arrastró y dejó caer en el suelo.

—¿Cómo has conseguido un colchón a estas horas? —quiso saber Jane y, ante la cara de él, añadió—: No nos podemos permitir estos lujos, te recuerdo que estamos sin trabajo.

—Mañana ya se verá —replicó él—. Ahora, descansemos un poco.

Gaby, no muy convencida con la idea de dormir allí revueltos, se fue al metro cuadrado que usaban como retrete, al que seguía haciéndole falta una limpieza, para ocuparse de sus necesidades. Una vez allí, se aseó como pudo y se limpió todo el maquillaje de la cara, mirándose en el espejo y pensando que desde luego a aventuras no la ganaba nadie.

Recordó las palabras de Jane acerca de Olivier y sonrió con tristeza. Ya intuía algo sobre él, pero estaba dispuesta a aprovechar el momento, nada más.

Al abrir la endeble puerta de aquel cubículo se encontró con Jane esperando fuera y ambas se sonrieron. Gaby regresó a la habitación y halló a Olivier en el colchón del suelo, con la espalda apoyada en la pared y un vaso de licor en la mano.

—¿Quieres uno? —le preguntó un tanto grosero y ella negó con la cabeza.

Se sentó en la cama y se dispuso a quedarse en combinación. Lo mismo que la noche anterior, sintió pudor, aunque logró desnudarse y meterse bajo las sábanas. Él apenas la miraba, concentrado en sus propios pensamientos y fumando. Ella podía prestarles ayuda económica, sin embargo, no sabía cómo plantearlo sin que se sintieran ofendidos.

—Yo... me gustaría echaros una mano —comenzó titubeante.

—¿De nuevo haciendo obras de caridad? —le espetó él con acritud—. Déjalo, con lo que le he birlado a ese hijo de puta de Harry podremos aguantar.

—¿Y por qué no inviertes esa cantidad? —propuso Gaby, que desde pequeña había oído muchas veces la palabra *invertir* y, aunque no prestaba excesiva atención, al menos conocía los principios básicos.

Él se echó a reír y apuró su copa.

—Jane y yo llevamos tiempo detrás de un local, pero ni sumando lo «recaudado» esta noche tenemos para empezar —le explicó con un aire condescendiente que la molestó—. De momento nos conformaremos con sobrevivir.

Jane llegó en ese instante y frunció el cejo al verlos, pues en teoría era ella la que iba a dormir en el colchón; además, percibió cierta tirantez entre ambos y optó por no preguntar, porque intuía que su presencia les estropeaba una noche juntos.

Apagó la luz y se metió en la cama junto a Gaby, que no protestó y se colocó de manera que Jane pudiera estar cómoda. Entonces Olivier aprovechó para salir, sin duda hacia el retrete.

—Lo siento —susurró Jane cuando se quedaron a solas.

Ambas se pusieron de costado para poder hablar cara a cara.

—¿Por qué?

—Os he estropeado la noche —admitió con una sonrisa triste.

Gaby negó con la cabeza.

—Está enfadado por otro motivo, tranquila —explicó.

—Me lo imagino —suspiró Jane—. Lleva tiempo queriendo abrir su propio club, trabajando sin descanso, ahorrando, y voy yo y meto la pata hasta el fondo. Encima ahora los dos en la calle...

—Yo podría ayudaros —dijo Gaby en voz baja.

—Eres un encanto —contestó Jane acariciándole el rostro con ternura—, pero me temo que con el bote de las propinas de esta noche no tendríamos ni para empezar.

A Gaby eso no le gustó nada. Que pensaran que ofrecía su ayuda sin ser consciente de la envergadura del negocio era una prueba más de que continuaban considerándola una mujer sin iniciativa, una ilusa, lo que hizo que se prometiera a sí misma algo fundamental: en cuanto regresara a su rutina, cambiaría muchas cosas.

—Espero que se cumplan todos tus sueños —dijo Gaby diplomática, pues podía entender las reticencias de Jane aunque no las compartiera.

—Y yo los tuyos...

Olivier regresó a la habitación y arqueó una ceja al verlas allí tan juntitas, haciéndose confidencias. Confiaba en Jane, por supuesto y sabía que no seduciría a Gabrielle, pero aun así sintió una especie de tonto arrebato de envidia al no ser él quien estuviera en la cama con ella. La noche anterior había sido un tanto decepcionante desde el punto de vista sexual, pero la chica se merecía otra oportunidad. Sin embargo, por delante de cualquier deseo estaba sin duda la amistad, así que le tocaba dormir solo y conformarse con sus fantasías.

—Buenas noches —les dijo a las dos un tanto irónico, acomodándose en el colchón entre resoplidos. No porque fuera la primera vez que debía conformarse con algo similar, sino porque aquella situación le parecía surrealista.

—Buenas noches —respondieron ambas entre risitas cómplices.

Olivier gruñó; seguro que se pondrían a hablar como dos cotorras de sus cosas y a él le tocaría aguantar aquel parloteo. Pero no, murmuraron algo que no llegó a entender y enseguida se durmieron. No así él, que primero empezó a dar vueltas sobre aquel deprimente colchón, después le dio puñetazos con la intención de que las partes más sobresalientes que lo estaban molestando se alisaran, y por último suspiró, resignado a pasar una noche en vela.

No era la primera vez que tras una dura jornada de trabajo se tenía que conformar con tumbarse en un camastro de mala muerte,

A veces creía que aquella etapa había quedado atrás, pues desde su llegada a Inglaterra, hacía ya más de quince años, había pasado por diferentes vicisitudes junto a su familia. Los suyos, ante la imposibilidad de labrarse un futuro aceptable, habían optado por regresar a su Francia natal. No obstante, Olivier, ya mayor de edad, no los acompañó y decidió seguir probando suerte. Y así llevaba ya un tiempo, dando tumbos y aceptando empleos mal pagados, y, a punto de cumplir la treintena, todavía no había logrado forjarse un futuro y tenía que conformarse con malvivir en una habitación insalubre, birlar alguna que otra botella de licor para calentarse por las mañanas y acabar robando la recaudación del local tras su despido.

Un panorama desolador, desde luego, eso sin contar con la posibilidad de que al dueño de El Pato Loco le diera por denunciarlo, algo bastante probable, lo que complicaría aún más su ya de por sí precaria situación.

Así que debía ir pensando un plan alternativo. La idea de rehabilitar un viejo local al que ya le había echado el ojo y reconvertirlo en un club nocturno iba a tener que aplazarla *sine die*, pues ahora la prioridad era esquivar a su exjefe y lograr que Jane olvidara a aquella zorra pelirroja. Su amiga era fuerte y decidida, aunque en lo tocante a sus emociones un desastre, ya que no era la primera vez que se estrellaba.

Y luego estaba Gabrielle. ¿Qué pensar de ella? Una mujer que había aparecido de la nada y que lo había dejado a la altura del betún delante de la casera al liquidar sus deudas. Y encima había tenido la «feliz» idea de sugerirle cómo proceder.

En ese instante recordó, sonriendo de medio lado, cómo se había dirigido al dueño de El Pato Loco, presentándose formalmente, como si ese cabrón fuera un tipo respetable... Para morirse de risa ante su ingenuidad, aunque lo de menos era eso; lo relevante era que había dicho su nombre completo. Gabrielle Boston. ¿De qué le sonaba ese apellido?

Capítulo 8

En algún momento, Olivier venció a los bultos del colchón y logró quedarse dormido. De ahí que cuando abrió los ojos se encontrase al menos descansado, no como le hubiera gustado, aunque tampoco se podía pedir más. Cambió de postura, tumbándose boca arriba, y se dio cuenta de que se había despertado con una erección digna de estudio. Gimió y se colocó una mano encima, como si de alguna manera pudiera controlarla.

Como comprobó cinco minutos después, no se relajaba, y si además pensaba que dos mujeres estaban en la que había sido su cama hasta hacía no mucho, su imaginación se disparaba.

—Maldita sea —masculló sin dejar de tocarse, pues se sentía igual que cuando tenía quince años y todo lo excitaba.

Masturbarse con cuidado de no despertarlas no era una opción viable, ya que en algún momento ellas podrían descubrirlo, así que se concentró en respirar, relajarse y procurar que aquello bajase... Sin embargo, sus intentos por volver a la normalidad fracasaban, puesto que continuaba excitado, incluso más.

Allí, tumbado en un triste colchón, seguía confiando en que su cuerpo se ciñera de una maldita vez a la lógica. Si su polla colaboraba un poquito y se relajaba, mejor que mejor, pero nada, erre que erre, aquella cabrona continuaba en pie de guerra.

Nada, por mucho que lo intentara evitar, iba a tener que masturbarse. Bueno, si lo hacía en silencio y con rapidez, en menos de cinco minutos estaría libre de tensiones y aquellas dos ni siquiera sospecharían nada.

Aquellas dos... justo la imagen que su cabeza no necesitaba, pues la sola idea de pensar en la posibilidad de que ambas hicieran algo más que dormir juntas lo excitaba, y mucho. Durante la noche no había oído nada; aun así, no podía estar seguro. Era cierto que había visto alguna que otra vez a Jane intimar con alguna de sus amantes y, pese a que siempre la veía como una amiga, su lado masculino no podía dejar de activarse, y en aquel momento se estaba activando sin remedio.

E imaginarse a Gabrielle jugueteando con otra mujer era como intentar apagar una hoguera con gasolina. Jadeó de forma nada contenida. Al final lo iban a sorprender con las manos en la masa y, si bien no se avergonzaría de ello, tampoco le apetecía dar explicaciones.

Se tensó al oír el crujido del viejo somier y se quedó inmóvil, eso sí, con la mano sobre su erección, confiando en que ellas continuaran dormidas; pero no fue así, ya que vio de reojo cómo Jane se levantaba de la cama y se acercaba hasta él caminando de puntillas para no despertar a Gaby.

—Anda, ve con ella —le susurró en tono de guasa.

—Joder... —murmuró Olivier, pues carecía de sentido disimular.

Jane se puso un vestido limpio mientras él, con cara de malas pulgas, se preguntaba cómo era posible que su amiga lo hubiera pillado in fraganti.

Cuando ella acabó, se arrodilló junto a él con una sonrisilla cómplice y Olivier susurró:

—Ni se te ocurra decir nada.

—Ay, Olivier, ¡qué predecible eres! —se burló ella y, antes de marcharse, le dio un beso en la mejilla.

Cuando Jane cerró la puerta, él se sentó apoyado en la pared y se cruzó de brazos. Seguía excitado y enfadado al mismo tiempo. No sólo por el hecho de estar en la cuerda floja, pues a eso ya se había acostumbrado desde hacía tiempo, ya que raro era el mes en el que no le surgían contratiempos; lo que lo tenía cabreado en aquel momento era que su espacio personal estuviese invadido por dos mujeres que, si bien no lo fastidiaban de forma directa, sí habían cambiado su rutina y coartado un poco su libertad de movimientos. Maldita fuera, no era que se la cascara cada día al despertarse, pero si le apetecía no tenía por qué andarse con miramientos. Podía hacerlo igualmente, por supuesto, y al cuerno con sus opiniones; no obstante, no estaba por la labor de masturbarse con público, por muy perversa que sonara la idea.

Levantó la manta y miró hacia abajo. Llevaba un buen rato dándole vueltas al asunto y su polla seguía igual. Inexplicable y tan cierto como que lo estaba viendo.

Desvió la mirada hacia la cama, Gabrielle permanecía, o al menos daba esa impresión, dormida y por tanto ajena a sus tribulaciones. ¿Cuánto tardaría Jane en regresar?

Joder, era imposible follar con aquella presión, pues, aunque le apetecía, tampoco era cuestión de que su amiga apareciera en el momento justo. Así que se conformó con su propia mano, eso sí, atento a cada movimiento de Gabrielle.

Procuró hacerlo despacio, primero por encima de la ropa interior, pero aquello era penoso, así que metió la mano bajo los calzoncillos y el contacto directo lo hizo suspirar de gusto. Varió ligeramente de postura, reclinándose y echando la cabeza hacia atrás, para de esa forma concentrarse mejor. Aumentó el ritmo, subiendo y bajando sin dejar de apretar, en especial cuando llegaba a la punta, donde cerraba con más fuerza el puño hasta sentir un pequeño ramalazo de dolor. Justo en ese instante respiraba hondo, se demoraba unos segundos y luego seguía.

Como no podía ser de otro modo, su respiración dejó de ser normal y, a pesar de sus intentos por controlar los jadeos, le resultaba cada vez más complicado. No iba a disfrutar de su desahogo matinal en silencio, así que se olvidó de todo lo que no fuera su propio disfrute. Si además de que todo se le había torcido la noche anterior no podía gozar de uno de los pocos placeres que podía permitirse gratis, mejor tirarse de un puente y acabar con toda aquella mierda.

Apretó los dientes; el movimiento de su mano se volvió frenético y apartó de malos modos la manta, porque le limitaba los movimientos, además de darle un calor innecesario.

Sintió la tensión recorriéndole la espina dorsal, sus gemidos ya descontrolados daban buena prueba de ello, ya sólo le faltaba el último paso para correrse. Y tan concentrado estaba que no se percató ni del sonido del somier de la cama ni mucho menos de que alguien lo observaba. Tan sólo disfrutó de aquel sencillo placer, sin importarle nada más, e incluso tras correrse se quedó allí medio recostado, con la mano pegajosa y los ojos cerrados, mientras su respiración se iba regularizando.

Abrió los ojos despacio y se incorporó para limpiarse. Entonces fue cuando se percató de que Gabrielle lo miraba atentamente. No tenía una expresión burlona, más bien curiosa, como si quisiera aprender algo al respecto. Olivier no iba a buscar excusas y, todo tranquilo, sin cubrirse, dijo:

—Buenos días. ¿Te ha gustado el espectáculo?

Ella se aclaró la garganta antes de hablar.

—Ha sido... muy... instructivo... —musitó colorada como la grana e incapaz de desviar la mirada, pues desde que se había despertado había dudado sobre qué estaba haciendo él; pero sus gemidos (unos más controlados que otros) le dieron una pista fiable y desde ese momento sólo había deseado ser testigo hasta el final.

—Me alegro —dijo él un tanto divertido, ya que Gabrielle seguía con la vista fija en su entrepierna; con tanta atención su polla podría volver a animarse, así que añadió con guasa—: ¿Alguna pregunta?

—No, de momento no —respondió, aunque desde luego nunca hubiera esperado que, al despertar, se encontrara con una clase de anatomía masculina.

Olivier se subió los calzoncillos y se levantó. Enrolló el colchón, que debía devolverle a la casera, tal como había quedado la noche anterior, y observó de reojo a Gabrielle, que continuaba en la cama, cubierta con las mantas, como si le diera vergüenza mostrarle su cuerpo; algo ridículo, porque ya había tenido ese placer. Sin embargo, en vez de dejarlo pasar, y puesto que le apetecía tomarle un poco el pelo, se le acercó, apartó las sábanas y la recorrió con la mirada.

—¿Qué ocurre? —preguntó ella, confusa ante aquel arrebato. Intentó cubrirse de nuevo, pero él, con habilidad, colocó una rodilla en la cama, aprisionando la manta e impidiendo que se tapara.

—Ya que tú has tenido la oportunidad de mirar, lo más justo es que yo también pueda disfrutar de un..., digamos..., aliciente matinal —dijo Olivier y, como era de esperar, la chica se atragantó al escuchar semejante idea.

—¿Cómo dices?

—Gabrielle, abre las piernas y tócate. Despacio o rápido, como mejor prefieras, y deja que te mire —propuso sugerente, inclinándose para subirle la combinación.

Ella se tensó, aunque permaneció quieta, pues tampoco sabía muy bien qué hacer. Él le sonrió, puede que con intención de calmarla, no obstante, Gaby se puso aún más nerviosa. Al ver su poca o nula predisposición, lejos de ceder, Olivier se situó junto a la cama e, inclinándose, colocó las manos sobre sus rodillas para posicionarla de manera adecuada. Después estiró un brazo y le agarró una mano, que se acercó a la boca para chuparle los dedos uno a uno, dejándoselos humedecidos.

—No cierres los ojos, Gabrielle —murmuró él.

Ella asintió, porque a pesar de no tener la menor idea de por dónde le daba el aire, quería aprender.

Él le guio la mano hasta colocarla sobre su sexo y, moviéndola con su ayuda, poco a poco Gaby entendió por dónde iban los tiros. Olivier volvió a sonreírle y se sentó a su lado para ser testigo de todo el proceso.

—Hazlo, Gabrielle, muéstrame cómo te masturbas.

Ella, que cada vez que oía su nombre en boca de él se excitaba, tragó saliva y, despacio, comenzó a acariciarse el monte de venus, procurando en todo momento mirarlo a los ojos, tal como él le había pedido.

Olivier se conformó con subirle del todo la maldita combinación y dejar expuesto su sexo. La miró y llegó a la conclusión de que era la primera vez que se atrevía a tocarse delante de alguien. Para infundirle valor, se entretuvo acariciándole la parte interna de los muslos, sin llegar a su sexo, de esa zona debía encargarse ella misma.

—Venga, sé valiente —la animó.

Gaby movió la mano. Sabía que estaba excitada y disfrutaba de esa sensación, pese a que aún notaba cierta vergüenza, no sólo de reconocerlo, sino de que, además, él fuera testigo de ello. Y si a eso le sumaba su inexperiencia, pues no le resultaba sencillo seguir adelante.

Confesar en voz alta que nunca se había tocado, ni sola ni con público, no era una opción, así que, bajo la atenta mirada de Olivier, deslizó un dedo, rozándose sin pretenderlo el clítoris, de tal forma que gimió, un tanto contenida, pero al menos era buena señal.

—No cierres los ojos, Gabrielle —le dijo él exigente.

Y ella pensó que cumplir aquella orden no sería nada sencillo.

—¿Por qué no me tocas tú? —se atrevió a sugerir.

—Ya te estoy tocando —musitó, moviendo una mano y rozando la piel del interior de su muslo.

Gaby inspiró hondo y avanzó en su exploración; qué difícil y a la vez qué excitante.

Notó cómo la humedad le impregnaba la yema de los dedos y se dejó guiar por el sencillo principio de causa efecto. Cada vez que presionaba sobre su clítoris, su deseo aumentaba. Con cada roce en sus labios vaginales se tensaba, así que, moviendo sólo dos dedos, buscó un ritmo que la satisficiera. No le hacía falta mirar la cara de Olivier, que, atento a cada gesto, respiraba cada vez con mayor agitación.

—Córrete, Gabrielle... —exigió o rogó, pues su voz fue casi un lamento.

Ella estuvo a punto de replicar «eso intento», aunque se concentró en lograrlo. Aún no conocía bien su cuerpo, algo a lo que pondría remedio, ya que no pensaba desaprovechar la oportunidad. Ahora que había empezado a disfrutar del sexo, tenía que recuperar el tiempo perdido, pero antes de ponerse al día, nada mejor que acabar lo empezado.

Sus dedos, al principio inseguros, se habían vuelto más atrevidos y no sólo rozaban su sexo de forma superficial, también comenzaron a explorar el interior. Con cautela, introdujo un dedo y sintió el calor y la humedad. Había prometido no cerrar los ojos, no obstante, tuvo que faltar a su palabra, puesto que todo estaba adquiriendo una intensidad increíble.

—Gabrielle... —musitó él y se inclinó para darle un beso en cada rodilla.

Aquel susurro fue definitivo, porque se tensó de arriba abajo, cerró las piernas, aprisionando tanto la mano de él como la suya propia, y se quedó inmóvil, jadeante. Olivier la ayudó a alcanzar el clímax al regalarle el toque de gracia, pues se las apañó para llegar hasta su clítoris y presionar con la yema del pulgar.

—¡Oh, Dios mío!

—Encantadora —dijo él, sonriendo satisfecho.

Gaby permaneció con los ojos cerrados, muerta de vergüenza, confiando en que Olivier le permitiera un poco de intimidad dejándola a solas. Sin embargo no fue así y, lejos de darle ese pequeño respiró, continuó sentado en el borde de la cama. Ella, al ver que no se iba, se volvió hacia un lado, en un vano intento de esconderse; como era de esperar, él no se lo permitió y se acostó junto a ella.

—¿Por qué te avergüenzas de algo tan increíble? —le preguntó en un susurro.

—Yo nunca hago estas cosas —respondió ella en voz baja.

—¿Has disfrutado?

—Sí.

—Pues eso es lo que importa —afirmó Olivier y, tras darle un beso en el hombro, abandonó la cama, lo que supuso un cierto alivio para Gaby.

Lo vio salir de la habitación con una toalla y los útiles de afeitar bajo el brazo. Respiró y se quedó tumbada boca arriba, pensando en lo que acababa de suceder y acabó riéndose, porque, así a lo tonto, había descubierto una forma muy placentera de entretenerse.

Pero debía ir pensado en volver a casa, dos noches seguidas durmiendo fuera alertarían a sus padres y no podía contarles la verdad. Sin embargo, deseaba permanecer en aquella habitación cutre, continuar experimentando y, por supuesto, quería seguir estando con él.

Además, regresar a la rutina suponía enfrentarse a Frank, que con toda probabilidad ya habría preguntado por ella, dando así pie a que su familia se preocupara.

Tomó una decisión: de momento se quedaría unos días más. Llamaría a su madre para decirle que estaba bien y ésta lo comprendería, o al menos lo intentaría. Y si no, pues bueno, ya había llegado el momento de ser rebelde.

Con esa idea en la cabeza, se levantó y, pese al frío, se las arregló para vestirse y hacer la cama. No era muy ducha en las labores domésticas, ya que rara vez había tenido que ocuparse de ellas, pero al menos logró dejarla aceptable. Después se quedó delante de la extraña estufa preguntándose cómo encenderla. Aquel artefacto metálico en forma de cubo y con unos círculos recortados en la parte superior le suponía todo un desafío. Dispuesta a aceptarlo, agarró el gancho metálico que colgaba de la pared y apartó los anillos, de forma que pudo ver el interior. Llegó a la conclusión de que sólo debía introducir leña y papeles para que aquello funcionara y así lo hizo. Prendió una cerilla y la dejó caer dentro. No ocurrió nada. Probó de nuevo con idéntico resultado y entonces se dio cuenta de que el fósforo se apagaba antes de prender el papel. No le quedó más remedio que meter el brazo con la cerilla encendida hasta lograr que el papel ardiera. Satisfecha consigo misma por aquella pequeña victoria, sonrió.

La leña comenzó a arder, o al menos daba esa impresión, porque sólo salía humo y cada vez más. Gaby tosió y se acercó al ventanuco para abrirlo y despejar el ambiente. Seguía sin entender qué había hecho mal. Era cierto que ella en casa nunca encendía la chimenea, de ello se ocupaba algún sirviente, pero lo había visto infinidad de veces.

—¿Qué demonios ocurre aquí? —preguntó Olivier entrando en la estancia.

Fue hacia la estufa y colocó los anillos metálicos de la parte superior para controlar aquella humareda y también se ocupó de abrir una rendija situada en el tubo, de tal forma que la leña comenzó a arder y el humo a disiparse.

—Sólo intentaba encender la estufa —se justificó ella, sin perderse ni uno solo de los pasos a seguir.

—Pues nadie lo diría, vamos a oler a ahumado todo el santo día —comentó él sarcástico.

—Lo siento, no sabía cómo funcionaba —se disculpó, sintiéndose torpe.

Olivier terminó por encogerse de hombros y no darle mayor importancia; lo que sí era relevante para Gaby en aquel momento era buscar ropa limpia y algo de dinero, y para ello debía pasar por su casa.

La habitación ya se había ventilado y ella aún se sentía un poco idiota, porque aquel incidente era una prueba más de que había vivido ajena al mundo real. Bueno, pues a eso le iba a poner remedio.

—¿Olivier? —Lo llamó en voz baja porque él estaba sentado leyendo el periódico.

—¿Sí?

—Yo... tengo que marcharme —dijo cohibida.

Él cerró el diario, la miró con actitud indiferente y murmuró:

—Ah, muy bien.

Ella esperaba un poquito más de interés, sin embargo, no dijo nada, recogió su bolso y se marchó.

Una vez en la calle, miró a su alrededor. Por alguna tonta y extraña razón, quería memorizar todo aquello, ver cada detalle, observar a la gente que por allí pululaba. Personas realizando tareas cotidianas, críos mal vestidos correteando, edificios en mal estado... Se acordó entonces de alguna que otra conversación con su hermano, en la que le había hablado de los problemas que cada día veía en su consulta, porque Alfred, en vez de trabajar en una consulta privada y atender a ricos, lo hacía en un hospital de la beneficencia, donde los recursos escaseaban y los pacientes carecían de ingresos.

Y ahora Gaby estaba en medio de todo aquello, rodeada de lo que a veces sólo era una pequeña reseña en algún periódico. Se sintió mal, pues nunca se había parado a pensar en ello. Y como muchas personas de su clase social, lo único que había hecho para «ayudar» había sido acudir a fiestas benéficas y hacer una donación.

Caminó hasta encontrar un taxi con esos pensamientos en la cabeza, consciente de que no podía seguir ajena a toda aquella realidad, pero lo primero era llegar a casa, cambiarse y explicarles a sus padres que deseaba pasar unos días fuera.

* * *

—Vaya, por fin das señales de vida —fue el ácido comentario de su hermano nada más poner un pie en la mansión.

—Buenos días a ti también, Alfred —replicó ella sin querer enfadarse—. ¿Cómo tú por aquí?

—He venido a despedirme de Eric —respondió su hermano, pues en unas horas se marchaba de viaje—, y, ya de paso, hablar con mi hermana pequeña, porque últimamente le ocurre algo.

—Alfred, por favor, no estoy de humor —dijo procurando escabullirse.

Su intención era llegar al dormitorio, preparar una pequeña maleta y marcharse, pero con su hermano pisándole los talones tendría que variar los planes, así que se limitó a subir a su cuarto.

—Frank lleva dos días viniendo por aquí para preguntar por ti y, si bien no es santo de mi devoción, veo que está preocupado.

—Alfred se coló en el dormitorio de su hermana y cerró la puerta—. ¿Qué os ha ocurrido?

Gaby inspiró hondo, tarde o temprano iba a llegar el momento de las explicaciones.

Capítulo 9

—Hablas igual que papá —replicó Gaby, sabiendo que a su hermano esa comparación lo fastidiaba un poco.

No era la única que hacía tiempo que se había dado cuenta de aquel detalle. Desde que era adolescente, Alfred se esforzaba por no seguir los pasos de su padre, empezando por no unirse al negocio familiar y cursar estudios universitarios de medicina, algo poco o nada útil desde el punto de vista paterno, que hubiera preferido cualquier otra disciplina relacionada con la economía, la gestión empresarial o asuntos legales. Sin embargo, en lo que se refería a la actitud controladora con la familia, estaban cortados por el mismo patrón. Tanto su madre como sus hermanas disfrutaban recordándoselo cuando discutía con ellas, y su padre, aunque con disimulo, se enorgullecía de ese hecho, pese a parecer indiferente.

En ese momento Gaby, que no estaba por la labor de aguantar un sermón de Alfred, optó por mencionarlo, confiando en que así él suavizara un poco su actitud controladora.

—No te salgas por la tangente —le advirtió él muy serio.

Gaby estuvo a punto de sonreír; es que hasta hablaban igual.

—Yo no me meto en tus asuntos —alegó ella en su defensa.

—¿Qué ha pasado? —repitió él cruzándose de brazos, dispuesto a no ceder hasta saber todos los detalles, o al menos los más relevantes.

Gaby resopló indignada, pues intuía un interrogatorio en toda regla.

—Frank y yo hemos roto —anunció, porque decir la verdad siempre era lo mejor.

—¿Perdón?

—Así que ya puedes ir a brindar con el resto de la familia, es la noticia que todos estabais esperando desde hace tiempo —añadió sarcástica.

Alfred se dio cuenta del tono dolido de su hermana. Era cierto que todos habían cruzado los dedos para que de una vez por todas comprendiera la verdadera naturaleza de Frank y rompiera el compromiso, pero tampoco era agradable verla sufrir. Se acercó a ella y la abrazó.

—Escucha, sé que no resulta fácil asumir ciertas cosas...

—Habla claro —lo interrumpió ella—, a mi novio le gustan los hombres.

Alfred arqueó una ceja ante la vehemencia y sinceridad de Gaby.

—Sí, no hay que utilizar eufemismos —convino con suavidad—. El caso es que ahora que sabes la verdad no tienes por qué sentirte mal ni mucho menos culpable.

—Ya, como que es tan sencillo —murmuró ella—. Casi ocho años engañada, tú me dirás, y encima todos lo sabíais y os habéis callado. Habéis hecho chistes a mi espalda u os habéis burlado sin compasión —le reprochó.

—De acuerdo, acepto mi parte de culpa, pero quiero ayudarte; ¿por qué no te vienes unos días con nosotros?

Ni loca se iba a ir con unos recién casados de viaje.

—Tengo otros planes —dijo, y eso hizo que Alfred frunciera el cejo.

—Eso he oído, que llevas dos noches «por ahí» —contestó irónico.

—Soy mayor de edad y tú nunca has dado explicaciones de lo que haces, así que no te erijas ahora en mi protector.

—Pues dime dónde has estado y todo resuelto.

—Hablé con mamá, es la única que me comprende, así que no voy a decir ni una palabra más —replicó ella con obstinación.

—¡Maldita sea, Gaby! —estalló Alfred frustrado—. ¡No puedes irte de casa sin al menos decirnos con quién estás!

—Es mi vida.

—¿Por qué gritáis tanto? —preguntó una voz, por desgracia conocida, entrando en la habitación.

—La que faltaba —murmuró Gaby, sentándose en el borde de la cama al ver a su hermana mayor allí.

—Contigo quería yo hablar —dijo Samantha tras saludar a Alfred con un beso en la mejilla—. Te fuiste de mi casa en plena noche, sin avisar, dejando sólo una triste nota. ¿Te haces una idea de lo preocupados que nos quedamos James y yo?

—No creo que me echarais en falta —contestó Gaby mirándola a la cara.

—¡Será posible! —se quejó Samantha y miró a su hermano, igual de sorprendido ante la actitud rebelde e impertinente de la hermana pequeña, algo muy inusual.

—Ahora me gustaría tener un poco de privacidad, por favor —les pidió a ambos, que por lo visto se habían aliado para molestarla.

—¿Por qué no descansas un rato y después hablamos? —propuso Samantha, más conciliadora.

—No tengo nada que hablar con vosotros —espetó Gaby implacable.

—Así no hay manera —se lamentó Alfred, pellizcándose el puente de la nariz ante la tozudez de su hermana pequeña.

Gaby, cansada de que ambos la estuvieran tratando como si fuera tonta, es decir, como siempre, se puso en pie y decidió no hacerles caso. Se fue a su vestidor y localizó una pequeña bolsa de viaje. Como era de esperar, Samantha se acercó.

—¿Qué haces?

—Preparar la maleta —respondió, encogiéndose de hombros ante una pregunta tan absurda.

—Gaby, por favor, sé razonable. No puedes marcharte así por las buenas —dijo Alfred intentando disuadirla.

—¿Por qué? —replicó sin mirarlo, pues su prioridad era recoger lo necesario para pasar unos días fuera.

—Porque, lo admitas o no, lo de Frank ha sido un golpe duro y eres vulnerable —respondió él malhumorado, ya que no era muy ducho en lo de lidiar con las crisis emocionales de sus hermanas.

—¡Es mi vida, dejadme en paz! —exclamó Gaby—. Vosotros siempre habéis hecho cuanto os ha venido en gana, incluso os he servido de coartada en alguna ocasión.

—Sólo queremos protegerte —dijo Alfred.

—Agobiarme, más bien —lo corrigió Gaby—. Sé lo que hago, ¿de acuerdo?

—¿Y si te equivocas? —preguntó él.

—Ése es el problema, que hasta ahora nunca me he equivocado. Tengo derecho a hacerlo. Y, tranquilos, mi idea no es tirarme al río desde un puente.

—Dinos al menos adónde vas —pidió Samantha.

—Con unos amigos —respondió ella en tono evasivo.

—¿Los conocemos? —siguió indagando Alfred.

—No.

—¡Excelente! —exclamó él, manifestando su frustración.

—Déjanos solas —le pidió Samantha a Alfred.

—¿Por qué? —preguntó éste al verse excluido.

—Alfred... —le advirtió Samantha hábil, pues intuía que su hermana pequeña no se sentiría cómoda hablando de ciertos asuntos estando él presente.

—De acuerdo —aceptó a regañadientes, tras fulminarlas a las dos con la mirada.

Cuando Alfred se marchó, Samantha se sentó en uno de los taburetes acolchados del vestidor y adoptó una postura comprensiva, puesto que entendía por lo que estaba pasando Gaby. Todos sabían que llegaría el día en que su hermana conocería la verdadera naturaleza de Frank. Algo que había querido decirle desde que se enteró, pero que, por consejo de su marido, no había hecho. En aquel momento dudó de si haber callado había sido la opción correcta.

—Ahórrate el discurso —le advirtió Gaby, antes de que dijera una sola palabra, pues no le apetecía discutir y mucho menos tener que justificar sus actos.

—Escucha, sé que a veces somos injustos contigo, creemos que hay que protegerte y no nos damos cuenta de que has crecido. Yo sé muy bien lo que es que no te tomen en serio, me enfrento a ello cada día —admitió Samantha con un suspiro.

—Esto es diferente. Ya sé que por mucho que todos se empeñen en criticarte, les das cien mil vueltas a esos pedantes ejecutivos, pero yo no aspiro a tanto. Mi caso es mucho más sencillo —murmuró Gaby, sentándose junto a su hermana.

Lo cierto era que hacía mucho que ambas no pasaban tiempo juntas, charlando o haciendo cualquier otra cosa. Sin querer se habían distanciado.

—No digas eso. Puede que no te interesen los negocios, pero ¿por qué no ibas a tener sueños?

—Por favor... —se quejó Gaby—. Mi sueño era casarme con Frank, uno bien sencillo, y mira... ¡Como para ponerme a dirigir un negocio!

Samantha le dio un empujoncito cariñoso.

—No seas boba, y me alegro, porque el matrimonio está sobrevalorado —afirmó convencida.

—Ya... por eso tú no te despegas de James —comentó Gaby con ironía.

—Intuyo que el otro día viste más de la cuenta, ¿no es así? —Su hermana asintió—. Bueno, pues ésa, no te lo niego, es la parte buena; el resto... tampoco es para tanto.

—No seas ridícula. James te adora, lo que pasa es que te gusta molestarlo y pincharlo, que todos nos damos cuenta —dijo Gaby regañándola.

—Sí, lo admito. —Samantha se rio—. Cuando te cases descubrirás que o le echas sal a la comida, o tendrás que cambiar de restaurante.

—Eso si me caso... —se lamentó Gaby.

—Y en el supuesto caso de que no llegues al altar, tampoco te preocupes tanto. —Samantha bajó la voz para añadir—: No le cuentes esto a nadie, pero... si eres un poco espabilada, te buscarás un amante y listos.

—¡Samantha! —exclamó Gaby echándose a reír—. ¿Cómo puedes decirme algo semejante?

Su hermana se rio entre dientes, pues para la mentalidad de Gaby, como para la de muchos, era impensable buscarse un amante, pese a que, bajo su punto de vista, era algo recomendable.

—Porque no quiero que confundas las cosas. Por desgracia has tenido un noviazgo largo e intuyo que «aburrido», así que...

—Tú lo has dicho —admitió Gaby y suspiró—. Frank, por si acaso lo dudas, me ha respetado todo este tiempo. Por ese lado puedes estar tranquila.

Samantha no se sorprendió al escuchar aquella revelación, ése era el comportamiento que se esperaba de un hombre hacia su prometida; sin embargo, como mujer tenía muchas objeciones al respecto. Una opinión que se cuidaba muy mucho de compartir en voz alta, aunque quizá fuera hora de hacerlo con su hermana.

—A veces respeto no es lo que una mujer espera... —comenzó de forma suave.

—Samantha, tengo una ligera idea de qué ocurre entre un hombre y una mujer en la intimidad —la interrumpió ella, recurriendo a una verdad a medias, ya que no se sentía preparada para contarle a su hermana lo ocurrido en aquella habitación de mala muerte.

—Me alegro, porque a veces se idealizan las cosas y quizá sería bueno que habláramos sin tapujos.

—No creo que sea el momento —respondió Gaby, pues si bien hubiera agradecido una conversación de esa índole hacía unos días, en aquel momento prefería volver al método empírico, algo que pensaba hacer en cuanto consiguiera terminar de prepararse la bolsa de viaje y regresara junto a Olivier.

—¿Te da vergüenza? —indagó la mayor.

—Desde luego, no tengo ni de lejos la misma experiencia que tú, pero no soy tan pánfila como crees —se defendió ella.

—Vaya... no me esperaba algo similar —murmuró Samantha arqueando una ceja. Por lo visto Gaby escondía más secretos de los que imaginaba.

—¿Te parece mal?

—Si te soy sincera, no me esperaba eso de ti. A lo mejor te he juzgado mal o, mejor dicho, no he asimilado que ya has crecido —admitió con cariño, y le dio un fuerte apretón en la mano.

—¿Se puede? —preguntó una voz cautelosa proveniente del exterior.

—¿Te envía Alfred a espiarnos? —quiso saber Samantha mirando a Tina, la cuñada de ambas, que asomaba con timidez. Le indicó con un gesto que se acercara.

—No, no me envía él —se excusó y las hermanas no la creyeron—. De todas formas, no pienso contarle nada de lo que hablemos.

—Eso espero —murmuró Samantha no muy convencida, pues en lo referente a la relación de su hermano, él siempre parecía llevar la voz cantante y Tina pocas veces, o más bien ninguna, le plantaba cara, algo que ella siempre le reprochaba.

Tina, tan sensible y maternal como de costumbre, se acercó a Gaby y le cogió las manos.

—Hemos estado muy preocupadas por ti, cariño, tú nunca has dado motivos de alarma...

Gaby resopló. Resultar tan predecible empezaba a cansarla.

—¡Por una vez en la vida, no voy a hacer lo correcto! —exclamó, y se puso en pie para seguir preparando su bolsa de viaje.

—De acuerdo, haz lo que consideres oportuno, pero hazlo con cabeza —intervino Samantha.

—¿Cómo puedes decir eso? —preguntó Tina alarmada.

—Todas tenemos derecho a experimentar sensaciones nuevas y Gaby no va a ser una excepción —añadió la joven, para perplejidad de su cuñada—. Y no pongas esa cara, que estás con Alfred y dudo mucho que mi hermano haya sido un monje célibe.

Como era de esperar, Tina se sonrojó.

—No os pongáis a discutir ahora —terció Gaby.

—Admito que todas hemos tenido... experiencias —murmuró Tina cohibida—, pero... —negó con la cabeza— no todo es tan ideal como parece.

—En eso tienes razón —la secundó Samantha.

—No sé muy bien qué te ha pasado, por eso creo que deberías reflexionar, no ir a lo loco.

—Sé lo que estoy haciendo —afirmó Gaby—. He vivido todos estos años ajena a la realidad, atrapada en un noviazgo que ha resultado ser un fiasco, así que ahora no me voy a quedar de brazos cruzados.

—Seguro que vuelves a enamorarte; no te rindas —la animó Tina.

—No creo que Gaby esté pensando precisamente en eso —apuntó Samantha, siempre mucho más práctica.

—Me he dado cuenta de que quizá la idea que tenía del matrimonio no era acertada. Por eso, de momento, me limitaré a disfrutar —aseveró Gaby.

—De acuerdo, pero procura que ese comentario no salga de esta habitación —le recomendó su hermana mayor.

—¡No puedes decirle algo semejante! —exclamó Tina, perpleja ante las palabras de Samantha.

—Mira que eres mojigata —replicó ésta, negando con la cabeza—. Gaby, no la escuches. Aprovecha esta oportunidad.

—Eso es lo que intento —contestó su hermana, y las dejó en el vestidor para irse al cuarto de baño a recoger los productos de higiene personal que iba a llevarse.

—¡Por Dios! —se quejó Tina yendo tras ella—. Entiendo que quieras vivir experiencias nuevas, aunque debes pensarlo bien.

—Ni caso —la interrumpió Samantha—. Si te paras a pensar, jamás lo disfrutarás. Hay veces en que no queda más remedio que cerrar los ojos y dejarse llevar.

—¿Por qué no haces una cosa? —propuso Tina, tras mirar a Samantha horrorizada—. Quédate esta noche en casa, relájate.

—No es mala idea... —murmuró la hermana mayor.

—Gracias —dijo la cuñada aliviada—. Sé que estás pasando por un momento extraño, sin embargo, creo que un rato en familia te vendrá bien.

Gaby torció el gesto, pues su idea inicial de pasar por casa sólo para coger cuatro cosas se iba diluyendo. Tanto su hermana como su cuñada tenían parte de razón en sus argumentos y sí, le apetecía descansar en una cama confortable, darse un baño y otros caprichos.

—De acuerdo, pasaré la noche en casa, pero mañana las dos me cubriréis las espaldas —dijo.

—No será fácil. Tu padre... —empezó a decir Tina, que todavía se sentía intimidada ante Samuel Boston.

—Déjamelo a mí —la interrumpió Samantha resuelta—. Con una condición: has de prometer que sólo será una semana.

—¡Prometido! —exclamó Gaby, abrazando primero a su hermana y luego a Tina—. Sois las mejores.

—Y debes decirnos, sólo a nosotras, dónde vas a estar.

A esa última petición no puso buena cara, pues Samantha tenía tendencia a controlarlo todo, un defecto que compartía con otros miembros de la familia, y si conocía su paradero, tal vez no se mostrara tan entusiasta.

—Te conozco y sé que intervendrás —le reprochó Gaby.

—Sólo si es necesario —se defendió Samantha, sin sentirse molesta por la acusación implícita en aquellas palabras.

—Prométeselo —la apremió Tina.

—Mmm... de acuerdo.

Gaby sonrió para ganar tiempo, mientras pensaba cuánto podía contarles. No se terminaba de fiar de su hermana, así que en vez de hablar de dónde estaba la buhardilla de Olivier, sólo mencionó el club, pues El Pato Loco seguramente no era un lugar que Samantha fuese a frecuentar, y por ese lado estaría a salvo de intromisiones; sin olvidar que, después de cómo Harry los había echado, no iban a poner un pie allí, de manera que si a su hermana le daba por romper su promesa, poco averiguaría.

—Y tú debes prometer que hoy te quedarás en casa —le recordó Tina.

—Sí, lo haré —convino Gaby, tampoco era un mal plan.

Cuando logró quedarse sola en su dormitorio, aprovechó para darse uno de aquellos baños largos y relajantes, que disfrutó a conciencia, porque en cuanto saliera de la casa familiar tendría que acostumbrarse a vivir con privaciones.

Como no podía ser de otro modo, a sus padres les encantó la idea de que se quedara en casa, aunque tuvo que soportar sus miradas inquisitivas, en especial la de su padre, que, si bien callaba, era evidente que se estaba mordiendo la lengua para evitar un enfrentamiento. Samuel había aprendido hacía ya tiempo que, en lo referente a sus hijos, siempre era mejor no decirles qué estaban haciendo mal, porque si no se obstinarían en repetir y hacer todo lo posible por no seguir sus consejos.

Otra cosa muy distinta era que permaneciera de brazos cruzados...

* * *

Gaby se despertó temprano, con ganas de ir en busca de Olivier y de Jane. Pensó que quizá debería haberlos informado de sus planes, pero lo más probable era que a ellos nos les hiciera mucha gracia saber que había vuelto a su confortable vida, aunque sólo fuera por una noche, pues ese hecho les recordaría la precariedad en que vivían.

Ya tenía la bolsa preparada, así que desayunó lo más rápido posible con la intención de no perder un minuto. Revisó por última vez su cartera: llevaba suficiente dinero para costear sus gastos y colaborar durante una semana.

—¿Adónde va mi sobrina favorita?

Gaby se detuvo al escuchar aquella voz tan alegre junto a la puerta principal.

—¡Tío Rafe! —exclamó sonriente, dejando la bolsa en el suelo para abrazarlo.

—Estás preciosa —murmuró él, mirándola con cariño.

—Siempre tan lisonjero —lo regañó Gaby sin perder la sonrisa, y entonces reparó en su cartera—. ¿Has vuelto a trabajar?

—¿Yo? ¡No! —respondió Rafe con rapidez—. Sólo llevo esto para disimular.

—¿Qué escondes ahí? —preguntó ella sonriente.

—Algunas cosillas para pasar la mañana entretenido. —Le mostró el contenido y Gaby se echó a reír—. ¿Me guardarás el secreto? —preguntó él.

—Si tía Alice o mi madre se enteran de que fumáis y bebéis a escondidas, os castigarán —afirmó Gaby.

—De ahí que oculte las provisiones —dijo Rafe todo ufano, sonriendo con picardía.

—Muy bien, no diré nada. Portaos bien —le advirtió ella y se despidió de él con otro abrazo.

Con una sonrisa de oreja a oreja, Gaby cogió su pequeña bolsa y salió de la casa. El día amenazaba lluvia, pero no se dio la vuelta en busca de un paraguas. Se limitó a subirse las solapas del abrigo y a echar a andar en busca de un taxi.

No fue consciente de que su madre la observaba desde la ventana con expresión preocupada, ya que le era imposible no hacerlo.

* * *

Gaby llegó a media mañana al ruinoso edificio donde Olivier tenía alquilada la habitación y, emocionada como no recordaba haberlo estado antes, subió la escalera como si la persiguieran. Una vez en el último piso, llamó a la puerta controlando su impaciencia. Como no le abrieron, supuso que aún estarían dormidos, por lo que insistió, aunque con igual resultado.

Frunció el cejo, pues dudaba que Jane y Olivier hubieran madrugado, pero no quería desanimarse, así que bajó a la portería en busca de la mujer arisca del primer día. A buen seguro podría ofrecerle información. La encontró, escoba en mano, en una especie de cuartucho de la planta baja.

—Buenos días —murmuró Gaby para llamar su atención.

—¿Qué desea? —mascullo la mujer, limpiándose las manos en el mandil.

—¿Me recuerda?

La otra la miró de arriba abajo, sin dejar de fruncir el entrecejo, hasta que la reconoció y entonces varió, no mucho, su expresión.

—Ah, usted...

—¿Podría facilitarme las llaves de la habitación de la que le aboné los gastos? —preguntó, y para ello adoptó cierto aire arrogante que rara vez utilizaba y que en aquellas circunstancias parecía ser la única forma de lograr su objetivo.

—¿Y para qué las quiere? —replicó la portera sin mucha educación.

—Eso a usted no le concierne —le espetó ella—. Las llaves, por favor.

—Está bien, pero no sé para qué las necesita, pues la habitación ha quedado vacía y se alquilará en breve. —Refunfuñando, se metió de nuevo en el cuartucho, de donde salió con una oxidada llave que le entregó—. Aquí tiene, aunque ya le advierto que ese pájaro de Mercier y su amiguita se largaron ayer.

Gaby no esperaba esa información y pensó que la mujer sólo hablaba desde el resentimiento, ya que por el tono quedaba implícito que no eran huéspedes de su agrado.

—Usted parece una buena chica —prosiguió la mujer—. Márchese de aquí y olvídelos. Él no es más que un tipo sin oficio ni beneficio, capaz de engatusar a una chica bonita y seguir con su querida habitual como si tal cosa.

Gaby no necesitaba consejos de nadie y menos de aquella amargada. Lo más probable era que Olivier estuviera por ahí buscando empleo acompañado de Jane y que al llegar la noche regresaran.

Sin siquiera despedirse, cogió la llave y volvió a la habitación.

Una vez dentro, dejó su bolso de viaje encima de la cama y miró a su alrededor. Estaba tal como lo recordaba. A pesar de haber pasado en ese sitio tan sólo dos noches, parecía que hubiese estado allí muchas más. Quizá debido a una percepción engañosa producto de la intensidad. Fuera como fuese, había vuelto dispuesta a seguir experimentando cosas nuevas.

Tras estar unos minutos mirando la reducida habitación, se percató de algunos detalles que tal vez confirmaban la versión de la portera. No había rastro de enseres personales. Era cierto que Olivier no poseía muchos, lo mismo que Jane, y podía guardar todas sus pertenencias en una maleta.

Los indicios apuntaban con claridad a que se habían marchado, sin embargo, Gaby aún mantenía la esperanza de volver a verlos. Por eso se quedó allí, sentada en la cama, mano sobre mano. Era pronto para pasarse por El Pato Loco. Puede que hubieran regresado allí para recuperar el trabajo.

Pero no hubo suerte. Se acercó al club, con cuidado de no toparse con Harry, el dueño, y deambuló por la sala observando a la concurrencia. Nada, ni rastro. Sólo clientes divirtiéndose, a algunos ya los conocía, y por ello se abstuvo de saludarlos, para no llamar la atención.

Regresó alicaída y más convencida a la buhardilla. Allí recogió su ropa y, pese a la escasa luz que proyectaba la única bombilla, miró por última vez cada rincón. En especial la cama de hierro desconchada. Tragó saliva, negándose a llorar.

«¿Qué esperabas?», se preguntó. Ellos tenían una vida, de la que ella no formaba parte. Sólo había sido una anomalía, una anécdota. Se acercó a la puerta, dispuesta a marcharse y a mirar hacia delante, convencida de que aquel recuerdo se diluiría con el tiempo.

Pero en el último segundo cambió de parecer y decidió quedarse a pasar la noche.

Sola.

Capítulo 10

Cuatro años después

Gaby miró a la mujer que tenía enfrente, conteniendo las lágrimas ante las palabras que escuchaba. Debería estar ya acostumbrada a relatos como aquél, puesto que eran el pan nuestro de cada día; no obstante, continuaba implicándose y empatizando con aquellas personas, en especial con las mujeres, pues, además de soportar penurias, cargaban con hijos a los que no siempre podían cuidar.

Desde hacía ya tres años había decidido no quedarse de brazos cruzados ante las desgracias ajenas. Tras un periodo apático, en el que se había dedicado a vivir sin ningún estímulo, sin contarle a nadie lo ocurrido, había ido por casualidad a visitar a su hermano y presenciado de forma involuntaria, al entrar en la consulta sin llamar antes, un drama social que la hizo reaccionar, y para ello nada mejor que colaborar con Alfred. Nada de bailes benéficos ni de contribuciones solidarias. Decidió implicarse de forma directa. Ella no sabía curar heridas ni poner vendas, pero aun así tuvo claro, tras visitar el hospital público en el que trabajaba su hermano, que se necesitaba mucha ayuda, y no siempre de carácter médico.

No bastaba con la voluntad, se precisaba dinero, mucho, y en una institución pública los medios brillaban por su ausencia. Se le cayó el alma a los pies y comprendió mejor que nunca el esfuerzo diario al que se enfrentaba Alfred y por qué se negaba a vivir cómodamente, atendiendo sólo a pacientes ricos en una consulta privada.

Por eso Gaby había discutido, rogado y hasta chantajeado a Samantha para que le permitiera crear la Fundación Boston. No resultó sencillo, pues su hermana, apoyada por su padre, no estaba muy predispuesta, alegando, como ella esperaba, motivos económicos. De acuerdo, su hermana dirigía una institución financiera, no una organización benéfica, pero no por ello debían mirar hacia otro lado y Gaby se empecinó en lograr su objetivo.

Por no discutir, Samantha hizo una generosa contribución, que sin embargo apenas sirvió para cubrir gastos durante tres meses y luego no le quedó más remedio que volver a pedir más. Una vez más, su hermana se negó, por lo que Gaby se las ingenió para buscar una forma más eficaz de financiación.

Se dispuso a sumar apoyos, y tanto ella como Alfred contaron con el favor de su madre, pero aun así no lograba que su proyecto tuviera luz verde, lo que supuso algún que otro enfado. Y cuando Gaby ya pensaba que no iba a ser posible, se encontró con un aliado inesperado: su cuñado James. Para asombro de todos, éste apoyó la creación de una fundación; ahora bien, nada de motivos altruistas, lo hizo por conveniencia, pues, según adujo, era la mejor forma de ahorrar en impuestos y obtener una imagen pública impagable.

Una vez que Gaby obtuvo los fondos, le fue relativamente fácil conseguir una autorización para montar una pequeña oficina dentro del hospital. Su apellido abría muchas puertas y no dudó en utilizarlo en su beneficio. Puede que la antigua Gaby tuviera reparos en usar sus influencias, pero había llegado a la conclusión de que con buenas palabras poco o nada se conseguía. Reconoció que resultaba hasta divertido maquinar, omitir la verdad o negociar. Incluso entendía a su hermana.

—¿Señorita Boston?

Gaby parpadeó para volver al presente y fijar la atención en la mujer que aguardaba frente a ella.

—Sí, disculpe —murmuró, y abrió la carpeta con los datos—. ¿Qué me decía?

—No puedo tener más hijos —se lamentó, conteniendo las lágrimas—. Cuatro bocas que alimentar ya son muchas, y una más...

—Buscaremos una solución —contestó Gaby manteniendo la compostura, pues hasta hacía no mucho no entendía por qué algunas mujeres no deseaban ser madres; pero, tras estar en contacto con un sector de la población que no disfrutaba de comodidades, había cambiado de opinión.

—Trabajo doce horas limpiando casas y apenas me llega para pagar el alquiler y la comida.

—¿Y su esposo? Aquí pone que está casada.

—Menudo hijo de puta —farfulló la mujer y se sonó la nariz—. Se bebe casi todo el jornal, y eso cuando lo tiene.

—No se preocupe. Hablaré con un conocido y le expondré su caso, seguro que nos ayuda —dijo Gaby y, para tranquilizarla, se levantó para acompañarla en persona a la puerta y darle un abrazo cariñoso.

Cuando se quedó a solas, suspiró abatida. Aquella mujer, igual que muchas otras, no necesitaba sólo buenas palabras y un donativo. Tenía que ayudarla y para ello debía contar con Alfred.

Así que, resuelta, se fue a la consulta de su hermano. De camino observó los pasillos, limpios y desinfectados, pero con la pintura en mal estado. El viejo mobiliario y la cara de resignación de los pacientes. Al principio había sido mucho más duro y, si bien nunca se acostumbraría, al menos ya no se le saltaban las lágrimas a la mínima. Toda aquella gente se merecía un esfuerzo, no a una chiquilla llorosa que después volvía a casa como si nada.

Llamó a la puerta de la consulta de Alfred y esperó a que le dieran permiso para entrar, algo que había aprendido a base de sobresaltos, ya que en alguna ocasión, debido al ímpetu, había entrado sin llamar y la sorpresa, buena o mala, la había dejado impactada.

Oyó la voz de su hermano y entró.

Lo encontró sentado a su escritorio, con signos visibles de cansancio, pero aun así le sonrió. Gaby se acomodó (si eso era posible en aquella desvencijada silla) y dejó el expediente que llevaba, dispuesta a todo para cumplir la promesa que le había hecho a aquella mujer.

—Presiento que no me va a gustar nada lo que vas a pedirme —se adelantó él, porque la conocía.

—Alfred, antes de que te niegues, por favor escucha la historia —le rogó.

Gaby le relató los hechos, por supuesto poniendo énfasis y él puso cara de circunstancias, pues no lo sorprendían nada en absoluto. Por desgracia, la situación de aquella mujer estaba a la orden del día. Gaby no escatimó palabras para convencerlo, lo cual era innecesario, ya que él estaba de acuerdo con sus peticiones; sin embargo, su postura oficial debía ser otra bien distinta.

—Sabes que me estás pidiendo algo ilegal —respondió tras escucharla.

—Lo sé —admitió ella con pesar. Por desgracia, las leyes las redactaban quienes no tenían problemas económicos y sólo se preocupaban de aspectos morales—. Pero esa mujer está desesperada y puede hacer cualquier locura.

—¡Maldita sea! ¿Crees que no sé qué hacen algunas inconscientes? —masculló tenso, pues por desgracia al hospital llegaban mujeres que, llevadas por la angustia, habían acabado en manos de carniceros sin ningún rigor médico y arriesgando sus vidas.

—Entonces haz algo —le exigió su hermana—. No podemos quedarnos de brazos cruzados.

—Te recuerdo que a algunos colegas no les parece bien lo que el doctor Marlow y yo hacemos y que están esperando a que cometamos cualquier error para denunciarnos —dijo Alfred serio, puesto que se jugaba mucho.

—¡Hipócritas! —se quejó Gaby, que por desgracia había conocido a algunos de esos que vivían ajenos al sufrimiento real, en especial el de las mujeres.

—No te lo discuto, aunque tenemos que ir con mucho cuidado. Al menos hasta que se calme la situación —recomendó él.

—De acuerdo, pero hay que hacer una excepción —insistió, estaba dispuesta a cumplir su promesa.

—No.

—Llama al doctor Marlow, hablaré con él, ya que tú te niegas a ayudarme —exigió Gaby.

—Joder, ¿no me has escuchado?

—Nadie tiene por qué enterarse —comentó a la desesperada para convencerlo—. Incluso podemos hacerlo de noche.

Alfred refunfuñó mientras se paseaba por su consulta, sin entender cómo su hermana pequeña había cambiado tanto. Era cierto que agradecía, y mucho, que trabajara cerca de él; no obstante, debía aprender a no implicarse tanto.

—Gaby, por favor, no insistas.

—¡No me voy a quedar de brazos cruzados! —exclamó alzando la voz—. Buscaré a quien esté dispuesto a ayudarme.

Agarró su bolso y se acercó a la puerta; no iba a seguir discutiendo con su hermano cuando saltaba a la vista que ya había tomado una decisión. Tenía que buscar una alternativa y mejor no perder el tiempo.

—Espera, maldita sea... —la interrumpió él, pues no deseaba que Gaby, llevada por su ímpetu, cometiera una estupidez.

—No me tomes por tonta. Si no vas a ayudarme, deja al menos que busque alternativas y no me entretengas con buenas palabras.

—Joder...

—No digas palabrotas —lo reprendió ella.

—Veo que no vas a parar hasta salirte con la tuya; ¿me equivoco?

—Sabes muy bien que no se trata de un capricho.

Alfred inspiró ante su tozudez. Puede que tuviera razón y que él compartiera sus objetivos, sin embargo, no resultaba tan sencillo. De algún modo debía evitar que ella cometiera alguna estupidez, pero tampoco podía correr riesgos.

—Deja que haga unas llamadas —comentó.

—Eso no me sirve —replicó ella con obstinación—. Necesito un compromiso.

—Está bien, hablaré con el doctor Marlow.

—¿Me lo prometes?

—Sí —afirmó Alfred pellizcándose el puente de la nariz.

Gaby sonrió con cariño, pues ese gesto era muy característico del padre de ambos cuando estaba agotado. Se acercó a él y lo abrazó. Puede que, llevado por la lógica, pusiera un montón de objeciones; en cualquier caso, en el fondo se comprometía con los pacientes más vulnerables.

—Gracias de verdad, Alfred. No insistiría si no fuera importante —comentó con aire de disculpa por haberlo presionado.

Él sonrió de medio lado y asintió.

—Hay días en los que estoy tentado de mandarlo todo al carajo —reconoció con pesar—. No encuentro más que burocracia, hipocresía y buenas palabras. Y después miran hacia otro lado, nadie quiere encontrarse cara a cara con la realidad.

Se sentó en una esquina de su escritorio. Se le notaba el cansancio y hasta la frustración al no poder poner en práctica sus ideas, o no al menos de forma libre, pues tanto él como su colega, el doctor Marlow, tenían que apañárselas para bordear la ley con algún que otro subterfugio médico. Hasta la fecha habían salido más o menos indemnes, pese a ello, ambos sabían que, de seguir jugándosela, podían enfrentarse a serios problemas legales.

—Lo sé, yo misma he sido así. Pero eso ahora ya no importa.

—Gaby, te agradezco, y no sabes cuánto, toda tu colaboración, pero debes procurar no involucrarte tanto...

—¿Cómo puedes decir algo semejante? —protestó ella, pues se había comprometido con aquella causa al cien por cien. No se trataba de un capricho de niña rica.

—Hablo por experiencia, créeme —murmuró él, e hizo una pausa en busca de las palabras adecuadas (si existían) para decirle algo más—. Ya sé que lo que voy a decir puede sonar frívolo... pero aun así es imprescindible. No todo se reduce a tu trabajo aquí, debes encontrar otras motivaciones más personales, Gaby. No es bueno tener la cabeza siempre en lo mismo.

Ella frunció el cejo.

—¿Qué quieres decir? —preguntó, no muy segura del significado.

—Desde que rompiste con Frank...

—Ahora somos amigos —lo interrumpió Gaby orgullosa.

—A eso me refiero. Tu vida se reduce a pasar horas aquí conmigo, lo cual agradezco, alguna que otra salida a algún evento y tu rocambolesca relación con Frank —indicó con cautela, pues, ante cualquier mención sobre su «amistad», su hermana se ponía a la defensiva.

—¿Ahora también lo vas a criticar? —espetó molesta.

—No, tranquila, me parece bien que os sigáis viendo como amigos —dijo con amabilidad para no soliviantarla—; a lo que me refiero es a ti, a tu vida personal. Siempre has querido formar una familia y tener hijos, y si continúas dejándote ver en público con Frank, manteniendo esa farsa, veo muy poco probable que alguien muestre interés por ti.

—Gracias por tu preocupación —replicó torciendo el gesto—. Aunque deberías saber que mis prioridades ya no son formar una familia.

Él arqueó una ceja ante tal vehemencia.

—No te lo tomes a mal, pero es lógico que nos preocupemos por ti.

—No hace falta. Empieza por ocuparte de los tuyos, por tu mujer y tu hijo. ¿Cuánto hace que nos les dedicas unos días libres?

Ahora fue el turno de Alfred de poner mala cara, pues su hermana había mencionado un asunto espinoso y bien cierto, porque robaba muchas horas a su familia para atender la consulta.

—*Touché* —musitó.

Gaby se acercó y sonrió de medio lado; había sido un poco injusta al replicarle de esa manera.

—Mira, Alfred, cada uno tenemos nuestros pesares. No todo es de color de rosa ni perfecto. Desde pequeños hemos vivido arropados por unos padres que quizá nos han dado una visión idealizada del mundo, pero mira a Samantha... Lleva casada varios años y no tiene hijos. Sonríe cuando le preguntan, aunque en el fondo la maternidad es como una espinita que tiene clavada.

—Vaya... pensaba que los negocios eran su única prioridad —reflexionó él.

—Ella nunca lo menciona, pero aun así se le nota, y como sólo tenemos un sobrino al que mimar...

—Respecto a eso, se supone que tú ibas a tener una familia numerosa.

—Tú lo has dicho, se supone —repitió con ironía—. Mírame, todos mis planes se han ido diluyendo. —Hizo una pausa para inspirar hondo—. Por eso, cuando te veo salir de aquí cansado, con un humor de perros y frustrado, me da pena, pues a tu lado tienes a una mujer excepcional a la que no te mereces. Y un hijo. ¿Te das cuenta?

—Lo sé, maldita sea, lo sé.

—Por eso no importa que yo me involucre demasiado o que trabaje horas extra, a mí nadie me espera. A ti sí. Ésa es la diferencia. Así que recoge y vete a casa.

—¿Y tú? —preguntó él en voz baja, porque cada vez que hablaba con Gaby se daba cuenta de lo mucho que había madurado de un tiempo a esa parte. Poco o nada quedaba ya de la chiquilla ingenua, aunque muchos aún, incluido él, siguieran sin verla como a una mujer adulta.

—Yo tengo que acompañar a Frank a una recepción que da uno de sus nuevos clientes. Sólo será una de esas cenas en las que se habla de política, de negocios y poco más.

—Frank está siendo muy egoísta —replicó Alfred.

—Son cosas nuestras, no te metas. Y ahora ve a tu casa, compra de camino algo bonito para Tina, dale un beso de mi parte y después... —Se detuvo en ese punto, entre hermanos era mejor no decir en voz alta determinadas palabras.

Se despidió de él dándole un beso en la mejilla y salió del hospital en busca de un taxi que la llevara a casa para arreglarse, porque tenía una «cita» con Frank. Durante el trayecto se planteó que ya iba siendo hora de que aprendiera a conducir vehículos a motor y no dependiera de otros. Tanto su madre como su hermana lo hacían, sólo era cuestión de que se pusiera a ello.

Con ese firme propósito, llegó a casa. Pasó por el saloncito donde su madre tenía una especie de despacho y la saludó con cariño. Además de contarle alguna que otra curiosidad sobre su trabajo, aprovechó para mencionarle que esa noche tenía pensado salir con Frank.

Después se fue a su dormitorio para arreglarse. Tenía que asistir a la inauguración de un hotel, o eso recordaba, pues la verdad era que cuando Frank se lo había pedido no le había prestado excesiva atención. Él cada vez lograba más éxito en su trabajo, atrayendo a clientes importantes, para lo cual debía mantener una agenda social, y la suya era abultada.

* * *

Gaby lo había perdonado. Un perdón difícil, pues cuando ella regresó a casa tras su intento de aventura, se encerró en su dormitorio. La sensación de dolor, de engaño, no se diluía. Por muchas vueltas que le diera al asunto en un intento de justificar las razones que habían llevado a Frank a fingir durante tantos años, seguía sin encontrar una que fuera mínimamente aceptable, así que se negó a verlo, por mucho que él insistiera.

Toda la familia se sorprendió, no de los gustos de Frank, que conocían desde hacía tiempo, sino de la actitud de Gaby. Era extraño verla tan rencorosa y, sobre todo, tan poco proclive por lo menos a hablar con él cara a cara.

Sin embargo, hubo un día en que, cansada de recibir consejos, de llorar sola, de quedarse horas mirando por la ventana, decidió enfrentarse a la realidad. Era cierto que olvidar lo que ella consideraba una traición en toda regla quedaba descartado; no obstante, al menos quería saber por qué.

Y lo mismo que había hecho aquella fatídica noche, sin decir nada a nadie, una tarde salió de casa y fue al despacho de Frank, confiando en encontrarlo solo, pues no deseaba mantener una conversación con él en presencia del omnipresente Stanley.

Y allí lo encontró.

Capítulo 11

Frank, tras varios intentos fallidos de encontrarse con ella, se quedó atónito cuando la vio aparecer aquella tarde en su domicilio porque ya había perdido la esperanza de verla.

Gaby no iba a ponérselo fácil, pero tampoco se quería mostrar altiva e intratable. Por eso se acercó a él y, como hacía siempre al llegar, le dio un beso en la mejilla.

—Gaby... —murmuró Frank un tanto avergonzado, pues ella, lejos de abofetearlo, como había esperado, sirvió un refrigerio y se acomodó en la zona que él utilizaba para atender a sus clientes, esperando que abandonara su escritorio y se sentara junto a ella en uno de aquellos elegantes sillones.

—Cuéntamelo todo desde el principio —exigió.

Frank se frotó la cara y, por supuesto, se quedó en silencio, quizá intentando organizar sus pensamientos o decidir hasta dónde podía contarle.

—No sé ni por dónde empezar... —se lamentó en voz baja.

—¿Stanley es tu primer amante? —preguntó no sólo por curiosidad, sino también para incitarlo a hablar.

Frank negó con la cabeza.

—No —murmuró en respuesta, manteniendo su tono avergonzado.

Entonces ella lo vio hacer algo impensable: servirse una generosa copa de brandy y bebérsela como si fuera agua. Y, no contento con la primera, se sirvió otra, que se tomó algo más despacio antes de volver a sentarse junto a ella.

—Hasta la universidad no me atreví a reconocer que me sentía atraído por otros hombres. Durante mi adolescencia... —hizo una pausa para beber— intenté con todas mis fuerzas pasar por alto mis impulsos. Llegué a ir con prostitutas.

Miró de reojo a Gaby, que lo escuchaba atenta. Esperaba un mal gesto, sin embargo, ella permaneció con expresión seria, aunque no disgustada.

—No dio resultado, pues por mucho que se esforzaran, yo no me sentía atraído por ellas. Con algunas terminaba charlando; otras, al ver que como cliente no era el ideal, me despachaban sin más —prosiguió él en voz baja. Inspiró hondo y movió la copa entre las manos.

—Frank, continúa, por favor —le pidió Gaby con amabilidad, al ver que se había callado. Entendía el silencio, ya que no debía de resultar agradable admitir en voz alta algo que todo el mundo censuraba, incluida ella. De ahí que quisiera escucharle antes.

—En mi primer año de universidad, uno de mis profesores... —volvió a inspirar hondo—... se acercó a mí. Yo pensé que me iba a denunciar, puesto que me era complicado controlar determinados... impulsos. —Se le quebró la voz.

Gaby se acercó a él, se colocó a su lado y lo peinó con los dedos, del mismo modo que hacía siempre. Ese gesto hizo que Frank se relajara. La miró de reojo y ella sonrió.

—Intuyo que no te denunció —musitó Gaby animándolo a continuar.

—No, no lo hizo —reconoció, y estiró el brazo para entrelazar su mano con la de ella—. Fue la primera persona que me habló con sinceridad de lo que me ocurría y no me censuró como yo esperaba. Además... —Cerró los ojos y agachó la cabeza antes de confesar—: Él fue mi primer amante.

—¿Con un profesor? —preguntó sorprendida.

—Da la impresión de que te resulta más escandaloso que un

alumno y un docente tuvieran relaciones, que el hecho de que fuésemos dos hombres —reflexionó él.

—Bueno, entiéndeme, ambas situaciones son poco habituales —comentó ella.

—A partir de ese instante entendí que, por mucho que me esforzara, por mucho que acudiera a médicos, por muchas terapias a las que me sometiera, no cambiaría mi forma de sentir. Sin embargo...

—Necesitabas una coartada para que nadie sospechara. —Gaby remató la frase por él.

—Te aseguro que cuando te conocí no fue eso lo que pensé —la corrigió—. Enseguida te cogí cariño, eras y eres una mujer fantástica. Educada, elegante, fácil de querer, amable...

—Sí, un dechado de virtudes. Sólo te ha faltado decir *previsible* —murmuró ella separándose, porque Frank, igual que todos los que la rodeaban, tenía esa imagen casi infantil de ella.

—Créeme, a mí me gustas así. Tu sencillez es una gran cualidad.

Gaby torció el gesto.

—Está claro que me ves más como una hermana que como una mujer —dijo, y él no contestó nada, pues en el fondo era cierto.

—Poco a poco, nuestra relación de amistad se fue afianzando. Contigo me sentía relajado, podía hablar de todo y me apoyabas sin fisuras.

—Ya, claro, y por eso en todos estos años no has pasado de darme un beso en la mejilla —le reprochó—. Debió de ser muy duro para ti cogerme la mano y pensar en otro hombre mientras estábamos juntos.

—Sí, lo fue. Me sentía mal por engañarte y tener que callar algo que me reconcomía por dentro, no deseaba causarte ningún mal.

—¡Y engañarme durante tanto tiempo no es hacerme daño! —exclamó perpleja.

—Puede, no sé...

—Todos mis sueños, Frank, todos te los he contado. He parloteado sin cesar sobre formar una familia contigo. Ser tu esposa, darte hijos..., y tú ¿qué has hecho? Sonreírme, darme unas palmaditas en la espalda, buscar excusas. Primero los estudios, después el trabajo, cuando nunca tuviste intención de ser sincero —le espetó, controlando la rabia para no acabar pareciendo una histérica.

—Lo estoy siendo ahora —se defendió él; pero ella no iba a dejarlo correr.

—Ya, claro, porque no te ha quedado más remedio —dijo señalando lo obvio—. ¿Cuánto tiempo más hubieras estado fingiendo de no aparecer yo aquella noche? ¿Alguna vez has pensado en mí? Dices que me quieres, pues vaya forma de querer.

—¿Cómo iba a decirte nada? ¡Mira cómo te pones! —estalló él.

Gaby parpadeó ante aquella salida de tono, algo bastante inusual en Frank, paradigma de la contención.

—¿Encima te haces el ofendido? —replicó sin salir de su asombro—. Me parece que estás confundiendo un poquito las cosas. Te haré un resumen, por si lo has olvidado...

Y no se calló nada, empezando por todos los comentarios cargados de doble sentido que había soportado de su familia y cómo ella, día tras día, había estado defendiéndolo a capa y espada. Todos los años perdidos en los que, en efecto, lo había apoyado sin fisuras, y cómo él había llevado una doble vida, utilizándola como tapadera.

Frank al final le dio la razón y se echó a llorar, pues sí, lo que había comenzado como una amistad poco a poco se había convertido en la coartada perfecta para él. Y aunque seguía teniéndole mucho cariño, sus pensamientos eran para otros hombres, con los que había mantenido relaciones esporádicas, siempre con sumo cuidado, hasta que conoció a Stanley, con el que, aparte de establecer una relación laboral, también se habían hecho amantes, aprovechando que lo había contratado como secretario, ya que a pocos les extrañaría que pasasen tanto tiempo juntos.

Para Frank era la situación ideal: su amante cerca y Gaby como prometida para asistir a eventos oficiales y así mantener la fachada perfecta.

Tras expresar en voz alta los sentimientos que cada uno había guardado, se quedaron en silencio, aunque, por extraño que pudiese parecer, abrazados; ya no les hacía falta decir nada más.

Y ésa fue la primera de muchas conversaciones en las que ambos, ya sin máscaras, pudieron hablar con absoluta sinceridad. Gaby conoció por fin al verdadero Frank. Nada que ver con el hombre idealizado que ella misma había creado. Y la sinceridad fue mutua, Gaby sólo se guardó un secreto: la extraña aventura que había vivido aquellas dos noches junto a unos desconocidos. ¿El motivo? Puede que fuera una mezcla de pudor y de vergüenza, pues todavía no había asumido su propio comportamiento. Era cierto que aquel encuentro inesperado le abrió los ojos, sin embargo, aún sentía cierta inquietud al recordarlo.

Fueron muchas las horas que dedicaron a conversar, y si bien al principio Gaby se mostraba reacia a la presencia de Stanley, terminó por entender por qué entre ambos hombres se había forjado aquella relación. Si quería ser una verdadera amiga, qué menos que aceptar a Stanley. Eso también la ayudó a comprender mejor la situación en la que ambos vivían.

Y, curiosamente, se dio cuenta de que su forma de pensar coincidía más con la del secretario de Frank que con éste y, a veces, cuando discutían de política, economía o cualquier tema, ella terminaba haciendo frente común junto a Stanley.

Tras conocer los pensamientos de Gaby, ambos fueron los primeros en animarla a trabajar y a que dejara de ser una chica ociosa de clase alta. Stanley provenía de una familia modesta y sabía muy bien lo que era pasar penurias. Frank, aunque nunca había pasado privaciones, al crecer en un ambiente burgués estaba al tanto de las necesidades de mucha gente.

Así que Gaby, motivada como nunca, habló primero con su hermano, que la recibió con los brazos abiertos, y poco a poco se fue involucrando en ayudar a personas que no disponían de recursos.

El único lado negativo de todo aquello fue que relegó sus aspiraciones personales. Algo que en algunas ocasiones la desanimaba y hacía que le fuera más complicado seguir y, pese a contar con el respaldo de su familia, siempre le quedaba la espinita clavada de no tener a alguien de modo más íntimo.

Momentos un tanto difíciles de sobrellevar, sobre todo cuando observaba a sus hermanos con sus respectivas parejas. Esa complicidad, las miradas, los gestos... todo lo que Gaby había soñado y que por desgracia no iba a conseguir.

Por eso se volcó en cuerpo y alma en poner en marcha la Fundación Boston y en ayudar a quien más lo necesitaba, y si bien Frank no pertenecía a una clase desfavorecida, llegó a un acuerdo con él para acompañarlo en casos especiales y así mantener la farsa de que continuaban prometidos.

Una decisión que, si bien entrañaba cierto dilema, pues al ir del brazo de Frank limitaba sus posibilidades de conocer por fin a un hombre que se interesara por ella, Gaby aceptó. Tras largas conversaciones con él y con Stanley sobre lo que suponía ser rechazado, señalado y hasta encarcelado, deseaba que al menos ellos tuvieran la opción de ser felices. Ser la coartada de una pareja de hombres era surrealista, sin embargo, no le resultaba nada difícil.

Quienes se sorprendieron y hasta enfadaron fueron sus hermanos. Al enterarse de la noticia de su ruptura se habían alegrado, y mucho, de que por fin Gaby conociera la verdadera naturaleza de Frank. Por supuesto, sus padres también desaprobaron aquella decisión, en especial su padre, que era menos comprensivo.

Eso supuso el primer desencuentro serio con su progenitor, que hasta el momento había mantenido una postura un tanto tolerante ante la relación de Gaby con Frank, probablemente porque esperaba que tarde o temprano el novio de su hija pequeña tuviera la decencia de ser sincero. Y cuando por fin la verdad salía a luz, la inconsciente de Gaby, en vez de hacer las cosas bien, terminaba con aquel soplagaitas.

—No insistas, papá, he tomado una decisión —dijo ella tras escuchar una retahíla de razones por las que debería abandonar de una vez por todas a Frank. Razones que, si bien podían tener cierta lógica, Gaby no tenía intención de admitir, ya que por encima de todo estaba su intención de ayudar a quien lo necesitaba.

—Hija, por más que intento comprenderte, no lo consigo... —Samuel, frustrado por la tozudez de su hija menor, se pellizcó el puente de la nariz; debía encontrar un modo de convencerla para que siguiera adelante y se olvidara del dichoso notario. No era muy partidario de intervenir de forma directa, pero si la situación no se solucionaba de una vez por todas, estaba dispuesto a todo y lo más probable era que contase con la ayuda de sus otros dos hijos—. He sido comprensivo, paciente y hasta he tolerado la presencia del señor Tremblay a sabiendas de que no te convenía, no obstante, es el momento de pasar página, Gaby.

Ella, lejos de bajar la cabeza y obedecer, lo miró un tanto desafiante y, pese a que le dolía disgustar a su padre, se mantuvo firme.

—Frank es mucho más que un amigo —lo defendió con ahínco—. Y por mucho que os empeñéis todos en desacreditarlo, no voy a dejar de visitarlo ni de relacionarme con él sólo porque tenga gustos... —hizo una pausa para buscar un término que no la hiciera sentir violenta delante de su padre—... peculiares.

—Ése, por desgracia, no es el problema, Gaby —insistió él—. Puedes ser su amiga, verlo de forma ocasional; la cuestión es que estás tirando por la borda la oportunidad de realizar tus sueños de formar una familia.

—Quizá ése ya no sea mi objetivo en la vida —respondió, sorprendiendo a su padre, que arqueó una ceja.

Samuel negó con la cabeza. Podía intervenir, disponía de los medios y el apoyo para que el señor Tremblay dejara de una vez de importunar a su hija menor; sin embargo, desestimó la idea, ya que inmiscuirse de forma tan directa sólo podría volverse en su contra; aquel cretino ejercía demasiada influencia, y no siempre positiva, sobre ella.

—¿Desde cuándo has cambiado de opinión? —le preguntó intrigado, pues Gaby era su última esperanza de tener más nietos, ya que tanto Samantha como Alfred hacían oídos sordos cuando les recordaba que en algún momento deberían pensar en aumentar la familia.

—Papá, creo que de momento te tendrás que conformar con Eric —murmuró ella, refiriéndose al hijo de Alfred, por el momento el único nieto.

Se acercó a él para darle un abrazo, a lo que Samuel respondió con cariño. ¿Qué otra cosa puede hacer un padre cuando ve que su hija desperdicia el tiempo con un hombre que sólo le causará disgustos?

—Qué remedio —dijo él, esperando que Gaby espabilara de una maldita vez, pues si bien aún era joven, deseaba que antes de cumplir los treinta tuviera la posibilidad de casarse. Aunque si tenía en cuenta los antecedentes familiares... empezando por él mismo, iba a resultar complicado.

—Te preocupas demasiado, papá —señaló ella zalamera, peinándolo con los dedos—, deberías hacer como el tío Rafe, viajar, vivir de las rentas... en resumen, disfrutar, ahora que ya no tienes que ocuparte de los negocios y de nosotros.

—Me temo que de los negocios puedo olvidarme, pero de mis hijos... —negó con la cabeza—... va a ser imposible.

—Haz un esfuerzo —le pidió ella, mostrando una madurez que su padre no esperaba—. Deja que cada uno decida su camino y a lo mejor acabas sorprendiéndote.

Samuel se mordió la lengua y evitó decir «lo dudo», tal como pensaba, y dejó marchar a su hija, confiando en que aquello sólo fuera un capricho tonto.

Sin embargo, Gaby no cedió y su amistad con Frank se afianzó de tal forma que todos los que eran ajenos a la familia seguían pensando que estaban comprometidos, salvaguardando de ese modo la reputación de él.

Así, Gaby empezó a acudir del brazo de Frank a eventos, cenas, espectáculos, mientras él continuaba con su relación secreta con Stanley sin mayores problemas, ya que ella les proporcionaba la coartada perfecta. Al mismo tiempo seguía involucrándose cada vez más en sus proyectos de ayuda junto a Alfred.

Y de ese modo fueron pasando los días y Gaby fue olvidando

que una vez cometió una locura, se salió del guion y vivió una especie de aventura en la que conoció otro mundo que probablemente jamás la aceptaría, o en el que quizá no podría ser feliz. En cualquier caso, ella ahora tenía otros objetivos y, como en otras tantas ocasiones, ese día debía acudir con Frank a una de aquellas veladas de compromiso a las que él asistía para fortalecer las relaciones con sus clientes, contactar con otros y, por supuesto, dar una imagen de respetabilidad.

Para Gaby significaba saludar a conocidos, intercambiar algún que otro cotilleo y aprovechar para recaudar fondos para la fundación, algo que siempre estaba bien visto, ya que era habitual que las chicas ociosas de clase alta se entretuvieran con asociaciones benéficas. Lo que pocos sabían era que, además de obtener donaciones y así paliar ciertas necesidades de los menos afortunados (algo que muchos sólo hacían para limpiar sus conciencias), Gaby destinaba una parte de los recursos obtenidos a acciones no muy legales.

Eso a Frank no le hacía mucha gracia, ya que él siempre se mostraba partidario de respetar las leyes, fueran o no injustas. Quien de nuevo la apoyaba era Stanley, que además de llamar a toda aquella panda de hipócritas «cotorras viejas», ayudaba siempre que le era posible.

Así que Gaby se arregló para acudir, esa vez a la inauguración de un hotel. Para ello eligió un vestido color crema un tanto recatado, ya que no era amiga de llamar la atención. Se maquilló con discreción y aguardó en la entrada de su casa a que Frank pasara a recogerla.

Capítulo 12

—Por si después, delante de todos los invitados se me olvida: estás guapísima —la halagó Frank mientras la conducía del brazo hacia la sala donde se celebraba la inauguración del hotel.

—Gracias, tú tampoco estás nada mal —le respondió ella con una sonrisa coqueta; aunque sabía que flirtear con él era una pérdida de tiempo, si alguien los observaba, desde luego la representación de pareja feliz carecería de fisuras.

Muy pocos conocían la verdadera naturaleza de su relación y, por supuesto, ellos no se la iban a revelar a nadie. Gaby le alisó las solapas de la chaqueta sin perder el buen humor. A veces había deseado que él perdiera su atractivo, que se quedase calvo o que empezara a engordar, pero no, Frank se mantenía en buena forma. Seguía luciendo una buena cabellera y su encanto a la hora de hablar estaba intacto, el mismo que la enamoró en su día, aunque ahora lo dedicara a Stanley.

Un evento más una noche más... Nada cambiaba. Algunas personas conocidas que los saludaban al pasar. Clientes de Frank que le palmeaban la espalda ante lo bien que le iba en el despacho. También intercambiaban comentarios de lo más banales con aquellos que deseaban hacerle la pelota al padre de Gaby y, por descontado, mujeres ociosas que tenían como afición presumir del dinero de sus maridos.

Un variopinto ramillete de invitados que Frank sabía manejar con soltura. A veces ella se sorprendía al verlo tan desenvuelto. Por norma general siempre había sido reservado, pero en cambio allí parecía estar en su salsa, o puede que sólo se tratara de una nueva representación por el bien del negocio.

En todo caso funcionaba y, a medida que pasaban los minutos, Frank le hacía menos caso para centrarse en sus relaciones comerciales, por lo que Gaby lo dejó rodeado de conocidos y, con la excusa de ir a retocarse el maquillaje, abandonó la abarrotada sala.

Se dirigió al tocador, donde, a diferencia de muchas de las invitadas, apenas se retocó nada, pues ella no estaba allí para cazar marido. Escuchó nuevos cotilleos, a cuál más ridículo, a los que apenas prestó atención. Después salió con intención de regresar junto a Frank; sin embargo, cambió de idea porque le apetecía tomar una copa relajada, sin el agobio de toda aquella gente.

No conocía la distribución del hotel y de ahí que deambulara por las instalaciones en busca del bar. Admiró en silencio la sencilla aunque elegante decoración y, por supuesto, la calidad de los materiales. Desde luego, aquel hotel contaba con los últimos avances.

Tan abstraída estaba que acabó en la zona administrativa, o al menos ésa fue la conclusión a la que llegó al ver el cambio de la decoración y que allí ya no llegaban los ruidos del salón de actos ni tampoco pululaban camareros y demás personal de servicio.

Aquella tranquilidad era de agradecer, por lo que se quedó allí quieta, apoyada en la pared sin otra cosa en la cabeza que dejar pasar los minutos y así, al volver a la fiesta, quedaría menos tiempo para regresar a casa.

—¡Eres un hijo de puta malnacido! —exclamó una voz femenina con evidentes síntomas de embriaguez.

Gaby se sobresaltó y se enderezó. Vio abrirse una puerta y aparecer a una mujer rubia despampanante, vestida con un elegantísimo vestido plateado largo, de mangas abullonadas y escote de vértigo, lo mismo que la abertura de la parte inferior. Muy al estilo de una actriz de cine.

—¡Llevo esperándote más de dos horas! —añadió, y se tambaleó hasta casi caerse.

Gaby se acercó con rapidez para ayudarla y entonces la mujer se percató de su presencia.

—Deja que te ayude.

—Gracias —murmuró la otra mirándola con los ojos enrojecidos, puede que en parte debido al alcohol y en parte a las lágrimas que intentaba contener. También su excesivo maquillaje daba fe del mal momento que atravesaba.

La puerta por la que había aparecido se cerró de un portazo, signo evidente de que no había salido por decisión propia.

—De nada —dijo Gaby—. ¿Necesitas ayuda?

—¿Tienes una pistola cargada en ese bolso? —preguntó la otra, y ella negó con la cabeza un tanto perpleja por semejante pregunta—. Qué pena, porque hay demasiados cabrones por el mundo a los que disparar.

—Nunca he sido partidaria de la violencia —contestó Gaby, que, atónita, contempló cómo aquella desconocida abría su bolso.

Cuando la vio sacar una petaca respiró aliviada, no mucho, pero siempre era mejor que un arma de fuego.

—¿Quieres un trago?

—No bebo, gracias.

—Por cierto, me llamo Roxie —se presentó la rubia, tras dar un buen lingotazo a la petaca y ofrecérsela de nuevo.

—Yo Gaby, encantada.

Quizá era el momento de regresar junto a Frank, que tal vez se estaría preguntando dónde se había metido; sin embargo, siempre dispuesta a echar una mano, se quedó junto a Roxie por si necesitaba ayuda, ya que en las condiciones en que estaba, y más si continuaba bebiendo, a no mucho tardar iba a tener serios problemas para mantenerse en pie y muchos más para caminar.

—A veces me pregunto qué he visto en ese cabrón para seguir con él a pesar de lo mal que me trata —se quejó Roxie sentándose en el suelo de una manera muy poco elegante; todo un contraste en comparación con la ropa que lucía.

—Siempre nos enamoramos de quien menos nos conviene —la secundó Gaby y suspiró, pues el club de las mujeres enamoradas y no correspondidas aumentaba cada día.

—¡No se trata de amor! —exclamó la rubia negando con la cabeza—. Se trata de necesidad.

—No te entiendo... —musitó ella frunciendo el cejo; en su lógica sólo cabía una posibilidad para estar con un hombre. Vale, en su caso existían dos, aunque tampoco iba a desvelar detalles íntimos.

—Mi familia es más pobre que las ratas y yo..., bueno, la naturaleza me ha dado esto. —Se señaló a sí misma empezando por su fotogénico rostro y siguiendo por sus curvas—. Así que desde hace tiempo asumí que no tenía otra forma de ganarme el sustento.

Gaby tragó saliva; por desgracia, en su trabajo conocía a muchas mujeres que seguían aquel camino, sólo que ni rastro de ropa elegante ni eventos de postín.

—¿Eres...? —preguntó con cautela.

—¿Puta? No, no lo soy, sólo me relaciono con tipos ricos que me pagan los gastos y les saco cuanto puedo antes de que se cansen de mí.

—¿No es lo mismo? —siguió indagando Gaby desde su ingenuidad.

—Puede, pero al menos yo obtengo buenos beneficios que me permiten vivir bien y ayudar a mi familia —se justificó Roxie.

—¿Y qué tienes pensado hacer cuando no te sea posible «trabajar» en esto?

Roxie frunció el cejo, pues muy pocas personas se molestaban en hablar con ella de aquel modo sincero y amable. Las mujeres con las que se cruzaba la criticaban en silencio y los hombres pensaban en cómo llevársela a la cama, creyéndose con derecho a ello.

—Espero haber ahorrado lo suficiente como para poder sobrevivir —dijo no muy convencida, y bebió otro trago de licor.

Gaby intuía que aquel plan no era muy fiable, aunque no era la primera ni sería la última que confiaba en su atractivo para sobrevivir. Podía decírselo, incluso invitarla a que fuera a verla a su despacho y que conociera casos reales, pero desestimó la idea, pues tampoco tenía tanta confianza para ello.

—¿Alguna vez has pensado dejarlo y buscar un trabajo?

Roxie la miró como si hubiera dicho una barbaridad.

—¿Dejarlo? ¡No! De ninguna manera —exclamó frunciendo el entrecejo.

Gaby sacó de su bolso un pañuelo para que se sonara la nariz y se limpiara un poco la cara.

—Si no he oído mal, antes has dicho que no te trata bien —le recordó.

—Ni a mí ni a las otras —le confirmó con un dejo de resignación.

Gaby torció el gesto. Por lo visto era demasiado habitual ver a tipos ricos aprovechándose de las circunstancias y tratando de forma despótica a las mujeres, incluso peor que si fueran ganado. Usar y tirar.

—¿Otras? —preguntó, sintiéndose un poco estúpida.

—¡Pues claro! Los hombres como él nunca se conforman con una sola mujer, les gusta la variedad. Y a todas nos trata igual de mal, dicho sea de paso.

—¿Y no te importa que esté con otras?

—No, la verdad es que no —respondió como si tal cosa, encogiéndose de hombros—. Al principio me molestaba, porque pensaba que quizá al tener competencia recibiría menos recursos, ya me entiendes..., pero es generoso, así que por mí se puede follar a quien quiera.

Gaby se atragantó ante aquel vocabulario tan sincero y se aclaró la garganta antes de preguntar:

—¿Cuántos años tiene?

Gaby había imaginado que el susodicho sería un sexagenario con dinero a mansalva, dispuesto a gastarlo con una jovencita.

—Treinta y algo, no sé, tampoco me importa.

—¿Y está casado?

Roxie se rio de forma escandalosa y apuró su bebida. Al comprobar que no quedaba una gota de alcohol, tiró la petaca como si no valiese nada, cuando por lo poco que había observado Gaby debía de costar un buen pico.

—Ese canalla dudo mucho que tenga un mínimo de decencia como para casarse y, la verdad, si alguna vez ocurre, pobre de la mujer que tenga la desgracia de decir «sí, quiero».

—Vaya pieza...

—Lo sé... —admitió resignada.

—¿Quieres que te acompañe a pedir un taxi? —sugirió Gaby.

—No. —Roxie negó con la cabeza—. Lo que voy a hacer es exigirle a ese malnacido que me escuche, que me busque un transporte y que deje de prestar más atención a sus socios que a mí.

Antes de que pudiera impedírselo, a pesar de su estado de embriaguez, la joven se puso en pie y se fue directa a la puerta para aporrearla y gritar obscenidades sobre la familia del tipo que le pagaba la ropa cara y otras cosas.

—¡Abre, maldita sea! ¡No te escondas, cabrón!

Más golpes, un tanto torpes, pero sí lo bastante ruidosos como para que quienquiera que estuviera al otro lado se diera por aludido.

—¿Estás sordo? —prosiguió Roxie con demasiada fuerza, tanta que Gaby se acercó para detenerla, ya que podía hacerse daño.

—Déjalo, anda, no vale la pena —le dijo.

Sin embargo, la rubia no estaba por la labor de rendirse y volvió a la carga.

—Se va a enterar... ¡Abre la jodida puerta!

Gaby no supo qué hacer o qué decir para convencerla y dio un paso atrás; debido a la borrachera de Roxie, todo lo que ella le dijera sería una pérdida de tiempo.

De repente, la puerta se abrió y un tipo vestido de forma impecable y con cara de enfado gritó:

—¡Lárgate a casa, joder!

La rubia dio un respingo y tropezó con Gaby, que, tras ella, era incapaz de mover un músculo.

—¡Ni hablar! —le espetó Roxie más agresiva—. Se supone que esto es una fiesta de inauguración y no me has hecho el menor caso.

Pero él ya no le prestaba atención; sólo podía mirar, con cara de asombro y haciéndose miles de preguntas, qué hacía Gabrielle allí.

Y lo que era peor..., junto a Roxie.

Gaby parpadeó. Sus recuerdos de Olivier no coincidían con el hombre que tenía delante. Ni rastro del tipo que llevaba prendas de confección tosca. Tampoco su pelo, ahora peinado a la moda. Habían pasado cuatro años en los que poco a poco se había ido diluyendo su imagen hasta convertirse en un borrón y ahora, de repente, allí estaba.

—¡¿Estás sordo?! —gritó Roxie impertinente, empujándolo, ajena a las miradas de ambos.

Olivier hizo una seña y un par de hombres salieron del despacho y agarraron a Roxie sin miramientos, con evidente intención de sacarla de allí aunque fuera a rastras.

—Llevadla a casa y aseguraos de que se queda allí —ordenó él muy serio.

—Sí, señor Mercier —dijo uno de ellos en tono servicial.

—¡Señor Mercier, váyase usted a la mierda! —gritó Roxie resistiéndose, aunque sin éxito.

Gaby, antes de que aquello se complicara aún más, y sin ganas de hablar con él sobre un asunto que aún le dolía, dio media vuelta y echó a correr por el pasillo, sin mirar atrás.

—¡Gabrielle!

Ella no se detuvo, al contrario, aceleró hasta llegar al vestíbulo. Incluso chocó con un camarero y cuando por fin divisó las puertas del salón, las atravesó y buscó frenéticamente a Frank.

Caminó por la estancia sin preocuparse de si era objeto de atención, pues allí la concurrencia se movía de forma pausada. Por fin lo encontró charlando con dos hombres que le palmeaban la espalda y sonreían. Sin duda Frank había hecho nuevos clientes. No podía culparlo por ello, ya que desde pequeña había visto hacer lo mismo a su padre, aprovechar cualquier circunstancia para afianzar lazos mercantiles.

Se situó junto a él y sonrió como una buena chica, esperando que Frank le prestara atención, todo ello sin dejar de mirar la entrada por si aparecía Olivier. Se moría de ganas de sonsacarle a su «novio» algún que otro detalle, pues a buen seguro conocía al señor Mercier.

No conseguía relajarse y menos aún cuando lo vio aparecer con cara de pocos amigos. Algunas personas lo detuvieron para saludarlo, lo que le concedió a Gaby unos preciosos segundos para pensar en una vía de escape. Justo en ese instante, la orquesta comenzó a tocar una conocida canción de Benny Goodman, y muchas parejas se dirigieron a la pista de baile.

—Frank, querido, ¿me sacas a bailar? —interrumpió Gaby a Frank, adoptando un tono de voz sumiso y hasta frívolo.

Él la miró sorprendido, pero accedió, ya que ante la vista de otros hombres quedaba muy bien mostrarse atento con una mujer.

Juntos se unieron al resto de las parejas. Si bien él no era buen bailarín, al menos llevaba el ritmo. De aquella forma, Gaby podía seguir evitando que Olivier se acercara, aunque no que la observara. Ella intentó mirar hacia otro lado y Frank se percató de que algo ocurría.

—¿Estás bien? —le preguntó en un susurro, sin perder el ritmo.

—Sí, sólo un poco cansada. Creo que me iré a casa pronto.

A él no le hizo gracia, o al menos eso dedujo Gaby por su expresión. Allí se encontraba en su salsa consiguiendo contactos, aunque, como buen novio, debía mostrarse predispuesto a complacer a su chica.

—De acuerdo, nos iremos enseguida.

Ella respiró algo más tranquila y se dejó llevar por la música. Divertirse con Frank era un consuelo un tanto pobre, pero al menos podía hacer las mismas cosas que otras parejas.

La pieza de música llegó a su fin y Frank, cogiéndola de la mano, caminó con ella con la intención de acercarse a unos conocidos para despedirse de ellos; sin embargo, no pudieron dar ni dos pasos porque alguien los detuvo.

—Buenas noches, señor Tremblay, ¿me permite bailar con la dama?

Frank parpadeó y sonrió, pues si había asistido a aquella velada había sido para conocer al dueño y, a través de amigos comunes, poder entablar alguna conversación con él.

Gaby disimuló. Antes de acercarse, seguro que Olivier había repasado la lista de invitados.

—Por supuesto —respondió Frank para asombro de Gaby, que al menos esperaba que le preguntase al respecto y más aún cuando hacía unos minutos le había dicho que estaba cansada.

Olivier le ofreció el brazo y ella a punto estuvo de mandarlo a paseo; no obstante, vio la cara exultante de su «novio» y optó por no montar un escándalo. Bailaría con él, nada más, sólo una pieza y después a casa.

La orquesta tocaba un tema clásico de las Boswell Sisters y a Gaby no le quedó más remedio que seguir el ritmo, pese a que hubiera preferido pisarle los pies a Olivier unas cuantas veces. Muchos curiosos los observaban, aunque el primero en no quitarles la vista de encima era Frank, que, lejos de sentir algún tipo de celos o molestarse, parecía encantado con la posibilidad de que, gracias a Gaby, aquella noche un cliente más pasara a formar parte de su despacho.

—¿No vas a mirarme a la cara? —susurró Olivier al ver que, tras los primeros acordes, ella continuaba con la vista fija en cualquier punto de la sala menos en él.

Gaby no respondió, pues no deseaba iniciar una conversación.

—Gabrielle...

Ella tensó la mandíbula, nadie la llamaba por su nombre completo, nadie excepto él, y, desde luego, consciente o inconscientemente Olivier estaba jugando sucio al pronunciarlo. Tenía que salir cuanto antes de allí, pero en medio de la pista, en mitad de una canción, hacerlo supondría dar pie a murmuraciones, y en aquel evento había suficiente gente conocida como para que al día siguiente chismorrearan sin piedad.

Por no mencionar a Frank, que sin duda le preguntaría el motivo de su comportamiento.

—Me gustaría hablar contigo —insistió Olivier, y con habilidad la fue llevando a un lado, alejándola del bullicio.

Ella se percató de la rastrera maniobra e intentó contrarrestarla; sin embargo, no le fue posible, ya que hacerlo implicaba llamar la atención, así que tuvo que aguantarse pensando que, en cuanto la soltara, no perdería ni un segundo en dar media vuelta y dejarlo plantado.

—¿Adónde me llevas? —quiso saber preocupada, dirigiéndole por primera vez la palabra; si había roto su voto de silencio era por un motivo justificado, pues vio que él, en vez de apartarla de los asistentes, pretendía sacarla del salón.

—A un lugar donde no nos interrumpan —afirmó sin mirarla.

Algunos curiosos los miraron, pero nadie les cortó el paso, de tal forma que Gaby se encontró en un pasillo cerca de las cocinas y, lo peor, a solas con Olivier.

—Si te soy sincero..., no sé muy bien qué decirte... —murmuró él, pasándose una mano por el pelo, mientras con la otra continuaba agarrándola.

—*Hola* y *adiós* es suficiente —contestó Gaby inspirando hondo para controlarse—. Y ahora, si me disculpas, me gustaría volver junto a mi novio.

—¿Tu novio es Frank Tremblay? —le preguntó él con un tono de voz escéptico, pues había oído rumores sobre el largo noviazgo, lo cual era extraño.

—Sí, el mismo —respondió alzando la barbilla. No quería que él lo cuestionara, aunque después dudó si durante aquel breve encuentro habría hablado más de la cuenta.

—Ya veo... —musitó Olivier, y pensó que ella no parecía muy entusiasmada con su novio. Otra lo habría defendido con más vehemencia, para empezar.

Por la cara que puso él, fue evidente que estaba al tanto y eso la enfureció, pues no quería que repercutiera en una posible relación comercial entre ambos hombres.

—Creo que esta conversación ya ha durado ya bastante —dijo, y aprovechó que un par de camareros cargados con bandejas hacían acto de presencia para soltarse de Olivier.

—¡Gabrielle! —gritó él, echando a andar tras ella.

Pero Gaby fue lista y se escabulló, aprovechando la presencia de aquellos camareros. De nuevo fue en busca de Frank, consciente de que en esa segunda ocasión el señor Mercier no se atrevería a acercarse, pues ello generaría preguntas.

—Llevo un buen rato buscándote —comentó Frank nada más verla, y como Gaby no disponía de una excusa convincente, se mantuvo en silencio—. Ha sido toda una sorpresa que el señor Mercier se haya acercado a conocernos.

—Sí, una gran sorpresa —murmuró ella, disimulando su malestar.

—Por cierto, ¿de qué habéis hablado?

—¿Importa? —replicó mirándolo de reojo, pues al parecer no se había dado cuenta de la tensión que sentía mientras bailaba con Olivier.

—Por supuesto, estoy tratando de que sea cliente del despacho.

—Mmm... ¿Desde cuándo lo conoces?

—Si te soy sincero, no he tratado directamente con él, por lo general tiene colaboradores que se ocupan de contactar con quien es preciso. Además, por lo poco que sé, ha regresado no hace mucho de Estados Unidos, donde ha hecho una fortuna, y ahora pretende establecerse aquí, en Londres.

Gaby almacenó aquella información; desde luego, eso explicaba por qué no había vuelto a cruzarse en su camino.

—Si elige mi despacho para sus asuntos legales, me daría un gran prestigio —prosiguió Frank, ajeno al debate interno de ella.

—Sí, ojalá lo consigas, Frank...

Capítulo 13

Gaby llegó temprano al hospital, con unas ojeras considerables, producto de su noche en vela. Al amanecer, lo único que le pedía su cuerpo era que se encerrase en su dormitorio, se compadeciera a sí misma por su mala suerte y después, tras una larga sesión de autoflagelación, preparase una maleta y saliera huyendo. No obstante, se vistió de forma discreta, con ropa un tanto anodina, pues desde que llevaba la Fundación Boston y se reunía con gente humilde procuraba no llamar la atención; no sería muy coherente hacer ostentación, y las prendas de vestir que normalmente utilizaba podían desentonar en aquel ambiente.

Caminó hacia el despacho de Alfred, confiando en que su hermano cumpliera su promesa. Llamó a la puerta con los nudillos y esperó. No parecía haber nadie, así que se dirigió a la consulta del doctor Marlow.

Era uno de los mejores amigos de su hermano y colega de profesión. Un hombre amable y simpático con el que Gaby había intentado, hacía ya un par de años, mantener una relación. No funcionó, pues a pesar de que él había sido tierno y cariñoso, no logró que se sintiera viva, así que, ante aquel fracaso, ambos decidieron ser amigos. Por supuesto, ni el uno ni el otro le habían comentado a Alfred lo sucedido, ya que no merecía la pena que saliera a relucir el espíritu sobreprotector de su hermano.

—Pasa, Gaby —le dijo con cordialidad, y la saludó con un beso en la mejilla.

Ella a veces se planteaba cómo era posible que todos los hombres que tenía a su alrededor (exceptuando los de su familia) la trataran con aquel cuidado y actitud fraternales. Suspiró y sonrió como siempre, no merecía la pena amargarse con eso.

—Gracias, Robert.

—Antes de que me riñas —comentó él, indicándole que se sentara—. Te diré que ya me he ocupado de la paciente. Está ingresada...

Ella suspiró aliviada.

—Pasaré a verla más tarde. ¿Qué has puesto en el parte médico? Lo pregunto para no meter la pata.

—La verdad, Gaby, cada vez es más complicado disimular —se quejó el doctor Marlow.

—Lo sé, pero esa mujer... no podía tener más hijos. No era por capricho —se justificó ella.

El médico asintió y suspiró resignado, porque aparte de jugarse el puesto si los descubrían, terminarían en prisión, aunque, por desgracia, cada vez que se les presentaba un caso similar, acababan por mandar al cuerno sus reservas y actuaban.

—En este caso le hemos practicado una «apendicectomía» —dijo él, mostrándole el parte médico.

—Bueno, me alegro de que todo haya salido bien.

—Hemos de tener cuidado, Gaby —insistió él negando con la cabeza, pues cada vez se complicaba más el seguir adelante.

—Hablas igual que mi hermano —le recordó ella, y se puso en pie con la intención de despedirse y de ir a visitar a la paciente.

Antes de salir, le sonrió toda amable, lo que hizo que él relajara su gesto de preocupación. Lo dejó en su consulta y después se dirigió a la zona de hospitalización con la idea de interesarse por la mujer. Las salas, a pesar de estar limpias (el olor a desinfectante a veces mareaba), necesitaban una buena mano de pintura, eso para empezar, y, por supuesto, cambiar el mobiliario. Aquellas camas eran más viejas que la orilla del río y los colchones tenían remiendos en veinte sitios diferentes.

Pero mucha gente necesitaba, aunque fuera en aquellas condiciones, la asistencia médica, por lo que no se quejaban ni se fijaban en las precarias condiciones. Es más, agradecían como nadie cualquier gesto.

Tras hablar con la mujer, Gaby pasó por su oficina para recoger unos documentos y después dirigirse al despacho de su hermana, pues iba a negociar con ella un aumento de la donación. Lo más probable era que Samantha se negara, no obstante, estaba dispuesta a todo para lograrlo.

Cuando entró, vio sobre su mesa un enorme y carísimo ramo de rosas rojas. Desentonaba entre el austero mobiliario, sin embargo, aquél no era un aspecto por el que preocuparse. Rara vez, por no decir nunca, recibía semejantes regalos, así que, intrigada, se acercó despacio en busca de una tarjeta.

La encontró y la extrajo del sobre con nerviosismo, con ganas de descubrir el destinatario. Incluso llegó a pensar que se trataba de un error.

Gabrielle, tenemos que hablar.

Con rabia, arrugó la maldita nota y la lanzó a la papelera. Estaba sin firmar, pese a ello, era evidente quién había enviado aquel ramo.

¿Cómo se atrevía?

Y peor aún, ¿cómo la había localizado?

La noche anterior, tras su inesperado encuentro, había quedado claro que su situación económica ya no era precaria, sino todo lo contrario. Gaby no conocía todos los detalles de cómo había pasado de vivir casi de prestado a, por lo visto, ser un hombre de negocios de éxito. Bueno, algo sospechaba, y creía que tenía que ver con su familia. Resultaba difícil conciliar el recuerdo, ya borroso, que guardaba de Olivier con el del hombre que vio en el hotel y con el que, por obligación, tuvo que bailar.

Era él, sí, y al mismo tiempo no lo era.

Desde luego, puede que no quisiera volver a verlo, pese a todo, seguía intrigada por conocer los detalles. La cuestión era, ¿a quién podía sonsacar sin levantar sospechas y que además pudiera satisfacer su curiosidad?

Su cuñado James.

Era un misterio cómo éste lograba averiguar ciertos secretos que podían resultar útiles, y a discreción no lo ganaba nadie. Así que, como tenía que visitar a su hermana, podía hacer una ligera variación de sus planes y pasar primero por el despacho de James.

Su decisión se tambaleó al reflexionar sobre ello, pues hablar con él significaba, entre otras cosas, que su hermana terminara por enterarse y, la verdad, en lo relativo al señor Mercier, mejor no relacionarlo con Samantha. Ésta aún le debía una explicación y Gaby esperaba que en algún momento se dignara decirle la verdad, pero ése era otro asunto.

Suspiró. Qué dilema, necesitaba información fiable. Puede que sólo para saciar su curiosidad o puede que para utilizarla llegado el momento. Un pensamiento este último un tanto maquiavélico, aunque, teniendo en cuenta sus antecedentes familiares, se podía considerar lógico. En cualquier caso, sólo le quedaba una fuente aceptable para conocer los detalles. Lo más probable era que no fuese muy exacta, aunque Frank, deseoso de tener a Olivier como cliente, habría hecho los deberes.

Además, su «novio» siempre era mucho más manejable, por lo que podría comentar con él la vida y milagros de Olivier Mercier sin levantar sospechas.

Así que, tras finalizar sus asuntos de trabajo, se dirigió al despacho de Frank, al que podía acceder sin llamar, ya que poseía las llaves; un gesto de confianza entre ambos. Por supuesto, Gaby no entraba en la zona de atención al público, sino que lo hacía en las estancias privadas de Frank y Stanley. Aunque siempre se quedaba en el saloncito o la cocina y nunca se atrevía a pasar al dormitorio; como mucho, se asomaba, y siempre tras asegurarse de que no iba a sorprenderlos en actitud «cariñosa».

—¡Hola, Gaby! —exclamó Stanley al verla aparecer.

Se levantó rápido del diván donde estaba leyendo y se acercó para darle un afectuoso abrazo, que ella le devolvió con igual entusiasmo.

—¿Qué haces aquí tan solo? —le preguntó al separarse y lo peinó con los dedos. Un gesto un tanto fraternal que tanto él como Frank siempre agradecían y que a Gaby le costaba muy poco hacer.

—Relajarme tras una jornada ajetreada —respondió él con una sonrisa—. ¿Y qué tal tu día?

Ella suspiró y le explicó algunas de las historias que tenía entre manos. Por supuesto, contó con el apoyo de Stanley, que desde el primer momento había mostrado su simpatía por la causa, incluso a veces se acercaba por el hospital. No podía colaborar de forma directa, aunque echaba una mano.

—Tu hermano tiene razón —dijo él tras escucharla—. Puede que la influencia de tu familia os proteja, sin embargo, a la larga tendréis problemas. Ya sabes, la doble moral.

—¡Al cuerno con eso! —exclamó ella en una especie de desquite—. No podemos seguir mirando hacia otro lado.

—Bueno, no te enfades y cuéntame, ¿cómo os fue anoche en la inauguración? Frank apenas suelta prenda, aunque, por su cara, deduzco que todo fue bastante bien —dijo él, mientras servía un refrigerio con la esperanza de que ella le hiciera un completo relato de los acontecimientos.

Gaby compuso una mueca, se suponía que iba a ser ella quien preguntara para obtener información. Bueno, no costaba nada dar un rodeo; incluso, bien mirado, le convenía para sacar el tema del señor Mercier sin que pareciera forzado.

—Ya sabes cómo son ese tipo de reuniones —comenzó y se encogió de hombros para dar impresión de indiferencia—. Bastante aburridas, hasta tuve que obligar a Frank a bailar conmigo.

Stanley sonrió de oreja a oreja, pues en lo que a bailes se refería, él era, con diferencia, mucho más animado. Gaby misma había tenido ocasión de comprobarlo en alguna que otra ocasión, cuando salían los tres a divertirse.

—¿De verdad? —dijo Stanley sin dejar de sonreír y ella asintió—. ¡Lo que hubiera dado por verlo!

—Aunque tú bailas infinitamente mejor —lo elogió Gaby.

—¿Sólo ocurrió eso? —preguntó él con cara de desilusión—. Venga, a mí puedes contármelo; ¿algún pretendiente?

—No digas bobadas, sabes que eso es imposible —replicó ella.

—Querida, por mucho que te empeñes, tarde o temprano aparecerá alguien y yo me alegraré, no lo dudes.

—¿Y qué pasará con vosotros?

Stanley, al ver su sincera preocupación, estiró el brazo y le dio un cariñoso apretón en la mano, porque, como amiga, era sin duda alguna la mejor, sin embargo, como mujer se merecía algo más. Pese a que tal circunstancia a ellos no les conviniera, no podían seguir siempre igual, por mucho que a él y a Frank los salvase de las murmuraciones.

—Olvídate de nosotros, nos las apañaremos. Venga, cuéntame más cosas —la apremió.

—También bailé con el anfitrión —dijo Gaby como si tal cosa, y Stanley abrió los como platos.

—¡Estás mintiendo!

—¿Por qué iba a inventarme algo así?

—Muy sencillo, porque el señor Mercier tiene fama, entre otras cosas, de ser muy discreto.

—¿Lo conoces? —preguntó, llegando por fin al punto que más le interesaba.

—No mucho, aunque Frank no deja de hablar de él. Por lo visto es uno de esos nuevos ricos de los que se desconoce el origen de su fortuna, de ahí que, como imaginarás, resulte tan interesante averiguar los detalles.

—Sí, claro... —murmuró Gaby, pues ella sí conocía ese detalle, algo que le dolía como ninguna otra cosa.

Cuando se enteró por casualidad, muchas de sus ingenuas suposiciones de por qué Olivier se había marchado sin decir nada se desvanecieron, causándole gran aflicción, aunque no le contó a nadie lo que había averiguado ni habló de su desilusión.

—Frank, como siempre, ha hecho los deberes y estoy seguro de que puede aburrirnos con toda la historia —dijo él sonriente.

Gaby, que por lo general no prestaba mucha atención a la vida y milagros de los clientes de Frank, pues eran en su mayoría gente de dinero que sólo pretendía dejar sus posesiones en orden, en aquella ocasión sí deseaba que su «novio» la aburriera con los pormenores del señor Mercier.

—¿Tiene mucho trabajo hoy? —le preguntó a Stanley.

—No, está atendiendo su última cita, enseguida se reunirá con nosotros. Por cierto, ¿te apetece que salgamos por ahí? Me han hablado de un sitio nuevo muy... especial.

Gaby sonrió de medio lado y negó con la cabeza.

—Mejor otro día —respondió, recurriendo a una excusa elegante, ya que en realidad lo que no le apetecía era acompañarlos a uno de esos locales extravagantes que a ellos les gustaban tanto, porque ella se sentía cohibida rodeada de tantos hombres «peculiares», que en aquel tipo de locales no disimulaban y menos aún reprimían sus deseos. Puede que al principio, llevada por la curiosidad, no se hubiera negado a ir con ellos, pero pasado un tiempo ya no tenía tanta gracia.

Al principio también había aceptado para saber si fue el amante de su novio quien dio el chivatazo de con quién se veía ella, ya que Stanley estaba en El Pato Loco durante su primer y único día como trabajadora del local. Sin embargo, hacía tiempo que lo había descartado, pues con Stanley, y a instancias de él, que sospechaba, ya tuvo una conversación en la que pudo preguntárselo directamente.

En ese instante apareció Frank, desabotonándose su chaqueta para, acto seguido aflojarse la corbata. Los miró a ambos y no se sorprendió al verlos juntos, charlando, algo que nunca pensó que sucedería, pues ella siempre se mostraba irritada ante la presencia de Stanley, mientras que ahora incluso a veces se sentía celoso ante la complicidad de ambos, algo que ellos aprovechaban para tomarle el pelo.

Al principio, lo peor había sido mantener aquella farsa. Puede que le conviniera ser el novio oficial de Gabrielle Boston, que además de pertenecer a una familia importante era un encanto, pero aun así, a medida que pasaba el tiempo le resultaba más complicado, tanto que estuvo a punto de decírselo en más de una ocasión. Sin embargo, le faltaba el valor en el último momento, en especial cuando Gaby se mostraba tan emocionada ante la idea de casarse y tener hijos

Era consciente de que toda la familia Boston se burlaba, con más o menos disimulo, de él, y que si callaban era para no molestarla a ella, pero la situación lo enervaba, pues en ningún momento quería causarle ningún mal, no al menos de manera intencionada. Por eso, cuando Gaby lo pilló en la cama con su secretario, casi sintió alivio de que por fin todo saliera a la luz.

Sin embargo, no estaba preparado para afrontar las consecuencias, en especial el escarnio público y el fin de su carrera, pues nadie confiaría sus asuntos legales a un notario sarasa, pero Gaby, una vez más le dio una lección. Guardó silencio y, si bien al principio se negó a verlo, después mantuvieron una conversación tan sincera y extensa que Frank por fin se liberó por completo de toda la carga que durante años había llevado.

Ella, tras escucharlo con atención y llorar junto a él, se despidió sin darle siquiera esperanzas de volver a verla, así que cuando se presentó de nuevo en su casa, no sólo con idea de mantener el contacto, sino de seguir adelante con la pantomima de su noviazgo, él intentó convencerla para que no lo hiciera, aunque Gaby se empeñó; y así llevaban ya casi cuatro años.

A veces se le partía el alma cuando asistían a eventos y surgía la posibilidad de que ella conociera a algún hombre. Gaby se merecería al menos la oportunidad de realizar sus sueños, pero no, ella se obstinaba en ser su coartada.

Había discutido con Stanley al menos mil veces sobre ello, pues éste era partidario de poner fin al «noviazgo». Frank estaba de acuerdo, pero era Gaby la que, a saber por qué, se empecinaba en lo contrario. Así que no le quedaba más remedio que seguir ejerciendo de novio, aguantar las chanzas de la familia Boston y ocultar su relación con Stanley. Aunque eso último nunca podría cambiar.

—Llevas mucho tiempo ahí callado —le dijo éste con aire burlón, sacándolo de sus pensamientos—. ¿Un día duro?

—Se podría decir que sí, aunque muy productivo —respondió Frank esbozando una sonrisa.

—Vaya... ¿has pescado otro pez gordo? —preguntó Stanley, intuyendo la respuesta.

—Sí, y todo gracias a ella —dijo el otro señalando a Gaby.

Ella abrió los ojos como platos, pues no entendía qué pintaba en todo aquello.

—Me alegra haber sido útil, aunque si me das los detalles..., pues mucho mejor.

Frank se acercó al mueble bar, se sirvió una copa y después se sentó junto a ella. Le cogió la mano y sonrió.

—Sí, todo gracias a ti. Después de lo de anoche, cuando el señor Mercier se acercó a nosotros y bailó contigo —le recordó de forma innecesaria, pues Gaby sabía muy bien a qué se refería.

—Ah, eso... —murmuró ella torciendo el gesto.

—Me dio la impresión de que ya os conocíais —prosiguió Frank en tono amable, sin sospechar nada.

—¿Es eso cierto? —terció Stanley interesado.

—No —mintió Gaby con más aplomo del que hubiera imaginado y sin desviar la mirada, algo que la sorprendió hasta a ella misma, pues una habilidad semejante, tan habitual en su familia, no estaba entre sus capacidades, o al menos eso creía.

Frank entornó los ojos, tonto no era, aunque sólo especulaba basándose en una sensación.

—¿Estás segura? —quiso saber Stanley, algo más desconfiado.

—Lo recordaría, ¿no crees? —replicó ella alzando la barbilla, lo que la hizo acordarse de su hermana, que cuando quería salirse con la suya, por más que la acosaran, no cedía ni un milímetro.

A pesar de que por norma general evitaba comportarse como

Samantha, se dio cuenta de que a veces no le quedaba más remedio que hacerlo.

—Da igual, el caso es que debiste de impresionarle —dijo Frank.

—Lógico —remató Stanley—. No hay más que mirarla.

—No hace falta que me halagues, pero gracias —contestó ella, complacida por el piropo.

—El caso es que esta mañana he recibido la visita de su secretario para fijar una cita; por lo visto el señor Mercier está muy interesado en contar con mi notaría para ciertos asuntos, ahora que piensa establecerse de nuevo en Londres —explicó Frank orgulloso.

Gaby se dio cuenta de que quizá la clave para sonsacarle información era reconduciendo la conversación hacia temas profesionales. Inspiró hondo, pues tal vez no iba a gustarle nada escuchar la vida y milagros de Olivier, aunque en cierto modo era como saldar una deuda.

—He oído que hizo fortuna en Estados Unidos —comentó Stanley, rellenando las copas antes de proseguir—. Al parecer se marchó por motivos personales y una vez allí logró prosperar.

—No sería el primero —murmuró ella controlando su respiración para que no la delatase.

—Lo que es un misterio es la razón por la que se fue —prosiguió el secretario—. Motivos personales..., puede ser cualquier cosa.

—¿Y qué más da? —dijo Frank, más pragmático.

—Bueno, a mí me interesa —contestó Stanley, y mirando a Gaby, añadió—: Y seguro que a ella también.

La aludida se encogió de hombros. Qué duro estaba resultando todo aquello.

—De todas formas, es normal que surjan rumores cuando se trata de personas de éxito —opinó Frank, restándole importancia al tema personal—. Lo que cuenta es que ahora el señor Mercier está a punto de convertirse en mi cliente y que eso nos dará mucha publicidad.

—¿Y de qué naturaleza son sus negocios? —preguntó Gaby, centrándose en un aspecto *a priori* menos peligroso.

—En Nueva York abrió un club nocturno que se convirtió en poco tiempo en un local de referencia —explicó Frank—. Y, debido al éxito, rehabilitó un hotel, también con excelentes resultados. Y todo en apenas cuatro años.

Gaby se sintió en cierto modo orgullosa de que Olivier hubiese conseguido su sueño, el mismo del que le habló en aquella destartalada buhardilla. Lástima que todo se iniciara con un abandono y un engaño.

—Vaya, otro ejemplo de sueño americano —se burló Stanley—. Se marcha de aquí con una mano delante y otra detrás y triunfa al otro lado del océano.

—No sabemos si se fue con una mano delante y otra detrás —indicó Frank.

Gaby, por desgracia, sí estaba al tanto de ese dato.

—Frank, no seas ingenuo. Nadie se marcha tan lejos por «motivos personales» —dijo Stanley sarcástico—. Seguro que tendría algún encontronazo con la ley y prefirió evitarse las consecuencias y ahora, con el riñón bien cubierto, nadie se atreverá a cuestionarlo.

—No sé por qué cuando alguien alcanza el éxito se tiende a buscarle trapos sucios —se lamentó Frank.

—Gaby pertenece a una familia adinerada y no se los buscamos —replicó su amigo con sorna, señalándola.

—Tranquilo, ya nos ocupamos nosotros mismos de organizar de vez en cuando algún escándalo —terció ella, haciéndolos reír.

Capítulo 14

—*S*i te pregunto de quién son, ¿me lo dirás? —preguntó Alfred burlón, al ver a su hermana con un extraordinario ramo de rosas, que desentonaba como ninguna otra cosa en aquel ambiente.

—De Frank; ¿contento? —mintió Gaby y cogió las rosas, dispuesta a repartirlas por las habitaciones y así alegrar un poco a quienes convalecían en el hospital. No era el primer ramo que recibía y, de seguir así, levantaría sospechas.

Su primer impulso había sido tirarlas a la basura, sin embargo, se dio cuenta de que, aparte de ser una actitud pueril, desperdiciar aquel ramo era de idiotas, así que buscó una solución mejor. Con lo que no contaba era con la aparición justo en aquel instante de Alfred, que de repente se había vuelto un chismoso.

—Lo dudo. Tu «novio» es poco dado a los regalos.

—Ha cambiado —lo defendió ella.

Lo más probable era que su hermano y Frank no entablasen ninguna conversación en la que surgiera el tema, lo que le daba margen para mentir.

Gaby continuó la ronda, saludando a pacientes y acompañando a su hermano, que, como médico, tenía que visitar a los enfermos y no siempre iba con buenas noticias, de ahí que el pequeño obsequio les alegrara un poco el día. Por suerte, Alfred no continuó indagando sobre el origen de las flores, aunque era evidente que no se había creído el cuento.

Casi al final de la ronda apareció el doctor Marlow con cara de preocupación y les pidió que se reunieran en su despacho.

—Siento deciros esto, pero debemos destruir algunos informes y, de momento, cancelar todas las intervenciones pendientes, ya me entendéis —les dijo con extrema seriedad.

—¡No podemos hacer eso! —exclamó Gaby en voz baja, negando con la cabeza.

—¿Qué ha pasado?

—Me han dado un soplo, un colega me ha avisado de que han presentado una denuncia por prácticas ilegales.

—Joder... Esto se veía venir —murmuró Alfred frustrado, aunque en realidad lo que le hubiera gustado habría sido soltar un par de creativos juramentos.

—Habrá que ser más listos —señaló Gaby, con la actitud más optimista de los tres.

Robert negó con la cabeza.

—No, tenemos que detenerlo todo y proteger los datos de las pacientes, ellas también podrían sufrir las consecuencias.

—Maldita sea... ¿Quién se ha chivado? —dijo Gaby.

—A saber, eso no nos lo van a decir. Así que lo mejor es adelantarse y dejar los historiales seguros a la vista para cuando nos inspeccionen y ocultar los problemáticos, porque con ellos en la mano estamos jodidos —indicó el doctor Marlow.

—Está bien, empecemos cuanto antes: primero hay que eliminar las pruebas —contestó Alfred resolutivo.

—¿Y qué hacemos con las pacientes que están hospitalizadas? —preguntó Gaby.

—Revisaremos cada caso y a las que veamos mejor les daremos el alta —propuso Robert.

—De acuerdo, empecemos...

A pesar de estar en desacuerdo con ellos, Gaby los ayudó a sacar de los ficheros los expedientes que podían comprometerlos. Tenían que ser rápidos y, sobre todo, discretos a la hora de destruir los papeles, pues era evidente que alguien del hospital estaba al tanto de todo. También tenían que pasar por el despacho de ella, donde se guardaban datos de las mujeres a las que habían ayudado; a los ojos de la ley eran, como poco, unos delincuentes. A Gaby se le cayó el alma a los pies, ya que, después de tanto esfuerzo, aquel proyecto se iba a pique y todo porque cierto grupo hipócrita decidía tocar la moral.

Se encontraban en plena faena cuando llamaron a la puerta. Los golpes, un tanto impacientes, los pusieron en tensión. Alfred les dijo a Robert y a Gaby que parasen y que se sentaran como si estuvieran en una reunión normal y corriente. Lo de actuar como si nada ocurriese ya iba a ser más difícil.

Volvieron a llamar con la misma fuerza. Alfred abrió.

Ninguno de ellos esperaba que cuatro agentes de policía irrumpieran en la oficina. Alfred se puso en primera línea, dispuesto a encararse con quien hiciera falta.

—Buenos días, agentes, ¿en qué puedo ayudarlos? —preguntó con fría cortesía.

—En nada —respondió impertinente el que parecía ser el jefe—. Tenemos orden de requisar la documentación y de detener a quien se interponga.

Alfred soltó dos juramentos entre dientes y Robert se situó junto a Gaby, por si era necesario protegerla, aunque, por lo visto, ella tenía en mente otra idea, y nada prudente.

—Ah, muy bien —susurró haciéndose la tonta y dando un paso al frente, dejando confuso al doctor Marlow y a su hermano perplejo con aquel tono sugerente, pues ella siempre había sido ejemplo de ingenuidad—. ¿Y qué necesitan?

Hasta parpadeó y puso morritos para dar más veracidad a su actuación de chica tonta. Y funcionó, porque el agente encargado de dirigir la operación varió su semblante hosco por otro un poco más amable.

—Que nos dejen hacer nuestro trabajo, nada más, señorita.

No iba vestida para la ocasión, su modesta blusa color crema y su falda negra de tablas no eran muy sugerentes, sin embargo, un botón desabrochado podía ser útil.

—Yo siempre estoy dispuesta a colaborar con la ley, agente —añadió, logrando que los policías se fijaran en ella o, mejor dicho, en su escote y que su hermano tomara cartas en el asunto.

—¡Ya está bien! —intervino apartándola—. Si pretenden registrar esta oficina, lo mínimo que pueden hacer es traer una orden judicial.

El tono utilizado, así como las palabras, hicieron que el policía jefe volviera a su actitud hostil.

—Deténganlos —ordenó a sus compañeros.

—¡No se atreverá! —protestó el doctor Marlow, aunque le sirvió de bien poco, pues fue el primero en ser esposado. Por supuesto se resistió, lo que le valió un buen empujón.

—Ni se te ocurra tocarla, cabrón —dijo Alfred, tenso, mientras también lo esposaban a él y uno de los agentes iba a por Gaby.

—Muy bien, resistencia e insultos a la autoridad... —enumeró el jefe, anotándolo de forma burlona en una libreta.

—¡Alfred! —chilló Gaby, sin dar crédito a lo que estaba sucediendo, pues se la llevaron con ellos y, pese a patalear y moverse como si estuviera poseída, la arrastraron sin miramientos, ante las miradas estupefactas del resto del personal hospitalario.

El siguiente en salir esposado, aunque ofreciendo menos resistencia, pues de nada servía, fue Alfred, que le dijo a una de las enfermeras que llamara rápidamente a su cuñado para que se ocupara de todo. El último al que se llevaron fue Robert, que se las arregló para darle una patada en la espinilla al agente que lo escoltaba. Por supuesto, ese gesto sólo le sirvió para empeorar las cosas, porque a sus delitos se sumó el de agresión a la autoridad; ahora bien, se quedó muy a gusto.

* * *

Cuando casi cinco horas más tarde James logró que lo dejaran visitar a los detenidos, se dirigió primero a la celda donde tenían a Gaby, preocupado, pues su cuñada no era una mujer acostumbrada a lidiar con aquellas vicisitudes. Además, estaba seguro de que la culpa de todo era de los otros dos detenidos, que sin duda se habían aprovechado de la ingenuidad de ella para arrastrarla a una situación comprometida.

La vio sentada en el centro de un banco, pero no sola y abatida como esperaba, sino charlando de forma animada con otra mujer. Desde luego, ver para creer.

—¡James! —exclamó Gaby al verlo. Se puso en pie, no sin antes disculparse con su compañera de celda, y se acercó a los barrotes.

—Vaya... —murmuró él arqueando una ceja, pues no le vio ni rastro de abatimiento—. Por lo visto has hecho amigas aquí dentro.

—Oh, no te burles —se quejó ella con una media sonrisa, porque el sarcasmo y su cuñado iban de la mano—. Y sácame de aquí.

James le hizo una seña al agente de policía y éste abrió la celda.

—¿Dónde están Alfred y Robert? —preguntó Gaby una vez fuera, mientras caminaban hacia la salida.

—Muy pronto los dejarán libres.

—¿Muy pronto? —preguntó ella con aire de angustia, ya que ambos le habían advertido en repetidas ocasiones lo grave que aquello podía llegar a ser.

—Mañana o pasado mañana como muy tarde —explicó James, sosteniéndole la puerta para que abandonaran la comisaría por la parte trasera, donde los esperaba un automóvil que Gaby reconoció.

Y su intuición no falló. Antes de que pudiera evitarlo, Samantha se apeó y fue directa hacia ella.

—¿Estás bien? —quiso saber su hermana mayor, abrazándola.

—Sí, tranquila —murmuró en respuesta.

—Ay, Gaby... vaya susto nos has dado.

—Preocúpate por Alfred —replicó—, todavía está preso, lo mismo que el doctor Marlow.

—Se lo han ganado a pulso —terció James—. Y esto no ha hecho más que empezar. Están acusados de delitos muy graves, aunque, por suerte, a ti he conseguido dejarte al margen.

—¿Cómo? —farfulló Gaby, separándose de su hermana para mirar a su cuñado—. Yo sabía qué estaban haciendo, es más, los animaba a continuar.

—Baja la voz —siseó Samantha—. Y entra en el coche.

—Para poder sacarte he tenido que echarles toda la culpa —explicó James una vez que el chófer alejó el coche del edificio y estuvieron seguros de que nadie podía oírlos.

—Pero ellos... —balbució Gaby y se detuvo al ver la cara de enfado de su cuñado.

—Tanto tu hermano como el doctor Marlow están de acuerdo. Lo que no llego a entender es cómo te has metido tú en esto —dijo James tenso, porque las cosas podían complicarse aún más.

—Y, para más inri, utilizando fondos de la Fundación Boston —apostilló Samantha en el mismo tono.

—Pues no me arrepiento de nada...

No había mucho más que hablar, el ambiente era demasiado tirante como para arriesgarse a decir alguna que otra palabra fuera de lugar. Gaby entendía que tanto su hermana como James mostraran su enfado, ya que en cuanto todo aquello trascendiera a la opinión pública se armaría un buen escándalo. Lo que no alcanzaba a comprender era por qué mantenían a Alfred y a Robert detenidos. De acuerdo, James, como abogado, y de los buenos, siempre buscaba la mejor estrategia; sin embargo, le parecía injusto que sólo ella estuviera libre.

—¿Adónde vamos? —preguntó, al darse cuenta de que no iban en dirección a la casa familiar.

—Te vienes con nosotros, no te vas a quedar sola estando papá y mamá de viaje —respondió Samantha.

—Lo cual ha sido una suerte, porque, de encontrarse aquí, lo más probable es que tu padre no se hubiese mostrado tan comprensivo, y coincido con él al cien por cien, porque es inconcebible que tanto Alfred como tú hayáis mezclado vuestro apellido en algo tan escandaloso —añadió James, que aprovechaba cualquier oportunidad para dejar claro que veneraba a su suegro.

Gaby frunció el cejo; en eso tenía razón: su padre montaría en cólera. Aunque lo más probable era que lo hiciera al regresar, por tanto, era primordial atenuar las consecuencias y estarse quieta hasta que todo aquel despropósito se desvaneciera y ella pudiera trabajar de nuevo en su proyecto, porque ni loca iba a olvidar a toda aquella gente a la que le había prometido ayuda.

—¡No! —exclamó—. No quiero ir con vosotros. Me voy a casa de Frank.

—Gaby, por favor —murmuró su hermana, mostrando su desagrado.

—Es mejor que vengas con nosotros —insistió James conciliador, aunque Gaby lo interpretó como que estaba mostrándose controlador.

No podía culparlo de querer supervisarlos a todos, no obstante, ella prefería no estar bajo su supervisión, así que, por mucho que insistieron, al final logró ganar la discusión e ir a casa de Frank. Allí esperaba ser recibida con todo el apoyo del mundo, pero para su sorpresa, su «novio», al enterarse de los hechos, aparte de regañarla le dijo muy serio que por mucho que aquellas personas necesitaran ayuda, no podía continuar con su actividad, a lo que Gaby le respondió que ni hablar.

—¡Cada vez eres más terca! —exclamó Frank frustrado—. Y en parte es culpa mía, por haberte animado sin analizar antes la situación.

—No seas agorero —intervino Stanley, situándose junto a Gaby para darle su total apoyo—. El problema es toda esa gente. Hipócritas incapaces de mirar más allá de su ombligo...

—Eso ahora da igual, Stanley. Por si no te has dado cuenta, la han detenido, y asuntos como éste no se olvidan con facilidad. Querrán llegar hasta el final y más habiendo gente importante implicada.

—En eso tiene razón, mi apellido me perjudica —admitió ella.

—¡Bobadas! —interrumpió Stanley—. Tu apellido te salvará y a tu hermano también. Dudo mucho que alguien quiera enemistarse con tu familia, por no mencionar que hay mucha gente que, de hacerse público el caso, os apoyaría hasta el final, porque la Fundación Boston ha ayudado a muchísimas personas.

—Pudiera ser... —murmuró Frank reflexivo.

—Ya lo verás —remató Stanley mucho más optimista—. Y para olvidarnos de este mal rato, nos vamos por ahí. ¿Qué os parece?

—¿Esta noche? —preguntó Frank.

—Pues claro. Necesitamos divertirnos, salir, bailar, escuchar buena música, cenar en algún lugar poco sofisticado...

Gaby se animó. Lo cierto era que últimamente no hacía nada para salir de la rutina y nunca venía mal un poco de diversión.

—¡De acuerdo!

—Hoy me es imposible, tengo una cena de negocios —adujo Frank, y tanto Gaby como Stanley lo miraron frunciendo el cejo.

—Pues la cancelas —ordenó su amigo.

—Es imposible, además Gaby debe acompañarme.

—Pero mira que eres insensible...

—No importa, es verdad, habíamos quedado —admitió ella con pesar—. Ya saldremos otro día los tres.

—¡Ni hablar! —se opuso Stanley con vehemencia—. Gaby necesita distraerse, no todo van a ser obligaciones.

—Stanley... —murmuró ella, dándole unas palmaditas en el brazo, porque desde luego no se podía tener un amigo más leal—. No pasa nada.

Fue tal su oposición que al final Frank tuvo que recular y marcharse solo a aquella importante cena de negocios. Stanley animó luego a Gaby y la ayudó a arreglarse, pero ella no podía marcharse sin antes hablar con su cuñada Tina. Así que la llamó por teléfono y, si fuera necesario, cancelaría su salida para ir a verla.

—¡¿Cómo?! —farfulló Gaby cuando, tras saludar a su cuñada, se enteró de la parte de la historia que tanto Samantha como James, ambos compinchados, habían omitido deliberadamente: que Alfred ya estaba en casa.

—Reconozco que me he angustiado, aunque Alfred me asegura

que no tendrá mayores consecuencias, pero aun así... —murmuró Tina sin necesidad de fingir preocupación, pues era una de esas personas sinceras, incapaces de exagerar o de montar un escándalo por nada.

—¿Y cuándo dices que ha llegado?

—Hace ya una hora —contestó Tina—. Por supuesto, está de un humor de perros y ha dejado bien claro que se va a ocupar personalmente de... —Tina se aclaró la garganta antes de continuar, aunque no dijo nada.

—De joder a quien nos ha delatado —remató Alfred bien alto, para que su voz se oyese con claridad.

Gaby se echó a reír ante su vehemencia.

—Ya le has oído y, la verdad, Gaby, ¿y si esto no se queda en una simple advertencia y va a más?

Ella sopesó la pregunta antes de contestar.

—Aunque se empeñe en negarlo, Alfred es igual que mi padre y por lo tanto dudo mucho que se deje manipular o amedrentar por cuatro burócratas aburridos.

—Eso espero —suspiró Tina—. Necesitamos un poco de tranquilidad en nuestras vidas, no es bueno tanto escándalo.

Gaby puso los ojos en blanco. Su cuñada se estaba convirtiendo en una reputada fotógrafa de desnudos, pero al mismo tiempo seguía mostrando un lado demasiado conservador. Toda una paradoja, sin duda.

—¿No te ha explicado tu marido que en esta familia de vez en cuando necesitamos un buen escándalo? —preguntó con retintín.

—No me quiero ni imaginar lo que opinará tu padre —susurró Tina, que seguía tratando a su suegro con un respeto y una cautela excesivos.

—Se enfadará, como es lógico —convino Gaby pensando en él, aunque lo más probable era que su madre se encargara de apaciguarlo—. Bueno, te dejo, dale un beso enorme a Eric de mi parte y unos cuantos a tu marido, ya verás cómo así se le pasa el disgusto.

—¡Gaby! —exclamó Tina en un tono parecido al que usaban las viejas al escandalizarse.

—Hazme caso —dijo y colgó para cambiarse de ropa y salir con Stanley, ahora que ya estaba más tranquila.

No tenían un plan establecido, sólo pasar un rato agradable; además, sin la supervisión del siempre precavido Frank, seguro que se lo pasaban mucho mejor.

Y de hecho la noche comenzó muy bien. Stanley, más nocturno que el siempre comedido Frank, conocía lugares bastante más interesantes, empezando por el teatro-café al que fueron. Nada de un servicio impecable, todo era algarabía, risas, gente entrando y saliendo, un pianista entonando canciones picantes..., el escenario perfecto para olvidar por una noche los problemas.

Tanto James como Samantha no habían hecho otra cosa que intentar engatusarla y tratarla, por enésima vez, como a una niña inmadura. Estaba hasta la peineta de que continuaran protegiéndola en exceso.

—Olvídate de ellos —le dijo Stanley al escuchar sus preocupaciones— y sigamos disfrutando de los placeres de la noche.

—Eso ha sonado extraño viniendo de ti —bromeó ella mirándolo de forma casi seductora, sabiendo que ese gesto le divertiría.

—Perdón —se excusó él riéndose—. De los placeres que la noche nos ofrece con la ropa puesta.

—¡Cómo eres! —exclamó Gaby, uniéndose a las risas.

—Venga, ahora que ya tenemos el buche lleno, vamos a otro sitio a bailar.

Capítulo 15

Gaby tenía que reconocer que con Stanley era difícil, por no decir imposible, aburrirse. Además de ser mucho mejor bailarín que Frank.

Se dejó arrastrar por locales de dudosa reputación, no porque allí se llevaran a cabo actividades ilegales, que también, sino porque cualquier señorita de buena familia jamás pondría un pie en ellos. No obstante, hacía tiempo que a ella ya no la asustaba ver de cerca otras realidades, algo que por supuesto no mencionaba delante de su familia para que evitar injerencias. Lo que no siempre lograba. Bien sabía hasta dónde eran capaces de llegar tanto sus hermanos como su padre cuando algo no discurría de acuerdo con sus dictámenes, de ahí que se cuidara muy mucho de levantar sospechas y se esforzara por mantener una imagen a veces ingenua y otras no tanto.

Se había acostumbrado a aquella situación y, aunque la mayor parte del tiempo deseaba dejar de actuar, había llegado a la conclusión de que, si pretendía hacer todo lo que en realidad pensaba, era mucho mejor mantener la imagen de mujer débil.

Muy pocos, por no decir nadie, la veían tal como era, quizá porque, por conveniencia, ella misma procuraba disimular, o porque nadie se esforzaba lo suficiente. Stanley podía considerarse una excepción, ya que era sin duda el que más se había acercado.

—Conozco un sitio aquí cerca que te encantará —dijo él sin

soltarle la mano, llevándola casi a rastras por aquellas calles que, si bien de día sólo eran poco recomendables, por la noche resultaban como mínimo peligrosas. Pero con Stanley no sentía inseguridad alguna.

Gaby bostezó. Trasnochar después de la jornada que llevaba no era la mejor idea; además, seguía preocupada, no por ella, sino por la gente que iba a quedarse sin ayuda.

—¿Lo dejamos para otro día? —le propuso a Stanley, poniendo carita de niña buena, pero él negó con la cabeza.

—Ni hablar, necesitamos despejar la mente —objeto sonriendo.

Ella no tuvo más remedio que seguirlo. No conocía bien aquellas calles y no deseaba acabar perdida si se soltaba. Caminó, pues, a remolque, sin apenas fijarse en ningún detalle, y de pronto supo muy bien dónde se encontraba. Ya no le hacía falta un guía.

—¿Qué te ocurre? —preguntó Stanley preocupado, al ver que Gaby se había detenido de repente, y no sólo eso, también había cambiado su expresión; ya no mostraba cansancio, sino... ¿nostalgia? Él no supo interpretarla, pero desde luego no era buena señal.

—¿Qué había antes ahí? —preguntó ella con un hilo de voz, señalando un local tapiado con tablones que, al igual que el resto del edificio, amenazaba con derrumbarse, pues los signos de abandono eran evidentes.

La pregunta era absurda, sin embargo, Gaby quería comprobar que su mente, sus recuerdos, que había mantenido más o menos a raya, no le estaban jugando una mala pasada.

Stanley frunció el cejo ante aquella cuestión y, tras fijarse en lo que ella le señalaba, la miró mientras intentaba recordar para poder responder.

—No sé... —murmuró dubitativo—. ¿Por qué?

—Por nada, da igual —respondió Gaby, intentando aparentar que todo iba bien—. Venga, vámonos a ese sitio que has dicho.

Y echó a andar con la firme intención de no caer en la peligrosa trampa de los recuerdos y volver a sentir todo lo que había experimentado aquella extraña noche. Por desgracia, a veces había tenido que lidiar con ellos, pero nunca estando en el lugar exacto, lo que le dificultaba, y mucho, el esfuerzo.

—Ah, sí, ya me acuerdo. Ahí estaba El Pato Loco. ¿Lo conocías? —preguntó Stanley suspicaz.

—Las chicas de buena familia no frecuentamos estos barrios —adujo ella en un penoso intento de desviar la atención.

—Gaby..., que nos conocemos. Sé que ocultas cosas, lo cual es comprensible, y por la cara que has puesto, es evidente que algo ocurre. ¿Me lo vas a contar?

—De momento prefiero no hacerlo —murmuró.

Stanley intuyó que aquello la afectaba más de lo que daba a entender y optó por no insistir; ya surgiría la ocasión de indagar.

—Hace unos años, El Pato Loco era un local bastante peculiar —comentó, observando sus reacciones—. Empezó siendo un sitio convencional y poco a poco pasó a convertirse en una especie de cajón de sastre. No se vetaba la entrada a nadie, no se cuestionaba a la clientela por sus gustos y ofrecía una especie de refugio.

—¿Lo frecuentabas?

—Sí —admitió.

—¿Y Frank?

Stanley torció el gesto y negó con la cabeza.

—Ya lo conoces, siempre busca la discreción.

Después de aquella conversación, ninguno de los dos se encontraba con ánimo para seguir deambulando y visitando locales de dudosa reputación, así que decidieron poner fin a la escapada nocturna. Él no iba a obligarla a buscar excusas y Gaby se ahorró el enojoso trabajo de hacerlo.

Cuando regresaron a casa, Frank ya estaba esperándolos. A pesar de haber tenido que ir solo a un compromiso se mostraba exultante y, nada más verlos aparecer, abrazó con entusiasmo primero a Gaby y después se acercó a Stanley con la intención de mostrarse igual de entusiasta, pero al final se contuvo.

—Oh, por favor —dijo ella con aire sarcástico—, no voy a escandalizarme ahora.

Stanley, mucho más partidario de mostrar sus sentimientos, lo besó, aunque no con toda la efusividad que hubiese querido.

—Intuyo que todo te ha ido bien —le dijo a Frank.

—¡Mucho más que bien! He conseguido que el señor Mercier cuente con mi despacho para unos asuntos —anunció emocionado.

Gaby se atragantó con la bebida que Stanley le había servido al llegar.

—Una noticia estupenda, ahora sí tenemos motivos para brindar —contestó Stanley sonriente.

—Está negociando la compraventa de unos edificios adyacentes al hotel que acaba de adquirir para ampliar las instalaciones; sólo es un asunto técnico, pero por algo se empieza. Y además pretende redactar su nuevo testamento.

—Si me disculpáis, estoy agotada —se excusó Gaby, porque en parte era cierto. El día había sido intenso y, entre otras cosas, necesitaba descansar, además de reflexionar, por supuesto.

—Y creo que en parte es gracias a ti —dijo Frank, deteniendo su retirada—. El señor Mercier me ha preguntado por nuestra relación...

—Le habrás contado la bonita y bucólica versión de siempre, ¿me equivoco? —terció Stanley, sonriendo sin muchas ganas, pues, a pesar de todo, en el fondo era como tener una espinita clavada.

—Sí —admitió Frank mirándolo de reojo, para después centrar la atención en ella—. Gaby...

—No te preocupes —lo cortó ella—. Si se diera la improbable situación en la que tuviera que defender tu reputación ante el señor Mercier, sería convincente.

Frank se le acercó y le dio un fraternal beso en la mejilla, le deseó buenas noches y hasta la acompañó al cuarto de invitados que siempre utilizaba cuando se quedaba a pasar la noche.

Una vez que llevó a cabo el ritual típico antes de acostarse, Gaby se acomodó en la cama y, con la luz apagada, se puso a meditar. La primera cuestión era tomar un camino acertado respecto a las actividades de la Fundación Boston. Para acallar rumores y evitar más injerencias burocráticas y, por supuesto, un cisma familiar, se dedicaría a actividades estrictamente legales, de esa forma podrían dar una imagen de respetabilidad. Filantropía pura y dura, nada de riesgos.

Más adelante, en cuanto las aguas volvieran a su cauce, retomaría su idea de ayudar a las mujeres de forma no tan legal.

Resuelto el primer punto, pasó al segundo.

Éste era más delicado, pues afectaba a su vida íntima. Nadie conocía los detalles y, si bien por un lado era libre para decidir sabiendo que no afectaría a nadie más, la cuestión era que no había comenzado con buen pie.

Reencontrarse con Olivier había sido un golpe, desde luego, porque nunca pensó que ocurriera. Pero si lo meditaba con calma, era muy probable que la mejor forma de enfrentarse a él no fuese huyendo como una chiquilla asustadiza. Frank, que no era tonto, algo se barruntaba, pero lo más probable era que no llegara a imaginar lo que ocurrió en realidad.

Aquél había sido su primer error. Siempre quejándose de que no la trataban como a una adulta y lo primero que hacía ante un imprevisto era huir despavorida. De acuerdo, nada de escapar y esconderse, se dijo, no obstante, quedaban unos flecos. A su familia, a la que adoraba, tenía la cuestionable virtud de querer sobreprotegerla, por lo que debía mantenerla apartada para evitar más injerencias, y luego estaba Frank.

¿Y si le contaba lo que ocurrió aquella noche?

No, eso era imposible, no porque aparte de sorprenderse dejara de apoyarla, sino porque su relación se vería contaminada.

Debía enfrentarse a Olivier de frente y sola.

«Tenemos que hablar», había escrito él en la tarjeta. Muy bien, respondería de forma educada y fría. Indolente incluso. Cualquier arma para mantener las distancias.

* * *

Al día siguiente se encontró el desayuno preparado, lo que le resultó sospechoso, ya que además no había ni rastro de Stanley, sólo estaba Frank.

—Tenía que encargarse de unos recados urgentes —respondió su «novio» cuando ella le preguntó por el paradero del secretario—. Por cierto, esta noche estamos invitados a una cena.

—Siempre me avisas con más antelación —dijo Gaby apurando su café, pues quería pasar por casa del doctor Marlow y ver cómo estaba.

—Lo sé —admitió Frank con una sonrisa de disculpa. Estiró el brazo y le cogió la mano. Un gesto cariñoso y habitual—. Pero anoche surgió inesperadamente tras la reunión con el señor Mercier.

—¿Se trata de asuntos de negocios? —preguntó ella después inspirar. Mira por dónde, iba a tener la oportunidad de comprobar si era capaz de enfrentarse a Olivier antes de lo esperado.

—No, nada de negocios, se trata de una cena privada —le aclaró Frank.

Gaby frunció el cejo. Así, a primera vista, parecía una encerrona, porque ¿qué pintaba ella allí en medio? ¿Qué pretendía Olivier? Aparte de ponerla en evidencia, claro.

No obstante, aquella invitación significaba que Frank no había sido el chivato que le había ido con el cuento a su familia. Un sospechoso menos.

Su «novio» continuaba hablando, aunque Gaby ya no lo escuchaba. Si Stanley, que con toda probabilidad la vio en El Pato Loco, tampoco había sido ni se lo había comentado a Frank, sólo quedaba una opción: o bien el propio dueño del club había ido con el cuento a su familia para que ella dejara de molestar, o bien Olivier había visto la oportunidad de sacar provecho de su corta relación.

De ser la segunda hipótesis, todavía le dolería más el abandono.

—Ya sé que no es el mejor momento, aunque es todo un detalle que nos haya incluido en una invitación tan personal —proseguía Frank, ajeno a sus divagaciones—. Será una cena de parejas, pues me dio a entender que lo acompañaría una mujer.

Al oír eso, Gaby se puso alerta. ¿Se encontraría cara a cara con Roxie o ya se habría buscado otra sustituta?

Fuera como fuese, necesitaba ante todo ir imponente, buscar el disfraz adecuado que la ayudara a meterse en el papel de mujer indiferente ante la presencia de un examante. Porque así era como debía afrontar aquello.

Se despidió de Frank con el acostumbrado beso en la mejilla y se fue a ver al doctor Marlow para asegurarse de que todo iba bien, al menos dentro de lo que cabía. Una vez delante de la casa, una discreta vivienda que él había alquilado no hacía mucho, llamó y esperó a que le abrieran la puerta. Tuvo que insistir, pues era extraño que a las diez de la mañana no estuviera en su hogar. Se le pasó por la cabeza un inquietante pensamiento: que Robert aún siguiera detenido, sin embargo, cuando oyó el chasquido de la cerradura respiró tranquila.

O no.

—¿Quién eres? —le preguntó una mujer, mirándola de arriba abajo enfadada.

Gaby se aclaró la garganta y puso cara de buena e inocente chica (algo que casi siempre le funcionaba), mientras observaba a la pelirroja. Por cómo se agarraba las solapas de la bata, era evidente que estaba en la cama y que, al llamar ella, había interrumpido algo más que su sueño.

—Quisiera hablar con el doctor Marlow, por favor —pidió con un tono de voz casi angelical que logró su objetivo, ya que la pelirroja suavizó la expresión; seguía desconfiando, y en parte con cierta lógica, porque que una mujer se presentara sin avisar en el domicilio privado de un hombre podía despertar suspicacias.

—Un momento... —murmuró, volviendo a examinarla para asegurarse de que no constituía ningún peligro—. ¡Robert! —gritó luego, evidenciando la confianza que había entre el médico y ella.

«Vaya, vaya —pensó Gaby—. El doctor no pierde tiempo para buscar con quién olvidar sus penas...»

Ocultó una sonrisa, pues le parecía estupendo que Robert se

divirtiera. Que en el pasado hubieran tenido un amago de relación sin éxito no significaba que se sintiese resentida. Eran amigos y a los amigos siempre se les desea lo mejor.

—¿Quién molesta a estas horas? —dijo la voz un tanto irritada de Robert, mientras se acercaba a la puerta.

—Preguntan por ti —contestó la pelirroja solícita.

—Hola —saludó Gaby cuando por fin lo vio.

De nuevo disimuló una sonrisa, ya que Robert también mostraba signos evidentes de haberse vestido de forma apresurada. Los pantalones arrugados, descalzo, sin afeitar y con la camisa desabrochada. Los recuerdos acudieron a su cabeza, de aquella vez en que, llevada a saber por qué motivo, terminó acostándose con él. Quizá creyendo que podrían tener una relación, algo que después comprobaron que no era posible, pues, si bien se divertían juntos, charlaban sin cortapisas y se entendían, ninguno de los dos mostraba el suficiente entusiasmo como para formalizar aquello, de tal modo que, tras una reveladora conversación, decidieron ponerle punto final. Una decisión de lo más acertada.

—¿Ha ocurrido algo...? —preguntó él y la pelirroja, que no le quitaba ojo a Gaby, dio un paso atrás, aunque sin apartarse demasiado.

—No, tranquilo. Sólo quería saber cómo estabas, aunque ya lo veo... —Se rio entre dientes. Robert hizo una mueca y ella añadió en tono burlón—: La próxima vez me limitaré a llamar por teléfono.

—¿Podrías dejarnos a solas? —le pidió él a la pelirroja, y le hizo un gesto a Gaby para que entrara.

La acompañante del doctor Marlow no se mostró muy entusiasmada con la idea de dejarlos sin vigilancia, sin embargo, accedió, aunque Gaby sospechó que no se fue muy lejos.

—No hacía falta echarla —dijo en voz baja, acompañándolo a la sala de estar.

—Es mejor así, no sabe nada de lo ocurrido y prefiero no tener que dar explicaciones —contestó Robert también en voz baja, por si la mujer escuchaba la conversación.

—¿Y no le resultará más sospechoso si hablamos en susurros?

Él se encogió de hombros.

—Que piense lo que quiera.

Eso sólo significaba una cosa: Robert y la mujer sólo tenían una aventura.

—Quería saber cómo estás, lo de ayer nos dejó a todos descolocados —dijo Gaby acercándose, aunque evitando tocarlo.

—Nada que no pueda soportar. Además, las diligencias de tu cuñado han sido providenciales. Pero gracias por tu interés.

—De acuerdo. Entonces me voy más tranquila. ¿Te veo en el hospital?

—Nos han echado, a tu hermano y a mí. Expulsión inmediata.

—¡¿Cómo?! —preguntó perpleja.

—Era eso o enfrentarnos a un proceso largo y desagradable que, aunque consiguiéramos ganarlo, mancharía nuestra reputación —explicó con aire resignado.

—¡Maldita sea!

—La dirección del hospital quiere silenciar todo esto para evitar que tenga más eco. Así que todo queda en una detención y poco más —prosiguió él.

—Hablaré con Alfred, algo tenemos que hacer. ¡No pienso quedarme de brazos cruzados!

Robert sonrió ante su determinación.

—He hablado con tu hermano y hemos acordado que, de momento, nos permaneceremos quietos y fingiremos arrepentimiento. No obstante, la idea es, más adelante, montar una consulta propia.

—¡Excelente! ¡Contad conmigo!

—Por supuesto que lo haremos.

Robert se le acercó y le dio un fuerte abrazo.

—Menos mal —suspiró ella acariciándole la mejilla—. Y ahora te dejo, que estás muy ocupado.

Él arqueó una ceja ante el tono pícaro empleado por Gaby.

—Es sólo una amiga —se justificó un tanto incómodo.

—Eso es cosa tuya —replicó ella sonriendo de medio lado.

Se despidió de Robert, que la acompañó a la calle y esperó hasta que llegó el taxi que habían pedido, y luego Gaby se dirigió a casa para cambiarse para la importante velada que tenía por delante. El problema era que su guardarropa era carísimo, exclusivo, elegante y a la última moda, pero anodino.

Necesitaba algo nuevo y a ser posible impactante.

Opción A. Consultar con su hermana. Pros: Samantha era una mujer de recursos. Contras: la interrogaría sin piedad.

Opción B. Tina, su cuñada. Pros: no la interrogaría, nada de preguntas incómodas y la acompañaría sin más. Contras: acabaría eligiendo un vestido de su armario.

Opción C. Stanley. Pros: a arriesgado no lo ganaba nadie. Contras: a Frank no le iba a hacer mucha gracia, pues era un firme defensor de la moderación. Toda una paradoja, teniendo en cuenta sus inclinaciones. Tras meditarlo, Gaby sonrió.

—Eso no es ningún obstáculo —se dijo resuelta.

Capítulo 16

—Estupenda, fantástica, cautivadora, elegante, maravillosa, divina...

—No puedo estar más de acuerdo —secundó Frank a Stanley al verla ataviada con un vestido de noche plisado color burdeos, en apariencia sencillo debido al corte de inspiración clásica, y cuyo único detalle era una finísima cadena dorada que caía por la espalda desnuda.

—Gracias, gracias —respondió ella complacida, posando para sus admiradores.

Stanley se acercó para cogerla de las manos y hacerla girar, pues la sencillez de la prenda elegida contrastaba con el atrevimiento de llevar la espalda desnuda, mostrando una interesante porción de piel que de momento sólo la cadena dorada tenía el privilegio de acariciar.

Frank, que no estaba muy versado en moda, arqueó una ceja ante aquel cambio a la hora de elegir vestuario por parte de Gaby, aunque no dijo nada para evitar discutir, tanto con Stanley como con ella. Él, por su parte, llevaría un sobrio y correcto esmoquin.

—Pasadlo bien —les deseó Stanley, besando a Gaby en la mejilla y rozándole la espalda.

Ella le respondió con un abrazo, pues, pese a sus intentos de disimulo, para él debía de ser muy duro no poder acompañar a su pareja a veladas y demás actos públicos.

—Tú deberías ocupar mi lugar —le susurró antes de separarse.

—Gracias, Gaby —respondió Stanley en el mismo tono cómplice.

Luego ella los dejó a solas unos minutos por razones obvias, pensando por enésima vez en lo difícil que debía de ser aquella situación para ambos, en especial para Stanley, que siempre se quedaba un paso por detrás. Por mucho que se esforzara, Gaby nunca comprendería lo que era querer a alguien y verse obligado a fingir.

Frank se reunió con ella apenas cinco minutos después y juntos salieron a la calle, donde los esperaba un taxi. Al poco de ponerse en marcha, Gaby le preguntó:

—¿Dónde nos recibirá?

Su «novio» le apretó la mano en señal de cariño y respondió:

—Mercier vive en su propio hotel, dispone de una planta entera para él solo.

Gaby sonrió como si todo aquello le fuese indiferente, aunque había esperado que aquel encuentro discurriera en un ambiente neutral, es decir, en un lugar público. Miró por la ventanilla mientras el taxi circulaba por las calles y, sin soltar la mano de Frank, pensó que quizá aún fuera pronto para enfrentarse a Olivier.

Antes de que el vehículo se detuviera por completo, un botones se apresuró a abrirles la puerta y a darles las buenas noches. Otro empleado les abrió la puerta principal del hotel y un tercero los esperaba ya junto al vestíbulo principal para acompañarlos a las estancias privadas del dueño.

—Contar con el señor Mercier entre mis clientes va a suponer una publicidad excelente —comentó Frank en voz baja, sin dejar de sonreír.

—Lo sé —replicó ella, mordiéndose la lengua para no decir algo así como «si tú supieras toda la verdad...».

Una vez en la planta superior, caminaron tras el solícito empleado. Gaby se fijó en el cambio de la decoración. La zona abierta al público era luminosa, lujosa, con paredes en tonos crema y modernos apliques, sin duda para dar a los clientes una idea de comodidad y vanguardia. En cambio, la zona privada era más clásica.

Paredes más oscuras y frisos de nogal. En ambos casos las combinaciones daban la impresión de buen gusto, algo que no siempre los nuevos ricos eran capaces de entender, pues les gustaba hacer ostentación de su dinero.

—¿Desean tomar algo? —les preguntó el amable empleado cuando llegaron a una amplia sala de estar.

—No, gracias —respondió Frank.

—Un coñac —dijo Gaby, dejando patidifuso a su «novio», y, no contenta con eso, cuando el sirviente se lo acercó en una bandeja, cogió la copa y, comportándose como un bebedor empedernido, se la acabó de un solo trago.

—Gracias —murmuró, dejando la copa vacía en la bandeja.

—¿Qué te ocurre? —preguntó Frank preocupado cuando se quedaron a solas.

Gaby iba a responder, pero unas voces procedentes de una habitación próxima se lo impidieron.

—¿No has bebido ya bastante?

—¡Váyase usted a la mierda, señor Mercier!

—Compórtate, joder. Por una maldita noche, haz el favor de no dar el espectáculo —añadió una voz masculina y furiosa que Gaby reconoció a la primera.

—¡No tienes derecho a tratarme como si fuera un trapo! —gritó la mujer, con evidentes síntomas de embriaguez—. Llevas una semana evitándome, ordenando a tus lacayos que me prohíban el acceso a tu jodido hotelucho, y de repente me llamas y me pides que haga de anfitriona ante una pareja de palurdos con los que quieres llevarte bien porque pertenecen a una clase social a la que te mueres por acceder.

Los dos «palurdos» se miraron incómodos, pues no tenían por qué escuchar una disputa privada y porque no sabrían qué cara poner cuando aparecieran los anfitriones.

—Por mucho dinero que tengas en el banco eres un don nadie, un tipo burdo y sin clase que jamás será aceptado en ciertos círculos. Invitar a la hija de un banquero de renombre no te va a granjear la amistad de esa gente poderosa —prosiguió la mujer, destilando mala leche.

«Los niños y los borrachos siempre dicen la verdad», pensó Gaby, considerando ese punto que se le había pasado por alto. Desde luego, su hermana tenía razón. Antes de casarse, Samantha había tenido que sufrir interminables propuestas que sólo tenían por objeto pasar a formar parte de la familia Boston. Gaby pensaba que exageraba, quizá porque vivía metida en la burbuja de felicidad que ella misma había creado con Frank; sin embargo, empezaba a entenderlo.

—Vámonos —le dijo a un Frank que intentaba conciliar la idílica imagen que tenía del señor Mercier con el hombre que discutía tras una pared usando expresiones de lo más vulgares.

—Espera, seguro que hay una explicación —replicó, lo que hizo que Gaby frunciera el cejo.

—Vas a salir ahí fuera y a comportarte como una dama educada, que para eso te pago. Aunque con ese vestido...

—Si me aumentaras la asignación, podría tener un guardarropa más adecuado —replicó la mujer, irónica.

—Al menos podrías no mostrar con tanto descaro la mercancía —la acusó Olivier con un claro aire de desaprobación—. Procura esforzarte por ser discreta y no hablar más de la cuenta. Y, por el amor de Dios, no bebas más.

—No me pagas lo suficiente como para, además de follar contigo, tener que poner buena cara —replicó la supuesta «dama» ante sus exigencias.

—¡Roxie, joder! —vociferó exasperado—. ¿Qué coño quieres?

—Que dejes de tratarme como a tu puta.

—Eres una puta —replicó él con tono de desprecio.

—No quiero que me mandes a casa cuando te conviene, quiero que me hables con respeto y que no me obligues a vivir en un apartamento minúsculo —enumeró Roxie.

—Apartamento que yo pago cada mes —le recordó Olivier.

—¡Cabrón agarrado!

Frank, que no estaba acostumbrado a aquellos sainetes, pese a no ser amigo del alcohol, fue al carrito de las bebidas y se sirvió algo en silencio, evitando mirar a Gaby, pues se sentía avergonzado de que su «novia» se viera obligada a oír semejante sarta de palabrotas.

—¿Algo más? —preguntó Olivier con una carga de sarcasmo excepcional.

—No, de momento no —alegó Roxie, al parecer satisfecha por haberlo puesto en un aprieto—. Mañana darás orden de que trasladen mis cosas aquí.

Ni Frank ni Gaby oyeron ninguna respuesta a aquella petición, sí en cambio pasos acercándose y el sonido de una cerradura abriéndose. Una vez solventadas las dificultades, los anfitriones hacían acto de presencia.

Frank, atento, se situó junto a Gaby con cara de no haber oído nada. Pero a ella le resultó más complicado ponerse la máscara de normalidad, en especial cuando tuvo enfrente a Olivier.

Su primer amante, algo que nadie sabía, saludó primero a su «novio» con un cordial apretón de manos. Lo mismo que Frank, llevaba un elegante esmoquin, en cambio, el vestuario de Roxie era, por decirlo de una manera suave... escaso. Aunque, siendo objetiva, tenía un cuerpo adecuado para ello, pensó Gaby. Saludó a la joven, que por lo visto no la recordaba, algo lógico teniendo en cuenta que siempre coincidían tras un consumo desmesurado de alcohol. Observó de reojo cómo Frank la saludaba de forma comedida mientras ella intentaba hacer lo propio con Olivier, pero el muy descarado murmuró al acercarse:

—Gabrielle...

Menos mal que Frank no se percató de ese detalle tan íntimo.

Por desgracia, como mandaban las absurdas normas, Frank debía acompañar a la mesa a Roxie, que se tambaleaba sobre los tacones y que había logrado frenar su incontinencia verbal, y ella debía hacerlo del brazo que Olivier le ofrecía.

Caminaron en silencio, la pareja formada por Frank y Roxie iba delante, lo que Olivier aprovechó para ir más despacio de lo normal. Por supuesto, Gaby se percató de la maniobra.

—No te hemos dado las gracias por las flores —dijo, porque quien da primero da dos veces, o al menos eso esperaba.

—¿«Hemos»? —preguntó él con una media sonrisa.

—Los pacientes del hospital y yo. Se agradece que quieras alegrar la vista de quienes están ingresados.

—Créeme, ésa no era mi intención —murmuró Olivier con aire divertido—. ¿Leíste la tarjeta?

—Por supuesto que tenemos que hablar —replicó ella un tanto altiva—. Aunque me temo que ellos —señaló a la pareja que caminaba delante— no deberían ser testigos.

Él asintió.

Gaby se sintió satisfecha. Por un lado había manejado la situación con madurez, y por otro había llevado la iniciativa. Ahora la pelota estaba en el tejado de Olivier y ella sólo tendría que esperar el próximo movimiento.

Cientos de veces había observado negociar tanto a su padre como a su hermana, y si bien ella prefería no comportarse de aquella manera, lo cierto era que las palabras que en tantas ocasiones había oído, «Hay que procurar no mostrar tus verdaderas intenciones y si has de ceder, ofrece dos alternativas que te sean favorables y hazle creer a tu oponente que es él quien gana al elegir», cobraban cierta utilidad.

«Gracias, papá.»

—Por aquí —indicó Olivier, acercándose más de lo prudente y colocándole una mano en la parte baja de la espalda, justo por encima de su trasero.

Gaby no esperaba aquel contacto y dio un pequeño respingo, no sólo porque él tuviera la mano fría, sino también porque la sorprendió que la tocara.

Pasaron a un espléndido salón, donde dos camareros aguardaban para empezar a servir. Olivier aprovechó de nuevo para rozarla, esta vez en la columna, en cuanto le acercó la silla.

La disposición de la mesa hizo que tuviera a Olivier a la derecha, a Frank a la izquierda y a Roxie enfrente. Bien, podría sobrevivir.

Por suerte, la conversación sobre aspectos profesionales entre ambos hombres ayudó a Gaby a mantener la boca cerrada, así podía concentrarse mejor. Observó a Roxie beber vino como si fuera agua y cómo Olivier le hacía una seña al camarero para que no le rellenara la copa.

También vio que la mujer intentaba coquetear con Frank. Éste, si bien se mostraba educado y rechazaba los avances de Roxie, procuraba no dar muestras de su desconcierto. Gaby estuvo a punto de decirle que no se esforzara, sin embargo hasta le resultó divertido, no por el apuro de su «novio», sino por la cara de enfado de Olivier, que retorcía la servilleta sin duda a punto de perder la compostura.

—Señor Tremblay... —canturreó Roxie poniéndole morritos y bebiendo de forma grosera, no sólo por los desagradables ruidos que hacía, sino también porque se le caía parte del contenido sobre el escote—..., ¿ser notario no es lo más aburrido del mundo?

Frank dio un respingo cuando ella le puso una mano en el muslo y comenzó a moverla con la evidente intención de ascender y sobarle la entrepierna.

Gaby, visiblemente incómoda, se percató de la maniobra y pensó en algo para poder llevarse de allí a su «novio» sin parecer grosera y sin provocar ningún altercado, pues en el estado en que estaba Roxie cualquier palabra sacada de contexto podía desencadenar el caos.

Quien peor cara tenía era Olivier. Sus miradas de advertencia hacia su acompañante no surtían ningún efecto. Aquella zorra descarada iba a arruinar la velada y todo por no haber hecho las cosas bien, empezando por deshacerse de ella.

Al día siguiente se encargaría, en persona si hacía falta, de que Roxie no volviera a ser un problema. Una generosa gratificación y «hasta la vista». Nada de volver a confiar en una fémina inestable y borracha, con buen cuerpo pero incapaz de comportarse.

Hastiado de aquella conducta chabacana que en otros tiempos

quizá hubiese tolerado y hasta alentado, se puso en pie con brusquedad y, olvidando cualquier refinamiento, agarró a Roxie del brazo y tiró de ella hasta lograr que le prestase atención.

—¡Eh! ¡Suéltame! —farfulló ella, revolviéndose.

Frank también se puso en pie por educación, en parte aliviado. Gaby intercambió una mirada con la mujer y no pudo evitar sentir pena por ella; era guapa, sin duda, aunque en su estado de embriaguez perdía todo el atractivo.

Olivier la estaba tratando como a un trapo. Puede que Roxie fuera una impertinente, pero al menos se le debía un mínimo respeto.

—Si me disculpan... —indicó Olivier tenso, tirando de ella para sacarla del comedor.

Gaby, a pesar de que sabía que lo más prudente era no intervenir, se levantó y se acercó hasta ellos.

—Yo la acompañaré —dijo seria, y los dos hombres la miraron sorprendidos, aunque por diferentes motivos.

—Gracias, tú sí que eres una amiga de verdad —balbució la pobre Roxie, librándose del férreo agarre de Olivier.

—No hace falta, yo me encargo —replicó él, fulminando a Gaby con la mirada por aquella intromisión.

—Gaby —terció Frank, colocándose junto a su «novia»—, será mejor que los dejemos a solas.

—Ni hablar —soltó ella decidida, y Roxie sonrió, pues lo consideraba una victoria ante su amante—. La acompañaré a su habitación y me ocuparé de que descanse.

Lo que Gaby desconocía era que Roxie no disponía de un dormitorio propio y que era al de Olivier adonde se dirigía. A él no le quedó más remedio que sujetarle la puerta y miró a Frank sin comprender cómo una cena previsible se había convertido en un sainete.

Las dos mujeres oyeron maldecir a Olivier, aunque no le prestaron la menor atención y cerraron la puerta del dormitorio. Roxie se sentó en la cama, pero al no poder sostenerse, cayó hacia atrás de manera poco elegante.

—¿Dónde tienes un camisón? —preguntó Gaby frente a un enorme aparador lleno de cajones. Podía aprovechar para cotillear, pues seguro que allí encontraría algunos efectos personales de Olivier.

Roxie se echó a reír mientras se volvía para mirarla.

—Querida, yo no uso camisón —ronroneó—. A los hombres como Olivier hay que darles facilidades, y dudo mucho que encuentres uno entre sus cosas. Nunca duerme con las mujeres a las que se folla y menos en su dormitorio.

—¿Ésta es su alcoba?

—Ajá —le confirmó la joven—. Hacía tiempo que no venía, no le gusta que nadie entre aquí. Es una de sus rarezas.

Gaby se fijó con más detalle en aquella estancia, un tanto sobria aunque amplia, pero no estaba allí para admirar la decoración. La parecía una ironía del destino el hecho de haber llegado al dormitorio de un hombre para ocuparse de su amante borracha, y eso debía hacer, ocuparse de Roxie y dejar de elucubrar.

A pesar de lo que la chica le había indicado, Gaby abrió uno de los cajones al azar; seguro que encontraba algo; en cambio, comprobó que todas las prendas eran de hombre. Si por un casual aparecía Olivier y la sorprendía allí rebuscando, dudaba que la creyera si le explicaba el motivo. Frunció el cejo, ella sola se había metido en aquel lío y ella sola tendría que arreglárselas para salir de él.

Cerró el cajón, satisfecha por no haber revuelto nada, y regresó junto a Roxie, que ya roncaba, ajena a todos sus pensamientos. No podía dejarla de ese modo, así que se las ingenió para colocarla bien y liberar la colcha para cubrirla con ella. Le quitó los zapatos y la miró un instante pensando en lo que algunas mujeres llegaban a hacer para sobrevivir.

Justo en ese momento oyó el chasquido de la cerradura y miró por encima del hombro, a pesar de que sabía perfectamente de quién se trataba.

Capítulo 17

—Se ha dormido —informó Gaby a Olivier en voz baja y se dio la vuelta, dispuesta a salir de allí cuanto antes, porque la situación, aparte de surrealista, la incomodaba.

—He ordenado que le preparen una habitación en el hotel, enseguida estará lista —dijo él, mirando a la pobre chica como si fuera un bulto del que deshacerse.

—¡No serás capaz! —le espetó molesta por aquella falta de sensibilidad.

—¿No pretenderás que sea yo el que prescinda de mi cama por ella? —replicó, acercándose un poco más—. Y mañana también me ocuparé de que no vuelva a molestarnos.

—A mí no me molesta, es una buena chica.

Olivier arqueó una ceja.

—Gasta alegremente un dinero que no es suyo, bebe sin control, poniéndose en evidencia e importunando a mis invitados, y ya me he cansado de aguantar sus exigencias —contestó con cara de desagrado.

—Has olvidado mencionar que te calienta la cama —añadió Gaby, sabiendo que tal vez no fuera el mejor argumento que echarle en cara.

—Para eso le pago —dijo él sin el menor rastro de arrepentimiento.

—Pues al menos muéstrale un poco de respeto —replicó dando

otro paso hacia atrás, porque él se empeñaba en acercarse y, para el buen funcionamiento de las cosas, lo mejor era mantener una distancia de seguridad.

—El respeto hay que ganárselo, y te aseguro que ésta —señaló a Roxie y de nuevo dejó entrever por su tono que, si de él dependiera, esa misma noche la echaba a la calle—, hace mucho que no se respeta ni a sí misma.

—Todos merecemos un mínimo de respeto —objetó Gaby, y se dio cuenta de que ya no disponía de margen de maniobra.

—¿De verdad vamos a hablar de ella, teniendo otros asuntos pendientes? —se burló, quedándose a un paso de ella y conteniéndose para no mover los brazos y encerrarla entre ellos y la pared.

—Que yo recuerde, no tenemos mucho de que hablar y, además, no me parece el momento ni el lugar indicados.

—Puede que tengas razón, estás en mi dormitorio por tu propia voluntad —prosiguió Olivier con aire burlón—. Hablar es lo menos indicado.

Cuando se inclinó hacia ella, Gaby se tensó, pues no había esperado que las cosas se desarrollaran de aquel modo y menos con testigos delante. Aunque Roxie estuviera casi inconsciente debido al alcohol.

—Gabrielle... —susurró él junto a su oído. Luego señaló la cama y sonrió de medio lado, mientras acercaba los labios a su cuello—. Puedo ocuparme de que la trasladen ahora mismo y despejar la cama.

—¡No me refería a eso! —protestó Gaby, saliendo a medias del trance de seducción en el que se veía inmersa—. ¿No pretenderás que hable aquí habiendo testigos?

—Te aseguro que, cuando bebe, pierde el conocimiento; podríamos gritar y no se enteraría.

A ella le dio la sensación de que al decir «gritar» no se refería a hablar a voces.

—No te recordaba tan insensible —lo acusó y, sin saber cómo, encontró fuerzas suficientes para empujarlo y apartarse, pese a que hacía tiempo que no se sentía tan inclinada a cometer una estupidez—. ¿Tratas así a todas las mujeres?

—Una pregunta de lo más capciosa, ¿no te parece? —replicó, y se acercó a un mueble que abrió; en vez de prendas de vestir, dentro apareció una bien surtida colección de bebidas. Sirvió dos copas y, sin preguntarle, le entregó una.

—Gracias —murmuró ella, agradecida por tener algo con lo que ocupar las manos y, en caso de emergencia, un arma arrojadiza—. ¿Tratas así a todas las mujeres?

—Sí —acabó respondiendo él.

Gaby observó que no se molestaba en disimular ni en buscar las palabras correctas. También vio cómo se deshacía de la pajarita y se desabrochaba los botones superiores de la camisa. No la incomodó, pues Olivier ya no estaba cerca, sino prudentemente sentado en una butaca y con aire cansado.

—¿También a tus empleadas? —preguntó, refiriéndose a las trabajadoras del hotel.

—Roxie es una empleada. Ella, como muchas, sólo se acerca a mí por un motivo.

—¿Una oportunidad para mejorar su existencia? —sugirió Gaby desde su visión más ingenua de la vida y porque en el fondo comprendía a las mujeres que, como Roxie, utilizaban la única arma que creían tener a su disposición: su propio cuerpo.

—No me hagas reír. Tú no lo comprendes... —Bebió un trago y volvió a mirar casi con cara de asco la cama donde Roxie roncaba de forma poco elegante, aún con su vestido de noche—. Ellas sólo buscan una cosa: vivir del cuento. Se acercan a cualquier hombre que tenga dinero suficiente para mantenerlas, sin importarles nada más. Luego no pueden pretender que sea considerado con ellas.

—Parece que no es la primera —apuntó Gaby con malicia.

Olivier la miró y negó con la cabeza. Se lo veía cansado y ella se dio cuenta de que no era el momento de seguir indagando, pero no pudo resistirse a añadir:

—Ni la última.

Eso a él no le sentó muy bien y lo hizo reaccionar. Se puso en pie y caminó hasta ella. Se ocupó de quitarle la copa y la arrinconó contra la pared.

—¿Quieres ser la próxima? —preguntó, y a Gaby no le dio tiempo a pensar una respuesta coherente y cortante, pues él ya la estaba besando y de forma no muy elegante ni mucho menos delicada.

Continuó besándola y ella jadeó, porque no estaba preparada para que la besaran de aquella forma. Dudaba que ninguna mujer lo estuviera, y por ello respondió alzando los brazos y rodeándole el cuello. Ese gesto permitió que él se pegara por completo a su cuerpo, aplastándola incluso contra la pared. Sólo cuando metió una mano por debajo de su vestido, Gaby se dio cuenta del peligro en el que se encontraba y logró zafarse.

—Frank me estará esperando...

Olivier arqueó una ceja ante la mención del otro hombre, aunque no dijo nada, no era necesario. Como tampoco lo había sido besarla; no obstante, se había dejado llevar por una malsana atracción, aun siendo consciente de que Gabrielle Boston estaba fuera de su alcance.

—Todavía no has respondido a mi pregunta —dijo él, sujetando la manilla de la puerta, dispuesto, de momento, a comportarse como un caballero.

—¿Crees acaso que soy una candidata idónea? —replicó.

—Desde luego. No tendría que preocuparme por mantenerte, dispones de medios más que suficientes para ello. Además, tu educación está por encima de cualquier duda, sin olvidar que, como mujer, posees atractivos suficientes para resultar deseable.

Gaby se dio cuenta de que aquellas palabras podían encerrar un insulto, sin embargo, prefirió mostrar sus dotes diplomáticas.

—Me lo tomaré como un cumplido.

—¿Y lo pensarás al menos?

—Adiós, Olivier.

Mirándolo a los ojos y controlando sus emociones, las buenas y las malas, lo apartó y se marchó de aquel dormitorio, replanteándose cómo afrontar todo aquello, Aunque lo prioritario era preparar una versión aceptable de la conversación para poder contársela a Frank, que, nada más verla, le preguntaría.

Como así ocurrió.

Lo curioso fue que, de regreso a casa, Gaby no se sintió culpable cuando le explicó que se había ocupado por el bienestar de Roxie todo el tiempo.

En el fondo no había mentido tanto.

Al día siguiente, mientras acababa de desayunar, un mensajero le llevó otro espectacular ramo de rosas. Por suerte, tanto Stanley (al que le había prometido contarle más detalles de la cena) como Frank ya se habían ido al despacho. A Gaby no le hacía falta leer la tarjeta para saber quién era el remitente, en cambio sí se preguntó, no sin cierta lógica, cómo era posible que Olivier conociera su paradero. Tras meditarlo unos segundos, con la tarjeta aún sin leer en la mano, cayó en la cuenta de que posiblemente Frank de forma casual hubiera comentado algo al respecto.

Aquel detalle no merecía que le diera más vueltas, así que fue a lo relevante.

Tenemos que hablar.
Con o sin testigos, como tú prefieras.
Te espero a la hora de comer.
No busques excusas, no las hay.

Gaby rompió la misiva en pedacitos; prefería no dejar evidencias, pues Stanley era muy bueno a la hora de elaborar teorías. Pensó en no acudir, sin embargo, desestimó la idea. Cuanto antes afrontara la realidad, mejor. Ya le había dado demasiadas vueltas, perdiendo horas de sueño, en un intento de analizar lo ocurrido. Olivier la había besado, sí, como para olvidarlo, pero la cuestión era, ¿por qué?

Tras ponderarlo, sólo se le habían ocurrido tres posibilidades: la buena, la regular y la mala. A saber: continuaba considerándola una mujer atractiva. Sólo pretendía darle una lección por haber cuestionado su comportamiento con Roxie y, por último, su intención no era otra que acercarse a ella por su apellido y aprovechar la coyuntura.

De ahí que fuera tan importante aplicar otro de los preceptos de su padre a la hora de hacer negocios y que también podía aprovechar para otros menesteres: «Conoce bien a tu contrincante». Y para ello nada mejor que estar cerca.

Ahora sólo le quedaba vestirse adecuadamente.

Eligió un respetable traje de dos piezas, gris, profesional. Nada que pudiera malinterpretarse, incluso podía decirse que tenía un cierto aire masculino. *A priori* no debería surgir ni la más mínima insinuación y por lo tanto estaría segura.

Con ese pensamiento en la cabeza, y repitiéndoselo cada pocos segundos, se dirigió al hotel para acudir a su cita con Olivier. Cita que, por supuesto, no le había mencionado a Frank. Éste, si bien no había objetado nada a la versión que ella le contó sobre lo ocurrido en el dormitorio del anfitrión, seguía intrigado, pues no era normal que dos personas, que en teoría acababan de conocerse, mantuvieran una conversación tan larga.

Gaby llegó al establecimiento y, antes de que pudiera decir «buenos días», un solícito empleado, la saludó y, en vez de acompañarla por la entrada habitual, le indicó que lo siguiera por una zona diferente. Era evidente que se trataba del acceso privado del dueño. Ella no supo si tomarse aquella deferencia como un halago, pues a saber qué idea equivocada se estaba haciendo aquel silencioso hombre que se limitaba a cumplir con su cometido.

—Por aquí, señorita Boston —murmuró el subordinado en tono neutro.

—Gracias.

Gaby llegó a una sala que, por cómo estaba decorada, resultaba claro que se trataba de una zona de negocios. Del todo impersonal, sólo ostentación por los cuatro costados para impresionar a los visitantes. Nada que la sorprendiera.

Lo que sí la sorprendió fue el hecho de que Olivier no la estuviera esperando. Quizá pretendía ponerla nerviosa. Daba igual, ya lo estaba. Se acercó a la ventana, dispuesta a darle diez minutos de cortesía; si en ese intervalo no aparecía, se marcharía.

Sus pensamientos fueron interrumpidos por unos pasos acercándose, una puerta que se abrió y un carraspeo a su espalda.

—¿Señorita Boston?

Tanta repentina educación no podía provenir de Olivier.

—¿Sí?

—El señor Mercier me pide que la informe de que, por motivos ajenos a él, la reunión de negocios que tenía se ha alargado más de lo previsto. Lamentándolo, le pide amablemente que lo espere aquí o, si lo prefiere, puede pasar al comedor privado, donde se le servirá lo que usted ordene.

Gaby estaba acostumbrada al boato y a los empleados eficientes, por lo que, lejos de sentirse fuera de lugar, como parecía esperar aquel hombre, replicó:

—¿Y cuánto considera el señor Mercier que una dama debe esperarle?

El tipo parpadeó, pues no creía que fuera a oír aquel comentario, que escondía una sutil crítica a la falta de consideración por parte del anfitrión y que le comunicaba de paso que ella no era una de «ésas», cuya única razón para pasar por allí era seducir al dueño.

—Se lo haré saber al señor Mercier —respondió el hombre retirándose.

De nuevo a solas y satisfecha por haber sido capaz de dar una réplica adecuada, se preguntó cuáles podían ser sus verdaderos motivos para haber acudido a la cita. Por supuesto, sentía curiosidad por saber de Jane, lógico, teniendo en cuenta el pasado y la gran ayuda que le había prestado aquella joven. Un tema inocuo que podía servir de inicio.

¿Y después?

¿Seguiría indagando sobre su comportamiento con las mujeres, fiándose de sus palabras, o lo averiguaría por sí misma?

Desde luego, en cuanto a ideas peligrosas, aquélla ganaba el premio gordo. Sin duda, él no se lo esperaría, pues seguro que deseaba presumir de sus logros profesionales, algo que a ella no le interesaba lo más mínimo, ya que de querer saber detalles, sólo tenía que hacer una llamada y dispondría de toda la información.

No, haber aceptado reunirse con él implicaba una especie de desquite personal por lo que ocurrió entre ambos, o, mejor dicho, por lo que no llegó a ocurrir, porque él se esfumó.

—Gabrielle...

«Otra vez interrumpiendo mis divagaciones», se quejó en silencio. Aquella costumbre de aparecer sin avisar y utilizar su nombre completo empezaba a ser irritante. Bueno, para ser sincera, lo segundo no, nada irritante, más bien excitante. Y, por lo visto, Olivier lo intuía.

—Veo que te has dignado atenderme.

—Créeme, la idea de reunirme contigo es infinitamente más tentadora que seguir aguantando a ese viejo gruñón y avaricioso de Harrelson.

—¿Te refieres a John Harrelson? —preguntó ella, que, a pesar de no involucrarse en los negocios, estaba al tanto de quién era quién en el mundillo financiero. Algo inevitable, pues en las reuniones familiares se hablaba de chismes económicos.

—Vaya..., veo que su fama lo precede. ¿Debería sentirme celoso? —se burló Olivier.

Gaby sonrió de medio lado ante aquel comentario de tono impropio, porque el susodicho rondaba los sesenta y el atractivo (si alguna vez lo tuvo) hacía mucho que lo había perdido.

—Deberías sentirte preocupado. Tiene fama de trilero —replicó, y eso hizo que él frunciera el cejo, por lo que Gaby se vio obligada a añadir—: Ni mi hermana ni mi padre han querido hacer negocios con él. Es uno de esos tipos que nunca cumplen su palabra; cambia de idea sin el menor remordimiento y, aunque exista un contrato de por medio, se las arregla para no satisfacerlo. Lo han denunciado más de una vez por prácticas poco ortodoxas, entre ellas la estafa, pero siempre se las ha arreglado para salir indemne, pues no dispone de activos a su nombre.

Olivier la miró entornando los ojos, ya que la imagen que tenía de ella no se correspondía con la que veía. Había hablado con una seguridad y un conocimiento difíciles de pasar por alto.

—¿En los salones de té se lee información económica? —comentó con retintín, dándose cuenta en el acto de que había metido la pata.

—Por mí puedes hacer negocios con el mismísimo diablo, no me importa nada —replicó, y procuró sonar frívola.

—Lo siento, eso ha estado fuera de lugar. ¿De verdad Harrelson es como dices?

—¿No te fías de mí?

—Estoy a punto de firmar un importante contrato de compraventa con él; es lógico que me preocupe. ¿Es veraz esa información?

Gaby asintió y lo vio maldecir entre dientes. Y no sólo eso, también se aflojó de malos modos la corbata y se deshizo de la americana, para después servirse una copa con aire cabreado y bebérsela de un trago.

Gaby supo que las negociaciones no iban por buen camino y que lo más probable era que estuviera metido en un callejón sin salida. Podía ser mala y alegrarse por ello, o muy mala y ayudarlo para que estuviera en deuda con ella.

—¿Podría hacer una llamada?

Olivier la miró sin comprender; pese a ello, le señaló el escritorio, donde había un teléfono.

Gaby, ni corta ni perezosa, se acomodó y levantó el auricular para solicitarle a la operadora que la comunicara con un número. Le pidió con un gesto a Olivier que le buscara algo donde hacer anotaciones y él, como una secretaria eficiente, se lo proporcionó.

—Buenos días, James, ¿cómo estás? —canturreó ella a teléfono; escuchó a su interlocutor y continuó—: Yo estupendamente. En casa de Frank, pero estoy segura de que eso ya lo sabes y, antes de que te empeñes en convencerme, no, no pienso trasladarme con mi hermana y contigo. Si te he llamado es para hacerte una consulta. —Una pausa en la que se cambió el auricular de oreja—. Necesito que me hables del estado financiero de John Harrelson.

Olivier observó, entre la perplejidad y la admiración, cómo anotaba a toda velocidad los datos que le iban dando. A veces fruncía el entrecejo, otras pedía que le repitieran la información. También murmuraba algún que otro «ajá» o repetía algún término técnico; el caso era que la imagen de chica de clase alta frívola que tenía de ella se empezaba a resquebrajar.

Encendió un pitillo y se acomodó en uno de los sillones, a la espera de que acabara su conversación telefónica.

—Gracias por todo, James, eres el mejor cuñado del mundo —dijo Gaby a modo de despedida, y después fijó la mirada en Olivier.

—¿Y bien? —dijo éste expectante.

—Nuestro querido señor Harrelson va a perder hasta la camisa. Ningún banco ha querido darle crédito y sus acreedores están esperando para lanzarse a por lo poco que tiene, entre lo que se encuentra los terrenos que pretendes comprar. No sé cuánto te ha pedido, pero sí sé que están hipotecados, eso quiere decir que es probable que tengas que asumir más gastos de los que esperabas.

—Hijo de puta...

—¿Deduzco por tu elocuente comentario que ha omitido esa información? —Él asintió—. Te lo he dicho, Harrelson tiene fama de trilero.

—Gabrielle, sé que había quedado contigo, sin embargo, me gustaría reunirme con ese cabrón cuanto antes y cantarle las cuarenta —dijo con aire de disculpa y pidiéndole de manera indirecta que lo dejara irse.

Gaby se puso en pie y rodeó el escritorio para situarse frente a él. Se lo veía frustrado y tenso, lo cual no era el estado de ánimo más propicio para conversar, no al menos cuando ella tenía la intención de llevar la voz cantante. Debía ser inteligente y buscar el modo apropiado.

—De acuerdo, pero con una condición.

Él arqueó una ceja.

Esta vez fue Gaby quien acortó distancias y, sonriéndole, le puso bien la corbata. Podía parecer un gesto de chica mona pendiente de su hombre, pero nada más alejado de la realidad.

—¿De qué se trata?

—Te he proporcionado una valiosa información que va a salvarte el culo. —Olivier sonrió ante aquel comentario tan poco apropiado para una chica de su clase—. No voy a conformarme con un «gracias» y unas palmaditas en la espalda.

—Te aseguro que si esta operación sale bien haré algo más —bajó la voz—, mucho más que darte unas palmaditas en la espalda, Gabrielle.

Ella tragó saliva. Estaba cerca, demasiado cerca, tanto que podía besarla. No, se corrigió, que podía besarlo ella a él.

—Además de una generosa comisión —de nuevo Olivier se quedó noqueado por tan insólita petición y Gaby sonrió, puesto que, de conseguirlo, obtendría fondos para sus proyectos de ayuda—, quiero asistir contigo a esa reunión.

Esto último obedecía al inconfesable placer de verlo negociar y además era una forma impagable de conocer todas sus facetas.

Olivier dio un paso atrás. Había estado a punto de besarla, pues era lo que le pedía el cuerpo, y además, según su experiencia, la forma más eficaz de hacer callar a una mujer cuando ella había planteado aquellos requisitos. No le cuadraban, porque dudaba que Gabrielle necesitara dinero y, en cuanto a la segunda cosa, ¿qué pintaba ella en medio de una reunión de negocios? Pero tan pronto como se hizo la pregunta apareció la respuesta. Aparte de suavizar el ambiente, previsiblemente tenso, con su presencia, podría ser de gran ayuda, ya que Harrelson y sus asesores no cuestionarían la información, conociendo a la fuente en persona.

—De acuerdo —accedió, y si bien se contuvo para no tirársela encima del escritorio, pues hacía tiempo que no se excitaba tanto, se inclinó para besarla, cosa que no hizo con la intensidad que deseaba, sino con rapidez para no dejarse llevar. Después le tendió la mano en un gesto habitual en los negocios.

Ella se la estrechó.

Capítulo 18

Olivier sonreía de manera contenida pese a que le gustaría gritar bien alto que había logrado un acuerdo ventajoso, en más de un sentido, aunque el principal había sido el económico. Gracias a la información de Gabrielle, así como a su presencia en la reunión, el muy cabrón de Harrelson se había avenido a un acuerdo de venta por debajo del precio inicial.

Cuando, en vez de permanecer en un segundo plano, como cabría esperar de una mujer en una reunión de negocios, Gabrielle había interrumpido pidiendo la palabra, todos la miraron, incluido él, con un dejo de superioridad, creyendo que sólo trataría de hacerse notar y que los presentes, por deferencia, la escucharían sin más. Pero ella, de pie y mirando a los ojos a Harrelson, lejos de achicarse, le había hecho una propuesta a todas luces descabellada y, no contenta con ello, había argumentado por qué debía aceptarla.

A Olivier casi se le paró el corazón cuando Gabrielle lo había llamado, con mucha educación, «muerto de hambre» (la palabra utilizada por ella había sido *insolvente*) y Harrelson, tras consultar con su abogado, se había retirado de la mesa de negociaciones.

—Sé lo que hago —le había dicho resuelta.

Pero Olivier no estaba para nada de acuerdo, pues iban a perder la oportunidad. Y si bien ese malnacido de Harrelson pretendía engañarlo, no podía permitirse el lujo de que la operación se fuera al traste, pues en sus planes de expansión del hotel estaba la ampliación y para ello eran primordiales los terrenos adyacentes propiedad de aquel tipo.

Así que, para calmarse, se había fumado un cigarrillo tras otro durante los interminables veinte minutos que tardó Harrelson en regresar. Cuando lo hizo, la cara del hombre era todo un poema, lo que no presagiaba nada bueno; sin embargo, cuando el abogado les comunicó que aceptaban el trato, a Olivier de dieron ganas de saltar, gritar y besar a Gabrielle delante de todos.

Firmó nervioso los documentos bajo la atenta mirada de ella y se permitió el lujo de guiñarle un ojo, porque en cuanto estuvieran a solas nada ni nadie impediría que le correspondiera a la altura de lo que había hecho, o incluso por encima.

—Acompáñame —le pidió cuando se quedaron a solas en la sala de reuniones.

—Enhorabuena, pero ya he tenido demasiadas emociones por hoy; tendremos que posponer nuestra comida para otro momento.

—Ni hablar —la contradijo Olivier y, antes de que se escabullera, la agarró con firmeza de la mano y tiró de ella para conducirla a sus dependencias privadas. Sólo se cruzaron con un par de camareras, que los miraron con indiferencia, lo que venía a decir que era habitual que el señor Mercier llevara a rastras a mujeres o que, sencillamente, un buen empleado debía tener como lema oír, ver y callar.

—¿Adónde me llevas?

—A mi dormitorio —respondió, siguiendo adelante y sin mirarla.

—¿Perdón? —replicó ella e intentó liberarse, aunque el agarre era contundente.

—Anoche no opusiste tanta resistencia a la hora de ir a mi alcoba —adujo burlón.

—¡Eso fue diferente! —exclamó Gaby, pero ya habían llegado. Olivier abrió la puerta sin soltarla y cerró de un portazo; entonces sí le liberó la muñeca, pero sólo unos segundos, los que tardó en aprisionarla con todo su cuerpo contra la pared.

—¿Qué vas a hacer? —preguntó ella de forma retórica, pues no hacía falta ser muy lista para adivinarlo.

Él acunó su rostro y la miró a los ojos.

—Agradecerte personalmente lo que has hecho hoy...

No dio más explicaciones cuando fue directo a su boca. Gabrielle jadeó y separó los labios, la maniobra perfecta para que él pudiera profundizar el beso con la fuerza y determinación que deseaba. Continuó por ese camino, sintiendo cómo ella iba relajándose y ya no intentaba apartarlo. Al notar las manos femeninas enredándose en su pelo, gimió y bajó las suyas para sujetarla del culo.

—Gabrielle... —susurró, metiendo las manos por debajo de su falda.

«Debo de estar loca», pensó Gaby cuando, en vez de arrearle un bofetón, buscó sus labios, siendo ella quien lo besaba y obteniendo una respuesta contundente, porque él, tras posar las manos sobre su trasero por debajo de la ropa, la alzó en brazos para llevarla hasta la cama, donde la depositó impaciente por desnudarla, aunque no del todo, al parecer sólo lo imprescindible.

—No veo el momento de follarte.

Gaby cerró los ojos y se quedó quieta, mientras los botones de su blusa iban saliendo de los ojales al mismo tiempo que su capacidad de raciocinio se diluía, pues estaba haciendo justo lo contrario de lo que debería. Pero ¿cuánto hacía que no se sentía de ese modo?

Ya ni se acordaba de tener el corazón a mil por hora, ni de percibir un cosquilleo entre las piernas difícil de obviar, sin olvidar esa tensión que, como una corriente eléctrica, le recorría todo el cuerpo y que al parecer sólo podría ser liberada de una manera.

Y, qué narices, lo deseaba. Mil razones para decir que no y una sola para decir que sí.

Nada de la delicadeza que mostró Robert la primera vez que estuvieron juntos. Olivier era agresivo, grosero y resolutivo. Cuando quiso darse cuenta, sólo tenía puestos los zapatos y las medias y él se estaba quitando los pantalones.

—Quiero tocarte —murmuró ella, porque se dio cuenta de que con tanto pensamiento se estaba perdiendo detalles.

—Primero déjame disfrutar de ese par de tetas, luego ya veremos.

Olivier sonrió y, una vez desnudo, se inclinó hasta poder besarla, y no sólo eso, también comenzó a pellizcarle los pezones de una manera casi dolorosa. Una sensación desconocida que la hizo reaccionar con un gemido que él malinterpretó.

—Lo siento —murmuró al darse cuenta de que Gabrielle no era como las mujeres a las que solía follarse.

De repente, como si estuviera con otro hombre, cesaron las manos hambrientas, los pellizcos y comenzaron las caricias y los besos suaves. Sus manos se deslizaron por su cuerpo de forma casi perezosa, incluso aburrida, y, claro, ni una sola expresión vulgar y excitante.

Él continuó prodigándole caricias y besos amables, al tiempo que se colocaba sobre ella, gemía de forma contenida junto a su oreja y metía una mano entre sus piernas. Por supuesto, la encontró mojada y dispuesta, así que apenas se entretuvo en incrementar su excitación; de haberlo hecho, desde luego a ella le hubiera parecido acertado, ya que cada vez deseaba menos que aquello siguiera adelante, aunque no lo detuvo, pues tampoco resultaba desagradable.

Olivier le separó los muslos impaciente, perdiendo momentáneamente las buenas maneras, y eso la animó; en cualquier caso, no duró mucho, porque enseguida volvió a ser un tipo paciente y delicado.

Gaby suspiró, cerró los ojos y se aferró a sus hombros. Una postura de lo más convencional, pero que funcionó, ya que él, lejos de percatarse de su desánimo, la penetró y comenzó a moverse de manera perezosa, resoplando lo justo y necesario. En un intento por incentivarlo, ella le clavó las uñas en la espalda y Olivier siseó, aunque mantuvo la moderación, para desesperación de ella.

La cama apenas traqueteaba, el entusiasmo de Gaby era mínimo y, puesto que no merecía la pena esforzarse, se limitó a suspirar y a gemir de forma leve. Él aceleró, sin duda pensando sólo en su propio placer, y a ella sólo le quedó esperar que acabase cuanto antes para vestirse y volver a casa.

Olivier la miró un instante y frunció el entrecejo. Se la estaba tirando y, en vez de participar, de tocarlo o de decir algo, permanecía silenciosa, con los ojos cerrados y apenas jadeaba. Por lo visto se estaba follando a otra mujer de clase alta incapaz de desmelenarse entre las sábanas. Qué decepción, pensó empujando, llevado sólo por la inercia del acto, pues no quedaba ni rastro del entusiasmo y la alegría que había demostrado en la sala de reuniones que tanto lo había excitado.

Se afianzó sobre los brazos y embistió sin muchas ganas, hasta que la fricción, que no la pasión, hizo su trabajo y se corrió. Al hacerlo rodó a un lado y la miró de reojo. Parecía aliviada, porque se colocó de medio lado, dándole la espalda. Lo más lógico era dejarla a solas para que se arreglara y después buscarle un transporte para que regresara a casa. Así pues, se inclinó hacia ella, le dio un beso en el hombro y murmuró:

—Te dejo a solas unos minutos.

Gaby contuvo un gemido, pero de frustración, y se colocó boca arriba, sólo por el tonto placer de verlo desnudo, caminando hasta lo que dedujo que era el cuarto de baño.

—Estoy condenada —musitó e inspiró hondo.

Nada de temblores, sudores y demás signos de desear a un hombre. Síntomas que había oído que se daban, en una de esas conversaciones entre Samantha y Tina en las que su hermana, con total soltura, hablaba de lo estupendo que era acostarse con su marido y su cuñada se sonrojaba de la cabeza a los pies, corroborando cada palabra.

Ni rastro de la tensión insoportable, de la sensación de agarrar un cable de alta tensión. Por lo visto ella había agarrado uno por el que no pasaba corriente, nada de nada. Sólo una sensación agradable y poco más. Como diría su padre: demasiada inversión para tan poco rendimiento.

Como lamentarse no servía de nada, se incorporó en la cama y buscó su ropa con la mirada. Allí estaba, tirada en el suelo. Todavía tenía puestas las medias y un zapato. Se levantó y comenzó a adecentarse mirándose en el espejo del vestidor y negando con la cabeza ante su mala suerte en los juegos de alcoba.

Olivier regresó cuando ya estaba presentable, igual que él. No le dijo nada, no hacía falta; se limitó a acompañarla al comedor, pero Gaby se excusó y decidió no quedarse a cenar con él. Si aún había una conversación pendiente entre ambos, iba a ser de lo más aburrida.

—Gabrielle..., me gustaría que me acompañaras —dijo en un intento por convencerla, y señaló la mesa dispuesta.

Ella lo miró, otra vez tenía delante al hombre que se esforzaba por ser refinado. Podía hacer un esfuerzo; además, se moría de ganas de preguntarle una cosa.

—De acuerdo —murmuró, acomodándose a la mesa sin esperar a que él le apartara la silla.

Olivier debía de haber dado instrucciones, porque enseguida aparecieron dos camareros para servirles. Mientras lo hacían, ellos dos no hablaron.

—Le he pedido que el chef nos prepare un menú especial —dijo él cuando se marcharon los camareros—. Si algo no es de tu agrado...

A Gaby siempre le molestaba que la tomaran por una mujer caprichosa sólo por haber nacido en una familia rica. Era cierto que tenía sus preferencias a la hora de sentarse a la mesa, aunque podía adecuarse a las circunstancias. Era muy consciente de lo mucho que se esforzaba la gente por llevar un plato a la mesa y, por lo tanto, desperdiciar alimentos lo consideraba un delito.

—Estoy segura de que todo será delicioso —dijo con formalidad, tanta que, si no hubiera sido la protagonista, dudaría de que acababa de acostarse con él.

Olivier sabía que tarde o temprano ella le formularía preguntas incómodas que tendría que responder le gustase o no. Confiaba en que al menos la buena mesa y el buen vino amortiguaran el golpe, porque, desde luego, si pretendía contentarla con sexo, iba listo.

—¿Qué ha sido de Jane? —preguntó Gaby, tapando su copa para que no le sirviera más vino. Podía ir directa al grano y sacar a colación el tema que la martirizaba desde hacía cuatro años, pero pese a ello optó por un asunto sencillo que facilitaría la conversación.

De nuevo aplicaba uno de los preceptos que siempre oía en casa: «Deja que se confíen».

Olivier, que esperaba algo más incisivo e incómodo, se relajó y sonrió. Aquélla sí era una pregunta a la que podía responder encantado.

—Vive en Nueva York —explicó con una sonrisa afable—. Gestiona nuestro club allí, el Blue Night; somos socios al cincuenta por ciento.

—Me alegro de que al final se hiciera realidad vuestro sueño —dijo ella con sinceridad.

—Lo cierto es que no fue fácil, pero supongo que lo inauguramos en el momento idóneo. Tras la derogación de la Ley Seca, hubo una especie de demanda masiva de locales nocturnos y, por suerte, el nuestro ha sobrevivido a ese boom inicial.

—Y te ha hecho rico —comentó, procurando no sonar maliciosa.

—Nos ha hecho ricos —puntualizó—. A Jane y a mí.

—No imaginaba que un club diera tantos beneficios...

Olivier sonrió ante sus palabras un tanto capciosas, sin embargo, pese a tener mucho que ocultar, pues los comienzos no fueron todo lo legales que deberían, y tampoco honestos, podía hablar de sus éxitos sin sentirse mal por ello.

—No sólo fueron los beneficios del Blue Night los que mejoraron mi situación económica —dijo sin obviar la realidad, cuando ella lo conoció no era más que un muerto de hambre—. Si sólo los hubiera guardado en un banco, ahora sería un respetable ciudadano que viviría con solvencia y poco más. Pero tanto Jane como yo decidimos, una vez que el negocio empezó a marchar con soltura, invertir esos beneficios, logrando que nuestro modesto capital se incrementara.

La miró a los ojos. Gabrielle escuchaba en silencio, quizá aburrida ante aquella explicación tan técnica, por lo que decidió dejar a un lado los asuntos económicos y centrarse en los personales o, mejor dicho, en los que no implicaran hablar mucho de él.

—Me gustaría verla, hablar con ella —dijo Gaby, recordando a Jane con cariño.

—Te aseguro que ese deseo es mutuo. Ayer hablé con ella por conferencia y le comenté que te había visto.

—¿Y cómo le va?

—Más o menos bien. Ya la conoces, es demasiado enamoradiza. Incluso ha llegado a tener como amante a una estrella de Hollywood.

—¿De verdad? ¿Quién?

Olivier sonrió de medio lado y se inclinó hacia delante para susurrárselo al oído. Gaby se quedó perpleja, pues jamás lo habría imaginado.

—Es una información que, como comprenderás, no puede divulgarse —le advirtió de forma innecesaria.

—Me alegro por ella —dijo ella sin salir de su asombro, y añadió—: ¿Es feliz?

—Al menos lo intenta —respondió Olivier en voz baja, esperando a que le hiciera la misma pregunta acerca de él, algo que no ocurrió—. Y ahora está con una mujer, una camarera del club, y... —Se detuvo. No iba a dar más datos de Jane, porque entonces tendría que hablar de sí mismo.

Gaby podría haber indagado mucho más, presionado incluso, hasta lograr que él admitiera en voz alta su secreto; no obstante, al ver que el ambiente estaba relajado y la comida era exquisita, optó por dejarlo en ese punto.

A Olivier ese repentino silencio lo confundió. Por lo que él sabía de las mujeres, su capacidad de preguntar pocas veces o ninguna se veía limitada, de ahí que sospechara. Sin embargo, no se trató de una maniobra de despiste, pues Gabrielle se limitó a hablar de asuntos intrascendentes, nada comprometedores, hasta que llegó el momento de marcharse.

—¿Volveré a verte? —preguntó él, mientras le sostenía la puerta abierta del taxi.

—No lo sé —murmuró ella en respuesta, dejándolo sin argumentos.

* * *

Gaby llegó a casa de su «novio» y se los encontró, a él y a Stanley, en el saloncito, leyendo.

—Vaya, por fin apareces —fue el saludo irónico de Frank, que dejó a un lado el libro que estaba leyendo y la miró de arriba abajo.

—Que seas mi «novio» no te da derecho a exigirme nada, Frank —le recordó ella.

—En eso tiene razón —terció Stanley, levantándose para darle un beso en la mejilla—. Me gusta este aspecto tuyo tan profesional. ¿Has ido a una reunión de negocios?

—¿Gaby negocios? —preguntó Frank de forma retórica—. Qué poco la conoces.

La aludida prefirió no dar más explicaciones. Era normal que su «novio» no la considerase capaz de ocuparse de algo que no fueran sus obras benéficas, ella misma había repetido hasta la saciedad durante años que su sueño era formar una familia.

—¿Has cenado? —quiso saber Stanley, siempre atento a las necesidades de los demás.

—La verdad es que no tengo mucha hambre. Estoy cansada y me gustaría retirarme —respondió Gaby para justificarse y, antes de que le hicieran más preguntas, se despidió de ambos y se fue al cuarto de invitados que ocupaba mientras se alojaba en casa de Frank.

Tras ocuparse de su aseo y demás, se puso cómoda, con un libro en las manos. En teoría estaba agotada, o al menos debería estarlo, porque el día había sido intenso. Sin embargo, notó que no se concentraba en la lectura ni tenía ganas de dormir.

Se quedó acostada y pensativa, reorganizando sus ideas y analizando lo sucedido. En el aspecto profesional le había dado una lección a más de uno, incluida ella sí misma, pues nunca imaginó que le resultara tan excitante enfrentarse a una comitiva de hombres que, por el simple hecho de su sexo, la infravaloraban.

Quizá, y era un quizá muy grande, debería replantearse su decisión de no involucrarse en los negocios. Visto que en ese punto todo había salido a pedir de boca, ahora sólo le quedaba analizar su comportamiento en el dormitorio. Penoso, decepcionante y aburrido, eran los tres primeros adjetivos que le vinieron a la cabeza.

Frunció el cejo... Algo no encajaba.

Por lo poco que Roxie había dejado entrever, Olivier no era un hombre que se conformase con cualquier cosa. Lógico, por otra parte, de ahí que Gaby se detuviera a repasar los acontecimientos. Las palabras de esa mujer podían interpretarse de múltiples formas, desde luego, pero si era un poco espabilada podía extraer una conclusión muy valiosa: quizá ella tampoco había estado a la altura de las circunstancias.

Si se paraba a meditarlo..., ¿qué había hecho?

La respuesta fue contundente y a la vez deprimente: nada.

Llegar a esa conclusión hizo que se levantara de la cama, se pusiera una bata y fuera en busca de ayuda.

Capítulo 19

—Quiero que me enseñes a seducir a un hombre.

A Frank se le cayó el libro que tenía entre las manos y hasta se atragantó al oír aquello.

—¿Cómo has dicho? —logró preguntar tras aclararse la garganta un par de veces, al tiempo que se agachaba para recoger el libro y después miraba a Gaby como si se tratara de una aparición fantasmagórica, porque ella, a juzgar por su expresión, no parecía estar bromeando.

—Dice que quiere que le enseñes a seducir a un hombre —apuntó Stanley divertido, mirando también a la susodicha, que había irrumpido en el saloncito ataviada con una bata poco adecuada para asuntos de seducción.

—Ya la he oído la primera vez, gracias —replicó Frank molesto, fulminando a su amante con la mirada, para después ponerse en pie y centrar la atención en ella—. Gaby, por Dios, ¿a qué ha venido eso?

Stanley se rio por lo bajo ante la pregunta tan ridícula de Frank. Era cierto que ambos la trataban y la querían como a una hermana, pero eso no significaba que ella, como mujer, no tuviera sus anhelos; aunque, por lo visto, el notario prefería obviarlos y mirar hacia otro lado, cosa que él no hacía.

—No te estoy pidiendo algo imposible —dijo Gaby toda resuelta, cruzándose de brazos y mirando a su «novio» con total seriedad.

—Pero tú, tú... —farfulló él, despeinándose con las manos, aturdido por lo que le estaba pidiendo.

—Antes de que te arranques el pelo y acabes calvo, te adelanto que no soy virgen —añadió ella, para ir adelantando explicaciones.

El desconcierto de Frank ya fue completo, pues nunca había considerado tal aspecto.

—Mira, así nos ahorramos la primera lección —terció Stanley sin perder el buen humor.

—¿Cómo que no...? —Frank se levantó hasta quedar frente a ella. La miró fijamente, esperando que se tratase de una broma, sin embargo, no lo parecía en absoluto.

Gaby arqueó una ceja antes de responder.

—No sé de qué te sorprendes —contestó tan pancha, porque avergonzarse de eso no tenía sentido.

—¡Joder! —exclamó Frank sorprendiéndolos; él jamás soltaba ningún improperio, por mucho que la situación se descontrolase.

—Frank, por el amor de Dios, deja de ser tan ridículo —dijo Stanley, poniéndose del lado de Gaby.

—¿Y cuándo fue eso? —quiso saber su presunto novio mirándola.

—Eso, como tú dices, pertenece a mi intimidad, y tampoco te voy a decir con quién —se defendió ella, dejándolo todavía más perplejo si era posible.

—Gaby... —se lamentó Frank como si fuera una desgracia—. Tú no eres como esas mujeres de ahora tan, tan...

—¿Tan qué? —replicó ella, porque parecía estar hablando con su padre y no con un amigo.

Frank no se atrevió a decir nada; intuía que se estaba acercando a un terreno peligroso.

—La chica necesita unos consejos y no veo por qué no podemos dárselos —intervino Stanley con absoluta tranquilidad, sin dramatizar tanto como Frank.

—Eso, encima dale ánimos —se quejó éste.

—Oye, ¿no estás siendo un poquito hipócrita? —le espetó ella, señalándolos a él y a su amante.

—Tiene razón —murmuró Stanley, entendiendo a la perfección la postura de ella y censurando la de Frank, pues, como había dicho Gaby, era un ejercicio de hipocresía.

—¿No creéis que, dadas las circunstancias, soy el menos indicado para dar lecciones de seducción? —preguntó Frank, mirándolos a los dos en un intento de buscar una razón que pusiera fin a aquella descabellada ocurrencia.

—Estás muy equivocado —lo corrigió ella.

—Conoces perfectamente mis inclinaciones —masculló él, porque siempre le costaba admitirlo delante de ella; algo absurdo, pues desde que hablaron con sinceridad, Gaby siempre había estado de su parte, apoyándolo sin reservas.

—Por eso mismo, eres el más indicado para enseñarme cómo seducir a un hombre —insistió ella, y se dio cuenta de que no sólo pretendía seducir, también deseaba encandilar y hasta volver loco al sujeto elegido; pero de momento optó por ser diplomática.

—Yo no lo veo así —protestó Frank cohibido.

Gaby no iba a ceder, por mucho que él buscara peregrinas excusas para que abandonara su idea, por eso le dio un motivo irrefutable:

—Eres un hombre y te gustan los de tu género. Podría decirse que eres juez y parte. Conoces ambos lados. No creo que encuentre a nadie con tantos conocimientos —argumentó, pasando por alto la estupefacción de su «novio»

—En eso tiene toda la razón —intervino Stanley.

—¡Maldita sea! ¡Deja de animarla! —exclamó Frank molesto.

—Mira, tanto si te gusta como si no, va a hacerlo; ¿no prefieres que esté preparada? —preguntó Stanley, acercándose a su amante.

—Por supuesto que voy a hacerlo —reiteró ella, pensando en cómo presionarlo hasta salirse con la suya. Era cierto que prefería convencerlo con argumentos, pero estaba dispuesta a utilizar cualquier recurso para lograr sus objetivos, incluido el chantaje.

—Y, si puede saberse, ¿quién es el elegido? —indagó Frank, que, por absurdo que pareciera, daba la sensación de estar celoso.

—De momento hablemos en general, no tengo un objetivo decidido —mintió Gaby sin el menor remordimiento, pues era mejor que Frank no conociera su verdadera intención. Si ya había puesto el grito en el cielo al pedirle ayuda, nombrarle al sujeto elegido era impensable.

—¡Estupendo! —dijo él alzando las manos con gesto de impotencia—. Ahora resulta que vas a ir por ahí acostándote con todo el que se te ponga por delante.

—No exageres —le pidió Stanley—. Pareces su novio.

—¿Estás celoso? —replicó el notario.

—¿Debería estarlo?

—Chicos, chicos, que nos desviamos del tema —los interrumpió Gaby, pues no deseaba que discutieran por su culpa.

—Me niego a ser cómplice de esto —sentenció su «novio», y eso hizo que Gaby se decidiera a contraatacar.

—Frank, me lo debes —dijo exigente—. Durante años me has mentido, he sido objeto de burlas por seguir contigo a pesar de todo y no he dudado en apoyarte cuando me has necesitado.

—Sin olvidar que la utilizas de coartada y aparentas ser un correcto hombre de moral intachable para hacer negocios —apostilló Stanley.

—Pero ¿tú de qué parte estás? —se quejó Frank.

—En este caso no hay dudas, de parte de ella.

—¿Esperas que me quede impasible y mire hacia otro lado mientras te veo ir de cama en cama?

—Por eso nos ha pedido ayuda, no va a ir de cama en cama, sino que busca variedad. Cama, sofá, mesa... —terció Stanley, ganándose otra mirada fulminante de Frank y una sonrisa de ella.

—No hace falta que mires —se burló Gaby—. Y no seas tan mojigato.

—¿Y qué va a pensar tu familia cuando se entere de esto? —continuó preguntando Frank como si fuera el abogado del diablo.

Gaby resopló, pues la cuestión era ridícula a más no poder.

—Yo te ayudaré, tranquila —afirmó Stanley, logrando que ella por fin sonriera.

—¡Gracias! —exclamó abrazándolo—. Voy por lápiz y papel, quiero tomar notas de todo.

—Gaby, cariño, para estar cosas no vas a tomar apuntes —la corrigió él, y después miró a Frank—. ¿Vas a colaborar o a refunfuñar como una vieja?

—De momento, sólo observaré —replicó molesto.

—Bien, como la primera lección nos la podemos ahorrar —comenzó Stanley divertido—, ahora ve hasta la puerta y, una vez allí, camina despacio hacia mí.

—¿Voy a seducir a un hombre o a pasear? —replicó ella sin comprender.

—Hazle caso, es un experto en la materia —ironizó Frank sentado en una butaca de lectura, sin perderse detalle, mientras tamborileaba con los dedos sobre el reprosabrazos.

—Lo primero es irradiar seguridad en ti misma, querida. Nada de caminar como si estuvieras desganada. Eso jamás. Siempre has de dejar claro que no han de jugar contigo, que conoces las reglas y que no dudarás en hacer trampas si la ocasión lo requiere.

—Stanley, no conocía esta faceta tuya.

—He sido cocinero antes que fraile —replicó sonriente, y ella lo interpretó de la única manera que se podía: se había acostado con mujeres, y más de una vez.

—Doy fe —terció Frank gruñón, haciéndolos reír.

—Bien, sigamos. Camina despacio, marcando el ritmo, haz que se fijen en ti, mantén la mirada alta y cuando hayas localizado a tu... llamémoslo *objetivo*, dedícale apenas unos segundos de atención, pero los suficientes para que se entere.

—Uff, necesito tomar notas —resopló ella.

—Ni hablar. Venga, sal fuera y, cuando vuelvas a entrar, haz que tanto Frank como yo te deseemos.

—¡Eso es imposible! —se quejó Gaby por razones obvias.

—No lo es, esfuérzate; si lo logras, con el resto de la población masculina será pan comido.

Y hasta bien entrada la madrugada, Gaby se paseó delante de

sus admiradores con más o menos acierto. Comenzó de forma normal, sin apenas gracia. Vuelta a empezar. Y otra, y otra, incluso bromeó paseando como si estuviera coja. Hasta Frank se echó a reír con aquella forma de caminar. Pero al final lo consiguió. Pasito a pasito, meneo justo de caderas, barbilla alta, sin parecer altiva. Ante la atenta mirada de Frank que a veces incluso resoplaba por lo bajo, porque si bien nunca se había sentido atraído sexualmente por las mujeres, reconocía para sí que, a medida que seguía los consejos de Stanley, iba dejando de ser la chica casi aniñada a la que él quería y cuidaba como a una hermana, para convertirse en una mujer (pese a que llevaba una bata de andar por casa) que sin lugar a dudas haría que se volviesen cabezas.

Stanley, por su parte, sin dejar de corregir y aconsejar, no le quitaba ojo a su amante, que, por cierto, debería mostrarse más colaborador y entusiasta ante la idea de que Gaby buscara su propio camino. Siempre había pensado que la actitud de Frank respecto a ella era demasiado egoísta.

Al final, cansados pero sobre todo emocionados ante los progresos, Gaby le dio un fuerte abrazo a Stanley y le susurró:

—Gracias, estaré en deuda contigo toda mi vida.

A lo que él respondió:

—Es un placer y soy yo el que está en deuda contigo. Por ser mi amiga.

A ella se le escapó una lagrimilla de emoción, ya que, si bien al principio lo trataba con cortesía y poco más, ahora le resultaba imposible no contar con él para cualquier cosa, incluida la alocada idea (en eso Frank tenía parte de razón, aunque ni muerta iba a reconocerlo en voz alta) de las clases de seducción.

Luego, para evitar a un tipo gruñón que sólo aportaba comentarios burlones y miradas de enfado, Stanley y ella se quedaron a solas y de esa forma pudieron sentarse y empezar a hablar de asuntos más íntimos. O, como dijo él, pasaron a las distancias cortas.

Gaby escuchó atenta, lamentando no poder tomar notas. A medida que Stanley utilizaba palabras como «excitación, tensión, expectación, deseo...» ella se quedaba con la boca abierta, pues era evidente que había hecho las cosas mal o, mejor dicho, no había hecho nada.

—No voy a preguntarte cómo fue tu primera vez, Gaby; sin embargo, es evidente que después no has tenido mucha suerte.

Ella asintió con fuerza, pues había dado en el clavo.

—De ahí que quiera aprender.

—Lo primero es conocer bien tu cuerpo: qué te gusta más, qué hace que te excites más rápido —propuso él.

—¿Quieres decir que me toque a mí misma? —preguntó sonrojándose lo justo, porque ese punto ya lo había probado sin que la convenciera del todo, salvo una vez, en aquella habitación, cuando Olivier se lo sugirió y ella, sin tener ni idea, lo hizo—. No está mal, aunque no me convence.

—Pues, según mi opinión, es un punto básico.

—Stanley, prometo ocuparme de eso más adelante. Ahora quiero aprender a tocar a un hombre. Cómo y dónde.

Él se echó a reír a carcajadas ante aquellas prisas.

—Puede que esté cometiendo un error y después sea difícil corregirlo, pero piensa un poco en anatomía masculina... —Esperó a que ella reflexionara y añadió—: En una parte que cambia...

—Mmm... ¡Comprendido! ¿Y por qué puede ser un error?

—A ver, ir al interruptor general es como coger un atajo. No sólo existe un objetivo: llegar a la meta. También querrás disfrutar del viaje. Lo de ir demasiado directa, con un hombre experimentado lo más probable es que al principio funcione, aunque a la larga se aburrirá y buscará otros incentivos.

—¿Y si añado palabras vulgares? —propuso la alumna.

—Ayudará, sin duda. A los hombres nos encanta escuchar lo que deseas y, cuanto más explícita seas, mejor. Y, por supuesto, haz comentarios cuando algo te excite o también dile qué te gustaría hacerle y viceversa.

—De acuerdo, palabras sucias y toques indirectos, dar pequeños rodeos. Como primer paso es un consejo muy útil.

Él dio la lección por concluida. Por supuesto, Gaby lo instó a que la mañana siguiente empezaran con la segunda.

Así pues, durante el desayuno se las ingenió para quedarse con Stanley a solas, reteniéndolo más de lo prudente y despachando a Frank, que seguía refunfuñando, aunque al final se resignó, pues era incapaz de negarle nada a su «novia»

En ese instante oyeron que llamaban a la puerta y Stanley, como secretario de Frank que era, y en horas de atención al público, se encargó de ir a abrir. Regresó al minuto, con un enorme ramo de rosas. Gaby torció el gesto y él cogió la tarjeta, impidiendo que pudiera leerla.

—Dos opciones —dijo, agitando la tarjeta—: o me lo cuentas tú o lo averiguo por mis propios medios.

—¡Stanley! —exclamó ella intentando quitársela sin éxito, pues él era más alto.

—Gaby...

Ella sopesó sus alternativas. Podía tratar de recuperar la tarjeta, algo difícil. También dejar que la leyera, más fácil, o bien recurrir a una tercera salida y, como siempre había oído en casa, minimizar riesgos.

De las tres, desde luego la más práctica era la tercera, pues ella controlaría la información y además le permitiría negociar.

—Hagamos un trato —planteó, y Stanley arqueó una ceja—. Si me la das, prometo decirte un nombre. A cambio, me guardarás el secreto.

—Cuando te lo propones eres una bruja, ¿lo sabías? —se guaseó él, aunque dejaba entrever el gran cariño que le tenía.

—¿Aceptas?

—Me parece un trato que sólo te favorece a ti. Si leo la tarjeta, me enteraré de todos modos del remitente...

—De acuerdo —convino Gaby buscando algo más que ofrecer y, al no encontrarlo, jugó de farol—: Te estás arriesgando a que en esa tarjeta no esté la información que tú crees. ¿Y si ha sido el doctor Marlow quien me las ha enviado?

Stanley frunció el entrecejo.

—Ya lo conoces, es detallista.

—Muy bien... —aceptó Stanley tendiéndole la tarjetita, aunque la apartó de su alcance en el último segundo—. No me mientas.

Gaby por fin la tuvo en las manos y abrió el sobre con cautela. En efecto, como pensaba, era de Olivier. La guardó y miró a Stanley.

—Me las envía el señor Mercier.

Stanley se quedó ojiplático, pues era el último nombre que esperaba oír.

—Mientes —murmuró, sin salir de su asombro.

Gaby no sabía si alegrarse por el desconcierto de su amigo o enfadarse, ya que, por su cara, daba por hecho que un tipo como Olivier no podía fijarse en ella.

—Ni una palabra a Frank —le recordó y él asintió, además de hacer el gesto universal de «mis labios están sellados».

—¿Pretendes seducir a Mercier? —preguntó sin recuperarse del todo, tras haber atado cabos—. ¿Por qué?

—Motivos personales —respondió ella de manera evasiva.

—Amén de ser un hombre con fama de exigente y que seguramente disponga de un harén, ¿por qué arriesgarse con él? Puede hacerte mucho daño, Gaby. —Dijo esto último preocupado.

—Lo dudo —musitó, pues ya le había hecho daño en su momento.

—Tú sabrás lo que haces —dijo Stanley cogiéndole las manos y mirándola a los ojos—. Espero que no tenga nada que ver con los negocios de Frank.

—¿Qué? ¡No, por Dios!

—¿No puedo disuadirte?

Ella negó con la cabeza.

—Entonces tendremos que aplicarnos y estudiar a fondo —bromeó.

Sin embargo, no había tiempo, pues en la tarjeta Olivier la invitaba a cenar esa misma noche y Gaby estaba dispuesta a poner en práctica sus recién adquiridos conocimientos, convencida de que ahora disponía de suficiente información para, al menos, no sentirse decepcionada; aunque, por supuesto, seguiría estudiando.

Releyó la tarjeta. Una invitación a cenar. Eso implicaba que, para empezar, él marcaba los tiempos y que, por supuesto, ella debía desbaratar cualquier plan previo que Olivier hubiera trazado. Como había deducido de la primera y magistral clase impartida por Stanley, aparte de mostrar seguridad debía intentar llevar siempre la voz cantante y evitar lo obvio.

Así pues, si acudía a la cita, él la estaría esperando y se desarrollaría con toda probabilidad un guion más o menos previsible, de modo que para hacer el primer movimiento y que su propio plan tuviera más posibilidades de éxito, debía aprovechar el factor sorpresa: presentarse sin avisar y procurar no dar muchas pistas sobre sus intenciones.

Sonrió. Su lado más maquiavélico, ese que parecía tener toda la familia y que ella nunca utilizaba, estaba saliendo a la luz.

Capítulo 20

—Señor Mercier, tiene una visita.

Olivier ni se molestó en mirar a su secretario, el señor Wang, un hombrecillo de sesenta y tantos, de origen chino, que había trabajado toda la vida en el hotel a las órdenes del antiguo dueño. El típico empleado servicial, que realizaba sus tareas con diligencia y al que no se le escapa nada. Conocía a cada empleado, cada recoveco y hasta los vicios del personal. Un tipo discreto muy valioso. Por eso, cuando se hizo efectivo el traspaso de la propiedad, Olivier no dudó en contar con Wang, pues nadie mejor que él para tenerlo al corriente de cualquier pormenor relacionado con el funcionamiento

—¿Señor Mercier? —insistió el secretario ante el mutismo del jefe.

—Te he oído la primera vez —murmuró él, sin despegar la vista de sus documentos—. Hoy no recibo visitas; como bien sabes, esta tarde tengo una reunión importantísima y no quiero dejar nada al azar.

—Lo sé, señor —dijo con tono servil.

—Pues entonces encárgate de dar una excusa convincente y déjame trabajar.

—Sin embargo, ella ha insistido —adujo el hombre, a pesar de que podía ganarse una reprimenda.

Olivier puso los documentos a un lado y frunció el cejo. Había dado órdenes de que a Roxie no se le permitiera el acceso y de que recibiera una generosa paga para que pudiera vivir con comodidad durante un tiempo.

—Creo que ya expliqué con claridad qué debía hacerse con la señorita Carpenter —dijo con tono severo.

Roxie no era una mujer que se diese por vencida a las primeras de cambio. Igual que muchas como ella, que insistían y hacían lo imposible por volver a congraciarse con el hombre que las mantenía. Hasta ahí lo consideraba normal y estaba, por decirlo de alguna forma, preparado para rechazarla cuantas veces hiciera falta. No sólo por la aparición de Gabrielle, que ya era un motivo de peso, sino también por el hecho de que se había cansado de ella, de sus salidas de tono, de su grosería y de sus borracheras. Ya estaba harto de soportarla y de que lo dejara en ridículo.

—No se trata de la señorita Carpenter. La cual, por cierto, se ha mostrado encantada al saber que usted le ha pagado el alquiler de todo un año, además de darle un generoso donativo.

—Menos mal —murmuró Olivier aliviado—. Un problema menos.

—La dama que espera verlo...

—Me importa muy poco de quién se trate —lo interrumpió con brusquedad. Luego se dio cuenta de que el señor Wang no era el culpable y, por tanto, pagar con él su mal humor no era lógico, así que suavizó el tono para añadir—: No estoy para nadie, ¿entendido?

A Olivier, tanto misterio no le hacía mucha gracia. Quería fijar toda la atención en los papeles que tenía delante y no en asuntos de faldas.

Siempre anteponía los negocios a las mujeres, pues había descubierto que, si a uno le iban bien los negocios, las mujeres aparecían sin más.

—Pero, señor...

—Sea quien sea, deshazte de ella —exigió cortante.

—Me temo que la señorita Boston no es de las que aceptan con resignación una negativa —replicó Wang, y Olivier se puso en pie de inmediato.

¿Qué hacía ella en su despacho a esas horas?

Podía hacer mil conjeturas, sin embargo, lo mejor sería averiguarlo cuanto antes.

—Dile que pase —arguyó tenso, pues no esperaba que Gabrielle se presentara en horas de trabajo y en su despacho.

Quería volver a verla, desde luego; no obstante, antes deseaba dejar resueltos sus asuntos para así poder dedicarle todo el tiempo por la noche. Porque, para su propia sorpresa, ella lo intrigaba, ya que de la chica que recordaba quedaban algunos retazos, pero había cambiado. Ahora era una irresistible y confusa mezcla de ingenuidad y madurez.

Lo desconcertaba y, por supuesto, se sentía en cierta forma culpable de su comportamiento en el pasado, algo que, si bien no recordaba cada día, sí lo hacía de vez en cuando, y le amargaba un poco sus éxitos.

—Y que no nos moleste nadie —añadió.

Entonces el secretario recogió su portafolio, asintió y, como buen sirviente, no cuestionó la decisión.

Olivier respiró hondo. La inesperada llegada de Gabrielle trastocaba sus planes, pero no podía despacharla como si fuera una cualquiera.

Oyó sus pasos. Tenía intención de esperarla junto a la puerta, demostrando así unos modales que sólo ponía en práctica cuando era necesario, pero no le fue posible, ya que ella entró y caminó decidida hasta detenerse junto al escritorio, aunque no enfrente, como haría una visita, sino a su lado.

Olivier hasta notó su respiración y, cómo no, el perfume.

Peligro.

—Buenos días —murmuró Gabrielle, utilizando un tono que a él le sonó ¿picante?

—No te esperaba hasta dentro de unas horas —dijo con cautela, mirándola de arriba abajo con cierta desconfianza, pues su aspecto serio, como correspondía a una chica de su clase, lo confundía.

Daba la impresión de que su aparición no era casual, buscaba algo; la cuestión era ¿qué?

—Lo sé.

De nuevo hablando casi en susurros, mirándolo a los ojos sin dejar entrever qué pensaba. Y, para mayor desconcierto de él, se alejó, caminando por su despacho de una manera seductora. No cabía otra calificación.

Gaby se apartó y, poniendo en práctica las lecciones de Stanley, deambuló por el despacho, consciente de que debía lanzar bien el anzuelo. Se esforzó y se dio cuenta de que, en efecto, él no le quitaba ojo.

Olivier, ajeno a las maniobras femeninas, aunque no inmune a ellas, tenía que hacer algo, pues si continuaba comiéndosela con los ojos como un pasmarote acabaría soltando alguna estupidez. Se incorporó y fue tras ella, que le daba la espalda, y, sin miramientos, le colocó las manos en las caderas.

—Gabrielle..., ¿vas a decirme a qué has venido?

Ella inspiró antes de hablar.

—A decirte que esta noche no puedo cenar contigo —dijo en voz baja, y se volvió para quedar cara a cara; luego añadió, no sin malicia—: Tengo otro compromiso.

Olivier arqueó una ceja y ocultó su sorpresa ante sus palabras. Era consciente de que Gabrielle mantenía una relación con Frank Tremblay. Un noviazgo de varios años, algo muy extraño, pues la gente de su clase, una vez hecha pública la relación, se casaba y no seguía pelando la pava. Intuía que entre ambos ocurría algo, en especial tras haber hablado con él de forma somera, durante las reuniones de trabajo, para indagar. Y por las respuestas del tipo daba la sensación de que muy entusiasmado con su novia no estaba. De ahí que no sintiera ningún remordimiento al llevársela a la cama.

Todavía le quedaba por averiguar si el novio actual era el mismo que tenía cuando la conoció, en ese caso no habría nada de lo que preocuparse.

La miró y ella se humedeció el labio inferior.

—Gabrielle...

—¿Vas a besarme ya o tengo que hacerlo yo? —le espetó, acariciándole el mentón.

—Hazlo tú —la retó, encantado con aquel atrevimiento.

Para ser sincero, estaba un poco harto de llevar siempre la voz cantante con las mujeres, y de un tiempo a esa parte, cuando alguna se le echaba encima era por la sencilla razón de que algo buscaba. Traducido: dinero. Sin embargo, si bien Gabrielle también estaba allí por un motivo, desde luego no era el dinero.

Ella ocultó una sonrisa y dejó caer el bolso al suelo. Dio un paso atrás, desconcertándolo por completo, aunque aquella maniobra obedecía a una razón: aplicar las lecciones de su instructor.

«Crea expectación... —se recordó en silencio—. Haz que él crea que controla la situación...»

Gaby observó satisfecha que, en efecto, él la seguía, y se las apañó para ir dando pequeños pasos hasta chocar con un amplio sofá de piel marrón. Inspiró; había lanzado la caña, ahora sólo quedaba recoger el carrete.

Cuando él la sujetó para que no se cayera sentada, ella levantó los brazos y le rodeó el cuello. Se humedeció los labios y lo besó. No encontró resistencia alguna, aunque tampoco mucha colaboración, pero eso no la desanimó.

Enredó una mano en su pelo y tiró de él, sin pararse a pensar si le causaba dolor, y al tiempo comenzó a tentarlo. Lamiéndole los labios y abriéndose paso en su boca. No tuvo que esforzarse mucho, pues Olivier bajó la mano, agarró su trasero y la pegó más a él; de esa forma pudo hacerla partícipe de su creciente excitación.

Gaby jadeó, al principio de forma contenida, aunque a medida que iba recostándola en el sofá, se volvió más atrevida. Entonces notó que Olivier le levantaba la falda y le separaba las piernas, para situarse entre ellas.

—Mmmm —ronroneó Gaby al sentir unas manos internándose dentro de su ropa interior.

Unas manos impacientes, un tanto bruscas, que aumentaron su excitación. Se puso más cómoda, al tiempo que lo besaba y con optimismo pensaba: «Bien, esto va muy bien».

Olivier, ajeno a esos pensamientos, comenzó a mordisquearle el cuello mientras gemía y se contenía para no rasgarle las bragas. Prestaba atención a cada jadeo femenino, sin dejar de meterle mano y de restregarse encima de ella. Cuando vio el despacho por primera vez, nunca imaginó que aquel recio sofá de cuero pudiera tener aquella utilidad.

¡Y pensar que estuvo a punto de mandarlo cambiar por otro más moderno!

—Gabrielle... —musitó, y se alzó un instante sobre los brazos para mirarla bien.

Ella aprovechó para desabrocharle el pantalón, dando muestras de sus intenciones, aunque debía controlar su impaciencia. Él sonrió de medio lado y la besó con fuerza, mientras dejaba que se ocupara de desnudarlo, al menos lo imprescindible.

Cuando le palpó la polla por encima de los calzoncillos fue tan agresiva que Olivier dio un respingo. Le resultaba extraño, viniendo de una mujer en apariencia tan educada como Gabrielle; no obstante, le gustaría creer que bajo aquella capa de dama refinada existía otra más pasional.

Podía ser él quien lo averiguara; sin embargo, no le pareció lo más apropiado, pues si se comportaba de forma burda e insensible, ella lo rechazaría. Así que, en vez de seguir abordándola como un patán desesperado por follar, se controló y comenzó a acariciarla con delicadeza. Los besos dejaron de ser ávidos para convertirse en suaves. Las manos que casi le habían desgarrado las bragas ahora recorrían cada centímetro de piel lentamente, tanto que ella frunció el cejo.

¿Qué había ocurrido para que se produjera aquel cambio tan radical?

Se sintió algo confusa y, antes de desanimarse, se esforzó por avivar de nuevo aquel encuentro y, para ello, nada mejor que buscar el centro neurálgico. Así que, decidida, agarró su erección y, sin andarse por las ramas, empezó a acariciarlo, hasta que él gruñó o algo parecido.

—Tranquila —se vio obligado a decir e incluso la detuvo, no

porque no le gustara, todo lo contrario, el entusiasmo siempre era de agradecer; la cuestión era que, si se lo permitía, no iba a aguantar ni tres minutos, pues se encontraba demasiado excitado.

Convencido de que el único camino a seguir era tomando las riendas de la situación, se ocupó de serenarla y despistarla con besos lánguidos, mientras maniobraba entre sus muslos con la intención de prepararla.

Gaby respiró hondo cuando notó cómo tanteaba en su sexo, lo que, además de excitante, era delicioso. Quizá demasiado suave y lento, aunque podría soportarlo.

Desde luego, Olivier se esforzaba. La besaba de una forma curiosa, empezaba con vehemencia y después, como si se desinflara, pasaba a ser tan odiosamente delicado que ella, en vez de gemir, deseaba preguntarle a gritos por qué se frenaba en el mejor momento.

Entonces sintió que la penetraba con un dedo, con sumo cuidado, y utilizaba otro para presionar sobre aquel punto que lograba que le hirviera la sangre. Lo había comprobado por sí misma cuando algunas noches el sueño le era esquivo.

Todo parecía mejorar, o al menos eso pensaba, hasta que él apartó los dedos dejándola insatisfecha, aunque enseguida notó una presión mayor.

«Ahora viene lo bueno», pensó sin perder el optimismo, pasando por alto algún que otro síntoma que más bien indicaba lo contrario. Pero las ganas y el entusiasmo porque todo saliera a pedir de boca, sin olvidar la excitación que sentía, ganaban.

—No me hagas esperar más —le susurró al oído con el tono más provocativo del que fue capaz.

Según los consejos de Stanley, alguna que otra palabra vulgar siempre venía bien, sin embargo, aún no se sentía preparada para soltar ordinarieces. Tendría que hacer una lista, de menos a más, para utilizarlas a conveniencia.

—Te veo muy impaciente —replicó él, sujetándose la polla y presionando.

De nuevo fue cuidadoso, nada de embestir a lo bruto, por mucho que se lo pidiera el cuerpo. La miró un instante. Gabrielle tenía una expresión rara, puede que de concentración. Daba igual, tampoco iba a preguntárselo.

«Espero que merezca la pena», pensó Gaby cuando por fin la penetró, tras tantear el terreno frotándose contra ella. Aunque, lejos de comenzar a moverse para animar aquello, Olivier se quedó inmóvil, mirándola. Gaby no entendía la razón y se sintió incómoda. De ahí que cerrara los ojos y arqueara un poco la pelvis, buscando una mayor fricción, porque si no, quedarse tumbada en el sofá, abierta de piernas y a medio desvestir, carecía de sentido. Entonces, por fin él comenzó a moverse, no obstante, sus envites distaban mucho de ser enérgicos. Gaby se mordió el labio, indecisa sobre si pedirle o no que imprimiera un ritmo más rápido, porque aquella forma tan perezosa, casi desganada, resultaba desesperante.

Volvió a arquearse, a decirle sin palabras que deseaba más, mucho más, pero Olivier hizo oídos sordos y prosiguió con aquel lento y desquiciante vaivén.

Gaby tiró la toalla: mantuvo los ojos cerrados y suavizó la expresión. Otra vez lo mismo. La tensión, las ganas y las esperanzas se diluían, porque él volvía a comportarse de forma tan sumamente educada que perdía toda la gracia. No resultaba desagradable, claro que no, pero no era ni de lejos lo alucinante, magnífico y excitante que decían que podía ser.

Olivier, por su parte, continuaba penetrándola de forma un tanto mecánica. Reconoció que tenía cierto morbo acostarse con Gabrielle y, por supuesto, se sentía atraído por ella, pero no le pasaba por alto que era de las peores amantes que había tenido.

De acuerdo, muchas se mostraban efusivas porque les pagaba para ello, pero al menos fingían lo bastante bien como para, en un momento dado, creérselo. La besó con cuidado, como se suponía que se debía hacer con mujeres de su clase. Ternura y delicadeza. Gabrielle separó los labios y emitió un suave gemido. No le extrañó que fuera contenida hasta para correrse. Aceleró un poco, lo justo y necesario para no abrumarla y correrse él.

El sofá empezaba a resultar incómodo y la postura también, pues follársela con la ropa puesta, una situación *a priori* morbosa, ya no lo era tanto. Escondió la cara en su cuello, se contuvo para no morderla y para ahogar los gruñidos de satisfacción al alcanzar quizá uno de los clímax más tristes que recordaba. Si lo había logrado no había sido gracias a ella, sino a la mecánica del acto.

—Deja que te ayude —murmuró apartándose. Se subió los pantalones y le tendió una mano, aunque ella la rechazó. Entonces Olivier se dio la vuelta para adecentarse y dejarle un poco de privacidad.

Estuvo tentado de mirar por encima del hombro y observarla, aunque se contuvo; sin embargo, observó su reflejo en el cristal de la ventana. Daba la impresión de que tuviese prisa, porque ni parloteaba ni tampoco lo miraba. Olivier frunció el cejo, desconcertado por completo ante aquella actitud. Acababan de echar un polvo, uno bastante mediocre, de acuerdo, pero su comportamiento tan distante daba que pensar. Por ese motivo se vio impulsado a preguntar:

—¿Te apetece tomar una copa?

—No, gracias, tengo que irme —murmuró en respuesta.

Él encendió un cigarrillo. La situación se volvía cada vez más surrealista. Tanta frialdad era como poco para preguntarse qué demonios ocurría. Nada más verla se había excitado, más bien revolucionado, sin entender por qué, pues en teoría las mujeres hacía tiempo que no lo sorprendían; no al menos para bien.

Hasta ahí, el ponerse cachondo al verla podía considerarse normal, pero ¿y después? ¿Qué carajo ocurría para que todo aquel calor se esfumara de repente?

—Tenemos una cena pendiente —le recordó, cuando ella, ya arreglada, caminó hasta la puerta y la abrió.

—Lo sé. Ya te mandaré recado.

Y sin una palabra cariñosa, sin una sonrisa, se marchó, dejándolo perplejo.

Olivier apagó de malos modos el cigarrillo y llamó al señor

Wang, dispuesto a olvidar, de momento, a Gabrielle Boston, ya que tenía entre manos asuntos de negocios que, si bien podían darle dolor de cabeza, al menos sabía manejarlos.

—Señor Mercier, ¿me llamaba?

—Sí, en primer lugar, necesito asegurarme de que la señorita Boston llega bien a su domicilio —pidió.

—Ya me he ocupado. Al verla salir de su despacho, he llamado un taxi.

Olivier se quedó pensativo. ¿En qué condiciones se había marchado? ¿Volvería a verla? ¿Y si le enviaba flores otra vez junto con una invitación?

Desde luego, vaya momento para preocuparse por una mujer. Era cierto que Gabrielle Boston no era cualquier mujer por muchas razones, pero no podía dejarse llevar por sentimentalismos y menos en aquel instante. Miró a su secretario, que permanecía como siempre impasible. A saber qué habría pensado. Daba igual, el señor Wang era discreto, no tenía por qué preocuparse.

En los negocios, mejor dejar los asuntos de faldas al margen, se recordó en silencio.

—Bien, gracias. Y ahora, pongámonos a trabajar —dijo casi refunfuñando, pues, que él recordase, jamás un polvo lo había dejado de tan mal humor.

Capítulo 21

Gaby salió del hotel disimulando su desilusión. Se había esforzado, o al menos eso quería pensar, pero nada, otra vez a medias. Buen comienzo, desarrollo pasable y final decepcionante. Desde luego, tenía que haber una explicación. Su profesor era competente, ella le ponía interés, por tanto, el problema era de Olivier. Su fama de amante excelente no era sino una falacia. Sin duda, las mujeres con las que había estado exageraban. No era de extrañar, si analizaba el caso de Roxie se entendía a la perfección. Nada mejor que adular al tipo que te paga las facturas y airear sus bondades amatorias para conservar su favor.

Por desgracia, muchas mujeres utilizaban sus encantos para salir adelante, culparlas era de hipócritas; en todo caso, a quienes primero habría que señalar era a los que miraban para otro lado.

Sobrevivir nunca era censurable, una lección que había aprendido al estar en contacto con gente que pasaba penurias. Supuso que en el caso de Olivier se podía aplicar el mismo principio. Aunque admitirlo implicaba recordar algo que le había hecho mucho daño.

—Pare aquí, por favor —le indicó al taxista.

Pese a que su idea inicial era ir directa a casa de Frank y contarle lo sucedido a Stanley, al pasar por delante del banco decidió hacerle una visita a su hermana. Quizá la mejor terapia para olvidarse de sus fracasos amatorios fuera una dosis de familia. Ni que decir tiene que a Samantha no podía decirle ni una sola palabra de Olivier, pero al menos pasaría un rato entretenida.

Como era habitual, nada más poner un pie en el vestíbulo principal, los empleados la reconocieron al instante y la saludaron con afecto. Ella se paró a charlar con ellos. Desde pequeña siempre lo hacía. Muchos se mostraban demasiado complacientes, porque adular a la hermana de la directora siempre quedaba bien.

Después de pasar más de una hora saludando y poniéndose al día respecto a la vida de muchos de ellos, subió a la oficina de Samantha. No utilizó el ascensor, sino la elegante escalera que conducía a los despachos principales. Allí había pasado incontables ratos con sus hermanos, jugando y armando más jaleo del adecuado para un banco, o viendo a su padre trabajar junto a su madre, que, si bien lo hacía en segundo plano, siempre fue un pilar fundamental. Y ahora todo estaba en manos de Samantha.

Sonrió con cariño y orgullo ante los logros de su hermana.

Gaby nunca se había interesado por los negocios, pero admitió que le había resultado divertido ocuparse de una negociación, que además salió a pedir de boca. Puede que le sonriera la suerte del principiante; en cualquier caso, quizá en un futuro repetiría.

Llamó a la puerta y esperó, ya que Samantha podía estar ocupada. No fue así y enseguida le abrieron.

—Pero ¿qué haces tú aquí? —preguntó Gaby, encantada y sorprendida al encontrarse con su sobrino.

—He venido con el abuelo de visita —respondió Eric todo serio, y añadió—. Dice que cuanto antes aprenda, mejor.

Gaby ocultó una sonrisa. De todos era sabido que Alfred no tenía intención de unirse al negocio familiar y que Samantha, al no tener hijos, debía pasarle el testigo a alguien. Y, claro, su padre, hábil como nadie, ya estaba maquinando para que a Eric le entrara el gusanillo bancario.

—¿Puedo pasar? —le preguntó Gaby a su sobrino, tratándolo como si ya fuera el dueño de todo.

—Por supuesto —dijo el chaval.

—Vaya, la hija pródiga ha regresado —comentó su padre al verla entrar.

Ella, lejos de ofenderse, se acercó a él y le dio un fuerte abrazo.

—Me alegro de verte tan sarcástico como siempre. ¿Cuándo habéis vuelto del viaje?

—Hace un par de días, e imagina mi sorpresa cuando me entero de que a dos de mis hijos los han detenido.

—Ya está todo resuelto —lo tranquilizó ella—. Sólo fue un susto. Además, siempre nos dices que es bueno ponernos en la piel de otros y así poder evaluar mejor las situaciones.

Su padre la fulminó con la mirada. Desde luego, era digna hija de su madre.

—Y ya, para rematar, resulta que encuentro la casa vacía y ni rastro de mi hija —respondió él, arqueando una ceja.

—No quería estar sola tanto tiempo —adujo Gaby, poniendo cara de niña buena—, por eso me he ido unos días a casa de Frank.

—¿Y no podrías haber elegido la casa de alguno de tus hermanos? Estoy seguro de que se hubieran mostrado encantados de recibirte.

—Papá, prefería no molestar.

—¿Y al señor Tremblay y a su secretario no los molestas?

—No te metas con Frank. Es mi mejor amigo.

—Mientras sólo sea eso... —masculló Samuel, resignado al ver cómo su hija pequeña perdía el tiempo con aquel par.

—Por cierto, ¿le has dicho a Alfred que te has traído a Eric al banco? —disparó, sabiendo que su hermano y los asuntos financieros no hacían buenas migas.

Samuel sonrió de medio lado ante el descaro de su hija pequeña.

—Tu hermano está otra vez de viaje y me ha dejado al cuidado de Eric —dijo, como si eso lo explicara todo.

—Algo que te encanta —le recordó ella.

—Es mi único nieto —replicó el hombre.

Gaby lo reconoció en silencio. A su padre era casi imposible rebatirle nada. Así, de un plumazo, había justificado su visita, la de Eric y, de paso, lanzado una indirecta sobre la falta de nietos.

—¿Y si tuvieras una nieta? —preguntó Gaby.

—Cuando la sostenga en mis brazos te responderé —contestó, dejando implícito que mientras ella siguiera con Frank esa posibilidad quedaba descartada.

—Ay, papá, no cambies nunca —canturreó Gaby, abrazándolo de nuevo.

Y él, que no podía hacer otra cosa que oír, ver y callar, porque si algo había aprendido en lo referente a sus hijos era que cuanto más intentase guiarlos, ellos más se rebelarían, decidió no insistir sobre la inconveniencia de que viviera en casa de su «novio», pese a que, si miraba el lado positivo, allí estaba a salvo de cazafortunas.

—Venga, papá, sonríe un poco y cuéntame qué tal ese viaje...

—No creas que me voy a olvidar tan fácilmente de ese lamentable incidente, aunque hoy prefiero pasar un día relajado con mis hijas —dijo Samuel en tono de regañina.

—Hola a todos —saludo Samantha, entrando en la estancia procedente de la sala de juntas. Su expresión daba a entender que estaba agotada de tanta reunión. Se acercó primero a su padre y, tras darle un cariñoso beso, miró a su hermana y murmuró irónica—: Vaya, qué honor verte.

—Eso mismo le he dicho yo —terció el padre.

—¿Podéis, por una vez en la vida, no ser tan quisquillosos? —se defendió Gaby, mirándolos a ambos.

—No —respondió Samantha burlona.

—Era mucho pedir —se quejó la menor de los Boston—. Pero al menos haced un esfuerzo.

—Sabes que siempre me preocupo por todos vosotros —alegó el padre.

—Pues ahora deberías estar dando saltos de alegría, porque ya estás adiestrando a la nueva generación. —Señaló a Eric, que trasteaba con una máquina de escribir, ajeno a la conversación.

—En eso tiene razón —intervino la mayor.

Samuel negó con la cabeza. Con aquellas dos no había manera.

—Eric, ven con el abuelo, que tus tías están hoy imposibles.

Se dirigieron todos juntos al restaurante donde los esperaba Maddy. A pesar de la conversación previa, en la que las indirectas habían ido en ambas direcciones, a la hora de la comida dejaron a un lado sus diferencias y charlaron del reciente viaje por Estados Unidos. Por supuesto, la más entusiasta relatando aventuras fue la madre, que por lo visto se lo había pasado como una niña pequeña.

A la hora de los postres fue inevitable que surgiera el tema de la detención. Como era de prever, Maddy se mostró preocupada por las posibles consecuencias.

—Mamá, tenemos el mejor abogado posible. James no deja nada al azar. Además, he hablado con el doctor Marlow, al hospital no le interesa la publicidad negativa.

—Yo sigo sin entender cómo te has dejado enredar por tu hermano. Cuando hable con él... —murmuró su padre.

—Soy tan responsable como Alfred —replicó Gaby—. Lo que pasa es que estábamos rodeados de hipócritas.

—En eso tienes toda la razón —convino Maddy, lo que hizo que su marido frunciera el cejo.

—¿Ahora te pones de su lado? —preguntó perplejo.

—Samuel, puede que los métodos empleados hayan sido cuestionables, sin embargo, el fin lo justificaba.

—Gracias, mamá.

—Pues yo estoy con papá. Por suerte no ha salido nada en los medios, porque imagínate el escándalo —intervino Samantha.

—Esas mujeres necesitaban nuestra ayuda y en cuanto podamos organizar algo...

—No vas a hacer nada —la interrumpió su padre cortante.

Gaby prefirió no insistir, ya vería el modo de volver a poner en marcha la fundación. Al pensar en eso se acordó de un detalle: no le había pedido a Olivier la comisión por ayudarlo con la operación de compraventa y por advertirle sobre las jugarretas de Harrelson.

Así, a lo tonto, ya tenía una excusa, en caso de que quisiera volver a verlo, algo de lo que no estaba muy convencida.

—Supongo que también estarás encantada con la idea de que tu hija comparta casa con dos hombres solteros —mascullό Samuel mirando a su esposa.

—En eso, cariño —la mujer miró a Gaby—, tu padre tiene toda la razón.

—Vaya, menos mal que estamos de acuerdo en algo —dijo él sardónico.

—No voy a discutir sobre eso. Frank está pasando por un momento delicado y necesita mi apoyo —mintió Gaby.

—¿No tiene a Stanley para eso? —sugirió Samantha con malicia.

Ella fulminó a su hermana con la mirada, porque justo en ese momento no necesitaba que le recordaran los mil y un inconvenientes de continuar su relación con Frank; pero, como ya se sabía la canción de memoria, optó por no replicar, confiando en que se olvidaran de ella, al menos durante un rato.

Hubo suerte, pues unos conocidos de la familia se acercaron a saludar, lo que sirvió para que se enfriara el ambiente, o al menos para que sus padres no le prestaran atención. No así su hermana, que aprovechó para hacer campaña en contra de Frank.

—No sé qué más hace falta para que abras los ojos —murmuró Samantha—. Tarde o temprano saldrá a la luz el tipo de relación que mantienen esos dos y te salpicará.

—Lo dudo...

—En estos casos, como siempre, nosotras somos las más perjudicadas —prosiguió la mayor de los Boston—. ¿Qué crees que dirán? ¿En qué se fijarán más? ¿En la cuestionable relación entre dos hombres o en que una pobre mujer esté tan desesperada por cazar marido que sea capaz de aguantar cualquier cosa?

Gaby frunció el cejo. Hasta el momento nunca había pensado en ello. Quería a Frank y a Stanley, eran sus amigos, aunque, como decía Samantha, la gente siempre aprovecha para hacer sangre y, en aquel caso, si la noticia llegaba a hacerse pública, tendrían dos frentes por donde atacar.

—Vale, tienes razón —admitió a regañadientes.

—Escucha, Gaby, a mí me parece estupendo que a tu «novio» le guste montárselo con su secretario, a mí no me incumbe; en cambio sí me preocupas tú. Llevas años perdiendo el tiempo con él.

—Ya estamos otra vez con eso... —se quejó ella.

—Y no dejaré de insistir hasta que entres en razón. Mira, antes tenías excusa porque no lo sabías...

—Porque nadie se molestó en informarme de ello —arguyó sarcástica.

Samantha hizo un gesto con la mano, restándole importancia a ese detalle.

—Eso ahora ya no importa. La cuestión es el presente y el futuro y, tal como yo lo veo, la peor parte te la vas a llevar tú.

—Si prometo pensar en ello, ¿me dejarás tranquila una temporada? —propuso Gaby, pues si bien entendía la preocupación de Samanta, ya era bastante mayorcita para arreglárselas sola. Por no mencionar que en aquel instante su preocupación era otra.

—De acuerdo —convino su hermana mayor.

Tras pasar una agradable tarde con su familia, pese a insistir por enésima vez en la inconveniencia de seguir la farsa con Frank, Gaby se sentía satisfecha. A veces la aburría escuchar lo mismo, pero al menos servía para desviar el foco de atención. Era más soportable y preferible que insistieran en un aspecto que ya había aprendido a manejar, a que se enterasen de en qué andaba inmersa. Si su familia llegara a conocer su extraña relación con Olivier, entonces sí se armaría un buen escándalo y no dudarían en intervenir.

No sería la primera vez.

* * *

—¿Dónde está Stanley? —quiso saber Gaby cuando llegó a casa de Frank y se encontró a éste preparando la cena y ni rastro de su amigo.

—Buenas tardes a ti también, ya veo cuánto me echas de menos —replicó él, picado en su orgullo.

Gaby se acercó y le dio un sonoro beso en la mejilla.

—No sabía que mi «novio» fuera tan celoso —comentó sarcástica.

—Ni yo que mi «novia» me fuera infiel con mi mejor amigo —dijo él en el mismo tono.

—Ay, Frank, ¡a ver si va a ser verdad que me quieres! —canturreó guasona, disimulando la risa.

—Pues claro que te quiero —alegó serio, mirándola a los ojos.

Gaby, que contenía a duras penas las carcajadas, acertó a decir:

—¡Nuestra primera pelea de novios!

—Hoy estás imposible —se quejó Frank, negando con la cabeza.

—Compréndelo, me ilusiona —añadió ella sin parar de reír.

—¿Te va a durar mucho esta actitud jocosa?

—Un poco, tonto. —Y antes de que se enfadara más, lo abrazó con fuerza—. ¿Qué has preparado de cena?

—¿No quieres saber dónde está Stanley? —preguntó para provocarla.

—Pues no, porque hoy me vas a dar tú las clases de seducción.

Él gruñó o algo similar y se apartó de ella.

—A mí no me metáis en vuestros descabellados planes —dijo, señalándola con el dedo—. Desde el principio me opuse y no me vas a hacer cambiar de opinión.

—Frank... —musitó zalamera, pegándose a su espalda cuando él se puso a trastear en los fogones—. Frank... Por favor...

Él suspiró. Si bien la idea de Gaby era, a su entender, una locura de principio a fin, en el fondo podía llegar a entenderla. Tener inquietudes era lógico y sí, tal como le recriminaba Stanley, a veces era un cabrón egoísta. La quería como nunca podría querer a una mujer, sin embargo, le costaba asimilar el hecho de que en algún momento su acuerdo terminaría.

—Yo no te puedo ayudar —dijo en voz baja.

—¿Te da vergüenza hablar de sexo conmigo?

—¡Gaby, por Dios! —exclamó, ya que ella había dado en el centro de la diana—. Hay cosas que, sencillamente...

—No entiendo por qué, nos lo contamos todo. Hay confianza entre nosotros —le recordó.

Frank continuaba dándole la espalda, excusándose en preparar la cena.

—Claro que la hay, maldita sea, es que me pides cada cosa...

—Mírame —le exigió, y él refunfuñó, aunque al final obedeció—. Deja de preocuparte tanto y ayúdame. Ahora te necesito. No te estoy pidiendo un imposible, sólo que me cuentes tu punto de vista.

—Gaby... —suspiró y la peinó con los dedos.

Su «novia» era preciosa. Cada vez que la miraba se hacía la misma pregunta: «¿Por qué no puedo ser como los demás hombres y enamorarme de ella?».

No lograba responderse y mira que se había esforzado durante años, pero nada. Cuando llegaba a una conclusión, por desgracia era la más censurable: las mujeres no lo excitaban, no le despertaban ningún deseo sexual. Las admiraba, las quería y, por supuesto, las respetaba.

—Hazlo por mí —le pidió ella en voz baja—. ¿No quieres verme feliz?

Gaby pronunció esas palabras consciente de que eran un chantaje emocional en toda regla, sin embargo, no se arrepintió de ello; de alguna manera debía vencer la timidez de Frank.

—Mira que puedes pedirme cosas y eliges la más difícil. —Se pasó una mano por el pelo despeinándose—. Está bien.

—¡Eres el mejor!

—No cantes victoria, quizá mis consejos no sean los adecuados —se disculpó él, sonriendo por primera vez, aunque de una forma muy tímida.

—Empecemos por una pregunta facilita: ¿qué es lo que más te excita?

Frank gimió y se sonrojó.

—Si no te importa, cenemos primero...

Capítulo 22

Frank no había sido muy descriptivo. Sus explicaciones, demasiado metafóricas, le arrancaron a Gaby más de una sonrisa. Su «novio», a diferencia de Stanley, se refería más a lo divino que a lo humano, pero si bien ella necesitaba ejemplos prácticos, al menos había logrado hacerle hablar y había llegado a la conclusión de que para obtener buenos resultados, aparte de dominar la técnica, había que despertar y estimular cada uno de los sentidos. Sonrió. Con sus dos maestros, cada uno aportando una visión diferente, a la fuerza todo resultaría mejor. No se había equivocado al elegirlos.

Ahora entendía mejor por qué se compenetraban tan bien ambos.

Mientras se arreglaba para presentarse de nuevo ante Olivier sin avisar, pensó si debía mostrarse más descarada. Un viejo truco de fulana, desde luego, aunque seguramente eficaz. No quería llamar la atención de los empleados del Great Night, que a buen seguro mantendrían la boca cerrada, pero pensarían cómo era posible que, de la noche a la mañana, Gabrielle Boston pasara de ser una mujer discreta a una mamarracha.

Sin embargo, la idea de hacer algo atrevido y arriesgado iba tomando peso. El vestido que había elegido tenía un escote moderado. Era fácil de quitar y poner, no obstante, le faltaba el toque picante. Frunció el cejo. Algo podría hacerse...

De repente le vino a la cabeza la mejor idea...

¿Qué le había dicho Frank?

A veces el deseo hay que dosificarlo y, para ello, decir «no» puede ser un arma muy eficaz, en especial cuando esa negativa no es inflexible; mejor aún si, dependiendo de la situación, implica un «puede que sí».

Aquel consejo, aplicado a su ropa, podía traducirse como: «Voy vestida para una reunión formal; dar un paso más depende de ti. Si me quitas el vestido, a lo mejor te llevas una sorpresa». Así que se deshizo de su ropa interior. Tan sólo las medias continuaron en su sitio.

Volvió a mirarse. Nada delataba su maniobra. Sonrió. Tenía la excusa (recoger su comisión), estaba motivada (muchísimo), quería volver a sorprenderlo y en esta ocasión iba a ser mucho más exigente.

Se dirigió al Great Night más convencida que nunca; sin embargo, cuando llegó al hotel cambió sus planes. Nada de ir directamente a ver al dueño. No, eso era demasiado fácil y evidente... Mejor lanzarle un órdago.

Preguntó por el señor Wang. El hombre seguro que se movería raudo en cuanto ella le pidiese cualquier cosa. Como, por ejemplo, que le entregase su cheque por su comisión.

—Disculpe, señorita Boston —dijo el secretario disimulando su sorpresa—, pero no me consta que haya ningún pago pendiente a su nombre.

—Se trata de un acuerdo privado entre el señor Mercier y yo —explicó ella, y mantuvo una actitud de mujer curtida en los negocios. Nada más alejado de la realidad, aunque resultaba primordial que se metiera en el personaje, pues quizá de ese modo, al informar a su jefe, el señor Wang le transmitiría el mensaje con mayor precisión.

—Acompáñeme, por favor —le pidió él, señalando el pasillo por el que se accedía al ascensor privado que conducía al despacho de Olivier. Un camino que ella conocía a la perfección, aunque fingió no hacerlo.

—No quiero molestar —dijo, como si ese detalle fuera importante.

—Créame, señorita Boston, usted no molesta —replicó el señor Wang.

—Además, tengo un poco de prisa...

—Está bien —accedió el secretario ante su determinación—. Si quiere, puede pasar a uno de los saloncitos y esperar allí mientras toma un refrigerio.

—De acuerdo —murmuró ella, y lo siguió hasta una de las salas privadas del hotel, en donde encontró dispuesto un surtido mueble bar.

El señor Wang, con la mosca detrás de la oreja, cerró la puerta y se fue directo en busca de su jefe. ¿Qué estaba pasando? Por un lado había recibido la orden de que, fuera la hora que fuese, la señorita Boston tenía libre acceso. No importaba, siempre la atendería, o al menos haría que su espera fuera cómoda. El señor Mercier se lo había recalcado. Y por otro lado lo intrigaba que una mujer desconcentrase de tal manera a su jefe, pues hasta la fecha había antepuesto sin dudar los negocios a los asuntos de faldas.

No le gustaba interrumpir, y menos cuando el señor Mercier se encontraba enfrascado en importantes negociaciones; tras la compra de los edificios anexos al hotel para la ampliación, ahora tocaba sumergirse en las obligadas reformas.

Llamó con suavidad a la puerta del despacho y esperó a que le indicaran que pasara. Lo cual no ocurrió hasta transcurridos al menos dos minutos. Fue su propio jefe quien, de malos modos, abrió.

—¿Qué demonios ocurre ahora? —preguntó Olivier con cara de malas pulgas.

Se notaban la tensión y el humo dentro del despacho donde se encontraba reunido con los contratistas a los que iba a encargarles las obras, aunque, por la expresión de su jefe, saltaba a la vista que aquello iba por mal camino.

—La señorita Boston...

—¿Dónde está? —lo interrumpió el señor Mercier con brusquedad.

—Me ha pedido un cheque —informó el hombre.

—¿Perdón? —masculló su jefe arqueando una ceja.

—Afirma que tiene un acuerdo privado con usted respecto a un negocio —añadió el señor Wang en tono neutro—. Está esperando en una de las salas privadas. Dice que no quiere molestar y que además tiene prisa.

—¡Joder! —exclamó Olivier contrariado.

Miró a su secretario sin saber qué decir.

—Como bien sabe estoy al tanto de su contabilidad, tanto privada como de negocios, y no he visto ninguna anotación al respecto. ¿Le debe dinero a una dama?

—¡Maldita sea, no!

—Disculpe, señor Mercier, no pretendía insinuar nada.

—Dile que enseguida voy —ordenó, y casi se le escapó una sonrisa al pensar el motivo por el que ella le reclamaba aquel dinero.

Una comisión que pagaría encantado, pues gracias a las gestiones de Gabrielle el negocio había salido adelante con excelentes resultados. Ahora bien, ¿para qué necesitaba ella aquella comisión?

Desde luego, iba a averiguarlo de un momento a otro. Se dio la vuelta e improvisó una disculpa ante los dos tipos con los que estaba negociando, o más bien discutiendo, los términos del contrato. No sólo estaban en desacuerdo en el montante económico, ya que ahora no respetaban el presupuesto inicial alegando no se sabía qué gaitas sobre el aumento de las materias primas debido a la situación en Europa, sino que, además, querían demorar el inicio de las obras.

Una catástrofe en toda regla, porque Olivier contaba con el apoyo de una entidad inversora norteamericana que exigía resultados, es decir, beneficios, en el menor tiempo posible. Si no los obtenía, dañaría su imagen como hombre de negocios, y si en un futuro necesitaba de nuevo inversores, lo tendría muy crudo; si le colgaban el sambenito de poco rentable, estaba muerto.

—Encárgate de que se les sirva más bebida... para empezar —le comentó a su secretario, dando a entender que, si fuera necesario, alcohol no era lo único que debían tener.

—¿Quiere decir... mujeres? —preguntó el señor Wang por si acaso.

—Exacto —le confirmó él, dándole unas palmaditas en el hombro—. Y acércame el talonario.

—Por supuesto —dijo el hombre sin cuestionar las órdenes, por muy extrañas que éstas fueran.

Se fue raudo al despacho y regresó con la chequera.

Olivier se la guardó en el bolsillo trasero del pantalón y caminó deprisa hacia la sala donde Gabrielle aguardaba. Se percató de que, con las prisas, había salido sin la chaqueta ni la corbata. En mangas de camisa, arrugada y con olor a tabaco. Se replanteó pasar por su vestidor y adecentarse. Allí disponía de trajes y zapatos hechos a medida, todo exclusivo. Una fortuna que en otro tiempo jamás hubiera gastado en ropa. Ahora ya no escatimaba en su apariencia, atrás quedó la época en que se lavaba la ropa por la noche, la colgaba y confiaba en que al día siguiente estuviera decente para ir a trabajar.

Gabrielle lo había conocido en uno de sus peores momentos, cuando ni siquiera podía pagar el alquiler de aquella mugrienta habitación.

Ahora, a pesar de que las apariencias lo eran todo, tenía demasiada curiosidad por saber a qué jugaba ella exigiéndole un dinero, y encima a través de su secretario.

Aquel juego desde luego no era propio de alguien inocente.

Cabía la posibilidad de que Gabrielle no fuera la mujer ingenua que él pensaba. Quizá la había subestimado. O quizá ella sólo intentaba provocarlo. Fuera cual fuese la razón, quería averiguarla y, pese a que como amante era una de las peores que había tenido, se sentía inclinado a repetir.

Toda una paradoja.

Entró sin llamar y se la encontró sentada, leyendo un diario y mostrando las piernas en una elegante y sofisticada pose de mujer de negocios. Joder, era para caer de rodillas a sus pies.

—Vaya, veo que el señor Wang al final ha decidido molestarte, en contra de mis deseos —dijo ella a modo de saludo, poniéndose de pie y doblando con cierta parsimonia el periódico para dejarlo a un lado.

—Sabes que tú nunca molestas —respondió él, manteniendo de momento las distancias.

—Bien, entonces te habrá informado del motivo de mi visita.

Olivier sonrió de medio lado.

—¿Una copa? —propuso, sólo para reorganizar sus pensamientos, pues no tenía muy claro qué hacer a continuación.

—No, gracias.

—Nunca pensé que te haría falta dinero —comentó sarcástico.

Gaby disponía de una asignación muy generosa, que administraba personalmente desde que cumplió los veinte años y con la que podía vivir con holgura. Ese dato no iba a dárselo, a él no le importaba. Si le reclamaba la comisión era por un simple motivo: observar qué cara ponía y, de paso, estar frente a frente para ver si surgía una oportunidad. La última para comprobar si de verdad era tan buen amante como se decía y también si era sincero.

Desde luego, con aquel aspecto desaliñado, la camisa remangada y arrugada, se parecía mucho más al hombre que conoció y que se había llevado la recaudación de un club para sobrevivir unos días y ayudar a una amiga.

Era imposible no pensar en aquellos días y en lo que sintió. Y sentirlo de nuevo. Como para no hacerlo. Sin embargo, no debía mostrar sus cartas tan pronto.

—Si eres tan amable... —dijo tendiendo la mano.

—Muy bien, como quieras —contestó él.

Se acercó a la mesa y sacó el talonario.

Ella le ofreció una estilográfica.

Olivier sonrió de medio lado.

Gaby mantuvo la pose seria.

Él tardó más de la cuenta en rellenar las casillas.

—Espero que tenga fondos —señaló ella para ponerlo nervioso.

Fue entonces cuando Olivier se dio cuenta de que, si quería volver a verla y no dejarlo todo al azar, la única opción era arriesgarse. Cuando llegó a la parte de firmar, lo hizo, pero de forma muy diferente a como lo hacía habitualmente. Así, cuando comprobaran su rúbrica, tendrían que avisarlo y a ella puede que le hicieran pasar un mal rato.

—Aquí tienes —dijo tendiéndoselo, y Gaby lo guardó, sin doblar y sin mirar la cantidad, en su bolso—. ¿Algo más?

—No, te dejo para que sigas con tus negociaciones. Por lo poco que se ha permitido decir el señor Wang y por tu aspecto, deduzco que no van bien.

Podía mentir, no obstante, hacerlo era ridículo, de ahí que Olivier asintiera y se pasara una mano por el pelo, despeinándoselo aún más.

—La constructora quiere aumentar el coste de las partidas y retrasar la ejecución —explicó él.

—¿No tenías un preacuerdo firmado?

—No, por eso ahora estamos enfrascados en una discusión que a todas luces es estéril, pues no logramos ponernos de acuerdo.

Le resultaba algo extraño contarle a una mujer que no era su socia sus asuntos empresariales. Sólo Jane tenía la virtud de saber escucharle y de darle consejos. Sin embargo, terminó por hablar, porque Gabrielle, lejos de bostezar o de fingir que le prestaba atención, parecía entender sus palabras.

Sólo esperaba que el señor Wang tuviera entretenidos a los de la constructora, porque se sentía muy a gusto hablando con ella y descargando sus preocupaciones. Algo que podía considerarse imprudente, aunque intuía que Gabrielle no era una espía dispuesta a contarle sus planes a la competencia para arruinarle el negocio.

Ella, por su parte, se sentó y aceptó la copa que él le sirvió. Aunque no permaneció mucho tiempo quieta. Le pidió papel, sacó de nuevo su estilográfica del bolso y fue anotando algunos datos que Olivier mencionaba. Por lo que contaba, se había metido hasta el cuello en una inversión que, de no realizar las obras en el plazo estipulado, le acarrearía serios problemas financieros; sin olvidar que pondría en peligro tanto su club como el hotel, pues los inversores sacarían beneficios de algún lado.

—En resumen, me tienen cogido por los huevos —finalizó, dando muestras de su frustración.

Utilizar un lenguaje tan soez, perdiendo todo rastro de refinamiento, era consecuencia lógica del cansancio. Encendió un cigarrillo y se acercó a la ventana. Desahogarse con ella no le proporcionaría una solución, pero sí al menos unos minutos de paz antes de volver a enfrentarse a los tipos de la constructora.

—Bajo mi modesto punto de vista —comenzó Gabrielle, golpeando el bloc de notas con su estilográfica—, te quedan dos opciones.

Él la miró por encima del hombro, un tanto sorprendido por el aplomo con el que hablaba, porque ¿qué sabía ella de negocios? De acuerdo, su familia era una de las más representativas, pese a que Gabrielle no participaba de forma directa en sus asuntos.

—Dímelas —pidió, pues ya de perdidos al río.

Apoyó una mano en el marco y agachó la cabeza. Había pasado por mil vicisitudes hasta llegar a donde ahora estaba y, maldita fuera, quería seguir prosperando; sin embargo, alguien se empeñaba en ponerle la zancadilla.

—La primera, minimizar pérdidas —propuso Gabrielle. Sin duda era la peor, ya que, según había oído mil veces en las reuniones familiares, que tanto Alfred como ella consideraban tediosas porque hablaban de negocios, sólo se recurría a ella cuando se cerraban todas las puertas. Aparte de perder una parte, también suponía un golpe moral; no obstante, en los asuntos mercantiles era mejor dejar el orgullo en casa.

—No me sirve —murmuró sin mirarla—. Demasiado esfuerzo de tiempo y dinero para acabar rindiéndome.

—Entonces no te queda otra alternativa...

—Ilústrame, por favor —dijo, cerrando los ojos. Se quedaría sólo unos minutos más antes de volver a su despacho, a ver si con un poco de suerte el alcohol ya había hecho efecto y los pillaba con la guardia baja.

—Bien, digamos que retirarte no es una opción, entonces sólo te queda empezar de nuevo.

—¿Perdón? —masculló él, frunciendo el cejo ante aquella descabellada idea—. ¿Empezar de nuevo?

—Eso he dicho —le confirmó Gabrielle y él resopló—. Salta a la vista que, por mucho que intentes llegar a un acuerdo, esa gente no tiene intención de negociar, son oportunistas. La situación actual les favorece. Los mercados están inquietos y todo puede estallar de un momento a otro. Saben que, cito tus palabras textuales, «te tienen cogido por los huevos», porque se te ha puesto todo en contra.

—¿Entonces...? —la apremió.

—Busca a otros. Es un riesgo, sí, por supuesto —expuso ella, acercándose despacio hasta él y quedándose a su espalda. Estuvo tentada de tocarlo, aunque se contuvo—. Hay empresas que quizá no tienen tanta reputación, pero pueden hacer un excelente trabajo.

—Gabrielle, agradezco tu ayuda, pero...

—No me trates con condescendencia —le advirtió ella ante aquel tono—. O doy media vuelta y te dejo aquí solo con tus problemas.

—Discúlpame —murmuró, y se volvió para mirarla a los ojos—. Toda esta situación me desborda. Agradezco tu tiempo.

—Al parecer, mi opinión te importa muy poco —remató Gaby.

—Escucha...

Ella guardó de forma apresurada su estilográfica y se colocó el bolso bajo el brazo, dispuesta a mandarlo a paseo. Otro que la consideraba poco menos que una niña sin ningún tipo de conocimientos. Puede que fuera así, pero disponía de una envidiable lista de contactos que a buen seguro atenderían su llamada.

Olivier supo que había metido la pata hasta el fondo al tratarla de forma inapropiada, de ahí que le impidiera abandonar la sala.

—Gabrielle...

—Debo marcharme —dijo tensa.

—Te pido disculpas. Intentas ayudarme y yo, en vez de darte las gracias...

—Te comportas como un majadero —lo interrumpió ella, alzando la barbilla de forma altanera.

Podía justificarse o besarla.

En ambos casos, la probabilidad de ganarse un buen sopapo era muy alta, de ahí que, puestos a elegir, no tuviera que pensárselo mucho.

Capítulo 23

Gaby se quedó tan sorprendida que no lo rechazó, más bien todo lo contrario, cuando él la aplastó contra la puerta y se lanzó a por su boca. No esperaba una reacción semejante, teniendo en cuenta de qué había tratado su conversación; sin embargo, admitió mientras respondía a aquel ímpetu, al menos había logrado incentivarlo lo suficiente como para que la besara y de paso la excitara.

Vaya que sí.

¿Desde cuándo una conversación de negocios podía desembocar en un deseo semejante?

¿A ver si se estaba equivocando a la hora de elegir sus armas de seducción y en vez de usar artimañas femeninas debía escoger otras?

Un tema sin duda alguna para analizar con detenimiento y con su profesor.

Gimió cuando él desplazó los labios hasta rozarle el lóbulo de la oreja. Se lo mordisqueó y chupó sin dejar de apretujarse contra ella de tal forma que notara lo empalmado que estaba.

—Tengo que irme... —dijo a modo de pretexto, aunque sus actos la contradecían, pues en vez de empujarlo permanecía inmóvil, dejando que él llevara la voz cantante.

—Aún no —gruñó Olivier, regresando a su boca para devorarla de nuevo.

Aquel beso era sin duda un comienzo prometedor. Y no sólo por el hecho de sentir unos labios exigentes sobre los suyos. Era la urgencia, el frenesí y, por supuesto, la agresividad lo que confería a toda la situación la etiqueta de prometedora y excitante. Se acercaba al cable de alta tensión y, si bien aún no se había electrocutado, al menos experimentaba el chisporroteo previo.

Olivier gimió pegado a su boca y a su cuerpo, sin dejar de restregarse y moviendo las manos de forma que parecía poco coordinada, aunque lograba rozar puntos muy sensibles. Cuando apartó la tela del escote para llegar a un pezón, Gaby dio un respingo y se arqueó.

Él se detuvo un instante para mirarla y ella parpadeó. Aquella breve pausa le sirvió para salir del trance y ser consciente de que, pese a disfrutar de la intensidad de aquel encontronazo, aunque se le estuviera clavando la manilla en la espalda, Olivier la había besado y sobado como maniobra de distracción.

De nuevo la subestimaba y ella debía hacérselo saber. Pero como no le quitaba las manos de encima, lo primero era apartarlo y para ello nada mejor que el centro neurálgico. Servía para lo bueno y para lo malo.

—¿Qué haces? —quiso saber él con un siseo peligroso, mirando hacia abajo y quedándose quieto, pues Gabrielle le había agarrado los huevos y apretaba, de momento, lo justo.

—Obligarte a que me escuches.

—Siempre lo hago —masculló, al ver que ella no aflojaba.

Gaby inspiró hondo. No iba a dejar pasar ni una. Sí, lo deseaba. Sí, quería de una maldita vez que él le proporcionara ese placer que se presuponía que encontraría en brazos de un hombre. Sí, quería todo eso y tenía derecho a ello, pero también a exigir que no la tratara como si fuera una cabeza hueca sin dos dedos de frente.

—Me has contado tus problemas sólo para desahogarte, nada más. Ni siquiera te has dignado considerar mi opinión —lo acusó.

—Joder... —masculló Olivier, porque, por norma general, las mujeres no utilizaban su polla para aquellos menesteres. Si quería hacerse escuchar, no hacía falta apretujarlo ni causarle dolor.

—Y lo mínimo que deberías hacer es tomarme en consideración —exigió ella, apretando sólo un poquito más. A juzgar por el tamaño y la dureza que percibía bajo su mano, era evidente que lo había pillado en el mejor momento para reclamar su atención, ya que el malestar era mayor.

—Puede que tengas razón —dijo conciliador, para evitar males mayores, y añadió—: Suéltame.

Inspiró y mantuvo la mirada fija en ella. No lo reconocería ni muerto, pero lejos de venirse abajo y perder una prometedora erección, se sentía más excitado que nunca y tentado, por enésima vez, de olvidarse de finuras, pues la idea de follarse a Gabrielle sin contemplaciones era la fantasía que más lo atormentaba en los últimos tiempos. Sin olvidar que, además, las mujeres que lo trataban de igual modo, le gustaban como ninguna otra cosa.

Tras sostenerle la mirada unos tensos segundos, ella lo soltó, aunque no con la rapidez que Olivier hubiera deseado. Suspiró aliviado, apoyó una mano en la puerta y se inclinó. No era lo más prudente, porque quedaba expuesto a un nuevo apretujón de huevos, pero aun así era incapaz de apartarse.

—Y ahora, si no tienes nada más que decir, me marcho —dijo Gaby, porque después de haber comprobado cómo se podía acojonar a un hombre con un simple gesto, se veía con fuerzas para eso y mucho más.

—Gabrielle..., puede que no me creas, pero te escucho más de lo que tú crees. No obstante, en este asunto me temo que no es tan sencillo.

A ella esas palabras le sonaron a excusa barata y de ahí que le lanzara un órdago.

—Dame cuarenta y ocho horas —contestó, mirándolo a la cara.

Olivier negó con la cabeza y sonrió de medio lado.

—No lo entiendes, ¿verdad? Para ti todo esto no es más que un juego, un entretenimiento. Sin embargo, olvidas que yo arriesgo mucho y que no puedo concederte lo que me pides —respondió.

—¿No te fías de mí? —preguntó ella de forma capciosa, pues cualquier respuesta podía ser convenientemente tergiversada.

Y él lo sabía.

—¡Joder!

—Olivier, aparta —lo instó altiva—. Me haces perder el tiempo.

Qué guapa y deseable estaba cuando se ponía exigente. Una pena que no estuviera por la labor de un revolcón rápido, de esa forma liberarían un poco de tensión y quizá hasta la convencería para que se olvidase de asuntos de negocios.

La miró una vez más a los ojos. Su determinación era firme, tanta que se dio cuenta de que la había subestimado. O que tan sólo estaba empalmado y no pensaba con claridad, porque su polla seguía su propio camino y no se relajaba.

—¿Cuarenta y ocho horas? —repitió él.

—Para hacer mis gestiones. Sólo tienes que volver a tu despacho y ganar tiempo. No creo que te sea muy difícil.

Estaba más que cachondo y se sentía incapaz de negarse en redondo, como le dictaba el buen juicio.

—Tus gestiones.

—Eso he dicho —corroboró ella—. Sólo tienes que confiar en mí.

—Mmmm —musitó Olivier, sabiendo que era peligroso. No sólo por el hecho de que todo su negocio se tambaleaba, sino también porque resultaba difícil asimilar que se encontraba bajo la influencia de una mujer. Decidió arriesgarse, aunque a medias—. Veinticuatro horas.

—¡¿Sólo?!

—Es lo que hay, Gabrielle —murmuró, inclinándose para olisquearla—. Veinticuatro horas.

Ella ahogó una protesta, pues teniéndolo tan cerca, tan despeinado y descamisado le era complicado no acordarse del hombre que conoció. Lo deseaba; pese a las malas experiencias, seguía haciéndolo. Reconocerlo no solucionaba el problema, aunque al menos significaba que su instinto funcionaba y le advertía; otra cosa muy distinta era que ella le hiciera caso.

—De acuerdo. —Aceptó el reto—. Así que, si me disculpas...

Le puso las manos en el pecho para apartarlo, aunque él no se movió ni un milímetro.

—Antes de que te vayas...

No se anduvo por las ramas y la besó. No se trató de una aproximación. Fue a lo bruto. Y para evitar que le agarrase de nuevo los huevos, se pegó bien a ella. Y de paso aprovechó para meter una mano por debajo de su falda.

Gaby dio un respingo al sentir esa mano subiendo por detrás de su pierna, y ya cuando le llegó al trasero, gimió de manera muy significativa.

—¿Y tus bragas? —preguntó curioso, sin dejar de palparle el culo para asegurarse.

—¿Mmmm? —musitó ella, disfrutando de aquellas caricias que le ponían la piel de gallina.

—No recuerdo habértelas quitado en ningún momento.

—Eso ha sonado pretencioso —ronroneó Gaby, encantada con el magreo al que estaba siendo sometida, pues cada roce era una promesa. La estaba tocando de forma grosera y desde luego muy satisfactoria.

Olivier se rio entre dientes y optó por no decir ni una sola palabra, era mucho mejor seguir tocándola, ahora que parecían haber llegado a un acuerdo.

La situación empezó a caldearse más porque él no se conformó con sobarle el culo: le separó las piernas con una rodilla y de esa forma situó una mano sobre su sexo.

—Olivier... —jadeó Gaby cuando comenzó a notar una excitante presión sobre su clítoris.

—¿Sí? —replicó él satisfecho, pues cada gemido lo animaba a continuar.

—Me has dado un plazo de veinticuatro horas, no puedo perder el tiempo —adujo ella, respirando de forma entrecortada.

—Sólo trato de incentivarte —dijo, metiéndole un par de dedos.

—Tranquilo, estoy muy motivada —acertó a decir.

—No estoy muy seguro de ello... —jadeó, aumentando la presión sobre su clítoris y obteniendo un elocuente gemido que lo hizo replantearse una vez más la idea de mandarlo todo a paseo y tirársela allí mismo, de pie.

—Juegas sucio —lo acusó ella, mientras poco a poco se iba derritiendo.

Y él, que era muy consciente de ello, decidió dar el siguiente paso.

—Prométeme que cenarás conmigo —exigió masturbándola, con toda la intención de dejarla insatisfecha.

—No sé si...

—Prométemelo.

Gaby se mordió el labio, qué cerca estaba. Así, a lo tonto, se había excitado, y tan sólo con el movimiento de sus dedos estaba logrando mucho más que cuando la penetraba con su miembro.

¿Y si Stanley se equivocaba y el placer no se obtenía acostándose con un hombre?

—Gabrielle... —la apremió, sin dejar de acariciar su sexo, sabiendo, notando lo cerca que estaba de correrse.

—De acuerdo, sí, cenaré contigo —aceptó, consciente de que en breve agarraría el cable de alta tensión. Tan cerca, tan real..., pero nada más decirlo, él se apartó, dejándola con la miel en los labios y una expresión de evidente confusión.

—Las veinticuatro horas comienzan ahora —dijo Olivier como si se tratara de una frase lapidaria y, para total desconcierto de ella, le abrió la puerta, una clara invitación a que se marchara.

Gaby, lejos de protestar, inspiró para recomponerse y no darle la satisfacción de parecer contrariada, luego sonrió de manera un tanto maliciosa. Se había hecho una promesa, aunque no tenía por qué cumplirla esa misma noche.

—Adiós —le dijo de una forma que no presagiaba nada bueno. ¿O sí?

Caminó por los pasillos del hotel y, justo al llegar al vestíbulo principal, el señor Wang la alcanzó y le entregó una carpeta.

—¿De qué se trata?

—El señor Mercier ha dicho que le será muy útil —respondió de forma críptica.

Ella echó un vistazo para ver qué era y encontró una memoria de calidades y unos planos. Sonrió, al menos no se iba con las manos vacías.

Salió del Great Night frustrada, como en ocasiones anteriores, pero, aunque pareciera extraño, también muy motivada. Primero porque si jugaba bien sus cartas a lo mejor lograba por fin un encuentro sexual increíble y, segundo, porque le demostraría que era mucho más que una cara bonita.

Una vez en el exterior, se quedó unos minutos allí quieta, recomponiéndose y pensando cómo arreglárselas. Conocía a muchos empresarios dispuestos a hacerle un favor por ser quien era, sin embargo, no quería arriesgarse. Tenía que encontrar a alguien de extrema confianza, competente y que además supiera guardar el secreto.

Descartando a su familia, sólo quedaba una persona.

Le dio al taxista la dirección y en poco menos de veinte minutos llegaba a su destino. Hacía mucho que no visitaba al que podía considerar como un hermano, pues si bien Sebastian Wesley por edad se relacionaba más con sus hermanos mayores, ella también se había sentido unida a él.

Apenas tuvo que esperar para ser recibida.

—¡Dichosos los ojos, cariño! —fue el afectuoso saludo de Sebastian, que salió en persona de su despacho para atenderla.

—Tienes razón, hace mucho que no te veía —murmuró ella sonriente.

Juntos se dirigieron al despacho de Sebastian, que le pidió a su secretaria que les sirviera un aperitivo.

—Bueno, ¿y qué te trae por aquí? —preguntó sonriente y, en vez de acomodarse tras su escritorio, lo hizo en un sillón junto a ella.

—Negocios —respondió Gaby con sencillez.

Él mantuvo la expresión amable, pese a la sorpresa.

Ella sabía que Sebastian era un lobo con piel de cordero. Siempre educado, considerado, elegante... Todo bien ensayado para que la gente confiara en él y, de esa forma, hacer de su capa un sayo.

Desde luego, ella era la menos indicada para criticar, pues en los últimos tiempos estaba utilizando la misma técnica.

—Negocios... —repitió él mirándola.

—Eso he dicho, y necesito tu colaboración...

Pasó a relatarle el proyecto, centrándose en los asuntos mercantiles, mostrándole incluso los documentos que había llevado, omitiendo los datos personales. Lo más probable era que Sebastian, con su perspicacia, lo adivinara, aunque, mientras fuera posible, ella mantendría el nombre de Olivier al margen.

Él la escuchó con atención, disimulando su sorpresa; lo último que esperaba de Gaby era que se metiera en asuntos de negocios, ya que era conocida su predisposición al matrimonio y a una vida más convencional. Siempre y cuando encontrara al tipo adecuado, porque, mientras continuara con aquel notario, la cosa no avanzaría.

—Gaby, cariño, ¿y qué sacas tú de todo esto? —le preguntó Sebastian al finalizar ella.

—Una suculenta comisión, por supuesto —dijo sin avergonzarse por ello. También esperaba obtener otro tipo de satisfacción; detalle que no podía mencionar por razones obvias, ya que Sebastian, igual que su propio hermano, se opondría.

—Vaya, debo admitir que estoy impresionado.

—No hace falta que me adules, Sebastian, que nos conocemos —replicó Gaby de buen humor.

—De acuerdo —convino él en el mismo tono—. Aunque tengo una duda... Ya sabes que no es santo de mi devoción y, pese a no ser creyente, siempre rezo para que lo parta un rayo, pero no entiendo cómo no recurres a tu cuñado. Ese cabrón conoce a todo el mundo.

Gaby, como el resto de la familia, seguía sin entender la animadversión mutua que existía entre el marido de Samantha y Sebastian Wesley. Cuando por obligación coincidían en algún acto, se palpaba la tensión y además se desafiaban con la mirada y con algún que otro comentario hiriente, eso sí, tan sutil y disfrazado de cortesía que pocos adivinaban lo que de verdad ocurría.

Le había preguntado infinidad de veces a su hermana el porqué de esa rivalidad entre James y Sebastian, pero la única respuesta que obtenía de Samantha era una sonrisa de medio lado y un encogimiento de hombros.

—Porque no quiero que mi familia se entere —le contestó ahora ella a Sebastian.

Él arqueó una ceja.

—Vaya, ¿quién iba a decir que Gaby Boston fuera toda una rebelde? —comentó en tono jocoso—. Primero te detienen por ese asuntillo del hospital y ahora maquinando a espaldas de tu hermana...

—Son cosas mías, tranquilo. Sólo te pido que me pongas en contacto con un constructor de confianza y mantengas el secreto.

—¿Sabes qué puede pasarnos si Samantha se entera de esto?

—No tiene por qué enterarse y, llegado el momento, yo se lo explicaré. Además, está demasiado liada con el banco como para preocuparse.

«Ya me extraña...», se dijo Sebastian, pensando en su mejor amiga, y miró fijamente a la menor de los Boston, intentando conciliar la imagen ingenua y hasta aniñada que siempre tenía de ella con la de la mujer que ahora permanecía sentada frente a él.

—Vamos, Sebastian —lo apremió Gaby—. Sé que andas metido en el negocio de la construcción y que te han adjudicado varias obras públicas por todo el país.

Desde luego, para ser una mujer que siempre proclamaba a los cuatro vientos su intención de no meterse en negocios, estaba muy bien informada.

Iba a ayudarla, sin duda; primero, porque para él los Boston eran como su propia familia; segundo, porque le hacía gracia; tercero, porque se moría de curiosidad por averiguar dónde se había metido, y cuarto, porque también podía ser un buen negocio para él.

—Muy bien —dijo, y ella se puso en pie, dispuesta a abrazarlo, aunque Sebastian la detuvo con un gesto—. Pero como comprenderás, son negocios y...

—¿Pretendes sacar tajada? —preguntó ella frunciendo el cejo, sólo por el placer de parecer enfadada, nada más.

—Por supuesto —corroboró él, para comprobar hasta qué punto estaba implicada.

—Muy bien. —Le tendió la mano.

Sebastian se puso en pie y se la estrechó, como si de un acuerdo comercial al uso se tratase, sin embargo, no se conformó con eso y tiró de ella para darle un fuerte abrazo.

—Da gusto hacer negocios con usted, señor Wesley.

—Lo mismo digo, señorita Boston —replicó Sebastian, utilizando el mismo tono irónico.

Lo de guardar el secreto iba a ser sin duda lo más complicado, pues, por lo general, cuando se reunía con Samantha por asuntos de trabajo, comentaban cualquier tema con absoluta confianza, sin olvidar que el principal respaldo financiero de las empresas Wesley era la Banca Boston.

Bien, ya vería el modo de esquivar las preguntas de la sagaz directora del banco. Como amigos íntimos, seguro que tenían mucho de que hablar y siempre, como último recurso, quedaba la opción de criticar a su marido.

Acordaron una nueva reunión para el día siguiente, en la que estaría presente el contratista propuesto por Sebastian. De esa manera podrían dejar el acuerdo cerrado y, con él en la mano, Gaby podría volver al hotel y restregárselo a Olivier por las narices.

Ahora sólo faltaba decidir si acudía a la cita o no.

¿Seguiría el cable de alta tensión enchufado?

Y, en caso de estarlo, ¿pasaría corriente por él?

Capítulo 24

—El señor Mercier la espera en su comedor privado —le indicó un amable botones nada más llegar Gaby al Great Night.

Desde luego, no podían estar mejor aleccionados, pensó ella, agradeciendo el detalle con un gesto de asentimiento. No hacía falta que la guiaran; aun así, para no ofender al empleado, ya que se habría molestado si se lo hubiera dicho, caminó tras él en silencio.

—Gracias, a partir de aquí ya sigo sola —le dijo cuando llegaron a la escalera que conducía directamente a las habitaciones privadas de Olivier.

Reconoció para sí que estaba nerviosa.

Al salir del despacho de Sebastian, había pasado por casa para hablar con Stanley y consultarle un par de detalles técnicos sexuales; sin embargo, tuvo que quedarse con las dudas, pues ni rastro de él ni de su «novio». Era una pena, tendría que enfrentarse a lo que quiera que sucediera por ella misma.

Comenzó a subir y lo hizo despacio. Olivier ya debía de estar al tanto de su llegada, de ahí su lentitud para ponerlo nervioso, o al menos intentarlo.

Tenía no uno, sino dos ases en la manga. Uno era el acuerdo al que había llegado con Sebastian. Acuerdo que, por otro lado, se abstendría de mencionar para mantener a Olivier preocupado, impaciente y, sobre todo, proclive a negociar con ella, pues su intención era sacarle cuanto fuera posible, un buen pellizco, dicho de manera más corriente.

Y, sin duda, el segundo as era ella misma.

Durante su breve paso por la casa de Frank no se había molestado en ponerse ropa interior, sólo en dejar una breve nota por si no regresaba a dormir. Y esperaba que así sucediera.

Por supuesto, no se preocupó por llamar a la puerta del comedor privado. Entró y se encontró con la sala en penumbra. ¿Casualidad? ¿Promesa? Tampoco iba a especular al respecto, así que se dirigió al fondo, donde la mesa estaba dispuesta. Allí la iluminación continuaba siendo tenue, pero al menos no tropezó con los muebles, como había estado a punto de ocurrirle.

—Llegas tarde —murmuró Olivier, acercándose con una copa de vino en la mano para ella.

—He estado ocupada —respondió, y aceptó la bebida antes de añadir con malicia—: Con mis cosas.

—Ya, me hago una idea —comentó él—. ¿Cenamos?

—Siempre y cuando dejemos los negocios a un lado —propuso Gaby, sabiendo que Olivier aceptaría sólo por no contrariarla, aunque, desde luego, se moría por hacer preguntas.

—De acuerdo. ¿Y de qué hablamos entonces?

—Tienes fama de saber entretener a las mujeres, algo se te ocurrirá.

Olivier rio entre dientes ante aquel desafío que podría superar sin esforzarse demasiado, y asintió. Si ella supiera...

En ese instante aparecieron dos camareros empujando sendos carritos. Olivier les dio las gracias y les indicó que no interrumpieran, pues ya se encargaba él mismo de servir. Una vez a solas, le retiró la silla a Gaby, que aceptó el gesto, aunque esperaba que después mandase al cuerno tanta educación y, ya puestos, se deshiciera de aquel atuendo tan formal y volviera a quedarse en camisa, y a ser posible arrugada.

A pesar de sus reticencias iniciales, disfrutó de la cena y logró también relajarse, porque Olivier, en vez de acosarla a preguntas acerca de su reunión o de lanzarle indirectas sobre las expectativas de aquella noche, le narró anécdotas del Blue Night, lo que hizo que Gaby estallara en carcajadas. Desde luego, sabía cómo divertir a una mujer sin ponerle las manos encima.

Otro hecho que también le agradó era que prescindiera del servicio y se ocupara en persona de servirle cada plato y de rellenar con rapidez su copa de vino. Las dos primeras ocasiones lo pasó por alto, pues lo atribuía al comportamiento de un buen anfitrión; en cambio, cuando lo hizo por tercera vez, Gaby arqueó una ceja y lo miró fijamente antes de susurrar:

—Creo que ya he tomado suficiente vino.

Ambos sabían que, tras aquella sencilla frase, se escondía mucho más.

—No pretendo emborracharte —aclaró él con una media sonrisa—. No necesito hacerlo para que te quedes a pasar la noche, ¿me equivoco?

Gaby lo miró de reojo mientras pensaba una réplica contundente y, a pesar de ser una mala decisión, dijo desafiante:

—Sírveme algo más fuerte, si eres tan amable.

Entonces fue el turno de Olivier de arquear una ceja. Asintió y se levantó, pero antes de llegar al carrito de las bebidas se detuvo.

—¿De verdad lo necesitas conmigo? —preguntó muy interesado en la respuesta.

Ella también se puso en pie; ni siquiera habían tomado el postre. Daba igual si el chef se había esmerado como nunca para satisfacer al dueño y a su invitada.

—Puede —musitó, caminando despacio hasta quedar a su espalda, aunque manteniendo una distancia suficiente para que él no pudiera tocarla. Si deseaba hacerlo, tendría que dar el primer paso y ella no se retiraría.

Olivier sintió su presencia. Lo más lógico era volverse y mirarla, provocarla, ver qué expresión adoptaba; sin embargo, permaneció junto a las bebidas y, en vez de servirle una copa, como ella le había pedido, lo hizo sólo para él. Tras beberse el licor de un trago, sintió cómo un calor recorría todo su cuerpo, un calor y una tensión que deseaba controlar, al menos de momento, para no tirársela sobre la mesa del comedor al más puro estilo desesperado.

Gaby, que lo había observado todo en silencio, se preguntó si estaría nervioso para comportarse de semejante manera; no obstante, prefería comprobarlo por sí misma. Así que, harta de esperar a que él tomara la iniciativa, acortó distancias y alzó el brazo para, con la yema del dedo, recorrerle la nuca.

—Gabrielle... —gruñó él apretando el vaso vacío en su mano, debido al escalofrío que lo recorrió.

—¿Estás asustado?

Ella sabía que no era caso; ¿un hombre de la experiencia de Olivier asustado? Eso no era posible. ¿O sí?

Fuera como fuese, quería averiguarlo y no quedarse con las ganas. Deslizó la mano hacia abajo con lentitud, notando cómo se le tensaba cada músculo, hasta detenerse justo encima de su trasero. ¿Debía sobárselo como había hecho él?

En vez de eso, hizo algo bastante infantil, como darle un azote, y Olivier se volvió con brusquedad para quedar cara a cara.

—No deberías jugar con fuego —le advirtió, mirándola de arriba abajo de forma muy elocuente.

Gaby se limitó a suspirar muy suavemente y a sostenerle la mirada.

—¿Y...?

—Joder... —gruñó él y se pasó una mano por el pelo, pues seguía sin tener muy claro cómo comportarse con ella. El cuerpo le pedía una cosa y su cabeza le dictaba otra—. A la mierda...

Dicho eso, se lanzó a por Gabrielle. Del mismo modo que lo había hecho unas horas antes, avasallándola. La sujetó con una mano de la cintura, clavándole los dedos, y con la otra de la nuca, para así posicionarla a su antojo.

Ella separó los labios, dándole la bienvenida, y gimió entusiasmada cuando él, lejos de ser suave, la mordió y después volvió a besarla, con tal ímpetu que hasta trastabilló. Olivier se dio cuenta de que debía llevarla al dormitorio a la mayor brevedad posible. Pero al parecer iba a resultar una ardua tarea, ya que Gabrielle lo manoseaba y tiraba de su camisa para abrírsela. Mostraba la misma impaciencia que él. Y eso era buena señal.

Fue desplazando hacia abajo la mano que tenía posada sobre su cintura y le agarró una nalga, apretándosela. Oyó entonces un largo y revelador gemido que lo puso aún más duro. Dio un paso atrás y, tras acariciarle los labios con el pulgar, la cogió de la mano, dispuesto a llevarla a su alcoba. A rastras si era preciso.

Gaby tropezó, aunque enseguida se enderezó, mientras caminaba tras él hacia el dormitorio. Desde luego, no imaginaba que, después de una cena pausada y relajada, Olivier mostrara tanta prisa. Aunque si ello era un indicio de las ganas que tenía de satisfacerla, no opondría resistencia.

Una vez en el dormitorio, él se aseguró de cerrar bien la puerta. Sólo entonces la soltó y la miró muy serio antes de preguntarle:

—¿Necesitas ir al baño o cualquier otra cosa?

Gaby negó con la cabeza.

—Estupendo...

Fue a por ella. Buscó con frenesí la maldita cremallera del vestido y cuando ésta, debido a la brusquedad con la que intentaba bajársela, se atascó, profirió un par de juramentos poco o nada eróticos; sin embargo, a Gabrielle no pareció importarle, sino todo lo contrario, porque sonrió.

—¿Prefieres que me encargue yo? —propuso.

—¿Dudas acaso de mis aptitudes para desnudar a una mujer?

—Me gusta este vestido, no quiero que me lo rompas —replicó en tono frívolo, aunque el vestido podía, ojalá, quedar hecho trizas en pos de una noche memorable.

Él prefirió no decir nada, pues aquello le importaba un carajo con tal de acceder a su piel, la misma que pretendía besar, y siempre podía ocuparse al día siguiente de que le proporcionaran un nuevo y caro guardarropa. Nada más pensarlo, recordó que Gabrielle no necesitaba ningún tipo de ayuda económica y regalarle ropa incluso podría ofenderla.

—No te lo romperé —murmuró, aplicándose para desnudarla de forma menos brusca.

Ella disimuló parte de su desilusión, porque vio el vestido a sus pies y sintió un escalofrío cuando él comenzó a besarle los hombros y a recorrer sus costados con las manos. Aquella delicadeza era agradable, sí, aunque buscaba un poco más de acción. Por suerte, a Olivier le duró poco aquella fase de seducción pausada y la hizo girar para quedar cara a cara y así besarla en los labios.

Un beso salvaje, desesperado y muy prometedor.

Gaby, respondiendo a la invasión, no perdió el tiempo y se fue directa a por la camisa de él, que terminó de desabrocharle para así pasar las manos por su pecho y arañarlo ligeramente, confiando en mantenerlo inspirado. Pero bien sabía ella que aquello era insuficiente, así que las llevó un poco más abajo y palpó su polla por encima del pantalón, logrando que Olivier jadeara y echara la cabeza hacia atrás, incapaz de apartarla. Lo vio incluso cerrar los ojos para que las sensaciones fueran aún más intensas.

No era la primera vez que una mujer lo magreaba, la diferencia era que Gabrielle, lejos de intentar complacerlo por una motivación tan simple como que existía un intercambio monetario o un interés particular, lo tocaba con fines más lúdicos.

Ante aquel resultado, Gaby aprovechó para sobarlo a placer, subiendo y bajando la mano por toda su entrepierna, apretando, rozando, cualquier cosa para volverlo loco, y siempre observando su expresión. Pero él no iba a quedarse impasible de forma indefinida ni tampoco conformarse con aquel intenso sobeteo por encima del pantalón, así que la sujetó de la muñeca y la detuvo.

—¿Ocurre algo? —preguntó sorprendida mirándolo a los ojos, esperando, confiando en no haber hecho el ridículo y que la noche no acabara ahí.

—Llevo demasiada ropa encima —masculló Olivier, y se dispuso a solucionar en el acto aquel descuido.

Gaby lo vio desprenderse a una velocidad apabullante de todo lo que llevaba encima, aliviada de que sólo se tratara de una breve pausa. Cuando regresó junto a ella, desnudo y excitado, ella no pudo evitar mirar hacia abajo e inspirar hondo.

—¿Ya puedo tocar? —preguntó con un dejo burlón, y él sonrió de medio lado.

—Espero que hagas mucho más que tocar...

Olivier la arrastró hasta la cama y la dejó caer de una forma no muy delicada. Ella no protestó y enseguida lo tuvo encima. Luego se inclinó y comenzó a besarla. Gaby gimió entregada por completo y separó bien las piernas para que el contacto fuera completo.

Aquello iba viento en popa, la tocaba donde lo necesitaba, empezando por sus pezones, que él estimuló primero con los dedos y después con la boca. Gaby jadeó y arqueó todo el cuerpo pidiendo más, más contundencia.

Todo apuntaba a que por fin disfrutaría de una noche de placer desenfrenado; el cable de alta tensión estaba a su alcance y sólo debía agarrarlo. Olivier, más en concreto su boca, seguía chupándole un pezón, mientras el otro se lo pellizcaba con los dedos.

Tenía que hacer algo, no iba a quedarse abierta de piernas y tumbada sin moverse, así que enredó las manos en su cabello y, a medida que él incrementaba la fuerza sobre sus duros pezones, ella le tiraba del pelo, logrando que todo fuera más intenso.

Olivier levantó un instante la mirada y pensó que quizá tenía que moderar un poco su entusiasmo, pues si bien Gabrielle no decía nada, debía ser delicado, así que cambió de postura hasta llegar a su boca y besarla despacio, jugando con sus labios, mientras deslizaba una mano entre sus muslos para comprobar su grado de excitación.

—Mmmm —ronroneó ella al sentir aquel dedo explorador en su sexo, y deseó que profundizara mucho más; sin embargo, Olivier no mostraba la misma inclinación, ya que se limitaba a jugar con aquel único dedo.

Gaby se arqueó, le tiró del pelo y buscó mayor fricción, no obstante, él continuaba comportándose de forma moderada, cauta. Ni rastro de la vulgaridad y del entusiasmo con los que se había iniciado todo y que ella tanto ansiaba.

Él, por su parte, controló sus ganas de penetrarla de golpe y empezar a empujar sin miramientos hasta correrse y de paso lograr que ella hiciera lo mismo, y sin escatimar en jadeos, pues nada animaba más un buen polvo que las palabras entrecortadas, a ser posible explícitas, y los gemidos un tanto lastimeros debido a la tensión.

Continuó explorándola, conteniendo sus deseos más primarios y comprobando que, en efecto, ya estaba húmeda y dispuesta. Buscó de nuevo sus labios y, comportándose como el hombre refinado y considerado que distaba mucho de ser, cubrió con besos suaves su rostro, su cuello, la parte de arriba de sus pechos... cualquier centímetro de piel al que tuviera acceso, sin separarse demasiado, porque se posicionó de tal forma que pudiera ir penetrándola con suavidad, y eso hizo.

Gaby inspiró hondo al sentirlo entrar, tan despacio que resultaba exasperante. Jadeó, exagerando un poco para animarlo; quizá si le hacía creer que aquello la volvía loca, Olivier se lanzase.

Al parecer funcionó, o al menos eso parecía cuando comenzó a embestirla. Lo miró, tenía los ojos cerrados, una expresión tensa y poco más. Empujaba, resoplaba..., nada reseñable y en cambio muy desquiciante. Se revolvió bajo su peso, tensó el cuerpo, le clavó las uñas en los hombros... Nada parecía hacerlo cambiar de actitud. Gimió por última vez, giró la cabeza a un lado, cerró los ojos y aflojó la presión; se limitó a posar las manos y a esperar que todo finalizase.

Otra vez el cable de alta tensión sin corriente.

—¿Qué ocurre? —preguntó él, alzándose sobre sus brazos para mirarla, ya que le daba la impresión de que ella estaba en cualquier otra parte menos en aquella cama.

—Nada —murmuró Gaby, dándose cuenta de que nunca una excusa fue tan cierta.

Olivier, no muy convencido, retomó sus embestidas. Aceleró incluso, pues a pesar de ser una pésima faena, su polla seguía en pie de guerra, lo cual, teniendo en cuenta los escasos estímulos, ya era todo un logro. Estaba sudando y pensó que tanto esfuerzo debía tener su recompensa, aunque fuera una birria.

Empujó con más brío del que debería y esperó un poco más de entusiasmo por parte de Gabrielle, aunque, por cómo reaccionó, era evidente que continuaba en otro mundo, puesto que no mostraba el menor interés por disfrutar de aquel encuentro.

Y eso que todo había comenzado de manera prometedora, pero a saber por qué, la mujer seductora, tentadora y sobre todo excitante se había evaporado. Era una lástima.

Podía continuar empujando, sintiendo el calor de un cuerpo femenino y poco más; sin embargo, ya no se conformaba con un agujero caliente donde meterla, así que se hartó de todo y se apartó.

—¿No vas a acabar? —preguntó ella, abriendo los ojos de golpe, ya que no esperaba que él se distanciara.

—Gabrielle..., no sé qué demonios ocurre. Está claro que no disfrutas. Lo entiendo, hay mujeres que no lo hacen. No pasa nada.

A Gaby la jorobó bastante aquella actitud tan condescendiente. Inspiró y lo miró. Olivier estaba arrodillado delante de ella, con la cabeza gacha, despeinado y sin dar muestras de querer retomar lo que estaban haciendo. Aunque su erección seguía allí.

Se movió a un lado, dispuesta a abandonar la cama y marcharse. Ya no tenía sentido permanecer allí más tiempo. Tiraba la toalla con Olivier.

—¿Adónde vas? —dijo confuso cuando la vio recoger su ropa del suelo.

—A mi casa.

—¿Cómo dices?

Saltó de la cama y fue a por ella, colocándose a su espalda. Le impidió que comenzara a vestirse arrebatándole la ropa y lanzándola lejos, mostrando su cabreo.

Gaby inspiró hondo. Debía buscar una excusa convincente para salir de allí sin que él se sintiera molesto. Puede que no se entendieran en la cama, aunque en los negocios sí congeniaban, de ahí que lo mejor fuera ser diplomática.

Sentía su presencia a la espalda, así como sus manos en los hombros y su polla presionando en su trasero, aún desnudos ambos, por lo que el contacto era inmejorable. Por todos esos motivos se preguntó si merecía la pena continuar fingiendo.

—¿Me vas a decir qué te pasa? —insistió él ante su silencio.

Ella inspiró hondo. Fingir, como siempre, resultaba sencillo, una disculpa y adiós muy buenas, pero estaba hasta la peineta de callar, de no decir alto y claro qué deseaba, así que, pese a correr un gran riesgo, decidió exponer los hechos.

—Pues sí, te lo voy a decir —replicó, volviéndose para quedar frente a frente.

Alzó la barbilla y le puso un dedo en el centro del pecho antes de hablar.

Olivier la miró sin comprender aquel arrebato de mal genio y cruzó los brazos, dispuesto a soportar uno de aquellos enfados tan femeninos, que evitaba como la peste.

—Creo que tu legendaria fama como amante deja mucho que desear y, si me preguntan, la definiré como inmerecida —sentenció Gaby y, nada más decirlo, se quedó bien a gusto. Ya estaba hastiada de seguir mintiendo y de quedarse a medias.

Capítulo 25

Olivier parpadeó. Aquella afirmación, aparte de injusta, era lo último que esperaba de Gabrielle. Se pasó una mano por el pelo e intentó descifrar, por su expresión, si se trataba de una broma, una de muy mal gusto. Sin embargo, no lo parecía, pues no se reía y era evidente que sus palabras no eran producto de la casualidad. De acuerdo, con ella no había hecho virguerías, pero existía una explicación lógica y tenía que ver con el respeto que le profesaba. Desde luego, Gabrielle resultaba desconcertante hasta estando desnuda, vaya ocurrencia.

—¿Crees que no sé satisfacer a una mujer en la cama? —espetó molesto, porque era una acusación que iba directa a su orgullo. Si lo hubiera llamado *estafador*, el malestar sería menor.

No reconocería en voz alta que, en efecto, en algunas ocasiones se limitaba a lo esencial. Mujeres con las que pasaba un buen rato y que no le interesaban lo más mínimo. Olivier iba a lo suyo. Ellas también lo entendían de esa forma, nada de lo que preocuparse. Con otras se esforzaba más, quizá porque le apetecía o se sentía inspirado. El caso era que, por norma general, follar era una actividad que lo estimulaba y que, como muchas otras actividades vitales, poniéndole un mínimo de empeño la cosa mejoraba bastante. Y siempre, en estos menesteres de alcoba, hacía falta que las dos partes hablaran el mismo idioma.

—No —contestó Gabrielle sin titubear.

—¿Es una broma?

—Bueno, yo sólo hablo basándome en mi propia experiencia, nada más —adujo en un tono que a él le sentó peor que una patada en los huevos.

—¡Lo que me faltaba por oír! —se quejó, fulminándola con la mirada.

—Verás, había oído rumores sobre ti, que, como comprenderás, pueden ser exagerados, no lo niego.

—Rumores... —masculló Olivier, temiéndose lo peor.

—Muchas mujeres alaban tus capacidades amatorias, capacidades que yo no he visto. Y me pregunto por qué —añadió jugando de farol, pues no conocía a tantas mujeres, sólo a una, y tampoco había entrado en detalles; pero algo debía decir para defender su alegato.

—Otras mujeres...

—En efecto. Roxie, sin ir más lejos —le aclaró, mencionando una reciente por si sufría problemas de memoria.

Observó cómo sus palabras hacían efecto y Olivier mostraba una expresión mezcla de cabreo e incredulidad, aunque daba igual. Había decidido ser sincera y, analizado desde un punto de vista femenino, era de justicia que alguien le hiciera saber de una vez que sus dotes como amante eran limitadas.

No era una experta en la materia, por desgracia no tenía a sus espaldas un extenso currículo de amantes para establecer unos estándares, aunque sí tenía una cosa clara: ella misma era el banco de pruebas y, la verdad, hasta el momento, Olivier no superaba ni la más básica.

—¿Me estás diciendo que no te trato igual que a las otras mujeres con las que he estado? —preguntó, en un intento de condensar en una pregunta su perplejidad.

—No tengo ni idea de cómo tratas a otras en el día a día, yo me refiero al dormitorio —dijo sólo por provocarlo, pues había entendido a la primera sus palabras.

—El dormitorio... —repitió Olivier en un tono cercano a la ironía, y la miró como advirtiéndole que no toleraría más bobadas.

—Exacto —corroboró Gaby.

—¡Joder, no me lo puedo creer! —exclamó él alzando la voz.

Se apartó de ella y caminó desnudo por la habitación hasta localizar su pitillera. A ver si con un cigarro y un poco de aire fresco lograba comprender aquel sinsentido. Se acercó a la ventana y la abrió lo justo para exhalar el humo tras dar una profunda calada.

—A las pruebas me remito —añadió Gaby señalando la cama aún deshecha.

¿Qué pretendía aquella mujer, además de volverlo loco?

Lo había dicho como si fuera una cualquiera, y nada más alejado de la realidad.

—A ti te respeto, Gabrielle —dijo Olivier en voz baja.

Ella lo miró sin comprender. O, mejor dicho, sin querer hacerlo, puesto que aquella explicación era cuando menos curiosa, además de insuficiente.

—¿Debería sentirme halagada? —señaló sarcástica.

—Pues sí —replicó él de mal humor.

—¿Por qué? —preguntó Gaby.

—Tú no eres como las otras —añadió él en voz baja, ya que la conversación era surrealista y complicada. Algo que odiaba dentro del dormitorio.

—¿Podrías explayarte un poco más?

Olivier no quería entrar en detalles, prefería dejarlo en ese punto; no obstante, Gabrielle mostraba una determinación que no se quedaría satisfecha con un encogimiento de hombros.

—Tú no te acuestas con hombres por dinero u otros bienes —estalló él, que sabía muy bien de qué hablaba; y ella también, pues había conocido a mujeres dedicadas a tal menester—. No necesitas engatusar a un tipo para que te pague el alquiler o te compre ropa con zalamerías y ofreciendo tu cuerpo y tus habilidades en la cama como moneda de cambio.

Gaby procesó esas palabras y frunció el cejo.

—O sea, ¿me estás diciendo que por el simple hecho de que una mujer no tenga recursos y que por eso busque un modo de subsistir, aun a riesgo de pisotear su propia dignidad, no se merece un mínimo de respeto?

Olivier gruñó porque, además de no querer discutir, Gabrielle era demasiado lista como para saber darle la vuelta a la tortilla.

—Te estoy diciendo que las primeras en no respetarse a sí mismas son ellas, que no dudan en utilizar cualquier artimaña para engatusar a un tipo con recursos y exprimirlo —replicó, encendiendo otro pitillo, pues su enfado estaba alcanzando límites peligrosos.

Y, por si fuera poco, su polla, en vez de relajarse, continuaba erecta, como si discutir con Gabrielle fuera un afrodisíaco. Para darse de hostias.

—No las respetas, pero las satisfaces en la cama —le reprochó.

—¡Joder! —gruñó él.

—Entonces, según tu teoría, la mujer que no busca un benefactor que la mantenga no tiene derecho a disfrutar de placeres sexuales porque se la respeta. ¿Es eso?

Olivier, que no daba crédito al rumbo que estaba tomando aquella discusión, se acercó a ella de mala manera, para encararla.

—¿Pretendes volverme loco? —preguntó perdiendo los estribos; nunca imaginó tener que discutir algo semejante.

—No, sólo quiero saber por qué conmigo no te comportas tal como desearías hacerlo. Como piensas. Me he dado cuenta, Olivier. A veces dejas entrever que te gustaría actuar de forma menos educada; sin embargo, frenas en seco y, la verdad, empiezan a cansarme tantos miramientos.

—No puedo creer que te quejes de que sea considerado —protestó él, apretando los puños para no agarrarla de forma brusca y demostrarle de qué era capaz.

—Ni yo que me trates como si fuera una figurita de porcelana —replicó, apoyando el dedo en él y haciéndolo retroceder hasta que chocó con el borde de la cama—. Estoy cansada de eso, quiero sentir, soy de carne y hueso. Mi cuerpo es como el de cualquier otra mujer, tengo deseos, necesidades y, por lo que veo, tú no eres capaz de satisfacerme. —Hizo una pausa y añadió en tono burlón—: ¡Y todo porque me respetas!

—Maldita sea... ¡Esto es surrealista! —explotó él, fulminándola con la mirada.

Para no acabar levantando la voz más de lo prudente, permaneció junto a la ventana con la vana esperanza de que el aire fresco le aclarase un poco las ideas.

—En eso estamos de acuerdo —convino Gaby, exasperándolo todavía más, y, en vista de que ya estaba todo dicho, fue en busca de su vestido.

Abandonaría el hotel como en ocasiones anteriores, desilusionada por no ver cumplidas sus expectativas, aunque esa vez al menos había sido sincera.

Encontró su ropa, maldita casualidad, a los pies de Olivier, que fumaba con el cejo fruncido y la miraba sin saber qué hacer o qué no hacer, pues estaba claro que Gabrielle había decidido volverlo tarumba.

Cuando él la vio agacharse para recoger su vestido, sufrió una especie de enajenación mental que lo llevó a apagar el cigarrillo de malos modos contra el marco de la ventana, para después ir a por ella, estirar el brazo y asirla de la muñeca de tal forma que, aprovechando la ley de la ventaja, pudo tirar y hacer que se pusiera de pie, colocándola de espaldas a él. Con rapidez, se pegó a su espalda y la rodeó con los brazos hasta poder agarrarle los pechos con las manos y apretárselos.

—¿De verdad quieres que te pierda el respeto? —preguntó con un susurro perverso, logrando que se estremeciera de pies a cabeza y no sólo por las palabras y su significado, sino porque, además, le atrapó ambos pezones con los dedos y apretó de una forma dolorosa y desconocida para ella.

—Sólo un ratito —musitó, pues la pregunta era una trampa en toda regla.

—Aquí no hay espacio para las medias tintas —murmuró Olivier en tono amenazante y, para que ella fuera consciente de dónde se había metido, apretó un poco más.

Gaby contuvo el aliento, le dolía mucho; sin embargo, por inexplicable que pareciera, ansiaba más y así consiguió decirlo, sorprendiéndolo.

Olivier se frotó contra su trasero y aflojó, sólo un poco, lo justo para que la sensación de dolor diera paso a otra mucho más agradable.

—¿Quieres que te folle como a una cualquiera? —prosiguió él, utilizando a propósito palabras vulgares. Se acabó la delicadeza—. ¿Que te ponga a cuatro patas en la cama y te la meta sin besarte antes?

Gaby estuvo a punto de gritar «¡Sí!». Aunque se contuvo, porque tampoco era bueno mostrarse tan complaciente. Como en los negocios, aunque el trato pareciera idóneo, siempre era mejor no dar la impresión de estar ansioso por llevarlo a cabo, de ese modo siempre se podía exigir más.

—Mmm... —se limitó a murmurar.

—Y, no contento con eso, también puedo obligarte a hacer más cosas...

—¿Por ejemplo...? —lo provocó altanera, sin medir las consecuencias de sus palabras.

Pero así era el riesgo, lanzarse sin mirar.

Olivier se rio entre dientes, vaya con Gabrielle. Toda una caja de sorpresas.

—Que te arrodilles, abras la boca y me la chupes, con las manos atadas a la espalda, hasta que me corra y después, si me apetece y considero que lo has hecho bien, quizá considere follarte —añadió él—, porque dejarte insatisfecha puede que me guste.

—¿Insatisfecha? —lo provocó ella, y sonrió de medio lado antes de darle la puntilla—: ¿Como hasta ahora?

—Te vas a enterar —graznó ante semejante despliegue de osadía.

Gaby cerró los ojos y se recostó en él. Vaya propuesta, aceptaría sin dudarlo, pero antes tenía que hablar con su profesor, pues el concepto *chupar* no terminaba de entenderlo.

—Olivier... —jadeó.

Él, al oír su nombre pronunciado de aquella forma tan suplicante, se encendió todavía más y, si bien su polla se había mantenido interesada durante toda la discusión, ahora pasaba a mostrarse ansiosa por entrar en acción, así que, puesto que Gabrielle pedía vulgaridad, iba a tenerla.

Y en grandes dosis.

La llevó de forma poco educada a la cama y la empujó hasta que cayó boca abajo. Ella intentó darse la vuelta, pero no se lo permitió, como tampoco admitió que se frotara contra las sábanas. Para que se estuviera quieta, le propinó un buen azote.

—¿Me has pegado en el culo? —farfulló con la voz amortiguada, al estar apoyada en la almohada.

—No sólo te voy a pegar en el culo, también me lo voy a follar —la amenazó Olivier, y para que no tuviera dudas sobre el concepto, recorrió con el dedo la separación de sus nalgas, presionando «justo ahí».

«Cuántas cosas tengo que consultar con mi profesor», pensó ella tragando saliva.

Arrugó las sábanas bajo sus dedos, pues necesitaba algo tangible a lo sujetarse y para no acabar creyendo que aquello era un febril sueño.

—Haz el favor de levantar el trasero —exigió él magreando sus nalgas, y ella lo miró por encima del hombro, un tanto confusa con aquellas palabras—. Haz de una puta vez lo que te he ordenado.

—¿Así? —preguntó con timidez, alzando un poco el culo.

—No, joder, te quiero a cuatro patas.

—¡Oh! —exclamó, comprendiendo al fin qué le había pedido.

Adoptó la postura exigida, pese a que se moría de vergüenza. Sin embargo, tragó saliva y aguantó. Había pedido que la tratara como a una mujer de carne y hueso, no iba a asustarse a las primeras de cambio. Y antes de que pudiera digerir aquello, recibió otro azote, lo que no hizo sino incrementar su excitación.

—Quédate quieta —masculló Olivier, colocándose de rodillas tras ella y sin dejar de sobarle el trasero de forma brusca.

—No puedo —se quejó Gaby impaciente, temblando incluso debido a la expectación.

Notó cómo él se pegaba a su retaguardia y se inclinaba lo necesario hasta llegar a sus pezones, con la intención de volver a pellizcárselos. O al menos eso creyó ella, pues en esta ocasión fue todavía más expeditivo, causándole tal sensación, mezcla de dolor y placer, que la confundió por completo. Sólo deseaba más, mucho más.

—Mañana, cuando intentes vestirte, el más mínimo roce de tela sobre tus pezones te causará tal desazón que sólo podrás pensar en mis dedos apretándolos una y otra vez y en lo mucho que deseas que vuelva a hacerlo.

A presuntuoso no lo ganaba nadie, fue lo que pensó Gaby, apretando los dientes ante aquel tortuoso placer, porque, por extraño que pareciera, lo estaba disfrutando. Pero si pensaba que martirizando sus pezones ya no iba a sorprenderla más, estaba muy equivocada, ya que tras liberarlos, dejándoselos duros y sensibles, desplazó las manos hasta su sexo y, una vez allí, comenzó a masturbarla, aunque no como en anteriores ocasiones; fue bastante más agresivo y presionó sobre su clítoris hasta lograr que gimiera bien alto.

—Quiero oírte gritar hasta que te quedes sin voz, hasta que no puedas más —dijo Olivier en voz baja y peligrosa—. Aquí no hay espacio para la decencia, aquí puedes ser todo lo escandalosa que quieras. Es más, quiero que te comportes como la mujer más descarriada de la ciudad.

Gaby asintió, pues sus anhelos eran los mismos.

Cada vez estaba más cerca de electrocutarse.

—Vas a chillar —prosiguió él con su tono más agresivo—, todos sabrán qué estamos haciendo, y también quiero oírte suplicar. Estás cachonda, tanto que tienes los muslos empapados y sólo piensas en que te la meta de una vez.

—¿Y por qué no lo haces? —lo provocó.

Olivier sonrió con disimulo, se pegó aún más a su culo y adelantó las caderas, empujándola con un elocuente movimiento para que no tuviera dudas de sus intenciones; sin embargo, no la penetró, como ella esperaba, sino que continuó metiéndole los dedos y logrando uno de sus objetivos: que se retorciera impaciente y jadeara de forma cada vez más escandalosa.

—Esto te pone como una perra, ¿me equivoco? —masculló él, inclinándose sobre su espalda.

—Sí —corroboró ella, aunque desconocía el significado completo de esa afirmación; no obstante, intuía que iba a conocerla por completo en breve.

—Y sólo piensas en que te follen, fuerte, una y otra vez, hasta quedar exhausta.

—Eso espero —musitó, aunque él no la oyó.

Entonces Olivier apartó la mano, empapada de sus fluidos, y lubricó su ano, dejándola perpleja.

—A lo mejor hoy no juego aquí —comentó sin dejar de presionar y recorriendo de una forma escandalosa la separación de sus nalgas, deteniéndose lo justo en su ano para que ella se preocupara—, por muy atractivo que me parezca.

Gaby tragó saliva.

Era para preocuparse, aunque los motivos de Olivier no eran los de ella. A Gaby la inquietaba desconocer el procedimiento, algo que no pensaba mencionarle. Ya hablaría con Stanley al respecto para enterarse de todos los detalles.

—No sabía que esto fuera un juego...

—Y no lo es —dijo él en tono peligroso.

En ese instante, Olivier se agarró la polla y, antes de que ella tuviera tiempo de coger aire, la penetró de golpe, al tiempo que le clavaba los dedos en las caderas para quedar bien anclado. Fue tal la sensación que se quedó quieto unos segundos, en los que Gabrielle, sin poder respirar de forma normal, asumía a marchas forzadas lo que estaba ocurriendo. Había pedido contundencia y ahí la tenía.

Entonces él comenzó a moverse, empujando con todas sus fuerzas.

«Debe de estar poseído», pensó ella en un fugaz instante, porque era tal el ímpetu con que la embestía que no le quedaba más remedio que agarrarse con fuerza a las sábanas si no quería acabar chocando contra el cabecero.

—¿Así es como te gusta que te follen? —preguntó Olivier, acompañando sus palabras de otro buen azote.

—Sí —musitó, y no mentía—. Sí, así me gusta que me follen.

A él lo sorprendió no sólo la sinceridad de su respuesta, sino también lo explícito de sus palabras, algo que jamás hubiera esperado de Gabrielle.

—Pues vas a ir bien servida... —gruñó, sin dejar de empujar como un campeón.

A pesar del esfuerzo y de sudar la gota gorda, Olivier tuvo un momento de lucidez; su comportamiento era, por decirlo de una forma rápida, el de un rufián que gasta las pocas monedas de su primer sueldo en desfogarse con la primera mujer que encuentra disponible. Sin embargo, pese a que esa vocecilla que hacía las veces de razón se lo recordase, él siguió a lo suyo.

Las provocaciones, las palabras y los gestos de Gabrielle lo habían desatado.

Y ella, que no era capaz de asimilar cuanto experimentaba, no daba crédito, pese a lo mucho que lo había deseado. Ahora lo tenía y no se parecía en nada a lo que había soñado, era cien veces mejor.

«Me estoy electrocutando de pies a cabeza...», pensó. Si bien al principio había permanecido expectante, quieta, dejando que todo el movimiento proviniera de los envites de Olivier, que por suerte mantenía aquel endiablado ritmo, decidió que si colaboraba el encuentro podía pasar de excelente a insuperable. Y eso hizo: dejándose llevar por el instinto, comenzó a empujar hacia atrás, saliendo a su encuentro, o a apretar sus músculos internos como si quisiera exprimirlo por completo.

Él siseó de placer, pues ya no se trataba sólo de estar dentro de ella, lo cual ya era satisfactorio de por sí; además Gabrielle hacía ese condenado movimiento con sus músculos vaginales.

—¡Oh, Dios, oh, Dios, oh, Diooooos!

Al oír aquel gemido, Olivier cerró los ojos, apretó los dientes y embistió una última vez antes de correrse.

—¡La hostia puta! —exclamó antes de retirarse.

Gaby relajó las piernas y poco más. Se quedó boca abajo, aferrada a las sábanas y con la cara hundida en la almohada. Ahora comprendía por qué su cuñada se sonrojaba cada vez que mencionaban el sexo. O por qué su hermana sonreía de forma pícara.

—¡Por fin! —suspiró.

—¿Cómo dices?

—Nada, cosas mías.

Ella consiguió moverse y se colocó de medio lado. Sin preocuparse por seguir desnuda.

Y Olivier se acostó a su espalda y se ocupó de taparla. Había llegado el momento de dormir, satisfecho tras haber follado; sin embargo, intuía que conciliar el sueño iba a ser muy complicado.

Para empezar, la reacción de ella. Ni siquiera lo miraba a la cara, un síntoma evidente de que se sentía avergonzada como para decir algo.

Joder, se había dejado llevar y tendría que afrontar las consecuencias, empezando por pedirle disculpas. Desde luego, con Gabrielle no lograba un término medio. Si ya se sentía culpable por lo que ocurrió en su día y que en algún momento debería confesar, encima ahora aquel comportamiento tan burdo.

Gaby, ajena a aquellos pensamientos tan desorientados, seguía en trance. Avergonzada, sí, de su propio comportamiento y porque no tenía la menor idea de cómo decirle que, por ella, podían repetir cuanto antes. De momento mantendría silencio, seguro que por la mañana se le ocurriría algo. Tenía muchas sensaciones que asimilar y pellizcos que darse para no acabar creyendo que se había tratado de un sueño.

Suspiró sin saber que a Olivier aquel silencio le daba la puntilla para seguir sintiéndose culpable.

Capítulo 26

Cuando Gaby abrió los ojos, supo sin siquiera moverse que no estaba sola. El olor a tabaco delataba la presencia de Olivier. Ahora bien, faltaba averiguar de qué humor se encontraba a primera hora de la mañana. Si era parejo al suyo, desde luego el día prometía.

Se mordió el labio, indecisa, pues no tenía muy claro cómo proceder. Lo que estaba claro era que si permanecía de espaldas jamás averiguaría su estado de ánimo. Se dio la vuelta despacio hasta quedar boca arriba y lo miró. Ahí estaba, recostado, con el cejo fruncido y el pitillo entre los dedos. Su expresión no auguraba nada bueno.

Vaya, por lo visto iba a ser un desayuno complicado. Si tuviera un poquito más de experiencia, sabría cómo proceder. Así que tocaba improvisar y cruzar los dedos para que las cosas se desarrollaran con cierta normalidad. Aunque, bien mirado, ¿qué era la normalidad tras una noche espectacular?

—Buenos días —susurró amable, y hasta le sonrió para que suavizara su expresión; no obstante, él permaneció con el semblante hosco.

Olivier le dedicó una mirada de soslayo antes de hablar.

«Mal asunto», pensó ella, esperando que como mínimo tuviera la deferencia de mostrarse si no muy conversador, al menos sí un pelín conversador.

—Buenos días —gruñó en respuesta. Dio una última calada y apagó de malos modos el cigarrillo a medio fumar.

—Qué animado estás por la mañana —murmuró sarcástica.

Él resopló y prefirió no entrar al trapo, pues no estaba de humor para ironías a esas horas. Llevaba un buen rato despierto, dándole vueltas a cómo afrontar la situación, ya que, si bien había sido una velada para el recuerdo, el remordimiento había hecho acto de presencia, arruinándole la sensación de euforia poscoital.

—Gabrielle, tenemos que hablar.

«Qué tono tan desapasionado», pensó ella, y decidió que de perdidos al río, por lo que recurrió a la única opción disponible: comportarse de manera seductora y lograr engatusarlo.

—Muy bien —ronroneó, y se acercó hasta quedar parcialmente recostada sobre Olivier.

Algo que debió de incomodarlo, ya que se removió como si quisiera mantener las distancias. Sin embargo, Gaby aprovechó la ley de la ventaja y le impidió la retirada afianzándose sobre su pecho.

—He dicho «hablar» —masculló él, dejando implícito que no quería manoseos.

—No tenía yo en mente hablar, pero..., si insistes... —se burló ella, sin dejar de tocarlo de una forma sugerente.

Olivier inspiró, porque lo que menos necesitaba a primera hora de la mañana, tras haber pasado la noche en vela gracias a sus remordimientos, era el tentador y cálido cuerpo femenino restregándose contra el suyo. Y, para más inri, su no menos provocativa mano jugueteando sobre su pecho y amenazando con desplazarse hacia abajo.

—Respecto a lo de anoche... —comenzó, aunque se detuvo. Tenía un discurso preparado, supuestamente ensayado, pero al sentirla tan cerca, tan caliente, ya no le resultaba tan fácil.

—¿Sí? —preguntó mimosa.

Él tragó saliva. Qué cuesta arriba se le iba a hacer aquella conversación.

—Lo de anoche... No va a volver a repetirse —afirmó, y siguió con la mirada aquella peligrosa mano que acariciaba su tetilla derecha y mostraba la intención de no detenerse en ese punto.

—Qué pena... —se lamentó Gaby haciendo un puchero, y presionó con un dedo sobre una de las tetillas, observando la reacción de él. Cuando lo vio contener el aliento, se sintió mucho mejor.

—Presta atención, maldita sea —la apremió, poniéndose cada vez más nervioso.

—¿No irás a decirme que estás enfadado? —preguntó ella acercando los labios a su cuello, no sólo para que el susurro lo pusiera alerta, sino también para que se le pusieran los pelos, y otras cosas, de punta.

Olivier no sabía si Gabrielle intentaba irritarlo o se hacía la tonta; en cualquier caso, su cuerpo reaccionaba a su contacto, lo que impedía el mantener una conversación con un mínimo de seriedad.

—Sí, muy enfadado —corroboró, volviendo a inspirar hondo, porque aquella mano de inocente no tenía nada.

Lo más aconsejable era apartarla, mejor dicho, apartarse, establecer una distancia prudente para que su contacto no interfiriera en su concentración; no obstante, renunciar a él no resultaba tan sencillo.

—Vaya calamidad... —musitó Gaby, exagerando un suspiro, y se estiró hasta poder susurrarle al oído—: Pues ya puedes enfadarte unos cuantos días más.

—¡Será posible! —gruñó él, mezcla de la frustración que le provocaba su actitud y, por supuesto, de la excitación constante que, a modo de reto, significaba tenerla así, tan dispuesta.

—Quiero repetir —afirmó ella con convicción.

Olivier abrió los ojos como platos. Puede que indignado o puede que no. Desde luego, cuando Gabrielle se proponía romper sus esquemas, no tenía rival. Su determinación se diluía por momentos.

Ella sonrió y le mordió el lóbulo. Expresar sus deseos había resultado mucho más sencillo de lo que había imaginado.

—¡Gabrielle! —exclamó, molesto ante aquella actitud—. Por mucho que te empeñes... —Se detuvo al sentir la humedad de una lengua curiosa recorriendo los pliegues de su oreja—. ¡No va a volver a ocurrir!

Ella, al oír su negativa con tan poquita convicción, ocultó una sonrisa y continuó con su asalto particular.

—¿Por qué? —preguntó, y en vez de seguir jugando con su tetilla, desplazó la mano hacia abajo y se detuvo de forma deliberada para darle emoción, justo a un centímetro de su miembro—. Yo no tengo ninguna queja.

—Porque... Joder, porque no —protestó, incapaz de encontrar un argumento sólido para avalar su decisión. Quizá existía uno, pero no le venía a la cabeza, y menos estando ella tan cerca y tan predispuesta.

—Una razón de peso, sí señor —se burló Gaby, cansada de tanta tontería y, consciente de lo que tenía al alcance de la mano, le agarró la polla y comenzó a acariciársela despacio—. Aunque tengo una duda: esto que tengo en la mano... ¿es un argumento a favor o en contra?

—Depende de cómo se mire —masculló incómodo, no porque tuviera su polla atrapada, sino porque la situación no se desarrollaba tal como había ideado mientras la observaba dormir. Pese a la determinación con la que se había despertado, admitió en silencio que flaqueaba ante las maniobras seductoras de Gabrielle.

Tenía dos opciones. La primera, la que dictaba la lógica, era abandonar la cama, dejarle clara su postura y olvidarse de las posibilidades eróticas, ahora que se había mostrado tal cual era. Desde luego, había sido muy liberador dejar de fingir que era un tipo moderado en los menesteres de dormitorio y, además, tampoco sabía a ciencia cierta cuánto tiempo iba a poder mantener esa fachada, sin olvidar que las damas (y Gabrielle lo era de la cabeza a los pies desde la cuna) agradecían cierto refinamiento.

La segunda, la que le pedía el cuerpo, era mandar a paseo cualquier reticencia y tirársela como y cuando le diera la gana. Por ejemplo, en ese mismo momento, pues si bien Gabrielle y el arte de la masturbación aún no hacían buenas migas, por lo menos le ponía voluntad y él continuaba empalmado.

Quizá tenerla dura no ayudaba a pensar con claridad, sin embargo, ¿quién cojones quería ponerse a reflexionar?

Vaya puto dilema.

—¿En qué piensas? —preguntó ella, de nuevo utilizando aquella voz susurrante y morbosa; por supuesto, sin dejar de acariciarlo.

—En nada —mintió él y expulsó lentamente el aire que estaba reteniendo.

—Bueno, pues entonces habrá que darte motivos para que pienses en algo —contestó seductora, entendiendo a la perfección parte de sus lecciones con Stanley y Frank. El poder de los gestos, de las palabras, para llevarse el gato al agua.

Él se tensó. Desde luego, aquella faceta de Gabrielle, decidida, irreverente y con ganas de jarana era más cercana a su forma de pensar y, pese a los inconvenientes de seguir adelante, decidió mandarlos a tomar por el saco y la agarró de la muñeca para detenerla.

—Así no —gruñó y, para enseñarle, colocó su mano sobre la de ella y empezó a darle instrucciones—. Presiona al llegar a la parte superior, aguanta ahí. —Olivier apretó los dientes porque como alumna, Gabrielle era aventajada—. Después desliza la mano hacia abajo, despacio y afloja un poco. Lo justo para tenerme expectante y con ganas de más.

—¿Así? —dijo.

—Sí, joder, así...

—¿Y puedo tocar también aquí abajo?

—Haz lo que te dé la puta gana —respondió tenso cuando ella posó la mano sobre sus testículos.

Tener carta blanca no implicaba aprovecharse de la situación, sin embargo, Gaby se había despertado con ganas de llegar otra vez hasta el cable y recibir una nueva descarga.

—¿Te enfadarás después? —lo provocó, besuqueándole el cuello.

—Ya lo estoy —gruñó.

Ella sonrió y se entretuvo un buen rato de masturbándolo y

comprobando por sí misma los progresos. Para ello, nada mejor que fijarse en las reacciones de Olivier. No sólo su respiración entrecortada daba fe de lo excitado que estaba, sino también la sarta de palabrotas que soltaba. A Gaby se le empezaba a cansar la mano y, puesto que aquella lección la podía dar por aprendida, decidió cambiar de táctica. Él había dicho, o mejor dicho, gruñido «haz lo que te dé la puta gana»; pues muy bien, lo haría.

—¿Qué ocurre? —mascullo cuando ella lo soltó.

—Nada, un cambio de parecer.

Olivier sintió un amago de alarma que le duró unos segundos, ya que enseguida adivinó sus intenciones. Gabrielle maniobraba para tumbarse encima, lo que les proporcionaría a ambos mayor contacto, aunque una leve complicación.

—Siéntate a horcajadas —le dijo, sujetándola de la cintura—. Y móntame.

—¿Montarte? —preguntó Gaby, pero enseguida abrió los ojos como platos al darse cuenta de lo que quería decir.

Así pues, agarró su polla, la mantuvo bien sujeta y se posicionó hasta que pudo ir acoplándose. Procuró observar a Olivier y disfrutó de la sensación de ser ella quien llevaba las riendas.

—No te quedes ahí parada —la apremió dándole un azote—. Muévete.

Ella obedeció, a su manera, porque, si bien se mostraba dispuesta a aprender, tampoco había recibido las lecciones pertinentes. Así que sin otra guía que su instinto y basándose en el infalible método de ensayo y error, inició un suave balanceo, estudiando las reacciones de Olivier y prestando atención a las suyas. Cuando apretaba los muslos, él siseaba y ella lo notaba aún más profundo. Al echarse hacia delante, la fricción en su clítoris resultaba irresistible y él reaccionaba empujando hacia arriba.

Conclusión, adelante y atrás, apretar, soltar.

Repitió esos movimientos, no en el mismo orden para que no resultaran monótonos, y fue comprobando poco a poco cómo su excitación alcanzaba unos niveles alucinantes. Lo de llevar las riendas era sin duda una idea maravillosa. No debía esperar a que sucedieran los acontecimientos, podía provocarlos ella misma.

Estiró los brazos y, sin dejar de balancearse, apoyó las manos sobre el torso masculino, de esa forma pudo inclinarse hacia delante sin perder el equilibrio. Con lo que no contaba era con que él fuera directo a por sus pezones, pellizcándoselos con crudeza, o puede que los tuviera tan sensibles que cualquier roce le resultara doloroso. Tal como había predicho Olivier.

—¿Te duelen, Gabrielle? —quiso saber con voz ronca.

—Sí...

—Bien —afirmó, presionando un poco más.

Gaby gritó. ¿Cómo podía decir algo semejante? Sin embargo, pese a las molestias, aquellos condenados pellizcos aumentaban su excitación y, por increíble que pareciera, sólo quería más. Un sinsentido, aunque ¿algo de cuanto estaba ocurriendo lo tenía?

Mejor no pensar en ello y centrarse en el momento que estaba viviendo, nada más.

Y lo hizo; Gaby se movió cada vez con mayor precisión, lo que se traducía en unos elocuentes gemidos que, mezclados con los suyos, desencadenaron un orgasmo brutal. O como a ella le gustaba decir: «Me he electrocutado». Otra vez.

Olivier apretó los dientes justo al eyacular y dejó que se quedara acostada sobre su pecho, abrazándola bien fuerte.

—Joder, Gabrielle, cuando te pones eres increíble.

Ella sonrió contra su cuello, complacida por aquel piropo, y se mordió la lengua para no replicar algo así como «Y no has visto nada, todavía puedo hacerlo mejor».

—¿Sigues enfadado? —preguntó en tono sarcástico.

—Sí —mascullό y era bien cierto, seguía enfadado, consigo mismo.

—Allá tú.

Gaby se encogió de hombros; la traía sin cuidado. Se apartó de él y abandonó de un salto la cama, dejándolo confuso y, por supuesto, con un sentimiento de vacío, ya que permanecer abrazados tras un buen polvo mañanero, había sido el colofón perfecto.

—¿Adónde crees que vas? —soltó él, moviéndose hasta el borde de la cama con intención de ir a por ella si trataba de escabullirse.

—¿Al cuarto de baño? —replicó burlona, y añadió ante la extraña mirada de Olivier—: te recuerdo que he de cumplir un trato y como sólo dispongo de veinticuatro horas...

—¡Gabrielle, no me jodas! —exclamó él, pues no creyó ni por un momento que ella fuera a ocuparse de tan descabellada propuesta.

—¿Me preparas el baño o me ocupo yo? —preguntó Gaby manteniendo el tono guasón y añadió—: Y decídete pronto, tengo un poquito de prisa.

Al ver que Olivier seguía allí sentado, quizá perplejo ante su atrevimiento, sonrió encantada por haber sido capaz de conducirlo a aquel estado. Pero por mucho que él se obstinara o, peor aún, la considerase incapaz de cumplir su palabra, le demostraría lo contrario.

—Bromeas...

Ella negó con la cabeza y se encerró en el cuarto de baño.

Una vez a solas, Gaby se miró en el espejo y sonrió de oreja a oreja. Hubiera querido gritar como una loca debido a la euforia, tras una noche inolvidable y un no menos inolvidable despertar. Inspiró para calmarse; lo necesitaba, así como arreglarse para ir a la entrevista con Sebastian y el constructor que éste iba a presentarle.

De acuerdo, había pasado la mejor noche de su vida, y sí, deseaba repetir cuanto antes, no obstante, también debía cumplir un trato. Así pues, tocaba olvidarse de los momentos más placenteros vividos hasta entonces y ponerse a trabajar.

Se aseó con rapidez, ya tendría tiempo después de darse uno de aquellos baños con sales de Epsom. Al secarse los pechos, siseó al notar las molestias en los pezones. Tal como Olivier había amenazado. Bueno, un pequeño precio.

Cuando regresó al dormitorio, él continuaba allí, a la espera. Gaby intentó actuar como si su presencia no la afectara, aunque sin éxito. Olivier no se perdía ni un solo detalle, mientras fumaba y fruncía el cejo.

—¿Te marchas? —le preguntó con sarcasmo.

—Sí. Debo asistir a una reunión muy importante —respondió ella.

—¡Maldita sea, Gabrielle! ¿Qué demonios quieres demostrar?

—Que soy una mujer capaz de afrontar un reto y que cumplo mi palabra, nada más. Y ahora, si me disculpas...

Como si fuera una amante más, se acercó a él, le sonrió de forma pícara y le dio un beso rápido en los labios. Luego se ajustó el bolso bajo el brazo y, pisando fuerte, salió de aquel dormitorio al que deseaba volver con algo que celebrar y muchas ganas de pasar otra noche para el recuerdo.

Olivier se quedó allí solo, con la imagen de su trasero contoneándose, incapaz de reaccionar a tiempo, pues si bien lo más lógico sería salir tras ella, después de ponerse algo de ropa para no ir en pelotas por los pasillos del hotel, no pudo mover ni un músculo.

¿Cómo demonios se las había arreglado Gabrielle para noquearlo de aquella manera?

Nunca antes una mujer había logrado dejarlo en aquel estado, lo que resultaba inquietante como mínimo, porque si continuaba allí, inmóvil, dándole vueltas a su comportamiento, no llegaría a ninguna conclusión, no al menos a una que lo dejara satisfecho. Así que, como tenía negocios que atender, al final se puso en pie y se metió en el cuarto de baño. Una vez allí cayó en la cuenta de que Gabrielle, además de regalarle una noche inolvidable, también lo había desafiado, pues largarse de aquella manera no presagiaba nada bueno.

Se miró en el espejo durante un buen rato, con la sombra de barba, su pelo rebelde haciendo de las suyas y una sonrisa torcida al pensar en ella o, mejor dicho, al pensar en qué se le habría ocurrido.

Capítulo 27

Gaby hizo una parada fugaz en el apartamento de Frank para cambiarse de ropa. Evitó las preguntas de su «novio» recurriendo a una excusa infalible: la verdad. Al comentarle que tenía una importante cita de negocios y que llegaba tarde, a él no le quedó más remedio que posponer la inevitable charla sobre dónde había pasado la noche.

Stanley, mucho más discreto, sólo la miró con una media sonrisa y ella, aprovechando un descuido de Frank, se acercó a él y le susurró que tenían que hablar. Por supuesto, su amigo entendió a la primera el significado de aquellas palabras.

—No te preocupes, me desharé de él —dijo Stanley refiriéndose a Frank, porque estando delante este último sería imposible hablar con la libertad necesaria.

Con un traje de falda pantalón y chaqueta a juego, Gaby se dirigió a la oficina del que podría llamar a partir de ese momento su salvador. Sebastian la esperaba en su despacho y cuando le anunciaron su llegada salió a recibirla en persona, ya que continuaba sintiéndose curioso respecto al inesperado interés de la pequeña de los Boston por los negocios.

—Bienvenida —la saludó tras besarla en la mejilla.

—Gracias. Y antes de que empiece a sospechar, cambia esa cara —añadió Gaby sin perder el buen humor.

—No sé a qué te refieres —dijo Sebastian haciéndose el inocente.

—Pues al hecho de que me estás mirando como si no creyeras en mí. Piensas, y no eres el único, que se trata del juego de una niña aburrida.

Él cruzó los brazos y disimuló, porque había dado en el clavo. No había dejado de pensar en los motivos de Gaby para interesarse, así tan de repente, por los negocios. Podía perder el tiempo y enfadarla si continuaba cuestionándola, o mejor tratarla como a una mujer capaz de sacar adelante lo que se proponía.

Le hizo un gesto para que lo acompañara a su despacho y ella lo siguió.

—Antes de reunirnos, me gustaría hablarte de Rufus O'Riley —sugirió él amable.

Gaby agradeció que dejara de tratarla con condescendencia y aceptó un café que Sebastian le sirvió.

—¿No es de fiar?

—Todo lo contrario. Sin embargo... digamos que es un tipo peculiar.

Sebastian, en vez de parapetarse tras su escritorio, tomó asiento en uno de los sillones junto a ella, le parecía más apropiado, pues existía la suficiente confianza entre ambos.

—¿Cómo de peculiar?

—Es un hombre hecho a sí mismo, trabajador. Empezó de la nada y aún hoy en día va a sus obras para supervisarlas en persona. Incluso hay ocasiones en que se quita el traje y vuelve a trabajar como si fuera uno más de la cuadrilla.

—¿Y eso es malo?

—No, Rufus es un tipo poco refinado y poco amigo de los disimulos. Habla siempre claro.

—Bueno, mientras sea cumplidor....

—Lo es. Lo que quiero decirte es que no utiliza florituras ni adulaciones. O'Riley es tosco, directo y... —Sebastian hizo una pausa y sonrió de medio lado. A favor de Gaby hubo de reconocer que no parecía impresionada.

—¿Y...? —lo apremió.

—Mal hablado —añadió Sebastian, tras aclararse la garganta.

—Entiendo —murmuró ella, analizando la descripción—. Si crees que voy a sonrojarme o, peor aún, desmayarme ante cuatro improperios... es que no me conoces.

Mantuvo su expresión decidida y él sonrió de medio lado, evitando ser condescendiente, pues había comprobado que la pequeña (ya no tan pequeña) de los Boston tenía su genio. Algo que no era de extrañar, teniendo en cuenta los antecedentes familiares. Al mirarla vio a la hermana mayor, a su querida Samantha, con la que se reuniría en unos días. Ambas resolutivas, audaces y, por supuesto, atractivas, algo que él no tenía en cuenta porque siempre las había considerado como hermanas. Samantha estaba casada con ese tocapelotas de Engels, sólo esperaba que Gaby eligiera mejor.

Uno de los empleados de Sebastian les anunció la llegada del señor O'Riley y juntos se desplazaron hacia la sala de reuniones. Allí los esperaba el contratista.

Gaby lo observó. Tal como le había comentado su amigo, el tipo llevaba un elegante traje, hecho sin duda a medida, pero se lo veía incómodo con él. No había más que fijarse en el nudo de la corbata, se lo debía de haber toqueteado en más de una ocasión para tener aquel aspecto. Y, por supuesto, en su pose, alejada por completo del refinamiento al que Gaby estaba acostumbrada.

—O'Riley, le presento a la señorita Boston.

—Encantado —dijo Rufus tendiéndole la mano, y ella se la estrechó.

Gaby notó su aspereza. Era evidente que había trabajado con las manos.

—Como ya le ha explicado Sebastian —empezó Gaby—, me es urgente cerrar un acuerdo para la remodelación de unos salones del hotel Great Night.

—Le he echado un vistazo al proyecto —comentó el hombre de forma seca y práctica—. Aparte de ser una sarta de tonterías, tiene mala pinta.

—Explíquese —le pidió ella, pues para sacar adelante aquel proyecto necesitaba a alguien sincero, que no disimulase, y O'Riley parecía ser un hombre, tal como Sebastian había dicho, poco proclive a las florituras.

—Verá, señorita Boston, uno puede construir de dos formas: la primera, para que quede bonito, que impresione, utilizando materiales caros para deslumbrar a imbéciles sin pizca de criterio, pero sin tener una base sólida. O también se pueden hacer las cosas bien y después utilizar revestimientos más o menos caros.

—¿Y no se pueden combinar las dos cosas?

—Eso sería lo ideal —afirmó el contratista—. Sin embargo, a la vista del proyecto que he ojeado, yo me decantaría por la segunda opción.

—¿Por qué? —continuó indagando ella, muy interesada, porque era evidente que O'Riley sabía muy bien de qué hablaba.

—Los acabados siempre pueden sustituirse con relativa facilidad e incluso, visto a largo plazo, gastarse demasiado supone tirar el dinero, pues las modas van y vienen y, de cara a los clientes, cambiar la decoración puede ser un buen reclamo.

—Entiendo... —reflexionó Gaby, asimilando cada valiosa palabra.

—En cambio, si se construye escatimando calidad y ganando tiempo en lo que no se ve, la estructura, se corre el riesgo de que surjan más adelante vicios ocultos, más difíciles de corregir y más costosos.

—Tiene sentido —terció Sebastian mirando a Gaby, que estaba concentrada en escuchar cada palabra, mientras garabateaba a toda prisa en su agenda.

—Bien, todo esto que nos ha explicado es muy importante y aprecio su sinceridad, pero quiero saber si puede llevar este proyecto a buen puerto en el plazo de cuatro meses —dijo ella.

Sebastian se aclaró la garganta con disimulo, pues hasta donde él sabía el plazo original, según la conversación que había tenido con ella, era de medio año. ¿Qué tramaba Gaby? ¿Por qué presionaba de esa forma a O'Riley? Desde luego esperaba averiguarlo de un momento a otro. Sobre todo, teniendo en cuenta el temperamento del contratista.

—¡¿Está usted bien de la cabeza?! —estalló O'Riley, alzando las manos en señal de frustración y mirándola como si estuviera loca.

—¿No se cree capaz de hacerlo? —replicó ella un tanto desafiante.

Sebastian escondió su sonrisa. Era evidente que Gaby se estaba tirando un farol.

—¿Sabe usted cuánto se dispararía el coste? —preguntó el hombre enfadado, olvidando la leve capa de refinamiento que había mantenido hasta el momento. También tal como Sebastian le había comentado.

—Es una obra importante, las partidas son amplias, seguro que hay margen para trabajar —alegó Gaby sin ceder un milímetro y, para ganárselo, adoptó su pose más ingenua y añadió—: Además, señor O'Riley, si este proyecto sale bien, créame, lo tendré en cuenta para el futuro.

A nadie se le escapaba, y menos a un tipo como Rufus O'Riley, que había empezado de cero y a buen seguro se había topado con un centenar de barreras, que hacer un favor de aquel calibre a la menor de los Boston en el futuro podría serle de ayuda. De mucha ayuda.

Sin olvidar que su reputación como empresario se vería aumentada.

Comenzó a pasearse por la sala rumiando y farfullando, sin guardar las formas, expresándose igual que si estuviera delante de una cuadrilla de albañiles vagos.

—Si acepto esta obra, y no estoy diciendo que sí, tendré que contratar personal extra —expuso el hombre.

—Yo no soy quién para decirle cómo hacer su trabajo —adujo ella con diplomacia.

Sebastian podía intervenir y de ese modo terminar por convencerlo, no obstante, continuó como mero observador, pues parecía que Gaby se las estaba apañando bastante bien sola; además, intuyó que a ella no le haría mucha gracia que interviniese.

—Señorita Boston, me pone usted en un aprieto; lo sabe, ¿verdad?

—Yo no lo denominaría *aprieto*, más bien sería un acuerdo de negocios, señor O'Riley —respondió ella sonriente.

—Muy bien —aceptó el contratista—, pero antes quiero exponerle mis condiciones.

—Le escucho.

Gaby prestó atención a las exigencias de O'Riley, todas las cuales por cierto eran bastante lógicas. El hombre quería cubrirse las espaldas, algo nada reprochable, y para ello pedía un desembolso por adelantado más alto de lo habitual. También solicitó que no visitaran continuamente las obras para preguntar cómo avanzaban. El resto fueron las habituales, y ahí Sebastian, más acostumbrado a aquel tipo de negociaciones, intervino cuando ella lo miró, dándole permiso.

Al final de la reunión, Gaby tenía un acuerdo muy ventajoso, del que sacaría una jugosa comisión que compartiría con su amigo y, por supuesto, un motivo para demostrarle a su amante que era mucho más que una cara bonita de buena familia. Iba a disfrutar de lo lindo cuando le mostrara su éxito.

—Ahora vas a explicarme, a ser posible al detalle, en qué andas metida —exigió Sebastian cuando se quedaron a solas.

—Tan sólo son negocios —se justificó ella encogiéndose de hombros y, para evitar verse sometida a un interrogatorio, se escabulló, dándole un beso en la mejilla y sonriéndole como si no hubiera roto un plato.

Ahora sólo le quedaba ver a Olivier y convencerlo para que aceptara el acuerdo con O'Riley, aunque dudaba que rechazase una propuesta semejante. No sólo podría sacar adelante la ampliación del Great Night, sino que además podía hacerlo con garantía de calidad y a un precio razonable. El pequeño incremento en el precio sobre el presupuesto inicial compensaba, ya que, al ahorrar tiempo, se podría abrir al público antes de lo previsto. Convencida de su éxito y excitada como no recordaba haber estado antes, se dirigió al hotel en busca de Olivier.

* * *

Con lo que no contaba era con que, al llegar al hotel, fuese a toparse con su hermano y con el doctor Marlow saliendo de la cafetería. Alfred mostró su sorpresa y, por supuesto, decidió ser un incordio e insistió en que le explicara el motivo por el que se encontraba allí. Gaby miró a Robert en busca de ayuda, pero éste, quizá divertido, decidió ser igual de cretino que Alfred y no le echó un cable.

—En los últimos tiempos, tu comportamiento está siendo muy extraño.

—Hablas igual que papá —replicó ella, sabiendo que eso molestaría a Alfred.

—Y encima sigues viviendo en casa de Frank —añadió su hermano en tono de reprimenda—. Lo cual ya es de por sí incomprensible.

Ella buscó una explicación que le permitiera tranquilizar al entrometido y sobreprotector Alfred, pero su mente fue incapaz de encontrarla, ya que divisó con el rabillo del ojo que el señor Wang se acercaba.

—¿Gaby? —la apremió su hermano—. ¿Qué estás haciendo aquí?

—¿Y tú? —replicó desafiante, lo que hizo que Alfred frunciera el entrecejo.

—Yo he preguntado primero —dijo él.

El doctor Marlow se echó a reír, porque desde luego parecían dos críos.

—Hazme un favor, Alfred: si yo no me meto en tu vida, tú corresponde de igual modo —pidió Gaby, y se despidió de él con un beso en la mejilla.

Caminó deprisa hacia el secretario de Olivier y le hizo un gesto para que no dijera nada. El hombre, sin comprender qué ocurría, obedeció y la siguió hasta que estuvieron fuera del alcance de miradas indiscretas. Una vez allí, ella le pidió que la dejara sola, pues quería darle una sorpresa al dueño del hotel. El señor Wang no se mostró muy conforme e intentó convencerla de que no lo hiciera; sin embargo, Gaby se mantuvo firme y logró salirse con la suya.

Delante del despacho de Olivier, inspiró hondo para tranquilizarse. Pensó en llamar y esperar a que le dieran permiso, pero cambió de parecer, porque ese gesto arruinaría el efecto sorpresa. Así pues, bajó la manilla y entró.

—Wang, a veces tanto sigilo me enerva —murmuró Olivier sin despegar la vista de sus papeles.

Gaby avanzó, agradeciendo que la moqueta amortiguara el ruido de sus tacones, hasta entrar en su campo de visión.

—Hola —ronroneó y dejó caer frente a él la carpeta con el acuerdo, con un gesto de lo más teatral, pero que surtió efecto, ya que Olivier, lejos de permanecer indiferente, se reclinó en su sillón y la miró, aunque sólo a ella.

—No te esperaba tan pronto —dijo ocultando una sonrisa. Se recostó en su asiento y se recreó la vista con descaro, algo que a ella no parecía incomodarla.

—Yo siempre cumplo mi palabra —respondió, señalando los papeles que había llevado—. Y aquí tienes lo que te prometí.

—Veamos... —murmuró él con aire indolente.

Olivier se puso a leer aquellos documentos sin mucha convicción, pues no creía posible que, en menos de veinticuatro horas, Gabrielle hubiera solucionado un problema que a él le estaba robando hasta horas de sueño, sin olvidar las pérdidas económicas debido a los retrasos.

A medida que iba leyendo empezó a tragar saliva y a mirarla de reojo. Aquello debía de ser una broma de muy mal gusto. Se removió incómodo en su sillón, no podía ser...

—Como verás —explicó Gaby interrumpiendo su lectura al

verlo fruncir el entrecejo—, sólo tienes que firmar en la línea de puntos.

—¿Sólo? —preguntó Olivier de forma retórica.

—Señor Mercier... —lo retó ella y, para volverlo aún más loco, se situó tras el sillón y se inclinó para susurrarle al oído—: Le creía más inteligente...

Él inspiró hondo para calmarse, porque aquella voz susurrante no era buena para los negocios ni para su paz mental.

—¿Cómo has conseguido que el tal O'Riley firmase esto? —preguntó, pues no conocía al tipo.

—Negociando... —respondió ella en voz baja, poniéndole los pelos y otras cosas en punta.

—Hay un incremento de los costes —acertó a decir cuando Gaby comenzó a acariciarle la oreja con la yema del dedo.

—Ajá...

—Y un cambio en las calidades...

—Nada importante... —contestó en el mismo tono sugerente y, sobre todo, peligroso.

—¿Y si digo que no? —la provocó, sólo por el placer de comprobar qué estaba dispuesta a hacer para convencerlo. Aunque, para ser sincero, otra vez le había vuelto a ganar la partida. Aquella propuesta era su salvación.

Gaby se apartó de él, no sin antes darle un pequeño mordisco, para explicarle las ventajas del acuerdo con O'Riley. Se situó frente a él de tal forma que el escritorio formara una prudente barrera y lo miró fijamente.

—Nunca pensé que fueras un necio —comenzó a decir—, además de un insensato. Te estoy salvando el culo.

Olivier arqueó una ceja ante aquel vocabulario tan vulgar.

—No te preocupes tanto de mi culo.

—Lo mínimo que podrías hacer, aparte de considerarlo, es darme las gracias.

—Estás demasiado lejos como para hacerlo —replicó tentándola.

—No voy a conformarme con unas palabras de agradecimiento.

—No me refería a unas palabras —murmuró seductor, y movió un dedo indicándole que se acercara.

—Yo tampoco; una comisión sería lo más adecuado, por supuesto.

—Vaya..., ¿otra comisión? —preguntó, porque empezaba a resultar sospechoso que una mujer como Gabrielle hiciera esos tratos, como si fuera un negociante más. Tendría que investigar qué hacía con el dinero.

—¿Qué tenías pensado para darme las gracias?

Al ver que el escritorio seguía interponiéndose en su camino, Olivier se levantó y se las apañó para rodear la mesa y acorralarla contra el mueble, y así tenerla cerca, muy cerca.

Podía explicárselo o no y se decantó por la segunda opción.

—¿Qué... qué haces? —preguntó ella, tragando saliva ante aquella mirada de depredador y aferrándose al borde del escritorio, pues no estaba muy segura de a qué atenerse.

Olivier sonrió de medio lado y la sujetó de la cintura para inmovilizarla. Lamentó en silencio que no llevara falda, aunque tampoco iba a considerar aquello un obstáculo insalvable. Por incomprensible que pareciera, la deseaba de nuevo, como si no se la hubiera follado la noche anterior y, ya puestos, por la mañana. Al cuerno las reticencias, se acabaron las finuras. Mantuvo una mano en su cintura y la otra la desplazó hacia delante y la colocó en su entrepierna para poder acariciarla por encima de la tela, prestando especial atención a los puntos más sensibles.

Observó cómo contenía el aliento y presionó justo encima de la costura hasta lograr que ella emitiera el primer gemido. Olivier prosiguió, controlándose a duras penas; deseaba llevarla al límite antes de desabrocharse los pantalones.

—Dentro de una hora tengo una reunión y, mírame, aquí estoy, empalmado, tocándote y pensando en cómo deshacerme de esto..., como se llame..., que llevas puesto —dijo él.

—Falda pantalón —musitó Gaby a duras penas.

—Me gustaría arrancártela y desnudarte aquí, en mi despacho —continuó Olivier, pegando la boca a su oreja y lamiéndosela—. Y darte la vuelta, apoyarte en la mesa y, desde atrás, follarte sin contemplaciones.

—¿Y qué te lo impide? —dijo ella.

—El sentido común, supongo.

—Un incordio en estos casos —lo provocó Gaby, arqueando la pelvis en busca de mayor contacto.

—Aunque me temo que... —frotó con mayor rapidez—... debo comportarme con corrección.

—Mmmm... —musitó, encantada con aquellas atenciones que, de continuar, le procurarían un inesperado placer.

—Pasa la noche conmigo...

—Mmmm...

—Gabrielle —le pidió con un erótico susurro antes de apartarse, dejándola excitada e insatisfecha.

Aquello fue como un cubo de agua helada. Gaby parpadeó y, antes de cometer una estupidez (si no la había cometido ya), recobró la cordura (a medias) e improvisó:

—Tengo una cita, no puedo.

—¡¿Una cita?! —exclamó siguiéndola, porque ella se acercó a la puerta.

—Eso he dicho —le confirmó, inspirando para calmarse y ser capaz de replicarle.

—¿Y con quién, si puede saberse? —quiso saber Olivier entornando los ojos, pues quizá su maniobra se le estaba volviendo en contra.

Su idea de excitarla con el fin de ganársela no era tan efectiva como pensaba y mostrarse celoso era, para empezar, ridículo. ¿Cuándo le había importado que una mujer se fuera con otro?

—Con mi novio, y no puedo faltar —añadió con malicia, aunque no mentía.

—¿Y cuándo volveré a verte? —preguntó tenso.

Gaby lo observó, cuando se enfadaba perdía los modales. Para rematar y demostrarle que con ella ya no se jugaba, se encogió de hombros.

—No lo sé —respondió, antes de lanzarle un beso y marcharse.

Cuando pisó la calle, se llevó las manos a las mejillas. No le hacía falta mirarse en un espejo para saber que se había sonrojado debido a la excitación que Olivier se había encargado de hacer que despertara en su despacho.

—Maldito señor Mercier —murmuró enfadada, pensando en una forma de devolverle el «favor».

La de cosas que tenía que consultar con su profesor particular.

Capítulo 28

Una vez en casa de Frank, Gaby se aseguró de que éste se encontraba ocupado en su despacho y fue en busca de Stanley, al que encontró escribiendo a máquina a una velocidad envidiable, aunque con cara de pocos amigos.

—Necesito urgentemente hablar contigo —dijo interrumpiendo su trabajo.

Stanley la miró de reojo y suspiró.

—Me temo que tu «novio» está aceptando más clientes de los que puede atender —se quejó él—. Así que lo más probable es que tenga que quedarme hasta tarde.

—¿Y no puedes hacer una pequeña pausa?

—Gaby, mira esto —le señaló la montaña de documentos—; no he tenido tiempo ni de almorzar.

—¿Por qué no contratáis más personal de apoyo?

—Frank se resiste, ya sabes lo desconfiado que es.

Claro que lo sabía, el problema no era por motivos sólo laborales, porque contratar a un pasante e instruirlo era cuestión de tiempo. Lo que a Frank le preocupaba, y con razón, era que un extraño pudiera desvelar la verdadera relación que había entre él y su secretario, ya que, por mucho cuidado que ambos tuvieran, era inevitable descuidarse.

—Pues algo habrá que hacer, no puedes llevar este ritmo de trabajo.

Stanley se encogió de hombros con actitud resignada, se encendió un pitillo y, con él entre los labios, comenzó otra vez a teclear.

Gaby podía dejarlo estar y no solucionar sus dudas o bien buscar una alternativa. Y sólo existía una.

Fue decidida a por otra máquina de escribir al despacho de Frank, al que saludó con una cándida sonrisa para evitar darle explicaciones. Se despidió de él, que seguía atónito, lo mismo que el matrimonio al que estaba atendiendo, y regresó junto a Stanley, que la miró orgulloso y le hizo un hueco en su escritorio para que pudiera mecanografiar junto a él.

Por supuesto, sus dotes como secretaria no eran ni con mucho tan buenas como las de Stanley; sin embargo, toda ayuda era bienvenida.

—¿Alguien me puede explicar qué está ocurriendo aquí? —los interrumpió Frank cuando llevaban un buen rato callados, dale que te pego con la máquina de escribir.

—Estamos trabajando, nada más —respondió ella sin darle mayor importancia y sin dejar de mecanografiar.

—Ya lo veo...

—Ha llamado tu madre, dice que no se encuentra bien —terció Stanley.

Gaby lo miró, pues durante el tiempo que llevaban allí no había llamado nadie. Asintió para darle credibilidad, porque si quitaban a Frank de en medio podrían hablar con libertad.

—La llamaré para ver cómo está —murmuró él.

—No, mejor ve a su casa. —Gaby abandonó su silla y se acercó a su «novio» adoptando una expresión preocupada—. Ya sabes cómo es, no se quedará tranquila hasta que hable contigo en persona.

Ironías del destino, pensó ella; la de veces que se había molestado al tener que prescindir de Frank porque la señora Tremblay siempre se ponía enferma en los momentos más inoportunos.

—Es tarde... —se quejó Frank.

—Cuanto antes vayas, antes volverás —lo apremió—. Es preferible salir de dudas.

Para Frank, su madre era intocable y no titubeaba si tenía que dejar cualquier cosa para atenderla. Gaby y Stanley lo sabían, igual que sabían que ella lo retendría lo suficiente como para que pudieran hablar sin interrupciones.

—Tienes razón —convino él torciendo el gesto.

—No te preocupes, no será nada —dijo Stanley, y no mentía.

Frank los dejó solos y se marchó con rapidez. Ni Gaby ni Stanley se sintieron culpables por aquella mentirijilla.

—Y ahora deja eso y hablemos antes de que vuelva Frank —exigió ella mirando por la ventana, para asegurarse de que su «novio» se había marchado.

—Estás hecha una lianta de cuidado...

—Mira quién fue a hablar... Da igual. Necesito información precisa —explicó impaciente.

—Antes me tendrás que hacer un resumen de tus actividades nocturnas. —Stanley levantó las cejas sugestivamente, dando a entender que se hacía una ligera idea de qué había hecho la noche anterior.

—De acuerdo. Fue... ¡No tengo palabras! —exclamó, y sintió un escalofrío al recordarlo.

Le explicó, no los detalles más morbosos, sino la conversación en la que por fin habían puesto todas las cartas sobre la mesa. Él la escuchó a medio camino entra la sorpresa y la admiración por haber sido capaz de hablarle con tanta claridad a un tipo como Mercier, que, a buen seguro, no estaba acostumbrado a que las mujeres lo trataran con aquella franqueza.

—¿Y hoy no has quedado con él? —preguntó Stanley extrañado.

—No, porque... —hizo una pausa para inspirar, porque ahora venía la parte más complicada—, antes necesito información.

Stanley le hizo un gesto para que lo siguiera al saloncito y, una vez allí, sirvió dos copas de licor, pues intuía que Gaby precisaba un empujoncito para hablar.

—¿Información? —repitió cuando tomaron asiento el uno junto al otro.

Ella bebió un buen trago y puso mala cara, no terminaba de pillarle el gusto a aquella bebida. Sintió el calorcito en su estómago y, tras cerrar los ojos un instante, los abrió y miró al frente, porque de otro modo no sería capaz de reproducir en voz alta las palabras que había dicho Olivier.

—Bien, durante...

—¿El frenesí erótico? —sugirió Stanley a modo de ayuda.

—Se podría decir que sí. Él dijo algo así como: «Quiero que te arrodilles, abras la boca y me la chupes, con las manos atadas a la espalda, hasta que me corra y después, si me apetece y considero que lo has hecho bien, quizá considere follarte».

Gaby lo dijo de corrido, sin apenas respirar ni hacer pausas.

—¿Y cuál es el problema?

—¡Que no tengo la menor idea de cómo hacer eso!

Stanley estalló en carcajadas, algo que a ella no le gustó, aunque no le quedó más remedio que esperar a que se le pasara el ataque de risa.

—Por Dios, tienes cada cosa...

—¡Deja de reírte! —exclamó, molesta por su reacción.

—Lo siento, Gaby, de verdad, pero es que...

Esperó con cara de disgusto a que terminara de reír. Stanley se tomó su tiempo, durante el cual ella lo fulminó con la mirada, se paseó por el saloncito y acabó dándole una colleja para que se dejara de estupideces y le explicara de una maldita vez lo que necesitaba saber.

—Tú tienes mucha más experiencia que yo —dijo resoplando, pues se dio cuenta de que, en los asuntos de alcoba, aparte de ser una neófita, iba a tener que esforzarse y estudiar a fondo para no hacer el ridículo.

Stanley se puso en pie junto a la ventana, donde había espacio suficiente para darle una clase rápida. Le hizo un gesto para que se acercara. Gaby obedeció un tanto extrañada y se situó frente a él a la espera de que hablara.

—¿Y bien?

—Arrodíllate —le indicó, señalando el suelo.

—¿Cómo dices?

—De rodillas, Gaby —repitió Stanley, y ella puso cara de «No sé qué pretendes, pero lo hago porque quiero aprender y no puedo cuestionar el método de enseñanza».

Se colocó tal como él le indicaba y miró hacia arriba.

Stanley acortó distancias de tal modo que su entrepierna quedó a la altura de su boca.

—Es muy sencillo —prosiguió él—: tú abres la boca y, procurando respirar por la nariz, dejas que él meta la polla en ella.

Gaby dio un respingo ante tanta crudeza. Asintió. Ahora no se iba a poner tiquismiquis.

—¿Durante cuánto tiempo? —logró preguntar tras tragar saliva.

—Bueno..., en teoría, en una felación como tal se debe llegar hasta el final.

—El final —repitió ella, intentando asimilar la información.

—O hasta que el interfecto te pida lo contrario —añadió Stanley.

Gaby permaneció de rodillas, frunciendo el cejo, pues aún quedaban cabos sueltos y no quería arriesgarse, una vez metida en la situación, a hacer el ridículo.

—Has dicho que hasta el final salvo que me indiquen lo contrario... ¿Cómo sabré que ha acabado?

Stanley reprimió las carcajadas, ya que en cierto modo entendía sus dudas. Durante unos segundos sopesó la idea de recurrir a eufemismos, aunque lo desestimó porque podía inducir a error y Gaby agradecería la franqueza.

—Si él se aparta antes de correrse, será decisión suya, pero si decide llegar al final, se correrá en tu boca. Eyaculará y entonces tú puedes hacer dos cosas.

—Qué complicado es esto. Debería haberme traído lápiz y papel —se quejó ella, aún de rodillas—. ¿Qué dos cosas?

Stanley se aclaró la garganta.

—Cuando él se corra, agradecerá que te lo tragues, a ser posible sin poner cara de asco. Aunque si te apartas con disimulo, lo comprenderá.

—Entendido. Sin embargo, esta postura la veo muy incómoda; ¿no hay otra?

—Por supuesto, pero piensa no sólo en la postura, sino también en el momento, en el ambiente..., en todo lo que envuelve la escena.

—No lo veo muy claro, me duelen las rodillas.

—Cuando estés excitada, complaciendo a un hombre, olvidarás ese detalle.

—Mmm... Puede ser —reflexionó—. En cambio, lo de las manos a la espalda lo veo difícil.

Hizo la prueba y se notó en su estabilidad, ya que se tambaleó.

—Reconozco que tener las manos atadas a la espalda confiere a todo un componente muy morboso. Si lo prefieres y te lo permite, colócale ambas manos sobre la parte alta de los muslos y apóyate en él.

Gaby lo probó con Stanley y asintió al comprobar que de esa manera se sentía más estable.

—Así me gusta más.

—Y también te permite utilizar las manos para controlar la profundidad y estimular... Ya me entiendes.

—¡Es verdad! —exclamó sonriendo, ya que se veía capaz de hacerlo, y todo gracias a sus impagables consejos.

Él, sin poder controlar sus reacciones, terminó excitándose y ella se sintió complacida, pues si lo había logrado tan sólo con gestos y palabras con un hombre como Stanley, ¿qué no podría hacer con Olivier?

—¿Qué demonios estáis haciendo ahí los dos? —los interrumpió una voz furiosa, que tanto profesor como alumna conocían muy bien.

—Frank, por favor, cálmate —dijo Gaby girando la cabeza para mirarlo, aunque sin apartarse de su maestro.

—Ya me podéis explicar qué significa eso —exigió él aún más tenso.

Stanley negó con la cabeza.

—¿Celoso? —bromeó, y ella se rio entre dientes.

—No seas tonto, sólo estábamos hablando de cómo se hace una

felación —terció Gaby, y a Frank casi se le salieron los ojos de las órbitas.

—Y, por lo que veo, os he interrumpido en mitad de la «clase» —gruñó y, para no soltar alguna ordinariez, se fue hasta el mueble bar y se sirvió una generosa cantidad de licor.

Gaby, al ver el enfado de su «novio», decidió no soliviantarlo más y se incorporó con la ayuda de un atento Stanley, que no entendía a santo de qué Frank se ponía celoso.

—No te pongas sarcástico —le pidió Stanley, acercándose a su amante para intentar calmarlo.

—Deja de tomarme por tonto —mascullò Frank, señalándolo con el vaso de licor a medio beber, impidiéndole con ese gesto que se acercara—. Nunca te cansas de repetirme que has sido cocinero antes que fraile.

—Eso es un golpe bajo —se quejó Stanley.

—Chicos, por favor, no discutáis —terció Gaby—. Frank, deja de ver fantasmas donde no los hay.

—Maldita sea, si hasta te has excitado —prosiguió éste, en el papel de amante ultrajado.

—No voy a negar la evidencia —contestó Stanley muy serio—, como tampoco negaré que ella es una mujer atractiva; pero aun así no te traicionaría.

—¡Qué honor! —replicó Frank irónico.

—Frank... —Gaby se situó junto a él y lo obligó a que la mirase a los ojos—. Deja de decir estupideces y escúchame. No estropees una relación como la que tienes por unos celos absurdos, sin fundamento. ¿Entendido?

Esas palabras causaron cierto malestar en él, porque quizá había exagerado acusando a Stanley sin pruebas sólidas. No obstante, al llegar a casa y encontrárselos en aquella postura tan evidente, se le habían despertado todas las inseguridades, pues a pesar de las reiteradas veces que su amante le decía que lo quería, Frank continuaba dudando.

—Gracias, Gaby —murmuró Stanley.

—Ahora os dejo a solas... —dijo ella con una media sonrisa de lo más pícara, a ver si captaban la indirecta y se reconciliaban como era debido—. Y... ¿Frank?

—¿Sí?

—Termina lo que he empezado —remató, abandonando el saloncito.

Stanley le guiñó un ojo a modo de gesto cómplice y esperó a que cerrase la puerta para enfrentarse a su amante, que, por cierto, continuaba con cara de pocos amigos.

—Podemos solucionar esto aquí y ahora —propuso Stanley—, o también que cada uno se vaya a un dormitorio diferente y mañana finjamos que no ha ocurrido nada. De ese modo, dentro de un tiempo, cuando discutamos, podrás echármelo en cara.

—Maldita sea... —masculló Frank, y se despeinó al pasarse una y otra vez la mano por el pelo, debido a un enfado que no lograba controlar—. No es tan sencillo.

—¿Por qué? —Stanley se le acercó con cautela, confiando en que recuperase la sensatez.

—Porque no hay día en que no me pregunte cómo es posible que sigamos juntos cuando todo está en nuestra contra.

—¡Frank, por Dios! —exclamó Stanley, y negó con la cabeza ante tanto pesimismo—. ¿Cuándo vas a dejar de ser tan inseguro?

Antes de que dijera alguna tontería más, Stanley acortó distancias. Acunó su rostro y lo miró fijamente a los ojos. Podría repetirle hasta la saciedad las mismas palabras, pero no parecían convencerlo de que, tras haber sorteado todas las dificultadas habidas y por haber, estaban juntos por decisión propia, y que Frank continuara dudando lo desesperaba.

Entrar en aquella espiral tan peligrosa significaba dar credibilidad a unos celos infundados y despertar más inseguridades, el cóctel perfecto para arruinar cualquier relación. Y, en su caso, con la cantidad de altibajos que tenían, era mejor no correr riesgos.

—Creo que nunca lograré sentirme seguro —admitió Frank en voz baja, casi avergonzado.

Stanley le acarició los labios con el pulgar antes de inclinarse y besarlo.

Frank gimió bajito, dando muestras de su habitual contención, la misma que su amante rompía cada vez que tenía ocasión. A medida que el beso fue ganando intensidad, lo hizo también el deseo de dar un paso más.

Continuaban en el salón, lejos de la privacidad que les ofrecía el dormitorio, no obstante, ninguno de los dos se fijó en ese insignificante detalle. Además, ya tenían suficiente con ponerse a salvo de miradas indiscretas fuera de allí, qué menos que sentirse libres en su propia casa.

Stanley sonrió cuando su amante, algo más animado de lo habitual, se arrodilló frente a él y comenzó a tocarlo por encima del pantalón. Por supuesto, su intención no era acariciarlo sólo por encima de la tela, quería ir más allá y, recordando las palabras de Gaby, le desabotonó la bragueta.

—Frank... —gimió Stanley al sentir las suaves y ambiciosas manos de su amante sobre la polla.

Frank alzó la vista, complacido por aquel gemido tan prometedor, y sonrió al ver aquella expresión de absoluto deseo en el rostro de Stanley.

Había sido un necio al dudar de él. ¿Cómo iba a follarse a Gaby?

Sin duda había llegado a pensar tal estupidez tras la visita a su madre, que, además de relatarle con todo lujo de detalles sus infinitas dolencias (las reales y las ficticias), le había puesto la cabeza como un bombo diciéndole que debía pedir la mano de Gaby cuanto antes, para evitar que se casara con otro, y así emparentarse con la familia Boston, todo un privilegio del que presumir. Y hasta le había insinuado que quizá su mejor amigo, refiriéndose a Stanley, al que no podía ni ver, no dudaría en conquistar a la joven, ganándole la carrera.

Y con todo eso en la cabeza, había llegado y había visto a Gaby arrodillada ante su amante, en una postura inequívocamente sexual, y eso había despertado en él la inseguridad que a duras penas lograba contener.

—Métetela en la boca —lo apremió Stanley, al ver que sólo lo manoseaba por encima de la ropa interior. Eso le gustaba, aunque si sentía la humedad y el calor de una boca sobre su erección, mucho mejor.

Frank parpadeó al oírlo y se humedeció los labios. Le bajó los pantalones hasta medio muslo y, antes de obedecer, lo masturbó con delicadeza, a lo que Stanley respondió con un gemido muy elocuente. Entonces se esforzó por complacerlo y evitó pensar en el motivo por el que lo había encontrado ya empalmado. Cerró los ojos y abrió la boca, dispuesto a todo por su amante.

Stanley adelantó las caderas, aunque no embistió, sino que dejó que la boca de Frank fuera tragándose su polla al ritmo que quisiera. Controló a duras penas sus ganas de follarlo, pese a saber que a Frank no le importaría, pero le cedió todo el control, confiando en sus habilidades para dejarlo sin aliento.

—Joder, Frank...

Sin dejar de acariciarle los testículos con una mano, continuó chupándosela con verdadera devoción, disfrutando como si fuera él el receptor de tal atención, fijándose en los gemidos de Stanley y manteniendo un ritmo constante para alargar lo inevitable.

Ninguno de los dos oyó los pasos que se acercaban y mucho menos el chasquido de la puerta al abrirse. Lógico, se encontraban metidos en una reconciliación y no esperaban visitas.

—Hay una cosa que no me ha quedado clara...

—¡Gaby! —exclamó Frank sobresaltado, poniéndose en pie con rapidez.

—Lo... lo siento —farfulló ella entre risas, dando media vuelta para ofrecerles un mínimo de privacidad.

Al llegar a su dormitorio, se le había planteado una duda y por eso había regresado en busca de su profesor, sin imaginar que se reconciliarían tan pronto, y en el salón.

—No me lo puedo creer —masculló Stanley a medio camino entre el enfado porque los hubiese interrumpido en lo mejor y la diversión, pues la puñetera había escogido el momento más oportuno. ¿Y si había estado espiando para aprender mejor?

—A ver, qué cosa es ésa que no te ha quedado clara —dijo Frank inspirando hondo, porque resultaba incómodo, no sólo desde el punto de vista físico, que ella los hubiera pillado.

Sin querer, se acordó de aquella noche en la que Gaby descubrió cuáles eran sus preferencias sexuales, destapando un secreto que les causó mucho dolor a los dos y que, a pesar de haberlo superado, podía volver a interponerse en su relación de amistad.

—Antes me gustaría saber por qué no llamas antes de entrar —masculló Stanley, ya con los pantalones abrochados.

Gaby se mordió el labio. Cada vez le resultaba más difícil disimular las risas, pues en lo referente a entrar sin llamar era una experta. Su padre no se cansaba de repetírselo tanto a ella como a sus hermanos, los tres con tendencia a interrumpir.

—Bien, acabemos con esto —terció su «novio»—. Pregunta.

Ella se volvió despacio y los miró a ambos, esforzándose por mantener una expresión neutra antes de exponer su duda.

—Esto... Me has explicado que él... eso... en mi boca —acertó a decir, ya que con Frank delante no le resultaba tan sencillo expresarse.

—Eso es. ¿Y...?

—¿Tengo que metérmela entera o sólo una parte? —preguntó ella.

Frank se atragantó y Stanley fue en su ayuda, sirviéndole un vaso de agua.

—Vaya pregunta —se quejó Frank, dudando si dejarlos a solas o escuchar la respuesta.

—Eso depende de ti —respondió el maestro.

—Necesito algo más concreto —le pidió Gaby.

Stanley miró a su amante. Tal vez no le parecía correcto que hablara con ella de manera tan franca, pero Frank se encogió de hombros, sin duda resignado a casi cualquier cosa.

—Como aún careces de experiencia, te recomendaría que fueras poco a poco...

Frank gruñó.

—De acuerdo —convino Gaby—. ¿Empiezo por la punta?

—No debería escuchar esto —se lamentó Frank.

—Sí, despacio, hasta que hayas cogido confianza.

—¿Y si cojo confianza y no me cabe entera?

Stanley arqueó una ceja. Frank se llevó las manos a la cabeza.

—Deja que las cosas fluyan de manera natural —le aconsejó su profesor.

—Ni que tuviera un miembro de caballo —exclamó Frank perplejo, porque no asimilaba que Gaby preguntara semejantes cuestiones y, para colmo, Stanley se las respondiera.

—Sólo ella puede opinar al respecto —se guaseó éste.

Capítulo 29

Gaby se despertó tarde, porque con toda la información recabada, había dado bastantes vueltas en la cama antes de caer rendida. Así pues, cuando a media mañana se acercó a la cocina, no encontró a ninguno de sus compañeros de piso. Mejor, pensó, ya que, tras haberlos interrumpido, aún se sentía incómoda. No por ser testigo sin querer de un momento íntimo, sino por estropearles lo que a todas luces era una reconciliación.

Mientras sostenía una taza de café, pensó en la posibilidad de regresar a la casa familiar y ofrecerles privacidad absoluta, aunque cambió de idea, porque en ese caso no dispondría de libertad para ir y venir a su antojo, lo que limitaría sus aspiraciones.

Sí podía hacerles una visita, confiando en que no la atosigaran a preguntas. De modo que se vistió y se dirigió a la casa familiar. Una vez allí, fue primero a su dormitorio para darse un baño relajante, ya que en casa de Frank no disponía de una bañera adecuada.

Cerró los ojos y dejó que el agua caliente y perfumada hiciera efecto sobre su cuerpo, mientras su cabeza iba por otros derroteros y, sin saber muy bien cómo, se excitó. Notó cierto hormigueo entre las piernas y, sin dudarlo, posó una mano sobre su sexo con la intención de satisfacerse, pero unos golpecitos en la puerta frustraron sus planes.

Suspiró y adoptó la típica actitud de quien no ha roto un plato, antes de murmurar:

—Adelante.

—Como diría tu padre..., la hija pródiga ha vuelto —comentó su madre al verla.

—Soy mayor de edad y no me he ido muy lejos —replicó Gaby de buen humor.

Maddy acercó una banqueta y se sentó junto a ella y, como cuando era pequeña, comenzó a lavarla con la esponja, en silencio, pues entendía que su hija quizá necesitaba ordenar sus pensamientos antes de hablar. Después la ayudó a salir del agua y hasta la secó y le desenredó el cabello. Todo con el cariño y la serenidad de una madre que, pese a querer hacer mil preguntas, entiende que debe ser paciente.

—Mamá...

—¿Sí, Gaby?

—¿Alguna vez has hecho algo de lo que deberías arrepentirte y pese a ello no sientes remordimientos?

Maddy se sentó en el borde de la cama y sonrió con disimulo. Su intuición no había fallado. A Gaby la inquietaba alguna cosa.

—Depende de cómo se mire —respondió con cautela—. ¿Qué te preocupa?

Su hija suspiró y se metió en el vestidor antes de hablar.

—Creo que os voy a decepcionar, en especial a papá —murmuró mientras se vestía.

—Olvídate de tu padre —le aconsejó su madre sonriendo—. Para algunas cosas es bastante...

—¿Intransigente? —sugirió Gaby sonriendo.

—Es una definición que se acerca bastante —corroboró Maddy, dando unas palmaditas en el colchón para que se sentara junto a ella.

Gaby se acercó y, en vez de permanecer sentada, se dejó caer hacia atrás y cerró los ojos.

—A veces me preguntó por qué, pese a tener las ideas claras, actúo de forma opuesta —reflexionó—. Y en los últimos tiempos esa tendencia se repite más que nunca.

—¿Qué tenías tan claro, cariño?

—Siempre he soñado con formar una familia, tener hijos, en cambio, poco a poco me he dado cuenta de que ese sueño se va diluyendo, ya no me importa tanto. Ahora quiero hacer otras cosas, pero tal vez os decepcione —confesó sincera, pues más de una noche se había quedado en vela dándole vueltas al asunto.

Maddy le apretó la mano, comprensiva.

—¿Decepcionarnos?

—Papá no deja de insistir a la menor oportunidad con que quiere más nietos y quizá yo no... —Suspiró, porque si alguien se enteraba del tejemaneje que se llevaba entre manos, sin duda la encerrarían en casa hasta convencerla de que dejara de enredar por ahí.

—Hija, llega un momento en que has de cortar ciertos lazos, y sí, tanto tu padre como yo desearíamos tener más nietos; sin embargo, no puedes vivir condicionada por ello.

Las palabras de su madre resultaban sin duda un bálsamo. Aunque le hubiera gustado poder desahogarse, debía continuar con sus andanzas en solitario.

—¿Sólo te preocupa eso? —indagó Maddy.

—No, mamá, pero hay cosas que no puedo contarte —admitió en voz baja y la miró de reojo, pues se sentía igual que una niña pequeña al intentar mentir.

—¿Es sobre Frank?

—Ya sé que no os gusta ni os gustará nunca. Pero es mi amigo y seguirá siéndolo. Y ahora tenemos una relación muy especial.

—Relación que no tiene por qué cambiar si vuelves a casa —sugirió Maddy con suavidad.

—¡Mamá! —protestó ella, ocultando una sonrisa—. Qué manera tan sutil tienes de decirme las cosas.

—Compréndelo, debía intentarlo —se disculpó su madre, mientras la peinaba con los dedos—. Te echamos de menos.

—Ya lo sé —musitó sonriendo de medio lado—. Pero digo yo que en algún momento tendré que vivir por mi cuenta.

—Por mucho que me cueste aceptarlo, sé que es algo inevitable, pero me gusta pensar, y no me culpes por ello, que sigues siendo mi pequeña.

Gaby no la iba a culpar por ello. En cierto modo, a su madre podía disculparla, no así al resto, que la tomaban por una cría. Además, tampoco la había atosigado a preguntas, dándole al menos un margen de confianza; todo un detalle, algo que sólo una madre podía entender.

—Gracias, mamá, da gusto hablar contigo.

—Anda, vístete antes de que regrese tu padre de su «reunión» con el tío Rafe y te interrogue.

Gaby se rio entre dientes; por aquellas palabras era evidente que su madre estaba al tanto del tipo de reuniones que aquellos dos se llevaban entre manos. No hacía falta decir nada más.

Y puesto que su madre le había brindado una información muy útil, Gaby se escabulló de casa antes de toparse con su padre, pues de momento quería evitar cualquier conversación con él.

* * *

Lo cierto fue que salió de casa algo más tranquila, dudando cómo proceder. Sólo una cosa tenía clara: iba a ir a ver a Olivier. La cuestión era si a la hora de la comida o esperaba a la cena. Por supuesto, sin avisar.

La excusa de comprobar si había demostrado cierta inteligencia aceptando el acuerdo con Rufus O'Riley era buena, pero demasiado obvia. Debía buscar el modo de ponerlo nervioso, de que no pudiera anticiparse. Y para ello no se le ocurrió nada mejor que acercarse al hotel, previa comprobación de que él no se encontraba allí. Para saberlo con seguridad, decidió llamar por teléfono al señor Wang.

Tuvo suerte y el secretario la informó del paradero de Olivier, que se había desplazado al despacho del constructor al que había recurrido en primera instancia, para decirle en persona que ya no contaba con sus servicios.

Ahora que Gaby sabía a ciencia cierta que no estaba en el hotel, sólo le restaba lanzar el anzuelo para que Olivier, además de nervioso, se mostrara impaciente. Tal vez el secretario no quisiera, pero tenía que intentarlo.

Se dirigió al Great Night y, una vez allí, se inventó una mentira sobre unos documentos que debía dejar en el despacho de su jefe. Como cabía esperar, el señor Wang no se quedó convencido a la primera, pues él mismo podía hacerle llegar tales documentos; no obstante, Gaby insistió con su actitud más melosa, hasta que el hombre cedió y le abrió el despacho.

Una vez allí, tenía que deshacerse del secretario, que permanecía en la puerta, con su cara inexpresiva, vigilando cada movimiento e impidiéndole llevar a cabo sus planes. También podía cambiar su versión y alegar que debía entrar en el dormitorio, aunque no tendría el mismo efecto.

—Vaya, qué calamidad, no sé dónde he metido los papeles que debo dejar... —dijo en el tono más tonto posible—. Olivier se va a enfadar, le había prometido revisarlos y ayer, con las prisas, me olvidé.

—No pasa nada, señorita Boston, seguro que se puede arreglar.

Gaby se mostró muy afectada, como si se fuera a acabar el mundo. Cualquier argucia para poder quedarse sola en el despacho.

—Estoy segura de que tiene asuntos que atender, señor Wang, si quiere ya me quedo yo aquí sola, buscando en mi bolso —dijo, procurando parecer afectada, como si aquello fuera un fastidio y se sacrificara por la causa.

—Me temo que...

—¿Piensa que voy a cotillear entre los papeles del señor Mercier? —lo interrumpió ella, poniéndolo en un aprieto, porque si respondía de modo afirmativo, Gaby montaría un escándalo que forzaría al señor Wang a aplacar su enfado. Por el contrario, si la contestación era negativa...

—No, claro que no —se apresuró a responder el hombre.

Gaby disimuló su satisfacción.

—Pues entonces, no se hable más —dijo decidida y, para dar

más consistencia a sus palabras, ocupó el asiento de Olivier y esperó con una sonrisa en los labios a que el secretario la dejase a solas. Él titubeó, pero al final no le quedó más remedio que ceder y abandonar el despacho de su jefe, dejándola por fin sola. Al cerrarse la puerta, Gaby suspiró. Tenía que relajarse o todo su plan se iría al garete.

No tenía la menor idea de cuándo regresaría Olivier, lo que significaba que debía estar preparada y confiar en que el señor Wang no interrumpiese, frustrando sus planes. Para ello, lo primero era adoptar una postura sugerente y, por supuesto, de superioridad, como si seducir a un hombre en su propio despacho fuera algo habitual para ella.

Apartó los documentos allí ordenados y reprimió el impulso de echarles un vistazo. Sin embargo, pensó que bien podía saber qué asuntos se llevaba Olivier entre manos, pues, como había oído infinidad de veces en su casa, nada mejor para negociar que conocer bien al oponente...

* * *

Olivier regresó al hotel sonriente. Gracias a la gestión de Gabrielle había podido mandar a paseo a la empresa con la que había contactado en primera instancia y que, por decirlo de una forma suave, le habían tomado el pelo. Había perdido no sólo dinero, sino también tiempo, lo que perjudicaba sus planes. Y ahora, tras firmar el contrato con Rufus O'Riley, podía respirar tranquilo.

El tipo era rudo, maleducado y se veía a la legua que su origen había sido humilde. Para cualquier otra persona, esa descripción sería una gran losa, pero no para Olivier, que lo apreciaba, ya que semejantes adjetivos también se podían aplicar a su persona. La única diferencia era que O'Riley no disimulaba y él sí se esforzaba por parecer un hombre refinado, salvo cuando se enfadaba; entonces perdía cualquier vestigio de educación.

—La señorita Boston...

—¿Qué ocurre con Gabrielle? —interrumpió a su secretario, pues tras la extraña despedida no deseaba otra cosa que verla de nuevo.

—Ha llegado hará como dos horas —le respondió el señor Wang, y Olivier lo fulminó con la mirada.

—¿Y se puede saber por qué no me han mandado recado?

—Señor Mercier..., ella sólo quería dejarle unos documentos —alegó, en un intento de evitar el enfado de su jefe.

—La madre que la parió... —masculló él—. ¿Y la has dejado sola en mi despacho?

—Verá, ella ha insistido y como se trata de una amiga muy especial...

Ante aquel tono tan perspicaz, Olivier poco o nada podía decir, así que, antes de soltar algún improperio, decidió dejar que el señor Wang volviera a sus quehaceres y él se dirigió a su despacho en un estado de ánimo de lo más confuso, entre cabreado y excitado. Entró en su oficina y, al ver aquello, se dio cuenta de que ni en sus más extrañas, y sobre todo oscuras, fantasías habría pensado encontrarse algo semejante.

Gabrielle, como una indolente ejecutiva, se encontraba sentada en su sillón, leyendo la prensa. Hasta ese punto la situación se consideraba tolerable, lo que no lo era tanto era verla desnuda (al menos los hombros), porque el collar de perlas tapaba más bien poco y, por lógica, dudaba que en la zona de su cuerpo oculta bajo el escritorio llevara algún tipo de prenda.

Cuando ella apartó el periódico, lo dobló con parsimonia y lo dejó a un lado, despejando una parte de sus dudas. Sí, en efecto, estaba desnuda. Ahora sólo faltaba conocer el motivo.

O, mejor dicho, ¿merecería la pena el motivo?

—¿A qué debo el placer de esta inesperada «reunión»? —preguntó, y ladeó la cabeza con objeto de verle los pies. Comprobó que llevaba los zapatos puestos, lo que confería a sus ya de por sí interesantes piernas un matiz más morboso.

Sugerente, desde luego.

Y peligroso. Mucho.

¿Qué pretendía?

Olivier no sabía la respuesta, no obstante, estaba dispuesto a averiguarla a la mayor brevedad posible.

—¿Acaso necesito motivos para venir? —replicó ella y se movió con disimulo, pues el tacto del suave cuero del sillón la excitaba.

—Gabrielle..., deja de jugar.

Se acercó a ella y, aprovechando la ley de la ventaja, hizo que el sillón girase un cuarto de vuelta, de tal forma que quedaron frente a frente. Luego Olivier se arrodilló.

—No estoy jugando —musitó Gaby un tanto contrariada, ya que se suponía que era ella quien debía arrodillarse—. ¿Qué... qué haces?

Él se encogió de hombros un tanto indiferente, como si encontrarse a una mujer desnuda en su despacho fuese lo más habitual del mundo. Ya no necesitaba una explicación. Posó una mano en sus piernas y se las separó, para después inclinarse hacia delante y depositar un beso en cada rodilla, siendo éste el punto de partida de una sucesión de besos, a veces suaves y a veces no, que le recorrieron la cara interna del muslo hasta detenerse justo a escasos centímetros de su sexo.

Gaby se agarró con fuerza al reposabrazos. Dio un respingo y, aunque su intención no era apartarse, Olivier la sujetó con fuerza e incluso tiró de ella para que su trasero se situara en el borde y así colocarla más acorde con sus intenciones.

—Pasar el rato..., nada más —respondió él, tras tomarse su tiempo para sacarla de quicio.

—¿Ahí? —murmuró con un hilo de voz, mirando hacia abajo. Verlo entre sus piernas le produjo un extraño y agradable escalofrío.

—Justo ahí —confirmó Olivier—. Recorrer tu coño con la lengua va a ser delicioso.

Tras esa confesión, prosiguió tentándola con los labios un buen rato más, observándola de reojo, notando cómo la respiración se le aceleraba o se le reducía en función de lo cerca que estuviera de su sexo. Él, que entre otras cosas deseaba llevarla al límite y que acabara desesperándose, se cuidó muy mucho de no tocar, ni siquiera rozarle el clítoris, pues bien sabía que, de hacerlo, Gabrielle se correría y adiós al juego.

Pero su propia excitación resultaba un poderoso inconveniente con el que bregar, porque no era estar arrodillado lo que lo incomodaba, sino la presión de su polla dentro de los pantalones.

—Deja de jugar conmigo —musitó ella con un tono muy parecido a la súplica, tal como él esperaba.

Olivier se rio entre dientes, satisfecho, si bien no por completo, sí en parte.

Para tenerla aún más expectante, utilizó un dedo para recorrer los empapados labios vaginales y sólo le rozó lo imprescindible el clítoris, logrando que jadeara bien alto, aunque no lo suficiente, de ahí que la provocara un poco más.

—Mmmm... —gimió luego, llevándose a la boca el dedo con el que la había estimulado.

Ella abrió los ojos como platos ante aquello y se sonrojó (aún más), puesto que durante sus clases nadie le había hablado de eso. Quería gritar, y no sólo de placer, pues no era el único motivo; la frustración tenía mucho que ver. Si quedarse desnuda en el despacho de un hombre ya podía considerarse preocupante, encima su idea original se había ido al traste, porque Olivier se las había apañado para darle la vuelta a la tortilla. Y si bien no iba a quejarse, lo cierto era que ya pensaría en el modo de llevar a cabo su plan otro día.

Él, por su parte, continuaba arrodillado a sus pies, no sólo de forma literal, sino también de otra forma: debía andarse con cuidado para no acabar siendo poco menos que un felpudo. Cada vez estaba más tentado de mandar al cuerno la maldita contención y tirársela encima de la mesa donde cada día soportaba con hastío las obligaciones burocráticas, una actividad ni de lejos tan estimulante como saborear a Gabrielle.

Alzó la mirada y lo que vio lo dejó sin aliento. Ella respiraba de manera entrecortada, mantenía los ojos cerrados y en sus manos agarradas al reposabrazos se percibía la tensión que soportaba.

Así era justo como la quería.

—Gabrielle... —musitó, entregado y dispuesto a todo por complacerla.

—¿Sí? —consiguió decir tras aclararse la garganta.

—Se acabó el juego.

Esa frase la pronunció con tal determinación que ella abrió los ojos de golpe, quizá asustada. No tuvo tiempo de asimilar por entero las palabras de Olivier, pues una curiosa y, sobre todo, experta lengua masculina se internó en su sexo. No buscaba nada, sino que encontró a la primera el punto exacto para hacer que ella gritase.

—¡Santo cielo!

Ya no quedaba espacio para las medias tintas, nada de tanteos. Olivier fue expeditivo y primero besó de forma sonora y obscena su clítoris, para después friccionarlo con verdadera maestría. Tanta que los gemidos, ya de por sí elocuentes, aumentaron significativamente hasta resultar todo lo escandalosos que él deseaba. Algo que, por supuesto, lo incentivó como ninguna otra cosa.

No sólo la estimuló con la boca, sino que además añadió un dedo y la penetró con él. Despacio, con suavidad, porque Gabrielle estaba muy cerca de correrse y deseaba saborearla un poco más.

—No puedo más —se lamentó ella, retorciéndose en el sillón. Notaba la suavidad del cuero en contacto con su piel. Demasiada tensión acumulada en su cuerpo, que no veía la forma de liberarla, puesto que el muy cretino de Olivier sabía muy bien cómo mantenerla expectante sin darle el toque de gracia, y la situación se había vuelto insoportable.

Él le respondió con un erótico mordisco en el muslo, antes de darle justo lo que necesitaba.

—Ni te imaginas lo mucho que disfruto comiéndote el coño —afirmó, y le frotó el clítoris con el pulgar hasta que oyó el gemido más morboso que recordaba haber oído nunca en boca de una mujer.

—¡Dioooooooos, sí...! —gritó Gaby.

Seguro que había dejado marcas de arañazos en el cuero del reposabrazos. Inspiró hondo, mientras él continuaba entre sus piernas, obsequiándola con suaves caricias.

—Qué bien sabes... —musitó y se puso en pie despacio.

Y ella, recuperada en parte, en tan poco tiempo le resultaba imposible hacerlo por completo, logró cerrar las piernas y, de paso, ver lo excitado que estaba. ¿Debía devolverle el favor en ese mismo momento, esperar una situación más propicia o quedar en deuda con él?

Al incorporarse, se tambaleó ligeramente, como no podía ser de otro modo, aunque logró mantener un mínimo de dignidad que le iba a durar bien poco, pues para recuperar la ropa debía darle la espalda y mostrarle las posaderas, una imagen demasiado perturbadora.

Debería haber dejado su ropa más a mano, pensó, haciendo una mueca.

—¿Qué ocurre? —preguntó Olivier al verla indecisa.

—Tengo una duda... —susurró en respuesta, y él le hizo un gesto para que hablara—. ¿Pedir que me pagues la comisión correspondiente por mis servicios como asesora estando desnuda me resta credibilidad?

Olivier no pudo responder, se echó a reír a carcajadas mientras buscaba en el escritorio el talonario de cheques.

Capítulo 30

—¿De dónde has sacado este dinero? —preguntó Robert sin entender cómo, de repente, Gaby se presentaba en su casa con un generoso cheque.

—¿Importa? —replicó ella y se encogió de hombros, aunque por la cara de él era evidente que iba a tener que dar más explicaciones.

—¿No se te habrá ocurrido tocar el dinero de tu fideicomiso?

La pregunta tenía todo el sentido del mundo, pues si Gaby tocaba ese fondo para ayudarlo a montar una clínica, la familia actuaría y nadie se quería enfrentar a los Boston.

—¿Y si así fuera? —replicó, sólo para atormentarlo un poco.

—¡Maldita sea, Gaby! —estalló Robert preocupado, fulminándola con la mirada.

Que se hubiera presentado en su casa un domingo por la mañana ya era de por sí sospechoso, pero si además era para entregarle dinero, la situación, aparte de rocambolesca, era peligrosa.

—No seas tonto —lo reprendió con cariño—. Esto lo he ganado yo sola. Tranquilo.

—¿Ganado? ¿Cómo? —indagó él, aún más extrañado.

—Soy una mujer de recursos —adujo, y así mantuvo un aire misterioso.

—¿Lo sabe tu hermano?

—Deja en paz a Alfred, no es mi padre —replicó ella, que estaba hasta la peineta de que cualquier decisión que tomase fuera cuestionada, como si necesitara supervisión.

—No le va a gustar...

—¡Al cuerno con él! —exclamó Gaby—. Lo importante es reunir el dinero para abrir esa clínica y yo ya he aportado un granito de arena.

Eso último lo dijo con bastante ironía.

—Tu hermano y yo no estamos cruzados de brazos —se defendió él, algo picado en su orgullo—. Hemos hablado con algunos inversores.

Gaby asintió, pues entendía que aquel proyecto no podía fundamentarse en la desigualdad. Alfred y ella disponían de recursos, era Robert quien debía ingeniárselas, de ahí que acordasen buscar financiación a partes iguales y, hasta que él lograra reunir su tercio, todo quedaba en espera.

—En fin, me gustaría que las cosas avanzaran con mayor rapidez —se lamentó Gaby—. Pero tampoco vamos a precipitar los acontecimientos.

—El dinero no será el único obstáculo, los permisos administrativos también nos retrasarán —explicó Robert con pesar.

—Bueno, ya nos ocuparemos de eso cuando toque —respondió ella sonriente, pues las influencias de su apellido allanarían el camino—. Ahora te dejo, que seguro que tienes asuntos más divertidos a los que dedicar tu tiempo. —Y con los ojos señaló el piso de arriba, donde a buen seguro esperaba la amante del doctor.

—De un tiempo a esta parte te has vuelto muy cotilla.

—No seas tonto —contestó, y se inclinó para darle un beso en la mejilla a modo de despedida.

Gaby abandonó la casa de Robert sonriente y con buen ánimo. Había dejado a Olivier a primera hora de la mañana con la promesa de darle una respuesta, pues él deseaba que se quedara a pasar el día con él. Sin embargo, la intuición le indicaba que era mejor no ceder, y además guardaba unos documentos que le había birlado, no por hacerle una faena, sino porque, mientras lo esperaba desnuda en el despacho había tenido ocasión de leer un informe sobre los problemas de organización del Great Night. Por lo visto, entre la gobernanta del hotel, la señora Thorme, y algunos de los subordinados existían constantes roces que repercutían en el funcionamiento, lo que traía de cabeza a Olivier, que al comprar el establecimiento se había comprometido a respetar los puestos de trabajo.

Gaby había leído el informe, uno redactado desde el despacho en vez de desde el meollo de la cuestión, y por eso deseaba indagar más. Su afán por solucionar los problemas de Olivier respondía primero a su interés por seguir ganando dinero, y en segunda instancia para, al estar cerca de él, poder demostrarle la clase de persona que era; además de, por supuesto, conseguir que confesara de una vez lo que había ocurrido hacía cuatro años.

Tarde o temprano Olivier sentiría remordimientos y entonces ella actuaría en consecuencia. En ese momento, cuando él comprendiera que a su lado había una mujer adulta, nada que ver con la chiquilla de la que se burló, podría mostrar todas sus cartas y exigir explicaciones. De momento seguiría con su plan, que, si bien mostraba fisuras, era el único que tenía y no lo iba a variar ahora que la partida había comenzado.

Inspiró para dejar a un lado aquellos recuerdos que, de tenerlos presentes, sólo arruinarían el presente y con ello cualquier plan, aunque fuera infalible.

Desestimó la idea de pasar el día con Olivier, si bien le resultaba tentadora. De acuerdo, sí, profundizar en el estudio de las posibilidades eróticas ahora que ya había iniciado la marcha podía ser provechoso; pero no, mejor posponer lo inevitable y crear expectación.

* * *

Regresó a casa de Frank esperando pasar una jornada de domingo con su «novio» y su mejor amigo, sin embargo, se encontró al primero solo y con cara de pocos amigos. Estaba sentado en el sofá del saloncito, con un aspecto poco habitual en él, pues Frank, aunque no fuera día laborable, siempre se acicalaba, circunstancia que, por algún motivo, y debía de ser relevante, no se había producido.

Y ella iba a saber ese motivo cuanto antes.

—Voy a ponerme cómoda, después hablaremos —le dijo, y él la fulminó con la mirada.

—No me apetece hablar —refunfuñó, y Gaby lo observó: parecía un niño pequeño más que un hombre adulto.

—Pues lo vas a hacer —replicó ella con obstinación, tras negar con la cabeza ante aquella actitud tan derrotista—. No voy a dejar a mi «novio» ahí tirado como un trapo cuando lo está pasando mal.

—Al parecer soy tu «novio» cuando te conviene —le recriminó Frank, y Gaby arqueó una ceja ante aquel tono tan ofuscado.

Ella resopló. A veces, cuando se obstinaba en ser un cretino, lo conseguía sin esforzarse demasiado. Podría ser cruel y recordarle que su relación era una calle de dos direcciones, no obstante, se armó de paciencia y decidió ser prudente.

Si él se encontraba en aquel estado tan deprimente, algo serio tenía que haber ocurrido, pues si bien no era un ejemplo de optimismo, al menos la mayor parte del tiempo pensaba con un poco de claridad.

—Frank, deja de decir bobadas —contestó en tono condescendiente.

Él cruzó los brazos adoptando una postura defensiva y la miró de arriba abajo antes de soltar una impertinencia.

—Si te pregunto de dónde vienes, ¿me lo dirás? —replicó, antes de que ella abandonara la salita donde él permanecía malhumorado.

—No te iba a gustar.

—En eso estamos de acuerdo —mascculló Frank.

—Y como no quisiera mentirte, mejor evita preguntar. Ahora vuelvo.

Tal como había dicho, regresó al saloncito tras pasar por su dormitorio y ponerse cómoda, y se sentó a su lado. Nada mejor para mantener una conversación íntima que estar así, juntos, como dos viejos amigos. A él le costaba expresarse, de ahí que no se mostrara muy proclive a la conversación. Contestaba con monosílabos o desviaba la mirada, cualquier argucia para lograr que ella se rindiera y lo dejara en paz; no obstante, lejos de dejarlo en paz, Gaby insistió hasta que al final le contó el motivo de su humor tan agrio: había discutido con Stanley.

Sin duda no era buena noticia.

Y lo más chocante de todo, por ella.

—No creo haber dicho nada gracioso —masculló Frank, mirándola con el cejo fruncido, pues vio que se reía con disimulo.

—Compréndelo, por lo que acabas de contarme, tu enfado con Stanley se debe a los celos —afirmó ella, dando en el centro de la diana, lo que hizo que su «novio» frunciera aún más el cejo.

—Repito: no lo considero un tema cómico.

—Depende de cómo se mire...

—Gaby...

—Vista con perspectiva la situación es, como mínimo, para reírse, no me digas que no.

Él intentó analizar aquellas palabras, pero no les veía la lógica por ninguna parte, así que se vio obligado a preguntar:

—¿De qué maldita perspectiva hablas?

—No quiero ser mala, pero ¿recuerdas cómo me sentía cada vez que buscabas una excusa para estar con Stanley?

—Y me arrepiento cada día de haberte tratado de ese modo —afirmó Frank, y ella no dudó ni un segundo de la sinceridad de sus palabras.

—No hace falta que me sigas pidiendo perdón —le recordó—. Hace tiempo que lo superamos.

—Yo no estaría tan seguro...

—Si te lo menciono es para que pienses, no para que te sientas culpable —indicó con suavidad, pues no deseaba que los malos recuerdos enturbiaran su relación actual.

—Sé más clara, por favor —le pidió él.

—Cuando Stanley comenzó a trabajar contigo, era yo quien se

moría de celos, porque pasabas más tiempo con él que conmigo. Yo no entendía por qué seguías viéndolo fuera de las horas laborables.

Frank sonrió de medio lado al recordar los inicios de su relación. Por un lado, vivía emocionado, ilusionado por haber conocido a Stanley y ser correspondido. Y por otro sentía amargura y culpabilidad por engañar a una mujer que le demostraba día a día cuánto lo quería. Gaby no sólo era una novia enamorada, era también una mujer dispuesta a todo por él.

—Y, por si fuera poco, hablabas de él a todas horas, un hecho que cualquier chica, por muy enamorada que esté, y créeme que yo te idolatraba, no soporta —añadió y, para que él no se atormentara, sonrió, olvidando todo el dolor que había soportado en su momento al ver cómo el hombre por el que suspiraba prestaba más atención a otro que a ella.

—Lo sé —admitió Frank con un suspiro al recordar aquellos días en los que debía mantener la farsa, algo que le dolía como ninguna otra cosa.

Gaby se acurrucó a su lado y él extendió el brazo para que estuviera más cómoda, atrayéndola hacia sí y dándole un beso en la frente.

—La paradoja de toda esta situación es que han cambiado las tornas. Ahora eres tú el que siente celos, ¡y con tu propio amante!

—Deja de burlarte —refunfuñó Frank, pese a que era bien cierto.

—No puedo evitarlo, no es para menos. Sentir celos... ¡qué ocurrencia, por favor! —exclamó sin perder el buen humor, y continuó—: Stanley y yo somos muy amigos, es cierto, y queremos seguir siéndolo. Algo que tú mismo me pediste. Recuerda tus palabras: «Cuando lo conozcas, seguro que cambias de opinión, es una buena persona».

—Sé muy bien qué dije —murmuró algo contrariado, porque por un lado se sentía satisfecho al ver que su «novia» y su amante por fin congeniaban, evitando de ese modo tener que hacer malabarismos para no ofenderlos. Lo que nunca imaginó era que Gaby y Stanley congeniarían tanto, algo que, por absurdo que pareciera, lo volvía suspicaz, máxime cuando, por lo visto, ella le confiaba muchos más secretos que a él.

—Pues entonces, empieza por dejar de hacer el tonto con Stanley —le recomendó Gaby con vehemencia—. Y, por supuesto, nada de discutir por asuntos de lo más ridículos.

—Sentirse mal no es ridículo —se defendió él.

—¡Por favor, Frank! Stanley y tú os queréis.

—A veces no es suficiente... —murmuró.

—No pongas vuestra relación en peligro, y menos por una absurda idea —le advirtió ella muy seria, porque Stanley era comprensivo, pero llegaría un momento en que su paciencia se acabaría.

—¡Ya lo sé, maldita sea!

—Pues manda a paseo esa absurda inseguridad —dijo Gaby.

Él echó la cabeza hacia atrás. Desde un punto de vista objetivo ella tenía toda la razón, sin embargo, su lado más visceral le impedía ver las cosas de manera sensata. Los celos le nublaban el entendimiento y veía fantasmas donde no los había.

—Escúchame, lo que Stanley y tú tenéis es algo maravillosos y muy difícil de conseguir —aseveró Gaby.

—¿Crees que no lo sé?

—Tan real e intenso que a veces me muero de envidia al veros juntos. Vuestras miradas, vuestros gestos... ¿Y sabes por qué?

—Me lo imagino —musitó él con una sonrisa cariñosa, mirándola de reojo, ya que Gaby, levantando el ánimo, era de las mejores.

—Porque yo nunca lograré algo semejante.

—¡No digas eso! —exclamó Frank, molesto por su falta de esperanza.

Se incorporó a medias para volverse y mirarla a la cara. No era bueno que Gaby pensara de ese modo. Era cierto que mientras, a los ojos de la gente, mantuviera una relación con él, eso no la beneficiaba. Stanley le insistía una y otra vez en ello, algo que les creaba algún que otro conflicto.

—Desde pequeña he visto a mis padres juntos, a veces enfadados, a veces disgustados, pero igual que vosotros; la relación es tan fuerte que no se debilita, todo lo contrario, se fortalece.

—No todo es un camino de rosas —dijo él abrazándola con más fuerza, porque querer a aquella mujer y tenerla a su lado era el mejor regalo posible.

—Por eso a veces se me llevan los demonios, porque me temo que una relación como la vuestra nunca podrá salir a la luz —añadió Gaby, dejando implícito su malestar por el hecho de que la sociedad los condenara—. De ahí que sea aún más importante. Esto sí es un amor prohibido y no los de las novelas.

—¿De verdad nos envidias? —quiso saber Frank mirándola a los ojos sin parpadear, agradecido por su compañía, su comprensión y sus palabras.

—Mucho. Me pongo verde al veros y sobre todo... —hizo una pausa para rematar—: al escucharos...

—¡Gaby!

—¿Qué? Algunas noches sois muy ruidosos —se burló ella—. Y que conste que me parece fantástico.

Frank se sonrojó y buscó el modo de cambiar de tema, pues por mucha confianza que existiera entre ambos le seguía incomodando que fuera testigo de las demostraciones de cariño entre Stanley y él.

—Y ahora te toca hablar a ti: ¿cómo te va con ese amante misterioso?

—No sé si eres el más indicado para hablar de eso...

—Me has hecho chantaje para que te respondiera a ciertas preguntas. —Gaby puso cara de niña buena, por lo visto se había percatado de sus maniobras—. Así que lo mínimo que puedes hacer es ponerme al día de tus progresos.

—No conocía esa faceta tuya tan chismosa —replicó sin sentirse ofendida ante la curiosidad, por otra parte lógica, de su «novio».

—¿No confías en mí?

—Ésa es sin duda una pregunta capciosa; no obstante, te diré que todo marcha según lo previsto.

—Eso no es una respuesta —contestó él—. Que quieras guardar

el secreto, no lo comprendo, pero lo acepto; sin embargo, no puedo evitar sentirme responsable de ti. Y no por el hecho de que vivas bajo mi techo, sino por una razón más importante: te quiero y nada me dolería más que verte sufrir a causa de otro hombre.

—Hablas como si tú tuvieras la exclusiva en ese terreno —murmuró ella, procurando que no sonara a tono de reproche.

Y, por supuesto, Frank no se sintió ofendido.

—Nunca dejaré de sentirme culpable por ello, de ahí que no vaya a permitir que otro te engañe, te utilice o te haga falsas promesas. Se las tendrá que ver conmigo.

—Y conmigo —terció Stanley desde la puerta.

Cruzado de brazos, apoyado en el marco y con una media sonrisa de lo más cariñosa, los había escuchado y decidido no interrumpir, no por el hecho de enterarse de ciertos secretos de Gaby, sino por la satisfacción de verlos juntos charlando como dos buenos amigos.

—¡Vaya, así de repente tengo dos valedores! —exclamó ella, encantada con sus defensores.

—No lo dudes nunca —afirmó Frank.

Y Stanley asintió.

—Muchas gracias, chicos. Aunque me queda una duda... ¿Hasta dónde estarían dispuestos a llegar mis dos paladines para entretener a una dama un domingo cualquiera?

Capítulo 31

Cuando Gaby entró en la cocina a primera hora de la mañana, maldijo, pues, a pesar de haber dormido como un bebé, sentía todo su cuerpo agotado gracias a sus dos caballeros andantes.

El día anterior, cuando les propuso pasar un domingo entretenido, creyó que saldrían por ahí, sin embargo, Stanley dijo, no sin cierta razón, que acudir a algún restaurante o local público los tres podía llamar la atención y que, por lo tanto, era mejor organizar algún sarao en casa y así lo hicieron. Frank se encargó de ir por comida, Stanley por bebida y ella de seleccionar la música.

Y montaron un buen jolgorio...

Sobró comida, mucha, pero no así bebida, porque en cuanto sonó el primer disco, las ganas de diversión tomaron el control. Frank, poco o nada dado a desmadrarse, al principio permaneció de pie más bien precavido, pero al final se animó y terminó desmelenándose. Incluso llegó a darle un beso a su amante delante de ella, gesto que Gaby aplaudió con entusiasmo.

Y ahora pagaba las consecuencias...

Al parecer, ellos la superaban en aguante, pues a buen seguro ya estaban en sus puestos de trabajo. Ella no tenía muy claro si volverse a la cama y lamentar sus excesos o ponerse a indagar en el Great Night. Se moría de ganas de hablar con la gobernanta y ver el día a día del hotel desde abajo, porque seguro que se podía mejorar bastante el funcionamiento.

Como no podía ser de otro modo, se decidió por la segunda opción. No pensaba lamentarse de sus excesos de la noche anterior durante toda la mañana, lo mejor era ponerse a trabajar un poco. Tras un desayuno frugal, ya que no tenía el estómago para más, se subió a un taxi, prometiéndose una vez más aprender a conducir.

Investigar por su cuenta era una buena idea, así que se las arregló para acceder al Great Night por la puerta del almacén. Lo cierto era que nadie le impidió el paso, puede que la reconocieran como la «amiguita» del jefe. Si lo pensaba detenidamente, ese apodo la jorobaba bastante; sin embargo, optó por aprovecharse de las circunstancias y campar a sus anchas, confiando en que nadie se interpondría en su camino.

Ataviada para la ocasión con un traje sastre de aire masculino (tanto ella como su hermana adoraban ponerse pantalones en vez de las incómodas faldas, pese a que en ciertos ambientes no se consideraba aceptable) y su portafolios nuevo, se dispuso a observar la actividad diaria del hotel.

Tomó buena nota de todo cuanto acontecía y, en especial, de cómo algunos empleados no daban un palo al agua. Se quedaban allí charlando, mientras otros se deslomaban para descargar las mercancías que acababan de llegar. Y ni rastro del encargado, algo muy preocupante.

De la zona de entrada de suministros pasó a las cocinas. Ya deberían estar a pleno rendimiento para el servicio de comidas, y sí, vio a gente trabajando, pero no con las ganas ni la dedicación que cabría esperar. Y de nuevo vio a algunos empleados perdiendo el tiempo.

Frunció el cejo; ¿qué ocurría allí?

De momento no adelantaría acontecimientos, continuaría indagando, pues tenía que haber gato encerrado. Había llegado el momento de hablar con la gobernanta.

Le preguntó a una joven que parecía apurada dónde estaba el despacho de la señora Thorme, y ella puso cara de asco, lo que sin duda serviría a los propósitos de Gaby, ya que una trabajadora descontenta podía ser una fuente muy fiable y suculenta de información.

—¿Hay algún sitio donde podamos hablar con más tranquilidad? —le preguntó ella con amabilidad para ganarse su confianza.

La chica miró a su alrededor, un tanto extrañada ante aquella petición; no obstante, le señaló un pasillo y Gaby la siguió, dispuesta a sonsacarle detalles y a ser posible jugosos.

—¡Señorita Boston! —la llamó una voz por desgracia conocida.

Ella torció el gesto.

—Maldita sea —murmuró entre dientes, porque justo en ese instante tenía que aparecer él para estropear su misión.

—Podría decir, ¡qué inesperada sorpresa! —añadió Olivier burlón, mirándola de arriba abajo con cierta curiosidad, aunque sin olvidarse del cabreo.

La muchacha, al verlo, intentó disculparse, aunque debido a los nervios no fue muy elocuente y menos cuando vio que el dueño la miraba con cara de pocos amigos. Puede que el empleo fuera una porquería, sin embargo, lo necesitaba, así que no pensaba replicar.

En cambio, Gaby, lejos de amedrentarse se vino arriba. Alzó la barbilla y cruzó los brazos en una actitud un tanto desafiante. No había hecho nada malo, bueno, a lo mejor sí, pues no había pedido permiso, pero no iba a retroceder ahora.

—Vuelva a su puesto —le indicó Olivier a la camarera, dedicándole una mirada durante medio segundo, ya que toda su atención estaba puesta en Gabrielle.

—Sí, señor Mercier —se apresuró a decir la chica antes de retirarse con rapidez.

—Y ahora, si puedes —continuó él con marcado tono escéptico—, vas a explicarme qué demonios haces aquí.

—Investigar —respondió Gaby sin pizca de modestia, porque no merecía la pena andarse con zarandajas—. ¿Quién te ha informado de mi presencia?

Olivier cruzó también los brazos y arqueó una ceja ante aquel descaro; hasta estuvo a punto de sonreír, pero no lo hizo para no darle alas.

—Investigar —repitió él en tono suspicaz.

—Pues sí, estaba en ello cuando has decidido aparecer por sorpresa.

—¿Acaso debo avisar de mi llegada en mi propio establecimiento? —preguntó sarcástico y ella hizo una mueca, porque, visto de esa forma, tenía razón—. Acompáñame, por favor —añadió Olivier, al darse cuenta de que empezaban a ser el centro de atención. Y si bien los empleados, ante la presencia del mandamás, intentaban disimular, no les quitaban ojo.

Existía una explicación, porque él rara vez se acercaba a las cocinas o a los almacenes, para eso se contrataba a los subalternos, pero si encima una mujer le replicaba con descaro, el espectáculo estaba servido.

—Antes tengo que hablar con la señora Thorme —contestó Gaby sin achicarse ante la mirada cada vez más severa de Olivier.

—¿La señora Thorme? —repitió él perplejo; si ya resultaba inexplicable haberla encontrado allí (algo a lo que no había dado crédito cuando el señor Wang se lo había comunicado, de ahí que hubiera decidido comprobarlo por sí mismo), encima pretendía hablar con la gobernanta. Desde luego, a ideas descabelladas no la ganaba nadie.

—Exacto —corroboró ella sonriente.

—¿Y se puede saber el motivo? —continuó indagando sin salir de su asombro, ante lo que de momento eran ocultas motivaciones de Gabrielle.

Desde luego con aquella mujer nunca sabía a qué atenerse, pues cuando pensaba que ya no podía dejarlo estupefacto, volvía a lograrlo.

—Permíteme que por ahora me reserve el motivo —añadió ella sin perder la sonrisa, cabreándolo y excitándolo a partes iguales ante aquella salida de tono; él no era ningún tonto al que se pudiera embaucar con una sonrisa bonita.

¿O sí?

Olivier, antes de cometer una estupidez y harto que aquel rifirrafe público, evasivas y sonrisas, la agarró del codo y, procurando no mostrarse muy agresivo, la condujo fuera de aquella zona y no se detuvo hasta llegar a su despacho.

—Que nadie nos interrumpa —ordenó a su secretario cuando pasaron por delante del escritorio del señor Wang, que ya debía de estar curado de espanto, pues no manifestó ninguna emoción.

Tan sólo se limitó a decir en tono servicial:

—Como desee, señor Mercier.

Olivier entró en su oficina y controló a duras penas sus ganas de darle cuatro voces. Para ello, se acercó a la ventana y encendió un pitillo, confiando en que de esa forma se relajaría. Sólo tras dar la primera calada, habló.

—Y ahora, sin salirte por la tangente, me vas a dar una explicación de por qué demonios estabas zascandileando...

—¿Zascandileando? —lo interrumpió Gaby un tanto extrañada por el uso de aquel vocablo.

—Exacto, zascandileando entre mis empleados —confirmó él, señalándola con un dedo acusador—. Hasta donde yo sé, no se te ha perdido nada ahí.

—Depende de cómo se mire —replicó un tanto chulesca, lo que iba en contra de sus propios intereses, porque provocarlo no era la mejor manera de lograr que la dejase investigar.

—Habla —exigió Olivier controlando el cabreo.

—Cosas mías, ya te lo he dicho.

Él optó por no darle una respuesta maleducada y masculló por lo bajo un par de juramentos. Permaneció junto a la ventana hasta acabarse el cigarrillo y ver si de esa forma templaba su carácter. Si además lograba reconducir la conversación y averiguar qué carajo se llevaba ella entre manos, pues mucho mejor.

Aun haciendo memoria, no recordaba a ninguna mujer que le hubiera complicado tanto la existencia. Por norma general, las féminas con las que se acostaba reclamaban su atención, lo adulaban para sacarle dinero o le montaban numeritos para intentar ponerlo celoso. Nunca le replicaban tras haberse metido en las cocinas del hotel. Desde luego, a Gabrielle no le faltaba originalidad.

Con ella tenía varios frentes abiertos. Por un lado, el personal, pues no había dejado de pensar en ella y en múltiples locuras eróticas, a cuál más morbosa. Motivo por el que concentrarse en los asuntos mercantiles le estaba costando más de lo habitual, porque, por norma general, de una pelea llena de exigencias y recriminaciones él se olvidaba a los cinco minutos para seguir adelante con sus planes. Y así había sido hasta llegar Gabrielle.

La tenía todo el santo día (y por supuesto por la noche) en la cabeza (y en otra parte de su cuerpo más al sur), ella lo desafiaba en el ámbito laboral, inmiscuyéndose en sus asuntos, y ahora, para rematar, pretendía hablar con su personal.

La curiosidad desde luego estaba justificada.

Apagó el cigarrillo algo más sereno (tampoco mucho) y se volvió. Por suerte, ella lo había dejado fumar en silencio. La miró y se dio cuenta en el acto de que aquello era un error táctico, ya que con las prisas por sacarla de las cocinas no se había fijado bien en su atuendo. Aquel aspecto tan masculino lo excitó, algo *a priori* difícil de explicar, pues él siempre había sido amigo de la vestimenta más femenina. No obstante, aquel traje marcaba ciertas partes de su anatomía de una forma muy curiosa. No mostraba la mercancía, y el resultado era cien veces más fuerte.

Fuera como fuese, ahora tenía que imponer su autoridad; era el dueño, joder, y ella debía quedarse quietecita.

—Gabrielle, no puedo autorizar que molestes a mis trabajadores —dijo en tono conciliador, confiando en que desistiera.

—No me trates como si fuera tonta y esto fuese un capricho —le advirtió ella—. Tengo mis razones para hablar con tus trabajadores. Y no pretendo molestar.

—Oigámoslas —pidió, arqueando una ceja y, por qué no, interesado en conocer el jodido motivo.

Gaby torció el gesto. Sus razones eran de peso; sin embargo, admitirlas en voz alta significaba admitir que había cotilleado entre sus papeles, así que debía encontrar un motivo que lo dejara satisfecho, al menos hasta que hallase pruebas que avalasen su teoría.

—Quizá esté pensando en dedicarme a este negocio y necesite aprender los entresijos —alegó, dejándolo atónito. La miró como si le estuviera tomando el pelo.

Y no iba muy descaminado.

Olivier dio un golpe con la mano en su escritorio, aquello se estaba descontrolando.

—Supongo que se tratará de una jodida broma...

—Voy en serio —respondió Gaby, para su desesperación—. ¿Parece acaso que estoy de broma?

—Pues si vas en serio, peor me lo pones —masculló y la señaló con un dedo, porque permanecía allí frente a él, sin achicarse—. Ahora comprendo por qué te pasas todo el santo día pululando por aquí.

Ella intuyó por el tono que la acusaba poco menos que de ser una especie de espía; algo del todo ridículo.

—¿No puedo tener aspiraciones? ¿Objetivos propios?

Él torció el gesto; en una mujer como Gabrielle sonaba un poco extraño, dado que pertenecía a una familia con muchos recursos, por lo que carecía de sentido que quisiera abrir un negocio. No, le ocultaba algo más e iba a descubrirlo.

—Claro que puedes —admitió a regañadientes.

—Por eso quiero aprender de los mejores —remató Gaby, dándole un poco de coba, para ver si de esa forma él se relajaba y dejaba pasar el tema.

Olivier sonrió de medio lado, a pesar de estar enfadado con ella; tuvo que reconocer que, a la hora de replicar, además de ingeniosa era rápida.

—Gabrielle... —murmuró acercándose y disimuló su satisfacción al comprobar que no daba un paso atrás—. Dime la verdad.

Ella se mordió el labio, pues no había sido nada convincente. Al final iba a tener que ponerlo al corriente de sus sospechas, lo que implicaría que él querría tomar las riendas, dejándola fuera, y no estaba dispuesta a ello.

—De acuerdo —dijo y dio un paso al frente, ya no quedaban distancias que acortar—, pero con una condición.

Olivier gruñó, la situación tenía bemoles. Aunque se dio cuenta de que, si quería enterarse, no le quedaba más remedio que claudicar.

—Te escucho.

Gaby alzó una mano y la colocó sobre su pecho; notó el latido de su corazón, que iba más acelerado de lo normal. Algo de lo que podía sacar provecho, siempre y cuando controlara sus propios latidos.

—Una vez que conozcas el motivo, no harás nada, lo dejarás en mi mano.

Desde luego, la cosa mejoraba por momentos, porque si bien al principio creía que se trataba de un asunto banal, un simple capricho de niña rica, al escuchar aquella condición pensó que debía de ser importante.

—No puedo prometerte algo así, Gabrielle —dijo en voz baja, mientras notaba la mano femenina sobre su pecho, moviéndose de forma sospechosa.

—Pues entonces no diré una sola palabra... —musitó ella y alzó la barbilla para mostrar su determinación.

No iba a ceder y, puesto que estaban frente a frente, bien podía inclinar la balanza a su favor y, de paso, comprobar si las lecciones de Stanley habían sido lo bastante instructivas. Se humedeció los labios y, sin dejar de mirarlo a los ojos, deslizó la mano hacia abajo, llegando a la cinturilla de los pantalones, lo que hizo que Olivier mirase en aquella dirección. Gaby no pensaba quedarse en ese punto y bajó más, hasta posar toda la mano sobre su bragueta y presionar.

—¿Qué haces? —preguntó él de forma retórica, un tanto preocupado, no por el hecho de que una mujer lo sobara por encima del pantalón, sino porque fuera ella, Gabrielle, la que, a saber por qué, en medio de una negociación utilizaba aquellas artimañas.

—¿No es evidente? —replicó, y de nuevo se humedeció los labios mientras lo acariciaba.

Olivier gruñó o gimió, no quedó claro, pero no se apartó ni mucho menos la detuvo, y ella interpretó aquello a su conveniencia. Le desabrochó el primer botón, sin titubear pese a que sus nervios podían delatarla y estropear la maniobra.

Antes de perder el valor, se dejó caer de rodillas. No calculó bien y se hizo daño, aun así, disimuló y Olivier, por suerte más pendiente de otro asunto, no se percató de ello.

Con rapidez, le abrió los pantalones y apartó la ropa interior aprovechando su desconcierto, pues podía apostar cualquier cosa a que no se esperaba aquello.

Olivier, que no era tonto, sabía qué pretendía. Nada que objetar al hecho de que una mujer quisiera hacerle una felación; sin embargo, si utilizaba aunque sólo fuera el diez por ciento de su capacidad de raciocinio, debía reconocer que aquella mujer no se movía por los mismos intereses que las otras.

Inspiró hondo al sentir sus manos acariciándole la polla de una forma un tanto inexperta y, antes de perder por completo la capacidad de análisis, dijo:

—Es la primera vez que una mujer intenta seducirme para inmiscuirse en mis negocios.

—Siempre hay una primera vez —musitó ella, antes de acercar los labios y acogerlo poco a poco entre ellos.

—¡Virgen Santa! —exclamó Olivier y apretó los dientes, al tiempo que posaba ambas manos sobre su cabeza—. Joder...

Gaby se dejó guiar por el instinto, porque ninguna lección recibida podía ser suficiente para continuar. Gimió, pues, en contra de lo que pensaba, se había excitado. Tuvo que apretar los muslos mientras continuaba chupándosela. No tenía muy claro cuánto debía acoger en su boca, pero, por cómo gemía Olivier y por cómo le sujetaba la cabeza, era evidente que muy mal no lo estaba haciendo.

Eso le dio confianza para proseguir. Si bien pensaba que estar de rodillas era incómodo, se olvidó por completo y se concentró en procurarle el máximo placer.

—Gabrielle... joder.... Qué boca tienes...

«Para ser la primera vez, no lo estoy haciendo tan mal», pensó ella mientras continuaba de rodillas, lamiéndolo y sintiéndose cada vez más segura, pese a que a veces se atragantaba cuando él, sin duda llevado por el frenesí, embestía de forma ruda. Se había dado cuenta de que, si le sujetaba la polla por la base con la mano, controlaba mejor la profundidad y evitaba las arcadas.

También, debido a la siempre eficaz técnica de ensayo y error, vio que si, además de meterse su erección en la boca y chupársela, le acariciaba los testículos, él gemía más alto; sin olvidar la sarta de palabras barriobajeras y explícitas que iba soltando a medida que se acercaba al límite, vocablos que a ella la animaron y excitaron.

—Un poco más fuerte —graznó Olivier evidenciando su tensión y Gaby, un tanto confusa, levantó la mirada en busca de una aclaración.

—¿Más fuerte?

—Maldita sea, sí, eso he dicho —confirmó él de forma entrecortada, pues se encontraba a un paso de correrse, de ahí su exigencia—. Utiliza las manos, los dientes, a poder ser con cuidado, pero ¡haz algo, joder!

Ella parpadeó al recibir aquella orden en principio carente de lógica, aunque se puso a ello. Había tenido cuidado de que sus dientes no lo rozaran, sin embargo, él necesitaba un poco más de agresividad. Perfecto. Podía hacerlo. Y, con cautela, comenzó a presionar.

Olivier gruñó, maldijo y embistió con más ímpetu que nunca, al tiempo que le tiraba del pelo y le inmovilizaba la cabeza. Gaby mantuvo como buenamente pudo la postura y cerró los ojos, no le hacía falta mirarlo para saber que iba por buen camino.

Y enseguida notó «algo» inundando su boca.

Dudó qué hacer.

¿Escupirlo?

Desestimó esa opción, pues quizá a él le molestaba, así que se lo tragó del mismo modo que se hace con una medicina cuyo sabor no es desagradable, pero tampoco resulta apetecible.

—¿Estás bien?

—¿Eso no debería preguntarlo yo? —replicó ella alzando la mirada.

—Como supondrás, mi estado dista de ser preocupante, más bien lo definiría como estupendo.

—Me alegro —murmuró Gaby sonriendo de medio lado.

Olivier le tendió la mano para ayudarla a incorporarse y se abrochó los pantalones.

—Y ahora... habla.

Capítulo 32

Gaby, tras una noche para la que no encontraba un adjetivo adecuado, pues *intensa* se quedaba muy lejos de la realidad, se despertó en la cama de Olivier sin tener muy claro si al final había obtenido la autorización para investigar. Entre una cosa y otra no había logrado hablar de negocios y que él se lo consintiera.

Porque Olivier no se limitó a darle las gracias y a expresar su opinión sobre sus cualidades amatorias. Tras adecentarse lo imprescindible y con ella a remolque, abandonó el despacho, ya que para lo que tenía en mente se precisaba un espacio más acorde y privado y sólo su dormitorio reunía las condiciones idóneas.

Gaby, ni que decir tiene, lo siguió sin rechistar, con una media sonrisa mal disimulada, puesto que se sentía eufórica tras haber logrado llegar hasta el final. Tarea *a priori* complicada, con dos factores determinantes en su contra: la falta de experiencia de ella y la excesiva experiencia de él.

De no haber tenido éxito, de ninguna manera Olivier hubiera reaccionado con aquella impaciencia. Cuando cerró la puerta del dormitorio, la acorraló contra la pared y sin contemplaciones fue directo a su boca para besarla con un ansia incontrolable.

—Gabrielle —gruñó, mientras la mantenía inmovilizada—. No puedes hacerte la menor idea de qué me está pasando por la cabeza.

—Pues hazme una demostración práctica —lo desafió, porque si bien era cierto que no lo sabía, confiaba en enterarse muy pronto.

—Me la has chupado de una manera...

—¡Y eso que no me he empleado a fondo!

—A veces me pregunto si estás mal de la cabeza o sencillamente eres demasiado lista.

Gaby se encogió de hombros y se humedeció los labios.

—Decídelo tú.

Avasallar su boca fue sólo el comienzo. Besos rudos, casi dolorosos, que la hicieron jadear y pedir más. Sin dejar de posar los labios sobre cada centímetro de su piel al que tenía acceso, las manos de Olivier comenzaron una desesperante carrera por quitarle la ropa. Aquel maldito traje, que escondía unas más que apetecibles curvas en las que perderse, debía ser historia cuanto antes.

—Voy a devorarte viva —prometió, desabrochándole impaciente cada maldito botón de la en apariencia sencilla y decente blusa.

—Mmmm..., de acuerdo.

—Voy a recorrer cada milímetro de tu cuerpo con los labios y me detendré en los que considere más interesantes...

—Mmm..., de acuerdo —repitió ella, temblando ligeramente ante aquellas palabras tan impactantes.

Aunque, si dedicaba cinco segundos a analizarlas, caía en la cuenta de que «cada milímetro» incluía un punto muy concreto de su anatomía en el que en aquel mismo instante sentía un hormigueo muy difícil de olvidar.

—¿Vas a... entre mis... piernas? —balbució.

Olivier sonrió de forma peligrosa.

—Todo llegará...

Ella apretó los muslos en un vano intento de control. Iba a encontrarla tan mojada que incluso podía sentirse avergonzada, pues ni siquiera la había tocado ahí.

A duras penas respondía a los besos y caricias que Olivier continuaba prodigándole, porque cada vez que la despojaba de una prenda, le besaba y acariciaba ese punto.

—Me muero por recorrer tu sexo con la lengua, primero despacio, tan despacio que vas a plantearte si te lo estás imaginando...

—¡Cielo santo!

—Después, cuando estés tan cachonda que tu cuerpo me pida a gritos contundencia, puede, sólo puede, que sea más agresivo... —prosiguió él en tono morboso, mientras con la lengua le hacía una demostración práctica en el cuello.

—¿Sólo vas a hacerme eso?

Él se rio entre dientes.

—Entre otras cosas, porque me muero por follarte, aunque no como te imaginas...

Ella tragó saliva y se mordió la lengua. Preguntar qué significaba aquello era reconocer su limitada experiencia en semejantes menesteres.

—No puedo objetar nada al respecto —dijo, lanzándose de cabeza al agua, sin comprobar antes la profundidad.

—Bien... —musitó él y pasó una mano por sus nalgas, buscando la separación de ambas para darle una elocuente pista.

—Muy bien —añadió ella.

—Pues ayúdame a quitarte toda la jodida ropa.

A Gaby le encantaba cuando perdía la educación y hablaba de forma grosera.

Entre ambos se las apañaron para que ella sólo se quedara con la discreta cadena de oro. Nada más tenerla como deseaba, le mordió el labio inferior antes de caer de rodillas. Cerró los ojos un instante y se inclinó para besarla en el ombligo, al tiempo que posaba las manos sobre sus caderas.

—Empezaré por aquí —musitó, jugando con la punta de la lengua, en todo momento consciente de la respiración de Gabrielle.

Movió una mano, despacio, hasta colocarla sobre el monte de venus, y le acarició el vello púbico con una desesperante parsimonia, hasta que poco a poco llegó a los labios vaginales. Encontrarse con la humedad y el calor de su cuerpo era algo con lo que ya contaba; aun así, se sintió complacido y excitado ante la posibilidad de saborearla.

—Separa las piernas —pidió en voz baja.

Gaby obedeció, se apoyó en la pared para no caerse y a punto estuvo cuando sintió el contacto de su lengua justo «ahí».

—Madre del amor hermoso... —balbució, pues intentar asimilar aquello y respirar al mismo tiempo no resultaba sencillo.

—Mmmm..., y no he hecho más que empezar.

Esas palabras sonaron a promesa y, en efecto, Olivier se las apañó para llevar a cabo sus planes. Tras darle un adelanto lamiéndola entre las piernas, abandonó su sexo con la firme intención de regresar, para regalarle un sinfín de besos por todas las piernas, de tal forma que, aparte de lograr unos escandalosos jadeos, Gabrielle le suplicara que pusiera fin a semejante tormento.

Sin embargo, de momento no lo hizo. La mantuvo expectante hasta que lo consideró oportuno y entonces se aplicó a fondo. Volvió a centrarse en su entrepierna y combinó de manera magistral dedos y labios. Mientras la penetraba, también utilizaba la lengua para estimularle el clítoris.

—No puedo más... —se quejó ella por enésima vez, y le tiró del pelo.

—Me encanta tenerte así, tan abierta, tan mojada... —musitó, mirándola un instante y sin dejar de meterle los dedos.

Gaby tragó saliva, sentía la garganta seca de tanto jadear y, por cómo discurría la situación, intuía que Olivier iba a ser concienzudo. Él le pedía que se mantuviera quieta, pero no era capaz, tenía el cuerpo electrizado. De nuevo agarraba el cable de alta tensión con las dos manos y, por supuesto, encantada de poder electrocutarse.

—Olivier... —gimió cuando él presionó con la punta de la lengua e hizo unos sonidos de lo más obscenos al darle el toque de gracia—. ¡Olivier!

—Córrete en mi boca, Gabrielle —pidió con un tono tan suplicante como el de ella.

—Sí... Sí...

Un último gemido lastimero le indicó que había llegado al clímax, por lo que se puso rápidamente en pie y la abrazó antes de que se cayera. Luego se las apañó para cogerla en brazos.

—Y ahora... a la cama.

—De acuerdo —suspiró ella con voz adormilada—. Necesito descansar.

Olivier se rio entre dientes.

—Sí, eso, a descansar —se burló.

Gaby se dejó querer, pero en cuanto la depositó sobre el colchón, se dio cuenta de que de acurrucarse nada. Él comenzó a desnudarse sin apartar un solo momento la mirada del cuerpo femenino y, una vez que terminó, se subió a la cama y de nuevo vuelta a empezar.

* * *

—No sé si abrir la ventana o llamar a un médico... —dijo Olivier, devolviéndola al presente.

Gaby se incorporó en la cama, cubriéndose con la sábana sin necesidad, y lo vio de pie, sólo con una toalla alrededor de las caderas, el pelo mojado y fumando junto a la ventana.

—¿Por qué dices eso? —preguntó sin entender a qué se refería.

—Deberías verte la cara, está tan roja que no sé si te ha subido la fiebre o has tenido un sueño erótico —explicó con una media sonrisa.

—¿Y tú qué crees?

Ante aquel desafío, apagó el pitillo y se acercó hasta la cama, deshaciéndose de la toalla por el camino. Tiró de la sábana y después, cual depredador felino, se cernió sobre ella para depositar un sonoro beso sobre cada uno de sus pechos.

—Me inclino a pensar que tu sonrojo se debe a una repentina enfermedad —dijo, pasando de los besos a succionarle los pezones.

—¿Enfermedad? —repitió perpleja, pues era evidente a qué se debía su acaloramiento.

—En efecto. Y yo tengo el remedio.

—Tanta arrogancia me confunde —susurró junto a su oído y él la mordió en el hombro.

—Aún puedo serlo todavía más —replicó y, para completa sorpresa de ella, se apartó—. Ponte a cuatro patas.

—Esto... —dudó Gaby—. ¿A cuatro patas?

—Sí.

—¿Hoy no tienes ninguna reunión? —preguntó preocupada, en un vano intento por comprender qué pretendía Olivier.

—Sí, pero puede esperar...

—¡Oh! —exclamó cuando le dio un buen azote en el culo.

—Entre una cosa y otra se me ha olvidado un detalle y...

Gaby adoptó la postura, sintiéndose expuesta, pues así él tenía una panorámica no sólo de su trasero, sino del resto de su cuerpo. Y si bien quería probarlo todo, aún tenía reservas, que se esforzó por vencer, mientras Olivier se colocaba a su espalda y le acariciaba la columna vertebral en sentido descendente hasta llegar a la separación de sus nalgas. Gaby inspiró hondo, agachó la cabeza e intentó no pensar en nada, sólo sentir y confiar en que fuera placentero.

—Te va a encantar... —anunció él.

—Eso espero —dijo entre dientes, de tal forma que Olivier no la oyó.

Metió la mano entre sus piernas y comprobó lo húmeda que estaba. Ella se tensó, porque un curioso dedo se quedó en su ano y presionó; no lo suficiente como para introducírselo, pero sí para ponerla en el disparadero. Gaby apretó los puños y tembló; sin embargo, para su más absoluta sorpresa, Olivier adelantó las caderas y la penetró de golpe de un modo más «convencional».

—Esto es sólo un paso intermedio —le advirtió embistiéndola con brío.

Gaby respiró algo más aliviada, aunque le duró muy poco, y no por el hecho de que él fuera agresivo, sino porque empezó a jugar de nuevo con un dedo en su culo.

—Necesito lubricarte bien —explicó toqueteándola de una forma tan evidente que a ella ya no le quedaron dudas de lo que iría a continuación.

Olivier prosiguió su preparación, despacio, utilizando los fluidos femeninos hasta que pudo insertarle un dedo en el ano. Si se guiaba por los gemidos y las palabras inconexas de Gabrielle, era evidente que iba a correrse de un momento a otro y, si bien su polla no podía estar en mejor sitio, decidió retirarse para no adelantar acontecimientos.

—¡Joder! —exclamó sobresaltándola, y no era para menos, cuando oyó unos golpecitos en la puerta—. ¿Quién cojones llama a estas horas?

Se apartó de la cama, dejándola allí desmadejada, y se cubrió con una sábana para mandar a paseo a quien había osado molestarlo en su dormitorio, porque había que ser muy cabrón para aparecer justo en aquel momento.

Gaby buscó algo con que taparse y sólo pudo alcanzar la camisa de Olivier, por lo que sus piernas quedaron al descubierto.

—Maldita sea, ¿qué ocurre? —preguntó él de mal humor, abriendo la puerta sólo lo necesario para que el inoportuno visitante no viera más de la cuenta.

—Señor Mercier, tiene una reunión en veinte minutos y, como no ha venido a su despacho, he empezado a preocuparme —dijo el señor Wang.

Olivier se pasó una mano por el pelo, nervioso.

—¿Qué hora es?

—Casi mediodía —respondió su secretario.

Él parpadeó sin dar crédito. ¿Cuándo fue la última vez que estuvo en la cama hasta tan tarde en un día laborable? Y, ya puestos, ¿sin ser laborable?

Inspiró para decidir qué hacer. ¿Posponer una reunión importante, pues, de no serlo, su secretario se las hubiera apañado para cambiarla de fecha, o por el contrario anteponer por una vez sus deseos personales y volver a la cama con Gabrielle?

La segunda alternativa nunca la había elegido antes.

Tras pellizcarse el puente de la nariz y mirar de reojo a la dama, optó por la opción más sensata.

—¿Puedes retrasar la reunión digamos... una hora?

—Me temo que es imposible, señor Mercier.

—¡Joder y mil veces joder!

Gaby, que había sido testigo involuntaria de aquella conversación, se levantó de la cama y, con toda la dignidad que puede tener una mujer con las piernas desnudas y a la que van a dejar plantada, caminó, con cuidado de que el señor Wang no la viera, hasta situarse a la espalda de Olivier y sacar rédito, como no podía ser de otro modo.

—Ve a esa reunión —le susurró—. Yo también tengo asuntos que atender.

A él lo recorrió un escalofrío al oír aquel susurro tan morboso y hasta dio un respingo cuando ella le propinó un buen azote en el culo, sin duda a modo de venganza y de incentivo.

—Enseguida estaré en mi despacho —le dijo a su secretario y cerró la puerta.

La miró caminar decidida hasta su ropero y sacar un traje para acercárselo, mientras le decía no sin cierto retintín:

—Según tengo entendido, el tiempo apremia.

Olivier la fulminó con la mirada.

—¿Y qué asuntos son esos que tienes que atender?

Ella sabía que si primero se quitaba la camisa y después respondía le sería más fácil salirse con la suya, de ahí que, con un movimiento seductor, dejara caer la prenda al suelo antes de hablar.

—¿Recuerdas nuestra conversación de anoche?

Olivier, que se estaba abrochando los pantalones, arqueó una ceja.

—¿De todo lo que ocurrió anoche te acuerdas sólo de esa parte? —dijo con sarcasmo y tentado de tumbarla en la cama y acabar lo que había empezado, aunque le costase un disgusto con los inversores.

—Digamos que ahora tengo otras prioridades —replicó ella, y cogió la corbata para apreciar su calidad; después la sostuvo mientras él, aparte de cabrearse, se ponía la camisa.

Olivier, que la veía venir, alabó en silencio la astucia femenina. Le hubiera gustado marear un poco la perdiz; no obstante, al ir con el tiempo justo tuvo que claudicar, eso sí, a medias.

—Está bien, puedes hablar con la señora Thorme, pero te lo advierto, Gabrielle, nada de causar problemas o de molestar a mis empleados —dijo muy serio, aunque no se terminaba de fiar. Algo tramaba.

—De acuerdo —aceptó ella con rapidez, y le levantó el cuello de la camisa para colocarle la corbata, incluso le hizo el nudo y de forma impecable.

Olivier se acercó al espejo de su vestidor y comprobó con un gesto de asentimiento que lo había atendido mejor que un ayuda de cámara.

—Quizá debería contratarte como asistente personal, no sólo lo haces bien, sino que además tiene cierto morbo el que lo hagas desnuda —comentó risueño.

Ella le dedicó una mirada que venía a decir: «No te acostumbres, esto ha sido una excepción».

Y Olivier optó por la salida menos mala, es decir, rodearle la cintura con un brazo, atraerla hacia él y besarla de manera obscena y sonora antes de abandonar su alcoba.

Una vez a solas, Gaby resopló y se fue en busca de su propia ropa. Al no encontrarla tirada en el suelo, como cabría esperar, se inquietó; sin embargo, suspiró agradecida al hallarla en perfecto estado sobre un galán de noche.

—Así da gusto —murmuró antes de darse un baño, pues tenía por delante una interesante jornada de investigación.

Investigación que, por otro lado, llevaría a cabo con discreción para poder presentarle a Olivier un buen informe por el que después pedirle una comisión, por supuesto.

Capítulo 33

Cuando puso un pie en la zona del almacén, Gaby intuía que los empleados no iban a colaborar de buenas a primeras, ya que por lo visto alguien les había ido con el cuento de que la querida del jefe deseaba hacerles unas preguntas.

Tal información sólo podía provenir de dos fuentes: del señor Wang y del propio Olivier. Puesto que el segundo había estado ocupado en actividades de lo más lúdicas con ella, por poco espabilada que fuera, la conclusión era evidente: el secretario se había ido de la lengua; pero ¿por qué?

Y, lo más preocupante, ¿había escuchado a escondidas?

Desde luego, no cabía otra explicación.

Sacó una libreta pequeña y lo anotó para no olvidarse, pues pensaba ir hasta el final.

Se fue en busca de la gobernanta, aunque ésta no aparecía por ningún lado, otra señal de que estaba sobre aviso, así que, como todo eran obstáculos, mejor ir paso a paso.

Justo en ese instante llegó un camión de reparto, como el día anterior; algunos empleados se quedaron de brazos cruzados y otros se afanaron en descargar la mercancía. Ella lo observó todo en silencio, igual que la cantidad de víveres que descargaban. No conocía el volumen de clientes del restaurante, pero aun así tuvo la impresión de que allí entraban demasiados productos perecederos.

Y ya, lo que más la hizo sospechar, fue que uno de los empleados, tras firmar la hoja de entrega, se llevó al transportista aparte y éste le dio un sobre. Un comportamiento del todo irregular.

Intentó hablar con algunas personas, pero le fue imposible, pues cada vez que se acercaba a uno de los presentes, éste se desentendía con alguna ridícula excusa.

Había prometido no molestar, así que insistir no era el camino a seguir. Preguntó de nuevo por la señora Thorme y de nuevo halló la misma respuesta: estaba atendiendo un recado. Bien, la gobernanta se escabullía, *a priori* un contratiempo; sin embargo, también podía utilizarlo a su favor.

Decidida como nunca, se dirigió al pequeño despacho y, antes de bajar la manilla, miró a ambos lados por si alguien se fijaba en ella. Tuvo suerte, todos parecían ocupados en sus cosas y no repararon en Gaby, que se coló en la estancia y observó cómo estaba todo, para intentar que no se notase su presencia. Fue directa al aparador tras el pulcro escritorio y cogió al azar uno de los libros de cuentas. Correspondía al semestre anterior, por lo que, si se lo llevaba para estudiarlo, en teoría no lo echarían en falta.

Con ese pequeño tesoro en las manos, se marchó del hotel, no sin antes dejarle una nota al dueño indicándole que tenía tareas muy urgentes que atender. Era cierto que habían dejado un importante asunto a medias, no obstante, de momento aparcaría tales menesteres.

* * *

Llegó a casa de Frank y se puso cómoda. Hubiera querido charlar un rato con Stanley, pero éste estaba ocupado, así que pospuso la conversación y se sentó en el saloncito, dispuesta a averiguar qué se cocía en el Great Night.

—Te veo muy concentrada —la interrumpió una voz conocida.

Gaby dejó a un lado sus numerosas notas, pues llevaba allí al menos tres horas, desgranando el libro de cuentas.

—Alucinada, más bien —corrigió a Stanley, frotándose las sienes.

—¿En qué andas metida? —le preguntó él. Se sentó a su lado y examinó por encima una de las hojas llenas de anotaciones, sin entender nada.

Ella le explicó de qué se trataba y la cara de Stanley fue todo un poema; no comprendía por qué Gaby se metía en aquel berenjenal.

—¿Y qué ganas tú con todo esto? Porque si pretendías seducirlo no es necesario, puesto que ese objetivo ya se ha cumplido —le recordó con amabilidad.

—Puede que te sorprenda, pero valgo para algo más que para abrirme de piernas —replicó con sarcasmo, y él le apretó la mano.

—Claro que sí, aunque en este caso no veo para qué te esfuerzas tanto, cuando, digamos, el beneficio no te compensa.

—Mmm..., depende de cómo se mire —murmuró ella.

—¿No estarás pensando en montar tu propio negocio?

—De momento no —respondió—. Sabes perfectamente que estoy volcada en el proyecto de la nueva clínica junto a Robert y mi hermano, y para ello necesito dinero.

—Desde luego, Gaby, a veces me dejas sin palabras —admitió Stanley.

—Y pienso conseguirlo, pues todo este trabajo no le saldrá gratis al señor Mercier.

—Eso es de lo más retorcido —dijo él y quedó patente por su tono que, lejos de ser un reproche, la admiraba—. Primero te acuestas con él, después fisgoneas en sus libros y por último le pasas factura por tus servicios.

—No fisgoneo —lo corrigió muy digna—. Bueno, un poco sí, pero es que mis sospechas eran ciertas; lo están timando con los suministros.

—Ten cuidado, a lo mejor tu *querido* señor Mercier no se toma nada bien el hecho de que aproveches la relación que mantienes con él para inmiscuirte en sus asuntos, y menos aún que acuses a sus empleados.

—No lo había pensado de ese modo —reflexionó Gaby, y se dio

cuenta de que para hablarle de ello a Olivier debía recabar más pruebas.

No podía adelantar acontecimientos e irle con el cuento. Lo mejor para contrastar datos era conseguir las facturas y para eso debía curiosear en el despacho del señor Wang.

—Venga, dejemos a un lado los anodinos asuntos de negocios y pasemos a algo más lúdico. Anoche no te oí llegar y Frank refunfuñó un buen rato, así que deduzco que no has dormido en casa.

—Pues no. Y dile a tu amante que sé cuidarme sola —contestó riéndose, ya que la preocupación de Frank a veces resultaba molesta, aunque comprensible; él era así, sobreprotector.

—No dejo de repetírselo, sin embargo, insiste en que debe vigilarte —explicó Stanley, dejando implícito que él no compartía aquel modo de proceder—. Y no te escabullas: ¿qué tal anoche?

—Mmmmm —murmuró soñadora—. Fue..., no tengo palabras.

—Mujer, sé más clara —le pidió él en tono cómplice.

—Eres demasiado morboso —le dijo ella riéndose.

—No, no es morbo, es tan sólo la lógica preocupación de un maestro por los avances de su alumna —la corrigió con aire sarcástico.

Gaby se lanzó a sus brazos y le dio dos sonoros besos en las mejillas.

—Mi maestro puede estar muy orgulloso. Su alumna roza la matrícula de honor —canturreó.

—Me alegro. Vamos a celebrarlo, ¿o tienes esta noche otro examen?

—Mmmm... —Si bien, debido a las circunstancias, se había marchado dejando a medias cierto asuntillo que deseaba rematar, también podía posponer ese «examen» y pasar una velada con sus amigos—. De acuerdo, me quedo con vosotros.

—¡Estupendo! Ahora sólo falta que el gruñón de tu «novio» acabe y podamos marcharnos.

—Esto... —Gaby bajó la voz y miró hacia la puerta por si aparecía Frank; no quería que la oyese—. ¿Por detrás duele mucho?

Stanley se atragantó y se apartó de ella para mirarla, perplejo por aquella pregunta tan explícita.

Tras aclararse la garganta tres veces, logró decir:

—Creo que has adelantado temario por tu cuenta.

Ella asintió.

—Sí, no lo niego. Pero esa lección no la tengo muy clara.

—Atiende...

* * *

A primera hora de la mañana, Frank firmó la hoja de entrega de un enorme ramo de flores, que llevó hasta la cocina donde Stanley y Gaby desayunaban.

—¿Para mí? —preguntó Stanley sonriente.

—No —dijo señalando a su «novia».

—¡Frank, es todo un detalle! —respondió ella levantándose de la mesa para recoger el ramo.

—Por tu cara deduzco que no las has enviado tú —comentó Stanley, situándose al lado de Frank y observándolo, pues no parecía haberle gustado que otro le mandara flores a Gaby.

—No, no he sido yo —corroboró él de malas pulgas.

—¿Has leído la tarjeta? —quiso saber Stanley preocupado, porque habían logrado mantener en secreto el nombre del amante de Gaby para que a Frank no le diera un patatús.

—Ganas no me han faltado —admitió—. Pero sé que, si lo hago, me arriesgo a que Gaby se enfade y no quiero que se lleve mal rato. Por mucho que me fastidie, tiene derecho a su privacidad y a tener su vida.

—Sé que no es fácil, y lo estás haciendo muy bien, Frank —dijo Stanley sonriéndole.

—A ti te ha contado con quién se ve, ¿verdad?

—Sí, y sabes que no puedo decírtelo.

—Será mejor que me vaya al despacho y tú deberías hacer lo mismo, tenemos varios expedientes atrasados —refunfuñó Frank, dejándolos a solas y con un humor de mil demonios.

—No se lo tengas en cuenta —le pidió Stanley a Gaby—. Ya lo conoces.

—De acuerdo —convino ella, pues, a pesar de todo, no podía culpar a Frank.

—Anda, lee la tarjeta, así no me iré a trabajar con la duda de quién es tan generoso a primera hora de la mañana.

—Ni hablar, que últimamente estás hecho un cotilla —respondió Gaby, escondiendo la tarjeta en su ropa interior.

—Entonces tendré que especular mientras trabajo y..., bueno..., a lo mejor... se me escapa algún que otro comentario delante de mi jefe...

—Eres malo —lo acusó divertida.

—Soy tu profesor, tienes que darme todos los detalles —replicó Stanley.

Gaby, manteniendo el suspense y comportándose de forma coqueta, sacó el sobre y lo agitó delante de sus narices. Después lo abrió y, muy despacio, extrajo la tarjeta, teniendo la precaución de no mostrar el texto.

—¿Quién será? —canturreó.

—Deja de marear la perdiz y habla —le exigió él acercándose para robarle la tarjeta y saber qué ponía, pues el remitente ya lo conocía.

—¡Dame eso, es mío! —protestó Gaby sin éxito, ya que Stanley, más alto que ella, elevó el brazo, impidiéndole recuperar la nota.

—«Gabrielle, nunca pensé que fueras una cobarde, pero, por si no lo recuerdas, no soy un hombre que deje las cosas a medias. Te espero esta noche y confío en encontrarte dispuesta a todo» —leyó él, adoptando un tono poético—. Vaya, vaya Gabrielle, tienes al señor Mercier loco por ti. «Dispuesta a todo...» Qué prometedor.

—No te burles.

—Confío entonces que prestases atención a mis consejos de anoche —murmuró en tono picarón.

—Soy una alumna aventajada, ya deberías saberlo. Y ahora ve a tu puesto o tu jefe se enfadará —se guaseó, y le dio unas palmaditas en la mejilla, tratándolo como si fuera un niño pequeño.

Tras despedirse del cotilla/profesor/amigo, Gaby se fue a su cuarto dispuesta a arreglarse, con la firme intención de seguir adelante con sus pesquisas y averiguar qué ocurría en el Great Night a espaldas de su dueño.

Al quedarse desnuda frente al espejo, no pudo evitar mirarse con atención y sentir un pequeño escalofrío. Si aceptaba reunirse con Olivier esa noche, tal como él le pedía en la tarjeta, seguramente nadie osaría interrumpirlos de nuevo y, en teoría, tras la explicación de su maestro debería sentirse algo más tranquila; sin embargo, intuía, igual que en anteriores encuentros, que la teoría no servía de nada. Dudaba que, si la ocasión se presentaba, esa vez fuera diferente.

Respiró hondo y continuó observando su cuerpo. *A priori* nada había cambiado, no obstante, ella sentía en su interior que ya nada era igual, pese a no saber con exactitud el qué; tampoco iba a averiguarlo en aquel instante. Ahora tocaba conseguir pruebas y demostrar, no sólo a Olivier, sino también a sí misma, sus capacidades como mujer de negocios. Que era algo más que una niña de buena familia y, por qué negarlo, que el gusanillo de los negocios, ese que creía que nunca aparecería, había hecho acto de presencia.

Con una firme determinación, se vistió acorde con sus quehaceres y salió de la casa con una dirección muy clara: el Great Night. Una vez allí, se acercó a la zona que estaban reformando, donde la cuadrilla de obras de Rufus O'Riley se afanaba en cumplir los plazos, y, por la frenética actividad, saltaba a la vista que iban a lograrlo.

—Cuidado, señorita, puede ensuciarse —le advirtió el capataz, cuando Gaby hizo amago de meterse de lleno en la zona de obras.

—Gracias, no me importa —respondió ella con una sonrisa—. ¿Cómo va todo?

El capataz se sorprendió, pues no esperaba que una mujer, a todas luces elegante y sofisticada, estuviera dispuesta a mancharse de polvo y menos aún que se interesara por el discurrir de las obras; no obstante, se mostró atento y la puso al día sobre los pormenores de la reforma, hasta que fueron interrumpidos.

—No es la primera vez que te pillo husmeando en mi propiedad —la regañó Olivier, sacándola de malos modos de allí—. Y me temo que va a convertirse en un mal hábito.

—Temes bien —replicó burlona.

—¡Maldita sea! —exclamó él cuando accedieron al pasillo que conducía a la zona administrativa—. No sé por qué te empeñas en ir a la parte menos atractiva, cuando sabes muy bien que eres bien recibida en ciertas habitaciones.

Ella captó a la primera a qué estancias se refería: su alcoba.

—Lo sé —musitó, adquiriendo una pose un tanto frívola, incluso aleteó las pestañas—, pero como comprenderás, tengo otros objetivos en la vida, además de follar contigo.

Olivier parpadeó, pues no esperaba que Gabrielle empleara esa palabra, aunque lo excitó, lo que no era muy difícil de entender, porque llevaba más de veinticuatro horas deseándola para retomar las actividades de alcoba tan injustamente interrumpidas.

—Y, si puede saberse, ¿cuáles son esos objetivos? —preguntó burlón.

Le cedió el paso y entraron en una sala de reuniones anexa al despacho.

—No puedo decírtelo.

—¡Joder! Ya empezamos con los secretitos —masculló él.

—Y antes de que se me olvide, gracias por las flores —añadió sarcástica, sabiendo que eso lo podría despistar un poco.

—De nada. ¿Has leído la tarjeta?

—Ajá.

—¿Y...?

—Antes tengo que ocuparme de otros asuntos —dijo, cabreándolo todavía más.

—¡Gabrielle! —gruñó, y se acercó hasta acorralarla contra la mesa de reuniones—. Deja de tocarme la moral y habla de una puta vez.

—No hace falta que seas tan grosero —lo reprendió disimulando una sonrisa, pues cuando perdía las formas resultaba muy atractivo—. ¿Podrías facilitarme las facturas de gastos de los últimos tres meses?

Él la miró como si tuviera tres cabezas y se pasó las manos por la cara. Gabrielle se empeñaba en descolocarlo una y otra vez. Incluso pensó que no había oído bien, de ahí que se viera obligado a preguntar.

—¿Cómo dices?

—Tú dámelas y luego te lo explico —contestó mirándolo a los ojos y saboreando el hecho de haber sido capaz de desconcertarlo.

Una pequeña victoria.

—Las facturas, quieres ver las jodidas facturas, ¡maldita sea! Pero ¿tú estás bien de la cabeza?

—Perfectamente.

Olivier levantó los brazos frustrado, y se apartó de ella mientras asimilaba, o mejor dicho, intentaba asimilar qué clase de tejemanejes se llevaba entre manos. Se paseó por la sala, encendió un cigarrillo y mantuvo las distancias; de no hacerlo, acabaría por soltar alguna palabra de la que después tendría que arrepentirse.

—Por lo general, las mujeres que se acercan a mí buscan algo, no lo niego, y estoy acostumbrado a ello; sin embargo, ninguna es tan estrafalaria que me pide documentos —dijo con los dientes apretados; desde luego la situación tenía bemoles.

—Ya deberías saber que yo no soy como las demás —señaló orgullosa.

—Haz el favor de no tomarme más el pelo. Entiendo que siempre has tenido cuanto has deseado y que nunca te ha faltado de nada. Cualquier capricho se te ha concedido.

Ella torció el gesto, pues en eso se equivocaba. No iba a ponerlo al día sobre la de veces que, junto a sus hermanos, había tenido que encargarse de tareas domésticas, para que, como decían sus padres, no terminaran siendo de esas personas que no valoran el esfuerzo de quienes se ganan el pan sirviendo.

Y lo de conseguir cualquier capricho... Cómo se notaba que Olivier no conocía a Samuel y a Maddy Boston.

—De cualquier forma, me parece una excentricidad muy difícil de complacer que quieras revisar unas facturas —añadió tenso.

—Muy bien —respondió ella altiva y se acercó hasta él, que se había sentado en un intento de relajarse y comprenderla—. Creo que tus empleados tienen montado un buen tinglado para sacarse un sobresueldo con los suministros.

—¿Cómo te atreves a insinuar algo semejante?

—¿Alguna vez has hecho inventario del almacén? ¿Te has parado a examinar el consumo de perecederos?

—De eso se ocupa la señora Thorme —alegó Olivier con los dientes apretados.

—Me colé en su despacho y me llevé un libro de cuentas.

—¡Joder!

Ella pasó por alto aquel exabrupto y continuó hablándole de sus sospechas. La cara de Olivier era un poema, pues no daba crédito a que aquello estuviera sucediendo delante de sus narices. Desde que se había hecho cargo del hotel había dejado que el funcionamiento ordinario siguiera sin apenas cambios, ya que confiaba en quienes llevaban años en puestos de responsabilidad. Él se había ocupado de aspectos más comerciales.

—De ahí que quiera revisarlas —concluyó Gaby, refiriéndose a las facturas—. Y, si me lo permites, te recomendaría una reorganización de la plantilla.

—Prometí conservar los puestos de trabajo —masculló él, sirviéndose una generosa cantidad de brandy y sentándose, para no empezar a golpear algo.

—No te estoy sugiriendo que despidas sin ton ni son —dijo ella comprendiendo su dilema.

—¿Entonces...? —preguntó en un murmullo, porque de confirmarse las sospechas de Gabrielle, rodarían cabezas.

—Hace un par de años, mi hermana observó que algunos empleados no rendían lo que se esperaba de ellos, bien porque no se habían adaptado o bien porque no estaban en el puesto adecuado.

Olivier se recostó en el sillón, mientras se pellizcaba el puente de la nariz en un intento por serenarse. Aquello no tenía ni pies ni cabeza; no obstante, Gabrielle hablaba con tal aplomo que resultaba complicado no empezar a dudar.

—Hubo que despedir a algunos trabajadores, por supuesto, pero quienes se han quedado ahora se implican mucho más, sin olvidar que ha mejorado mucho el funcionamiento. Ahora hay más dinamismo y eficiencia —prosiguió ella, adoptando un tono de lo más profesional.

Sentado y refunfuñando, Olivier la observaba mientras explicaba su teoría, con una seguridad y una fluidez a las que no lo tenía acostumbrado, pues él, como seguramente muchos, la veían como a una mujer bonita y poco más. Debería empezar a considerar, tras sus intervenciones en el pasado, que Gabrielle Boston no era lo que aparentaba ser.

—No pongas esa cara —dijo ella—. A veces hay que tomar decisiones que no nos gustan.

—Ahora vuelvo.

Capítulo 34

Gaby se quedó un tanto confusa al verlo salir de la sala como alma que llevara el diablo. Comprendía en cierto modo su estado de ánimo, pues decirle así, de buenas a primeras, que sus empleados le gorroneaban, no era plato de buen gusto. Sin olvidar que su autoridad como dueño quedaba en cierto modo en entredicho, además de que su confianza en los trabajadores se había visto traicionada.

Se acercó hasta la ventana y observó el ir y venir de la gente, pensando que quizá no debería haber abierto la boca, no al menos hasta averiguar más detalles; sin embargo, era preciso, ya que obtener más información sin su consentimiento era altamente improbable.

Arriesgarse como lo había hecho, colándose en el despacho de la gobernanta, había sido imprudente y, de haberla sorprendido alguien, su respetabilidad desde luego hubiese quedado en entredicho.

Se volvió al oír pasos y parpadeó al ver entrar a Olivier acompañado de un operario con un carrito, en el que portaba al menos cuatro cajas que procedió a dejar sobre la gran mesa.

—¿Algo más, señor Mercier? —preguntó el hombre.

—Sí, encárgate de que nos sirvan comida y bebida suficiente —le ordenó, y ella vio cómo controlaba su temperamento; después, mirándola, añadió—: Esto va para largo.

Gaby se acercó a la mesa y tuvo hasta miedo de abrir una de aquellas cajas que podían corroborar su hipótesis o también ser la prueba de que había metido la pata hasta el fondo. Inspiró y, como no iba a quedarse de brazos cruzados, abrió la primera.

—Pongámonos entonces a trabajar...

Olivier se deshizo de la americana, se aflojó la corbata y, sin decir ni mu, porque la verdad era que su humor no era propicio para ningún tipo de comentario, se puso a su lado y juntos comenzaron a sacar los documentos allí guardados. Empezaron por ordenar todos los papeles por fechas, para después poder estudiarlos. Sólo se vieron interrumpidos por un camarero, que les dejó comida y bebida suficiente para la ardua tarea que tenían por delante.

Gaby se mordió la lengua, pues no quería preguntar por su secretario, el señor Wang, y echar así más leña al fuego. Aunque, al no verlo aparecer por allí, pudo deducir que Olivier había evitado mencionarle sus sospechas. Desde luego, la cautela en aquellos asuntos resultaba fundamental.

—Vamos a necesitar ayuda —murmuró ella, resoplando debido a la abrumadora cantidad de documentos que iban apareciendo—. Además, yo no soy contable.

—Cojonudo. Primero siembras la duda y ahora te rajas —masculló él.

—No me «rajo» —se defendió, y decidió dejar clara su postura, ya que no le había gustado nada aquel tono acusatorio. Lo miró altiva antes de añadir en su defensa—: Sólo he expuesto un hecho y si no me creyeras no estaríamos aquí.

—Como comprenderás, no puedo pedir que mis contables se ocupen de esto —le espetó Olivier, controlando su temperamento, porque, de confirmarse aquello, aparte de cortar cabezas, se sentiría como un estúpido.

—Algo que ya había pensado... —musitó Gaby, mientras se acercaba a la mesa de las viandas y picoteaba algo.

—¿Entonces...?

—Déjame hacer una llamada —le pidió resuelta, comportándose como si fuera la dueña y señora y él un pobre empleado sin voz ni voto.

Gaby marcó decidida un teléfono que conocía muy bien. Lo de pedir favores ya era otro cantar; sin embargo, no quedaba otra alternativa, ya que, si pretendían revisar aquella cantidad de papeles entre los dos, tardarían más de un mes y aun así no sabrían lo que debían buscar. Era preciso contar con ayuda especializada.

Olivier se situó a su lado, no sólo porque desconfiara de ella, sino también porque se moría de curiosidad por saber quién era su interlocutor.

Gaby, por su parte, obvió aquel acercamiento y esperó a que respondieran. Confiaba en dar las mínimas explicaciones posibles y obtener lo que pretendía. Cuando su cuñado contestó, suspiró en cierto modo aliviada, pues James no era un hombre dado a dar rodeos y, en lo de ofrecer soluciones, desde luego no existía nadie mejor.

Le expuso de forma rápida la situación, obviando, como era menester, a quién pretendía ayudar, e improvisó un poco sobre la marcha para que le enviara a dos especialistas: un contable y un perito, ambos de la máxima confianza y por supuesto discretos.

—¿No estarás metida en algún lío? —le preguntó James con cautela, porque en los últimos tiempos su cuñada se comportaba de forma extraña y todos andaban con la mosca detrás de la oreja.

—¡No! ¡Qué cosas tienes! —respondió, y procuró adoptar un tono desenfadado.

Desde siempre, su cuñado la había tratado con cariño y respeto, como si fuera su propio hermano, así que su pregunta en cierto modo era lógica.

—Que conste —añadió James—: no sé qué te traes entre manos, pero tanto tu hermana como yo nos preocupamos por ti.

—Lo sé, lo sé —murmuró como una niña buena, pues ante la familia era siempre la mejor fórmula para salirse con la suya—. Sólo trato de ayudar a un conocido, nada más.

—Está bien, anota este número de teléfono y llama de mi parte. Te atenderán sin problemas.

—Gracias, James, eres el mejor —canturreó ella y oyó la risa burlona de su cuñado—. Ah, y si puedes, evita comentar nada de esto con Samantha, ya sabes cómo es.

—Señorita Boston, ¿insinúa que debo ocultarle cosas a mi mujer de forma deliberada? —dijo él burlón.

—¡No me atrevería! —replicó con el mismo tono.

—De acuerdo —accedió James.

Y Gaby supo que mentía y que, como mucho, su cuñado le guardaría el secreto unos días, no más, aunque sí los suficientes para que ella pudiera organizar aquel galimatías; después ya vería cómo desviar la atención.

Se despidió de él y miró de reojo a Olivier, que no se había perdido ripio de la conversación. Luego, sin pedirle permiso, hizo la llamada y se puso en contacto con el contable que James le había recomendado. El hombre se mostró encantado de ayudarla y Gaby se encargó de negociar incluso su remuneración y la del perito.

—Entiendo que ese dinero ha de salir de mi bolsillo —dijo Olivier sarcástico, sólo por decir algo, ya que pagar un asesoramiento extra sería un pequeño precio con tal de averiguar la verdad.

—Así como el pago de mis servicios —añadió Gaby resuelta.

—¿Y se puede saber por qué, cada vez que me echas una mano, pretendes cobrarme por ello? —Prosiguió indagando, ya que lo intrigaba como pocas cosas.

—Creo que tú ganas más que yo con esto y es lógico que abones mi trabajo.

—¿Y alguna vez me dirás para qué necesitas el dinero? —preguntó, no sólo debido a la curiosidad.

—Puede, pero hoy no. ¿Cenamos?

Olivier optó por no insistir y aceptar la propuesta. Lo cierto era que llevaban allí horas y ya no podían hacer más, así que se habían ganado una buena cena. Olivier se encargó de servirla, con la experiencia propia de quien se ha ganado el jornal trabajando de camarero durante años.

Por suerte, se estableció entre ellos una especie de tregua mientras disfrutaban de la cena, lo que les permitió relajarse. Ambos evitaron tocar temas problemáticos y charlaron como dos amigos. Olivier le contó más de una anécdota sobre su club, el Blue Night. Gaby aprovechó para preguntarle más cosas de Jane, pues a pesar de todo el tiempo transcurrido, seguía considerándola una amiga.

Lamentó que no pudieran verse, aunque Olivier fue a su escritorio y regresó con unas fotografías que le mostró, al tiempo que le explicaba dónde y cuándo fueron tomadas.

Gaby hubiera querido hacer más preguntas, o más bien una en concreto; no obstante, se mordió por enésima vez la lengua, quizá confiando en que él se le adelantaría, pero no, de nuevo sus esperanzas se aguaron. Aunque no quería entristecerse y procuró no pensar en ello.

El cansancio acumulado hizo mella en ellos y Gaby fue la primera en bostezar. Rechazó con amabilidad una copa de buen brandy. Olivier sí se sirvió una.

—¿Podrías pedirme un taxi? —preguntó ella, bostezando una vez más y con unas ganas locas de acostarse.

—¿Un taxi? —repitió él sin comprender.

—No voy a caminar a estas horas de la noche yo sola hasta casa.

Olivier se pasó una mano por la cara y frunció el cejo; a aquella mujer a veces se le ocurría cada cosa...

—No tienes por qué ir a ningún lado, estamos en un hotel —contestó irónico.

—De acuerdo, entonces solicitaré una habitación —dijo ella y cogió su bolso—. ¿Voy a recepción o te encargas tú de buscarme una habitación libre?

Él la miró conteniendo las ganas de llevarla a empujones a su dormitorio, porque ya empezaba a comprender que Gabrielle era una mujer proclive a primero sacarlo de quicio y después excitarlo. Y a veces incluso al revés. O puede que quisiera jugar. Fuera como fuese, no pensaba dejarla marchar. Ya comprobaría si de verdad se encontraba tan cansada como decía.

—Acompáñame, pues —le dijo servil, mientras recogía su americana y se encargaba de abrirle la puerta. Una vez en el pasillo, sacó unas llaves y se aseguró de que la puerta quedaba bien cerrada—. Mejor no correr riesgos, ¿no te parece?

—Tú sabes mejor que nadie qué debes o no hacer para garantizar la seguridad —respondió ella con aire sarcástico, tono que él captó sin duda.

Dispuesto a seguirle el juego y al mismo tiempo a salirse con la suya y tenerla en su cama, la condujo hasta una de las suites que nunca estaban a disposición del público en general, sólo para clientes especiales, pero él, como dueño, y a sabiendas de que estaban desocupadas, bien podía hacer uso de una de ellas.

—¿Te parece bien ésta? —le preguntó tras mostrarle la más lujosa.

—Aunque te cueste creerlo, soy capaz de adecuarme a las circunstancias —respondió ella, y ambos sabían que se refería a aquella habitación fría, sucia y de reducidas dimensiones que habían compartido.

—No lo dudo —murmuró Olivier, sin querer entrar en más detalles.

Gaby bostezó y se sentó en la cama a la espera de quedarse sola y por fin descansar; sin embargo, él permanecía de pie mirándola de una forma que podía definirse como extraña.

—¿Ocurre algo? —preguntó.

Y Olivier, en vez de responder con palabras, lo hizo con actos. Tiró con arrogancia su americana, que fue a parar sobre uno de los sillones, y después caminó decidido hasta situarse frente a ella.

La miró de una forma curiosa y, por supuesto, nada inocente, y como no podía ser de otro modo, Gaby se percató. Tragó saliva y se aclaró la garganta, pues quería que su tono fuera todo lo firme posible y así él no se burlaría.

—No sé qué pretendes, pero sea lo que sea, la respuesta es... —se detuvo cuando estaba a punto de decir «no»; pensó que sería más conveniente y también divertido cambiarlo por—: otro día. Hoy no estoy de humor.

Olivier, que ya contaba con cierta reticencia, no se extrañó. Tampoco se desanimó.

—Gabrielle... —murmuró en tono de advertencia, y dio el último paso para que no quedara ni un centímetro entre ambos.

Justo entonces, comenzó a desnudarse delante de sus narices con cierta parsimonia. La primera parada fueron los botones de la camisa, que se desabotonó uno a uno, todo sin dejar de mirarla a los ojos; disimulando, mal, una sonrisa de lo más ladina.

—Olivier... —dijo ella susurrante.

Lo más acertado sería darle un bofetón, apartarse y huir, en ese mismo orden, por presuntuoso; no obstante, semejante comportamiento sería propio de una chiquilla asustadiza e impresionable. Ni hablar, nada de mostrarse asustada ni de huir; era cierto que se sentía agotada tras largas horas encerrada en una sala, rodeada de papeles, pero la visión del torso masculino la ayudaba bastante a recuperar energías, aunque no las suficientes.

Bostezó, exagerando por supuesto, sólo a modo de clara provocación.

Y él, sin ser partícipe de sus pensamientos, aunque intuyendo algo, hizo una bola con su camisa y la lanzó a saber dónde. No importaba, porque para su objetivo bien podía desprenderse de una prenda, por costosa que fuera. Además, iba a quitarse el resto sin preocuparse lo más mínimo.

Arqueó una ceja cuando ella se mordió el labio y aun así prosiguió con su tarea y desplazó las manos hacia su pantalón, pero antes se descalzó.

Gaby sonrió de medio lado y se contuvo para no tocarlo cuando se abrió la bragueta y le mostró una erección digna de ser atendida.

Olivier se deshizo de cualquier barrera textil que se interpusiera entre su cuerpo y el de ella.

—¿Y bien? —preguntó Gaby, abriendo los ojos de forma desmesurada, pues así, tan cerca, hasta parecía más grande de lo que recordaba.

—Creía que estaba frente a una mujer hecha y derecha, que sabe muy bien qué quiere y por tanto no duda —respondió seductor.

Gaby se echó hacia atrás al ver que Olivier se cernía sobre ella hasta quedar acostada, y enseguida él se las ingenió para separarle las piernas y quedar bien posicionado.

—¿No vas a aceptar un «no» por respuesta?

Olivier negó con la cabeza con aire juguetón antes de besarla; ya estaba bien de tanta palabrería, necesitaba pasar a la acción. Gaby gimió bajito, porque no quería darle la razón a las primeras de cambio, deseaba que se esforzara un poco más.

Y vaya si se esforzó.

Tras devorarle la boca con besos obscenos, fue desnudándola hasta dejar a la vista sus pechos, que primero manoseó de manera grosera y también les regaló leves pellizcos. Sólo fue el prometedor comienzo, ya que después utilizó la boca hasta dejar cada pezón duro y húmedo. Y a ella muy cachonda. Y no se contentó con eso, sino que se olvidó de cualquier delicadeza hasta oír los jadeos femeninos, que le aseguraban que iba por el buen camino.

—¿Desde cuándo eres tan tímida? —se guaseó, alzando un instante la mirada.

—Desde que me he pasado el día encerrada en un despacho y he acabado agotada —dijo ella con un suspiro, y extendió los brazos en cruz en señal de rendición absoluta.

—Pues entonces no muevas ni un músculo, yo me encargo de todo —prometió él.

Lo más inquietante fue que Gaby le creyó sin reservas. Incluso tembló a causa de la expectación. El cansancio empezaba a ser historia. Su mente ya sólo podía dedicarse a una cosa: prepararse para lo que fuera.

Olivier se rio entre dientes y se afanó por despojarla de cada prenda. Podía ser veloz, aunque prefirió hacerlo a modo de juego. Ir descubriendo cada centímetro de su cuerpo era una oportunidad única para posar los labios y darle un beso suave, casi imperceptible o, cuando él lo consideraba oportuno, algún que otro mordisco.

—No me dejes marcas —pidió ella retorciéndose, aunque sin colaborar lo más mínimo.

Él le dio un buen azote en el culo.

—Mmmmm... Ya veremos —musitó en respuesta, sin comprometerse.

Por supuesto estaba mintiendo, ambos lo sabían, pero a Gaby no le apetecía hacérselo notar y a él le convenía seguir avanzando sin mayor contratiempo.

Cuando por fin, tras una ardua fase, la tuvo desnuda, sintió la tentación de observarla, pues Gabrielle, sin ser una mujer espectacular, lograba resultar irresistible.

Como ya le había dado un sinfín de besos, fue directo a ese lugar del cuerpo femenino que seguro que encontraría húmedo y caliente. No le falló el instinto y se arrodilló entre sus muslos, dispuesto a saborearla a conciencia.

—Mmmm... —murmuró, haciéndola jadear con cada roce de la lengua—. Deliciosa.

Gaby se llevó un puño a la boca para no gritar, pese a que todas las terminaciones nerviosas de su sexo enviaban sin cesar al cerebro tal cantidad de sensaciones que acabó por jadear de manera escandalosa. Algo que, por supuesto, a Olivier le sirvió para esforzarse aún más.

Y vaya si se esforzó.

No dejó de utilizar la lengua para recorrer cada pliegue, refrenando sus propios deseos, pues el estar arrodillado entre sus muslos, el constante roce del cobertor en su polla lo volvía loco. No obstante, siguió lamiéndola y, para conducirla a un camino de no retorno, añadió los dedos. Primero uno, despacio, penetrándola y sensibilizando cada terminación nerviosa, preparándola para su verdadero objetivo.

—¡Ahí no! —gritó ella, saliendo de repente de la modorra sexual en la que Olivier se había encargado de sumergirla cuando notó un dedo internándose donde en teoría no debía.

En teoría, pues a pesar de todos sus temores, seguía sintiendo lógica curiosidad. Y, además, tras aquella especie de aproximación que tuvieron, ya no estaba segura de nada.

—Ahí, sí —contestó él sin darle tregua.

No cedió, de ninguna manera lo haría, y, aprovechando sus propios fluidos, le lubricó bien la zona, todo sin dejar de presionar con la lengua sobre su clítoris y de esa forma distraerla, aunque teniendo la precaución de no adelantar acontecimientos.

—¡Olivier!

Que gritaran el nombre de uno en situaciones como aquélla siempre podía considerarse una buena señal.

—¿Sí? —preguntó de forma retórica, sin dejar de martirizarla con la boca y con los dedos.

—Deja de jugar conmigo —exigió ella en un tono mitad lamento, mitad deseo; se dio cuenta de que se había esforzado mucho en buscar una relación explosiva, y ahora que por fin la tenía no sabía si iba a ser capaz de soportar aquella sobredosis eléctrica; aquello era mucho más que electrocutarse.

—Pues espera y verás... —musitó él, y Gaby lo interpretó como una amenaza. Una amenaza que iba a hacer efectiva en breve.

Olivier, con un moviendo rápido pensado para sorprender, se desplazó hacia arriba y fue directo a su boca, compartiendo con ella su propio sabor, algo que a Gaby no le desagradó, pues tenía cierto morbo.

—Estoy cansada de esperar —suspiró entre beso y beso, impaciente porque la situación se resolviera de una forma u otra. Lo que la estaba desesperando era aquella sucesión de caricias, roces y demás atenciones que, combinadas o de manera individual, lograban su objetivo, es decir, que se rindiera sin condiciones—. ¿Qué debe hacer una mujer para que la follen como es debido de una maldita vez?

Olivier se echó a reír a carcajadas ante aquel tono lastimero y, por supuesto, por la sinceridad.

Decidió besarla una vez más antes de responder.

—Sólo ha de hacer una cosa... —dijo seductor, mirándola a los ojos—...: darse la vuelta y ofrecerme de buen grado su trasero.

Gaby inspiró hondo, no tenía escapatoria, aunque ¿la quería?

Asintió y él se apartó lo imprescindible. De esa forma, Gaby se colocó según le indicaba. Disimuló cierto temor y, pese a que la postura la dejaba expuesta por completo, también tenía su morbo.

Notó cómo las manos masculinas se posaban sobre su espalda y juntas iban deslizándose hasta llegar a la separación de sus nalgas. Llegaron allí y Gaby cerró los ojos y respiró hondo cuando él comenzó a indagar con los dedos. La sensación resultaba contradictoria y seguía dudando de si debía continuar, pero cuando estaba a punto de apartarse, Olivier se las arregló para acceder con la otra mano a su sexo y frotarle el clítoris, distrayéndola.

—Gabrielle —gruñó en el momento en que se agarró la polla y se colocó en posición.

Sólo debía empujar y por fin estaría dentro; sin embargo, era consciente de que si le causaba un dolor excesivo, ella lo rechazaría, además de fastidiar una velada prometedora.

Obligado por las circunstancias, fue cauteloso. No dejó de estimular su clítoris a medida que adelantaba las caderas para ir penetrándola. El primer paso siempre era el más difícil. Inspiró profundamente y avanzó. Gaby protestó e incluso hizo amago de apartarse. Creyó oírla gimotear, pero aun así se mantuvo firme. Otro empujón y otro hasta que estuvo por fin dentro.

—Joder —graznó y apretó los dientes debido a la intensidad del contacto.

—¿Eso es todo? —preguntó ella con un hilo de voz, mintiendo como una bellaca.

Capítulo 35

Antes de estirarse en la cama, a primera hora de la mañana, supo instintivamente que se encontraba solo. Si bien tras el increíble, agotador y épico encuentro debería haberse quedado dormido como un tronco, lo cierto era que no concilió el sueño con la facilidad esperada, pues se sentía culpable. No por lo ocurrido, sino por ser incapaz de admitir en voz alta ante Gabrielle que no era más que un cabrón oportunista con demasiada suerte.

Por desgracia, el temor a perderla lo había convertido en un cobarde.

La tenía en su cama y revoloteando a su alrededor, pero ¿por cuánto tiempo? Aunque no la había considerado en su momento una mujer interesante, las tornas habían cambiado.

Cuando ella, tan agotada como él, se quedó dormida, se colocó a su espalda y la abrazó. Quizá era bueno pecar de ingenuo y callar para siempre, confiando en que Gabrielle jamás se enterase. Una teoría con bastantes posibilidades, ya que había pasado el tiempo suficiente como para que todos los implicados olvidasen. Y ella nunca mencionaba nada, ni siquiera una leve alusión a lo que ocurrió.

Mejor centrarse en el presente.

Y, tras una noche memorable, lo único en lo que pensaba era en repetir, a ser posible cuanto antes. De ahí que deslizara una mano hacia abajo y se agarrase la polla, que pedía un poco de acción matinal; sin embargo, iba a tener que conformarse con su propia mano. Comenzó a masturbarse, aunque fue perdiendo impulso y al final se detuvo. Tenía por delante cuestiones importantes que atender y las primeras eran sus propias necesidades fisiológicas. Así que apartó de un manotazo las mantas y saltó de la cama en dirección al cuarto de baño de la suite.

Fue directo a la taza del váter, se puso a ello y, justo en ese instante, alguien carraspeó a su espalda.

—Buenos días —lo saludó una voz femenina con aire divertido—. Ah, y bonito culo.

Él la miró por encima del hombro con una media sonrisa, sin detener el curso de la naturaleza.

Y allí estaba Gabrielle, sumergida en la gran bañera de la mejor suite de su hotel, recostada sobre el borde, tentadora, apetecible, desnuda y mojada, mientras él le cambiaba el agua al canario.

Olivier terminó y se acercó al lavabo, continuó enseñándole la retaguardia mientras se lavaba la cara y pensaba en cómo sacarle partido a la situación, pues tenerla así, en aquella bañera, era sin duda una oferta muy tentadora.

—¿Te encargas tú del desayuno? —preguntó ella comiéndoselo con los ojos, ya que él se había dado la vuelta, cruzado de brazos y apoyado contra el tocador, exhibiendo orgulloso su erección.

—¿Cómo dices? —replicó un tanto contrariado, porque esperaba un comentario más cercano a sus deseos.

—A primera hora he hablado con los contables que van a ayudarnos y estarán aquí en breve, así que te sugiero que te arregles cuanto antes. Eres el dueño, has de mostrar una imagen impecable —añadió con retintín.

—Si anoche no te hubieras obstinado en venir aquí, ahora estaríamos en mi dormitorio, donde tengo todo lo necesario para ello —dijo él disimulando su diversión y pensando que, si bien no iba a poder follar por la mañana, al menos se deleitaría al verla salir de la bañera.

—¿No puedes llamar a un empleado y que te facilite lo imprescindible? —propuso Gabrielle sin dejar de jugar con la espuma, que al moverla de un lado a otro mostraba algún que otro punto de su anatomía de lo más interesante.

Olivier se dio cuenta de que ella tenía razón, así que agarró de malos modos una toalla y se cubrió las caderas; después abandonó el cuarto de baño y llamó a su secretario para que se ocupara de todo. Como siempre, la efectividad y discreción del señor Wang fueron impecables y apenas quince minutos más tarde llegaban dos camareros, uno con el desayuno y otro con sus efectos personales.

Él regresó al baño con sus útiles de afeitar y, sin importarle tener público, comenzó con la tarea, mirándola, por supuesto, a través de espejo, porque seguía en la bañera. Con aquella maldita mezcla de ingenuidad y tentación que hacía estragos en él.

—¿Has ido alguna vez a una orgía? —preguntó ella de repente, levantándose y dejando resbalar el agua jabonosa por su cuerpo más tiempo del normal. Una maniobra sencilla y muy efectiva.

—¡Joder! —gruñó él, pues debido a la sorpresa se cortó al rasurarse.

Gaby, sin importarle dejarlo todo perdido, se acercó a él y con una toalla en la que vertió un poco de tónico, le limpió la sangre.

—Qué delicado eres —lo regañó medio en broma, dándole toques suaves sobre la mandíbula.

Había observado a Frank y a Stanley pasar mil veces por aquel ritual diario charlando de todo un poco y siempre le parecía fascinante, claro que sus compañeros de piso no llevaban sólo una toalla alrededor de las caderas.

—Y tú qué oportuna haciendo preguntas —siseó, mientras ella, a su lado, desnuda y chorreando, lo atendía como una pseudoenfermera.

—Contesta —le exhortó Gaby.

Olivier dejó los útiles de afeitar sobre la repisa para evitar más accidentes y se volvió para mirarla a la cara antes de responder.

—Como bien has dicho, el tiempo apremia, así que, como comprenderás, no me voy a poner a hablarte de orgías cuando en breve estaré rodeado de papeles, informes y dos contables dispuestos a examinar la numerosa documentación. Y todo porque tú has sembrado la duda sobre mis empleados —dijo, señalándola con un dedo.

Ella, lejos de amilanarse, alzó la barbilla.

—¿Y eso que tiene que ver para que no puedas responderme con un sí o un no?

—¡Maldita sea, Gabrielle!

—Dímelo y te dejo tranquilo —contestó con aire zalamero.

Olivier se volvió de nuevo y se miró en el espejo mientras refunfuñaba por lo bajo. Joder con la pregunta, pues claro que había estado, y en más de una ocasión. Mientras vivía en Nueva York, cuando su club empezó a tener éxito, no le fue muy difícil ser invitado por clientes exclusivos y después hasta ser él mismo el organizador, cerrando al público su local para celebrar fiestas en las que todo estaba permitido.

—Sí, he estado en alguna. Sí, he participado —admitió, dando a entender que el tema le molestaba—. ¿Contenta?

—Por el momento...

Olivier sospechó de inmediato. A saber qué estaba elucubrando aquella cabecita loca, porque cuanto más tiempo pasaba junto a ella, más cuenta se daba de que Gabrielle, lejos de conformarse con lo evidente, siempre le buscaba tres pies al gato, y siendo él, por lo general, el blanco de sus disquisiciones, mejor estar alerta. Por eso la sujetó de la muñeca para que no se escabullera al dormitorio y le preguntó mirándola fijamente a los ojos:

—¿Qué estás tramando?

—Ya te he dicho que, por el momento, nada —respondió muy digna, aunque mentía como una bellaca.

Ahora que se había electrocutado unas cuantas veces con él, quería más, el lote completo, y ya de paso comprobar hasta qué punto Olivier era capaz de soportar antes de confesar de una maldita vez.

Su plan de acercarse a él, lograr que se enamorase de ella, incluso resultarle imprescindible, iba por buen camino, pero podía ser aún mejor. Y aprovecharía para aprender un poco más.

—No te creo... —murmuró amenazador.

—Está bien, lo admito. Quiero ir a una orgía, ver qué se cuece.

—Y participar, supongo —remató él con sarcasmo.

—Eso depende —dijo Gaby un tanto modosa, lo que, muy a su pesar, a Olivier lo hizo sonreír—. Además, no tienes por qué quedarte toda la velada, basta con que me acompañes o incluso que me digas dónde se celebra una.

Él estalló en carcajadas, porque, pese a la seriedad del asunto, por cómo lo decía ella desde luego era para divertirse.

—¿Tú te crees que ir a una fiesta de ese tipo es como recibir una invitación para el teatro?

—No lo sé, dímelo tú —replicó toda ufana—. Quien presume de experiencia no soy yo precisamente.

—Gabrielle, dejemos aquí este tema, por favor —le pidió, retomando su tarea de afeitarse.

—Muy bien, te dejaré tranquilo... —contestó ella.

Olivier supo en el acto que disuadirla iba a ser misión imposible, por lo que debería minimizar riesgos y buscar una solución intermedia.

—¿De verdad quieres que gente a la que no conoces se acerque y, sin muchos miramientos, te folle? —dijo poniéndoselo mal para desanimarla.

Gaby sopesó sus palabras antes de replicar:

—¿No puedo ir sólo a mirar?

—¡Joder! ¡Así no hay manera!

—No entiendo por qué te molesta tanto.

—Ya deberías saber por qué —admitió Olivier, consciente de que sus palabras eran ambiguas.

—No, no lo sé, y por eso sigo tomando mis propias decisiones. No voy a permitir que me manipulen de nuevo —sentenció, y salió del cuarto de baño dejándolo preocupado y con mucho en que pensar.

No obstante, debía aparcar aquellos pensamientos si antes deseaba solucionar de una jodida vez los problemas del Great Night, porque, desde luego, no ganaba para disgustos. Menos mal que algunos fuegos había logrado apagarlos, con ayuda de Gabrielle, no había que olvidarse de ese detalle. Con un poco de suerte, la zona nueva entraría en funcionamiento en los plazos previstos y empezaría a recuperar la inversión, lo que gustaría a quienes habían depositado su confianza en él.

Cuando abandonó el cuarto de baño, aún sin vestir, encontró a Gabrielle sentada a la mesa, leyendo la prensa y ya arreglada. La perfecta imagen de una mujer segura de sí misma. Y todo a pesar de su juventud, algo que no dejaba de sorprenderlo.

Comenzó a vestirse, consciente en todo momento de que era observado, con mayor o menor disimulo por parte de ella, algo que se tomó como todo un halago.

—Voy a tener que hablar con el jefe de cocina, este café no es el adecuado para un establecimiento de prestigio —comentó Gabrielle mientras le servía una taza, que Olivier aceptó.

—¿Qué le pasa al café? —preguntó con retintín, pues si bien no era el mejor del mundo, lo consideraba aceptable.

—Se supone que este hotel es de lujo, y eso hay que demostrarlo en cada detalle —explicó ella.

Él sabía que, si alguien entendía de lujos, ésa era Gabrielle, así que, pese a que le jorobase reconocerlo, a lo mejor era hora de tener en cuenta sus opiniones. Torció el gesto, porque la crítica al café podía ser una forma velada de recordarle sus orígenes. Al fin y al cabo, él había bebido brebajes muchísimo peores por falta de dinero, algo por lo que ella jamás había pasado. Pero se trataba de ver el lado positivo, así que nada de tomárselo de manera personal y debía ocuparse del asunto, pues Gabrielle tenía razón.

—¿Y qué sugieres?

—De momento hablar con el jefe de cocina y con el encargado de compras; o están adquiriendo productos de baja calidad para ahorrar costes, algo perjudicial para el negocio pese a que aumenten los beneficios, o, como yo sospecho, te están colando producto de calidad cuestionable a precios de lujo.

—¿Y cómo puedes arriesgarte a decir algo así?

—Porque me apuesto lo que quieras a que tú, como mucha gente, sólo miras las etiquetas, no el producto. Típico de los nuevos ricos.

Un nuevo ataque, pensó él e inspiró hondo. No debería sorprenderse, al fin y al cabo, Gabrielle pertenecía a una clase privilegiada.

—Puede que tú vivas en un mundo de fantasía, pero te aseguro que mucha gente no puede comer todos los días —replicó molesto.

—Esto no va ni de ti ni de mí, Olivier —le espetó, picada en su orgullo—. Sí, es cierto, me he criado entre algodones y no voy a pedir perdón por ello; sin embargo, tú pretendes dirigir un hotel de lujo y yo sólo te he hecho una maldita observación para que mejores el funcionamiento. No tenías por qué llevarlo al terreno personal —se defendió sacando las garras, y él se dio cuenta de que quizá se había comportado como un gilipollas.

—De acuerdo, tienes razón —dijo para calmarla, pues Gabrielle lo miraba con mala cara.

—Si quieres mi opinión —murmuró sarcástica—, revisa las facturas de compra y lo verás. Ése puede ser el motivo por el que no te has dado cuenta. Los proveedores facturan productos de calidad, pero entregan otros.

—¡Joder! —exclamó al caer en la cuenta.

Gabrielle no era tonta, lo demostraba cada día, y él era un gilipollas monumental. El café sólo era la punta del iceberg, seguro, y él, tal como había dicho Gabrielle, sólo se guiaba por la etiqueta.

Un nuevo rico de manual.

—¿Lista? —le preguntó ofreciéndole la mano, porque el asunto iba a traer cola una vez que lo revisara todo de pe a pa. Amén de depurar responsabilidades. No le iba a temblar el pulso.

—Por supuesto —contestó Gaby, aceptando el gesto caballeroso.

* * *

Mientras caminaba en dirección a la sala donde iba, entre otras cosas, a conseguir un buen dolor de cabeza, Olivier pensó en lo curioso y novedoso que era llevar al lado a una mujer a la que deseaba, que además se había follado de creativas y variadas formas, y con la que iba a trabajar y a compartir datos confidenciales, datos que en manos de la competencia serían un arma difícil de contrarrestar.

—Señorita Boston —dijo un tipo calvo, de mediana edad, nada más verlos acceder a la sala, obviando a Olivier.

Y, por supuesto, éste se aclaró la garganta para hacer notar su incomodidad.

—El señor Laramy, ¿verdad? —intervino ella ofreciéndole la mano con una sonrisa.

—Sí, señorita Boston. Y él —señaló al otro hombre más joven que le acompañaba— es mi ayudante, el señor Hobbes. Estamos a su disposición.

Olivier volvió a aclararse la garganta, ya era mucho choteo.

—Les presento al dueño, Olivier Mercier.

Los dos hombres lo saludaron con un apretón de manos distante y educado. Había quedado patente de quién esperaban indicaciones. Por supuesto Gaby se percató de ello y, para evitar que Olivier se enfurruñara, decidió mostrarse discreta y le cedió la palabra para que él expusiera la situación.

Pero mientras le escuchaba, pensó que era injusto quedarse callada, cuando había sido su perspicacia la que había ayudado a destapar aquel problema; no obstante, optó por no decírselo, al menos delante de testigos. Ya arreglaría cuentas con él en privado.

Los dos contables comenzaron a tomar notas y, tras hacer las preguntas de rigor, el señor Laramy estableció una rutina de trabajo que todos acataron sin discusión.

Olivier, a pesar de ser el dueño, tampoco discutió aquellas decisiones, porque de lo que se trataba era de no dejar piedra sin remover. En el fondo mantenía la esperanza de que todo fuera un desvarío de Gabrielle y que semejante trance le pudiese servir para conocer mejor el funcionamiento del hotel; sin embargo, a medida que avanzaba la jornada se hacía más evidente que allí había gato encerrado.

Para no asustar con sus improperios a los colaboradores ni dar pistas a sus empleados sobre qué investigaba, y de paso tomar un poco el aire, se encargó de ir en persona a la oficina de la gobernanta en busca de los libros que la señora Thorme allí guardaba.

Sopesó la idea de inventar una excusa para llevárselos, pero la desestimó, pues, ¡qué cojones!, era el dueño; las explicaciones sobraban.

—Señor Mercier, ¿puedo ayudarle en algo? —preguntó solícito su secretario cuando lo vio dirigirse a la zona de empleados y además de aquella guisa. Sin la americana, con el nudo de la corbata flojo, la camisa remangada y ligeramente despeinado.

—No —respondió él de malos modos, ya que esperaba no tener que incluir a su secretario en la lista de despidos.

—¿Necesita cualquier cosa? —prosiguió el señor Wang.

—¡He dicho que no! —estalló Olivier dejándolo con la palabra en la boca, y se largó malhumorado a grandes zancadas.

Su destino estaba bien claro, no obstante, al llegar a la zona de trabajo se detuvo allí a observar. Con el aspecto que tenía no parecía el dueño, por lo que apenas repararon en su presencia. Con cierta perplejidad comprobó que, tal como Gabrielle le había mencionado, algunos empleados no daban un palo al agua y haraganeaban con total descaro.

Encendió un cigarrillo y continuó allí de pie. Quizá debería haber pasado por aquella zona más a menudo y no limitarse a tomar decisiones desde su despacho, basándose en los informes del señor Wang. Él mejor que nadie sabía qué era empezar desde abajo y bien pronto parecía haberlo olvidado.

Oyó también algún que otro comentario subido de tono, aunque inocuo para la marcha del negocio, siempre y cuando no se hicieran delante de los clientes. Podía reprenderlos por ello, pero no lo consideró necesario. Lo que no le gustó tanto fueron algunas otras referencias a los huéspedes más exigentes. Era cierto que a veces resultaba casi imposible complacerlos, pero ése debía ser el signo que distinguiera al hotel y no estaba por la labor de tolerar que se relajaran las normas. Tomó buena nota de hablar, en un futuro próximo, con los responsables de cada sección, para que nadie se despistara.

Tras pasar un buen rato allí, recordó que su destino era la oficina de la señora Thorme. La gobernanta llevaba años en el Great Night, y al comprar el hotel Olivier había decidido mantenerla en su puesto por dos motivos. El primero era la comodidad, no tenía ni tiempo ni ganas de buscar a alguien para sustituirla, y el segundo, por una promesa al anterior dueño de no cambiar a los trabajadores. Además, todo parecía funcionar.

Encontró a la gobernanta aleccionando a las nuevas camareras. Desde luego, no escatimaba vehemencia. Sus maneras podían ser cuestionables, sin embargo, Olivier esperó a que acabara, pues no deseaba restarle ni un ápice de autoridad.

—Señor Mercier, ¿qué se le ofrece? —preguntó la mujer en tono cauteloso.

Él se percató de que, aparte de sorprenderla el hecho de encontrarlo allí, no le hacía mucha gracia.

—Nada importante —murmuró en respuesta con toda la intención; lo último que necesitaba era que la señora Thorme se pusiera a la defensiva y revoloteara a su alrededor—. Vaya a hacer sus cosas, no se preocupe.

La gobernanta, que llevaba muchos años al frente de todo, se mordió la lengua, porque ante el jefe no se podía replicar, y, tras disculparse, se marchó.

Esa actitud jorobó a Olivier, pues mandaba narices que, siendo el propietario, tuviera que justificarse. Otro asunto del que se ocuparía más adelante; que la señora Thorme fuera eficaz no significaba que se creyera la dueña.

Se encaminó hacia el despacho de la mujer y entró sin preocuparse de si alguien lo veía. Allí encontró una gran cantidad de libros contables y de registro, todo ordenado de forma admirable, lo que facilitaba, y mucho, escoger qué tomos llevarse.

Para no ir muy cargado cogió los de los cuatro últimos trimestres, con eso de momento tendrían suficiente para contrastar.

Al salir del despacho se dio de bruces con la gobernanta, que por lo visto había hecho caso omiso de su sugerencia de que fuera a ocuparse de sus asuntos y había estado merodeando. Olivier no tenía por qué dar explicaciones, sin embargo, resultaba básico que ella no sospechara que iba a investigar, porque eso la pondría sobre aviso y lo estropearía todo.

—Señora Thorme, creo que la estaban buscando, parece que ha habido un problema en la lavandería —mintió él sin sentirse culpable.

—No he oído nada —comentó ella desconfiando.

—Y es urgente —añadió él.

La mujer torció el gesto. Podría replicar, aunque, al tratarse del dueño, se tuvo que morder la lengua de nuevo y obedecer.

Olivier resopló, porque aquello era, además de surrealista, para darse de cabezazos contra la pared. ¡Tener que buscar excusas para revisar unos libros contables de su empresa!

Regresó a la sala de reuniones, donde los dos tipos que Gabrielle había contratado seguían enfrascados en la documentación. Sonrió, no le importaba hacer el desembolso extra que le iban a suponer, lo mismo que la comisión de Gabrielle.

Ésta se le acercó. Desde luego, no se parecía nada a la mujer que por la noche lo volvía loco; ahora, con aquella actitud profesional también lo volvía loco, aunque desde otra perspectiva.

—¿Has traído lo que te hemos pedido? —preguntó ella sacándolo de sus pensamientos poco o nada relacionados con la investigación.

—Sí —contestó, dejando los volúmenes sobre la mesa.

El ayudante del señor Laramy se apresuró a abrirlos y a comenzar a revisarlos.

—Señor Mercier, me temo que revisar todo esto nos puede llevar más de lo previsto —le informó Hobbes.

—Por lo poco que hemos analizado, da la impresión de que este sistema para que algunos empleados consigan suministros para la reventa, cargando las facturas al hotel, viene de lejos. No es nuevo —explicó Laramy.

—Joder... —masculló Olivier. Se pasó una mano por el pelo y miró de reojo a Gabrielle, que ponía cara de circunstancias.

—Le aconsejo que se tome todo esto por el lado positivo y mantenga la calma —añadió el contable y, con su tono, dejó implícito que cosas como aquélla pasaban más a menudo de lo que uno pensaba.

—Perdone, señor Laramy, pero no creo que este embrollo tenga un lado positivo —replicó Olivier con acritud.

—Piense que, tras analizarlo todo, podrá corregir los errores y mejorar el funcionamiento.

—Ya... —murmuró él poco convencido.

Capítulo 36

—Déjame dormir un poquito más... —gimió Gaby al sentir que alguien tras ella, Olivier, le acariciaba la espalda. Era agradable, sin embargo, aún se sentía agotada.

La causa de su cansancio se debía a dos factores: en primer lugar, una semana de trabajo como no recordaba. Apenas había salido a la calle en dos ocasiones. Una de ellas para ir a casa de Frank, recoger ropa limpia e informar a su «novio» de su paradero para que no se preocupara. Por supuesto, no le dijo que, además de trabajar como asesora, compartía cama con el asesorado.

Y ése era precisamente el motivo de su cansancio. La noche anterior, en vez de reposar ahora que parecía resuelto el asunto de los empleados, Olivier había insistido en acompañarla a la suite imperial, aunque no sólo con la intención de dormir.

Él había intentado ser inflexible en una cuestión: no dejar que ella se recluyese sola en sus estancias privadas, pero Gaby se había negado en redondo, pues deseaba disponer de un espacio personal. Olivier, tras protestar, había cedido, eso sí, con la condición de que durmieran juntos, aunque debido al agotamiento, tras horas encerrados en el despacho junto a los contables, ninguno de los dos parecía tener fuerzas para mantener relaciones sexuales, incluso discutir se les hacía cuesta arriba.

—Tranquila, hoy vas a poder dormir y haraganear en la cama

cuanto quieras —musitó él mientras le besaba el hombro con delicadeza y se le arrimaba.

—Mmmm... —ronroneó, encantada con la perspectiva.

—Es domingo, así que ni siquiera tienes que vestirte. Me encargaré de que nos traigan comida —añadió en el mismo tono seductor.

—¿Domingo? —preguntó ella incorporándose de repente, de tal modo que Olivier se llevó un buen golpe en la nariz.

—Eso he dicho —confirmó tocándosela.

—¡Tengo que irme! —exclamó Gaby e hizo amago de abandonar la cama, pero él se lo impidió al sujetarla del brazo.

—¿Y adónde cojones tienes que ir tú un domingo?

Ella arqueó una ceja ante aquel tono tan dominante, que estaba claro que no iba a consentir y mucho menos acatar.

—Tengo un compromiso —respondió e intentó liberarse, pero Olivier se las apañó para tumbarla y colocarse encima. De ese modo le era imposible escabullirse—. ¿No me has oído? ¡Aparta!

—Creo no haberme expresado con claridad —dijo él susurrando—. Llevamos una maldita semana trabajando sin cesar. Algunos días apenas hemos parado para comer.

—Y el beneficio ha merecido la pena —lo interrumpió ella.

Olivier asintió.

Vaya si lo había merecido. Tras la ardua investigación habían descubierto un enorme negocio fraudulento que, bajo el amparo de la gobernanta, consistía en comprar mercancías muy por encima de las necesidades reales del hotel, para revenderlas con un beneficio limpio y a coste cero. O también comprar productos de mala calidad y hacerlos pasar por buenos.

Sólo los empleados más antiguos participaban en aquel ilícito negocio y los nuevos contratados miraban hacia otro lado, con la esperanza de mantener su puesto y poder entrar algún día en ese selecto club.

Lo que más le había dolido a Olivier había sido que su secretario, al que consideraba fiel, hiciera la vista gorda por un pequeño porcentaje. El señor Wang no mercadeaba de forma directa, pero sí los ayudaba al conformar facturas sin revisarlas.

Por supuesto, Olivier también había depurado responsabilidades en el departamento contable, y ofrecido a Laramy y a Hobbes el puesto, con un buen sueldo. El primero había rechazado la oferta, ya que prefería seguir trabajando para el cuñado de Gabrielle, y el segundo, ante la oportunidad de ascender y pasar de ser un simple ayudante a jefe de departamento, había aceptado sin dudarlo.

—Claro que lo ha merecido —confirmó Olivier antes de besarla, después prosiguió—: Y, sin duda, debo agradecerte como corresponde tu dedicación.

—Ya vas a entregarme una suculenta comisión, me considero pagada —contestó ella.

—Yo me refería a otra compensación... —dijo seductor.

—Otro día. Ya te he dicho que no...

Su frase quedó incompleta cuando Olivier volvió a besarla, aunque, en vez de hacerlo de forma pausada, prefirió ser agresivo para lograr dos objetivos. El primero, hacerla desistir de su absurda idea de abandonar la cama en pos de un «novio» postizo, y la segunda, despertar en ella el deseo de pasarlo bien entre las sábanas durante toda la jornada.

—Olivier...

—Voy a exponerte con claridad las razones que tienes para no levantarte...

Las razones, obviamente, no iba a decirlas sino a hacerlas, por lo que, tras un beso de lo más arrebatador, que logró parte de sus objetivos al hacerla gemir, comenzó a descender. Depositó un sonoro beso en la separación de sus pechos, procurando en todo momento mantenerla inmovilizada.

—Estás jugando sucio —se quejó Gaby revolviéndose.

Olivier se rio entre dientes y continuó el descenso.

—Siguiente argumento —dijo en voz baja, jugando con la lengua en su ombligo.

Ella inspiró hondo y, a pesar de que debía mandarlo a paseo y marcharse, pensó que el hecho de que él se esforzase en convencerla era bueno. Iba a llegar tarde a su cita con Frank, pero muy satisfecha.

Aunque la idea de haraganear todo el día en la cama, desnuda, se le antojaba un placer de lo más decadente y atractivo.

—¿Ya estás convencida o sigo? —preguntó él con retintín.

Gaby suspiró, que lo interpretara como le diese la gana.

Olivier arqueó una ceja, pues intuía que ella se contenía un poco, lo que significaba que lo mejor era ser más contundente.

Le separó las piernas todo cuanto fue posible y se arrodilló entre ellas. Por supuesto, Gabrielle se retorció y protestó, pero él se las ingenió para que no escapara.

—No me obligues a molestar a los empleados del almacén —le advirtió.

Esa frase la sacó del momento, porque no entendía nada.

—¿El almacén?

—Qué remedio —contestó Olivier, recorriendo su sexo con la lengua. No responder de inmediato era el mejor modo de mantenerla expectante. Que rumiara las palabras. Y como ella continuaba moviéndose y además le tiraba del pelo, se vio obligado a añadir—: Si sigues entorpeciendo mi exposición de argumentos, mandaré a alguien al almacén para que busque unas cuerdas y me las traiga.

—¿Unas cuerdas?

—Sí, para amarrarte a la cama —explicó él.

Gaby dudó entre quedarse quieta o hacer que cumpliera su amenaza, ya que la idea de que la atara sonaba demasiado excitante como para perdérselo. Vaya dilema, ser responsable o... no. Pero pensarlo mientras un tipo utilizaba la lengua entre sus piernas, no resultaba sencillo y decidió que, por el momento, se limitaría a disfrutar; después ya se encargaría de averiguarlo todo sobre las posibilidades de las cuerdas. Ahora que conseguía electrocutarse cada vez que estaba con él, se sentía con ganas de más. De todo.

Olivier, ajeno a esos pensamientos, prosiguió con sus atenciones. Ya no se conformaba con hacerle suaves caricias con la lengua, sino que fue a por todas y, con ella abierta de piernas y en actitud colaboradora, no perdió ni un segundo.

No sólo se trataba de excitarla, de lograr que sus gemidos fueran tan escandalosos que algún huésped pudiera oírlos desde el pasillo, pues eso no supondría ningún reto, ya que no sería la primera mujer a la que dejaba satisfecha tras un buen revolcón. La cuestión era (y seguía sin entender por qué con ella era tan diferente) que a Gabrielle no sólo deseaba complacerla en el terreno sexual, como le ocurría con las otras.

Puede que fuera porque, por primera vez, una mujer no se acercaba a él para ser una mantenida. Era cierto que cada vez que le salvaba el culo le solicitaba una comisión (algo que debería investigar, porque seguía intrigándolo); sin embargo, sus aportaciones y opiniones eran muy valiosas. Tenerla cerca en cuestiones cotidianas hacía que la deseara con mayor intensidad.

Pero con todo aquello en la cabeza estaba perdiendo fuelle, algo que no se podía permitir. Así que desterró por el momento todos sus pensamientos para centrarse sólo en uno. En ella.

—¡Olivier! —gritó Gabrielle como si estuviera poseída.

—¿Sí? —murmuró él, satisfecho por haberla llevado al límite con la boca; eso sí, consciente de que faltaba el último paso.

—Deberías haber pedido esas cuerdas —gimió Gabrielle, agarrándose a su pelo de forma violenta debido a lo que él de manera tan perversa le estaba haciendo.

Y no era para menos, pues si bien ya había jugado entre sus muslos con anterioridad, ella lo estaba disfrutando con la misma sorpresa e intensidad de la primera vez. O puede que en aquella ocasión Olivier estuviera demostrando un talento con la lengua oculto hasta la fecha.

—Estoy seguro de que otros huéspedes ya han llamado a recepción quejándose de tus gritos y gemidos —se guaseó sin piedad, haciendo sólo una pequeña pausa para mirarla.

Continuó su doble ataque: con los dedos la penetraba sin descanso y con la boca estimulaba cada pliegue, exagerando quizá un poco los ruidos propios de la succión, para que fuera aún más obsceno. Y al parecer funcionaba, porque cuanto más agresivo se mostraba, mayor intensidad alcanzaban los jadeos de ella.

No demoró más lo inevitable. Le dio un mordisquito en el interior del muslo y después le susurró las palabras más sucias y explícitas de su repertorio, al tiempo que frotaba su clítoris hasta hacerla estallar.

A Gaby no le dio tiempo ni a coger aliento, puesto que Olivier se la ingenió para colocarse encima y, de un empellón, penetrarla hasta el fondo, logrando que volviera a gemir, debido a lo sensible que se encontraba su sexo, y, por si no fuera ya un asalto en toda regla, también le sujetó los brazos por encima de la cabeza mientras empujaba.

El ritmo que imprimió fue endiablado y verse sometida incrementó su excitación, aunque también tuvo un momento de lucidez al darse cuenta de que en algún momento desearía invertir las posiciones.

—Mmmm... —jadeó gustosa, tensando los músculos internos para sentirlo con mayor intensidad, pues la idea de tenerlo a su merced era como poco deslumbrante, ante las posibilidades que entrañaba.

—Así me gusta, más alto, me encantan tus gemidos, Gabrielle... —canturreó él entre envite y envite, sin aminorar el ritmo.

La besó justo en el instante en que su cuerpo alcanzaba el clímax, porque un hombre tiene ciertos límites y él había rebasado hacía mucho el suyo. Contenerse más era imposible.

Aflojó el agarre y, apoyándose en los brazos, se alzó para mirarla. Gabrielle mostraba una expresión entre divertida y pícara que lo hizo sonreír. Sí, sus argumentos para convencerla y pasar el día en la cama, desnudos, habían sido de lo más convincentes.

—Y ahora, si me lo permites, me gustaría ir al aseo —murmuró ella, acariciándole el rostro y él, sin sospechar nada, le dio un beso rápido en los labios y se apartó.

No sin antes darle un buen azote en el culo cuando Gabrielle se dispuso a levantarse.

—Voy pidiendo el desayuno —le dijo con retintín y sin rastro de arrepentimiento, mientras ella se frotaba el trasero y se encaminaba al cuarto de baño.

Olivier se encargó de que les suministraran todo lo necesario para pasar el día allí encerrados, empezando por el desayuno, que debía ser copioso para reponer fuerzas. No olvidó pedir otras cosas y, por supuesto, el mejor champán de la bodega. Dejó dicho que ni se les ocurriera molestar, que ya se encargaría él de avisar cuándo debían servirlo. No quería ninguna interrupción que arruinase un más que posible momento especial, pues había llegado la hora de ser sincero.

Era un gran riesgo, sin embargo, pensó que, al estar en un ambiente propicio, Gabrielle se mostraría al menos comprensiva.

Lo que no esperaba era que ella, al salir del aseo con tan sólo una toalla y la piel húmeda (con lo prometedor que resultaba aquello), fuese directa a por su ropa y comenzara a vestirse.

Olivier colgó con rapidez el teléfono, dejando a medias las instrucciones, ya que también iba a pedir unas cuerdas (por si acaso), y se incorporó con la intención de detenerla.

—Creía que había dejado claras mis intenciones para el día de hoy —le dijo medio gruñendo.

Ella se agachó para recoger los zapatos y se sentó en uno de los elegantes sillones antes de responder.

—Y yo que tenía un compromiso, al que, por cierto, llego tarde.

—Gabrielle, no me jodas —protestó Olivier acercándose con la intención de intimidarla, aunque, por la cara de ella, era evidente que estaba muy lejos de conseguirlo.

—Ya hemos jodido bastante por hoy —replicó altanera, y se abrochó los zapatos—. Y ahora, si eres tan amable de pedirme un taxi...

Él la sujetó de la muñeca. Quizá impedir que se largara estando desnudo no imprimía mucha seriedad, pero lo traía sin cuidado seguir con las pelotas al aire, siempre y cuando ella desechara la absurda idea de marcharse.

—Creo que tu novio no es lo que dice ser —disparó.

Cualquier cosa para retenerla allí. Ya que su intención era revelar secretos, bien podía comenzar por el del señor Tremblay.

A Olivier le daba lo mismo si el notario se follaba a su secretario o a una coral femenina, lo relevante era que Gabrielle seguía en la inopia.

—Cuidado, no te voy a permitir que hables mal de Frank —replicó ella, controlando su enfado para no levantar la voz.

—Tu querido Frank —prosiguió él, pasando por alto su tono, arriesgándose a cabrearla— es un farsante.

Gaby arqueó una ceja. Sabía muy bien a qué se refería, pero eso era un asunto privado entre su «novio» y ella. Nadie tenía derecho a opinar y mucho menor a criticarlo.

—Te he dicho que dejes a Frank en paz —le advirtió, y cogió de malos modos su bolso.

—¿Y no te importa que siga engañándote? —preguntó Olivier impidiendo que abriera la puerta; no obstante, ella lo empujó y logró bajar la manilla.

—En lo que a hombres que me engañan se refiere, tengo suficiente experiencia como para enfrentarlo —dijo Gaby alzando la barbilla, pues tenía bemoles que él, precisamente él, adoptara aquel tonito de salvador—. No es el primero ni será el último.

En efecto, Frank la había engañado durante años, sin embargo, Gaby lo había perdonado y no permitiría que nadie malmetiera entre ambos. Si había que exigir explicaciones, sería ella quien lo hiciera, no Olivier.

Salió al pasillo sabiendo que él no la perseguiría, ya que, aparte de estar desnudo, esperaba que la réplica hubiese sido lo bastante contundente como para dejarlo pensativo y a ella tranquila.

Caminó con decisión hacia la salida y por si acaso Olivier ordenaba retenerla en recepción con cualquier pretexto, como por ejemplo que no había pagado su estancia en la suite principal del

Great Night, se dirigió a la parte trasera, por donde accedían los empleados, y, para darle en su orgullo, sacó del bolso el talonario de cheques y rellenó uno. Con él en la mano se acercó hasta una camarera y le dio instrucciones de que lo llevase al mostrador de recepción. A la chica, aparte de dejarla extrañada con tan inusual encargo, le dio una buena propina para que cumpliera el cometido con rapidez y sin hacer preguntas.

Reconoció para sí que se sentía un poco maquiavélica al actuar de aquella forma, tan parecida a su hermana Samantha cuando deseaba salirse con la suya y no vacilaba a la hora de elegir el método más adecuado. Se encogió de hombros, pues al fin y al cabo sólo pretendía darle una lección a cierto propietario de hotel que había tenido la osadía de criticar a su mejor amigo.

—Esa zorra entrometida nos ha jodido el negocio —oyó Gaby a su espalda.

Disimuló mientras esperaba que llegara un taxi, a lo mejor no se referían a ella.

—El cabrón de Mercier ya se podría haber follado a otra —añadió una segunda voz masculina.

Esa frase la puso en guardia. Hablaban de ella. Y hasta cierto punto era lógico que dos empleados comentaran lo ocurrido allí en el callejón trasero, donde se creían a salvo de oídos indiscretos.

—Mira que hay mujeres disponibles para darse un buen revolcón, dispuestas a complacer a un tipo rico y sólo a cambio de un buen regalo, y va y elige a la más cabrona —continuó la primera voz.

—Cómo se nota que es una niña rica consentida, a la que seguro que no le hace falta dar un palo al agua y sólo busca entretenerse jodiendo la vida a los demás.

Gaby quiso poner cara a esas dos voces, pero con cautela, no fueran a reconocerla. No deseaba un enfrentamiento y menos en aquel momento.

Inspiró hondo y se volvió lo imprescindible. Allí estaban, fumando con tranquilidad. Llevaban el uniforme y la placa identificativa con el nombre, la cual, debido a la distancia, no alcanzaba a leer. Eso significaba que, o bien quedaban entre el personal asalariados implicados en la trama, o bien algunos pensaban reactivar el negocio fraudulento.

¿Y...?

Al fin y al cabo, ella le había abierto los ojos a Olivier, ya lo había puesto sobre aviso para que vigilara lo que se hacía en su establecimiento. No tenía más ganas de colaborar. Que se las apañara.

Por fin llegó el taxi y, durante el trayecto a casa de Frank, se esforzó por olvidar, de momento, su situación con Olivier. O al menos debía quedarse sólo con la parte positiva, es decir, las noches (o días, o sobremesas...) en las que se había electrocutado con gusto.

* * *

Cuando llegó a casa de su «novio», éste la esperaba ya arreglado y listo para salir, con cara de pocos amigos, pues el retraso injustificado lo había puesto de mal humor. Y eso que Stanley siempre procuraba defenderla buscando alguna excusa, porque entendía que a Gaby la idea de pasar la tarde con la señora Tremblay no la entusiasmara precisamente. La madre de Frank era agotadora.

—Ya sé que llego tarde —dijo ella adelantándose a la más que posible pregunta de Frank sobre su retraso.

Stanley la recibió con un beso en la mejilla y una sonrisa comprensiva.

—Mejor no pregunto de dónde vienes —murmuró Frank, dejando implícito que se mordía la lengua para no hacerlo.

—Me cambio en un abrir y cerrar de ojos —prometió Gaby resuelta, y se retiró a su dormitorio.

El mismo que ocupaba desde hacía semanas en casa de su «novio», aunque los últimos días apenas había puesto un pie allí.

Mientras se cambiaba de ropa cayó en la cuenta de que ir a casa de la madre de Frank no le apetecía nada, ni tampoco pasar la tarde allí, sin otra cosa que hacer que escuchar a la mujer mientras hablaba de sus innumerables achaques (a veces reales y la mayor parte inverosímiles), o de la vida y milagros de las vecinas del barrio; pero formaba parte del trato y no le quedaba más remedio.

Capítulo 37

Gaby abrió los ojos, no porque le apeteciera abandonar la cama, sino por el olor a café, que, para su sorpresa, en vez de despertarle el apetito le dio malestar.

—Buenos días —canturreó la voz amable de Stanley, que dejó una bandeja sobre la mesilla y se sentó en el borde de la cama—. Te he preparado un desayuno completo y así me cuentas qué tal ayer con la señora Tremblay.

—Aparta eso —gimió Gaby, señalando la bandeja de comida.

—Vaya cara me has puesto —exclamó él divertido—. Por lo general no eres tan gruñona a primera hora.

—Es lunes, ¿no deberías estar ya en tu puesto?

—Sí, debería. Pero Frank estará toda la mañana fuera, visitando a unos clientes, y como yo soy quien organiza su agenda...

Gaby lo entendió a la primera.

—¿Y no puedes ir adelantando trabajo y así ganarte el favor de tu jefe? —preguntó de forma retórica, llevándose una mano a la cabeza, que le dolía, lo que no tenía sentido, pues la noche anterior se había acostado pronto y el sueño no le había sido esquivo.

—Ya me conoces, a veces no soy el empleado ejemplar que el señor Tremblay cree que soy —admitió Stanley con gracia—. Espero que me guardes el secreto.

Gaby quiso sonreír ante aquel comentario, sin embargo, el malestar que sentía se lo impidió.

—No puedo con mi alma —se quejó, cubriéndose los ojos con el brazo, porque todo parecía darle vueltas.

—¿Bebiste anoche? —preguntó él, poniéndole una mano en la frente para comprobar si tenía fiebre y, al hacerlo, se dio cuenta de que no, la temperatura parecía normal.

—¿En casa de la madre de Frank? —replicó Gaby gimiendo.

—No te culparía si antes de ir te hubieras entonado un poco para soportarla —apuntó él con humor.

—Todo transcurrió como siempre, me aburrí, por supuesto, y soporté sus comentarios, porque parece que le quedan dos días y quiere ver a su hijo casado cuanto antes.

—¿Y qué dijo Frank?

—Tranquilo —Gaby le apretó la mano—, me echó a mí la culpa, diciéndole que yo quería esperar un poco más.

Stanley torció el gesto y ella se solidarizó con él; debía de ser durísimo seguir fingiendo día tras día y, aunque ella también lo hacía siendo cómplice de aquel montaje, no era ni con mucho tan doloroso.

—Nada nuevo entonces —murmuró él, como siempre, aceptando resignado la situación—. Pues no entiendo qué ha ocurrido para que estés así.

Gaby intentó incorporarse hasta quedar sentada en la cama, lo que logró con esfuerzo, ya que la cabeza le seguía dando vueltas. Stanley frunció el entrecejo preocupado porque estaba pálida, lo que nunca era buena señal.

—¿Quieres que llame a un médico? —preguntó serio.

—No, se me pasará, sólo necesito dormir. No sé qué me ocurre, pero tengo mucho sueño.

—¿Has pasado mala noche entonces?

—No, todo lo contrario, he dormido de un tirón, eso es lo más extraño —respondió ella.

—Entonces come un poco y descansa —le recomendó Stanley paciente.

—Aparta eso, por favor —le pidió Gaby con un gesto de asco y se puso una mano en el estómago, pues se le estaba revolviendo.

Él obedeció y se llevó la bandeja a la cocina, aunque regresó con rapidez, porque seguía preocupado por el estado de su amiga. Se sentó de nuevo junto a ella y le cogió la mano.

—Gaby, voy a llamar a un médico —dijo, mostrándose inflexible.

—Se me pasará en unos días, no hace falta que exageres —lo regañó ella, aunque con voz débil, porque de nuevo sentía arcadas.

—¿Vas a vomitar?

—Eso parece...

Saltó de la cama como alma que lleva el diablo y corrió en camisón por el pasillo hasta el cuarto de baño, donde apenas echó nada, puesto que su estómago estaba vacío. Él, sin vacilar, se arrodilló junto a ella y esperó a que se le pasara, maldiciendo en silencio, ya que aquel malestar podía (y ojalá se equivocase) tener una única razón.

Cuando Gaby pudo incorporarse, se lavó los dientes y refunfuñó ante la presencia de Stanley; sin embargo, permitió que la llevara de nuevo a la cama y la acostara.

—Seguro que he comido algo que me ha sentado mal —murmuró cerrando los ojos para controlar el mareo.

Él se quedó en silencio para no agobiarla, aunque pensó que Gaby estaba metida en un buen lío. Se pellizcó el puente de la nariz porque en cierto modo se sentía responsable.

—Voy a llamar a tu hermano —dijo decidido, y ella negó con la cabeza frunciendo el cejo.

—¿A Alfred? ¿Por qué?

—Porque él es médico, de la familia y sabrá afrontar esto mejor que nadie.

—Ya te he dicho...

—Escúchame, Gaby, por favor —le pidió Stanley suplicante—. No puedo evitar sentirme culpable, por eso es mejor afrontar la situación con buen juicio.

—Pero ¿de qué situación hablas? —preguntó nerviosa.

—No creo que sea ninguna comida en mal estado la causa de tu malestar —dijo con cautela—. Creo que, dentro del temario, nos hemos olvidado de una lección vital. Las precauciones.

—¿Precauciones? —repitió ella frunciendo el cejo, y de repente abrió los ojos como platos—. ¡Precauciones! Maldita sea, ¡no!

—No nos pongamos nerviosos —dijo Stanley en tono conciliador, y la dejó a solas en el dormitorio mientras iba a llamar por teléfono. No conocía mucho al hermano de Gaby, pero intuía que la visita iba a resultar complicada.

* * *

Alfred apareció una hora después. Su expresión no era muy halagüeña y se limitó a saludar a Stanley con frialdad.

—¿Dónde está mi hermana? —preguntó sin andarse por las ramas.

—En su habitación —respondió él y, antes de que se lo preguntara, le señaló la puerta.

Alfred fue directo hacia allá y entró sin siquiera llamar. Stanley lo siguió, aunque la prudencia hizo que se quedara en el umbral.

Encontraron a Gaby acostada, con mala cara, los ojos cerrados y pocas ganas de recibir visita.

—Espera fuera —le indicó Alfred a Stanley en tono seco. Cerró la puerta, miró a su hermana y le preguntó—: ¿Qué está pasando?

Ella, que lo conocía, sabía muy bien que, por mucho que intentase disimular, cuando adoptaba aquella actitud controladora era clavado al padre de ambos. Por eso debía ir con tiento.

—Antes debes prometerme una cosa.

—Gaby... hoy no ando precisamente sobrado de paciencia —le advirtió.

—No le contarás nada a nadie, y menos a papá o a mamá.

Él inspiró hondo para calmar su cabrero, que iba en aumento ante la situación. Había recibido una llamada un tanto preocupante de aquel tipo, diciéndole que Gaby no se encontraba bien. Nada más colgar el teléfono, salió disparado a casa del notario, dispuesto, en primer lugar, a llevarla de vuelta con sus padres, porque aquello de vivir con su «novio» se había acabado.

—De acuerdo —accedió a regañadientes—. Ahora habla.

—Stanley es un exagerado... —Alfred arqueó una ceja—, pero... él piensa... que... yo...

—Habla de una jodida vez —exigió ante tanto titubeo.

—Puede que esté embarazada —anunció a bocajarro, y se preparó para la retahíla de improperios que a buen seguro soltaría Alfred.

Él se pasó las manos por la cara para controlarse y no comenzar a decir palabrotas o a romper algo, empezando por la cara del hijo de la gran puta responsable. Frank iba a tener que dar muchas explicaciones. Aunque..., pensándolo bien, ¿Frank podía ser el padre?

Lo primero era estar seguro, así que, haciendo un gran esfuerzo de contención, abrió su maletín dispuesto a reconocerla. Un procedimiento rutinario para Alfred, pero que, siendo su hermana la paciente, cambiaba por completo. Además, iba a tener que hacerle unas cuantas preguntas muy íntimas.

—Bien, vayamos por partes —comenzó, y se dispuso a hacerle un reconocimiento básico.

—¿Es necesario? —preguntó ella un tanto avergonzada.

—Sí —contestó él con sequedad—. Y ahora dime cómo has llegado a esto.

—Eres médico y además tienes un hijo... no, creo que deba detallar los pormenores —replicó Gaby con sorna, aunque el chascarrillo no le hizo ninguna gracia a su hermano.

Aun así, empezó a responder a las preguntas de Alfred, mientras éste se paseaba por la habitación, intentando no mirarla y de paso averiguar quién era el responsable, al que, por supuesto, tras romperle los dientes, hundiría en la miseria.

Ella se mostró incómoda al hablar y procuró dar respuestas cortas para evitar que Alfred descubriera más de la cuenta. Durante todo el interrogatorio, pues así fue como lo interpretó Gaby, observó cómo su hermano se contenía. Era evidente que la situación lo desbordaba, pero a su favor estaba el hecho de que aún no había levantado la voz.

—Todo parece indicar que sí, en efecto, estás embarazada —concluyó Alfred con pesar—. Sin embargo, haremos una última prueba para asegurarnos.

Extrajo un pequeño tubo y se lo entregó.

—¿Para qué es esto?

—Necesito una muestra de orina. Conozco a un amigo y puede hacerme un favor. En pocos días lo sabremos con seguridad —explicó sin perder su tono más profesional.

—Alfred, yo...

—No digas nada, ¡joder! —la interrumpió, porque de nada servirían las excusas.

Gaby se levantó y se fue al aseo. Cuando se cruzó con Stanley en el pasillo, éste le dio un abrazo mostrándole su total apoyo, aunque no le dijo nada.

—Ahora vas a contarme con quién ha estado mi hermana —le espetó Alfred cuando ella cerró la puerta del baño.

—Lamento no poder darte esa información —se disculpó Stanley.

—¿No puedes o no quieres? —replicó Alfred, molesto con el tipo.

Stanley dejó que pensara lo que quisiera. No iba a traicionar a Gaby.

Ella salió enseguida del aseo y le entregó el tubo a Alfred. Se encontraba algo mejor, aun así, quería volver a la cama. Como no podía ser de otro modo, su hermano la siguió; necesitaba más respuestas.

—Ahora vas a decirme quién es el padre —exigió en un tono engañosamente calmado.

Ella disimuló una sonrisa. Cuando hablaba así era igual que su padre.

—Frank —respondió con rapidez.

—¿Frank? —repitió él sin dar crédito—. ¿Me tomas por estúpido? Haz el favor de decirme la verdad.

De acuerdo, aquella mentira no había colado, pero Gaby no estaba dispuesta a desvelar el nombre de Olivier de ninguna de las maneras, pues, mientras estaba en el aseo, había caído en la cuenta de que, quizá, lo que se podía considerar un contratiempo, porque quedarse embarazada estando soltera iba a ser un escándalo, bien pensado no era tan malo: dado que la posibilidad de formar una familia convencional se había ido diluyendo, al menos podría ser madre. Eso sí, de una forma poco ortodoxa, aunque hacía tiempo que en su familia no había un buen escándalo, así que...

—¿Y qué más da quién sea el padre? —replicó toda ufana, lo que enfadó a Alfred, que hasta el momento había logrado contener su genio.

—¡Maldita sea, Gaby! —estalló—. Dime su nombre.

—Sólo estás aquí en calidad de médico, no de hermano, actúa como tal. No me pidas explicaciones porque no te las voy a dar —dijo enfrentándose a él—. Tú siempre has hecho lo que te ha venido en gana. Ahora no te pongas mojigato.

Alfred entornó los ojos ante el descaro de Gaby. En parte tenía razón, porque él no era precisamente un ejemplo a seguir.

—Gaby..., ¡no es lo mismo! —se defendió él.

Era evidente que su hermana se cerraba en banda y que poco o nada iba a sonsacarle, así que recogió su maletín dispuesto a ir cuando antes a ver a su amigo farmacéutico.

—Recuerda que me has prometido no decir nada —le advirtió ella, cabreándolo todavía más.

* * *

Cuando por fin se marchó su hermano, Gaby se quedó tumbada en la cama, dándole vueltas al asunto, pues debía hablar con sus padres. Gustarles, no les iba a gustar nada, aunque encontraría la forma de darles la noticia y que aceptaran su decisión.

—¿Se puede? —murmuró Stanley, llamando con los nudillos a la puerta, pese a estar entornada.

—Pasa.

Él caminó hasta ella y se sentó a su lado con una sonrisa comprensiva, y Gaby se lanzó a sus brazos. La estrechó en señal de apoyo y lo haría cuanto fuera necesario.

—¿Mejor? —preguntó, y la miró a la cara. Esperaba encontrársela llorosa, sin embargo, no había derramado ni una lágrima, lo que resultaba extraño porque, por norma general, las mujeres se deshacían en llanto cuando se veían en una situación como aquélla.

—Gracias por todo, Stanley.

—Ahora debemos buscar una solución —dijo él mirándola a los ojos.

—Mmm, ¿solución?

—Digo yo que algo tendrás que hacer —añadió sin comprender la tranquilidad de Gaby al respecto.

—¿Por ejemplo...?

—Casarte.

—Yo había pensado volver a casa de mis padres e intentar minimizar el golpe para que no se enfaden, no mucho en todo caso —apuntó ella—. Pero... ¿casarme? ¿Yo? ¿Con quién?

—Con Frank.

Gaby parpadeó ante aquella propuesta a todas luces descabellada y más viniendo de Stanley.

—¿Perdón?

—Piénsalo —pidió él—. Son todo ventajas.

—Lo siento, pero yo no veo ninguna.

—Sois novios desde hace años. A todo el mundo le parecerá normal y a Frank siempre le ha gustado la idea de ser padre —expuso él y añadió—: Lo dicho, todo ventajas.

Gaby analizó las palabras del que consideraba su mejor amigo y dijo:

—¿Y qué pasa contigo?

Formuló la pregunta con un hilo de voz, pues intuía la respuesta. Él esbozó una sonrisa triste. Una cosa era fingir delante de los demás y otra muy distinta con ella.

—¿Acaso importa?

Gaby le sujetó el rostro con las manos para no perder el contacto visual.

—A mí sí —musitó—. A pesar de nuestros malos comienzos, eres mi mejor amigo.

—Tienes razón, no empezamos con buen pie.

—Yo estaba celosa. De ti —reconoció sincera—. Ni te imaginas lo mucho que te odiaba. Siempre merodeabas alrededor de Frank, aparecías en los momentos más inoportunos y me chafabas la posibilidad de estar a solas con él.

—Lo sé... —admitió—. Si algunas miradas matasen..., yo estaría bajo tierra.

—Reconozco que me costó mucho asumir que estabais juntos, que no era un capricho de Frank y que no erais unos depravados. Derramé muchas lágrimas y hasta ideé cómo deshacerme de ti.

—Me hago una idea, pues yo te deseaba lo mismo.

—Después lo comprendí todo. La maravillosa relación que os une —continuó ella en voz baja, acariciándole la mejilla—. Y admito que os envidio. Por eso es una locura lo que propones.

—Lo superaré, porque sé que sólo se trataría de un matrimonio ficticio —afirmó Stanley.

Ella no le creyó.

—Eso dices ahora, pero piensa. Más adelante, cuando Frank y yo estemos casados, ¿cómo explicaríamos el hecho de que vivieras con nosotros? Si dos solteros comparten piso, puede dar pie a habladurías, aunque sólo serían eso; en cambio, compartir techo habiendo un matrimonio de por medio...

—No seas tan negativa, Gaby. Seguro que podemos hacerlo.

—Eres demasiado optimista, y no te culpo.

—Debo serlo si quiero seguir adelante, no puedo permitirme el lujo de desmoronarme y ser pesimista. Además, si hasta ahora nadie ha sospechado de qué ocurre entre tu «novio» y yo, no creo que pase nada, y si os casáis, menos aún.

—No tiene lógica. Por norma general, cuando una pareja pasa

por el altar, lo que busca es intimidad, nada de compartir espacio y menos con un amigo del marido. Si lo hace, será inevitable que la gente especule sobre el tipo de relación que mantenemos. Pensarán que tú eres mi amante.

Stanley se echó a reír a carcajadas ante ese comentario.

—¡Tienes cada ocurrencia! —exclamó, mientras intentaba controlar su ataque de risa.

—Deja de reírte, lo digo en serio —dijo Gaby, dándole un manotazo para que parase.

—No sé qué es mejor, el hecho de que piensen que tú y yo estemos liados o que descubran que me acuesto con Frank —se guaseó Stanley.

—Esto es serio —lo regañó ella.

—Si me lo tomara así, acabaría amargado. Y ahora piénsalo bien. Si os casáis, yo podré ser tío.

—¿Tío Stanley? —preguntó ella sonriendo.

—Gaby, sé cuál es mi sitio. Tú nos has ayudado más de lo que puedas imaginar. —Le cogió las manos—. Sin embargo, esto no puede perpetuarse indefinidamente. Tanto Frank como yo tenemos que asumir la situación y pensar en vivir separados.

—No me importa seguir siendo vuestra tapadera durante el tiempo que haga falta.

—A mí sí, por eso pienso que, si te casas con Frank, al menos uno de los dos tendrá una imagen respetable —continuó Stanley convenciéndola—. Y si encima hay un hijo en camino, ya nadie sospechará.

—Tus palabras reflejan lo mucho que lo quieres.

—No te haces una idea —corroboró él.

—Pero tu plan tiene un fallo y muy grande. Mi familia nunca lo ha aceptado.

—Lo harán cuando sepan que esperas un hijo de él —aseveró—. Y además te servirá de coartada a ti para que no hagan preguntas.

Se las harían más que nunca, pensó ella.

—Stanley...

—No lo pienses más. Ahora debes descansar —le recomendó con cariño.

—No quiero estar sola. ¿Te quedas conmigo un ratito y me abrazas?

—Faltaría más.

Gaby le dio las gracias y un beso en la mejilla. También murmuró algo así como «eres un hombre excepcional». Y se le escapó una lagrimilla al pensar en el cariño que le tenía Stanley. Por no mencionar la paciencia que le demostraba.

Él se deshizo del pantalón y la camisa y se metió en la cama con ella. Quedarse en paños menores delante de Gaby no suponía ninguna novedad, pues llevaban un tiempo viviendo bajo el mismo techo, y ella ya había visto y oído casi de todo.

Stanley la abrazó y esperó a que se durmiera. La oyó suspirar y acurrucarse a su lado. Podía marcharse una vez que se relajara, sin embargo, desestimó la idea, porque tenía toda la mañana libre y porque se estaba bien a gusto allí, descansando.

Gaby no le despertaba ningún deseo sexual, pero sí una enorme ternura. La quería y por ello estaba dispuesto a todo, incluso a renunciar a parte de su relación con Frank al irse a vivir a otro apartamento.

Cerró los ojos y acabó durmiéndose con ella en brazos.

Capítulo 38

—¡¿Qué está pasando aquí?!

Stanley abrió los ojos al oír aquel bramido. Con cuidado de no despertar a Gaby, se incorporó y miró a su amante. Era extraño que Frank levantara la voz, así que algo serio ocurría. Estaba a los pies de la cama, con cara de pocos amigos y aún con el abrigo puesto, lo que significaba que, nada más llegar a casa, los había estado buscando.

—No grites —le pidió Stanley en voz baja señalando a Gaby, que, al sentir la ausencia de su amigo, se acurrucó en posición fetal.

—Espero que exista una explicación racional para que os haya encontrado en la cama, juntos y abrazados —exigió Frank de malhumor.

Stanley puso los ojos en blanco ante semejante pregunta.

—¿Cómo te ha ido la mañana? —quiso saber a su vez, con idea de cambiar de tema.

—Bien, muy bien —respondió él con desgana, pues a pesar del éxito de sus gestiones, al llegar a casa y ver que estaba en silencio se había preocupado. De ahí que hubiera recorrido cada estancia hasta abrir la puerta del dormitorio de Gaby y encontrarse aquel panorama—. Y responde a la pregunta: ¿qué ha ocurrido aquí?

«Frank y sus ridículos celos», pensó Stanley negando con la cabeza.

—¿Por qué crees que ha ocurrido algo?

—Dímelo tú.

—¿Estás celoso?

—¿Debería estarlo? —replicó Frank, enfadándose cada vez más ante la actitud de su amante.

—Mira que eres idiota —replicó él.

Se movió para abandonar la cama y al hacerlo despertó a Gaby.

—¿Qué pasa? —murmuró somnolienta

—Al parecer, tu «novio» nos ha pillado in fraganti —se guaseó Stanley, haciéndola sonreír, no así a Frank, que entornó los ojos porque no estaba precisamente para bromas.

—Ahórrate el sarcasmo —le espetó a Stanley.

Éste se levantó y se puso los pantalones, lo que hizo que Frank se mostrara aún más inquisitorial, pues aquella situación no pintaba nada bien.

—Está bien, ya que tanto quieres oírla, te daré una explicación —dijo Stanley. Miró un instante a Gaby, que permanecía callada en la cama, antes de continuar—: Gaby yo hemos estado planeando una boda.

—¿Perdón?

—Tu boda, para ser exactos —remató Stanley, dejándolo aún más perplejo.

Frank se deshizo del abrigo y se aflojó la corbata; de repente se sentía agobiado.

—¿Qué estás diciendo?

—Es lo mejor, dadas las circunstancias —apostilló Stanley, mosqueándolo todavía más, ya que Frank seguía tan perdido como al principio.

—¿Qué... qué circunstancias? —preguntó y miró a su «novia», que seguía sin decir nada, lo que ya resultaba sospechoso, y además con una expresión de no haber roto un plato.

—Deja que yo se lo explique —pidió ella en tono meloso—. Tú y yo llevamos de novios muchos años, algunos dirían que demasiados. —Hizo una pausa y miró a Stanley de reojo, que disimulaba una sonrisa cómplice—. Tú madre ayer nos lo recordó.

—No metas a mi madre en esto —le advirtió Frank e hizo un gesto para que continuara, sin embargo, fue Stanley quien recogió el testigo.

—Además de darle una alegría a tu madre, siempre has querido ser padre.

Frank inspiró hondo, porque esos dos le estaban vacilando.

—¿Estás sugiriendo que ella y yo...? —murmuró contrariado señalando a Gaby, pues para ser padre era imperativo acostarse con la madre y dejarla embarazada.

—Lo dices como si fuera un crimen —terció Gaby, empezando a divertirse ante el apuro del pobre Frank, que andaba cada vez más perdido.

—De ahí la siguiente razón —continuó Stanley, haciendo una pausa antes de dar la puntilla—: Si deseas ser padre y no acostarte con la madre...

—Pero ¿qué demonios estáis diciendo? —protestó Frank.

—Habláis de mí como si fuera una leprosa —apuntó Gaby, para nada ofendida.

—Gaby está embarazada —anunció Stanley.

Frank puso la misma cara que si le hubieran dado una patada en el estómago. Incluso dio un paso atrás hasta que pudo localizar un asiento para no caerse de la impresión. Miró a ambos y enseguida ató cabos.

—¡Cabrón! —exclamó y se lanzó a por su amante. Lo agarró de la camiseta y lo zarandeó, antes de asestarle un puñetazo en la nariz.

—¿Por qué me pegas? —preguntó el agredido, limpiándose la sangre con la toalla que Gaby le había acercado.

—Porque eres un traidor. Maldita sea, debí imaginarlo. Tantas charlas hasta medianoche, tantas confidencias, para al final acabar tirándotela.

—¿Qué? —exclamó ella, parpadeando ante tan descabellada acusación.

Stanley, a pesar del dramatismo del momento, se echó a reír.

—Siempre presumes de haber sido cocinero antes que fraile —lo acusó Frank sin piedad, porque sabía que había tenido relaciones con mujeres.

—Frank, haz el favor de tranquilizarte —le pidió Gaby.

—Encima no lo defiendas —se quejó él, mirándola con cara de malas pulgas y dando a entender que no pensaba tolerar más salidas de tono.

Gaby buscó su bata y se la puso. Después ayudó a Stanley, que continuaba sangrando por la nariz, y, previendo que aquella situación iba a complicarse, decidió dejarlo todo claro.

—No vuelvas a pegarle —dijo seria, mirando a su «novio» con cara de reprobación—. Él no es el padre.

—¿Cómo? —masculló Frank, sintiéndose un poco estúpido.

—Pues no, no lo soy —corroboró Stanley—. Pese a que considero a Gaby una mujer atractiva, y aun a riesgo de que vuelvas a atizarme, diré que también es deseable y que sería un gran honor compartir algo semejante con ella, no he tenido el privilegio de ser su amante.

—¡Joder! —exclamó Frank.

Tanto Gaby como Stanley dieron un respingo ante aquel improperio tan poco habitual en su vocabulario,

Y no era para menos; además de hacer el ridículo y comportarse como un borrego atizándole a su amante, Frank se dio cuenta de que, una vez más, se había dejado llevar por las apariencias, cuando debería haberlos escuchado a ambos y, lo que era más importante, Gaby estaba embarazada... Pero ¿de quién?

Se frotó las sienes, intentando que el dolor no se instalara en su cabeza, y después formuló la pregunta pertinente.

—¿Quién es el padre?

Gaby miró a Stanley en busca de apoyo, algo que jamás pondría en duda, pero ahora venía la parte complicada, por si la anterior no lo había sido ya bastante. No hacía falta ser muy lista para saber que a Frank no le iba a hacer mucha gracia conocer su relación con Olivier, pues, aparte de haberlo mantenido en la inopia al respecto, para él ningún hombre era lo bastante bueno para estar con ella. En eso Frank pensaba igual que su padre.

—¿Importa? —murmuró Gaby en un vano intento de no confesar.

En esa ocasión su carita de niña buena no la salvó.

Frank entornó los ojos, cruzó los brazos y la miró fijamente; no estaba dispuesto a tolerar más rodeos.

—Díselo —la instó Stanley, y le rodeó los hombros con un brazo para que se sintiera arropada.

—Olivier Mercier —dijo ella bajito.

—¿Perdón? No te he oído —contestó Frank inspirando hondo.

Gaby repitió el nombre, ahora con mayor claridad, para que no hubiera malentendidos. La cara de estupor de él fue absoluta.

—¿Estás segura? —dijo, sólo por si acaso, porque seguía sin dar crédito. Por mucho que lo analizaba, no le cuadraba.

—¿Qué insinúas? —preguntó molesta, ya que la pregunta dejaba entrever que podía haber mantenido relaciones con a saber cuántos, lo cual no era cierto.

—Nada —contentó él de malas maneras—, pero entenderás que haga la pregunta, puesto que me queréis endosar al crío.

—¡Frank! —exclamó Stanley enfadado—. Nunca pensé que dirías algo semejante.

No se movió ni un milímetro y permaneció junto a ella, pese a que el cuerpo le pedía devolverle el golpe a su amante por comportarse como un cretino intransigente.

—Lo siento, maldita sea. —Frank se retractó al darse cuenta de la estupidez que había dicho, pero la situación lo superaba.

Gaby embarazada de ese hombre, algo que jamás hubiera esperado. Entendía que se buscara un amante, aunque por su propio egoísmo no se lo habría permitido, no le quedaba más remedio que tolerarlo, pero de todos los posibles candidatos..., ¿tenía que ser Mercier?

¿Cómo había sido tan tonta para enredarse con él?

Tendría que preguntárselo, aunque aquél no era el mejor momento, pero por primera vez debería romper una de sus normas fundamentales y hablarle a ella de ciertos asuntos privados del señor Mercier que, a buen seguro, entre revolcón y revolcón él no le había mencionado.

—Ahora sólo tienes que ir a pedir mi mano —remató Gaby

regodeándose un poco, para qué negarlo, porque no hacía falta ser un lumbreras para intuir que a Frank aquello le parecería una tortura.

—¿Es... es imprescindible? —murmuró, acojonado ante la idea de presentarse ante Samuel Boston a pedir la mano de su hija.

—Hay que hacer bien las cosas —añadió Stanley con tono jocoso.

—No te preocupes, yo estaré a tu lado —añadió Gaby.

A Frank esas palabras no lo consolaron nada en absoluto.

* * *

—¿Y no te ha mencionado de qué quiere hablarnos? —le preguntó Samuel a su esposa, que parecía tan tranquila allí, en el saloncito de casa, leyendo la prensa del día. Una costumbre que tenía desde siempre.

Gaby les había pedido que estuvieran ambos porque tenía algo muy importante que comunicarles.

—No, no me ha avanzado nada —respondió Maddy sin apartar la vista del periódico.

—Excelente... —murmuró él, dando muestras de su disconformidad, pues odiaba las sorpresas y, tratándose de sus hijos, más aún.

—Siéntate, enseguida saldremos de dudas —le dijo ella en tono conciliador.

Tal como Maddy había anunciado, no tuvieron que esperar mucho; enseguida apareció Gaby acompañada de su «novio».

Samuel disimuló no sólo su sorpresa al ver allí al señor Tremblay, sino también su impaciencia por conocer el sentido de aquella visita.

—Papá, mamá, Frank tiene algo que deciros —dijo Gaby, dándole un empujoncito para que arrancara, y él, sin un ápice de valor, se aclaró la garganta.

—Señor Boston... —comenzó, aunque enseguida se detuvo porque la presencia de Samuel siempre le imponía.

—Señor Tremblay, ¿desea tomar algo? —terció la madre de Gaby al notar el apuro de Frank.

—No, gracias, señora.

Gaby, al ver que su «novio» era incapaz de hablar, se puso a su lado y le cogió la mano, un gesto que pretendía infundirle valor, porque lo iba a necesitar.

—No tengo toda la tarde, señor Tremblay —lo apremió Samuel cruzándose de brazos.

—Venga, díselo —lo animó Gaby en voz baja.

Frank dio un paso adelante y procuró mirar a los ojos al que iba a ser su suegro.

—He venido a... pedirle... la... mano... de... su... hija —acertó a decir entre titubeos.

—Se trata de una broma, supongo —dijo el padre, sin rastro de delicadeza ante su apuro.

—Samuel... —murmuró Maddy, porque una cosa era estar en desacuerdo y otra muy distinta hacérselo saber de forma tan desagradable.

—Papá, por favor —intervino Gaby.

—Entonces me temo que es una proposición seria —dijo Samuel suavizando un poco, pero muy poco, el tono.

—¡Pues claro que lo es! —exclamó Gaby.

—¿Y por qué ahora, así tan de repente? —continuó indagando el padre, con la mosca detrás de la oreja. Si bien nunca había aceptado aquel noviazgo, había terminado por resignarse, ya que tampoco iba a más, lo que en cierto modo era una especie de garantía.

—Verá... —empezó el notario.

—No lo atosigues —dijo Gaby, que conocía a su padre.

—Responda, señor Tremblay.

—Estoy embarazada —se adelantó Gaby, al ver que su «novio» iba a ser incapaz de soportar la presión.

No lo culpaba, porque su padre imponía demasiado y, cuando se lo proponía, se mostraba intratable.

—¿Cómo has dicho? —preguntó Samuel, obviando por completo al notario y fijando toda la atención en su hija.

Maddy, que hasta el momento había permanecido sentada, observando la situación, se levantó con rapidez y se situó junto a Gaby.

—¿Es eso cierto?

—Sí, lo es —confirmó la pequeña de la familia—. Por ese motivo queremos casarnos cuanto antes.

—No me lo puedo creer —murmuró Samuel mirando a su esposa, que seguramente estaba pensando lo mismo. Que Frank no era el padre, pero que por alguna razón estaba dispuesto a asumir las responsabilidades de otro.

—Y antes de que empecéis a especular, sí, Frank es el padre —afirmó Gaby sin titubear.

Samuel arqueó una ceja ante aquel tono tan rotundo.

Maddy, más discreta, suspiró en un intento de disimular su incredulidad.

Como aquel asunto iba a traer cola, decidió que lo mejor sería hablar a solas con su marido, sin que Frank ni Gaby estuvieran presentes. Por eso y porque conocía a Samuel, les pidió a los jóvenes que los dejaran solos.

Gaby obedeció y sacó de allí a un apurado Frank, que no lograba dejar de temblar.

* * *

—Embarazada... —murmuró Samuel una vez a solas, mientras miraba por la ventana que daba al jardín trasero, centrándose en lo importante, pues la presencia del notario era un mero accidente.

—Eso parece —comentó Maddy, situándose a su espalda.

—Él no es el padre —aseveró; miró a su esposa por encima del hombro y ésta asintió.

—Lo sé, aunque ese detalle carece de importancia.

—¡Maddy, por Dios! Esto no es un asunto para tomárselo a la ligera —la regañó.

—No me lo tomo a la ligera —lo corrigió, y él se volvió para mirarla a la cara. Como fruncía el cejo, ella le acarició la mejilla antes de continuar—. ¿No te das cuenta?

Samuel negó con la cabeza y más aún ante aquel tono tan entusiasta.

—Te pasas el día reclamando que te den más nietos y ahora que por fin ha ocurrido no te muestras tan alegre como cabría esperar.

—Maddy, no utilices mis propias palabras en mi contra —le advirtió, amparado en la confianza que tenían después de tantos años juntos y de conocerse tan bien el uno al otro—. Gaby embarazada —suspiró, llevándose las manos a las sienes y agachando la cabeza; no esperaba aquella noticia.

Maddy sonrió de medio lado y, si bien comprendía su estado de ánimo, también quería hacerle entender que no debía tomarse aquello como un contratiempo.

—Sé que Gaby es la niña de tus ojos —comentó con suavidad, acariciándole el rostro, pues sus palabras no eran de ningún modo un reproche—. Tratas a los tres por igual. A Samantha le has transmitido todo cuanto sabes y sé que aún sigues ayudándola y, aunque ella a veces protesta, me consta que está encantada de tenerte como su principal asesor.

—Siempre que me necesite estaré a su lado —comentó orgulloso, porque su hija mayor había superado con creces todas sus expectativas.

—Con Alfred has tenido tus más y tus menos. Desde que nació sé que quisiste que fuera tu sucesor; sin embargo, eligió otra carrera y, a pesar de que disimulas, te sientes tan orgulloso como yo de lo que ha logrado —prosiguió Maddy en el mismo tono cariñoso, pese a la mueca de él, ya que padre e hijo siempre chocaban más de lo recomendable—. Pero con Gaby... todo ha sido diferente. Desde la primera vez que la cogiste en brazos has sido sobreprotector, mucho más que con los otros dos.

—¿Y aún te preguntas por qué? —replicó inspirando hondo—. Casi te pierdo cuando diste a luz. Fueron los peores días de mi vida. No puedo olvidar todo el sufrimiento..., las palabras del médico diciéndome que poco o nada podía hacerse para salvarte. Me vi solo e incapaz de explicarle a una niña de diez años y a uno de ocho que debían despedirse para siempre de su madre... —No continuó; a pesar del tiempo transcurrido, el dolor en sus palabras era patente.

Maddy lo abrazó porque ella misma llegó a pensar que no sobreviviría.

—Gaby fue un regalo inesperado —murmuró—. Y sí, fueron momentos complicados, pero pasaría de nuevo sin dudarlo por aquel calvario con tal de tener a mi hija pequeña en brazos.

—Maddy... —Samuel suspiró y la abrazó bien fuerte—, ¿qué hacemos ahora?

—¿Y tú me lo preguntas? —replicó con un dejo de humor.

—En cuestiones profesionales tengo dudas, aunque sé apañármelas con o sin tu ayuda. Pero en todo lo relacionado con nuestros hijos prefiero que seas tú quien dirija la situación.

—Pues entonces supongo que no nos queda más remedio que organizar una boda lo más rápido posible —afirmó ella sonriendo, en un intento de que él la imitara y dejara de fruncir el cejo.

—Qué remedio...

A pesar de haberse mostrado resignado delante de su esposa, Samuel no estaba dispuesto a aceptar aquella boda así por las buenas. Quedarse de brazos cruzados y no hacer nada nunca había sido su estilo. Se dirigió al despacho que tenía en casa, que apenas se utilizaba más allá de asuntos personales, ya que Samantha siempre realizaba sus gestiones desde su oficina en el banco.

Se encerró allí y, sin perder un segundo, llamó por teléfono a sus dos hijos mayores y los convocó para que se reunieran con él lo antes posible; deseaba tratar un asunto importante con ellos.

Para evitar que Maddy se enterase y lo regañara, fijó la reunión en las dependencias del banco al día siguiente, ya que a su mujer no le extrañaría que fuera allí de visita.

Capítulo 39

—Vamos de boda —anunció Samuel, nada más cerrarse la puerta del despacho principal, el mismo que durante años había sido su lugar de trabajo.

—¿De quién? —preguntó Samantha, acercándose a su padre para saludarlo con un cariñoso beso en la mejilla, y después miró a su hermano, que ponía mala cara.

Alfred, que estaba al noventa y nueve por ciento seguro de a quién se refería su padre, dijo:

—De Gaby.

Samantha los miró a ambos parpadeando, pues al parecer estaban al tanto de los detalles de algo que ella desconocía, algo extraño porque entre Alfred y su padre no siempre había una comunicación fluida. Pero saldría muy pronto de dudas, ya que si el patriarca los había convocado se trataba de un asunto serio.

—¿Desde cuándo lo sabes? —preguntó Samuel mirando a su hijo con una actitud cercana al reproche.

—Joder..., desde... ¿qué más da? —refunfuñó Alfred y se pellizcó el puente de la nariz. El dilema entre cumplir la promesa hecha a su hermana y hablar con su padre le había causado más de un quebradero de cabeza, ya que por un lado deseaba solucionar aquel espinoso asunto y por el otro entendía que Gaby quisiera ser la primera en dar la noticia—. Me hizo prometer que no se lo contaría a nadie.

—¡Esperad un momento! —los interrumpió Samantha, cansada de quedarse al margen—. Alguno de los dos podría ser tan amable de explicarme qué ocurre, ¿no os parece?

—Tu hermana pretende casarse con el señor Tremblay —anunció el padre, dejando evidencia del malestar que aquella noticia le causaba.

—Vaya novedad —comentó ella encogiéndose de hombros; Gaby llevaba años soñando con ese día, que por fortuna nunca llegaba, ya que toda la familia, con el padre a la cabeza, se las ingeniaba para demorar el asunto *sine die*.

—Ése, Samantha, sería el menor de los problemas —murmuró Samuel, sentándose en el sillón que había ocupado durante años y que, gustoso, le había cedido a su primogénita, aunque ésta prefería otro despacho.

—Entonces ¿a qué vienen esas caras? —quiso saber ella mirándolos a ambos a la espera de que descubrieran el secreto, pues ya empezaba a impacientarse ante tanto rodeo.

—Porque aún queda lo mejor —intervino Alfred—. Está embarazada.

—¿Embarazada? —repitió Samantha sin salir de su asombro.

—Todo indica que así es —corroboró el padre serio.

—¿De quién? —preguntó ella, que, como toda la familia, tuvo ese pensamiento en primer lugar.

—Al parecer de Frank —respondió su hermano con el mismo tono que si contara un chiste.

—¿Estamos seguros de eso? —insistió Samantha y miró a su padre, que negaba con la cabeza, tan escéptico como el resto—. ¿Habéis pensado que a lo mejor se trata de una artimaña de Gaby para que permitas ese enlace?

—Ojalá sólo fuera una treta de tu hermana para salirse con la suya —se lamentó Samuel con pesar, porque en ese caso podría manejar el asunto y desbaratar cualquier plan de su hija menor.

—Yo mismo le hice un reconocimiento médico.

—Vaya con Gaby... ¿Y por qué no me habéis informado antes?

—Porque hasta ayer el señor Tremblay no tuvo la valentía de pedirme su mano, ni mi hijo de ponerme al corriente del estado de Gaby, aunque ella misma nos lo dijo ayer —respondió Samuel en tono acusatorio.

—Hice una promesa, maldita sea —insistió Alfred.

—Conociendo a papá, el pobre chico las debió de pasar canutas —murmuró Samantha divertida.

—Eso seguro —la secundó su hermano en el mismo tono.

—Dejémonos ahora de bobadas —los cortó el padre—. Vuestra hermana quiere casarse con ese pelagatos y, por si fuera poco, está embarazada.

—De acuerdo, Frank tiene pocas o nulas posibilidades de ser el padre; ahora la pregunta es: ¿con quién ha estado Gaby? —dijo Alfred, adoptando un tono muy parecido al de su progenitor cuando reflexionaba, incluso terminó sentándose y entrelazando los dedos en el regazo.

—Habrá que indagar, porque a menos que queráis tener al señor Tremblay como cuñado...

—Yo se lo intenté sonsacar, pero no hubo manera. Insistió una y otra vez en que Frank era el responsable —alegó Alfred enfadado, porque quizá debería haber sido más persuasivo con Gaby.

—¿Y qué más da? —dijo Samantha adoptando una actitud pragmática—. Se llevan bien, se conocen desde hace años...

—Si estando tan «enamorada» del notario, como va diciendo por ahí, ha sido capaz de engañarlo —expuso Alfred para intentar aportar otros puntos de vista—, está claro que, si se casan, ese matrimonio no durará mucho, y ya sabemos lo que pasa en esta familia con la palabra *divorcio*.

—En eso tienes razón —convino Samantha.

Samuel sonrió con disimulo, orgulloso sin duda de ambos, pues, en asuntos de familia no dudaban en ponerse de su lado y arrimar el hombro.

—Bien, ahora sólo nos queda averiguar con quién ha estado Gaby, por qué lo encubre y por qué ese pobre hombre está dispuesto a cargar con el mochuelo —dijo Samantha, sabiendo muy bien a quién le encargaría la investigación.

—Al final resulta que Frank es un buen hombre —comentó Alfred.

—Yo no he dicho que no lo fuera —lo corrigió Samuel—, el problema es que no es el adecuado para vuestra hermana.

* * *

Gaby, ajena a esas conversaciones de las que era protagonista involuntaria, se había trasladado de nuevo a vivir a la residencia familiar, ya que ahora, estando comprometida (más o menos), no era aconsejable que siguiera bajo el mismo techo que Frank. Puede que en su casa dispusiera de mayores comodidades, sin embargo, tras la primera semana, notó que no disponía de la misma libertad. Sus hermanos mayores (dos traidores) no dejaban de visitarla con el pretexto de ver cómo se encontraba, pero con la intención de sonsacarla. Por supuesto, ella se había mantenido firme en la primera versión.

Frank, como buen prometido, iba a verla, charlaban, paseaban por el jardín..., lo típico, para no levantar sospechas, y aunque a veces Gaby sentía remordimientos por él, al que todos miraban como si fuera tonto, lo cierto era que Frank cada vez se sentía más implicado y emocionado con la idea de ser padre.

También contaba con la presencia de Stanley, que se mostraba mucho más expresivo durante sus charlas, haciéndola reír con sus ocurrencias y cotilleos. Y, sin que Frank se enterase, le entregaba los mensajes que Olivier no se cansaba de enviarle. Notas que, sin duda, ella leía, pero que luego rompía, pues no estaba por la labor de responderle. Sabía que en cuanto se enterase de su estado pretendería controlarlo todo, algo que no estaba dispuesta a permitir, ya que quería disponer de todo el poder de decisión, algo para lo que con Frank, que era tan manejable, no tendría problemas. Además, el señor Mercier había tenido innumerables ocasiones para hablar de lo que ocurrió y había seguido callado.

Haberse quedado embarazada de él era sin duda una justa venganza.

No, ella ahora sólo pensaría en sí misma. Por ser egoísta por una vez en la vida no pasaba nada.

—¿Y tú cómo estás? —le preguntó a su amigo tras ponerlo al día de los pormenores de su estado.

—Como siempre, no te preocupes por mí, Gaby.

—Pues lo hago y no voy a dejar de hacerlo, porque en breve aparecerá nuestro compromiso en la prensa y sé que, al hacerse oficial, será más duro para ti.

—Ya sabes que te quiero y por eso estoy tranquilo. No vas a robarme nada, quítate eso de la cabeza.

—Si pudiera hacer algo más por ti... —se lamentó Gaby sintiéndose impotente, porque su bienestar dependía del dolor de otra persona—. ¿Y si tengo a mi hijo sola?

—Ser madre soltera, incluso en una familia como la tuya, que a buen seguro manejará el escándalo y lo acallará, no sería fácil y de nada serviría —murmuró Stanley cogiéndole las manos en un gesto de cariño y agradecimiento.

—Me gustaría que tú fueras el padrino.

Él inspiró hondo, porque no quería soltar una lagrimilla ante aquellas palabras. Se limitó a aceptar sonriente y a abrazar a su amiga.

El resto del tiempo Gaby lo pasaba reposando, tranquila, con su madre o con la mejor amiga de ésta, su tía Alice, que sin duda era la que más la animaba, pues con su descaro habitual hacía las preguntas más comprometidas sin ofenderla.

—Y ahora aquí, entre nosotras, ¿cómo puntuarías a tu amante? —le susurró Alice, procurando que no las oyese nadie.

—¡Tía Alice, por favor! ¡No puedo responderte a eso!

—No seas mojigata, estás embarazada y el cuento del Espíritu Santo engañó a la humanidad una única vez.

—Sólo diré que me siento satisfecha —respondió Gaby, con la intención de zanjar ahí el tema.

—No lo dices muy convencida —añadió su tía, sospechando—,

y aunque el señor Tremblay tenga la planta y el aspecto de un hombre seductor, no me convence.

—Ni a ti ni a nadie —terció Samantha uniéndose a la conversación—, pero mi hermana lo ha elegido y debemos aceptarlo.

Por supuesto, el tono dejaba implícito que nadie se creía el cuento de que Frank fuera el padre.

—Querida Gaby, hazme caso, no te cases si no estás segura —dijo Alice—. El matrimonio puede ser un regalo o una trampa, dependiendo de con quién vayas al altar.

—Deberías escuchar sus consejos —dijo su hermana—, a mí me ayudaron mucho.

—Estoy segura, Frank es el hombre de mi vida —repitió Gaby por enésima vez.

—Pero ¿lo es de tu cuerpo, de tu corazón? —replicó Alice.

—Sí —afirmó ella e intentó no mostrar ningún titubeo, porque en el fondo sabía que, tras haber conocido y disfrutado los placeres junto a un hombre como Olivier, le iba a resultar muy complicado resignarse.

Toda una paradoja. Frank le ofrecía respeto, cariño, atención, sinceridad, pero no era lo mismo que le ofrecía Olivier: pasión, locura, sexo. Si pudiera juntar en uno solo las dos partes, obtendría el compañero ideal. Aunque, al no ser posible, se conformaría con la parte más segura.

Y además tendría una criatura entre sus brazos, completamente suya y a la que cuidar. Los hombres pasarían de inmediato a un segundo plano.

* * *

Gaby llevaba casi un mes recluida en la residencia familiar cuando recibió un enorme ramo de flores. Algo muy sospechoso; había esperado que Olivier no hubiera sido tan idiota como para arriesgarse. Cuando una de las criadas se lo llevó a su dormitorio, lo primero que hizo Gaby fue asegurarse de que nadie de su familia lo hubiera visto, porque si no sus preguntas la pondrían en un compromiso. Una vez sola, buscó la tarjeta y ahí estaba el pequeño sobre. Sí, el muy estúpido se había arriesgado. La leyó porque, a pesar de no mantener ningún contacto con él, no quería quedarse con la duda.

¿Dónde estás y por qué no respondes a mis llamadas?

No había firmado, no hacía falta. Conocía al remitente.

Se quedó pensativa. Aunque fingiera no echarlo de menos, lo cierto era que lo hacía. Algunas noches, acostada en la cama, recordaba los momentos vividos y se excitaba sin remedio. Un contratiempo que intentaba paliar con sus propias manos, tocándose como él lo habría hecho, para así aplacar un poco su acaloramiento.

En su cabeza se reproducían las palabras, todas, en especial las más vulgares, que él había pronunciado en los momentos de mayor excitación y, cuando recuperaba un poco la calma, se daba cuenta de que tal vez no le fuera a ser tan sencillo prescindir del sexo. Quizá, cuando se recuperase tras el parto, su vida tomara un rumbo bien distinto y se olvidara del tema. Al menos le gustaba pensar eso.

Miró el ramo y se dio cuenta de que Olivier no se podía permitir semejante atrevimiento, pues si continuaba enviándole flores la delataría y el escándalo sería mayúsculo.

Quería que, en todo caso, cuando todo saliese a la luz, el matrimonio ya se hubiera celebrado. No era tan tonta como para no saber que su padre, a pesar de mostrar su conformidad, estaba maniobrando para averiguar quién era el responsable de su estado y de esa forma parar la boda, aunque fuera en el último instante.

De ahí que fuera primordial acelerar los preparativos.

El anuncio de su matrimonio saldría en la prensa en breve, ahora sólo faltaba que el novio no se viniera abajo. Por esa razón era necesario mantenerlo distraído.

Como muchas tardes, Frank fue de visita tras finalizar su trabajo, sólo que en aquella ocasión su semblante no presagiaba nada bueno.

Tras dar un corto paseo por los jardines, tal como le recomendaba Alfred, el médico de la familia, se sentaron en un saloncito a charlar tranquilamente.

—Has estado muy callado —le dijo Gaby preocupada.

—Sé que está mal lo que voy a hacer y he esperado hasta el último momento por si todo se arreglaba.

—Frank, ya hemos hablado cientos de veces de esto. No estamos haciendo nada malo —le recordó ella, y disimuló con una mueca, pues que Frank se derrumbara entraba en sus planes.

—No me refiero a ti, hablo de mí —confesó él y, en vez de permanecer a su lado sentado, se puso en pie y le dio la espalda.

—Frank, me estás preocupando.

—He trabajado duro para labrarme una carrera y bien sabe Dios que doy por buenas las incontables horas de estudio y trabajo; sin embargo, me veo en la obligación de romper una de las reglas fundamentales de mi profesión.

Gaby puso mala cara ante tanto dramatismo y pensó que ojalá estuviera allí Stanley para aligerar el ambiente, porque cuando su prometido adoptaba aquella actitud tan derrotista, desesperaba a cualquiera.

—¿Qué norma es ésa?

—La confidencialidad —respondió Frank en voz baja.

—¿Y por qué has de romperla?

—Porque tienes derecho a conocer la verdad sobre el padre de tu hijo —soltó, sin ser capaz de mirarla a la cara.

Gaby se puso en pie de inmediato y lo enfrentó, ya que aquello había sonado muy serio como para tratarse de una broma.

—Habla —exigió malhumorada.

—Sabes que contactó conmigo porque necesitaba que alguien formalizara algunos de sus asuntos legales. Bien, entre ellos estaba su testamento.

—Lógico, eres notario —murmuró Gaby con cautela, pues quizá Olivier hubiese utilizado a Frank para llegar hasta ella. Algo imperdonable.

—El señor Mercier, tu amante —Gaby notó que lo decía con desprecio—, es un hombre casado y tiene un hijo.

Ella, que esperaba otra revelación, abrió los ojos como platos.

—¿Estás completamente seguro? —preguntó cerrando los ojos afectada. ¿Olivier había sido tan mezquino como para ocultar también una familia?

—Su testamento así lo atestigua. En él aparece su esposa, Jane Mercier, de soltera Manley, y su hijo, Elliot Mercier —explicó él y, por si esa noticia le causaba una impresión excesiva, la cogió de la mano para conducirla hasta el sillón.

—Déjame, no soy una inválida —protestó Gaby irritada, aunque sí tomó asiento. Su mente empezó a hacer mil cábalas. Se había casado con Jane, pero ¿por qué? Y, lo más inexplicable, ¿habían tenido un hijo?

Por mucho que le daba vueltas, no lograba entenderlo. Eran amigos, muy buenos amigos, sin embargo, tanto uno como el otro nunca mostraron interés mutuo, más allá de ese cariño fraternal.

—Gaby..., lo siento mucho.

—¿Y por qué me lo cuentas ahora? —quiso saber, mirando a su prometido con cierto desdén, pues no entendía la necesidad de revelar a esas alturas semejantes secretos.

Él se peinó con los dedos, sin duda incómodo con la situación.

—Si te soy sincero, confiaba en que todo esto se resolviera de otra manera, porque cuando me explicaste quién era el padre pensé que te lo habías inventado para no decirme el nombre real.

—¿Y por qué iba a mentir en algo tan importante?

—Bueno, has mentido a tu familia y yo voy a ser cómplice —respondió Frank.

Gaby torció el gesto, en eso tenía razón.

—No tiene nada que ver, a ti puedo decirte la verdad —alegó ella, procurando sonar convincente, porque no era del todo cierto.

—Sigo sin creer que te acostaras con Mercier... —rio sin ganas—, y todo delante de mis narices...

—Frank, no te atormentes con eso, fue decisión mía.

—Y Stanley lo sabía —añadió, sintiéndose más estúpido todavía.

—Lo mejor es pasar página. Ocuparnos sólo de nuestro futuro. Ya no importa nada más —le pidió Gaby con voz amable y una sonrisa cómplice para convencerlo, aunque, por supuesto, ya vería el modo de averiguar más sobre los motivos que llevaron a Jane a aceptar casarse con Olivier.

No eran celos, se dijo, era curiosidad y también un motivo más para seguir adelante con su plan y olvidarlo.

—Al revelarte los detalles sobre Mercier no pretendía enfadarte. Gaby, tienes que creerme, siempre deseo lo mejor para ti y me parecía una canallada que él te ocultara ese aspecto de su vida.

«Si sólo fuera eso», pensó ella, con una sonrisa en apariencia serena.

Capítulo 40

Olivier sabía que continuar cruzado de brazos esperando a que Gabrielle se dignara reaparecer o al menos responder a alguno de sus mensajes no era el camino más acertado, dado que, durante los últimos treinta días, ella se las había ingeniado para esquivarlo. Así pues, seguir intentándolo por la vía diplomática no era sino la mejor forma de perder el tiempo; ahora ya tenía muy claro que con una mujer así las sutilezas no servían para nada. Puede que engañara a muchos con su aspecto de niña dócil, incluso frívola, pero a él ya no lo engatusaba. Había conocido a la verdadera Gabrielle Boston y estaba dispuesto a todo por ella, empezando por decir la verdad.

Gabrielle se había ocultado en la residencia familiar, de modo que acceder a ella era casi imposible, de ahí que hubiera intentado una vía diferente, su «novio», pero éste, lejos de mostrarse colaborador, también se había cerrado en banda.

Miró su escritorio, a rebosar de documentos que su nuevo secretario le había dejado allí a primera hora de la mañana, así como la prensa. Debía revisar y firmar unos cuantos papeles, pero aquella labor se le antojaba tediosa, así que decidió empezar por los periódicos de la mañana, a ver si distrayéndose un poco encontraba la forma de solucionar sus cuitas personales amorosas, porque las empresariales marchaban mejor que bien. La ampliación del Great Night era ya una realidad y la inauguración estaba cada vez más cerca, pues O'Riley cumplía los plazos. Tras la reorganización de los empleados y el despido de quienes aprovechaban su empleo para lucrarse, los beneficios habían aumentado, por lo que debería estar exultante y no amargado, como era el caso.

Abrió las páginas del primer periódico de la pila, mientras, entre la larga lista de absurdas ideas, consideraba el secuestro para recuperar a Gabrielle, y pasó las hojas sin prestar excesiva atención a las noticias. Nada nuevo, la situación en Europa llevaba tiempo siendo el tema preferido de todos los editoriales. Las páginas económicas auguraban un aumento de la inflación y los anuncios por palabras nunca le interesaban, lo mismo que las reseñas de sociedad, aunque fue en esa sección donde vio algo que lo hizo maldecir como un estibador del puerto.

—La madre que la parió...

Leyó al menos tres veces el texto y se fijó en la fotografía que acompañaba la noticia. Dio un golpe sobre su escritorio con tal violencia que se hizo daño, pero ni punto de comparación con el que sintió a leer que Gabrielle anunciaba su compromiso con el señor Tremblay.

Se frotó los ojos, por si a lo mejor se trataba de una alucinación producto de la falta de sueño y de sexo, pues llevaba un mes con déficit de ambos. No, no eran imaginaciones suyas, Gabrielle se casaba y, como era de esperar, la noticia se anunciaba a bombo y platillo.

El pie de foto era como poco *conmovedor*:

La señorita Gabrielle Boston, hija del acaudalado banquero Samuel Boston, ha anunciado su compromiso matrimonial con el señor Frank Tremblay, notario de profesión.

La pareja posa en los jardines de la residencia familiar de la novia para nuestros lectores.

La fecha de la boda se ha fijado para dentro de tres meses.

Desde aquí felicitamos a la encantadora pareja.

—¡Y una mierda encantadora pareja! —exclamó, tirando de malos modos el periódico sobre el escritorio.

¿De verdad ella no conocía la verdadera naturaleza de su prometido?

Se puso en pie y caminó rabioso, como no podía ser de otro modo, por su despacho. Pero su enfado, lejos de aplacarse, fue a más, y como por sí mismo se veía incapaz de hacer algo coherente, llamó a su nuevo secretario. El hombre le ponía voluntad, aunque no era tan eficiente como el señor Wang; sin embargo, esperaba que con el tiempo cumpliese mejor sus funciones.

—Que preparen mi coche. Anula todos mis compromisos para hoy —ordenó, y se dio cuenta de que a lo mejor necesitaría más tiempo—. Y los de mañana, por si acaso.

—Por supuesto, señor Mercier —dijo el joven, anotándolo todo—. Como usted disponga.

Tuvo que esperar al menos hora y media encerrado (enjaulado) en su despacho, donde firmó de malos modos documentos pendientes, porque si permanecía inactivo acabaría rompiendo algo.

Abandonó el hotel y se subió al coche. Le dio la dirección al chófer, confiando en que, una vez allí, le permitieran el acceso. Después, como tampoco tenía un plan muy perfilado, improvisaría.

Se sintió inquieto todo el trayecto. Iba a enfrentarse a la familia Boston o, mejor dicho, al cabeza de familia. No conocía en persona al padre de Gabrielle, pero sí su reputación de hombre serio, introvertido y distante. Y, sobre todo, hábil y escurridizo.

—Ya hemos llegado, señor Mercier —le informó el chófer, sacándolo de sus pensamientos.

Asintió, aunque antes cerró los ojos un segundo e inspiró hondo.

Nada más detenerse el vehículo junto a la garita de entrada, le dijo con voz firme al guardés que deseaba ver al señor Boston. El tipo, que se limitó a encogerse de hombros, llamó por teléfono. Lo más probable era que la respuesta fuera educada pero negativa. Con ese contratiempo Olivier ya contaba, sin embargo, si una cosa tenía clara era que rendirse no entraba en sus planes; buscaría el modo de acceder a Gabrielle.

Cuando apenas tres minutos más tarde le autorizaron la entrada, se sorprendió y le indicó a su chófer que avanzara, una vez que se hubo abierto la verja de acceso. Había sorteado la primera barrera, quizá la más fácil, pues aún le quedaba la que, en apariencia, era más infranqueable: hablar con Samuel Boston.

Cuando vio al mayordomo aguardando en la escalinata de acceso principal, pensó con ironía que por lo menos no lo obligaban a entrar por la puerta de servicio.

Tras un saludo educado, lo condujeron hasta una estancia y le indicaron que entrase. Al hacerlo, se dio cuenta de que se trataba de un despacho donde, para su sorpresa, lo esperaba el mismísimo Samuel Boston.

—Buenos días, señor Mercier —lo saludó el padre de Gabrielle, que se puso en pie para recibirlo y hasta le estrechó la mano.

—Buenos días —respondió él un tanto cauteloso, aunque, si quería llegar a buen puerto debía mostrarse más resolutivo.

—Siéntese, por favor —le indicó Samuel, acomodándose tras su pulcro escritorio.

Olivier tomó asiento y murmuró un «gracias».

Se percató de la presencia de otro tipo que lo miraba en silencio, y de cuya expresión nada podía deducirse. Al sentirse observado, decidió intervenir:

—Los dejo a solas —dijo James, mirando al visitante con cierta curiosidad y una pizca de respeto, pues había que tenerlos bien puestos para presentarse allí.

—No, puede quedarse —contestó Olivier, que lo había reconocido—. Al fin y al cabo, de lo que vengo a hablar puede que a usted también le interese.

—Usted dirá, señor Mercier —dijo Samuel para ir al grano y dejarse de formalismos.

La neutralidad del tono empleado por el padre ya era algo habitual, porque siempre se comportaba de igual forma.

—He venido a hablarle de su hija.

James dio un respingo y miró a su suegro de reojo, porque al oír eso sintió una especie de *déjà vu*.

—Supongo que se refiere a mi hija menor —contestó éste, mirando con disimulo a su yerno un momento, para después fijar la atención en el visitante.

—En efecto, vengo a hablarle de Gabrielle —corroboró Olivier, y procuró no titubear.

—Le escucho.

Olivier se puso en pie, pues permanecer sentado le impedía sentirse cómodo ante la importancia de lo que debía decir.

Se aclaró la garganta.

—Su hija es la mayor farsante, manipuladora, ladina y mentirosa de todas las mujeres que he conocido —afirmó.

James arqueó una ceja ante aquellas palabras y miró a su suegro, que seguía manteniendo una expresión neutra. Nada que desvelase sus pensamientos.

—Continúe —indicó el hombre sin inmutarse.

—Sé que hablarle así de Gabrielle puede ofenderlo, sin embargo, creo que es de recibo que sea sincero con usted.

—Me da la sensación de que no hablamos de la misma persona —terció James—. Mi cuñada no se parece en nada a esa mujer que describe.

Olivier negó con la cabeza.

—Usted no la conoce en absoluto —lo corrigió.

—Conozco a Gaby desde hace tiempo —alegó James sin poder creer que Samuel permaneciera impasible.

—Yo también creía que era una mujer ingenua, dócil, obediente y hasta aburrida, incapaz de matar una mosca; no obstante, nos ha engañado a todos. A mí el primero —prosiguió Olivier en tono firme, sintiéndose cada vez más seguro—. Es muy inteligente y capaz de engatusar a quien se proponga con tal de salirse con la suya.

—¿Sabe usted qué está insinuando? —intervino James, cansado de escuchar tantos insultos.

—Gabrielle es capaz de sentarse a negociar con tipos acostumbrados a hacer de su capa un sayo sin inmutarse y convencerlos para llevarlos a su terreno —prosiguió Olivier, obviando a James y fijando la atención en el padre—. Y, para rematar, no se limita a hacerlo de forma gratuita, sino que por cada intervención siempre ha reclamado una jugosa comisión.

Samuel disimuló no su sorpresa, sino su orgullo.

—Todo eso que cuenta, señor Mercier, no es cierto —replicó James—. Gaby nunca ha mostrado interés por los negocios.

—Pues créalo, señor Engels, es capaz de eso y mucho más. Cuando me encontraba sumido en unas difíciles negociaciones con un tipo, John Harrelson, Gabrielle se las apañó para pararle los pies y lograr un acuerdo más favorable para mi empresa de lo que jamás imaginé. Y yo, agradecido, le entregué su comisión, aunque por supuesto me sorprendió que me la solicitara.

—¿John Harrelson? —repitió Samuel, y Olivier asintió—. Menudo pájaro.

—Eso mismo me dijo ella.

—Un segundo... —pidió James tras hacer memoria—. Gaby me llamó para solicitarme información sobre ese tipo, pero no creía que fuera...

—Ahí lo tiene —adujo Olivier—. Gabrielle recurre a quien sea preciso para alcanzar sus propósitos.

Como al parecer no terminaban de creerle, les relató todas las gestiones que ella había realizado. Sus conversaciones con O'Riley, sus dotes de organización y hasta su capacidad para resolver imprevistos.

—También me pidió que le enviara dos contables —lo interrumpió James sin salir de su asombro.

—Bien, y ahora que ha descrito las virtudes de mi hija menor, ¿qué pretende, señor Mercier? Porque intuyo que su propósito al venir aquí no se limita a «ensalzar» a Gaby.

Olivier se preparó, porque venía la parte más difícil.

—Verá, señor Boston, me hubiera gustado hablar antes con ella, pero de nuevo se las ha ingeniado para darme esquinazo, obviando todos mis mensajes, y hoy, al leer la prensa, he visto esto.

Sacó del interior de su chaqueta el recorte del periódico para mostrárselo. Samuel lo cogió y dedicó menos de un segundo a mirarlo; por desgracia, había tenido que dar su brazo a torcer y autorizar aquel compromiso.

—Hable claro —instó al señor Mercier—. ¿Cuál es el verdadero motivo de su visita?

Había llegado el momento, se dijo Olivier. Miró a los ojos al señor Boston y se quedó de pie frente a él. Ahora ya no tenía más remedio que tirar hacia delante.

—He venido a pedirle la mano de su hija —anunció alto y claro, pese a que los nervios amenazaban con traicionarlo ante el padre de Gabrielle, que era, como ya sabía, duro de roer.

—Vaya, mi hija últimamente está de lo más solicitada —comentó el hombre con ironía y hasta sonrió de medio lado, pues el señor Mercier demostraba valor.

Su yerno, al que observó de reojo, disimulaba bastante mal que aquella situación le resultaba familiar.

—¿Quiere casarse con ella a pesar de haberla tildado de farsante, manipuladora, ladina y mentirosa? —preguntó James, repitiendo cada adjetivo no sin cierto placer por ponerlo en apuros.

—Sí, así es Gabrielle, y no cambio ni una coma de lo dicho —corroboró Olivier retando a James con la mirada, porque el tipo ya le estaba tocando un poco las pelotas con sus comentarios.

—¿Son ésas las únicas razones que tiene para casarse con ella? —preguntó Samuel, decidido a llegar hasta el final, porque intuía que existía mucho más.

Todos los allí presentes eran conscientes de a qué se refería, pero Olivier fue el primero en mencionar en voz alta la cuestión. No merecía la pena hacerse el tonto.

—Mire, señor Boston, sé que en su momento actué mal, pero no me dieron otra alternativa. Es algo que sin duda aclararé con ella —afirmó, y después torció el gesto—, siempre y cuando consiga tenerla frente a frente. Y no estoy dispuesto a permitir que se case con ese tipo, Tremblay, por muy novio suyo que diga ser, porque él... él no es lo que aparenta.

Se detuvo ahí, porque seguramente no era muy agradable decirle a alguien que su futuro yerno era un hombre de gustos peculiares que, si bien Olivier toleraba desde el punto de vista personal, no aceptaba cuando se trataba de engañar a una mujer. Aunque la mujer en cuestión fuera tan mentirosa y manipuladora.

—Todos conocemos al señor Tremblay desde hace años —dijo Samuel para ahorrarle el esfuerzo de buscar las palabras exactas.

—¿Y no va a impedir ese enlace? —preguntó Olivier, perdido por completo.

—Como usted ha dicho, mi hija sabe manipular y engatusar a la gente, y su prometido no es ninguna excepción —contestó tan tranquilo—. Sigue sin decirme por qué quiere casarse con Gaby.

—Porque, a pesar de todo, de mis esfuerzos por tratarla como a las demás, me ha conquistado —admitió, sin sentirse vulnerable por ello—. Porque es lista como pocas y porque... —Se detuvo, pues ¿cómo se le dice a un padre que su hija es la mujer más pasional, intuitiva, seductora y sexualmente interesante que uno ha conocido?

Miró a James en busca de una hipotética ayuda. Él estaba casado con la hermana de Gabrielle y en algún momento se había tenido que encontrar en aquella misma situación; sin embargo, el hombre se limitó a permanecer junto a su suegro y a no decir ni pío.

Samuel se puso en pie. Ya había escuchado bastante. Sólo quedaba un asunto que resolver.

—He de reconocer que presentarse aquí no le habrá resultado fácil y también he de admitir que ha mantenido una relación con mi hija de la cual nadie de la familia tenía conocimiento. Por otra parte, teniendo en cuenta el estado de Gaby, le honra al menos que no haya desaparecido —añadió, mirándolo a los ojos.

Olivier frunció el entrecejo. Todo apuntaba a una encerrona para despacharlo y punto. Sólo una parte de aquellas palabras lo preocuparon.

—¿A qué estado se refiere? —se vio obligado a preguntar—. ¿Acaso está enferma?

—¿Cuánto lleva sin verla?

—Casi treinta días.

—¿No ha tenido ningún contacto con ella? ¿Ni siquiera por teléfono?

—En efecto, señor Boston —confirmó sin un solo titubeo.

Eso indujo a pensar a Samuel que el pobre hombre estaba *in albis* respecto al estado de Gaby.

—¿Nada de nada? —terció James extrañado.

—Maldita sea, ¿qué le ocurre? —espetó, perdiendo las buenas formas y alzando la voz más de lo aconsejable, pero la incertidumbre lo ponía enfermo y también, por supuesto, no haber tenido noticias de ella.

—Mi hija, señor Mercier, está embarazada —dijo el padre, desvelando por fin el misterio.

A Olivier casi se le paró el corazón.

—¿Se encuentra bien? —le preguntó James preocupado, cuando lo vio sentarse y respirar hondo.

—Su reacción confirma desde luego que dice la verdad y que no ha hablado con ella —comentó Samuel.

—Cuando la pille por banda... —masculló Olivier tenso, aceptando una copa de licor que le ofrecía James—... se va a enterar. Lo ha vuelto a hacer. Me ha engañado.

El padre arqueó una ceja ante su vehemencia.

—Intuyo que usted tiene algo que ver con el estado de mi hija.

—Sí y entenderá por qué no estoy dispuesto a consentir que se case con ese hombre —aseveró, algo más recuperado tras la impresión de conocer la noticia.

—Le confiaré un secreto —dijo Samuel, y miró a su yerno antes de proseguir—: en lo referente al matrimonio de mis hijos, sé por experiencia que son incapaces de dejarse aconsejar y mucho menos de seguir mis indicaciones. Por eso me temo que deberá resolver este asunto usted en persona con Gaby; y huelga decir que el tiempo apremia.

—¡Por supuesto que voy a hablar con ella! La cuestión es, ¿cómo?

—Le diré al servicio que disponga de un cubierto más; hoy nos acompañará a la mesa, así tendrá la ocasión que tanto busca de hablar con Gaby.

—Gracias, señor Boston —dijo Olivier con absoluta sinceridad, ya que al menos no lo había echado a patadas de allí y le daba una oportunidad.

Bien sabía que sólo tendría una.

Se despidió sabiendo que todavía le quedaba un reto más que superar.

Capítulo 41

Cuando el señor Mercier abandonó el despacho, alegando que debía ocuparse de unos asuntos personales pero que volvería a la hora de la comida, James, que lo había escuchado todo, se moría de ganas por aclarar unas cuantas cuestiones.

Conocía al tipo, sus orígenes y, por supuesto, ciertos detalles que, al igual que otros miembros de la familia, mantenía en secreto. De ahí que le costara comprender el cambio de actitud de su suegro.

—Por mucho que me esfuerzo, no logro entender qué ha ocurrido aquí —comentó.

Samuel sonrió de medio lado y tamborileó con los dedos sobre la mesa antes de responder.

—Pues ya eres mayorcito como para saberlo.

James, que debería estar más que acostumbrado a las respuestas ambiguas de su suegro, continuó igual de perdido, porque en teoría éste debería haber despachado al señor Mercier sin contemplaciones y más aún al saber que era el padre del hijo que esperaba su cuñada, lo que significaba que no había cumplido su parte del trato.

—Lo que ha dicho de Gaby... —Negó con la cabeza—. Da la impresión de que se lo haya inventado, ella nunca ha sido así.

—Lo mismo que sus hermanos, posee habilidades y conocimientos que, por desgracia, no siempre manifiesta cuando se precisan —afirmó Samuel con tranquilidad y añadió—: Ya deberías saberlo, llevas casado varios años con Samantha.

Como no podía ser de otro modo, James interpretó esa última frase como un reproche, aunque nada le hubiera gustado más que darle nietos.

—Pero me resulta tan extraño que Gaby... Nunca ha mencionado ni demostrado interés por estos temas.

—Tú, como muchos, sólo habéis visto su imagen, lo que ella se ha encargado de mostrar. El único que me ha salido rana en asuntos mercantiles ha sido Alfred, aunque no pierdo la esperanza de que se interese en algún momento, sobre todo ahora que quiere poner en marcha ese proyecto de construir un hospital. Le guste o no, tendrá que ocuparse de los detalles financieros.

A James siempre le causaba admiración cómo, además de estar al tanto de todo, su suegro seguía dirigiendo los pasos de la familia, aunque en apariencia no hiciera nada.

—Pero aparte de que haya, por decirlo de alguna manera, seguido la tradición familiar... ¿qué tiene que ver eso con permitir que ese tipo se acerque a ella?

—Olvidas el hecho de que, al enterarse del estado de mi hija no ha salido huyendo y, por ende, ha aceptado su responsabilidad —le recordó Samuel.

Sin embargo, su yerno aún seguía confuso.

—¿Y permitirá que se case con ella? —dijo James, frunciendo el cejo.

—Aparte del hecho de que será la «manipuladora» de mi hija quien tenga la última palabra, cualquier candidato es mejor que el señor Tremblay.

—Eso no lo discuto. Aun así...

—Puede que el señor Mercier no sea el hombre que yo hubiera elegido, de hecho, tomé una decisión en su momento y, por supuesto, volvería a hacerlo; no obstante, ha demostrado ser serio, trabajador. Ha sabido labrarse un futuro cuando otros, en su lugar, hubieran vivido del cuento volviendo una y otra vez a por dinero, sin el mínimo remordimiento por utilizar el chantaje.

—No, la verdad es que no lo ha hecho —murmuró James, aceptando la teoría de su suegro.

—En efecto, y por eso se merece el beneficio de la duda para empezar. Y si Gaby no lo vuelve loco antes, creo que logrará convencerla para que se case con él.

—Si Gaby se parece en algo a su hermana... —comentó James sabiendo muy bien de qué hablaba.

Samuel sonrió, porque en ese aspecto sus hijas eran igual que su madre.

—No te quejes tanto, que a pesar de todo Samantha y tú no os lleváis tan mal —comentó con ironía—. Y, como he mencionado antes, en lo referente al matrimonio de mis hijos no tengo voz ni voto, pues acaban haciendo lo que les viene en gana.

—*Touché* —murmuró James, que cada día admiraba más a su suegro.

—Y ahora preparémonos para una comida que promete ser emocionante.

* * *

Gaby oyó decir a una de las chicas del servicio que su padre estaba con una visita al parecer importante, ya que hasta James lo acompañaba. Sonrió porque, a pesar de haberse retirado, desde un discreto segundo plano su padre continuaba al tanto de todo.

Suspiró y miró el reloj. Había comida familiar y Frank llegaba tarde. Podía entender que a su prometido que no le hiciera mucha gracia, pero debía ir acostumbrándose porque, una vez casados, como sus hermanos, Gaby acudiría a esas reuniones acompañada de su pareja y nadie se atrevería (eso esperaba) a decirle nada al respecto.

No era tan tonta como para no darse cuenta de que sus padres habían aceptado el compromiso matrimonial a regañadientes. Su madre disimulaba e intentaba hacerla desistir de forma educada, le había hablado innumerables veces sobre el tema. No así su progenitor, que, igual que Alfred y Samantha, seguía lanzando pullas, ahora con renovado argumento, pues todos ellos dudaban de la paternidad de Frank.

Gaby aguantaba el chaparrón confiando en que con el tiempo se calmara y la dejaran en paz. Cuando diera a luz, todos, empezando por su padre, olvidarían los comienzos.

—¿Se puede? —preguntó una voz femenina asomándose tras la puerta entornada.

—Por supuesto, adelante, Tina.

Su cuñada se acercó a ella y le dio un fuerte abrazo, además de ponerle una mano sobre el vientre, a pesar de que todavía no se le notaba nada.

—Dime que el embarazo irá a mejor —pidió bostezando, porque a pesar de haber dormido más de diez horas seguía somnolienta.

—Ésa es la parte menos mala —respondió Tina sonriente.

—Y encima las náuseas, no me lo recuerdes. Alfred dice que a partir del tercer mes irán remitiendo... —explicó lamentándose—. Aunque hay otro aspecto que es más... —bajó la voz—, inquietante.

—¿Cuál?

—Tú eres la persona más cercana a mí que ha estado embarazada, y a mi madre no puedo preguntarle algo así. ¿Es normal excitarse tanto?

Tina se sonrojó y asintió.

—Lo es.

—Pues entonces el embarazo se me va a hacer muy cuesta arriba —se lamentó Gaby, con cara de circunstancias.

—A mí me ocurrió igual —confesó Tina—. Por eso es tan importante tener al lado a alguien adecuado.

—Frank me apoya en todo, no te preocupes —respondió ella haciéndose la tonta, ya que sabía muy bien que su cuñada se refería a otras cosas.

—¿En todo? —quiso saber Tina, y estiró el brazo para darle un apretón en la mano.

—Habla claro —refunfuñó Gaby—, aunque pensaba que tú no eras como mis hermanos y aceptarías mi decisión.

—Escucha, yo me casé por conveniencia con un hombre que quiso ser el padre de mi hijo. Sé bien de qué te hablo. Intenté poner en práctica esa vieja teoría de que el matrimonio aporta a la mujer seguridad económica y posición social, pero el amor ha de buscarlo fuera.

—¿Y por qué me cuentas eso?

—Porque rara vez funciona. O al menos no con mujeres como nosotras, que tenemos nuestros sueños y anhelos.

—¿Me estás diciendo que lo mejor es ser una oportunista sin sentimientos?

—Desde luego funcionaría —corroboró Tina.

—¿Y piensas que Frank no me quiere? —preguntó a la defensiva.

—Frank te adora, de eso no tengo ninguna duda, nadie la tiene; sin embargo, él sí encontrará el amor fuera del matrimonio y tú acabarás odiándolo por ello.

Se quedaron en silencio. No hacía falta decir nada más. Puede que Tina, siempre discreta y hasta ingenua, hablara lo justo, pero a veces daba en el clavo.

Gaby meditó sobre aquello. Sabía que su prometido no buscaría fuera del matrimonio el amor porque ya lo había encontrado, y se alegraba por ello. La cuestión era ella.

—Maldita sea —murmuró frunciendo el cejo, pues, a pesar de todas las charlas que había tenido con los diferentes miembros de su familia, sólo su cuñada había sabido poner el dedo en la llaga.

Abandonó su dormitorio y fue a la planta baja. Frank ya debería haber llegado. En efecto, allí estaba, tan puntual y guapo como siempre. Lo observó a medida que descendía por la escalera. Él, nada más notar su presencia, fue raudo a ayudarla.

Gaby podría recriminarle ese gesto, sin embargo, lo dejó pasar porque Frank tenía derecho a sentirse útil, y más estando en territorio hostil.

—¿Va todo bien? —le preguntó una vez en la planta baja.

—Sí, tranquilo, no me agobies —respondió ella.

—No puedo evitarlo, pero intentaré no hacerlo —dijo Frank sincero.

—Qué mal mientes —bromeó Gaby.

—Soy padre primerizo, va en el lote.

Ella sonrió. Podía ser que su prometido se comportara de forma asfixiante, y a medida que avanzara el embarazo lo sería aún más; no obstante, regañarlo por eso, con lo que se estaba esforzando, no era de recibo. Ya vería el modo de librarse de su vigilancia.

—Ah, y estás radiante —añadió Frank dándole un beso en la mejilla.

Ella le devolvió el gesto y no lo corrigió, aunque se veía horrorosa.

—Tú también estás muy guapo —replicó, y le alisó innecesariamente las solapas de la chaqueta.

Frank le ofreció el brazo y caminaron juntos hacia el comedor pequeño, el que sólo utilizaba la familia a diario. Al entrar vieron a Samantha, que charlaba con Tina, a James leyendo la prensa y a Alfred hablando con su madre. Todos dirigieron los ojos a la pareja de recién llegados.

—¡Tía Gaby! —exclamó Eric abrazándola.

—¡Ey, guapo! ¡Cómo has crecido!

Sin importar su estado, cogió a su sobrino en brazos y le dio un fuerte achuchón. De todos los allí presentes era sin duda el único que no la pondría en un aprieto.

—¿Dónde está papá? —preguntó tras dejar a Eric en el suelo, pues le extrañaba que su padre, tan fanático de la puntualidad, no estuviera ya allí.

James se aclaró la garganta de un modo que resultó sospechoso, tanto que su esposa lo miró frunciendo el cejo.

—Llegará enseguida —dijo Alfred—. ¿Nos vamos sentando?

—¡Yo quiero al lado del abuelo! —pidió Eric, corriendo a sentarse junto a la silla de Samuel, aún extrañamente vacía.

Todos ocuparon su lugar, incluido Frank, al que por suerte pusieron junto a su prometida. Eso sí, enfrente tenía a sus futuros cuñados, que de momento se habían comportado con cordialidad.

En ese instante, con cada miembro de la familia sentado a la mesa, Gaby se dio cuenta de que entre ella y su madre había otro cubierto, lo que carecía de lógica. Hasta donde ella sabía, la reunión era familiar, sin invitados, pero lo que de verdad la inquietaba era la mirada de James. Su cuñado mantenía una expresión entre divertida y cautelosa. Nada bueno, eso seguro.

—¿Qué ocurre, James? —le preguntó, con la mosca detrás de la oreja.

—De momento, nada —respondió éste de forma enigmática, algo que llamó la atención del resto de los presentes.

Si de algo podía presumir siempre James era de ir un paso por delante y estar bien informado.

Y ya la puntilla la dio Samantha cuando se inclinó hacia él, y éste le dijo algo al oído. La cara de su hermana no tenía precio.

Sin duda se estaba cociendo algo importante.

—¿Qué ocurre? —preguntó Maddy ante el comportamiento del matrimonio.

—Como ha dicho James, de momento nada —contestó Samantha.

—¡Ya está bien! —estalló Gaby, pues a buen seguro estaban bromeando con Frank como protagonista y no iba a tolerarlo.

El más que probable blanco de sus burlas permanecía sentado a su lado, con actitud estoica, no le quedaba más remedio.

—Tengamos la fiesta en paz —terció Alfred conciliador.

Poco después oyeron unos pasos acercándose y la puerta se abrió. Gaby se relajó al ver a su padre, aunque su calma duró más bien poco, cuando él dijo:

—Tenemos un invitado. El señor Mercier se unirá hoy a nosotros.

Olivier entró en la estancia y, sin decir nada, miró a todos los presentes, aunque sólo le interesaba una persona. Por educación, se acercó a la madre de Gabrielle y la saludó.

—Es un placer conocerla, señora Boston —dijo.

—Lo mismo digo —respondió Maddy, que, tras mirar a su marido de reojo, le señaló a Olivier el asiento vacío. Más adelante le haría las preguntas pertinentes a Samuel; de momento, ejercería de perfecta anfitriona.

El invitado miró a la parejita, más en concreto a Tremblay, que lo saludó con una leve inclinación de cabeza, pero enseguida apartó la mirada, como si se sintiera culpable. De momento, Olivier decidió mantener las formas, pues si se arriesgaba a levantar la voz el padre de Gabrielle lo echaría a patadas.

—¿Qué hace él aquí? —preguntó Gaby poniéndose en pie. Enseguida notó la mano de Frank agarrando la suya.

—Por favor, cariño, no hace falta ser tan grosera —la reprendió Maddy.

—Lo he invitado yo —apuntó Samuel, y se dirigió a su sitio en la cabecera de la mesa, en un intento de dar por zanjada la discusión y prestando atención a quien más se la merecía: su nieto.

—¿Y por qué? —prosiguió indagando ella, que no estaba dispuesta a dejarlo pasar.

—Por la sencilla razón de que tenemos que hablar —respondió Olivier serio.

Gaby, que por desgracia sintió un leve (de leve nada, un intenso) cosquilleo entre las piernas al tenerlo tan cerca, se levantó de la mesa, pues no deseaba estar a su lado. Por supuesto, él, pese a que su comportamiento no era el adecuado delante de la familia Boston, la siguió.

Olivier no contaba con tener público, de ahí que debiera ser muy cauteloso con lo que decía, pero eran tales la rabia y el enfado que sentía que no fue capaz.

—Se acabaron los tejemanejes, tus desplantes, salidas de tono y maniobras varias para evitarme. Vas a escucharme, te guste o no.

Gaby abrió los ojos como platos ante aquel descaro y buscó con rapidez una réplica adecuada, pese a que, con toda la familia observando, no le resultaba sencillo.

—Tú aquí no pintas nada —dijo altanera y miró de reojo a su padre, que no perdía ripio, lo mismo que sus hermanos.

—Me temo que no estoy de acuerdo —replicó él sin amilanarse, y hasta la señaló con un dedo—. Puede que durante mucho tiempo hayas engañado a todos con tu cara de niña buena, engatusándolos para hacer de tu capa un sayo, pero a mí no me engañas. Eres una arpía de cuidado.

—¿Me has llamado *arpía*? —repitió Gaby sin dar crédito.

—Exacto, eso es lo que eres —corroboró él, y elevó el tono—. Manipulas a quien te conviene y no sientes remordimientos por ello.

Gaby parpadeó ante la acusación. Desde luego, si pretendía algún tipo de acercamiento, Olivier había escogido el peor camino para ello.

—Señor Mercier, creo que debería hablar con más prudencia —terció Samantha, porque no le gustaba nada aquel ataque hacia su hermana.

—No te metas —murmuró James a su lado, ganándose una mirada amenazadora de su mujer—. Esto no ha hecho más que empezar.

—En primer lugar, vas a romper el compromiso con el señor Tremblay —exigió Olivier mirando al susodicho de reojo.

—No.

—Ahora me va a ser más complicado elegir un bando —comentó Alfred con cierta ironía, pues, igual que el resto, esperaba que el matrimonio entre Gaby y el notario no se celebrase.

Su hermana lo fulminó con la mirada.

—Señor Mercier, no tengo la más remota idea de lo que ocurre —dijo Maddy en tono sereno, mirando a su marido de reojo—; sin embargo, creo que sería más prudente que ambos moderasen el tono y el lenguaje.

—Mamá, lo siento, pero es que me es imposible —se justificó Gaby.

—Discúlpeme, señora Boston, Gabrielle tiene la cuestionable habilidad de sacar lo peor de mí.

—No voy a dejar a Frank —recalcó ella—. Tal como hemos anunciado, voy a casarme con él. Fin de la discusión. Y ahora vete, por favor.

—¿Sabe cuál es tu estado? —preguntó con retintín.

Gaby disimuló su sorpresa, pues no había contemplado la posibilidad de que Olivier estuviera al tanto de su embarazo. Un revés al que podría sobreponerse.

—Por supuesto, ser padres siempre estuvo entre nuestros deseos —replicó ella, dándole donde más dolía, y por la cara de Olivier supo que había acertado en el centro de la diana, o al menos muy cerca.

Nada más pronunciar esas palabras, toda la familia supo quién era el verdadero responsable del embarazo de Gaby.

—Que te crees tú eso —la amenazó Olivier, controlando su tensión—. He hablado con tu padre hoy mismo y le he pedido tu mano.

—Y sin duda te habrá mandado a freír espárragos —contestó ella con aire chulesco.

—¿Es eso cierto? —interrumpió Maddy, y Samuel asintió.

—La decisión ha de tomarla Gaby —afirmó éste sin comprometerse, fiel a su estilo.

—Esto cada vez se pone más interesante —murmuró Samantha.

Frank, hastiado e incómodo con aquella tragicomedia en la que él era protagonista involuntario, se puso en pie y se acercó a su prometida.

—Gaby... —murmuró, y le sujetó la cara con las manos para que le prestara toda su atención—. Habla con él y después, pase lo que pase, recuerda que estaré aquí.

—No quiero hablar con él, te quiero a ti. Vamos a casarnos...

Frank la detuvo poniéndole un dedo sobre los labios.

—Yo también te quiero, sin embargo, antes debes aclararte.

—Por una vez, y sin que sirva de precedente, estoy de acuerdo con el notario —intervino Alfred.

—Y yo —lo secundó Samantha.

—Gabrielle, deja de marear la perdiz. Vas a casarte, por supuesto, pero conmigo —aseveró Olivier.

—¡He dicho que no! —replicó ella con obstinación, sin dar su brazo a torcer.

—Ya está bien —habló por fin Samuel, cansado de aquel rifirrafe dialéctico que no conducía a ningún lado, sólo le provocaba un dolor de cabeza—. Tanta estupidez me enerva.

—Papá, es mi vida y tengo derecho a elegir.

—Ése es precisamente el problema —dijo su padre con su tono más severo—. Por culpa de vuestra madre y sus teorías, tenéis la cabeza llena de pájaros.

La aludida alzó la barbilla, orgullosa de cómo había educado a sus hijos, ya que, a pesar de todos los reveses, habían logrado salir adelante y, en vista de los resultados, nada mal.

—Y mirad adónde hemos llegado —prosiguió el patriarca y se volvió hacia su hija mayor—. Tú, por ejemplo, llevas casada los suficientes años como para haber tenido hijos, y en cambio sigues tonteando con tu marido.

Samantha se encogió de hombros, no así su marido, pues a James le suponía un gran revés no complacer a su suegro.

—No voy a dar explicaciones —dijo Samantha muy digna, porque el motivo por el que no tenía hijos no era de la incumbencia de su padre.

—Sin embargo, no ha sido la única en hacer las cosas a su manera sin contar con mi opinión. —Dirigió la mirada a Alfred—. Tú, además de desoír todos mis consejos sobre tu profesión, por poco no te enteras de que tenías por ahí un hijo perdido y, por lo visto, no tienes intención de darle hermanos a Eric.

—Por mucho que te empeñes, no vas a organizar mi vida —replicó su hijo.

—Y, para rematar la faena, tú, Gaby, mi hija pequeña, la única que parecía sensata, ahora te niegas a comportarte de forma racional, empeñándote en seguir adelante con un matrimonio a todas luces abocado al fracaso, con un hombre que... que no es el adecuado para ti.

—Yo quiero a Frank —repitió ella por enésima vez, desesperando a todos y en especial a Olivier, que, si bien hubiera deseado intervenir, ante el tono y la dureza de las palabras de Samuel Boston optó por no interrumpir.

—¡Y, para más inri, embarazada! —exclamó, y se pellizcó el puente de la nariz, porque aquello se le iba de las manos—. No voy a permitir que continúes perdiendo el tiempo. Te vas a casar con el padre de tu hijo. Y no se hable más.

A Gaby esas palabras le sonaron a ultimátum, como en efecto lo eran, sin embargo, no estaba por la labor de ceder. Sólo le quedaba un recurso y lo utilizó:

—¿Cuánto le habéis pagado para que acceda a casarse conmigo?

Capítulo 42

—Hija, ¿qué estás diciendo? —intervino Maddy, perpleja ante aquellas palabras que no dejaban en buen lugar ni al invitado ni a su esposo.

—¿Desde cuándo lo sabes? —preguntó Olivier en voz baja, mirándola sólo a ella. No quería intercambiar la mirada con nadie más porque se sentía avergonzado. Ya no era necesario reconocer lo que había hecho, pues quedaba claro que Gabrielle lo sabía.

—Samuel, ¿tú sabes algo? —insistió la madre.

—Fue necesario —respondió Alfred, respondiendo por él.

—Por supuesto que lo era —lo secundó Samantha, mostrando también su apoyo.

—¡Alfred! —exclamó Tina, interviniendo por primera vez—. ¿De verdad le habéis pagado a este hombre para que se case con Gaby? —Por el tono utilizado dejaba clara su censura.

—Desconozco si ahora han vuelto a las andadas —dijo Gaby señalando a sus hermanos, a su padre y a su cuñado—. De lo que sí tengo constancia es de que le entregaron una buena cantidad de dinero para que se alejara de mí.

—Eso no tiene sentido —murmuró Tina.

—Explícate, Gaby —pidió su madre.

—Aquí, todos éstos —volvió a señalar a los responsables—, un día cualquiera decidieron hacer una «obra de caridad» y, en vez de hacerlo de la forma habitual, optaron por que fuera de manera más privada. —El marcado tono sarcástico hizo que su padre arqueara una ceja.

—Así que es cierto —dijo Maddy dando muestras de su desaprobación.

—Sí, lo es —confirmó Alfred, pues no merecía la pena ocultar lo evidente.

—Cállate, eres igual que tu padre —lo reprendió su madre, mirando a su hijo, con el que más tarde tendría unas palabras.

Samuel, consciente de que después iba a tener una peliaguda conversación con su esposa, disimuló el placer que le proporcionaba el apoyo incondicional de sus dos hijos mayores y, por supuesto, de su yerno, que, si bien no decía nada, estaba al tanto de todo.

—Mamá, ya los conoces, son incapaces de aceptar que alguien tome decisiones por sí mismo.

—Señora Boston —intervino Olivier—, ellos lo hicieron porque pensaron que era lo mejor. Cuando conocí a Gabrielle, no tenía dónde caerme muerto, ni un porvenir. Tampoco podía pagar el alquiler. —Cerró los ojos un instante al admitir en voz alta aquella situación, que no era plato de gusto y siempre había procurado mantenerla en secreto.

Gaby lo miró con semblante serio, sin soltarse de su prometido; ella también lo recordaba.

—Gaby... —murmuró Frank a su lado—, creo que ha llegado el momento de que habléis a solas. Hay asuntos que a nadie más le importan.

—Frank... —se quejó ella, ya que a pesar de que su sugerencia era lo más lógico, no se sentía con fuerzas para enfrentarse a Olivier; éste, a diferencia de su prometido, nunca había sido manejable y, tras haberlo tenido un mes en ascuas, iba a hacerle demasiadas preguntas.

—Escúchale y exige todas las explicaciones que consideres oportunas —sugirió Frank—. No te conformes con menos.

—Por una vez, y sin que sirva de precedente, estoy de acuerdo con el señor Tremblay —terció Samuel, y más de uno asintió.

Frank miró a toda la familia, esa que siempre lo había tratado con cierto desprecio, que se había burlado sin piedad de él y que seguía sin aceptarlo. No merecía la pena hacer que cambiasen de opinión, así pues, se concentró sólo en Gaby. La miró a los ojos y acunó su rostro.

—Está bien —accedió ella.

Olivier respiró hondo, puede que aliviado. O no.

—Después —prosiguió Frank—, estaré aquí, para lo que tú quieras.

Aquello era devoción y lo demás tonterías.

—Frank...

—Te mereces lo mejor. Sabes que te quiero. Eres la mujer perfecta.

Y, para asombro de todos los presentes, se inclinó para darle un beso en los labios. Su primer beso, aunque nadie más que ellos podía saberlo.

Cuando Frank se apartó despacio, sonrió y le limpió las lágrimas con los pulgares, antes de hacerle un gesto para que fuera con Olivier.

—Ve —la animó.

—De acuerdo —musitó Gaby.

Olivier la siguió en silencio.

—Y ahora que al parecer todo se va calmando, disfrutemos de la comida. Señor Tremblay, acompáñenos, por favor —dijo Samuel con total normalidad, y nadie se atrevió a replicar.

Frank, por extraño que pareciera, se sintió más cómodo de lo que esperaba y le hizo un gesto de agradecimiento al padre de Gaby.

* * *

Gaby se dirigió a una de las estancias de la planta baja, donde sabía que disfrutarían de la privacidad necesaria. Cerró la puerta del saloncito y echó las cortinas, para que nadie tuviera la tentación de observar desde el jardín. Sólo dejó una ventana sin cubrir para que la estancia no quedara en penumbra.

Su actitud aparentaba calma, aunque era eso, apariencia, pues sus emociones estaban en una especie de baile, danzando, bebiendo y cantando.

—Antes de nada —murmuró él, conteniéndose para no tocarla (para lograrlo se fijó en la decoración, exclusiva, elegante, discreta)—, ¿cómo te encuentras?

Le hubiera gustado poner una mano sobre su vientre, o en otra parte de su cuerpo; no obstante, apostaría cualquier cosa a que ella no se lo permitiría, además, por supuesto, de ponerla a la defensiva, y no quería eso.

Ella lo miró de reojo. Podía darle una réplica maleducada y cortante o no. De hacerlo, ¿conseguiría algo? No, así que optó por la verdad.

—Todo lo bien que se puede estar en mi estado —murmuró y, si bien su idea inicial era ser correcta, aprovechó para dejar clara su postura—. Dispongo de los mejores cuidados. Un médico personal, mi hermano. Sin olvidar la vigilancia de mi prometido.

Olivier sonrió de medio lado ante aquella declaración que sonaba a provocación pura y dura. Bien sabía que, de caer en ella, la conversación se le haría muy cuesta arriba y, para el buen funcionamiento de las cosas, debía primar la mesura. Por eso pasó directamente al asunto del día:

—¿Por qué nunca me dijiste que lo sabías todo? —preguntó, manteniendo las distancias físicas.

Gaby se encogió de hombros y le dio la espalda; quería, necesitaba, aparentar tranquilidad.

—Quizá porque tenía la absurda esperanza de que fueras tú, tras nuestros diversos encuentros, el que hablara de ello —contestó sin mostrar enfado.

—Entiendo... —murmuró Olivier y negó con la cabeza. Gabrielle en esa parte tenía cierta razón—. Entonces, debo suponer que tu negativa a mencionarme tu embarazo ha sido una forma de devolverme el golpe.

—Un embarazo no es algo que se oculte con facilidad —replicó ella.

Él esbozó una media sonrisa. Aquella mujer poseía una extraña combinación de ingenuidad y mala leche muy difícil de pasar por alto, sin olvidar que a él, además, lo excitaba.

—Pero tu intención era colgarle el mochuelo a otro —adujo.

—¿Vamos a seguir echándonoslo todo en cara? —preguntó ella de forma retórica, porque de ese modo, además de evitar responder, también acabaría antes.

—Tienes razón. Sólo dime cómo lo supiste.

Gaby podía inventar una historia, contarle un cuento y él no tendría forma de descubrirlo. No obstante, optó por la vía más sencilla: la verdad.

Empezó hablando del día en que regresó a casa, tras haber ido a buscarlo y no encontrarlo. La portera le dijo que se había marchado acompañado de una mujer. Se enfadó, por supuesto, pues a nadie le gusta que lo dejen sin una explicación, así que se esmeró en olvidarlo, pese a que había sido su primer amante.

Olivier, al oír eso tragó saliva. ¿Cómo que había sido su primer amante?

No la interrumpió y Gabrielle prosiguió hablando de sus recuerdos.

Más o menos ya había logrado olvidarlo cuando, por casualidad, oyó a sus hermanos mencionar el asunto y cómo James, siempre pendiente de todo, les confirmaba que el susodicho había embarcado rumbo a Estados Unidos.

Supuso un gran mazazo, no sólo por el hecho de que la dejaran plantada a cambio de una suculenta suma, sino también porque la consideraban débil e influenciable.

—Hablas de que herí tus sentimientos, no te lo discuto, pero ¿te has parado alguna vez a pensar cómo me sentí yo al ver que una mujer pagaba mis gastos? ¿En qué me convertía?

—Eso no fue herir tus sentimientos, sino tu orgullo —replicó Gaby.

—Llámalo como quieras. Sí puedo afirmar que mi intención nunca fue hacerte daño, es más, creo que alejarme de ti fue lo más acertado. Era un don nadie, sin oficio ni beneficio. ¿Cuánto crees que hubiéramos durado?

—Eso nunca lo sabremos. Sólo tenías que haber sido sincero, decirme que deseabas prosperar, algo legítimo. Lo habría aceptado e incluso te hubiese animado a ello.

—Actué mal, lo admito, pero no me arrepiento —admitió Olivier.

Ella lo miró. Aquella declaración no hablaba precisamente a su favor, pero al menos era sincero, sin duda un buen punto de partida.

—Ahora sé lo que debo hacer —prosiguió él—. No existen intereses de por medio. Soy libre para pedirte que te cases conmigo y más aún teniendo en cuenta tu estado.

—¿Son ésos los únicos motivos que tienes para pedir mi mano?

—¿Qué insinúas? —preguntó él mosca.

—Dímelo tú.

—No hay nada, ¡joder, nada! Sólo mis sentimientos, que, para mi eterna desdicha, han tomado el control y no me dejan hacer nada a derechas.

—¿Eso qué significa?

—Que me he enamorado de ti hasta la médula —confesó Olivier frunciendo el cejo, pues nunca antes una mujer lo había llevado a un estado similar—. Aunque, basándome en tu reacción, empiezo a creer que lo tenías todo calculado.

—No soy tan retorcida —se burló y él arqueó una ceja, porque los hechos avalaban la teoría de Olivier.

—A mí no me engañas, Gabrielle —afirmó, hastiado del tira y afloja.

Se acercó a ella y la abrazó desde atrás. Evitaba así que se escabullera y de paso por fin la tocaba. Aprovechó para adoptar un tono más íntimo, ya que cualquier frase, susurrada al oído, adquiría una connotación muy especial, y él quería aprovechar ese factor.

—Eres inteligente, intuitiva, maliciosa cuando te conviene. Y, por supuesto, ingenua si la situación lo requiere —la alabó.

Ella cerró los ojos, vaya forma más extraña de ganarse el perdón.

—Y todo es una combinación que me ha sido imposible resistir.

No tengo claro si volviste a mi vida para volverme loco o para vengarte. Me da igual, no quiero saberlo.

—Juegas sucio y no soy como me has descrito —protestó ella inspirando hondo, pues el muy ladino estaba tan cerca que, al hablar, sus palabras resultaban más certeras.

—A mí me encanta cómo eres —añadió Olivier bajando un poco más el tono—. Y que conste, me puedes mangonear cuanto desees. Sin remordimientos.

Casi la había descrito como si fuera la nueva MataHari, algo excesivo, la verdad, aunque la propuesta resultaba cuando menos interesante y tentadora. Digna de estudio.

—¿Qué más quieres de mí? —continuó él—. Me preocupa tu bienestar, sé que debo permanecer a tu lado, cuidarte y mimarte. Ahora es mi turno.

—Da la impresión de que sabes mucho de mujeres embarazadas.

Olivier torció el gesto.

—Supongo...

Gaby se apartó de él y se volvió para enfrentarlo, porque no estaba dispuesta a dejar pasar ni un secreto más.

—Te pongas como te pongas, eres un cabrón oportunista —lo acusó sin ambages, y Olivier dio un respingo, no sólo por lo que implicaba aquello, sino también por las palabras escogidas—. No sé cómo tienes la desfachatez de seguir aquí, diciéndome al oído una sarta de bonitas palabras con la clara intención de confundirme, cuando resulta que ya estás casado.

—Gabrielle...

—Y no me vengas con excusas baratas. ¿Acaso tampoco tuviste tiempo de mencionar ese detalle? —preguntó con una actitud de lo más exigente—. Tienes un hijo con Jane y te casaste con ella. ¿O es que ya no te acuerdas?

Olivier se pasó una mano por el pelo, pues si bien se lo había ocultado, no era por los motivos que ella podía imaginar. Su intención era resolver su estado civil cuanto antes, de hecho, ya se había puesto en contacto con Jane para que ella iniciara los trámites de su separación, pero alguien, muy probablemente el notario, le había ido con el cuento.

—¿Se te ha comido la lengua el gato? —se burló ella cruzándose de brazos.

Olivier se pellizcó el puente de la nariz. En aquel instante se dio cuenta de que, dependiendo de cómo expusiera los hechos, terminaría perdiéndola para siempre.

Un lujo fuera de su alcance.

—Jane se vino conmigo a Nueva York —comenzó en voz baja, e hizo una pausa para ordenar sus recuerdos y ser todo lo preciso y sincero que la ocasión requería—. Ella no supo hasta bastante tiempo después de dónde procedía el dinero que me había permitido comprar pasajes de primera clase y tener un buen alojamiento al llegar.

—Mi familia es generosa cuando le conviene —murmuró Gaby con un marcado tono irónico.

—Ella, si lo recuerdas, no atravesaba un buen momento anímico y yo intenté que se centrara, olvidándose de lo que había dejado atrás y mirando sólo hacia delante, es decir, poder realizar nuestros sueños.

—Disponías de capital para ello —le espetó sin perder el sarcasmo.

Olivier hizo un gesto de asentimiento.

—Al principio funcionó... La búsqueda de un local, la novedad de la ciudad, el ambiente tan distinto, nuevas compañías... Todo parecía ir bien. Logramos abrir el club y hacerlo funcionar. En apenas un año ya daba beneficios y el público comenzaba a hablar bien de él.

—¿Y qué falló? —preguntó Gaby en voz baja, interesada de verdad en saberlo, pues él hablaba con aire apesadumbrado, como si el éxito no hubiese sido suficiente.

—Jane, tras un nuevo fracaso sentimental, quiso volver a la senda tradicional y empezó a tontear con algunos clientes, hombres. Nada serio, o al menos no me lo pareció, o puede que estuviera tan pendiente del negocio que no viera qué ocurría en realidad. Lo que yo pensaba que era un tonteo sin importancia pasó a ser más serio y comenzó una relación con... el tipo más hijo de puta de la historia. Un hombre casado.

—No será la primera ni la última —dijo ella, y procuró que no sonara malicioso.

—No, claro que no y ése hubiera sido el menor de los problemas. Lo relevante y peligroso es que estaba metido en política. Un pez gordo.

Gaby se sentó. Una vieja historia que se repetía, y con todos los visos de acabar mal, como no podía ser de otro modo. Los ingredientes precisos para que una mujer sufriera, pues casi nunca eran ellos los que se llevaban la peor parte. Podía equivocarse y por ello le hizo un gesto para que prosiguiera.

—El tipo, como puedes suponer, no deseaba ningún escándalo que enturbiara su imagen pública y truncara sus aspiraciones. Tenía experiencia en mantener relaciones extramatrimoniales y después salir indemne. Jane, sólo por orgullo, tensó la cuerda más de lo prudente y él aprovechó sus contactos para amenazarnos. Eso nos jodería todo el trabajo y el esfuerzo de ambos. Ella se sumió de nuevo en un periodo de apatía.

Gaby lo miró, por cómo hablaba daba la impresión de que se sentía culpable.

—Continúa —le pidió con amabilidad.

—No podía echarlo todo a perder y reconozco que no le presté la atención que necesitaba, descuidé a mi mejor amiga —admitió con pesar—. Hasta que un día la encontré en el despacho, inconsciente. La llevé lo más rápido que pude al hospital, donde le hicieron un lavado de estómago, porque presentaba todos los síntomas de una sobredosis de algún fármaco. Allí supe que estaba embarazada.

—¿Fue capaz de tomarse lo que fuera sabiendo que esperaba un hijo? —preguntó Gaby.

—No, se enteró al mismo tiempo que yo —respondió cabizbajo—. Entonces me di cuenta de que necesitaba más que nunca mi ayuda y tomé una decisión.

No hacía falta decir más. Gaby lo entendió todo y, lejos de enfadarse, hasta se sintió orgullosa de que Olivier hubiera estado al lado de Jane. Eso decía mucho de él.

—¿Y cómo está ahora?

Él sonrió.

—Muy bien. Desde hace seis meses vive con una de las camareras y parece que les va perfecto. De lo cual me alegro, pues ahora Jane se siente feliz y ha superado sus miedos. Además está Elliot. Es un trasto y vuelve loco a todo el mundo, incluida su madre, que se queja y después se lo consiente todo. —Por el tono empleado era evidente que hablaba con cariño e incluso nostalgia por no poder estar con ellos—. Y además Jane dirige el Blue Night de manera eficiente.

—Ahora entiendo por qué te casaste con ella —afirmó sin acritud y sincera.

—Al estar casados, Jane contaba con respaldo legal, y en la partida de nacimiento de Elliot figura un padre. Por desgracia, a muchos se los señala por haber nacido fuera del matrimonio —explicó él.

Gaby asintió, conocía muy bien situaciones como las que había mencionado.

—Sí, por desgracia así es —murmuró ella.

Ahora estaba al corriente de toda la historia, de las motivaciones de Olivier, que, si bien podían considerarse nobles, tras tanto tiempo ocultándolas ya no era tan sencillo pasar página.

¿Qué hacer?

¿Olvidar sin más?

—Gabrielle... —musitó él acercándose. Tras haber puesto todas las cartas sobre la mesa, creyó que al fin podrían entenderse, sin embargo, ella no mostraba signos de querer avanzar. Lo miraba fijamente y poco o nada lograba deducir de su expresión.

Entendía que tras haberle ocultado la verdad se mostrara recelosa pero, ¡joder!, le había contado cada detalle e incluso podía explayarse más, aunque no lo veía necesario, pues lo más importante ya estaba aclarado.

—Ya está todo dicho —comentó ella, echando por tierra cualquier esperanza.

—¡No me jodas, Gabrielle! —exclamó, y en dos zancadas se puso a su lado.

Capítulo 43

Ella se sobresaltó, porque no esperaba tanta vehemencia, y menos aún tras la conversación tan llena de confidencias. Lo más lógico era mantener un tono sosegado, amistoso, acercar posturas; no obstante, la tozudez de aquella mujer no facilitaba precisamente el entendimiento.

—No me grites —le advirtió, fulminándolo con la mirada, pues no estaba dispuesta a tolerar ni una sola salida de tono.

—Entonces sé sincera y admite lo que sientes por mí —exigió Olivier sin variar su tono, que, por cierto, era el menos indicado para lograr un acercamiento.

—Me da la impresión de que los sentimientos nos pueden jugar malas pasadas —le espetó Gaby, decidida a no dejarse influir por las emociones, ya que, de hacerlo, estaría perdida. Y aquél era sin duda un momento único para salirse con la suya. Sólo debía encontrar el motivo preciso con el que negociar.

Él, que no tenía ni idea de lo que se le estaba pasando por la cabeza, fue a por ella y, sin pedir permiso, le rodeó la cintura y la atrajo hacia su cuerpo. Por fin la tenía cerca, la sentía y hasta podía besarla.

Gaby esbozó una sonrisa para que se confiara.

Olivier, ignorando la maniobra, se inclinó con la intención de besarla, sin embargo, ella, hábil, lo esquivó.

—No te he dado permiso para besarme.

—¿Crees que lo necesito? —replicó arrogante.

Gaby arqueó una ceja y él, consciente de que no iba a encontrar facilidades, le acarició los labios con el pulgar. Lo mejor era ir poco a poco, que se relajara, porque al final vencería cualquier resistencia. No pecaba de optimista, simplemente, a tenor de los hechos (no le había dado una bofetada), podía considerarse afortunado.

—Ha llegado el momento de decirnos adiós —musitó Gaby mirándolo a los ojos.

—Ni lo sueñes, y menos en tu...

—Estoy hasta la coronilla de que me repitas lo mismo. He tomado una decisión. Acéptala —le pidió con suavidad—. No quiero que acabemos enfadados. Hay historias que tienen un principio y un final.

—Y vas a casarte con ese pelagatos de Frank —afirmó él, torciendo el gesto.

—Eso pretendo, sí —corroboró Gaby sin titubear.

—¿Y conoces acaso los gustos de tu prometido? —preguntó con mala leche.

—Los conozco mejor de lo que crees.

—Y lo dices así, como si nada.

—Lo que hay entre Frank y yo sólo nos incumbe a nosotros dos. A nadie más. Y suéltame de una maldita vez, no me vas a besar. Y, tranquilo, si necesito un marido, ya tengo uno a mano. Pero gracias por el ofrecimiento.

Olivier se rio sin ganas.

—Ya está bien, Gabrielle. No vamos a salir de esta habitación hasta que aceptes de una vez que vamos a estar juntos. Ya creo haber dejado muy claros mis sentimientos, ¡no sé qué más quieres!

Gaby supo que no podía soltarse y mucho menos despacharlo como si nada. Olivier mostraba demasiada determinación como para ceder sin más. Y ella..., bueno, ella estaba ya un poco cansada de tanto tira y afloja. Le había preguntado qué más quería y la respuesta era tan simple...

—Todo.

—¿Perdón?

—He dicho que lo quiero todo.

Olivier la soltó, porque no entendía bien qué pretendía aquella mujer, aparte de desconcertarlo, claro.

Se pellizcó el puente de la nariz y se acercó hasta la ventana. Qué paciencia y qué cuesta arriba.

—Explícate mejor, porque no estoy para acertijos —gruñó, y esperó que la contestación fuera aceptable, nada de desvaríos.

—No quiero ser la esposa de un tipo adinerado, un adorno, sin otra perspectiva que acompañarlo e ir de su brazo y proporcionarle contactos —explicó, porque ahora que sabía de cuánto era capaz ni loca iba a conformarse con menos; de ahí que lo mejor fuera dejarlo todo claro.

Él parpadeó y frunció el cejo.

—¿Y quién te ha dicho que quiera una esposa trofeo? —masculló, pues ni siquiera lo había insinuado.

Otro asunto bien distinto era que desconociera los planes de ella. Seguía con la mosca detrás de la oreja, pero ya tendría tiempo de averiguarlos.

—Se me dan bien los negocios y tengo muchas ideas. No voy a quedarme de brazos cruzados.

—¡Perfecto! —exclamó Olivier al comprender sus aspiraciones, por otro lado lógicas. Cada vez eran más las mujeres que no se quedaban en el ámbito doméstico y a él le parecía estupendo.

—Quiero trabajar. Ser útil.

—Puedes trabajar para mí. ¡Serás bienvenida! —exclamó, encantado con la idea.

Gaby negó con la cabeza ante aquella propuesta tan descabellada.

—¿Para ti? ¡Ni hablar!

—Entonces ¿qué demonios pretendes? —gruñó, porque ella le daba una de cal y otra de arena, y así no había forma de saber qué hacer o qué decir para dejarlo de una vez todo resuelto y por fin presentarse ante la familia como su prometido. Aunque aún le quedara un escollo que resolver, pero eso último podía hacerlo por su cuenta.

—En todo caso, de aceptar tu propuesta sería tu socia —propuso resuelta, porque, tras decirlo, se dio cuenta de que era una idea soberbia.

Sí, lo era y debía explotarla. Nunca se vería de nuevo en una situación tan ventajosa para sus intereses y con Olivier tan impaciente, así que no tenía intención de renunciar a sus propósitos. Le dejaría muy claro con quién iba a casarse.

—Mi socia... —masculló él sin salir de su asombro, pues si bien Gabrielle era lista, ponerse a su altura era picar muy alto, aunque, desde luego, por su tono y su expresión lo decía en serio.

Podía regatear, ofrecerle una contrapartida, algo para que se conformara, porque, si bien ya tenía una socia, Jane, le costaba ceder parte de su patrimonio y su poder. Su petición le resultaba chocante, dado que la herencia de Gabrielle superaba con creces sus posesiones. ¿Por qué entonces se empeñaba en ser su socia?

—Al cincuenta por ciento —le confirmó.

¿Podría tratarse de una broma?

¿De una maniobra de despiste?

O aún peor, ¿de una exigencia real?

—¿Al cincuenta por ciento? —repitió, disimulando su sorpresa por las altas pretensiones que mostraba; modesta desde luego no era.

—Exacto, y no voy a conformarme con menos —corroboró sin pestañear, sabiendo que aceptaría.

Olivier inspiró hondo, dos veces, para no acabar enfadado. «¿Qué clase de persona propone semejantes condiciones para aceptar una propuesta de matrimonio?», se preguntó mientras apretaba los puños para controlarse y no alzar la voz, porque Gabrielle (ya averiguaría más tarde por qué) se mostraba inflexible y dispuesta a sangrarlo.

—De acuerdo —dijo, pues ¿qué opción le quedaba? No merecía la pena darle más vueltas; de hacerlo, perdería el tiempo.

Ocultó una sonrisa; ella jugaba con ventaja y, consciente de ello, no había dudado en presionarlo. Desde luego era para estar muy orgulloso.

Y si además lo pensaba con calma, tenerla como socia sería sin duda divertido y estimulante para empezar. Sin olvidar que, día a día, lograría no sólo conquistarla, sino que además disfrutaría haciéndolo, ya que ninguna otra le estimulaba la imaginación como ella.

—Lo quiero por escrito —añadió Gaby contundente, sin fiarse de su palabra.

—Joder, Gabrielle, ¿me tomas el pelo?

Ella negó con la cabeza, iba muy en serio

—Las palabras se las lleva el viento.

—¿No te fías de mí?

—En asuntos de negocios, mejor dejar todos los cabos bien atados —dijo toda resuelta.

—Pues tú dirás cómo lo hacemos. —Eso último lo dijo con sarcasmo.

—A pocos metros tenemos a uno de los mejores abogados de la ciudad, puede redactar un acuerdo idóneo para ambas partes —propuso, pasando por alto su sarcasmo.

—Idóneo para ti —replicó no sin cierta razón, porque dudaba que el cuñado de Gabrielle mirase por él.

—Y, por si acaso, también conozco a un notario que puede dar fe de todo —apostilló ella con cierto recochineo, regodeándose en ello porque la expresión de Olivier, entre la estupefacción y el enfado, no tenía precio.

—Muy graciosa... ¿Algo más?

—Quiero que deposites la misma cantidad que te entregó mi familia, más intereses, en una cuenta bancaria a mi nombre.

—No sin antes saber para qué narices quieres tú tanto dinero, porque no creo que te haga falta —dijo, señalando el entorno—.

Porque me tienes muy mosca con las comisiones que me has ido exigiendo.

—Cosas mías —comentó con aire enigmático.

—Gabrielle, ¿para qué quieres el dinero? —preguntó amenazador.

Y ella, en vista de que aún no quería mostrar todas sus cartas, le susurró:

—Anda, bésame, tonto.

No tardó demasiado en ver satisfecha la sugerencia, pues Olivier reaccionó tal como ella esperaba. De esa manera mataba dos pájaros de un tiro. Desviaba la atención evitando responder y, por supuesto, lo mejor, al fin podía disfrutar de su contacto, tan íntimo, tras un extraño mes de abstinencia. Periodo que, si de ella dependiera, no se repetiría.

Un beso, por intenso y demoledor que fuera, Olivier se estaba aplicando en devorar sus labios, no la dejaría satisfecha; no era más que un triste aperitivo para una mujer hambrienta, muy hambrienta.

¿Se conformaría con tan sólo un beso?

Gimió dejándose abrazar con fuerza y suspiró incluso cuando él comenzó a sobarle el culo y arrimarla a su cuerpo. Ella se las apañó para enredar las manos en su cabello y, a medida que la situación aumentaba en intensidad, lo tiraba con más fuerza. Una forma silenciosa de pedirle que continuara.

Olivier se apartó un instante, no por gusto, obviamente, pues deseaba, y mucho, continuar, meter la mano bajo su falda y comprobar si su estado de excitación era como el suyo. Gabrielle gemía en sus brazos y todo parecía indicar que así era, así que comenzó a levantarle la falda y fue su turno de jadear al tocar la suavidad de sus medias, aunque nada comparable al tacto de su piel, que pudo sentir cuando su mano terminó el ascenso y llegó al final de éstas.

Gabrielle le besó el cuello, animándolo a proseguir, tentándolo y volviéndolo loco; no obstante, tuvo un momento de lucidez, porque por muy atractiva y perversa que sonara la idea de tirársela en casa de sus padres, no podía llegar a tanto.

—¿Qué haces? —protestó ella cuando de repente dejó de sentir el contacto de sus manos y el de su cuerpo en general. No esperaba que Olivier se mostrara tan reacio a tocarla cuando todo indicaba que se encontraba muy animado.

—Ser responsable —gruñó en respuesta y dio otro paso atrás, porque si volvía a tenerla a su alcance, ya no respondería.

—¿Vas a empezar ahora a serlo? —replicó Gaby poniendo morritos, pues, después de haberla excitado, no se sentía muy proclive a la comprensión.

—Volvamos junto a tu familia, creo que ya va siendo hora de que les informes de ciertas novedades.

—Eso puede esperar —musitó ella sugerente, mientras jugaba con el botón superior de su blusa.

—Gabrielle..., regresemos, por favor —dijo él, y para no caer en la tentación, se dirigió a la puerta y la abrió. Le hizo un gesto para que lo acompañara.

Gaby caminó todo lo despacio y provocadora que pudo, se detuvo junto a él para mirarlo a los ojos y, sonriendo de forma extraña, afirmó:

—Como reconciliación ha sido decepcionante.

Y, para desconcertarlo un poco más, le dio unas palmaditas en la mejilla a la par que miraba su entrepierna, donde se apreciaba que sus palabras no iban en consonancia con sus deseos.

—No te preocupes por eso, ya tendremos tiempo de reconciliarnos como es debido —comentó Olivier en voz baja, y añadió—: Me debes una reconciliación por todo lo alto.

Eso Gaby lo interpretó como una promesa y una amenaza.

—Ya hablaremos de lo que te debo y de lo que no —replicó altanera.

—¿Cómo que ya hablaremos? —repitió él y, para que no se escabullera y lo dejara sin respuesta, la sujetó de la muñeca.

—¿No tenías tantas ganas de volver con mi familia?

—Quizá yo también debería exigirte ciertas condiciones por escrito —reflexionó Olivier, pues sabía que fiarse a ciegas de Gabrielle no era recomendable.

Ella se echó a reír y liberó su muñeca para dirigirse hacia el comedor, donde a buen seguro todos aguardaban expectantes un relato de lo acontecido.

A mitad camino se detuvo y miró por encima del hombro para comprobar, que, en efecto, él caminaba tras sus pasos. Esbozó media sonrisa y esperó que se situara a su altura.

—¿No vas a ofrecerme el brazo? —preguntó con retintín.

A él, aparte de hacerle gracia aquella altanería, le pareció una idea excelente volver junto a la familia Boston, porque así al menos no continuaría perdiendo dinero; un rato más a solas con ella y terminaría con una mano delante y otra detrás.

* * *

Encendió un cigarrillo. El enésimo del día con la esperanza de serenarse, de recuperar, si era posible, la normalidad. Una jornada completa, por supuesto apasionante e inolvidable.

Miró por la ventana; quizá en la quietud de la noche, a solas y con un pitillo lograra asimilar todo lo acontecido en casa de la familia Boston.

Sobre su mesa estaba el telegrama que había recibido de Jane notificándole que en breve iniciaría los trámites para su divorcio. Una buena noticia, lástima que no fue inmediata, pues entre una cosa y otra su estado civil no quedaría resuelto antes de que Gabrielle diera a luz, lo que complicaba y mucho sus planes.

La mirada del padre al informarlo sobre su matrimonio había sido cuando menos peligrosa. Sin palabras, le había dejado muy claro que debía resolver la situación cuanto antes, a cualquier precio.

Y eso iba a hacer.

El primer paso para acelerar el papeleo era viajar a Estados Unidos, algo en apariencia sencillo; sin embargo, nada más alejado de la realidad, porque con Gabrielle lo más simple podía complicarse con rapidez y estando tan lejos ella era capaz de hacerle cualquier jugarreta.

Delante de los suyos había anunciado orgullosa todo lo que había obtenido o, mejor dicho, obtenido con malas artes, pues si él se llega a despistar un poco más, acaba sin nada. Olivier sonrió, a manipuladora no la ganaba nadie y, bueno, cederle parte de sus bienes, visto en perspectiva, era una buena inversión, porque, aparte de no aburrirse, con ella cerca sus negocios prosperarían, de eso no le quedaban dudas.

A nadie, y menos a él, le pasó por alto la satisfacción de Samuel Boston al escuchar a su hija mientras daba los detalles de su acuerdo. Los únicos sorprendidos parecían los hermanos y la madre. Puede que él hubiera quedado delante de aquella gente como un gilipollas enamorado, muy enamorado, se corrigió apagando el cigarrillo, pero bueno, con tal de que ella no se le escapase, hubiera sido capaz de firmar cualquier papel, incluso un cheque en blanco.

El verdadero riesgo de viajar y dejar a su futura esposa sin vigilancia era que iba a tener cerca al que hasta hacía poco había sido su novio. El señor Tremblay era su perro fiel, dispuesto a todo por ella, y ya había quedado demostrado que Gabrielle, manipulando, era la mejor. Podía ser que en su ausencia aprovechara para llevar a cabo cualquier idea, por estrambótica que fuera.

Estaba loco por esa mujer, pero eso no le impedía ver cómo era en realidad. Formaba parte de su atractivo, desde luego, siempre y cuando no utilizara sus malas artes en su contra. De ahí su inquietud.

Sólo podía estar seguro de una cosa: que gracias a los gustos sexuales del señor Tremblay, Gabrielle no se sentiría tentada.

Se pasó las manos por la cara; qué jodido dilema.

Cuando estaba a punto de encender un nuevo cigarrillo, oyó unos pasos. Algo extraño a aquellas horas y más tratándose de sus estancias privadas. Sólo el servicio, y en los momentos indicados, accedía a las habitaciones. Y, a no ser que se tratara de una urgencia, nadie osaría molestarlo.

Dejó sobre la mesa el pitillo sin encender y las cerillas, para dirigirse a la puerta, decidido a abroncar a quien fuera tan desobediente como para interrumpirlo.

Asomó la cabeza y frunció el cejo, porque en el pasillo no había nadie. Ni un alma. Resultaba cuando menos sospechoso, puesto que había oído con claridad los pasos. O no, quizá el cansancio le estaba jugando una mala pasada. Dio media vuelta, dispuesto a encerrarse en su dormitorio y a seguir dándoles vueltas a sus preocupaciones, cuando de nuevo oyó algo. ¿Pasos? Puede, y empezó a dudar. Aguzó el oído: sí, lo eran, y a juzgar por la cadencia, femeninos. Sólo unos tacones podían producir aquel sonido.

Fue entonces cuando la vio, allí de pie, justo al final del pasillo, en aquel recodo. Envuelta en su abrigo y mirándolo de una forma extraña. Con un aspecto tan inocente como peligroso, que confundiría a cualquiera, pero no a él, que la conocía muy bien.

Le hizo un gesto para que se acercara, y después cruzó los brazos mientras ella obedecía, a su manera, por supuesto, caminando despacio en su dirección.

—¿De paseo? —le preguntó Olivier cuando se detuvo frente a él. Sólo debía extender, y no mucho, el brazo para tocarla, sin embargo, se contuvo. Quería escuchar la más que probable imaginativa respuesta.

—Es lo que todos los médicos recomiendan en mi estado —contestó toda ufana.

—¿Y tienes que pasear a estas horas? —añadió burlón, mientras ella se desabrochaba el abrigo y él le obstaculizaba el acceso, de momento, a su dormitorio.

Gabrielle mostró una actitud indiferente, encogiéndose de hombros, dando a entender que daría media vuelta sin mayor problema en caso de que no la dejase pasar.

—Mis ciclos de sueño son de lo más caprichosos e irregulares —se justificó fingiendo frivolidad, lo que no engañó a Olivier.

Él sonrió de medio lado, genio y figura, por eso la deseaba.

—¿Y qué puedo hacer para ayudarte?

—De momento... —se humedeció el labio, coqueta— dejarme pasar y ofrecerme... una silla.

Capítulo 44

Sin esperar a que él se apartase, Gabrielle se coló dentro, empujándolo incluso al pasar. Una actitud chulesca, por la que él arqueó una ceja.

Una vez en la sala previa al dormitorio, estancia que conocía muy bien, se despojó de su abrigo, dejándolo caer sobre uno de los sillones, y fue entonces cuando se fijó en el telegrama arrugado que estaba sobre la mesita que en teoría Olivier utilizaba para desayunar. Podía fisgonear, no obstante, prefirió no hacerlo y cuando él cerró la puerta y luego se quedó allí parado, mirándola con una expresión expectante (no lo culpaba por ello), aprovechó para indagar:

—¿Problemas? —preguntó, señalando con la mirada el telegrama.

—Depende de cómo se mire —respondió Olivier enigmático, permaneciendo junto a la puerta, pues hasta que averiguara qué se llevaba Gabrielle entre manos, de momento era mejor mantener las distancias.

—Creía que ya se habían acabado los secretos entre nosotros —dijo ella lanzando un dardo.

Él decidió acercarse hasta la mesa y servirse un vaso de licor para templarse. Después cogió el telegrama y se lo tendió.

—Lee, si quieres.

—Vaya... —murmuró ella tras hacerlo y añadió con sorna—: Otra vez compuesta y sin novio.

—Ahórrate el sarcasmo —le espetó Olivier en tono de advertencia—. Voy a solucionarlo en breve, así que no empieces a enredar.

—¿Enredar?

—Maquinar o como lo quieras llamar —le aclaró—. Una vez que me haya ido de viaje, espero que sigas los consejos médicos y evites pensar en lo que no debes.

—¿Me abandonas a mi suerte? —preguntó con guasa.

—Gabrielle..., no me jodas —masculló él, arrebatándole el telegrama de malos modos.

—Qué poco sentido del humor tienes hoy —se guaseó, y añadió sin dejar de sonreír, sabiendo que eso lo enfadaría—: Y ahora, deja de decir bobadas y busquemos juntos una solución. No me puedo pasar la vida esperando a hombres que hacen promesas que no piensan cumplir.

Olivier la fulminó con la mirada tras escuchar esas palabras que no tenían otra intención que cabrearlo y socavar su orgullo. Al menos así fue como las interpretó, ya que su sentido del humor brillaba por su ausencia aquella noche.

—Deja de provocarme —le advirtió muy serio, y se bebió de un trago su copa—. Ahora dime a qué has venido.

—¿No lo adivinas? —replicó ella.

—Contigo, cualquier suposición lógica es perder el tiempo, así que responde y, por favor, procura no marear la perdiz.

—¿Desde cuándo he de buscar una excusa para visitarte?

—Depende de cuáles sean los motivos —murmuró desconfiado. Basándose en los antecedentes, era mejor serlo—. Quizá quieras proponerme un nuevo acuerdo —añadió sarcástico.

Gaby sonrió de medio lado. Ambos sabían que su herencia superaba con creces la fortuna de él, y todo lo que había conseguido en el acuerdo se basaba únicamente en el placer de haber sido capaz de obtenerlo. No era la ambición, sino la posibilidad de lograrlo, lo que la había movido a ello. Y, de paso, había comprobado hasta dónde era capaz de ceder con tal de convencerla.

Y Olivier se había mostrado dispuesto a todo por ella, algo extraño en un hombre, y más tras todo el esfuerzo y sacrificio que le había supuesto llegar a donde estaba, de ahí que Gaby ya no tuviera dudas. Cometió un error en el pasado y ahora estaba decidido a enmendarlo.

Con los intereses pertinentes, por supuesto.

—En cuanto a los términos económicos de nuestro acuerdo, debo decir que me siento satisfecha, así que no voy a modificar ni una coma —murmuró, o mejor dicho ronroneó—. Es otro aspecto en el que, si te soy sincera... —caminó despacio hasta él y se colocó frente a frente para mirarlo a los ojos y rematar—: me siento un tanto decepcionada.

—Gabrielle..., maldita sea..., no es momento para...

No le dejó acabar la frase, ya que le puso una mano en la boca para acallarlo.

—Ni una palabra más —le advirtió mirándolo a los ojos—. A no ser que quieras deleitarme con tu repertorio más vulgar y explícito.

—Jo...der... —masculló Olivier sin poder hacerlo como deseaba, pues ella continuaba cubriéndole la boca.

Gaby sonrió coqueta y, con la mano libre, comenzó a desabotonarse la blusa hasta mostrarle el borde de su combinación de seda.

—Ahora vas a llevarme a la cama, en brazos si quieres, ya que en breve no podrás hacerlo —sugirió seductora.

Olivier inspiró, ya intuía que su visita no obedecía a motivos inocuos, como por ejemplo contarle sus planes para el día de la boda. No, Gabrielle nunca sería una mujer convencional.

—De acuerdo —accedió—, aunque nada de excesos.

Ella le puso morritos.

—Eso ya lo veremos —dijo en voz baja y él no la oyó.

Olivier, dispuesto a no discutir más, le rodeó la cintura con un brazo y la atrajo hacia sí. La miró fijamente y se dio cuenta, para su desdicha, de que estaba loco perdido por aquella mujer que iba a hacer con él cuanto quisiera, estaba en sus manos. Y, puesto que reconocerlo era el primer paso para seguir adelante, se inclinó despacio, acariciando primero sus labios con el pulgar antes de besarla con contundencia. Algo que llevaba tiempo sin hacer y le pedía el cuerpo.

Ella cerró los ojos y echó la cabeza hacia atrás, sin duda más que decidida a dejar que la besara. Incluso separó un poco los labios, dándole así la bienvenida. Y él no rechazó semejante recibimiento. Comenzó despacio, dejando que la boca de uno se amoldara a la del otro. Gabrielle gimió y enseguida pasó de sujetarla de la cintura a rodearla con los brazos, estrechándola con fuerza. Puede que fuera la mujer con la lengua más viperina y las artimañas más retorcidas, pero él era quien iba a sufrir (y a disfrutar) de esas cualidades, y además en breve. Se concentró en ello, en ir despacio, en gozar con cualquier pequeño roce, jadeo, caricia... Sí, ésa era una buena teoría; sin embargo, ella, con sus curiosas manos, desmontaba cualquier plan, ya que no se limitaba a rodearle el cuello con los brazos, sino que le empezaba a tirar del pelo y a frotarse contra él pidiendo más contundencia. Y Olivier era un hombre que llevaba demasiados días imaginando tenerla de nuevo en su cama como para ser un santo, por mucho que la lógica así lo dictase.

Inspiró hondo, tenía que esforzarse, retrasar un poco lo inevitable, hacer que el momento fuera más intenso y, para ello, lo aconsejable era la paciencia.

—Gabrielle... no seas mala —gruñó en un último intento de ser un caballero y dedicarle todo el tiempo y la dedicación del mundo.

—Mmmm —ronroneó ella y, para derribar cualquier barrera, por sólida que pareciera, se las ingenió para meter una mano entre sus cuerpos hasta posarla donde sabía a ciencia cierta que lograría su objetivo. Presionó sobre su bragueta con verdadera malicia, hasta oír sus jadeos y comprobar cómo su cuerpo respondía adelantando las caderas para lograr el mayor contacto.

—Deja de provocarme —se quejó Olivier antes de besarla, ya sin fuerza de voluntad para reprimirse.

—Pues ni se te ocurra volver a tratarme como a una niña —replicó ella, sin dejar de manosearlo, cada vez con mayor precisión.

—Maldita sea...

Gaby, al comprobar que seguía resistiéndose, o al menos lo intentaba, le desabrochó la bragueta y metió la mano dentro de los pantalones, apartó la ropa interior y fue directa a su erección, que no mostraba ningún síntoma de contención.

—No admito medias tintas —le advirtió, y comenzó a masturbarlo.

—Di al menos que me quieres —pidió él, aprovechando el momento, porque después de tanto tira y afloja deseaba escuchar esas palabras.

—¿Ahora te vas a poner romántico? ¿Cuando tengo tu miembro en las manos?

—Mi polla puede esperar; dímelo, Gabrielle —replicó Olivier con obstinación.

—De acuerdo —convino sin estar dispuesta a ser convencional, y se las apañó para acercarse a su oído, morderle la oreja y después susurrar con su voz más peligrosa que lo quería, que lo deseaba, que se sentía excitada y que llevaba demasiados días en aquel estado, así que lo mejor sería que la llevase a la cama, la desnudase y, una vez enredados, se lo repetiría cuantas veces hiciera falta.

Estuvo a punto de susurrarle que en todos aquellos años no lo había olvidado y eso que lo había intentado probando con otro amante, pero había fracasado. Ya se lo mencionaría en otro momento.

—Gabrielle, quiero que todo esto sea especial. Puede parecer una estupidez, pero hemos dado demasiados tumbos como para no haber aprendido la lección.

—Ya tendremos tiempo durante el viaje de ponernos románticos, ahora ocupémonos de los términos más carnales.

—¿Qué viaje? —masculló Olivier mirándola fijamente a los ojos.

Gaby intentó desviar la atención y para ello aumentó el ritmo y fue más brusca, apretándolo hasta casi causarle dolor, pero que, por extraño que pareciera, a él le encantó.

—Te he hecho una pregunta —insistió Olivier respirando de

forma entrecortada, pues la muy bruja lo tenía bien agarrado y encima sabía muy bien qué hacía.

—El que vamos a hacer juntos, tonto —respondió ella con aire seductor.

—¡Ni loco te voy a llevar conmigo! —exclamó Olivier y se apartó, no por gusto, sino porque lo estaba manipulando de manera evidente.

Se dirigió al dormitorio y comenzó a desnudarse. Ya iban a tener una pelea y ni siquiera se habían casado. Por supuesto, Gabrielle lo siguió, decidida a utilizar cualquier arma a su alcance para convencerlo.

—Me parece que no has entendido bien los términos de nuestro acuerdo —comentó, sin apartar la mirada de su cuerpo; seguía empalmado, así que debía aprovechar aquella circunstancia—. Todo lo tuyo me pertenece.

A Olivier le dio la impresión de que no se refería a sus bienes materiales. Se deshizo de la camisa e hizo una bola con ella antes de arrojarla de malos modos al suelo.

—Joder...

—Por tanto —prosiguió Gaby, pasando por alto su exabrupto desde el otro lado de la cama—, no admito una negativa. Ya va siendo hora de que conozca el Blue Night, ¿no te parece?

Antes de que él encontrara una respuesta contundente que dejara clara su postura, ella ya se estaba despojando de la ropa, poniendo especial cuidado en hacerlo de manera sugerente, atrayendo toda la atención masculina.

—¿Es innegociable? —preguntó Olivier por si acaso, fijándose, ahora que la tenía delante y desnuda, en los posibles cambios de su cuerpo. No apreció ninguno, pero tampoco era un experto en la materia, pues sólo había estado junto a Jane y a ésta siempre la vio vestida.

—En efecto. Así que te sugiero que no derroches energías en algo tan absurdo y las dediques a otros asuntos más productivos... —sugirió Gaby humedeciéndose los labios.

—Me temo que soy incapaz de negarte nada —aceptó resignado, y rodeó la cama para ir a su lado.

Gaby le acarició la cara y sonrió. Él se pegó a su cuerpo y cerró los ojos; ahora, al tenerla tan cerca, se dio perfecta cuenta de cuánto la había echado de menos. Recorrió su espalda con una mano con delicadeza hasta llegar a su trasero, al que dedicó la misma atención.

—¿Tienes frío? —susurró, al notar que Gabrielle temblaba ligeramente.

—No —respondió ella, posando las manos en el torso masculino.

Él la ayudó a acostarse, dejándola expuesta mientras se deshacía de los pantalones y del resto de su ropa. Mientras, ella, apoyada en los codos, alzó una pierna, estirándola para llegar a su erección, que continuaba en pie de guerra. Presionó con la planta del pie, logrando que siseara de placer.

—No seas impaciente, Gabrielle...

—Compréndelo: tengo a mi alcance algo que deseo y no veo el momento de sentirlo...

Olivier apartó aquel malicioso pie y le separó las piernas. Se arrodilló y comenzó entonces una sucesión de besos y mordisquitos que lograron su objetivo: ella se retorcía y gemía. Incluso murmuraba alguna que otra obscenidad, sorprendiéndolo primero para después disfrutarlo.

Y, pese a sus intentos para que fuera más deprisa, fue hábil y logró aplacar sus ansias, haciendo que aquella «reconciliación» fuera irrepetible, ya que presentía que con ella a su lado no sería la única.

—Si te pido que vayas al meollo de la cuestión... ¿te enfadarás? —jadeó Gaby arqueando el cuerpo, pues era consciente de que él evitaba tocarla donde más lo ansiaba.

—Estoy muy cerca del meollo de la cuestión —respondió burlón, y le abrió más las piernas para seguir torturándola de forma implacable.

Sólo para que tuviera una ligera idea de sus intenciones, posó la boca justo sobre su clítoris y presionó durante apenas unos segundos. Con eso debería bastar.

—¡Olivier! —protestó Gaby, aunque en realidad era puro placer lo que sintió, breve pero muy intenso.

—Joder, ni te imaginas las ganas que tenía de meter la lengua entre tus piernas —dijo él en un murmullo.

—¿Y no quieres meter nada más? —lo provocó, mordiéndose el labio debido al placer, no sólo físico, que sentía, pues Olivier continuaba siendo muy persuasivo entre sus piernas.

—Todo se andará —murmuró él, que apenas se apartó unos segundos, para después volver a la carga y lamerla aún con más ahínco.

¿Cómo había sido tan necia y pensado que iba a poder vivir sin momentos tan intensos como aquél? Quizá, tras haber estado tantos días separados, no razonaba con claridad o a saber qué, pero lo cierto era que en su interior se estaba fraguando uno de esos orgasmos en los que se electrocutaba, y que imaginar una vida sin algo semejante resultaba imposible.

Estiró los brazos y se preparó para lo mejor. Para liberar toda la tensión que recorría su cuerpo, inspiró hondo, dos veces, gimió y...

Nada.

—¿Olivier? —dijo contrariada.

—¿Vas a ser una esposa obediente? —preguntó él, dejándola aún más estupefacta, mientras gateaba para situarse de cara a ella.

—Sí —respondió sin titubear, porque mentirle no suponía ningún problema.

—Qué mal mientes —dijo Olivier con aire divertido.

—Pues no digas bobadas —lo regañó Gaby.

Él se echó a reír y después la besó, porque no quería discutir con ella. Sabía que estaba perdido y que, si dejaba que se enfriara, no se lo perdonaría nunca. Y porque, qué narices, tenía una erección de caballo y no podía obviarla. Así que, sin dejar de besarla, se agarró la polla y la posicionó para ir penetrándola. Notó que ella bajaba las manos hasta su culo y, aparte de clavarle las uñas como una gata rabiosa, una sensación que lo entusiasmó, lo instó a que fuera más contundente; sin embargo, no lo hizo, se deslizó en su interior con una lentitud que ella consideró exasperante.

—Gabrielle... —jadeó, al penetrarla por completo.

—¿Sí? —musitó ella, y alzó las caderas para sentirlo mucho más profundo.

—Mírame —exigió. Comenzó a moverse a un ritmo más lento del que le pedía el cuerpo—. A partir de ahora se acabaron las dudas, las desconfianzas y, sobre todo, las salidas de tono.

—¿Y tienes que elegir justo este momento para decírmelo? —se quejó ella.

—Conociéndote, sí, es el mejor momento —le confirmó, mirándola a los ojos, balanceándose de forma lenta y, para que no le clavase de nuevo las uñas en el culo, le alzó los brazos por encima de la cabeza, de modo que quedó inmóvil y por tanto obligada a escucharle.

—Creía que con mi presencia esta noche en tu dormitorio quedaba implícita mi predisposición a cumplir mi parte del trato —dijo mimosa, revolviéndose bajo su peso, en cierto modo divertida por aquella disputa verbal.

Entendía que Olivier, tras tantas exigencias, recelara, y por ello debía mostrarse más cariñosa; al fin y al cabo, iban a casarse. Puede que el comienzo no fuera convencional, que hubiese pasado demasiado desconfiando de él, sin embargo, había sido el único en comprenderla, en ver su verdadera naturaleza y en tratarla como a una mujer, no como a una niña tonta con un buen fideicomiso.

—Gabrielle, no quiero medias tintas.

—Yo tampoco —dijo ella suspirando, y cerró los ojos para concentrarse mejor en las sensaciones, que, si bien el puñetero Olivier se las proporcionaba en pequeñas dosis, seguían siendo igual de intensas.

La besó, aceleró el ritmo y ella gimió arqueando todo su cuerpo. Fue entonces cuando oyó las ansiadas palabras:

—Te quiero, aunque puede que nunca sea una buena esposa.

—Con eso, de momento, me vale —contestó él, sonriendo de medio lado.

—Mmmm —jadeó Gaby e intentó liberarse; no obstante, se dio

cuenta de que sentirse indefensa resultaba muy excitante, tanto que de nuevo hizo amago de soltarse—. Olivier...

—Sé que debo solucionar un último escollo y que para ello hemos de separarnos.

—Ahora no quiero discutir —musitó, concentrándose en disfrutar.

Él se retiró despacio, pero sólo para volver a arremeter con renovado brío, una y otra vez, sudando debido al esfuerzo. Respirando de forma entrecortada. Logrando que la cama, en apariencia robusta, traqueteara como si fuera endeble.

Ahora que por fin Olivier se había concentrado en satisfacerla, todo marchaba sobre ruedas. De nuevo pasaba corriente por el cable y ella lo agarraba con ambas manos, deseosa de electrocutarse.

Él gruñó, blasfemó y la penetró sin descanso, hasta que por fin vio cómo Gabrielle abría los ojos como platos, lo miraba y emitía un lastimero jadeo. Entonces inspiró hondo y se ocupó de sí mismo, ya no era necesario retrasar lo inevitable. Se incorporó, liberándola así de su peso, y embistió una última vez hasta quedarse bien anclado en el cuerpo femenino y jadeó una última vez antes de correrse.

La miró. Gabrielle permanecía acostada, con aquella media sonrisa camuflada de ingenuidad. Aún resollando, Olivier se atrevió a decir:

—Me da miedo imaginar qué se te está pasando por la cabeza.

—Nada grave —bromeó ella.

Él se acostó a su lado, de costado, para poderla mirar y posar una mano sobre su vientre.

Se lo acarició despacio, casi con reverencia.

—Que nos conocemos, Gabrielle.

—¿Tienes miedo de que pueda hacer alguna locura en tu ausencia? —quiso saber, conociendo la respuesta. Y ante el silencio de Olivier, añadió sonriendo por su inminente victoria—: Pues eso tiene una solución muy sencilla...

—Me da miedo preguntar.

—Llévame contigo.

Epílogo

—Al final creo que no lo hemos hecho tan mal —le dijo Maddy a su marido, que caminaba a su lado llevándola del brazo.

Toda la familia se había reunido en la finca para pasar una agradable jornada de verano. Si bien las noticias que publicaban los periódicos no presagiaban un futuro alentador, no era el momento de poner caras largas, pues querían celebrar el primer cumpleaños de la última incorporación al clan: Eleanor Mercier Boston.

—Todo depende de cómo se mire —comentó él con su habitual tono pragmático.

Sacó del bolsillo el reloj del que nunca se separaba, no para mirar la hora, sino la inscripción y, como le ocurría siempre, se sentía infinitamente agradecido por todo lo que había vivido junto a Maddy.

—Ay, Samuel, no te quejes tanto y observa —le pidió ella, mucho más optimista.

Desde las puertas que daban acceso al jardín trasero de la residencia familiar se podía contemplar, sin bajar la escalera, toda la escena.

A un lado de la terraza estaba Tina, disponiendo sus aparejos fotográficos ayudada por un Stanley encantado con su labor de asistente. Aunque continuaba trabajando como secretario de Frank, cada vez le tentaba más la idea de mandar a paseo su aburrida y previsible profesión y convertirse en el ayudante a tiempo completo de la fotógrafa, algo que, por supuesto, a Frank no le gustaba, pero que tarde o temprano iba a ocurrir, pues a Stanley la vida tras un escritorio no lo entusiasmaba.

No muy lejos, sentados bajo un parasol, James y Olivier intercambiaban opiniones sobre economía, manifestando su desacuerdo en algunos aspectos importantes, aunque en otros sí parecían estar en la misma sintonía. Si bien Olivier, desde antes de su boda con Gabrielle, había sido aceptado sin condiciones en la familia, todavía se sentía fuera de lugar en algunas ocasiones, como un recién llegado, y de ahí que, a pesar de tener una cuñada al frente de un importante banco, prefiriese llevar sus negocios con otra entidad, algo que a la familia de su esposa no le gustaba y que seguían sin comprender. Y James, que llevaba más tiempo casado con una Boston, intentaba sin éxito convencerlo para que trasladara sus activos, algo que encantaría al suegro de ambos, no sólo por los beneficios económicos, sino también porque así estaría al tanto de todo.

—Tiene madera de padre —indicó la matriarca, señalando a Frank, que sostenía ensimismado y con una habilidad increíble a Eleanor, su ahijada.

Cuando vino al mundo la pequeña y Gaby le comunicó que sería el padrino, contuvo a duras penas las lágrimas debido a la emoción, pues jamás pensó que ella, tras un largo y falso noviazgo, se convertiría en su mejor amiga.

Y junto a ellos estaba, Eric, que se mostraba protector y vigilante con su prima. Desde el nacimiento de la niña no dejaba de insistirles a sus padres para que le dieran una hermana, instigado sin duda por su abuelo, aunque Alfred miraba hacia otro lado.

—No lo dudo —dijo Samuel con cierta sorna.

—Desde luego, cómo eres. He llegado a la conclusión de que disfrutas molestando al señor Tremblay —comentó Maddy risueña, porque conocía bien a su esposo y, de no haber querido que Frank pusiera un pie en la casa, se las hubiera ingeniado para que así fuera.

—No niego que le he tomado cierto... aprecio; en cambio, existen viejos hábitos que uno se resiste a olvidar —adujo Samuel, siempre tan flemático.

—¿Algún vicio oculto más que desconozca?

—Sí —respondió él sin dudar.

Esbozó una sonrisa y se inclinó para darle un beso en el cuello a su mujer. Un pequeño aperitivo con el que conformarse, estando a la vista de todos.

—Excelente, así tendré que sonsacártelo después, cuando estemos a solas —convino Maddy animada.

Aún faltaba un miembro de la familia por llegar y los dos se quedaron allí de pie, seguramente pensando lo mismo, aunque lo expresaran de forma diferente, pero orgullosos de todo.

—¿Intrigando? —preguntó Samantha acercándose a sus padres, que llevaban un buen rato parados en la puerta.

—No, de momento no —respondió su madre riendo.

—Qué raro —comentó Samantha mirando a su padre.

—Por cierto, estás radiante, cariño. Las vacaciones te han sentado de maravilla —añadió Maddy.

—Y Alfred, contra todo pronóstico, no ha hundido el negocio —terció Gaby, uniéndose también a la conversación.

—Aún no sé cómo os las ingeniasteis para convencerlo —dijo Samuel mirando a sus hijas y después, de reojo, a su mujer, pues cuando supo que su hijo, el mismo que siempre había renegado del negocio familiar, iba a ponerse al frente del banco durante un mes, se llevó tal sorpresa (y alegría mal disimulada) que llegó a pensar que se trataba de una broma.

—Chantaje puro y duro —respondió la benjamina sin un ápice de remordimiento.

—Exacto —corroboró la mayor de sus tres hijos.

—Si Alfred no aceptaba sustituirla —intervino la madre—, Samantha le cerraba el grifo para la construcción del nuevo hospital.

—Vaya dos hijas tengo... —murmuró él orgulloso, por supuesto, mirando a la madre de ambas, de quien sin duda habían adquirido aquella faceta tan sibilina.

Y en ese instante apareció Alfred, que por motivos laborales no había podido llegar antes. Besó a su madre en la mejilla y le dio un fuerte abrazo a su padre.

—Se acabó —dijo, entregándole a su hermana mayor una cartera de documentos.

—No te quejes tanto —contestó Samantha sonriente—. Que te lo has pasado estupendamente jugando a los banqueros.

Alfred gruñó.

Samuel inspiró, porque su instinto era acertado. Lástima que su hijo fuera tan obstinado.

—Antes de que digas nada —comentó Alfred dirigiéndose a su padre—, voy a volver al hospital. Los despachos no son lo mío.

—Pues no lo parece —murmuró Samuel, que había estado al tanto de la gestión de su único hijo, no porque temiera que fuera mala, sino para comprobar por sí mismo que, a pesar de negarse en redondo, Alfred sería un estupendo gestor. Y también porque echaba de menos estar al frente, aunque se había retirado ya hacía años.

—¡Papá! —chilló Eric, acercándose y saltando a los brazos de su progenitor—. Mamá nos está haciendo señas para que nos acerquemos.

—Pues vayamos —murmuró Maddy, encantada de que su nuera fuera a encargarse de hacer el retrato familiar, algo poco habitual en el trabajo de Tina, más enfocado a otros temas.

En efecto, la fotógrafa había dispuesto todo lo necesario para los retratos y los esperaba junto a la cámara.

—¿Cómo debemos situarnos? —preguntó James siempre práctico, tras estrecharle la mano a Alfred.

—Señor Boston —dijo Tina, cohibida ante su suegro, no terminaba de sentirse relajada en su presencia y seguía sin tutearlo—. Había pensado en hacer una de usted con Maddy y los niños.

—Excelente —murmuró Maddy, situándose en el banco que su nuera había preparado.

Eric se colocó a su lado y Frank se acercó con Eleanor y se la entregó a patriarca, que la sentó sobre sus rodillas.

—¿Así está bien? —preguntó Samuel, encantado de tener a sus dos nietos junto a él.

Todos, situados tras la fotógrafa, observaron la escena. A los orgullosos abuelos, mientras Tina inmortalizaba el momento. Hizo varios disparos hasta que Eleanor se puso a llorar y Olivier se acercó para calmar a su hija, que no parecía tener en cuenta los esfuerzos de su padre, por lo que tuvo que intervenir Gaby, que tampoco logró serenarla, hasta que apareció Frank, que, cantándole una nana en voz baja y meciéndola, logró que se durmiera en sus brazos.

—¡Increíble! —exclamó Samantha, y miró al padre de la criatura—: A ver si aprendes.

—Sí, y hazlo rápido —comentó Gaby, y todos la miraron.

No había sido un comentario casual. Olivier frunció el cejo.

—¡Cariño! —murmuró Maddy—. ¿Eso significa...?

—Gabrielle —la llamó su marido, y ella sonrió de forma ladina—. Habla claro.

—Enhorabuena —terció Samantha, dándole una palmada en la espalda a su cuñado, que parecía tonto y tardaba más de la cuenta en reaccionar.

—Estás embarazada... —murmuró Olivier tras parpadear y asimilar la noticia.

—A ver si esta vez es un chico, que prima ya tengo —comentó Eric, haciéndolos reír.

Todos felicitaron a la pareja y el último en hacerlo fue Samuel. Le resultaba imposible no sentirse orgulloso de su hija pequeña por todo lo que había conseguido, y no únicamente en el terreno profesional: dirigía la Fundación Boston, junto a su marido regentaba un hotel de lujo y, en breve, abrirían las puertas de otro. Lo que más satisfacción le proporcionaba era que había formado una familia, tal como Gaby siempre había deseado, sólo que, en vez de hacerlo de una forma convencional, se las había arreglado para lograrlo a su manera.

Pero a pesar de todo, siempre sería su pequeña. Eso no cambiaría jamás.

La tarde discurrió de forma amigable, divertida, consiguieron hacerse todas las fotos, unas más serias que otras, que después decorarían la mansión, hasta que cada uno se fue marchando a su propia casa.

Entonces, Olivier, un tanto mosca por no haber sido el primero, como en teoría debería, en conocer el estado de su mujer, esperó paciente sentado en la cama a que Gabrielle regresara del cuarto de Eleanor para exigirle una explicación.

—¿Te va a durar mucho tiempo el enfado? —preguntó ella al entrar en el dormitorio.

—Depende —masculló Olivier.

—¿Y qué se supone que debo hacer para que cambies de estado de ánimo? —preguntó, disimulando el hecho de que provocarlo un poco siempre era divertido y, sobre todo, suponía el inicio de una noche prometedora.

—De momento nada —arguyó él con seriedad, y cruzó los brazos.

Ni siquiera el hecho de que ella se paseara por la estancia con un camisón blanco de raso, en apariencia virginal, apaciguaba su enfado.

—Mira que eres tonto —dijo Gabrielle zalamera y se quedó a los pies de la cama, de tal forma que él pudiera apreciar cada curva de su cuerpo, bien delimitada por el tejido.

—Ya sé que te encanta tomar decisiones sin contar conmigo y después hacerme creer que no te quedaba más remedio, pero a mí no me engañas. —Ella sonrió ante el cumplido—. Pero esta vez has ido demasiado lejos.

Ella dejó que un tirante, que estaba bien colocado, resbalara.

—¿Decías?

—¿Tanto te costaba hablar antes con tu marido? —preguntó con retintín, haciendo énfasis en la palabra *marido*.

Otro tirante resbaló y, aunque su escote se hizo más profundo, el tejido aún cubría sus pechos.

—Con mi marido no siempre quiero hablar —replicó seductora.

Olivier arqueó una ceja y deseó en silencio que el maldito camisón fuera una prenda arrugada en el suelo.

—Esta vez no me vas a convencer recurriendo al sexo, que nos conocemos, Gabrielle —masculló, sabiendo que estaba a un paso de ceder, de hecho, su cuerpo ya lo había hecho, como la sábana a la altura de su entrepierna delataba.

Ella se volvió, mostrándole la espalda desnuda y dejando caer lo imprescindible el camisón para que también observara un poco de su trasero.

—¿Insinúas que utilizo el sexo para beneficiarme? —se burló.

Olivier resopló y apartó la sábana de un manotazo. Mejor no responder a aquella pregunta.

—Date la vuelta —graznó, debido a la mezcla de enfado y excitación, la misma que siempre experimentaba cuando Gabrielle quería salirse con la suya—. No tengo toda la noche.

Y ella, con una combinación de malicia y lentitud, obedeció hasta quedar frente a él, aunque con la precaución de sujetar el camisón contra sus pechos y, por supuesto, con una media sonrisa, poco o nada inocente.

—¿Algo más? —musitó.

—Ven aquí —exigió Olivier con voz ronca—. ¿Cuándo vas a convertirte en una esposa obediente?

—Mañana —contestó ella, dejando caer la prenda para mostrarle su desnudez.

—Eso me dices siempre —replicó, convencido de que jamás cambiaría y siempre le pondría las cosas difíciles.

Repasó con la vista el cuerpo femenino, deteniéndose en su vientre, que aún no mostraba ningún signo de embarazo, y extendió el brazo para acariciárselo. Y como le pareció insuficiente, se movió hasta quedar postrado de rodillas y besarla justo ahí.

Gaby cerró los ojos y enredó las manos en su pelo, sin duda encantada con las atenciones de Olivier, que empezaban a dejar de ser inocentes para convertirse en perversas, ante lo cual ella no vaciló en mostrarse participativa. Para ello, nada mejor que subirse a la cama, recostarse y dejar que él se situara entre sus piernas y utilizara la boca, las manos o todo lo que quisiera para satisfacerla.

—Mmmm... —ronroneó encantada, porque, a pesar de que estaba siendo más cuidadoso, lograba que se electrocutara una vez más—. Olivier...

A él oír su nombre dicho con aquella voz susurrante y morbosa lo excitaba como ninguna otra cosa y, aunque debería seguir cabreado, le era imposible, ya que Gabrielle era sin duda la única mujer que había logrado volverlo loco en todas las acepciones de la palabra y, por mucho que se mostrase en desacuerdo, en el fondo le encantaba ver cómo su esposa, además de inteligente, sabía manejar los hilos para tenerlo encandilado.

Enfadarse con ella era sólo una especie de juego de excelentes consecuencias, así que lo más sensato era disfrutar de las mismas.

Y ahora que iba a ser padre de nuevo, con más razón.

Nací en Burgos, lugar donde resido. Soy lectora empedernida y escritora en constante proceso creativo. He publicado más de veinte novelas de diferentes estilos y no tengo intención de parar.

Comencé en el mundo de la escritura con mucha timidez y desde la primera novela, que vio la luz en 2011, hasta hoy, he recorrido un largo camino.

Si quieres saber más sobre mi obra, lo tienes muy fácil. Puedes visitar mi blog, <noe-casado.blogspot.com.es>, donde encontrarás toda la información de los títulos que componen cada serie y también algún que otro avance sobre mis próximos proyectos.